Li Er

Koloratur

Roman

Aus dem Chinesischen von Thekla Chabbi

Klett-Cotta

CHINA – TRADITION & INNOVATION
Ehrengast 2009 · Frankfurter Buchmesse
Guest of Honour 2009 · Frankfurt Book Fair

Der Verlag dankt dem Übersetzungsfonds des Amtes für Presse- und Publikationswesen der VR China für die großzügige Förderung der Übersetzung.

Klett-Cotta
www.klett-cotta.de
Die Originalausgabe erschien unter dem Titel »Huaqiang«
im Verlag Renmin Chubanshe, Peking

Printed in Germany
Schutzumschlag: malsyteufel, willich
Unter Verwendung einer Abbildung von:
© gettyimages/Jack Hollingsworth
Gesetzt aus der DTL Documenta von r&p digitale medien,
Echterdingen
Auf säure- und holzfreiem Werkdruckpapier gedruckt und gebunden
von Bercker Graphische Betriebe GmbH & Co. KG, Kevelaer
ISBN 978-3-608-93794-7

Ein Wort vorab

Gestern wurde mir bewusst, dass mich dieses Buch seit zehn Jahren begleitet. Ich war erstaunt. Aber um Ge Rens Geschichte zu ergründen, müsste ich weitere zehn Jahre aufwenden. Und sie wären es wert.

Dieses Buch habe ich nicht alleine verfasst, vielmehr besteht es aus einer Sammlung von Zitaten. Allen voran möchte ich dem Arzt Bai Shengtao danken. Ebenso gilt mein Dank dem Häftling Aqing und dem berühmten Rechtswissenschaftler Fan Jihuai. Sie sind nicht nur Zeugen, sondern Beteiligte und haben über die Geschehnisse Bericht erstattet. Ihre Schilderungen bilden den Hauptteil dieses Buches und bringen ein erzählerisches Können zum Ausdruck, das dem eines Krimiautors in nichts nachsteht. Der Leser wird dies schnell erkennen. Dank sei des Weiteren Frau Bingying, Herrn Zong Bu, Herrn Huang Yan, Herrn Kong Fantai sowie den ausländischen Freunden Herrn Thwaites, Pater Ellis und Pater Beal, Herrn Ferrand und Herrn Kawai, um nur einige zu nennen. Ihre Gespräche und Texte finden sich in diesem Buch wieder: Sie ergänzen die Schilderungen der eigentlichen Erzähler.

Man kann dieses Buch im vorgegebenen Verlauf lesen, aber man kann auch mit der Lektüre des dritten Teils beginnen und anschließend zum ersten zurückkehren. Genauso gut könnte man zunächst einen Abschnitt des Hauptteils lesen, um danach zum ergänzenden Quellenmaterial am Schluss oder am Anfang des Buches überzugehen. Lieber Leser, es steht Ihnen auch frei, einen beliebigen Abschnitt aus dem dritten Teil des

Buches bereits nach einer Passage des ersten Teils zu lesen. Zur Unterscheidung kennzeichnen unterschiedliche Schriften den Hauptteil und die ergänzenden Quellen. Auf die gängige Durchnumerierung habe ich ganz bewusst verzichtet. Die unterschiedlichen Schriften sollen den geneigten Leser stets daran erinnern, dass er die Geschichte auf seine Art begreifen und dieses Buch nach Belieben gliedern kann. Ge Rens Geschichte wird diese Erzählweise gerecht.

Manch einer sagt, sein Schicksal spiegle das jedes Einzelnen von uns wider. Ge Ren ist tot. Seine Person beurteilen die Menschen unterschiedlich. Egal jedoch, ob das Urteil positiv oder negativ ausfällt, es berührt.

Als ich vorgestern Morgen meinen Computer einschaltete, war eine E-Mail eingetroffen. Ein Freund schrieb, Ge Rens Geschichte sei wie ein fliegender Teppich, der dich hoch in die Wolken trage und im nächsten Moment in die entlegensten Täler fallen lasse. Ob das zutreffen mag oder nicht, wird der Leser nach der Lektüre dieses Buches vielleicht selbst entscheiden.

Abschließend sei erwähnt, dass ich zwar Ge Rens einzige noch lebende Nachfahrin bin, die Zitate im Buch jedoch den Standpunkt des jeweiligen Autors wiedergeben. Was ich darüber denke, war für die Auswahl der Texte ohne Belang. Der Leser möge die unterschiedlichen Erzähler bedenken, wenn sich von Zeit zu Zeit Fehler in die Schilderungen schleichen. Ich vertraue darauf, dass der Leser diese Irrtümer als solche erkennt. Deshalb habe ich von detaillierten Berichtigungen Abstand genommen und lediglich die vorliegenden Zitate gesammelt, um bei Bedarf an der einen oder anderen Stelle Lücken zu schließen und offenkundige Widersprüche zu glätten.

Seit zehn Jahren begleitet mich dieses Buch. Ich bin Ge Rens Verwandte, und meine Liebe zu ihm wird von Tag zu Tag größer. Für meine Arbeit bin ich gehalten, einen kühlen Kopf zu bewahren und über den Dingen zu stehen, auch wenn ich es oft kaum mehr ertrage und am liebsten laut lachen, leise schluchzen oder mich still verkriechen möchte ...

1. Teil:
Um der Wahrheit die Ehre zu geben

ZEIT:	März 1943
ORT:	Unterwegs von Baipi nach Hongkong
ERZÄHLER:	Bai Shengtao, Arzt
ZUHÖRER:	Fan Jihuai, Generalleutnant
PROTOKOLLANT:	Ding Kui, Fan Jihuais Begleiter

Mitteilung

General, um der Wahrheit die Ehre zu geben: Tian Han überbrachte mir die Nachricht, als ich noch in Hougou war. Ihr Militärs kennt sicher alle den Dattelgarten in Hougou an der Arrestzelle. Ich saß in dieser Zelle, für knapp zwei Monate. Am Abend, als Tian Han eintraf, glaubte ich erst, er käme zu mir, seinem Landsmann, um mir Lebewohl zu sagen.

»Ist das jetzt mein Ende?«, fragte ich mich.

Eigentlich bin ich Mediziner. Ich war im Krieg und habe unzählige Leichen gesehen, ohne dass ich mich gefürchtet hätte. Aber mich verließ der Mut, kaum dass ich ihn sah und mir seine Alkoholausdünstungen in die Nase stiegen. Ich bekam weiche Knie. Nicht im Traum hätte ich mit dem gerechnet, was Tian Han mir schließlich mitteilte.

Er begleitete mich hinaus. Als wir auf den Hof kamen, bemerkte ich seine Wachleute. Geduckt schlichen sie einige Schritte von mir entfernt umher. Andere Posten hatten mit ihren Lanzen Position bezogen. Der Nordwind blies scharf, Schneeflocken fielen zu Boden. Mit einer Damastjacke über dem Arm, die an Krankenhauskleidung erinnerte, rannte ein Wachmann herbei und gab Tian Han die Jacke. Der Stoff war weicher als das handgewebte Tuch auf dem Land, das den Kommandanten und den gerade in Yan'an eingetroffenen Gelehrten vorbehalten war. Ich gebe zu, dass ich meine Tränen nicht zurückhalten konnte, als Tian Han mir die Jacke über die Schultern legte. Mein Gesicht war nass, die Nase lief. Tian Han musterte mich. Er schien mir etwas sagen zu wollen, schwieg aber. Das verwirrte mich noch mehr. Einen Moment lang blieben wir draußen stehen, dann sagte er: »Hier ist es viel zu kalt. Lass uns wieder rein gehen.«

Er brachte mich nicht zurück in meine Zelle, sondern führte mich in eine Lösshöhle, an deren Wand ein Lenin-Bild und ein Raumplan hingen. Es musste ein Büro der Nordwestschule sein. Er zog seine Schuhe aus, nahm die Einlagen mit der Kohlezange heraus und schwenkte sie über der Feuerschale hin und her. Ein Wachposten wollte ihm zur Hand gehen, aber Tian Han winkte ab und befahl ihm, draußen achtzugeben, dass niemand hereinkäme. In den strengen Geruch seiner dampfenden Einlagen mischte sich der Rauch des Holzkohlenfeuers. Meine Augen brannten, und ich musste blinzeln. Vielleicht lachen Sie mich jetzt aus, aber ich muss gestehen, dass dieser Geruch mir damals angenehm und vertraut erschien. Tian Han öffnete seine Hose, schnappte sich eine Filzlaus und warf sie in die Feuerschale, in der sie knackend zerplatzte. Er erwischte noch ein paar, warf sie jedoch nicht mehr ins Feuer, sondern zerdrückte sie zwischen den Fingernägeln.

Er zog eine Kalebasse mit Schnaps aus der Jackentasche und gab sie mir. Dann griff er zwei kleine Gläser und wischte sie rundherum mit dem Daumen sauber, schenkte sie voll und überreichte mir eines.

»Trink!«, sagte er. »Was ist los? Soll ich dich vielleicht bedienen?«

Seit zwei Monaten hatte mich niemand mehr zum Trinken aufgefordert. Wieder rannen mir die Tränen übers Gesicht. Als er noch mal in seiner Brusttasche wühlte und zwei Schweinefüße zum Vorschein brachte, biss ich mir auf die Lippen.

»Schmeckt dir der Schnaps?«, fragte er mich, und ich bejahte zufrieden. Dann erfuhr ich es. Ich knabberte gerade an meinem Schweinefuß, als Tian Han sagte: »Es gibt etwas, das ich dir sagen will. Ge Ren ist noch am Leben.«

Ich sprang erschrocken auf.

Ich traute meinen Ohren nicht. Letztes Jahr, im Winter des Jahres 1942, als ich von der Front nach Yan'an zurückkam, hatte mir Tian Han unter Tränen von Ge Rens Tod berichtet. Was er mir erzählt hatte, klang glaubwürdig: Im Sommer desselben Jahres hatte Ge Ren seine Kompanie in der Abenddämmerung zu einer Operation an einen Ort namens Erligang geführt. Dort wurden sie von japanischen Truppen überrascht. Rund um den Tempel des Nationalhelden Guangong tobte mehrere Stunden lang der Kampf, in dem Ge Ren schließlich fiel. Dafür wurde er danach als Volksheld gefeiert. Die Einheimischen tuschelten, Ge Ren wäre Guangong ebenbürtig, und forderten sogar, eine Gedenktafel für ihn im Tempel aufzustellen. General, ich hatte Tian Han damals wie gebannt zugehört, und die Tränen liefen mir dabei über die Wangen. Kein Wort brachte ich über die Lippen. Noch lange Zeit danach träumte ich jede Nacht von Ge Ren und erwachte mit einem bleiernen Druck auf der Brust. Niemals hätte ich es für möglich gehalten, dass Ge Ren noch am Leben war.

Tian Han schlug sich auf den Schenkel.

»Verdammter Schweinehund«, rief er. »Bin ich froh, wirklich froh, Ge Ren hat diese Tragödie überlebt. Offenbar wird sein Einsatz belohnt. Keine Nacht konnte ich mehr schlafen.«

Dann gab er mir zu verstehen, dass noch niemand davon wusste. »Wenn etwas durchsickert, geht es schief. Die japanischen Teufel und die reaktionären Nationalisten wären sofort zur Stelle. Dann wäre Genosse Ge Ren verloren.«

Natürlich haben Sie recht, Herr General, er musste etwas anderes im Sinn gehabt haben, wenn er sich durch das Schneetreiben zu mir bemüht hatte. Das war mir klar. aber er sagte zunächst nichts davon, und ich wagte es nicht, unbedacht Fragen zu stellen. Erst nachdem ich meinen Schweinefuß abgenagt hatte, rückte er mit der Sprache heraus. Er wollte mich in den Süden schicken, um Ge Ren abzuholen. Lassen Sie mich kurz nachdenken. Wie drückte er sich doch gleich aus? Ja, er sagte: »Genosse Ge Ren hat im Süden eine harte Zeit hinter sich, er ist bei schlechter Gesundheit und leidet an einer Lungenschwäche. Mehr kann ich dir nicht sagen. Du fährst hin und holst ihn nach Hause, damit er in Yan'an noch ein paar glückliche Tage verleben kann. Schließlich bist du Arzt. Und wenn du das erledigt hast, werde ich bei denen da oben ein Wort für dich einlegen, damit sie sich um deine Angelegenheit kümmern. Es ist doch beschämend, diese Trotzkistenmütze zu tragen, das ist sogar mir unangenehm. Immerhin kommen wir doch aus demselben Stall. Aber eins sage ich dir, wenn du es verpatzt, garantiere ich für nichts, dann bist du dran, auch wenn's mir schwerfällt.«

Vieles blieb unausgesprochen. Er erwähnte zwar den Süden, aber vom Dahuang-Gebirge war nicht die Rede und erst recht nicht vom Städtchen Baipi. Ich fragte ihn erstaunt, warum er gerade mich mit dieser Aufgabe betraute. Mich, einen einfachen Gelehrten, der zudem einen ideologischen Fehler begangen hatte. Ich wäre einer solch hehren Sache kaum gewachsen, sagte ich. Daraufhin antwortete er: »Weiße Katze, schwarze Katze, Hauptsache, sie fängt Mäuse. Ich wünsche dir, dass alles klappt.«

Ich fragte ihn, ob die Entscheidung der Partei bereits feststeht. Er machte ein ernstes Gesicht und hob den glühenden Schürhaken.

»Jaja, die Katze lässt das Mausen nicht«, sagte er. »Eins solltest du dir hinter die Ohren schreiben: Stell nicht so viele Fragen. Und komm ja nicht auf die Idee, private Aufzeichnungen zu machen. Niemand wird dich für einen Stockfisch halten, wenn du nichts sagst. Und niemand wird meinen, du wärest ein Analphabet, wenn du kein Tagebuch führst.«

Ich stand hastig auf und sagte, dass ich für die Revolution schließlich den weiten Weg nach Yan'an auf mich genommen hätte. »Und jetzt werde ich mich nach Kräften bemühen, deinen Anweisungen nachzukommen.«

Tian Han bat mich, an diesem Abend noch einmal in Hougou zu übernachten. Ein Wächter brachte mich in eine Lösshöhle, die ich für mich alleine hatte. In jener Nacht fand ich kaum Schlaf, stand mehrfach auf, ging pinkeln und verneigte mich beim Abschütteln jedes Mal vor dem Lenin-Bild an der Wand. Der Schnee tauchte die Umgebung in eine graue Dämmerung, als würde es bereits Morgen. Das Licht brachte offenbar auch den Hahn durcheinander, als er krähte, war es Mitternacht. Bei jedem seiner Rufe sprang ich von meinem Lager auf. Das ging einige Male so. Ein Krampf durchfuhr meinen rechten Oberschenkel, ich fürchtete, die Venenentzündung meiner Wade könnte sich verschlimmern und würde meine Abreise verzögern. Seit ich in der Zelle saß, litten meine Beine unter den zahllosen Tritten der Wärter.

Welch Glück ist es, sein Herz auszuschütten. Immer wenn ich an Ge Ren dachte, erschien mir die bevorstehende Reise wie ein großes Geschenk. Wahrscheinlich würde Ge Ren erröten, wenn ich vor ihm stand.

Sie haben recht, General, diese Schwäche passt nicht zu einem Revolutionär. Aber wäre es nicht merkwürdig gewesen, wenn er im Wissen um die große Entfernung, die ich zurückgelegt hatte, nicht errötet wäre? Bei diesen Gedanken fiel ich in einen unruhigen, von Hahnengeschrei begleiteten Schlaf. Kaum hatte ich Ruhe gefunden, schreckte mich ein lauter Knall auf. Kurz danach rief jemand um Hilfe. Gejammer und Geschrei waren zu hören. Zunächst glaubte ich, der Feind rückte an, und hob rasch einen Stein vom Boden auf. Später vernahm ich aus dem lauten Stimmengewirr, dass eine Höhle eingestürzt war und mehrere Gefangene zwischen den Felsbrocken zerquetscht worden waren.

Wie diese Höhle einstürzen konnte? Das ist eine gute Frage, General Fan. Vielleicht waren die Leute leichtsinnig geworden und hatten sich einen Weg gegraben, um auszubrechen? Meine Kopfhaut brannte, als hätte ich den Schuss mit eigenen Augen mit angesehen, der sich in die Stirn der Flüchtigen bohrte. Während ich diesem Gedanken nachhing, stürzte jemand an mein Lager und zerrte mich hoch.

»Was hast du vor, Genosse?«, fragte ich.

Er sagte, ich solle die Klappe halten und ihm folgen. Als wir den Hof verließen, erkannte ich im fahlen Schein der schneebedeckten Landschaft schemenhaft Tian Hans Wächter. Er erklärte mir gleich, Tian Han habe ihn geschickt, um sich zu vergewissern, dass ich nicht verletzt bin. Wenige Meter weiter sah ich Tian Han neben einem Viehstall, die Hände tief in den Ärmeln seiner Winterjacke, eine Zigarette im Mundwinkel. Er befahl mir, Yan'an umgehend zu verlassen und mich nach Zhangjiakou zu begeben. Dort sollte ich Dou Sizhong treffen und anschließend zu Ge Ren in den Süden aufbrechen.

Nein, General, noch immer verriet er nicht, dass mein Ziel Baipi sein sollte. Alles Weitere würde mir Dou Sizhong erklären, sagte er nur. Dou Sizhong war Tian Hans Gefolgsmann, einer, der ihm auf Leben und Tod treu ergeben war. Als Tian Han Zhangjiakou erwähnte, kam mir sofort mein Schwiegervater in den Sinn, der dort lebte. Ich fürchtete, mein Eintreffen könnte ihn in Schwierigkeiten bringen. Tian Han war sehr schlau, seinem Blick entging nichts. Als ich kurz zögerte, erriet er meine Gedanken und sagte: »Dein Schwiegervater hat damit nichts zu tun. Es geht einzig um den Genossen Ge Ren. Genosse Dou Sizhong wird dir helfen, den Genossen Ge Ren ausfindig zu machen.«

Ich erkundigte mich, ob Bingying bei Ge Ren war und ob sie ebenfalls zurückgebracht werden sollte. Daraufhin erwiderte Tian Han mit finsterer Miene, ich solle mich um meine Aufgabe kümmern und keine weiteren Fragen stellen. Es wurde kühl. Ich wollte hineingehen, um mir eine Jacke zu holen. Doch er hielt mich zurück und sagte: »Alles liegt für dich bereit, sogar eine Unterhose. Der Brief für Dou Sizhong ist in die Unterhose eingenäht.«

Er wies mich noch einmal eindringlich darauf hin, dass ich Ge Rens Namen unterwegs nicht erwähnen sollte.

»Merk dir das, Ge Rens Codenummer lautet null, das bedeutet ›kugelrund‹. Und ich wünsche dir, dass auch deine Mission eine runde Sache wird.«

Dabei wies er ins Tal, wo ich im Halbdunkel die unscharfe Gestalt eines Esels und einer Person erahnte.

Und damit ging Tian Han. Ich fühlte mich plötzlich verlassen und leer. Eine ganze Weile verharrte ich in der Kälte, der Schneefall wurde heftiger. Bei dem Gedanken an meine baldige

Zusammenkunft mit Ge Ren aber hob sich meine Laune. Einige Vögel flatterten aufgeregt in die Luft. Der Wind hatte das Stalldach abgedeckt, und aus den emporragenden Schilfrohren erklangen Flötentöne. Ob die Vögel Unheil bringende Raben oder glückverheißende Elstern waren, wusste ich nicht. Gegrillte Elstern verabreichte ich immer gegen Verstopfung. Man sagt, sie verheißen Glück und gelten als Willkommensgruß für Gäste. Aber für mich klang ihr Zwitschern damals wie eine Aufforderung, das Feld zu räumen.

General, ich habe nicht im Traum damit gerechnet, dass mein Abschied endgültig sein sollte und ich nie wieder zurückkehren würde.

Wie bitte? Welcher Tag es war? Hm, daran kann ich mich nicht mehr genau erinnern. Während der zwei Monate, die ich in Hougou eingesperrt gewesen war, hatte mein Gedächtnis nachgelassen.

Allgemein Bekanntes zur Schlacht von Erligang

Auszug aus *Geschichte des Zweiten Weltkriegs im chinesischen Kriegsgebiet*:

> Am 1. Mai 1942 begannen die Säuberungsaktionen am antijapanischen Stützpunkt Jizhong in der Provinz Hebei. Unter der Parole der *Dreifachen Auslöschung: alles niederbrennen, alles niedermetzeln, alles ausplündern* verfolgten die Japaner das Ziel, innerhalb von zwei Monaten die Hauptstreitkräfte der kommunistischen Achten Armee aufzuspüren und sie zu umzingeln. Nach den Worten des japanischen Generalleutnants Yasuji Okamura war die Achte Armee »so unberechenbar wie ein glitschiger Aal«. Zwischen dem 16. Mai und 20. Juni führten die japanischen Truppen in den Gebieten südlich des Hutuo-Flusses, nördlich der Deshi-Bahnstrecke und westlich des Fuyang-Flusses wiederholt Säuberungsaktionen durch. In dieser Zeit fand die Schlacht von Erligang statt.

Zum ersten Mal wird diese Schlacht am 11. Oktober 1942 in der *Kriegszeitung des Grenzgebiets* in dem Artikel *Kampftruppen im feindlichen Hinterland* erwähnt. Der Autor Huang Yan hatte sich seinerzeit mit demselben Schiff wie Ge Ren und Fan Jihuai, der Erzähler des dritten Teils dieses Buches, auf den Weg zum Studium nach Japan gemacht. In seinem Artikel heißt es:

> Der Widerstand gegen die Säuberungskämpfe forderte zahlreiche Opfer für das Vaterland unter dem chinesischen Volk. Hervorragende, mutige Söhne und Töchter mussten ihr Leben lassen. [...] In der Schlacht von Matian griff das Kommandobataillon unseres Vizestabsoffiziers Genosse Zuo Quan wiederholt den Feind an, und setzte eine Schlacht in Gang, die einen ganzen Tag lang dauerte. Die gegnerische Seite hatte eine große Zahl an Toten und Verletzten zu beklagen, so dass der Feind mitten in der Nacht geschwächt die Flucht nach Matian ergriff. Daraufhin mobilisierte der Vizestabsoffizier Zuo seine Truppen und nahm die Verfolgung auf. Unter Einsatz des eigenen Lebens gab er den Kampfbefehl. Er wurde unglücklicherweise von einer Kugel getroffen und ließ auf dem Shizi-Berg des südlichen Taihang-Gebirges ehrenvoll sein Leben. Am Fuße des Berges wurde die Soldatin Huang Junyu umzingelt. Nachdem ihre Munition zur Neige gegangen war und keine Hilfe nahte, stürzte sie sich einen Abhang hinab, um sich das Leben zu nehmen. Sie wurde zu einem großen Vorbild für die Frauen. Der Lehrer, Genosse Ge Ren, stieß bei der Ausübung seiner Pflicht in der Schlacht von Erligang auf feindliche Truppen. Dadurch, dass er gemeinsam mit dem Feind unterging, erhielt sein Tod Bedeutung. [...] Das Volk verlor seine Elite, und der Widerstandskrieg gegen die japanische Aggression forderte unversehens das Leben vieler Helden. Die Soldaten trauerten gemeinsam mit dem Volk und schworen bei ihrem Leben Rache für die Toten [...].

Dass Ge Ren Lehrer war, entspricht nicht ganz der Wahrheit. Damals hatte er eine Anstellung als Übersetzer im Lektorat des

Marx-Lenin-Instituts. Jahre später, nachdem Huang Yan bereits nach Amerika emigriert war, kam er darauf noch einmal zu sprechen und korrigierte seinen Fehler beiläufig. In seinen Memoiren, *Zeitreise*, schreibt er:

> Damals arbeitete Ge Ren im Lektorat des Marx-Lenin-Instituts als Übersetzer und betrieb gleichzeitig seine Forschungen zur Latinisierung der chinesischen Schrift. Da er über sein Gehalt hinaus Einkünfte aus Tantiemen hatte, galt er als reicher Mann. Mich als seinen Zimmergenossen aus Studienzeiten in Japan lud er zusammen mit seinen beiden Landsleuten, Tian Han und Bai Shengtao, häufig zu heimischen Köstlichkeiten ein. Tian Han war als stellvertretender Abteilungsleiter für die Eliminierung von Verrätern in der Grenzregion zuständig, und Bai Shengtao war Arzt im Grenzgebiet. [...] Unterwegs beobachtete ich einmal, mit welcher Hingabe Ge Ren Mispelfrüchte am Feldrain eines Grabhügels pflückte und sie mit der Gebetskette verglich, wie man sie von den Trauerfeiern für einen toten Säugling kennt. Oh, wie doch die Zeit verrinnt! Seit der Schlacht von Erligang ist bereits ein halbes Jahrhundert vergangen. Sollte Ge Rens Grabstätte noch irgendwo zwischen Himmel und Erde erhalten geblieben sein, werden sein Grab gewiss diese Gebetsketten zieren.

Aus Huang Yans Aufzeichnungen geht hervor, dass die Menschen auch nach einem halben Jahrhundert noch glaubten, Ge Ren sei in Erligang gefallen, offenbar gehörte das zur Allgemeinbildung. Selbst das kürzlich erschienene Buch *Register berühmter Kulturschaffender der chinesischen Moderne* gibt nach wie vor 1942 als Ge Rens Todesjahr an.

Als ich 1998 nach Erligang reiste, besuchte ich den Guandi-Tempel, den Ort, an dem Ge Ren sein Leben für das Vaterland gelassen haben soll. Der heutige Guandi-Tempel war erst nach der Kulturrevolution neu errichtet worden. Auf der Steintafel vor dem Eingang sind die Investoren, mit deren Hilfe die örtliche Regierung den Tempel wieder aufgebaut hatte, in chronologischer Reihenfolge aufgelistet. Die Stele im Innern gehört hingegen zu den alten Schätzen.

Vom Kassierer erfuhr ich, dass sie diese Gedenktafel aus dem Eselsstall seines Schwiegersohnes geholt hatten. Sie stammte aus dem dreiundzwanzigsten Jahr der Ära des Kaisers Kangxi und trug Aufzeichnungen über das bewegte Leben des Generals Guangong. Die Reiseführerin erklärte mir, dass die Schrift wegen der Kriegsgeschosse und Eselstritte abbröckele. Einmal hatte ein Fernsehteam der Unterhaltungssendung *Fröhliches Hauptquartier* die Stele für eine neue Folge gefilmt, in der es ein Quiz geben sollte. Ich habe den Ausschnitt der Sendung gesehen, in dem die Frage nach dem Grund für die abblätternde Schrift gestellt wurde. Als Belohnung für den weiten Weg, den die hochrangigen Gäste aus dem Film-, Fernseh- und Musikgeschäft zurückgelegt hatten, gab es keine Verlierer. Alle Fragen wurden richtig beantwortet, und jeder Teilnehmer erhielt eine Flasche Robbenöl aus Alaska als Preis. Auch sein eigenes Wissen gab der Quizmaster gerne zum Besten: »Diese Frage war doch einfach. Es ist ja allgemein bekannt, dass der berühmte Übersetzer, Dichter und Sprachwissenschaftler Ge Ren am 1. Juni 1942 hier an diesem Ort auf die japanischen Teufel traf und dass ein Kampf auf Leben und Tod entbrannte. Denjenigen, die noch immer nicht wissen, wer Ge Ren war, sage ich nur: Bingying. Bingying, die berühmte Schauspielerin der dreißiger, vierziger Jahre. Ganz genau! Ge Ren war Bingyings Ehemann.«

Lieber Leser, auch wenn Sie spotten mögen, ich gebe zu, dass auch ich als Ge Rens Nachfahrin geglaubt hatte, Ge Ren sei 1942 in Erligang gestorben, bevor ich Bai Shengtaos Dokumente zu Gesicht bekam. Allerdings scheinen einige Fragen der Überlieferung wie zum Beispiel die, warum Ge Ren überhaupt nach Erligang ging und welche Aufgaben er zu erfüllen hatte, nicht der Rede wert zu sein. Das, was als Allgemeinbildung gilt, sollten wir wohl stillschweigend als gültig akzeptieren.

Eselowski

Um der Wahrheit die Ehre zu geben, Tian Han hatte nicht gelogen. Tatsächlich hatte er für alles gesorgt, und auf dem Eselskarren fand ich etwas zu essen, zu trinken und Kleidung, es fehlte an nichts. Sogar Schnaps stand griffbereit, genau die Kalebasse, aus der wir am Abend getrunken hatten. Weil ich bei dem eiligen Aufbruch keine Kleidung hatte einpacken können, übergab mir Tian Han im Wagen eine gefütterte Jacke und eine Hose. Auch an eine lange Unterhose hatte er gedacht. Ich zog mich im Wagen um. Als Erstes nahm ich die Unterhose und drückte sie an mich, als ob ich sie liebkosen wollte.

General, waren Sie schon einmal im Norden von Shaanxi?

Gut, ich beschränke mich darauf, meine Geschichte zu erzählen, und werde keine Fragen mehr stellen. Ich beginne also mit der Geschichte vom Esel. Ein Esel ist wirklich Gold wert. Fleißig und gehorsam. Wie willst du ohne einen Esel pflügen, den Mühlstein drehen oder Kohlen transportieren? Die Leute aus der Grenzregion sprechen kaum einen Satz, in dem nicht das Wort »Esel« vorkommt. Wenn sie jemanden beschimpfen, nennen sie ihn »Eselsgeburt«. Wenn sie sich über sich selbst ärgern, nennen sie auch sich selbst so.

Lachen Sie nicht. Es ist so. Wenn sie glücklich sind, sagen sie auch »Eselsgeburt«, ganz leise, wie man einer Frau zarte Worte ins Ohr wispert.

Als ich in Yan'an eintraf, war die Revolution im Aufwind. Es wurden keine Mühen gescheut. Wegen des Gerüchts, dass General Hu Zongnan mit seinen Truppen anrückte, mussten wir unsere Einheit plötzlich von Yanchang abziehen. Damals standen uns nicht genügend Wagen zur Verfügung, und ich musste einen Verletzten schultern. Es ging über Stock und Stein, nach kurzer Zeit hatte ich zwei Meilen zurückgelegt. Da nannte man mich »Kleiner Esel«, worüber ich mich freute. Das war wie ein Lorbeerkranz für mich, und ich lachte sogar noch in meinen Träumen darüber. Später dann, nachdem ich als Trotzkist abgestempelt worden war, nannten sie mich spöttisch Eselowski.

Auch der Fuhrmann unseres Wagens, der aus meiner Gegend stammte, kannte diesen Spottnamen natürlich. Er sagte, er sei dabei gewesen, als ich zum Trotzkisten wurde. Damals war er Kang Shengs Vermieter gewesen. Kennen Sie Kang Sheng? Den früheren Minister für Soziales?

Der Fuhrmann wollte Mao mehrere Male begegnet sein und auch Wang Ming getroffen haben. Er war ein Trinker und klaute mir den Schnaps, als ich pinkeln musste. Nach einigen Schlucken wurde er noch gesprächiger, kam vom Hölzchen aufs Stöckchen und ließ sich über Wang Ming aus.

Nach einem weiteren Schluck drehte er sich zu mir um.

»Du willst Mao heißen?«, sagte er mit eigenartigem Lachen und zog die Schultern hoch, so dass sein Hals erst wieder zu sehen war, nachdem sein Lachen verstummt war.

Ich sagte ihm, dass ich nicht Mao, sondern Bai hieße.

»Ich weiß«, war seine Antwort. »Ich weiß alles und plaudere nur etwas mit dir, wegen der Eiseskälte draußen.«

Wie bitte? General, Sie fragen, wie es dazu kam, dass ich als Trotzkist abgestempelt wurde? Ja, zu Eselowski wurde ich durch einen Esel, um genau zu sein, durch Eselsmist. Es ist eine Frage von Ursache und Wirkung: Wenn es viele Esel gibt, gibt es auch viel Mist. Wenn es noch mehr Esel gibt, muss man schon eine Mistauflesebewegung ins Leben rufen, um das Problem zu beheben. Da braucht man ein paar Dumme. Wir Ärzte haben damals als Erste vorgeschlagen, den Mist wegzuschaffen. Es fing damit an, dass ein Soldat des Nachts in einen Haufen Eselsmist getreten war. Er rutschte wie auf Glatteis aus, schlug der Länge nach hin und schlitterte gegen einen Baumstumpf. Sein Oberschenkel brach, denn er war bereits im Krieg verwundet worden. Bei einem Krankenbesuch seines Kommandanten in der Klinik empfahlen die Ärzte, die Dorfbewohner sollten Stoffbeutel unter die Hintern ihrer Esel hängen, um den Dung aufzufangen. So blieben die Straßen sauber und Unfälle dieser Art konnten vermieden werden.

»Tolle Idee, du Eselsgeburt«, rief der Kommandant begeistert.

Danach kam er auf eine wirkliche Schwierigkeit zu sprechen: Die Leute auf dem Land kleideten zwar ihre Säuglinge in Armeeuniformen, um sie so darauf vorzubereiten, dass sie für die Revolution sterben würden. Aber sie dazu zu bringen, aus einem Stück Stoff einen Dungbeutel zu nähen, war genauso schwierig, wie einem Tiger in den Zähnen herumzustochern. Darauf verzichtete man lieber. Immerhin versprach der Kommandant, diese Frage im Komitee zu erörtern. Wir warteten ewig auf eine Entscheidung, die nicht kam. Aber eines Tages kündigten sie einen amerikanischen Journalisten in Yan'an an. Um bei diesem einen ordentlichen Eindruck zu hinterlassen, entschied die Parteiführung, dass der Eselsmist weggeschafft werden sollte.

Die Revolution braucht die öffentliche Meinung. So klebte an der Mauer der Klinik die Parole »Dient dem Widerstand und schafft den Mist zurück auf die Felder«. Die Kunstpropagandatruppen des Zeitungsverlages und der Schule riefen mit einem pantomimischen Volkstanz zum Mistauflesen auf. Selbst das Lied *Großer Produktionschor* des Komponisten Xian Xinghai und des Textschreibers Saike wurde folgendermaßen abgewandelt: »Leuchtender Frühling im Februar, jeder Haushalt schaufelt Mist, erwartet doch ein gutes Jahr, gebt Getreide, das Militärproviant ist.«

Um der Mistauflesebewegung Bedeutung zu verleihen, richtete Yan'an einen Liederabend aus. Die beiden Solistinnen des Abends kamen aus Chongqing und dem isolierten Shanghai. Heute sind sie in Shanghai Chormitglieder. Während einer medizinischen Untersuchung hatte mir die Sängerin aus Shanghai erzählt, sie habe einige Zeit in Deutschland verbracht und dort Operngesang inklusive Koloraturen studiert.

»Operngesang? Koloraturen?«, fragte ich.

»Du Witzbold«, rief sie und zwickte mich. Dann strich sie ernst blickend über ihren bezaubernden Hals.

»Koloraturen sind Arien, die mit stimmlichen Verzierungen gesungen werden«, erklärte sie. »Man muss viele Jahre hart dafür üben.«

Ich hörte ihr wie gebannt zu. Ich bat sie um eine Hörprobe. Ha! Das, was mir dann zu Ohren kam, war Eselsgeschrei nicht unähnlich – die Klänge, der Ausdruck und dieses Sich-hin-und-her-Schütteln. Sie habe dem Chorleiter ein Notenbüchlein überreicht, erzählte sie weiter, und ihn darauf hingewiesen, dass Amerikaner die darin enthaltenen Stücke gerne hörten. Aber der Chorleiter wollte dem Amerikaner mit dem Stück *Februar* einen Eindruck von unserem Liedgut vermitteln.

Der Liederabend, an dem sie das umgeschriebene Lied *Februar* sangen, war die Generalprobe. Die Sängerin aus Chongqing trat ganz aufgeregt auf die Bühne und rief: »Are you ready?«

Wir riefen: Ja! Sie begann und hielt dabei das Mikrofon immer wieder ins Publikum, um uns zum Mitsingen aufzufordern.

»Ihr singt toll! Ihr singt toll!«, rief sie immer wieder, obwohl das Publikum keinerlei Reaktion zeigte.

»Noch einmal. Okay? Welche Seite singt besser? Wir machen den Vergleich. Yes! Applaus! Los, come on«, rief sie in die Menge.

Wir hoben alle unsere Mistkörbe in die Höhe und schwenkten sie im Takt über unseren Köpfen.

Die Mistauflesebewegung hatte einen entscheidenden Vorteil: Resultate wurden sofort sichtbar. Ob Mann, ob Frau, ob alt, ob jung, jeder trug einen Weidenkorb bei sich und sammelte den Mist auf, bis wirklich alles sauber war. Die Straßen waren blitzsauber wie die Xiafei-Straße (heute *Huaihai-Straße*) in Shanghai. Aber eines Tages, als ich vom Nachtdienst heimkam, sah ich, wie jemand eine Herde Kühe und Schafe über die Straße führte. Die Esel hatte man immer geschmückt, sie waren angeschirrt, einige trugen ein Halstuch wie eine Krawatte, die sich die Männer umbanden, wenn sie zum Trinken ausgingen. Yan'an putzte sich heraus. Aber das war diesem Vieh hier gleichgültig, die Tiere ließen allerorts ihren Mist fallen.

Ja, was war nur passiert? Ich erfuhr, dass das Vieh absichtlich auf die Straße geführt worden war. Wenn es noch ein bisschen mehr Mist gab, würde die Mistauflesebewegung neuen Schwung bekommen. Ich war sprachlos. Da hörte ich Trompetengeschmetter. Ich wandte mich um und sah eine Trommlergruppe herannahen, um sie herum tanzte eine Horde als Löwen Verkleideter. Bei diesen fröhlichen Klängen lasen die Menschen den Mist auf. Im Nu war die Straße rein. Ein Vergehen, dachte ich mir, dass ich den Eselsmist mitten auf der Straße nicht gesehen hatte. Dabei lagen diese Eselsköttel dort herum verlockend wie Silbertaler. Ich bewegte mich im Takt der Musik, tänzelte mit geneigtem Kopf. Aber als ich gerade einen Köttel auflesen wollte, beschlagnahmte jemand meine Mistgabel. Es war Zhankun, der ehemalige Leiter der chirurgischen Abteilung unserer Klinik. Er war inzwischen Chef einer kleinen Mistauflesegruppe der Klinik geworden. Eigentlich hatten wir uns immer gut verstanden. Auch er hatte eine Zeitlang in Russland verbracht und später mit mir zusammen in einer Lösshöhle gesessen.

»Du siehst doch, ich bin Teil der Mistauflesebewegung«, sagte ich zu ihm.

»Diese Misthaufen sind aber für die Kommandanten bestimmt und nicht für dich. Wenn du sie aufliest, bleibt denen nichts mehr übrig«, erwiderte er.

»Die Esel lassen bestimmt noch mehr fallen«, scherzte ich und warf den Eselsmist in den Korb. Zhankun wurde wütend, mit einem Fußtritt warf er das Behältnis um.

»Willst du dich vielleicht der Anordnung widersetzen?«, fragte er.

Auch mir gab er einen Stoß, dass ich beinahe hingeschlagen wäre. Eigentlich hatte sich Zhankun mir gegenüber immer sehr friedlich und respektvoll verhalten. Deshalb verwirrte mich dieses ungehobelte Benehmen. Als er erneut nach mir trat, stieß ich ihm mit dem Ellenbogen in die Rippen. Es war ein leichter Hieb, der ihn nicht umwarf.

»Hey, hey, du bist ja schon genauso störrisch wie die Esel«, schmunzelte er.

Ich lächelte ebenfalls und glaubte doch tatsächlich, die Sache sei damit erledigt. Niemals wäre ich auf die Idee gekommen, Zhankun könnte mir zwei Tage später mein Tagebuch stehlen, das ich unter meinem Kopfkissen aufbewahrte, und es zur Partei bringen. So fing der ganze Ärger an.

Um der Wahrheit die Ehre zu geben, die Partei konnte in meinem Tagebuch das Gespräch nachlesen, das ich mit Ge Ren, Tian Han und Huang Yan gehabt hatte. Sowieso schrieb ich nur Tagebuch, weil diese Beschäftigung laut Ge Ren den Menschen seelisch bereichert. Ein Mensch ohne Seelenleben sei wie ein Mensch ohne Schatten, wie ein Zimmer ohne Fenster und Türen, hatte er gesagt, aber ganz bestimmt hatte er nicht damit gerechnet, dass ich diese Worte in meinem Tagebuch verewige.

Ach? Sie kennen Huang Yan auch? Ja, er ist ein Journalist und Lektor. Damals saßen wir alle zusammen in der Lösshöhle. Wir unterhielten uns und kamen dabei auf Trotzki zu sprechen. Ge Ren erzählte eine kleine Geschichte aus dem Jahr, in dem Stalin Trotzki in die kasachische Hauptstadt Astana verbannt hatte und die Kollektivierungsbewegung landesweite Bauernaufstände auslöste. Stalins Tyrannei und Wagemut zerstörten nach Trotzkis Auffassung zwar das von ihm und Lenin errichtete sowjetische Regime, aber er hatte nicht im Sinn, nach Moskau zurückzukehren und Unruhe zu stiften. Stattdessen appellierte er in Briefen an seine Freunde, Rücksicht auf die Interessen der Allgemeinheit zu nehmen, Gemeinsamkeiten zu suchen, aber auch Unterschiede zu wahren, zu vergessen und zu vergeben sowie dem regierenden Stalin in schwierigen Fragen mit Rat und Tat zur Seite zu stehen. Das alles hatte ich in meinem Tagebuch niedergeschrieben. Gott sei Dank hatte ich nicht notiert, dass Ge Ren mir das alles in Tian Hans Höhle erzählt hatte. Sonst wären die beiden auch geschnappt worden. Trotzdem bekomme ich es noch im Nachhinein mit der Angst zu tun, wenn ich daran denke, dass ich beinahe noch eine andere Geschichte von Ge Ren aufgeschrieben hätte. Ge Ren hatte behauptet, Trotzki habe als Lenins Nachfolger ebenso wie Stalin die alten Kriegskameraden kaltblütig ermordet. Wenn man Schnaps in einer Flasche hat, ist es Schnaps, schüttet man ihn in eine Kalebasse, bleibt es Schnaps. Hätte ich diese Sätze niedergeschrieben, hätte ich meine Knochen einzeln aufsammeln können.

Ich musste das Tagebuch abgeben und wurde dann zum Verhör geführt. Noch heute zittere ich vor Angst, wenn ich an den Ermittler denke. Kaum eingetreten, schlug er sein Gewehr mit einem lauten Knall, der mir durch alle Glieder fuhr, auf den Tisch. Ich sollte wissen, dass das kein Gerichtshammer war, sondern eine Arisaka T-38, die sie von den Japanern bekommen hatten. Als ich hineingeführt wurde, verhörten sie gerade jemand anderen. Es war ein Intellektueller, der es seinem losen Mundwerk zu verdanken hatte, dass er als Trotzkist verschrien war. Nach einer Kundgebung im Stadion war er zusammen mit anderen am Yan-Fluss spazieren gegangen.

»Maos Frau Jiang Qing gibt vor, Flöhe zu fangen, aber in Wirklichkeit krempelt sie ihre Hosenbeine doch nur so hoch, um den Soldaten ihr Bein zu zeigen. Die ist sich auch für nichts zu schade«, sagte er.

Daraufhin wurde er sofort verhaftet. Ähnlich hatte sich Wang Shiwei geäußert. Folglich gehörten beide für die *Abteilung zur Eliminierung der Verräter* zur selben Bande. Zumal sich bei den endlosen Verhören herausstellte, dass sie Kommilitonen an der Peking-Universität gewesen waren. Der Intellektuelle gab sich zunächst uneinsichtig und bestritt vehement, Trotzkist zu sein. Also hängten sie ihn an den Dachbalken. Danach dauerte es nur eine Pfeifenlänge, bis er zugab, ein Anhänger Trotzkis zu sein.

»Gut, das wär's fürs Erste«, hörte ich einen Ermittler neben mir sagen. »Milde dem Geständigen, Härte dem Widerspenstigen. Wenn du gestehst, ein Trotzkist zu sein, bekommst du gleich eine Schüssel Eiernudeln.«

Der Kerl hatte ganz offensichtlich einen Bärenhunger. Nach der ersten Schüssel wischte er sich den Mund ab und sagte, er habe noch etwas zu gestehen, nämlich dass er ein Spion sei. Daraufhin bekam er eine weitere Schale Eiernudeln, wischte sich den Mund ab und bedankte sich bei der Partei für das Zwillingsei, das er gerade verspeist hatte. Außerdem hätte er noch etwas zu gestehen, nämlich dass Chiang Kaishek sein Neffe ist und dessen Frau Song Meiling seine Nichte. Der Mann war verrückt geworden, völlig verrückt. Auf einmal sollten sogar General Hu Zongnan und der Warlord Yan Xishan seine Pflegesöhne sein. Für diese Geständnisse bekam er allerdings keine Eiernudeln, sondern Peitschenhiebe. An jenem Tag nahm er sich das Leben. Er hatte schnell gelernt und sich selbst am Dachfirst aufgehängt, nicht mit einem Seil, sondern mit seinem Gürtel.

»Die Philosophen sagen, niemand könne sich selbst am eigenen Schopf aus dem irdischen Sumpf ziehen. Aber ich habe es getan«, waren seine letzten Worte.

Was? Sie wollen wissen, ob auch ich gehangen habe? Ja, natürlich.

Richtig, auch ich aß zwei Schüsseln duftende Eiernudeln. Die zweite bekam ich für die Auskunft, dass die Informationen in meinem Tagebuch allesamt auf Zhankun zurückgingen. Eigentlich wollte ich ihn gar nicht mit hineinziehen, denn es ist nicht meine Art, andere anzuschwärzen. Ich greife niemanden an, doch wer mich angreift, hat unbedingt mit einem Gegenangriff zu rechnen. Infolgedessen wurde auch er in Hougou eingesperrt. Während meines Aufenthalts dort hörte ich Zhankun wie einen kranken Rohrspatz nächtelang meine Familie bis in die achte Generation verfluchen. Am Anfang ärgerte ich mich. Und wäre ich eine Raubkatze, hätte ich mich auf ihn gestürzt und ihn zerfleischt. Aber ich bin ein Mensch, und der Kopf, der auf meinem Hals sitzt, ist zum Denken gemacht. Es lohnte sich nicht, mich auf sein Niveau herabzulassen. Eigentlich habe ich ihn am Anfang sogar ein wenig bedauert und mochte ihm gar nicht direkt in die Augen sehen. Aber später änderte sich das. Weil ich kein Tier bin, sondern ein denkender Mensch. Ich hatte aus alten Fehlern gelernt: Um sich und andere zu retten, muss man die Krankheit behandeln. Ich fühlte mich gleich wohler.

»Du Eselsgeburt, schimpf doch«, sagte ich und hielt mir die Ohren zu.

Um der Wahrheit die Ehre zu geben, in Hougou erwartete ich von niemandem, dass er mich ideologisch auf den rechten Weg brachte. Deshalb machte ich mir meine eigenen Gedanken und sah meinen Fehler aus tiefstem Herzen ein: Lassen wir alles andere einmal beiseite und konzentrieren uns auf das Mistauflesen. Als ich sagte: »Die Esel lassen bestimmt noch mehr fallen«, beging ich doch bereits einen unverzeihlichen Fehler. Viele Jahre lang hatte ich die Erziehung der Partei genossen, so dass ich einfach schon wesentlich früher in der Lage hätte sein müssen, das Problem vom Standpunkt eines Esels aus zu betrachten: Die Esel bekamen von Tag zu Tag weniger Futter, mussten aber für die Revolution den Mühlstein drehen, Kohlen transportieren und Äcker pflügen. Ihre Bäuche waren auch vorher schon leer gewesen. Aber nun sollten sie zudem für die Mistauflesebewegung etwas fallen lassen. Auch wenn es ihnen gar nicht möglich war. Sie mussten sich also richtig Mühe geben. Es war wirklich nicht einfach! Und ich als weltfremder Intellektueller zeigte keinerlei Mitgefühl mit den Eseln, und nun setzte ich sie auch noch unter Druck, wenn ich erwartete, dass sie immerzu Mist produzierten. Das war ein schwerwiegender Fehler, so wie der des Parteischematismus und der Irrtum des Sektierertums und des Subjektivismus. Wo waren nur meine proletarischen Gefühle geblieben? Wie konnte es sein, dass mein Bewusstsein kaum an das eines Esels heranreichte?

Ich sagte ja bereits, dass der Fuhrmann an dem Tag, als ich am Dachfirst hing, ebenfalls anwesend gewesen sein wollte. Er prahlte, das Seil für die Gehängten zur Verfügung gestellt zu haben. Dabei habe es sich nicht um ein gewöhnliches Stroh- oder Hanfseil gehandelt, sondern um Zügel, die er von seinen Vorfahren geerbt habe. Für diesen Beitrag bekamen er und sein Sohn eine Schüssel Eiernudeln zu essen. Außer dem Esel war das Seil sein wertvollster Familienbesitz. Mit dem Seil bündelte er Stroh, band das Vieh an und auch Menschen. Sein Sohn war nicht ganz richtig im Kopf, und dessen Frau versuchte, bei jeder Gelegenheit in ihr Elternhaus zu flüchten. Ihr Elternhaus im Städtchen Jialuzhen in der Gemeinde Jiaxian war weit von unserem »heiligen Ort« Yan'an entfernt. Sie immer wieder einzufangen war für ihn ein großer Aufwand: Er war einen Tag und eine Nacht unterwegs und musste dort dann noch unendlich Höflichkeiten mit ihren Angehörigen austauschen. Daher erschien es ihm als das Beste, seine Schwiegertochter einfach am Kopfende des Bettes festzubinden.

»Ja, Eselowski, um der Wahrheit die Ehre zu geben«, sagte er. »Man muss immer ein Seil griffbereit haben, sonst kommst du gegen dieses Pack nicht an.«

Plauderei mit Tian Han

Tian Han wurde sehr alt. Er starb erst am 5. Juni 1991, im Alter von neunzig Jahren. Das nenne ich Lebensglück. In den letzten Jahren seines Lebens wachte stets ein Mann namens Zhu Xudong an seiner Seite. Er war offizieller Herausgeber und der eigentliche Autor von Tian Hans Autobiographie. Nach Tian Hans Tod veröffentlichte er sukzessive ihre Gespräche. In einer Unterhaltung verriet Tian Han, dass er es gewesen war, der der Partei den Vorschlag gemacht hatte, Ge Ren an die Front zu schicken. Zudem erwähnte er einen Japaner namens Kawata:

> Ge Ren saß damals gerade an einer Lenin-Übersetzung, als ihn jemand fragte, ob Trotzki wirklich so ein Trottel sei. Hätte er nur einfach ja gesagt. Aber was tat mein alter Freund? Er drehte den Spieß um und gab zu bedenken, dass Trotzki immerhin Lenins Freund gewesen sei. Seine Aussage war zwar objektiv betrachtet korrekt, aber in diesem speziellen historischen Zusammenhang war die objektive Wahrheit ein Irrtum. Wer würde schon glauben, dass Lenin einen Trottel zum Freund hatte? Betrachtet man Ge Ren deshalb als trotzkistischen Rädelsführer, so täte man ihm nicht einmal Unrecht. Ach, dieses Dichtertemperament. Meiner Meinung nach ist es mit dem Temperament

eines Esels vergleichbar. Er ist genauso störrisch und gibt Laut, wenn es ihm passt. Ich habe mich später bei einigen Leuten für Ge Ren verwendet, so dass die Sache zu guter Letzt beigelegt werden konnte. Um ehrlich zu sein, habe ich auch ein wenig aus egoistischen Gründen gehandelt. Sonst wäre ich nämlich mit darin verwickelt worden – immerhin stammten wir beide aus dem Städtchen Qinggeng und waren in den Augen der anderen vom selben Schlag.

Aber bald darauf geschah wieder etwas. Wir fingen eines Tages einen Brief aus Shanghai ab. Schon auf den ersten Blick erkannte ich Bingyings Handschrift. Weil ich mich für Ge Ren verantwortlich fühlte, übernahm ich es, den Brief statt seiner zu öffnen. Damit tat sich aber ein weiteres Problem auf. Wir kamen quasi vom Regen in die Traufe. Zunächst schrieb sie von ihrer baldigen Reise nach Frankreich und fragte Ge Ren, ob er sie begleiten wolle. Wenn er nicht mitkomme und keine andere Frau habe, so wolle sie sich mit ihm in Yan'an treffen. Außerdem schrieb sie, dass sie ihm keine weiteren Briefe mehr schicken werde, sollte er ihr weiterhin nicht antworten. Sie werde ganz sicher nicht mehr schreiben. Demnach hatte sie Ge Ren bereits zahlreiche Briefe geschrieben. Meine Kopfhaut fing an zu brennen. Bingying war eine Künstlerin mit einer bewegten Geschichte, die jedermann kannte. Soweit ich weiß, hatte sie auch einmal mit einem Amerikaner namens Anthony zu tun gehabt. Solche Frauen sind wie Zeitbomben, sehr gefährlich. Nicht auszudenken, wenn sie nach Yan'an gekommen wäre. Eins ist sicher, Ge Ren und ich hätten es bedauert, sehr bedauert, tödlich bedauert.

Aber früher oder später kommt so etwas eben doch ans Licht. Nach wenigen Tagen tauchte schließlich jemand auf, der mit mir sprechen wollte. Er ließ mich ans Ufer des Yan-Flusses kommen und fragte, ob Ge Ren noch mit Bingying in Verbindung stehe. Was blieb mir anderes übrig, als den Ahnungslosen zu spielen.

»Ist etwas passiert?«, fragte ich.

Er musste meinem aufrichtigen Blick einfach glauben.

»Um die alten Fehler nicht ein zweites Mal zu machen, gehe ich der Sache auf den Grund – denn schließlich muss eine Krankheit behandelt werden, um Leben zu retten«, erklärte er.

Ich kam nicht mehr aus dieser Sache heraus. Aus lauter Sorge um Ge Ren bekam ich eine große Herpesblase am Mund. Ich musste ihn warnen. Ich ging ins Marx-Lenin-Institut, um mich bei ihm nach dem Stand der Dinge zu erkundigen. Ein lauter Streit war gerade im Gange, weil sich Wang Shiwei mit seinen Essstäbchen sofort ein Stück fettes Fleisch in den Mund geschoben hatte, kaum dass das Essen serviert worden war. Fettes Fleisch war damals beliebter als mageres. Wang Shiwei wurde daraufhin zum Trotzkisten. Das weißt du ja. Sein Fall kam dann schon bald an die Öffentlichkeit.

»Schlagt ihn zusammen!«, brüllte die Horde und stürzte sich auf ihn. Und Ge Ren? Auch er beteiligte sich eifrig an dem Streit. Damals dachte ich, wenn die Sache geheim bliebe, wäre auch ich zufrieden. Im Falle dass sie aber publik würde, nähme sie ungeahnte Ausmaße an. Ich befürchtete das Schlimmste.

Einige Tage später erhielten wir die wichtige Nachricht, dass sich ein mit mir befreundeter Offizier, ein Gefolgsmann des Generals Okamura Yasuji, der die Sonderzone der Provinz Hebei befehligte, mit einer japanischen Delegation angekündigt hatte, um die bewaffneten Auseinandersetzungen in einem Ort namens Songzhuang genau unter die Lupe zu nehmen. Zudem erfuhren wir, dass der Delegation auch ein Mann namens Kawata angehörte. Er war zu Studienzeiten Ge Rens Vermieter in Japan gewesen. Nun war er Major und als Übersetzer tätig. Diese Nachricht überbrachten wir der Achten Armee am Südufer des Hutuo-Flusses, damit sie rechtzeitig Vorsichtsmaßnamen ergreifen und, wenn es die Umstände erlaubten, zwei Delegationsmitglieder gefangen nehmen konnte. Auf die Frage der Nachrichtenstelle hin, wer für diese Aufgabe am besten geeignet sei, schlug ich Ge Ren vor.

»Ist er verlässlich?«, fragte der Mann.

Ich bejahte.

»Und wenn dieses intellektuelle Sensibelchen unterwegs auf den Feind trifft? Was ist dann?«, erkundigte er sich weiter.

»Eines der Delegationsmitglieder ist ein alter Bekannter von Ge Ren«, erklärte ich. »Sollte er tatsächlich der japanischen Armee gegenüberstehen, wird er schon einen Weg finden, um zu entkommen. Oder er kann seinen Bekannten Kawata dazu bewegen, mit ihm gemeinsam die Flucht zu ergreifen. Auf diese Weise können wir vielleicht wichtige Informationen aus Kawata herausbekommen.«

Mein Plan war einfach: Indem er vorgab, diese Mission zu erfüllen, könnte Ge Ren vorübergehend untertauchen. Da die Kollektivierungsbewegung zu der Zeit gerade erst begonnen hatte, musste ich auch den schlimmsten Fall in Betracht ziehen, nämlich dass Ge Ren ums Leben kommen könnte. Es wäre immerhin günstiger, Ge Ren ließe durch die Hand der Japaner sein Leben, als dass ihm Unrecht von den eigenen Leuten widerführe. Ach, damals habe ich nicht weit genug gedacht und hätte niemals erwartet, dass es so kommen könnte. Merkwürdig, wirklich merkwürdig.

Also brach Ge Ren nach Songzhuang auf.

Ja genau, der Name wurde während der Bodenreform in *Chaoyangpo* geändert. Ge Ren verließ Yan'an Ende Mai jenes Jahres. Leider erreichte er Songzhuang nie, sondern traf bereits in Erligang mit den Japanern zusammen. Diese gerissenen Teufel! Sakamoto hatte der Untersuchungsdelegation eine kleine kampffähige Truppe zur Verteidigung vorausgeschickt, die die Minen entschärfen sollten. Ge Ren traf auf diese Vorhut. Die Japaner handelten nach der Devise der *Dreifachen Auslöschung: alles niedermetzeln, alles niederbrennen, alles ausplündern*. Unsere Männer fielen ausnahmslos, auch Ge Ren kam um.

Es war Montag, der 1. Juni. Dieses Datum kann man sich leicht merken, weil es der internationale Kindertag ist. Natürlich wird Blutschuld mit Blut vergolten. Das Blut der Genossen durfte nicht umsonst geflossen sein. Am 20. Juni desselben Jahres, als der Feind den Rückzug antrat, legten wir uns in Chaoyangpo in einen Hinterhalt und schlugen von dort aus eine schöne Schlacht. Der Feind hasste seine Mutter dafür, dass sie ihn mit nur zwei Beinen auf die Welt gebracht hatte. Als das Schlachtfeld später gesäubert wurde, nahmen wir einen japanischen Major gefangen. Und, siehe da, es war Kawata! Er plapperte wirres Zeug, sagte, er sei zu Studien über den kulturellen Aufschwung Ostasiens nach China gekommen. Angeblich sei er der jüngere Bruder von Lu Xuns japanischem Lehrer Herrn Fujino und selbst auch Lu Xuns Kamerad.

»Wie bitte? Meinst du, es könnte dich retten, wenn du Lu Xun vorschiebst?«, sagte ich und verpasste ihm eine Ohrfeige.

Kurz darauf nutzte er einen Moment unserer Unaufmerksamkeit aus und schluckte Gift.

Oftmals dachte ich später, dass Ge Ren sehr früh gegangen war, sein Tod uns aber Hoffnung gegeben hatte. Weißt du, kaum war ein wenig Zeit verstrichen, wurde auch Wang Shiwei, sein Kollege vom Marx-Lenin-Institut, zum Trotzkisten. Man hat ihn dann mit einer Axt erschlagen und in einen versiegten Brunnen geworfen. Ge Ren aber blieb von solchen Qualen dank meiner List verschont. Wäre er nicht gestorben, hätte die Partei ihn wohl nicht nur als Trotzkisten abgestempelt, sondern ihn wahrscheinlich sogar als Maulwurf denunziert, und sein Ruf wäre für immer ruiniert gewesen. Wenn das gelogen ist, soll mich der Schlag treffen.

Also Genosse Zhu, wenn dieser Tod keine Hoffnung geben soll, dann weiß ich auch nicht. Als ich die Nachricht von seinem Tod erhielt, war ich so stolz, diesem Menschen nahegestanden zu haben. Natürlich weinte ich. Aber – Tränen sind nicht gleich Tränen. Mein linkes Auge vergoss Tränen der Trauer, mein rechtes Tränen des Stolzes.

Dieses Gespräch hatte im Frühjahr 1990 stattgefunden. Später erzählte mir Zhu Xudong, Genosse Tian Han habe ihm wieder und wieder zu verstehen gegeben, dass diese Unterhaltung nicht für die Öffentlichkeit bestimmt gewesen sei.

Daher fehlt diese Passage in der offiziellen Version von Tian

Hans Biographie und wurde separat unter dem Titel *Plauderei mit Tian Han* veröffentlicht.

Frühgeburt

Wie scharfsinnig Tian Han doch war, ging es mir durch den Kopf, als ich auf dem Wagen saß. In der Tat war ich für diese Aufgabe am besten geeignet. Erstens stammten Ge Ren und ich aus demselben Dorf, und zweitens war ich Arzt. Einem Fremden konnte man eine solch wichtige und schwierige Aufgabe nicht anvertrauen. Ge Ren und ich waren wie Brüder, obwohl wir nicht verwandt waren. Ich hatte ihn bereits gesehen, bevor er das Licht der Welt erblickte – naja, genau genommen sah ich natürlich nur den dicken Bauch seiner Mutter. Sie dichtete und malte. Ihrem Einfluss ist es wohl zu verdanken, dass Ge Ren ebenfalls gerne schrieb und malte. Wenn ich mich recht entsinne, waren sich Bingyings und Ge Rens Mütter wie aus dem Gesicht geschnitten. Um der Wahrheit die Ehre zu geben, Bingying und Ge Ren standen sich so nahe, dass sie weder miteinander noch ohneeinander auskamen. Das Schicksal hatte sie wohl tatsächlich füreinander bestimmt.

Gut, kommen wir auf Ge Ren zurück. Ich erinnere mich, dass er während eines Demonstrationszuges 1899 zur Welt kam. Er war eine Frühgeburt, und meine Tante war seine Hebamme. Im Jahr zuvor waren die Sechs Aufrechten der Hundert-Tage-Reform geköpft worden, so dass anlässlich des Jahrestages gebührend gefeiert wurde. Damals hieß es, Ge Rens Vater habe mit den Sechs Aufrechten in Kontakt gestanden. Um dieses Gerücht aus der Welt zu schaffen, ging die ganze Familie geschlossen auf die Straße. Als der Demonstrationszug die Qilin-Brücke des Städtchens erreichte, beugte sich Ge Rens Mutter vor Schmerzen weit über das Geländer. Die Demonstranten packten sie und trugen sie nach Hause, wo sie Zwillinge gebar. Ge Ren erblickte als Erster das Licht der Welt, es folgte ein Mädchen, dem bei der Geburt die Nabelschnur um den Hals gewickelt war, so dass es bald darauf starb. Seit er denken konnte, sagte Ge Ren mir später einmal in der Sowjetunion, seien die Totengeister seine Begleiter. Das meinte er damals. Laut Aussage meiner Tante soll Ge Rens Nachgeburt winzig und zart gewesen sein. In Qinggeng sagte man, das bringt Glück und diesen Kindern steht eine große Zukunft bevor. Mediziner deuteten eine solche Nachgeburt allerdings anders, bei jeder Frühgeburt ist der Mutterkuchen winzig.

General, kennen Sie Ge Rens Spitznamen?

Genau, er wurde Zwillingsherzchen genannt.

Sie scheinen ihn ja bestens zu kennen, er hatte tatsächlich zwei Haarwirbel auf dem Kopf. Aber Ge Ren erzählte später, dass seine Mutter ihm den Namen vermutlich im Gedenken an seine verstorbene Zwillingsschwester gegeben hatte. Ich meine jedoch, dass es auch noch einen anderen Grund dafür gegeben haben könnte. Sie war einsam. Sie lebte allein. Der Name bedeutet auch, dass sie sich nach ihrem Mann sehnte und hoffte, Ge Rens Vater kehrte schnell zu ihr zurück.

Ge Rens Vater war damals nämlich nach Japan geflüchtet, so dass sich Ge Ren in den Ferien stets verpflichtet fühlte, seiner Mutter bei der Hausarbeit zu helfen. Aber die Mutter gestattete es ihm lediglich, auf der Straße Schwefelhölzer zu besorgen. In einer Raucherfamilie durfte es schließlich an allem fehlen außer an Schwefelhölzern. Der Raucher war Ge Rens Großvater. Er war opiumsüchtig. Als Kind habe ich seine Pfeife einmal zu Gesicht bekommen. Sie hatte ein Mundstück aus Jadeit, und in den silbernen Pfeifenholm waren Blumen eingraviert. Wenn er sich rauchend ausstreckte, legte der Alte die Füße auf einen niedrigen Hocker, weil seine Pritsche nicht breit genug war. Mit einem Holzstab zog Ge Rens Mutter die Opiumpaste aus dem Porzellantopf und zündete die Pfeife mit der Opiumlampe an. Die Lampe funkelte dann wie Schwefelblitze aus der Hölle. Ein altes Sprichwort sagt, dass drei Familien mitrauchen, wenn in einer geraucht wird. Sooft diese wundersamen Düfte über die Mauer zogen, stand das Leben für alle still, die schon einmal Opium geraucht hatten und dann wie Hunde schnüffelten. Ge Rens Mutter mahnte ihren Schwiegervater, weniger zu rauchen. Aber er hatte stets Ausreden parat. Wenn Ge Ren mit den Schwefelhölzern nach Hause kam, nahm sich seine Mutter jedes Mal zwei Hölzer, schnitt mit einem kleinen Messer sorgfältig den roten Phosphor ab und verwahrte ihn in einer leeren Streichholzschachtel. Sie war klug und nahm sich jedes Mal nur wenig Phosphor, so dass ihr Schwiegervater nichts merkte.

»Zwillingsherzchen«, sagte sie zu Ge Ren, »wenn diese Schachtel voll ist, kommt dein Vater zurück.«

Auch Ge Ren füllte heimlich die roten Köpfe der Zündhölzer in die Schachtel, um die Rückkehr des Vaters auf diese Weise zu beschleunigen. Doch als die Schachtel voll war, starb seine Mutter.

Sie hatte den roten Phosphor zusammen mit Tigerknochenschnaps eingenommen. Obwohl die Mischung von Phosphor und Tigerknochenschnaps hochgiftig war, hatte sie am Nachmittag des darauffolgenden Tages immer noch nicht ihren letzten Atemzug getan. Ein Arzt wurde gerufen.

»Ganz ehrlich, auch wenn es mir gelingt, ihr Leben zu retten, wird sie bei den Rauchschwaden, die sie hier einatmet, nicht mehr auf die Beine kommen«, sagte der Arzt zu Ge Rens Großvater. »Soll sie gerettet werden oder nicht? Du brauchst es bloß zu sagen.«

»Retten, natürlich retten«, rief Ge Rens anderer Großvater, der ebenfalls anwesend war.

»Gut«, sagte der Arzt. »Dann geh zur Latrine und schöpf mir ein paar Löffel Kot ab, dünnflüssigen, keinen festen, hast du verstanden? Gift wird mit Gift bekämpft, und sie wird den noch unverdauten roten Phosphor erbrechen«, erklärte er den Anwesenden.

Ge Rens Mutter, die noch bei klarem Verstand war, presste die Lippen zusammen. Als Ge Ren von der Schule nach Hause gerannt kam, war der Arzt bereits über und über mit Kot beschmiert. Ge Ren spuckte Blut und fiel neben seiner Mutter in Ohnmacht.

Ich war dabei, als Ge Ren zum ersten Mal Blut spuckte. Meine Tante und ich trugen ihn zu uns nach Hause, gaben ihm etwas zu essen und zu trinken und redeten ihm gut zu. Weil ich fürchtete, er könne sich etwas antun, wich ich von morgens bis abends nicht von seiner Seite, so lange, bis sich seine Stimmung nach einigen Tagen wieder aufhellte.

»Bruder Bai«, sagte er, »eines Tages werde ich mich revanchieren.«

Das waren keine leeren Worte, seine Liebenswürdigkeit wurde mir später mehrfach zuteil.

Ge Rens Herkunft

Bai Shengtao hat bereits von dem mit der Nabelschnur erdrosselten Säugling gesprochen, Ge Rens Schwester. Am 7. August – Ge Rens Geburtstag – bemerkte die Familie, dass das Mädchen, dem die Nabelschnur um den Hals gewickelt gewesen war, nicht mehr weinte, auch keinen anderen Laut von sich gab und violett anlief. Sie legten das Kind in einen Bastkorb und warfen diesen in den Jishui-Fluss. Ich will jetzt schon verraten, dass das Kind keineswegs tot war, sondern auf wundersame Weise wieder auftauchte. Das Findelkind von einst war meine Großtante.

Zweimal besuchte ich Ge Rens Geburtsort Qinggeng, dessen Name auf den am Ortsausgang gelegenen Qinggeng-Berg zurückgeht. Das Städtchen glich immer noch den alten Zeichnungen, hatte sich kaum verändert. Während des Winters schmückt eine Schneehaube den Berg, im Frühling laufen die Rinnsale der Schneeschmelze zu einem Fluss zusammen, unter der steinernen Qilin-Brücke durch und queren das Städtchen – Ge Rens Geburtsstätte. Noch heute lebt Ge Rens Neffe in Qinggeng. Gemäß der Familienrangordnung nenne ich ihn Onkel. Er heißt Ge Zhengxin. Wie alle anderen glaubte auch er, Ge Ren sei 1942 in Erligang ums Leben gekommen. Er schilderte mir einige Ereignisse aus der Zeit von Ge Rens Geburt und sprach auch davon, wie meine Großtante als Säugling ausgesetzt wurde. Diese Geschichten hatten ihm die Älteren erzählt. Seine Version deckte sich aber im Großen und Ganzen mit Bai Shengtaos Ausführungen:

Mir wurde zugetragen, dass mein Onkel (*gemeint ist Ge Ren*) während eines Demonstrationszuges geboren worden war. Das nenne ich Schicksal. Dieser Kerl ist später viel in der Welt herumgekommen. Einmal ging er nach Japan, dann wieder in die Sowjetunion, die man heute GUS nennt. Zur Ruhe kam er jedenfalls nie. Sogar zum Sterben ging er fort, nach Erligang.

Die Alten sagten alle, er sei mittags zur Welt gekommen, als die Schatten auf dem Boden kürzer als ein Zeigefinger waren. Nachdem er geboren war, kam dann noch ein Kind, ein Mädchen. Aber es war kümmerlich und starb gleich nach der Geburt. In meiner Generation müssen die Kinder nach der Entbindung, noch bevor sie überhaupt Muttermilch trinken dürfen, die fünf Geschmäcker kosten. Welche Geschmäcker sind das? Essig, der bittere Goldfaden, Salz, die kühlende Tigerkralle und Zucker. Wenn du fünfzig Liter Essig verträgst, hast du das Zeug, ein hoher Beamter zu werden. Nach dem Essig gibt es dann noch Goldfaden. Die kleinen Kinder haben ja keine Zähne, deshalb wird aus Goldfaden zusammen mit Salz und Tigerkralle eine Suppe gekocht und ihnen in die Nasenlöcher geträufelt. Zum Schluss gibt es rotes Zuckerwasser. Erst bitter und dann süß. Die Alten haben im Laufe der Zeit die Erfahrung gemacht, dass Mädchen, die durch die Nabelschnur gewürgt grün und blau anlaufen, keinen Essig und keinen Zucker annehmen. Wo in aller Welt gibt es aber Kinder, die keinen Zucker mögen? Es sei denn, sie sind tot oder dumm. Mein Urgroßvater legte das Mädchen deshalb in einen Korb, deckte ihn mit Tigerkralle zu und warf ihn außerhalb der Stadt in den Fluss.

Die Alten sagen, dass meine Urgroßmutter (*gemeint ist Ge Rens Mutter*) im Wochenbett keine Ruhe fand und sich oft heimlich zum Flussufer schlich. Ihr totes Kind fand sie dort aber nicht. Wie sollte sie auch? Ein Wolf hatte es doch längst fortgetragen. Sie war unbelehrbar. Die Familienangehörigen fanden meine Urgroßmutter, die immer großen Wert auf Haltung gelegt hatte, bitterlich weinend vor. Eines Tages schließlich wurde sie verrückt. Manchmal sagte sie plötzlich, sie höre das Kind weinen und es habe vom Weinen so dick geschwollene Augen wie Datteln. Ihre Schilderungen versetzten die Leute in Angst und Schrecken. Glücklicherweise kam das nur sehr selten vor, so dass die Familie kaum Notiz davon nahm. Die Alten erzählten, manchmal hätte sie auch Räucherstäbchen angezündet und mit ihrer Tochter gesprochen. Später in ihrem Leben aber sah sie keinen Ausweg mehr (*er meint, sie beging Selbstmord*). Schwer zu sagen, ob es diese verrückten Gedanken waren, die sie zerstörten. Ich kann darüber nur spekulieren. Die Alten sprechen sehr verhalten darüber. Wie soll dann ich genau Bescheid wissen?

Vorab sei angemerkt, dass dem Säugling, also meiner Großtante, von einem ausländischen Missionar das Leben gerettet worden ist. Ich werde später darauf zurückkommen. Es war der Priester Samuel Beal, der damals in der Gegend von Qinggeng missionierte. An jenem Tag, als Ge Ren zur Welt kam, fotografierte der Priester den Demonstrationszug. Die Bilder erschienen später in dem Buch *Zeremonien des Ostens*, das er gemeinsam mit Pater Ellis veröffentlichte. Meine Großtante hatte dieses Bild zu Lebzeiten abfotografiert und vergrößert. Auch wenn ich Ge Rens Mutter darauf nicht einwandfrei unter den Leuten erkennen kann, das Bild steht als ein kostbares Andenken nach wie vor auf meinem Schreibtisch.

Hattrick

Um der Wahrheit die Ehre zu geben, Ge Ren in Baipi abzuholen kostete einige Mühe, die ich meinem Begleiter nicht zumuten wollte. Daher riet ich ihm umzukehren, als wir die Grenze von Chahar (*Anmerkung: alter Provinzname, später Innere Mongolei, Hebei und Shanxi*) erreichten. Er wollte aber bleiben. Es würde kalt werden, sagte er.

»Aber wie soll ich dir dann nur danken?«, fragte ich.

Er zog die Schultern hoch.

»Es gibt doch Schnaps, das reicht«, antwortete er. Er lachte kurz und ließ die Schultern wieder sinken.

Es war bereits dunkel geworden, als wir in eine kleine Stadt kamen. Rundherum erhoben sich Erdhügel, auf denen seltene Gemüsearten wuchsen. Wie aus dem Nichts rannte plötzlich eine Verrückte schreiend und mit zerzaustem Haar einen Hügel hinab. Eine ältere Person in einem dünnen Kittel eilte ihr hinterher und fuchtelte dabei mit einem Stock herum. Ich wollte den Alten ansprechen, aber er schenkte mir keinerlei Beachtung. Als ich sah, wie jämmerlich er war, gab ich ihm einen gebackenen Fladen, in den er sofort hineinbiss.

»Ein guter Hund stirbt nicht zu Hause!«, schrie er der Frau hinterher.

Das Mädchen war wohl seine Tochter, die von den japanischen Teufeln vergewaltigt worden war. Sie hatte Schande über die Familie gebracht, daher jagte er sie fort. Die Japaner waren widerlich. In Shanghai sagte mir ein Freund, sie sind unzüchtig, weil sie Inselbewohner sind, die mit Vorliebe Fisch und Meeresfrüchte essen.

»Diese Wassererzeugnisse sind besonders reich an stimulierendem Phosphor, daher vertragen sie Frauen genauso wenig wie Alkohol«, führte er aus. »Dieses kleine Japan will China besiegen, das ist ungefähr so, als ob eine Schlange versucht, einen Elefanten zu verschlingen. Schlangen sind die schauderhaftesten Dinger, die ich kenne.«

Gut, ich höre auf. Ich wollte Ihnen damit nur verdeutlichen, welche Gefahren auf der Reise nach Baipi lauerten, sonst nichts. Hätten wir weniger Glück gehabt, wären wir auf die Japaner getroffen.

Das Städtchen hieß Dexing. Beim Hineinfahren sah ich die Banderolen der Gaststätten auf beiden Straßenseiten wehen. Ich lud den Fuhrmann zu Fleischklößen und einem Becher Schnaps ein, Yambohnenschnaps, der wie Feuer brannte. Mein Begleiter soff wie ein Wahnsinniger, verdrehte die Augen und wurde kurz ohnmächtig.

Hinter der Küche war eine kleine Herberge. Weil ich etwas getrunken hatte, schlief ich an jenem Abend schnell ein, wurde aber schon bald durch Lärm geweckt. Mein Begleiter plusterte sich vor dem Wirt auf und redete von Tian Han wie von einem lebendigen Heiligen. Eigentlich sollte er nicht so viel reden, sonst würde er womöglich noch etwas ausplaudern. Schlagartig wurde mir bewusst, dass er den Wirt kannte und wir keineswegs zufällig in dieses Städtchen gekommen waren. Er hatte alles genau geplant.

»Hühner könnt ihr haben, Esel könnt ihr haben«, machte er Tian Hans Stimme nach. »Eine Frau könnt ihr haben, alles könnt ihr haben.«

Beinahe sprangen dem Wirt beim Zuhören die Augäpfel aus dem Kopf. Ich konnte mir das Lachen nicht verkneifen. Mein Begleiter schreckte auf, als er mich bemerkte, sah aber keinen Anlass zu schweigen, sondern wies mit der Hand auf mich.

»Wenn du mir nicht glaubst, frag ihn«, sagte er zum Wirt.

Ich nickte, um ihm den Spaß nicht zu verderben. Das stachelte meinen Begleiter nur noch mehr an, über Hühner und Tian Hans Zaubertricks zu fabulieren, die der bei einer politischen Versammlung vorgeführt hatte. Mein Begleiter sagte, er habe bei dieser Versammlung in der ersten Reihe gesessen. Mit flinken Fingern schnappte er sich ein Huhn und eine Mütze von Tian Han. Die Mütze soll sein Sohn heute noch tragen. Als er seinem Sohn nahelegte, sich eine Frau zu suchen, überließ er ihm das Huhn, damit er es den Verwandten aus dem Städtchen Jialuzhen als Geschenk für ein Eheversprechen geben konnte. Er betonte, dass es sich dabei um eine Henne handelt, die das ganze Jahr über Eier legt, und fügte hinzu, dass bereits viele Leute aus Jialuzhen zu ihm gekommen waren, um sich die Henne anzuschauen.

»Kennst du Li Youyuan?«, fragte er mich.

»Ja«, antwortete ich. »Ist das nicht dieser Volkssänger aus unserer Gegend?«,

»Genau«, erwiderte er. »Li Youyuan ist ein großes Talent. Er kann singen und ist aber auch für die Feldarbeit zu gebrauchen. Als er in unserer Stadt auf den Markt ging, kam er vorbei, um einen Blick auf die Henne zu werfen. Er sagte, dass sie noch schöner aussieht als ein Phönix.«

»Li Youyuan grölte an Ort und Stelle außerdem zwei Lieder«,

fügte ich schnell hinzu und sponn seine Geschichte weiter. »*Der Osten ist rot* und *Der Hahn kräht*. Der Phönix kam in unsere Stadt Jialuzhen …«

»Was?«, fiel mir mein Begleiter ins Wort. »Du erinnerst dich auch daran?«

Dann fragte er mich noch, ob ich damals ebenfalls in Jialuzhen gewesen war. Ich musste lachen, verzog aber keine Miene.

»Dank dieser Henne durfte Li Youyuan *Der Osten ist rot* singen!«, griff der Fuhrmann den Faden auf. »Du kannst mich in Yan'an ruhig besuchen«, fuhr er zum Wirt gewandt fort. »Und ich kann dir nicht nur Tian Han vorstellen, sondern auch ein Treffen mit Kang Sheng arrangieren.«

Dem Wirt blieb voller Neid der Mund offen stehen, als sich mein Begleiter nach seinen Prahlereien schlafen legte. Leute aus Nord-Shaanxi schlafen gerne nackt, aber an dem Abend brachte er es nicht mehr fertig, sich die Hose auszuziehen.

»Ich habe eine Papierkugel dabei«, erklärte er mir. »Darauf ist der Weg erklärt.«

Sie steckte in seiner vorderen Hosentasche. Und die Bewegung, mit der er sie dort herauszog, war nicht gerade geschmackvoll, ja sogar ein wenig abstoßend. Er schwenkte sie vor meinen Augen, dann steckte er sie wieder ein.

»Ich bin erst beruhigt, wenn mein Schwanz dagegen stößt«, antwortete er auf die Frage, warum er sie gerade an dieser Stelle aufbewahrte.

Gerne hätte ich ihm verraten, dass auch ich ein zerknülltes Papier in der Hose trug, ebenfalls von der Partei.

Als ich in jener Nacht austreten musste, führte gerade jemand ein Kamel in den Hinterhof, offenbar ein Salzhändler. Vielleicht war er unseretwegen gekommen? Unser Esel und sein Kamel schienen sich gut zu verstehen. Sie streckten ihre Mäuler einander entgegen, beschnüffelten sich und leckten sich ab. Die Tiere legten ein durchaus kommunistisches Verhalten an den Tag, wie sie sich durch das Gras wühlten, sich gegenseitig etwas von dem Futter zuschoben und sich dann wieder selbst bedienten. Zurück im Zimmer sah ich durch den Fensterspalt das frostige Mondlicht auf dem Kamelhöcker funkeln. Als der Esel sich hinlegte und auf dem Boden wälzte, begann das Kamel zu schreien, offenbar um ihn zu bejubeln. Anmutig wie das Gesicht eines jungen Mädchens stand der Mond hoch oben am Himmel. Eine ganze Weile blickte ich ihn an. Ich stellte mir vor, dass er auch auf die Bäume und in die Täler in der Ferne schien, und auch Ge Ren, den ich schon bald treffen würde, konnte diesen Mond sehen. Ob Ge Ren wusste, dass ich auf dem Weg zu ihm war? Betrachtete er vielleicht gerade genau wie ich den Mond? Dann wäre ich Tian Han wohl zu noch größerem Dank verpflichtet. Hätte der nicht heimlich eingegriffen, säße ich immer noch in Hougou eingesperrt.

Sie haben recht, sie hätten mich damals totschlagen können, ohne dass ich etwas gemerkt hätte. Also schickten sie mich ins Dahuang-Gebirge. Natürlich gab es am zweiten Tag, als die Sonne rot im Osten aufging, Kamelfleisch zum Frühstück. Der Salzhändler war bereits beseitigt und in einen Brunnenschacht im Dorf geworfen worden.

»Dieser Kerl war reich«, erklärte der Wirt dem Fuhrmann und mir. »Er trägt zwar Samt und Seide, aber er hatte eine Pistole bei sich. Wer kann sich in den heutigen Kriegswirren schon solche Kleidung leisten? Er war kein guter Mensch. Wenn der kein Verräter ist, dann jedenfalls ein Deserteur, und den habe ich eben ins Jenseits befördert.«

Eine Bitte habe er, fuhr der Wirt fort, als er uns das Kamelfleisch servierte. »Erzählt der Partei davon, dass ich einen Verräter getötet habe. Eine gute Sache, soll man nicht für sich behalten«, schmeichelte er sich bei dem Fuhrmann ein. »Wir können uns auch zusammentun und sagen, dass wir es beide waren.«

Offensichtlich hielt er sich ebenfalls für einen Zauberkünstler, als er da wichtigtuerisch etwas aus seinem Ärmel zog. Wäre ich nicht Arzt gewesen, ich hätte nicht erkannt, um welche Kostbarkeit es sich dabei handelte: Ohren! Die Ohren des Salzhändlers. Die abgeschnittenen Ohren. Er hatte sie fein säuberlich am Ansatz der Ohrmuschel abgetrennt und gereinigt, als Beweis dafür, dass er den Verräter getötet hatte. Vor Schreck trat mir kalter Schweiß auf die Stirn, in meinen eigenen Ohren hörte ich das Blut rauschen. Mein Gott, hätte mich der Fuhrmann nicht begleitet, wäre es mir sicher genauso ergangen wie diesem Salzhändler, und ich hätte ohne meine Ohren im Brunnenschacht die letzte Ruhe gefunden.

Li Youyuans Sohn

Auf Bai Shengtaos Spuren erkundigte ich mich auch nach seinem Landsmann, dem Fuhrmann. Er mochte Hunde und trug deshalb den Spitznamen Hundskerl. In Wirklichkeit hieß er Wu Yishi. Die Zügel, mit denen Bai Shengtao aufgehängt und die Schwiegertochter festgebunden worden war, brachten mich auf seine Spur. Über ihn gibt es allerdings nicht viel zu berichten, da er bereits Anfang des Jahres 1944 gestorben war.

Aber ich möchte auch über den Volkssänger Li Youyuan ein paar Worte verlieren. Sein Werk *Der Osten ist rot* spielt für das Schicksal von Aging, der Person, die den zweiten Teil des Buches schildert, eine besondere Rolle. Für Interviews begab ich mich 1996 nach Nord-Shaanxi in den Landkreis Jiaxian, wo ich auch übernachtete. Der Kellner des Gasthauses sagte mir, dass Li Youyuans Geburtsort Jialuzhen nur einen Steinwurf von Jiaxian entfernt sei. Noch am selben Abend machte ich mich auf den Weg dorthin. Ich erfuhr erst bei meiner Ankunft, dass das Heimatdorf des Volkssängers Zhangjiakou ist und bis dahin noch ein ganzes Stück Weg vor mir lag. Der Hotelangestellte, der mich zu meiner Sicherheit begleitete, wollte aber nicht weitergehen. Auch nicht gegen höheren Lohn, vielmehr hätte er mir am liebsten sogar das ganze Geld zurückgegeben. Die Straßen seien nachts unsicher, und für ein paar Yuan setze er sein Leben nicht aufs Spiel. So ging ich am nächsten Tag, als die Sonne rot im Osten emporstieg, alleine nach Zhangjiakou. Dort traf ich auf den Sohn des Volkssängers, der sich am Eingang einer Lösshöhle sitzend die Sonne ins Gesicht scheinen ließ. Er war bereits über siebzig Jahre alt und hatte sich ein weißes Handtuch um den Kopf gewickelt. Als er bemerkte, dass sich jemand näherte, begann er, wie ein kleines Kind zu weinen.

»Ich kann die Sonne nicht mehr sehen, in meinem Herzen ist es dunkel, in meinem Herzen ist es dunkel!«, rief er.

In Wirklichkeit war er aber gar nicht blind.

Ein Foto des Volkssängers in seinen besten Jahren hing in der Höhle.

»Mein Vater hatte eine Schwellungskrankheit und ist daran gestorben«, sagte der Sohn, während er sich die Tränen abwischte.

»Was ist denn eine Schwellungskrankheit?«, fragte ich.

»Er schwoll an und schwoll an und war am Ende fürchterlich angeschwollen«, erwiderte er nur, ohne auf meine Frage zu antworten.

Durch den Höhleneingang blickte ich auf einen von der Sonne beschienenen Dattelbaum im Hof. Einige Hühner liefen umher. Ich dachte an die Henne des Fuhrmanns Wu Yishi, die er den Verwandten geschenkt hatte. Wenn seine Aussagen stimmten, mussten diese Hühner Nachkommen jener ersten Henne sein. Irgendwo an einem noch weiter entfernten Ort befindet sich der Grabhügel des glatzköpfigen Volkssängers Li Youyuan, der vor einigen Jahren selbst auf solch einem Erdhügel gestanden, das Gesicht der roten Sonne und den funkelnden Sternen zugewandt, und gesungen hatte: »Der Osten ist rot, die Sonne steigt empor, China brachte Mao Zedong hervor ... Hurra, er ist der Retter des Volkes.«

Die Älteren im Dorf erinnerten sich noch gut, dass diese Gegend für ihre Volkslieder bekannt gewesen war.

»Schöne Melodien «, sagten sie. »Jeder hier konnte mehrere Lieder singen.«

Auch junge Leute im Dorf fragte ich, ob sie Volkslieder kannten. Einer zierte sich zunächst ein wenig, wiegte dann den Kopf und sagte, er beherrsche die Lieder *Frühlingsgeschichte, Nachwuchs des Drachen* und *Heute sind wir glücklich*.

»Die, die älter als vierzig sind, können alle singen«, sagte er. »*Im Januar* singen sie. Von den Jüngeren kann kein Einziger singen. Das kannst du mir glauben.«

»Ich kann die Sonne nicht mehr sehen, in meinem Herzen ist es dunkel, in meinem Herzen ist es dunkel!«, rief Li Youyuans Sohn erneut, als ich aufbrechen wollte und mich von ihm verabschiedete. Abermals begann der Alte wie ein Baby zu weinen, dabei troff seine Nase, und die Tränen rannen ihm über das Gesicht.

Zhangjiakou

General, sind Sie schon einmal in den Genuss von Kamelfleisch gekommen? Wenn nicht, macht nichts. Das Fleisch ist grob, ähnlich wie der dicke Hanf, aus dem Taue gedreht werden, und riecht nach Heu. Aber damals waren die Leute verrückt danach. Um Marx zu zitieren: Hier war der Nutzungswert höher als der Wert.

Der Wirt hatte alles sorgfältig bedacht und das Kamelfleisch noch in derselben Nacht zum Mitnehmen in Blöcke gepresst. Beim Gehen knabberte ich daran. Es war zäher als eine Schuhsohle. Man musste das Fleisch zunächst mit Speichel anfeuchten, erst dann konnte man ein kleines Stück abbeißen.

»Der Tod des Kameltreibers ist entsetzlich«, sagte ich zu meinem Begleiter, als wir aus dem Städtchen fuhren.

»Wieso ist er auch so stinkreich?«, war seine Antwort.

»Die Revolution bringt zuerst die wenigen Reichen um«, fügte er hinzu. »Dann macht sie die vielen Armen reich. Wenn wir erst mal an diesem Punkt sind, ist es bis zum Kommunismus nur noch ein Katzensprung.«

Ich fragte ihn, ob er vorhat, bei der Partei von der Heldentat des Wirts zu berichten.

»Auf keinen Fall!«, antwortete er. »Wenn er als revolutionärer Nachwuchs eingezogen wird, haben wir beim nächsten Mal nichts mehr zu essen, wenn wir hier vorbeikommen.«

Aus Angst, ich könnte seine Rolle unterschätzen, spielte er den Klugscheißer. »Wenn du nicht mit mir zusammenbleibst, überlebst du hier nicht lange«, warnte er mich.

Er sagte die Wahrheit. Ich wollte ihm danken, da streckte er plötzlich wie der Teufel seine Zunge heraus. Sie war dick belegt und gelb, als würde er an Schwindsucht leiden. Wie sagt man so schön: Wie die Leber, so die Lippe, springst dem Tod nicht von der Schippe. Ich wusste, ihm würde kein langes Leben beschieden sein.

Was? Ich soll mir Ihre Zunge anschauen? General, Sie sind gesund. Ihre Zunge ist nicht belegt, Lippen, Zähne und Zunge, alles sieht bestens aus. So können Sie hundert Jahre alt werden. Wirklich, das sind nicht nur schöne Worte. General, Ihre Lippen sind aprikosenfarben, Sie haben von Natur aus volle Lippen. Schau du sie dir auch einmal an (*Anmerkung: richtet sich an Fan Jihuais Gefolgsmann Ding Kui, den Protokollanten dieses Textes*)! Schau, wenn General Fans Lippen geschlossen sind, ist die Linie der Lippen lang und gerade. Weißt du, was das bedeutet? Es bedeutet, dass General Fan sehr genau über alles nachdenkt und bei der Erledigung der Dinge systematisch vorgeht. Eine lange, kräftige Zunge deutet zudem darauf hin, dass er eine Beamtenlaufbahn ohne Hürden beschreitet und ihm das Glück gewogen bleibt. General, ich schmiere Ihnen hier keinen Honig ums Maul. Wenn auch nur ein Wort gelogen sein sollte, will ich sofort erschossen werden.

Gut, ich fahre fort. Wir waren noch lange unterwegs und erreichten um die Mittagszeit endlich den Ort Zhangjiakou. Der Mittelsmann Dou Sizhong wohnte in der Vierten Straße des Ortes. Offiziell betrieb er einen Laden, in dem er mit Pelzen und Raritäten handelte. Der Laden war eine Filiale des Haupthauses in der Gaoyibo-Gasse in Peking. Auf der Vierten Straße gab es ein paar Freudenhäuser, von denen eines mit dem Namen »Jadehaus« Mauer an Mauer an den Hof des Pelzladens grenzte.

Diesen Punkt brauchst du (*Anmerkung: an Ding Kui gerichtet*) nicht festzuhalten, diese Information ist für das Protokoll nicht relevant. Ein alter Hase kennt mehr als zwei Verstecke. Bis ihr dort seid, ist Dou Sizhong längst über alle Berge. Damals traf ich Dou Sizhong nicht sofort an. Ein alter Gehilfe empfing uns überaus höflich und reichte uns zwei Schalen Nudeln, brachte uns warmes Wasser, damit wir unsere Füße waschen konnten, und ließ uns einen Moment lang ausruhen.

Weil er Angst hatte, sich zu erkälten, wusch sich mein Begleiter nicht die Füße.

»Wo ist der Chef?«, fragte er.

»Er ist nach Dihua (*heute Urumqi*) gefahren«, antwortete der alte Gehilfe.

Wann er zurückkommt, konnte er nicht sagen. Er überließ uns einem jungen Gehilfen. Auch mit ihm war mein Begleiter bekannt. Das wurde sofort deutlich, als sie sich gegenseitig als Eselsgeburt beschimpften. Der junge Bursche musste fünf- oder sechsundzwanzig Jahre alt sein und war ein hübscher Kerl, der sich zu benehmen wusste. Ich erfuhr, dass er an der Nankai-Universität seinen Abschluss gemacht hatte. Da ich weder seinen Vor- noch seinen Familiennamen kannte, nannte ich ihn einfach Nankai.

Mein Begleiter kannte sich in dem Haus bestens aus, und wir benötigten Nankai nicht, um unsere Zimmer zu finden. Er begleitete mich in einen Seitenflügel im Hinterhof. Kaum hatte ich mich ausgestreckt, betrat Nankai mein Zimmer, setzte sich auf meine Pritsche und schlug die Beine übereinander. Er erkundigte sich nach meinem Befinden und begann eine belanglose Plauderei.

»Ich habe gehört, dass Ihr Schwiegervater in Mengzhuang lebt«, sagte er. »Das ist nicht weit von hier entfernt. Wieso nutzen Sie denn nicht die Gelegenheit und besuchen Ihre Verwandten?«

Bei diesen Worten brummte mir der Schädel, als wäre ich in ein Wespennest gefallen. Um der Wahrheit die Ehre zu geben, meine Gallenblase zog sich auch kräftig zusammen.

Ich wollte nicht, dass jemand davon erfährt. Seit ich der Eselowski geworden war, befürchtete ich immer, dass mein Schwiegervater in die Sache hineingezogen werden könnte. Böse Gerüchte gehen um wie ein Lauffeuer. Offensichtlich hatten sie längst alle Einzelheiten über mich in Erfahrung gebracht.

»Lass mal«, flüsterte ich. »Meine privaten Verbindungen sollen der revolutionären Arbeit nicht im Weg stehen.«

General, um der Wahrheit die Ehre zu geben, ich wollte wirklich nicht hinfahren. Meine Frau war vor langer Zeit gestorben, meinen Sohn hatte ich kurz nach der Geburt nach Mengzhuang gebracht und ihn seither nicht mehr gesehen. Was sollte er von mir denken, wenn ich plötzlich vor der Tür stand? Würde er sich über meinen Besuch freuen? Ich würde mich schämen, wenn er mich hinauswerfen würde. Je länger ich darüber nachdachte, desto sicherer war ich mir, dass es besser wäre, auf ein Wiedersehen zu verzichten. Aber Nankai bestand darauf, andernfalls würde ich meinen Schwiegervater bloßstellen.

»Aber ich habe kein Geschenk«, warf ich ein. »Mit leeren Händen zu erscheinen wäre unentschuldbar. Lassen wir das besser auf sich beruhen.«

»Alles kann man auf sich beruhen lassen, nur das nicht«, belehrte mich Genosse Nankai. »Denn der Respekt gegenüber den Alten und die Sorge für die Kinder sind alte, heilige Tugenden des chinesischen Volkes mit langer Tradition.«

Ich verkniff mir das Lachen. Was redete er da? Respektierten andere Völker vielleicht die Alten nicht, und opferten sie sich nicht für ihre Kinder auf? Trotzdem schwieg ich.

»Zudem«, fuhr er fort, »ein Geschenk für den Herrn habe ich schon besorgt, eine edle Jacke aus Ziegenleder.«

Ich befand mich in einer äußerst misslichen Lage, denn selbst mein Begleiter fiel mir jetzt noch in den Rücken.

»Zier dich doch nicht so«, sagte er. »Hast du denn kein Stück Kamelfleisch mehr? Schenk das lieber deinem Schwiegervater, oder bringst du es nicht übers Herz?«

Ich hätte vor Wut auf ihn losgehen können, aber ich behielt die Fassung und blieb ratlos im Eingang stehen. Ehe ich mich's versah, führte Nankai auch schon ein edles Pferd vor. Mähne und Schwanz waren kurz geschnitten, das Fell dunkelgrau mit weißen Flecken.

»Das ist Dou Sizhongs Reitpferd«, erklärte mir Nankai. »Er hat es den japanischen Teufeln abgenommen.«

Er zog das Pferd am Halfter und bat mich aufzusitzen. »Was

für ein gutes Tier! Andere würden es gerne reiten und dürfen nicht«, bemerkte er.

Seinem Tonfall entnahm ich, dass es undankbar gewesen wäre, jetzt immer noch nicht aufzusteigen. General, ein paar Dinge wurden mir erst später klar. Sie bestanden darauf, mich nach Mengzhuang zu bringen, um mir klarzumachen, dass das Schicksal meines Schwiegervaters in ihren Händen lag. Sollte ich nicht aufrichtig sein und mir bei der Erfüllung meiner Aufgabe auch nur den geringsten Fehler erlauben, würde mein Schwiegervater Schwierigkeiten bekommen.

Ich fuhr hin, natürlich fuhr ich hin, hätte ich es wagen sollen, nicht hinzufahren? Zudem begleitete mich Genosse Nankai. Der Ort Mengzhuang war fünf, sechs Meilen von Zhangjiakou entfernt und der Legende nach der Geburtsort des weinenden Fräulein Meng Jiang. Unter dem ersten chinesischen Kaiser war ihr Mann zum Bau der Großen Mauer eingezogen worden. Nachdem sie einen beschwerlichen Weg auf sich genommen hatte, um ihm Winterkleidung zu bringen, erfuhr sie von seinem Tod. Daraufhin weinte sie so bitterlich, dass Gott einen Sturm schickte und das Mauerteilstück einstürzen ließ, unter dem der Mann begraben war.

Ich bestieg das Pferd, und eine Weile ritten wir schweigend. Auf einmal musste ich lachen. Nankai fragte mich nach dem Grund.

»Ich habe an meinen Schwiegervater gedacht«, antwortete ich. »Sollte man ihn nach Yan'an holen, wäre er sicher ein Vorzeigearbeiter, ganz wie der ehrenvolle Soldat Zhang Side. Mein Schwiegervater ging seinerzeit stets mit gesenktem Blick, um Äste vom Boden aufzulesen, die er zu Hause als Brennholz nutzte. Und wenn er ein Stück Draht fand, leuchteten seine Augen, weil er daraus etwas schmieden konnte. Meine Frau hatte erzählt«, fuhr ich fort, »dass die Familie nur noch zwei Mahlzeiten am Tag zu sich nahm und er alle früher ins Bett schickte, sobald die Herbsttage kürzer wurden. Seiner Überzeugung nach hatte es zwei Vorteile, früh zu Bett zu gehen. Zum einen bekäme man keinen Hunger, zum anderen sparte man Lampenöl. Im Sommer verabscheuten alle die Hitze, die Alten machten früh Feierabend. Er hingegen ging nicht nach Hause. Sein Rücken wurde in der Sonne braun, deshalb nannte man ihn bald Schwarzer Fisch. Wenn es in der Landwirtschaft nichts zu tun gab, trieb er gelegentlich Handel. Er fing im Wald Lerchen und verkaufte sie in der Stadt. Genosse«, sagte ich nun zu Nankai gewandt, »nimm die Ziegenlederjacke nachher wieder mit nach Hause. Ein Stück Kamelfleisch wird ihm reichen. Für ihn ist schon eine Hühnerkralle wie ein Erbstück, dann ist ihm ein solch großes Stück Kamelfleisch wohl genauso viel wert wie tausend Hektar Land.«

Ich erzählte und erzählte, dann musste ich erneut lachen. Nankai lauschte aufmerksam, verzog jedoch keine Miene. Als wir am Dorfeingang ankamen, lief ein streunender Hund mit einem lahmen Bein herbei, um mich, den Schwiegersohn, zu empfangen. Er lief mal vor uns, mal hinter uns. Während ich das Pferd im Zaum hielt, beobachtete ich den Hund und überlegte, welchen Weg wir nun einschlagen sollten. Da hob der Hund unversehens sein lahmes Bein und pinkelte gegen den Pferdehuf. Nankai konnte sich nicht mehr beherrschen und lachte laut los. Hunde sind schließlich eine niedere Gattung und im Gegensatz zum Menschen ohne Klassenzugehörigkeit, auch wenn es unter ihnen ebenfalls kapitalistische Schoßhündchen gibt. Man kann jedenfalls einfach über sie lachen oder sie beschimpfen, ohne Stellung zu beziehen.

Um der Wahrheit die Ehre zu geben, ich setzte alle Hoffnung darauf, dass mein Schwiegervater nicht zu Hause war. Doch als wollte er es mir schwermachen, war er ausgerechnet an diesem Tag da. Dass dieser rastlose Mensch genau in diesem Moment im Bett lag und schlief, konnte ich nicht begreifen. Der Nachttopf deutete darauf hin, dass er schon länger nicht mehr aufgestanden war. War er krank? Todkrank? Sofort schossen mir diese Gedanken durch den Kopf, und sofort empfand ich eine vage Erleichterung. Er war zwar immer dünn gewesen, hatte aber stets gesund ausgesehen. Nun war er nur noch ein Schatten seiner selbst. Ein Bein hing aus dem Bett heraus. Als

Arzt nahm ich sofort den Totenschatten in seinem Gesicht wahr. Er erkannte mich nicht.

»Ach, wie kommt es, dass du zurück bist?«, fragte er.

Als ich meinen Namen nannte, quälte er sich sofort mit seinem nackten Hintern aus dem Bett. »Wenn du richtig früh aufstehst, singen die glückverheißenden Elstern auf dem Baum. Bist du nicht in Yan'an?«

Dann verstand ich, dass er mich für seinen Enkel, also meinen Sohn, hielt. Ich erkundigte mich nach ihm.

»Weißt du denn nicht, dass er im Gefolge von Peng Dehuai in den Kampf gezogen ist?«, sagte er.

Mein Sohn gehörte also ebenfalls dem revolutionären Lager an.

»Aber warum geht er denn nicht aufs Feld arbeiten?«, fragte ich.

»Er muss nicht aufs Feld, weil wir keine Felder mehr haben«, antwortete mein Schwiegervater.

Ich zündete ein Feuer für ihn an und half ihm, sich aufzusetzen. Mit gesenktem Kopf erzählte der Alte, dass er zu den Grundbesitzern gehört hatte, bevor die Felder aufgeteilt worden waren. Mein Herz klopfte. Um der Wahrheit die Ehre zu geben, in diesem Moment empfand ich mit einem Mal meinem Sohn gegenüber ein Gefühl von Nähe. Wenn ich Ge Ren nach Yan'an holte, dachte ich, würde ich auch meinen Sohn suchen und ihn mahnen, die Beziehung zu diesem Grundbesitzer zu lösen. Andernfalls ginge es ihm bald an den Kragen.

Mein Schwiegervater hatte Bingying getroffen und sagte, sie sei sehr schön. Sie sei eine Fee, die vom Himmel herabgestiegen war, sie sei das leibhaftige Fräulein Meng Jiang. Er glaubte, ich sei heimlich in Bingying verliebt. Zu meiner Belustigung fügte er hinzu, dass diese Liebe wohl nur einseitig wäre.

»Sie ist Ge Rens Frau«, erklärte ich. »Und weil Ge Ren wie ein Bruder für mich ist, will ich nicht über sie scherzen.«

Ich fürchtete, er könnte auch noch nach Ge Ren und Bingying fragen. Sollte Nankai glauben, dass ich jemandem von meiner Mission erzählt hatte, dann wäre das Unheil perfekt. Ich wäre dann nämlich nicht der Einzige, dem es schlecht erginge. Genau wie bei diesen Grundbesitzern würde man nach irgendeinem Vorwand suchen, um meinen Schwiegervater umzubringen, einfach wie eine Ameise würde man ihn zerquetschen. Er aber hatte keine Ahnung von seinem Schicksal, und so redete er unbedarft weiter, während ich vor Angst zitterte.

»Wer, wer, wer?«, fragte er. »Aber die Frau ist wirklich schön, wie gemalt.«

Weil seine Tochter bereits gestorben war, schien ihm der traditionelle Hierarchieunterschied zwischen Alt und Jung nicht mehr wichtig. Er sprach weiter, und ich dankte dem Himmel, dass er Bingyings und Ge Rens Namen nicht erwähnte. Ich weiß nicht, ob er sie vergessen hatte oder ob er glaubte, dass ich ihn auch ohne Worte verstand. Ich unterbrach ihn und versuchte ihn zu trösten. Er solle den Alltag ein wenig leichter nehmen, sagte ich ihm.

Es war bemerkenswert, was mein Schwiegervater berichtet hatte. Er behauptete, dass er sogar glücklich sei, die frisch gedüngten Felder an die Regierung abgegeben zu haben. Das betrachtete er als seinen kleinen Beitrag zur Revolution.

Ich fragte ihn, wie viel Land er denn besessen hatte.

»Knapp elf Morgen«, antwortete er. »Die Grenze für diese Landverteilung waren zehn Morgen. Alles darüber galt als Grundbesitz. Das hat mich fast verrückt gemacht«, fügte er hinzu.

Er dankte mir, dass ich damals in Peking seine Lerchen kuriert hatte, sonst hätte er gar kein Land mehr erwerben können. Später hatte er noch viele Vögel in Peking verkauft und von dem Geld dann ein Stück Brachland am Flussufer gekauft. Allmählich kam meine Erinnerung zurück. Als ich vor vielen Jahren zu Besuch nach Mengzhuang gekommen war, hatte ich ihm geholfen, auf dem Feld Disteln und Dornen zu entfernen, ich hatte mich auf eine gute Ernte im folgenden Jahr gefreut. Doch woher hätte ich wissen sollen, dass man ihn kurzerhand zum Grundbesitzer macht, weil er einen wilden Acker besitzt?

»Nun ist alles gut«, schloss mein Schwiegervater. »Der Boden ist verteilt, und ich kann jetzt wie alle anderen ruhig schlafen. Es gibt zwei wunderbare Dinge im Leben: Das eine ist, mit zwei Frauen verheiratet zu sein, das andere ist ein zweites Schläfchen nach dem Aufwachen. Zwei Frauen zu heiraten ist mir nicht gelungen, aber ein Schläfchen nach dem Aufwachen mache ich täglich. Mein leichtes, unbeschwertes Leben ist vorbei, heute bin ich ein armer Schlucker, der sich keinen Gedanken mehr an eine zweite Frau leisten kann. Die Partei hat mich gerettet, denn hätte ich wirklich eine zweite Frau geheiratet, hätte ich meiner Frau nicht mehr unter die Augen treten können.«

Anscheinend war die Großmutter meines Sohnes bereits vor Jahren gestorben. Ich erschrak. Da fiel mir plötzlich wieder das Stück Kamelfleisch ein, das ich mitgebracht hatte. Ach, ich hoffte, damit etwas wiedergutmachen zu können.

»Verdammt noch mal«, rief mein Schwiegervater blinzelnd, als ich hinausging, um das Fleisch zu holen. »Mach schnell, ich habe das Fleisch schon die ganze Zeit gerochen.«

Aber er wartete nicht ab, bis ich ihm das Gastgeschenk überreichte, sondern hob mit einer Hand seine Hose auf und schlüpfte mit nackten Füßen hinein. Wie von der Tarantel gestochen rannte er los, schloss das Hoftor und hängte den Riegel vor.

»In Mengzhuang gibt es noch zwei Grundbesitzer«, verriet mir Nankai, während mein Schwiegervater draußen war. »Das Dorf ist nicht groß. Mit zwei Grundbesitzern ist die Vorgabe der Partei erfüllt. Deshalb hat die Partei beschlossen, dass dein Schwiegervater bald nicht mehr als Grundbesitzer gilt. Er weiß es nur noch nicht.«

Er klang aufrichtig.

»Die Güte der Partei ist grenzenlos«, sagte ich schnell. »Das werde ich mein Lebtag nicht vergessen.«

Mein Schwiegervater, der Schwarze Fisch, drehte das Kamelfleisch unentwegt in der Hand, ohne aber hineinzubeißen. Er sah aus, als hielte er eine heiße Süßkartoffel in Händen.

Schließlich biss er so kraftvoll zu, dass sein Zahnfleisch zu bluten begann.

»Schwiegervater, was essen Sie denn sonst?«, fragte ich ihn.

Er kaute, verdrehte dabei die Augen und antwortete: »Scheiße.«

Bai Shengtaos Schwiegervater

Bai Shengtaos Schwiegervater hieß Meng Dequan. Er lernte Bai Shengtao 1920 zusammen mit Bingying in Peking kennen. Sie war gerade aus Frankreich zurück, um sich auf die Suche nach Ge Ren zu begeben. Da er damals aber im Gefängnis saß, reiste sie kurz darauf wieder nach Frankreich zurück und von dort aus weiter nach England. All das ist in dem Buch *Schönheiten einer wilden Zeit* nachzulesen. Der Autor des Buches ist Anthony Thwaites. Dieser verbrachte ab 1938 zwei Jahre als Journalist in China und trat nach dem Krieg eine Stelle am sinologischen Institut der Universität von Hull in England an. Eine der fünf beschriebenen Schönheiten war Bingying, neben Ding Ling, Lin Huiyin, Sun Weishi und Zhao Yidi. Bis auf Ding Ling waren sie alle wunderschön. Der folgende Auszug aus diesem Werk gibt Bingyings Erinnerungen an Bai Shengtao und dessen Schwiegervater Meng Dequan wieder:

> Einige Ereignisse, die anderen wichtig erschienen, hatte sie im Laufe der Zeit vergessen. Ihr war allerdings geblieben, wie sie sich mit Bai Shengtao zusammen auf den Weg zur Himmelsbrücke gemacht und Vögel gekauft hatte. Bai Shengtao war älter als Ge Ren und hatte bereits in dessen Kindheit die Vormundschaft für ihn übernommen. Als Bai auf der Suche nach einer Anstellung in Peking bei Ge Ren unterkommen wollte, ahnte er nicht, dass dieser wegen seiner Beteiligung an der Vierten-Mai-Bewegung des vorangegangenen Jahres im Gefängnis der städtischen Sicherheitsbehörde saß.
>
> An dem Tag wollte sich Bingying auf der Himmelsbrücke von einem Wahrsager die Zukunft voraussagen lassen. Die Himmelsbrücke war der Ort außerhalb des Himmelstempels,

an dem der Kaiser Opfer dargebracht hatte. Bai Shengtao, der schon in der Kirche von Qinggeng Tauben gezüchtet hatte, war von dem Vogelmarkt begeistert. Ein Mann verkaufte zusammen mit seiner Tochter Lerchen. In Bingyings Erinnerung hockten die Tiere kraftlos in ihrem Käfig und ließen die Flügel hängen.

»Die Vogelverkäufer warteten ungeduldig darauf, ihre Vögel an den Mann zu bringen«, sagte sie. »Kaum dass sie mich und Bai Shengtao sahen, warben sie damit, dass sie den Preis für die Tiere herabgesetzt hatten.«

Sie ließen sich von den Vogelverkäufern in ein Gespräch verwickeln. Deshalb konnte Bingying nicht, wie sie es ja eigentlich vorgehabt hatte, einen Wahrsager aufsuchen. Sie erinnerte sich noch daran, dass der Mann Meng hieß und sich Bai Shengtao wahrscheinlich schon damals in dessen Tochter verguckt hatte.

»Diese Vögel sind alle krank«, sagte Bai Shengtao zu dem Mann. »Nicht mehr lange, und einer nach dem anderen wird verenden.«

Bai Shengtao bot dem Vogelverkäufer an, die Vögel zu kurieren. Als Dank erhielt Bingying ein paar Lerchen zum Geschenk. Für den Fall, dass es ihm nicht gelänge, die Vögel zu heilen, versprach Bai Shengtao, sie ihm zum ursprünglich genannten Preis abzukaufen.

»Bai Shengtao war wirklich ein Experte«, sagte Bingying. »Er gab den Vögeln mit Essig angerührtes Buchweizenmehl, und schon bald kehrten ihre Lebensgeister zurück. Dann fütterte er sie mit eingeweichter Opiumpaste, damit sie rauschgiftsüchtig wurden. – Bai Shengtao war überaus schlau«, fuhr sie fort. »Die meisten Vogelhalter hatten die schlechte Angewohnheit, Opium zu rauchen. Wenn sie sich opiumsüchtige Vögel hielten, sangen die Tiere ohne Unterlass, sobald ihnen der Duft des Rauchs in die Nase stieg.«

Bingying berichtete, dass sich die Tochter des Vogelverkäufers von dem Tag an mit ihnen angefreundet habe und nicht mehr aufs Land zurückkehren, sondern in Peking ein Studium aufnehmen wollte. Dem Vater blieb daher nichts anderes übrig, als ihr den gesamten Ertrag aus dem Verkauf der Vögel zu überlassen und alleine nach Zhangjiakou zu reisen. …

Bingying verließ Peking, noch bevor Ge Ren aus dem Gefängnis freikam, und fuhr zurück nach Frankreich, um möglichst schnell wieder bei ihrer dort lebenden Tochter zu sein. Zudem war sie sich nicht sicher, ob ihre und Ge Rens Liebe eine Perspektive hatte. Vor ihrer Abreise gab sie Bai Shengtao und dem Mädchen Geld für ein Studium an der Medizinischen Fakultät in Peking, in der auch Ge Ren vor seiner Inhaftierung gewohnt hatte. Sie hinterließ Kawata ihre Adresse in der Hoffnung, dass er sie Ge Ren geben würde. Kawata war Japaner, ein Nihilist, mit dem Ge Ren während seines Aufenthaltes in Japan Freundschaft geschlossen hatte. Er unterrichtete damals an der Medizinischen Fakultät in Peking.

»Wenn Ge Ren erst einmal aus dem Gefängnis entlassen ist«, ermutigte er sie, »wird er dir bestimmt nach Frankreich folgen. Sein Traum ist es doch, dort Theater zu studieren.«

Ja, später gab es tatsächlich ein Theater – wegen seiner Trinksucht verlor Kawata nämlich ihre Adresse. Sehnsüchtig wartete Bingying in Frankreich auf Ge Ren. Aber es wurde mit jedem Tag, den sie wartete, unwahrscheinlicher, dass er kam. Erst viel später erfuhr sie durch Zufall, dass Ge Ren inzwischen mit Bai Shengtao in der Sowjetunion war und Bai Shengtao vor seiner Abreise das Mädchen mit den Lerchen geheiratet hatte.

Lyriklesung

Vor Einbruch der Dunkelheit verließ ich Mengzhuang. Als ich in Zhangjiakou ankam, machte sich mein Begleiter bereits auf den Weg zurück nach Nord-Shaanxi.

»Ich muss zu Hause mal wieder für Zucht und Ordnung sorgen«, sagte er. »Und meiner Schwiegertochter auf die Finger gucken.«

Nankai hatte ihm geraten, er solle ihre Arbeit genau unter die Lupe nehmen.

»Verstehe«, rief der Fuhrmann und schlug sich auf die Brust. »Ich soll sie also auf den richtigen ideologischen Weg bringen. Du Eselsgeburt, ich hab sowieso vor, dieser Querulantin die Hölle heißzumachen, wenn das so weitergeht.«

Und damit ging er. Um der Wahrheit die Ehre zu geben, nachdem er fort war, fühlte ich mich leer. Ach, wenn sogar zwei Esel Gefühle füreinander entwickeln, wenn sie lange genug zusammen im Stall stehen, dann zwei Menschen wohl erst recht.

Ich wollte Dou Sizhong so schnell wie möglich treffen. Glücklicherweise kam es noch in derselben Nacht dazu. Der Morgen graute bereits, und ich träumte von meinem Sohn, als die Tür knarrte. Nankai stand mit einer Sturmlaterne im Türrahmen.

»Genosse Bai«, sagte er, »schau mal, wer da ist.«

Ich wälzte mich aus dem Bett. Ein Schatten bewegte sich rasch auf mein Lager zu und packte mich an der Hand.

»Machen Sie sich keine Umstände. Bleiben Sie ruhig liegen«, sagte jemand.

Seine Hand war zarter als die einer Frau.

Ja, es war Dou Sizhong. Er roch nach Hammelfleisch, wie ein Pelzhändler. Nankai zündete die Lampe an und entfernte sich. Sofort kam mir der Gedanke, Dou Sizhong war vielleicht gar nicht nach Dihua (*Urumqi*) gereist, sondern hatte sich die ganze Zeit in Longyudian aufgehalten. Es war bestimmt seine Idee gewesen, mich nach Mengzhuang zu schicken.

Ich holte den Brief hervor. Er roch ein wenig nach Urin, immerhin hatte er ja lange in meiner Hose gesteckt. Mit einem Pfiff zog ich ihn zwischen den Lippen durch und überreichte ihn. Es war das zweite Mal, dass ich diesen Brief an die Lippen führte. Beim ersten Mal hatte ich ihn noch wie einen geliebten Menschen geküsst. Dou Sizhong streckte seine Hand danach aus.

»Ich schwöre, dass ich ihn nicht gelesen habe. Sonst soll mich sofort der Schlag treffen«, versicherte ich.

Er nickte lachend. Dann riss er den Umschlag auf und musterte ihn sorgfältig.

»Nimm es mir nicht übel«, sagte er. »So ist einfach die Vorschrift, an die müssen sich alle halten. Dass du ihn nicht gelesen hast, zeigt, dass du sehr diszipliniert bist, du bist ein guter Genosse. Hier, lies das, es ist voll des Lobes über dich.«

Er überreichte mir das Blatt.

»Ich muss es doch gar nicht lesen«, sagte ich.

Aber er ließ nicht locker. Ich sah eine Reihe lateinischer Buchstaben, deren Sinn ich rasch zusammenbrachte: »Bai und Nummer null sind meine Landsmänner und absolut verlässlich.«

Die Unterschrift war »Tian«.

Dou Sizhong wollte ein Zündholz anstecken, es war feucht geworden. Mehrere Male musste er damit über die Reibefläche streichen. Mir stieg der Geruch des roten Phosphors in die Nase, und unwillkürlich schreckte ich zusammen. Aschestaub und Rauch erfüllten den Raum.

Dou Sizhong setzte sich auf mein Bett und schlug die Beine übereinander. Er wollte wissen, was mir der Kommandant aufgetragen hatte. Ich gab Tian Hans Worte gewissenhaft wieder. Dou zeigte keinerlei Regung. Was ich sagte, erschien ihm offenbar ohne Belang. Kurz darauf brachte er das Gespräch auf meinen Schwiegervater.

»Bevor ich nach Dihua gefahren bin, habe ich der Partei empfohlen, deinem Schwiegervater die Grundbesitzermütze wieder abzunehmen«, sagte er.

Dann erkundigte er sich nach meinem Sohn.

»Jawohl, Kommandant, mein Sohn ist Soldat und gerade zusammen mit Peng Dehuai in der Schlacht«, sagte ich förmlich.

»Er ist wahrlich ein heldenhafter Sohn«, erwiderte er und schüttelte mir die Hand.

Um der Wahrheit die Ehre zu geben, auch wenn dies nichts als schöne Worte waren, kamen mir beinahe die Tränen.

Einen Augenblick später konnte ich es mir aber nicht mehr länger verkneifen, mich nach Ge Ren zu erkundigen.

»Nummer null ist in Baipi im Dahuang-Gebirge, du wirst ihn bald sehen«, antwortete Dou Sizhong und fügte hinzu: »Mir liegt Ge Ren ebenso am Herzen wie dir, auch ich habe großen Respekt für ihn. Als er nach Yan'an kam, verzichtete er darauf, ein hoher Beamter zu werden, lieber wollte er als Übersetzer arbeiten, um die theoretischen Hintergründe der Revolution aufzubereiten. Das ist doch sensationell.«

Er zog ein Foto von Ge Ren aus der Jackentasche.

»Schau her, ich habe sein Foto immer bei mir.«

Er hielt das Bild zwischen den Fingern, schaute es eine Weile an und ließ auch mich einen Blick darauf werfen. Ge Ren war im Profil vor der Lösshöhle abgelichtet. Wenn ich mich recht erinnere, hatte der amerikanische Journalist Snow (*Edgar*) dieses Foto gemacht.

»Ge Ren hat ein Gedicht mit dem Titel *Wer war ich ehedem?* verfasst«, fuhr Dou fort. »Vor vielen Jahren hatte ich das Vergnügen, es lesen zu dürfen, und war davon ganz ergriffen. Kennst du es?«

»Selbstverständlich kenne ich es«, antwortete ich.

Aus Angst, etwas Falsches zu sagen, schwieg ich dann. Er begann mit heiserer, leicht fiepsiger Stimme zu rezitieren. Es klang, als schrappte ein Spaten über einen Stein. Seine ausladenden Gesten waren furchteinflößend. Sicher wäre Ge Ren selbst von diesem Vortrag befremdet gewesen und hätte sein eigenes Gedicht nicht unbedingt wiedererkannt. Ich erinnere mich, dass er das Wort »Bergbach« mit japanischem Akzent aussprach und die Sätze in kleine, abgehackte Sequenzen unterteilte, so dass sie sich wie ein Salvenfeuer anhörten.

Wer war ich ehedem?

Das von Dou Sizhong rezitierte Gedicht ist Ge Rens berühmtestes Werk, das in drei Versionen erschienen ist. Die erste Version verfasste er in Japan unter dem Titel *Schmetterlingsblütler*. Unglücklicherweise ging das Manuskript mit dieser Fassung schon bald verloren. Eine zweite Version entstand im Gefängnis, er gab ihr den von Dou Sizhong erwähnten Titel *Wer war ich ehedem?* In der letzten Version änderte er den Titel wieder in *Schmetterlingsblütler*. Zu dieser dritten Version werde ich später noch etwas sagen.

Ge Rens Mithäftling Kong Fantai hatte *Wer war ich ehedem?* im Juli 1920 während eines Interviews mit dem französischen Journalisten Ferrand (*Jacques*) erwähnt. Wer mit der 4.-Mai-Bewegung vertraut ist, der wird Ge Rens Mithäftling möglicherweise kennen. Er und Ge Ren waren wegen ihrer Beteiligung am Protestzug vom 3. Juni beide noch am selben Tag festgenommen worden. Kong Fantai war eine besondere Persönlichkeit: Zum einen war er Journalist, zum anderen Nachfahre des heiligen Konfuzius in der vierundsiebzigsten Generation. Deshalb wollten nach seiner Entlassung aus dem Gefängnis sämtliche Medienanstalten aus dem In- und Ausland Interviews mit ihm führen. Mit Ferrand sprach er nicht nur über das Gedicht, sondern über seinen und Ge Rens Gefängnisaufenthalt. Nach der Unterhaltung schickte Ferrand das Gedicht zusammen mit dem Interviewprotokoll an die seinerzeit sehr renommierte Zeitschrift *Neues Jahrhundert*. Laut Angabe der Redaktion wurde aus Platzmangel lediglich das Gedicht, nicht aber das Interviewprotokoll abgedruckt:

Wer war ich ehedem,
Wer ist der Tag in meinem Spiegel,
Ist es der plätschernde Bergbach
Oder der Schmetterlingsblütler am schattigen Ufer?

Wer war ich ehedem,
Wer ist der Frühling in meinem Spiegel,
Sind es die im Baum nistenden Bienen
Oder das singende Liebespaar darunter?

Wer war ich ehedem,
Wer ist das Leben in meinem Spiegel,
Ist es die blaue Flamme im sanften Wind
Oder die im Verborgenen erblühte Rose?

Wer sprach mir heimlich ins Gewissen,
Wer trat aus der Menge hervor zu mir,
Wer hat den Spiegel in Scherben geschmissen
Und ließ ein einzelnes Ich unermesslich werden?

Das Interviewprotokoll fand später einen Platz in Ferrands Textsammlung *L'entretien infini* (*Endlose Unterhaltung*). Hier die Textpassage über Ge Ren:

FERRAND: Herr Kong, wie es heißt, sollen Sie in einem Pferdestall eingesperrt gewesen sein. Haben Sie auch Prügel bezogen?

KONG: Nein, die (*Bedingungen der*) Pferdeställe der Sicherheitsbehörden sind sehr gut. Nur leider bin ich nicht in den Genuss gekommen. (*Lacht.*) Ich war in einem winzigen Raum nebenan eingesperrt, an dessen Fenster Strohpappe klebte. Insgesamt waren wir zweiunddreißig Leute. Nach einem Tag waren wir noch dreißig. Zwei waren gestorben. Die halbe Nacht hörten wir die Pferde schnauben. Was die Prügel anbelangt, so hing es immer davon ab, von welcher Seite sie mit den Schlägen begannen. Wenn sie im Stall anfingen, haben wir viel zu leiden gehabt. Fingen sie in der Waffenkammer an, waren sie bereits erschöpft, bis sie bei uns waren. Wir hatten Glück, denn im Pferdestall stank es fürchterlich, so dass sie nicht ohne weiteres hineingingen.

FERRAND: Wie haben Sie diese Zeit überstanden?

KONG: Gedichte lesen, singen, stillsitzen, schlafen und mit Schlägen. (*Lacht.*)

FERRAND: Gedichte lesen? Singen?

KONG: Ja, in einem sehr schönen Gedicht, das ein Freund im Gefängnis schrieb, konnte sich jeder wiederfinden. Wenn Sie wollen, schreibe ich es für Sie auf.

FERRAND: Die heiligen Musen verehre ich über alles. Können Sie mich mit diesem Dichter bekannt machen?

KONG: Wie Sie wissen, kam er genau wie ich wegen der Beteiligung an dem Protestzug ins Gefängnis. Selbstverständlich können Sie ihn treffen. Allerdings nicht hier, sondern in Frankreich. Seine Verlobte hält sich in Frankreich auf, deshalb wird auch er dorthin gehen. Er möchte sich dort behandeln lassen. Ja, er leidet an einer Lungenkrankheit und hat im Gefängnis mehrmals Blut gespuckt. Wenn es möglich ist, schreibe ich ihm einen Brief und bitte ihn, Ihnen ein Interview zu geben. Er war schon immer ein scheuer Mensch und gibt normalerweise keine Interviews. Ihr Kaffee ist köstlich. Es ist der beste, den ich je getrunken habe.

FERRAND: Danke. Sie sagen, er ist scheu?

KONG: Ja, er ist scheu.

FERRAND: Oh, die Scheu ist ein Geheimnis, ist die geheimnisvolle Blume der individuellen Existenz, sie dient dem eigenen Schutz.

KONG: Nein, er ist überhaupt nicht egoistisch. Chinesen sind keineswegs egoistisch. In Wahrheit sind wir beide wegen einer Solidaritätsbekundung mit anderen Teilnehmern festgenommen worden. Er ist Lektor an einem medizinischen Institut (*nämlich der Pekinger Medizinischen Fakultät*), ich bin Journalist. Wir gehen unserer Arbeit nach und sind auf Zuwendungen für die Teilnahme an Protestzügen nicht angewiesen.

FERRAND: Herr Kong, ich meinte, dass er ein Mensch ist, der es versteht, die eigene Würde zu wahren.

KONG: Ge R … (*Räuspert sich.*)

FERRAND: Wie bitte?

KONG: Ich meine nur, Sie haben recht.

FERRAND: Nun, verehrter Herr Kong, (*lacht*) jetzt haben Sie unfreiwillig seinen Namen preisgegeben. Ich weiß, von wem Sie sprechen. Ich weiß, dass seine Verlobte Frau Bingying ist, Hu Ans Tochter.

Am Rande sei noch bemerkt, dass Ge Ren, wie wir bereits wissen, später doch nicht nach Frankreich ging, sondern in die Sowjetunion. Wider Erwarten begab sich aber sein Gefängnisgenosse Kong Fantai mit Ferrands Unterstützung nach Frankreich. Dort wurde er, der Nachfahre von Konfuzius, ein Anhänger Rousseaus. Im Frühjahr 1943 kehrte er zurück nach China, wo er Bingying und Fan Jihuai, dem Erzähler des dritten Teils, begegnete.

Nasenbluten

Es war bereits hell geworden, als er das Gedicht rezitierte. Die Sonnenstrahlen drangen durch das Fenster und beschienen sein Gesicht. Seine Züge leuchteten, während die Ohren im Dunkeln lagen. Draußen war es kalt, trotzdem benetzte eine dünne Schweißschicht seine Nasenspitze. Ich bemerkte ein unvermitteltes Zucken in seinen Mundwinkeln, als hätte ihn eine Mücke gestochen. Im selben Augenblick rann Blut aus seinem linken Nasenloch.

Ich stützte ihn, damit er sich hinlegen konnte. Nankai trat ein. Dou Sizhong ließ sich aber nicht stören und rezitierte heftig zitternd weiter. Nun begann auch das rechte Nasenloch zu bluten.

»Kommandant, es ist alles in Ordnung«, sagte Nankai. »Nichts Ernstes, es ist nur die Erschöpfung!«

»Es ist nichts«, stimmte ich zu. »Sie brauchen sich keine Gedanken zu machen. Wir sammeln ein paar Schnecken, grillen sie gut durch und zerstoßen sie anschließend zu Pulver. Das kommt in die Nasenlöcher und schon hört es auf zu bluten.«

»Wo kann man denn an einem solch frostigen Tag Schnecken finden?«, fragte Nankai und kratzte sich am Kopf.

Ich überlegte. »Ich weiß etwas, das können wir ausprobieren«, sagte ich.

»Was denn?«, wollte er wissen.

Ich zögerte kurz, sprach es dann aber einfach aus. »Wir brauchen Eselsmist.«

Nankai wurde blass.

»In Yan'an habe ich die Patienten mit Nasenbluten mit der Asche aus verbranntem Eselsmist behandelt«, sagte ich schnell.

»Was Doktor Bai sagt, gilt«, meldete sich Dou Sizhong zu Wort.

Ich war gerührt. Der Esel musste doch in jedem Fall Mist hinterlassen haben, auch wenn er schon wieder nach Yan'an zurückgekehrt war.

Schnell sammelten wir im Hof die Hinterlassenschaften ein. Mit Kohle trocknete ich den Dung aus und zündete ihn dann an. Nankai kniete dabei und gab auf die Flammen acht. Als nur noch die Asche übrig war, kroch er heftig keuchend auf allen vieren über den Boden. Seine Vorstellung erinnerte mich an Tian Hans Wachen. Als ich Tian Han einmal wegen Verstopfung behandelte, wollten seine Wachen die Medizin jedes Mal höchstpersönlich vorkosten, wenn ich ein Rezept ausstellte. Allerdings hatte ich damals keinen Eselsmist verschrieben, sondern Trichterwinde und Pfirsichblüten. Nun nahm auch Nankai ein wenig Asche zwischen zwei Finger und streute sie sich zum Probieren in den Mund.

»Schmeckt sie nach Fisch?«, fragte ich ihn.

Er nickte.

»Hat der Fischgeschmack auch Süße?«

Er nickte.

»Ist die Süße ein wenig bitter?«

Er nickte abermals.

»So ist es richtig«, sagte ich.

Einen Moment lang fixierte er mich, bevor er mir gestattete, mit der Arbeit zu beginnen. Ich bat Dou Sizhong, sich auf den Rücken zu legen, das Gesicht nach oben. Sodann blies ich ihm Asche in die Nasenlöcher. Im nächsten Moment versiegte die Blutung. Noch bevor Dou Sizhong ein Wort über die Lippen brachte, bedankte sich Nankai im Namen des Kommandanten.

»Wenn du jemandem danken willst, dann dem Esel. Es ist schließlich ein revolutionärer Esel«, erwiderte ich.

Um der Wahrheit die Ehre zu geben, nachdem ich sein Nasenbluten gestillt hatte, änderte Dou Sizhong sein Verhalten mir gegenüber. Er war nicht mehr nur Genosse, sondern nun ganz offensichtlich auch Kriegskamerad. Er lud mich zu einem üppigen Frühstück mit Fladenbrötchen und Hammelkopf ein, es gab sogar Hammelnieren. Halb roh schienen sie genau nach seinem Geschmack zu sein.

»Ich vestehe nicht, warum sich Ge Ren an diesen teuflischen

Ort begibt«, sagte er, während er die Nieren vertilgte. »Was meinst du dazu?«

Auch wenn jedes Mitgefühl für Ge Ren Raum für Missverständnisse bot, sagte ich meine aufrichtige Meinung.

»Vielleicht versteckt sich Nummer null dort, um sich von seiner Krankheit zu erholen«, sagte ich wie ein Fachidiot. »Er leidet an einer Lungenkrankheit und braucht die Feuchtigkeit und die Sonne des Südens.«

»Und sonst? Lass doch mal hören.«

Mir blieb nichts anderes übrig, als weiterzureden.

»Nummer null ist ein Literat. Es könnte also auch sein, dass er im Dahuang-Gebirge Ruhe zum Schreiben sucht.«

»Das habe ich auch gedacht«, pflichtete er mir zu meiner Überraschung bei und fuhr dann fort: »Im Dahuang-Gebirge werden wir uns seine Schriften holen, damit Fremde sie nicht in die Finger bekommen. Nicht ein Blatt darf verlorengehen, denn das ist revolutionäres Kapital. Das ist aber nicht auf meinem Mist gewachsen, sondern ein Befehl des Generals«, schloss er, ohne eine Miene zu verziehen.

Kotstudien

Offen gesagt, las ich Doktor Bais letzte Ausführungen mit großer Verwunderung: Was hatte es zu bedeuten, dass er bei jeder Gelegenheit Eselsmist auflas? Offenbar war er von recht schlichtem Gemüt. Später wurde mir klar, dass ich ihm Unrecht getan hatte, denn diese Gewohnheit war Ausdruck seiner Professionalität: Er war ein Experte der Ausscheidungen.

Wie bereits erwähnt, hatte er an der Pekinger Universität bei dem Japaner Kawata studiert. Kawata war der eigentliche Spezialist auf dem Gebiet der Ausscheidungen. Der Tutor der Doktoranden an der heutigen Medizinischen Fakultät der Shanghaier Universität, Herr Yu Chengze, studierte damals im selben Semester wie Bai Shengtao. Er erinnerte sich, dass Bai Shengtao der eifrigste Student des Jahrgangs war und Kawatas besondere Zuwendung genoss. Herr Yu schrieb 1993 in der fünften Ausgabe der Zeitschrift *Hundert Schulen der Medizin* eine Kolumne unter der Rubrik *Interessante Gespräche mit Berühmtheiten*, aus der der folgende Abschnitt stammt:

> Bai Shengtao war einige Jahre älter als wir und etwas später auf die Hochschule gekommen. Als er das Studium aufnahm, hatte Kawata gerade den Unterricht für die unteren Semester übernommen. Kawata hatte in Sendai zusammen mit Lu Xun Medizin studiert, beide waren dort Herrn Fujinos Studenten gewesen. Charakterlich unterschied sich Kawata jedoch erheblich von Lu Xun. Heute würden wir sagen, er war ein Hippie. Uns gegenüber sprach er unentwegt von Ausscheidungen. Über die Ausscheidungen eines Säuglings war er voll des Lobes und wiederholte immer wieder, wie interessant sie seien. Er stand am Pult, deutete mit den Händen einen imaginären Haufen Säuglingsausscheidungen an, warf ihn in den Händen hin und her und im Kreis, dann demonstrierte er die Zweiteilung des Kloßes. Mit der gelben Farbe erinnerte der Babykot an kleine Birnen. Während seiner Ausführungen tat er so, als schleuderte er die »Birnen« in die Luft, fing sie wieder auf, balancierte sie im Kreis wie ein Zauberkünstler, der seine Tricks vorführte. Einmal rief er uns Studenten zu sich nach vorne, um uns die Birnen beklopfen und an ihnen riechen zu lassen. Plötzlich forderte er uns sogar auf hineinzubeißen, Geschmack und Konsistenz zu kosten. Einige Studentinnen erschraken, hielten sich die Hände vors Gesicht und verschwanden eine nach der anderen. Da ergriff Herr Kawata die Initiative und probierte selbst. Er kaute auf dem Stück wie auf Kaugummi, streckte sogar die Zunge heraus, um uns zu zeigen, was er da aß. Ich erinnere mich, dass der Erste, der ein Kotkügelchen probierte, Bai Shengtao war. Für die Wahrheitsfindung gab er wirklich alles. Später war er auch der Erste unter den Studenten, der in die Sowjetunion aufbrach, und der Erste in Yan'an. Eigentlich hätte er damals wegen seiner privaten Praxis in Shanghai gar nicht nach Yan'an gehen können. Aber auf einmal war sein Aufenthaltsort unbekannt, vielleicht hatte er sich geopfert (*sic!*).

Kawata erklärte uns, dass es keineswegs seine Absicht war, uns Ungemach zu bereiten. Er wollte uns lediglich mit dem geheimnisvollsten Stoff des Menschen vertraut machen.

»Kot, Urin, Eiter, Schleim und Blut, Gehirnwasser sowie Bauchhöhlenflüssigkeit gehen aus ganz normalen chemischen Reaktionen der Körperfunktionen hervor«, sagte er. »Sie geben Auskunft über den körperlichen und geistigen Zustand des Menschen. In seinem Leben kann ein Mensch hunderttausend Fürze lassen und dreißig Tonnen Kot ausscheiden.«

Einige mussten lachen.

»Da gibt es nichts zu lachen«, sagte er. »Ein Arzt muss darüber Bescheid wissen, ebenso wie ein Schreiner etwas von der Holzmaserung verstehen muss.«

So teilte er mit uns sein beträchtliches Wissen über Kot. Zudem vermittelte er uns einige damit zusammenhängende religiöse Kenntnisse, die uns chinesische Lehrer nicht hätten beibringen können. Er fragte, wer von uns an Gott glaube. Niemand hob die Hand.

»Bai Shengtao, waren Sie nicht schon einmal in einer Kirche?«, fragte er.

Wir erfuhren, dass Bai Shengtao früher die Kirche gefegt hatte.

»Westliche Ärzte gehen davon aus, dass Gott den Kot mit vielfältigen Wundermitteln versehen hat«, fuhr er fort. »Das ist empirisch bewiesen. Beispielsweise kann eine Brustfellentzündung mit Pferdeäpfeln behandelt werden, Schweinekot wirkt blutstillend, Menschenkot kann einen Blutstau lösen und Wunden heilen, Eselsmist kann blutigen Durchfall regulieren, eine dicke Flüssigkeit aus Kuhfladen und Rosen hilft gegen Epilepsie, Schüttelkrämpfe und insbesondere gegen Fieberkrämpfe bei kleinen Kindern.«

Derart von ihm beeinflusst, diente Kot uns im Alltag häufig als Metapher. Wenn wir beispielsweise davon sprachen, dass ein ärztlicher Behandlungsplan durch und durch systematisiert sein musste, sagten wir: Wenn du Scheiße im Kopf hast, musst du dort eben erst mal ein Klo ausheben.

Aus heutiger Sicht ist Kawatas Beitrag zur Entwicklung der chinesischen Medizin gewaltig. Aus medizinischer Perspektive tendiere ich dazu, ihn Norman Bethunes und Dwarkanath Kotnis ebenbürtig zu betrachten. Heute würden wir vielleicht nicht mehr unbedingt eine Behandlung mit Kot durchführen und auch nicht aufgrund von Kotanalysen Diagnosen stellen. Aber vor der Befreiung, als China noch arm und rückständig war, in einer Zeit ewiger Kriege, gehörte es unerlässlich zu den grundlegenden Fähigkeiten eines Arztes, den Kot seiner Patienten einzuordnen, zu analysieren und einzusetzen. Daher war Doktor Kawatas Beitrag tatsächlich von ganz besonderer Bedeutung.

Nachdem Bai Shengtao von Shanghai nach Yan'an übergesiedelt war, leistete er seinen Beitrag zur Revolution im Wesentlichen, indem er Verstopfungen behandelte. Darunter litten in der Yan'an-Periode viele Menschen, die am Langen Marsch teilgenommen hatten. Es fehlte an Obst und Gemüse, zudem musste Hirse als Ersatz für Reis herhalten. Bai Shengtaos berühmtester Patient mit Verstopfungen war Mao. Die englische Kriegsreporterin Clare Hollingworth, die als Erste vom Kriegsausbruch berichtete und dadurch weltberühmt wurde, schrieb in ihrem Buch *Mao und seine Gegner*:

> In Yan'an bildeten sich allmählich gesellschaftliche und politische Muster heraus.
>
> Kleine Zwischenfälle erlangten für die Mitglieder dieser isolierten Gemeinschaft große Bedeutung, und Maos Stuhlgang wurde zu einem dauernden Gesprächsthema, so dass ihm die Leute zu jeder Darmentleerung gratulierten. Das mag lächerlich erscheinen, dennoch litten zahlreiche Teilnehmer des Langen Marsches nach der Ankunft in Yan'an an diesen Beschwerden.

Genau wie Mao nahm auch Tian Han wegen seines Stuhlgangs freudig Glückwünsche entgegen. In dem Buch *Plauderei mit Tian*

Han notierte der Autor Zhu Xudong, was Tian Han auf seinem Krankenlager zu diesem Thema erzählte. Der behandelnde Arzt war damals Bai Shengtao:

> Ob man problemlos scheißen konnte, war in vielerlei Hinsicht zur wichtigsten Frage der Revolution geworden. Genosse Zhu, überleg mal, wenn du ständig den Darm vollhast, kannst du doch keinen Krieg führen. Daher kann man sagen, dass auch die Verstopfung unser Feind war. Übrigens muss ich noch unserem Arzt danken. Er verstand wirklich etwas davon. Er ließ mich etwas trinken, das wie schwarze Sesampaste schmeckte, und schon klappte es wieder problemlos. Als der Arzt damals kam, um mich zu beglückwünschen, fragte ich ihn, um welch ein Wundermittel es sich denn dabei handle. Es seien Samen der Trichterwinde, antwortete er. Als die Trichterwindensamen später nicht mehr halfen, verabreichte er mir Rübensamen, gebratene Rübensamen. Bei einer Durchsuchung beschlagnahmte jemand das Haus eines Grundbesitzers, eines Rübenbauers, der sicher jede Menge Rübensamen hatte. Seitdem konnten wir entspannt in den Krieg ziehen. Ein geflügeltes Wort lautete damals: Entspannt scheißen, im Sturm angreifen und die Revolution wird ein Erfolg.

Es waren viele Gründe denkbar, warum Tian Han Bai Shengtao nach Baipi schickte, aber einer ist wohl ausschlaggebend gewesen: Dadurch, dass Bai Shengtao, der Experte der Kotlehre, Tian Han und andere von Verstopfung kuriert hatte, hatte er seine historische Mission bereits erfüllt.

Mitgefühl

Ich wollte so rasch wie möglich abreisen, aber Dou Sizhong bestand darauf, dass ich noch zwei Tage blieb. Nach Zhangjiakou zu gelangen sei schließlich nicht leicht gewesen, und Ge Ren war zwar an Tuberkulose erkrankt, aber er würde wohl nicht gleich daran sterben. Daher käme es auf zwei Tage nicht an.

»Wenn ich dich nicht ordentlich bewirten darf«, fügte er hinzu, »kann ich dem General nicht mehr unter die Augen treten.«

Um der Wahrheit die Ehre zu geben, als Eselowski war ich von solch großzügiger Gunstbezeigung gerührt.

Wir gingen in der Abenddämmerung spazieren. Der Himmel war grau, der Nordwind blies. Die Luft roch nach Schnee und Schießpulver.

»Wie verstehen sich denn der General und Ge Ren?«, fragte mich Dou.

»Gut, sehr gut«, antwortete ich. »Sie pflegen eine tiefe revolutionäre Freundschaft.«

»Haben sie sich in der Kirche von Qinggeng kennengelernt?«, fragte er weiter.

Ich begriff nicht, worauf er hinauswollte. »Heute ist der General aber ein Atheist«, wich ich aus.

»Das ist keine offizielle Unterredung«, sagte er. »Du brauchst keine Hemmungen zu haben, du kannst einfach sagen, was du denkst.«

»In der Tat, sie haben sich kennengelernt, als in der Kirche ein Waisenhaus eingerichtet wurde.«

Dou wusste von solchen Heimen, weil es auch in seinem Heimatort Ausländer gab, die welche betrieben. Er wusste auch, dass Pater Beal das Heim in Qinggeng geleitet hatte.

»Manchmal stellen die westlichen Missionare doch etwas Gutes auf die Beine, auch wenn es ihnen nur darum geht, möglichst viele Leute einzuwickeln«, bemerkte er.

Ich bin Pater Beal ewig dankbar. Allerdings erlaubten es die damaligen Umstände nicht, eine Lanze für ihn zu brechen. Ich musste es Dou Sizhong überlassen, nach Belieben über ihn zu urteilen.

Er erkundigte sich ebenso nach Ge Rens toter Mutter und seinem Großvater.

»Ge Rens Großvater war ein verlorener Sohn«, bemerkte ich. »Er hat Haus und Hof der Familie durchgebracht, bis zu seinem Tod hatte er alles verraucht. So nahm Pater Beal Ge Ren nach dem Tod des Großvaters in seinem Heim auf.«

»Ach so!«, erwiderte Dou Sizhong. »Tian Han hat davon schon mal erzählt.«

Er wusste von einem Drei-Tiger-Tian und nannte ihn Anführer der *Bewegung gegen westliche Missionare.*

»Tian Han hat mir ein Kompliment gemacht und gesagt, ich hätte Ähnlichkeit mit Drei-Tiger-Tian«, sagte er mit vor Stolz geschwellter Brust.

General, wahrscheinlich wissen Sie nicht, welcher Herkunft Drei-Tiger-Tian war. Er ist ein Onkel von Tian Han, der damals im Wald hauste und sich für einen Räuberhauptmann hielt. Aber Blut ist dicker als Wasser, und einem Landsmann aus Qinggeng hätte Tian Han niemals Schwierigkeiten gemacht. Um der Wahrheit die Ehre zu geben, dass er in irgendeinem Winkel des Städtchens hockte, störte die Leute von Qinggeng nicht sonderlich. Es war nur dumm von ihm, die Kirche von Qinggeng niederzubrennen. Es hat kein gutes Ende mit ihm genommen. Während des Nordfeldzuges reorganisierte Chiang Kaishek die Truppen, aber Drei-Tiger-Tian drückte sich. Da wurde der alte Chiang sehr zornig und räumte ihn aus dem Weg. Als Dou Sizhong sich damals mit dem Räuber verglich, lobte ich ihn dennoch sofort und sagte, dass er wahrlich ein zweiter Drei-Tiger-Tian sei.

Ich war erstaunt, dass er so scheinheilig fragte, obwohl er über Ge Rens Familienhintergrund doch genau Bescheid wusste. Wollte er mich testen? Vielleicht hatte ich etwas Falsches gesagt. Als mir dieser Gedanke durch den Kopf schoss, erschauderte ich. Um Dou Sizhong davon nichts merken zu lassen, gab ich vor zu frieren, blies in die Hände und schneuzte die Nase. Er glaubte mir sogar und zog rasch eine Baumwolljacke hervor, die er mir über die Schultern legte. Ich wollte sie nicht gleich anziehen, bis er es mir schließlich befahl.

»Wenn du dich erkältest, kannst du deine Aufgabe nicht erfüllen«, fügte er an. »Das wäre ein Rückschlag für die Revolution.«

Gehorsam ist besser als Höflichkeit, daher zog ich die Jacke an. Natürlich musste ich in dem Moment an Tian Han denken, als er mir die gestreifte Damastjacke umgelegt und beiläufig ein paar Worte mit mir gewechselt hatte.

»Kommandant, das geschieht wirklich aus Mitgefühl, ich liebe den Soldaten wie einen Sohn«, sagte Dou. »Obwohl du Trotzkist geworden bist, haben wir dir kein Haar gekrümmt.«

Nun fragte er mich, ob ich von der Schlacht von Erligang wisse. Ich bejahte, und er seufzte tief.

»Es wäre ein Glück gewesen, wenn Ge Ren dort damals sein Leben gelassen hätte«, sagte er unvermittelt.

In Hougou hatte ich mir zahlreiche Ohrfeigen eingefangen und traute meinen Ohren nicht, als ich Dou Sizhong so reden hörte. Aber ein Blick genügte, um zu wissen, dass mich meine Ohren nicht trogen. Ich ängstigte mich, aber ließ mir nichts anmerken.

»Du, ich, General Tian Han und viele andere Genossen empfinden tiefe Liebe für Ge Ren«, fuhr er fort. »Wäre er damals als Märtyrer gestorben, wäre er unser Volksheld geworden. Aber jetzt, was ist er jetzt schon noch? Wenn er nach Yan'an zurückkehrt, wird er als Verräter gelten. Jeder ist sich selbst der Nächste. Entweder man ist ein Volksheld oder ein Pantoffelheld. Wie hätte er denn wohl überleben sollen, wenn er nicht mit dem Feind unter einer Decke steckt? Das würden sich die Leute fragen. Ich sehe es genauso wie du und glaube auch nicht, dass er mit dem Feind kollaboriert, aber so sind die Menschen nun mal, daran lässt sich nichts ändern. Wenn er nicht umgebracht wird, wird er Trotzkist und aus den revolutionären Reihen ausgeschlossen. Auch wenn die Partei ihm gegenüber Milde walten und ihn am Leben lässt, wird sein Leben nicht mehr lebenswert sein.«

Auf einmal war es, als explodierte mein Kopf. Ich strengte die Ohren an, um zu hören, was Dou Sizhong sagte. Aber mein Hörorgan ließ mich im Stich, und ich vernahm nur noch ein dumpfes Brummen. Ich besann mich nach wenigen Augenblicken, fand die Fassung wieder und fragte ihn, was nun zu tun war. Während ich diese Worte aussprach, ahnte ich bereits, was er antworten würde.

»Mich quält diese Situation ungemein«, sagte er und kratzte sich am Kopf. »Den ganzen Tag denke ich darüber nach, kann nicht essen und kaum schlafen. Ich habe hin und her überlegt und bin nun zu dem Ergebnis gekommen, dass Ge Ren sterben muss, er muss im Verborgenen sterben.«

Vor diesem Satz hatte ich Angst gehabt. Aber je größer deine Angst vor dem Teufel, desto eher klopft er an.

»Genosse Bai Shengtao«, hörte ich ihn sagen, »du bist freilich unsere erste Wahl. Aber wenn du Schwierigkeiten damit hast, kann die Partei auch eine andere Lösung finden.«

»Gibt es denn noch eine andere Lösung?« Mehr wagte ich nicht zu sagen.

»Natürlich gibt es Möglichkeiten«, erwiderte er. »Eine wäre, ihn nur zum Schein zu töten und niemals mehr ein Wort darüber zu verlieren.«

»Ich werde noch in dieser Nacht ins Dahuang-Gebirge aufbrechen«, sagte ich eilig, »und ihm sagen, dass er darüber schweigen soll.«

Bedauerlicherweise ließ Dou Sizhong sich darauf nicht ein.

»Dafür ist es jetzt zu spät«, sagte er. »Angeblich hat sich Ge Ren kürzlich durch einen veröffentlichten Artikel verraten.«

General, um der Wahrheit die Ehre zu geben, seine Worte machten mich damals rasend vor Wut. Ge Ren war dermaßen klug, ausgeschlossen, dass er eine solch grobe Dummheit begangen hatte.

»Genosse Bai«, fuhr Dou Sizhong fort, »es tut uns leid, aber um den Ruf und die Integrität des Revolutionärs zu wahren, müssen wir ihn töten. Genau, töten. Genosse Bai, bitte betrachte ihn nicht als einen individuellen Menschen, sondern als Menschen eines bestimmten Typs. Dieser Typ Mensch hat zwar einen ruhmreichen Namen, aber er hat auch im entscheidenden Moment der Revolution einen unverzeihlichen Fehler begangen. Wenn wir uns noch mit diesem Menschen verbunden fühlen, gibt es keine andere Möglichkeit, als ihn spurlos verschwinden zu lassen.« Es war bereits dunkel geworden. Dou

Sizhongs letzte Worte drangen durch die Finsternis zu mir: »Das ist übrigens nicht nur meine Meinung, sondern der Wunsch aller, die Ge Ren lieben. Wenn man die Wahl hat zwischen ewigem Leben in der Erinnerung der anderen und einem nicht lebenswerten auf der Erde, sehe ich keinen Grund, sich nicht für Ersteres zu entscheiden.«

Seine Stimme klang zackig, so als gäbe er den Befehl, das Todesurteil zu vollstrecken. Pelzgeruch stieg mir in die Nase, es war der Geruch des Fellüberzugs seines Holsters. Hätte ich es gewagt, auch nur den kleinsten Zweifel zu äußern, mir wäre das Gehirn weggepustet worden.

General, heute weiß ich, dass die Angst eines Menschen nicht vom Kopf ausgeht, sondern von seinen Beinen. Zunächst frieren die Fersen, bevor die Kälte durch Beine und Bauch aufwärtskriecht. Wenn sie hoch ans Becken gelangt, zieht sich die Galle zusammen. Danach wandert die Kälte geradewegs durch die Wirbelsäule nach oben und verursacht zum Schluss ein Kribbeln auf der Kopfhaut.

Dou Sizhong fragte mich nach meiner Meinung.

»Kommandant, ich ziele dorthin, wohin Sie zeigen«, sagte ich rasch.

Er beobachtete mich einige Augenblicke lang, als könnte mein Gesichtsausdruck mich verraten. Aber was er in meiner Miene sah, schien ihn zufriedenzustellen. Er half mir die Jacke zu schließen und schlug mir auf die Schulter.

»Genosse Bai Shengtao, du brauchst nichts zu tun«, sagte er. »Die Partei hat bedacht, dass du sein Freund und auch Arzt bist. Da wollte man dich nicht in Bedrängnis bringen, indem man dich zwingt, selbst Hand anzulegen. Die Partei hat an alles gedacht«, erklärte er. »Es ist wie in einer Theatervorstellung. Da kann auch niemand, der für gewöhnlich Messer wirft, auf einmal mit Stöcken jonglieren. Aqing wird es tun. Er ist Soldat und tötet Menschen, ohne mit der Wimper zu zucken. Deine Aufgabe ist es, ihm den Befehl zu überbringen und sämtliche von Ge Ren verfassten Texte mit zurückzubringen. Kein Blatt darf verlorengehen.«

Abermals betonte er, dass diese Papiere ein revolutionäres Kapital darstellen und nicht Ge Ren allein gehören. Auch wollte der General lesen, was Ge Ren geschrieben hatte.

Unterwegs nach Longyudian fürchtete ich nichts mehr, als dass sich Aqing melden könnte. Heute weiß ich, dass Dou Sizhong meinen Aufenthalt hinausgezögert hatte, weil er auf Aqings Anruf wartete. Wäre es damals möglich gewesen, mit ihm in Kontakt zu treten, hätte er ihm den Befehl direkt erteilt. Dann hätte keine Notwendigkeit mehr bestanden, dass ich Zhangjiakou lebend verließ. Ach, Glück oder Unglück eines Menschen, Gut und Böse, was heißt das schon? Aber damals glaubte ich noch, dass wir Glück haben und der Teufel uns verschonen würde. Aqing meldete sich vor meiner Abreise aus Zhangjiakou nicht.

Zeremonien des Ostens

Dou Sizhong ist eine wichtige Person für Ge Ren. Die Materialien, die es über ihn gibt, sind jedoch äußerst spärlich. Lediglich in Zhu Xudongs Buch *Tian Hans biographische Aufzeichnungen* findet sich ein Foto. Tian Han sitzt auf einem Pferd, Dou steht neben dem Kopf des Tieres und hält die Zügel. Vielleicht liegt es an dem langen Pferdekopf, dass Dou Sizhongs Gesicht auf dem Foto besonders klein wirkt. Mit seinen langen Haaren und dem Wangenbart erinnert er an eine Katze. Dieses Bild war 1936 in Bao'an entstanden. Nach Zhu Xudongs Aussage antwortete Tian Han auf die Frage nach der Person neben ihm nur: »Er heißt Dou.«

Und verlor kein weiteres Wort über ihn. Deshalb sind seine Vorgeschichte und Familienherkunft nicht eindeutig zu klären. Wir wissen nur durch Bai Shengtao, dass er aus dem Ort Changshu in der Provinz Jiangsu stammte. Sicherlich kannte Dou Sizhong Pater Beal durch Tian Han. Ich erwähnte bereits, dass Pater Beal, der in Qinggeng missionierte, später gemeinsam mit Pater Ellis das Buch *Zeremonien des Ostens* verfasste. Pater Beal war ein gebildeter Mann, er verfügte über ein breites Wissen in allen möglichen Bereichen: Er wusste von einem im Ägyptischen Totenbuch beschriebenen Kuchen zu berichten ebenso wie von den Aufzeichnungen über die vier Flüsse des Paradieses im Koran. Auch in Medizin war er bewandert, da er mit Pater Ellis während des Zweiten Weltkriegs im Dienst des Roten Kreuzes gestanden hatte. Meine Großtante beschrieb ihn folgendermaßen: »Er war lang und dünn und hatte große Füße. Deshalb nannte ich ihn Pappel. Er war sanft, und wenn er sprach, flüsterte er, wie ein Windhauch, der im Schatten des Baumes wispert.«

Ich habe einen Auszug aus *Zeremonien des Ostens* ausgewählt. Er stellt kleine Episoden aus Ge Rens und Tian Hans Kindheit dar. Vorweg sei angemerkt, dass mit dem im Text erwähnten »Ge Shangren« Ge Ren gemeint ist, denn so wurde er in seiner Kindheit genannt:

> Im Jahr 1898, während der Hundert-Tage-Reform, erreichte ich den Qinggeng-Berg. Damit ist aber nicht nur der Berg gemeint. Vielmehr dehnte sich der Ort über eine Fläche aus, die der Größe eines europäischen Landes entsprach. In jenem Jahr erließ die Qing-Regierung die *Verordnung für lokale Beamte zum Umgang mit Geistlichen.* Aufgrund dieser Verordnung nannten mich die Einheimischen »ausländischer Beamter«. Vor meiner Ankunft hatte Pater Ellis die Kirche verwaltet. Sie war 1590 erbaut worden, und ich fand sie wunderschön. Noch heute ist mir der mit Ziegelscherben ausgelegte Pfad in Erinnerung, die vergoldeten Kapitelle, das Bildnis des gekreuzigten Jesus, das im Kircheninneren hing, und das Gemälde der heiligen Mutter auf dem Altar. Ein Jammer, dass später alles zerstört wurde.
>
> Am Qinggeng-Berg führte ich gemeinsam mit Pater Ellis ein Waisenhaus. Unser erstes Kind war ein ausgesetzter Säugling, ein Mädchen. Wir fischten es am Ufer des Jishui-Flusses aus dem Wasser. Jahre später erfuhr ich erst, dass Ge Shangren ihr Bruder war. Auch er kam später in das Waisenhaus. Da war er eigentlich bereits ein junger Mann. Er war überaus klug, mit leuchtenden Augen. Sein Name war Ausdruck einer bestimmten religiösen chinesischen Haltung – *Ren* (Menschlichkeit) ist ein wichtiger konfuzianischer Begriff, auch *Shang* (Wertschät-

zung) ist ein im Konfuzianismus häufig verwendetes Wort. Seine Mutter war eine gescheite Frau, die früh starb. Kurz nach ihrem Tod starb auch sein Großvater. Dazu möchte ich noch etwas erzählen: Der Großvater hatte eine Katze namens Mimi. Mit ihrem Fell wischte er seine Opiumpfeife, nach ihren Augen bestimmte er die Zeit. Es heißt, dass sich Katzenaugen den Tageszeiten anpassen. Zum Beispiel wusste man sofort, dass Mittag war, wenn ihre Pupillen sich verengten. Die Liebe des Alten zu seiner Katze war sogar noch größer als die Liebe zu seinem Enkel. Mimi schlief in seinem Ärmel, und einmal soll er sogar den Ärmel abgeschnitten haben, um ihren Schlaf nicht zu stören. Aber Liebe führt in China häufig in die Katastrophe! Diese Katze namens Mimi sollte nämlich seine Grabbeigabe sein. Vor seinem Ableben tötete er Mimi und kochte aus ihr eine Suppe. Sicherlich war dies nach seiner Überzeugung der größte Liebesbeweis für die Katze. Da ihre Augen ihm ja auch als Uhr gedient hatten, können wir annehmen, dass er den eigenen Tod als das Ende der Zeit betrachtete.

Ge Shangrens bester Freund im Waisenhaus war Tian Cong. Alle unsere Jungen hatten sowohl Vater als auch Mutter verloren. Auch Tian Cong bildete keine Ausnahme. Sein Onkel Drei-Tiger-Tian war seiner Erziehungspflicht nicht nachgekommen. Jahre später wurde aus dem Waisenkind Tian Cong ein General. Seinen Namen hatte er zu dem Zeitpunkt bereits in Tian Han geändert. Auch wenn sich nur ein Zeichen unterschied, der *Schweiß*, Han, an die Stelle der *Klugheit*, Cong, trat, wurde so deutlich, dass er den Kern der chinesischen Philosophie verinnerlicht hatte. Nur ungern bezeichnen sich Chinesen selbst als klug, scheuen aber keine Mühen und keinen Einsatz. In meiner Erinnerung war Tian Cong klug und rührig, aber auch ein wenig schüchtern. Eine Szene ist mir im Gedächtnis geblieben: Einmal, als ich mit Ge Shangren von auswärts zurückkehrte und wir den Hof betraten, spielten die Kinder im Sand. Ein Mädchen kam zu Ge Shangren und streute ihm Sand in die Handflächen. Der Sand leuchtete golden im Abendlicht. Auch Tian Cong kam hinzu. Den Staub hinter sich aufwirbelnd stürzte er direkt auf

Ge Shangren zu. Er stolperte und rann. Als er sah, dass ich danebenstand, schämte er sich, dass er hingefallen war, und lief rot an wie ein Mädchen.

Beim Gedanken an Ge Shangren und Tian Han sehe ich vor meinem inneren Auge stets auch einen verschneiten Wintertag. Ich entsinne mich, dass die beiden häufig im Schneetreiben zum Beten hinausliefen. Sie sorgten sich, ihre Familie könne tief eingeschneit und damit unerreichbar für sie werden. Ich hatte mit den beiden Kindern die Grabstätten im Vorort besucht. Nach chinesischer Sitte verbrannten sie dort Papiergeld, denn wie es heißt, könnte das Geld so den Toten zugutekommen. Tian Cong fand die Grabstätte seiner Familie nicht, aber Ge Shangren machte sein Familiengrab ausfindig. Er kniete nieder und begann, leise zu weinen. An einem anderen Tag, der Wind hatte sich gedreht und die Schneeschmelze nahte, begleitete ich die beiden abermals zum Grab. Erneut sprachen sie Gebete und flehten, ihre Angehörigen mögen den Weg ins Paradies finden. Ein kleines Mädchen war mit uns zum Grab gekommen. Sie und Ge Shangren waren Geschwister, aber sie wussten damals noch nichts davon. Beide waren in dem Moment traurig. Schweigend biss sich das Mädchen auf die Lippen, ihr Blick war klar wie ein rauschender Bergbach. Es war das erste Mal, dass sie zum Grab ging. Ich erinnere mich noch gut daran: Es war feucht und trüb, der Schnee drückte die Äste der vertrockneten Bäume nieder, so dass sie brachen. Die herabgefallenen Ähren waren schwarz geworden. All das erinnerte an die Abbildung einer Bibelszene, die ich den Kindern gezeigt hatte. Die alte Ranke war wie der geschnitzte Stab in Moses Hand. Ich tröstete die beiden Kinder mit den Worten, indem ich ihnen sagte, dass hier alles dem Bild aus der Bibel gleiche, da ihre Eltern gewiss bereits ins Paradies gelangt seien.

Die Missionarstätigkeit war in Qinggeng keineswegs so einfach, wie andere dachten. Glücklicherweise spendeten die heranwachsenden Kinder Ellis und mir Trost. Damit will ich sagen, dass viele Chinesen zur Wahrheit dasselbe Verhältnis pflegen wie zu ihrer Familie: Oftmals leben sie in Polygamie. Anders ausgedrückt, wenn sie zum Christentum übertreten, ist das für sie in gewisser Hinsicht so, als nähmen sie sich eine Konkubine. Vielen von ihnen ist das Paradies kein Begriff. Aber sie tragen es bei sich, denn das Paradies finden sie im Kuchen, im Schnaps und in der Milch. Später missionierte ich nicht mehr. Ich brachte den Kindern nur noch Lesen und Schreiben bei und übte mit ihnen Grammatik. Ich glaube, dass das Wissen, das ich ihnen beibrachte, für sie wie kühles Wasser war, das ihre Kehlen hinunterlief, und wie der frische Wind, der ihre Nasen umwehte. Damit war ich zufrieden, denn ich wusste, dass es so im Paradies war.

Ich war mir aber nicht darüber im Klaren, dass zeitgleich mit diesem paradiesischen Zustand Probleme entstanden. Oftmals liegt die Ursache von Katastrophen in einer Geringfügigkeit. Damals lief eines unserer Mädchen mit nackten Füßen über den feinen Sand. Aus dem feinen Sand, den sie mit ihren zarten Zehen aufstob, entwickelte sich unversehens ein Sandsturm, der Pater Ellis und mich schließlich zwang, den Ort zu verlassen.

Der Sandsturm war eine Metapher für die *Bewegung gegen westliche Missionare,* die Dou Sizhong erwähnt hatte. Drei-Tiger-Tian war der Anführer dieser Bewegung. Wenn Beal sagte, dass er Tian Hans Onkel war, so stimmte das nicht ganz. Er war lediglich Tian Hans Onkel dritten Grades, gehörte also zur entfernten Verwandtschaft. Der Sandsturm hatte tatsächlich etwas mit einem Mädchen und seinen Füßen zu tun, die nämlich ihre natürliche Form bewahrt hatten, weil sie nicht gebunden worden waren. Zum Spaß nannte man damals solche natürlich gewachsenen Mädchenfüße »Kähne«. Neben meiner Großtante lebten in dem Heim noch vier, fünf weitere Mädchen. Im Sommer liefen sie ebenso wie die Jungen häufig barfuß im Hof umher. Jedes Mal, wenn die Dorfbewohner vorbeikamen und ihre Füße sahen, riefen sie: »Wie scheußlich!«

Die Kinder waren zwar alle Waisen, aber ihre entfernte Verwandtschaft lebte noch, so dass schließlich ein Streit zwischen den Missionaren und den Verwandten entbrannte. Auch wenn sie die Kinder seinerzeit nicht großziehen wollten, konnten sie natürliche Füße unmöglich dulden. Sie forderten von Beal und Ellis Schadensersatz. Mit natürlichen Füßen sei das ganze Leben verpfuscht, ein wenig Schadensersatz daher nur recht und billig. Sollten die Patres nicht zahlungswillig sein, würden sie die Kinder aus dem Heim holen, um sich selbst um die Füße zu kümmern. Besser spät als nie. In dem Jahr, als ich nach Qinggeng reiste, hörte ich zahlreiche Geschichten über die *Bewegung gegen westliche Missionare*. Die Verwandten sollen damals geplant haben, die Mädchen ein paar Jahre lang Schwerstarbeit im Haushalt verrichten zu lassen und sie danach zu verheiraten. Als ihnen klar wurde, dass Mädchen mit großen Füßen nur schwer zu vermählen waren, mussten sie eine andere Lösung finden und beschlossen, sie an ein Bordell zu verkaufen. Freier seien ohnehin allesamt Halunken und verdienten für ihr Vergnügen allenfalls Mädchen mit großen Füßen.

Der Streit war ausgebrochen, weil die Leute an die Tür klopften und die Mädchen mitnehmen wollten, die westlichen Beamten die Türen aber verschlossen hielten und sich weigerten, die Mädchen gehen zu lassen. Bevor der Fall eskalierte, kam Drei-Tiger-Tian angeritten, um für Gerechtigkeit zu sorgen. Die in neuer Überarbeitung herausgebrachte *Heimatchronik von Qinggeng* (1995) erwähnt diesen Vorfall und zitiert aus dem Buch *Die rote Fahne weht den westlichen Wind hinfort* (1968):

> Drei-Tiger-Tian war in dieser großartigen *Bewegung gegen westliche Missionare* die treibende Kraft. Unter seiner weisen Führung wurde die Hofmauer der Kirche eingerissen, wurden Steine in die bunten Scheiben geworfen, die Lebensmittel der Mission gestohlen, und die monarchistischen Missionare nahmen Reißaus.

Neben den »monarchistischen Missionaren« flohen der spätere General Tian Han, der Volksheld Ge Ren und Eselowski Bai Shengtao. Ebenso verließ meine Großtante Qinggeng kurz darauf. Letztendlich konnten alle aus dem Waisenhaus fliehen, bis auf zwei Mädchen, die von ihren Angehörigen mitgenommen worden waren.

Zu zweit unterwegs

Am nächsten Tag verließ ich Zhangjiakou endlich. Vor meinem Aufbruch kam Dou Sizhong nochmals zu mir und gab mir einen Brief, den ich Aqing überbringen sollte. Mir war klar, dass er den Tötungsbefehl enthielt, und ich versprach, ihn »wie meinen Augapfel zu hüten«, um Lenins Worte zu gebrauchen.

»Wären alle Genossen wie du«, lobte mich Dou, »ginge es mit den Nationalisten schnell bergab und die japanischen Piraten würden ruckzuck kehrtmachen.« Dann kam er auf meine Zukunft zu sprechen und sagte: »Wenn du deine Aufgabe erfüllt hast, hole ich dich stehenden Fußes zurück. Das Volk braucht einen Arzt wie dich. Und damit du unterwegs gut versorgt bist, habe ich auch an eine Reisebegleitung für dich gedacht.«

Sie vermuten richtig, General. Es war tatsächlich ein Mädchen. Damals wusste ich lediglich, dass sie Xiaohong hieß. Dou Sizhong hatte mir erklärt, sie müsse nach Hankou und habe zufällig denselben Weg wie ich.

»Für einen möglichst reibungslosen Verlauf der Reise könnt ihr euch je nach Situation als Vater und Tochter oder als Ehepaar ausgeben«, fügte er hinzu.

»Ach«, seufzte ich. »Ich bin schon alt, da ist es besser, wenn wir behaupten, wir sind Vater und Tochter.«

Als ich Longyudian verließ, atmete ich tief durch. Um der Wahrheit die Ehre zu geben, ich fürchtete, Dou Sizhong könnte seine Meinung ändern und jemand anderen schicken. Durch die vergitterten Fenster des *Jadeblumenhauses* drang Licht. Sofort sah ich mich um, um zu überprüfen, ob mir jemand folgte. Aber da war nichts außer meinem eigenen Schatten. Das Licht warf ihn gegen die Mauer, er wurde größer und größer, als rollte ein riesiger Stein langsam auf mich zu. Kurz darauf war der Schatten verschwunden. Im nächsten Moment bemerkte ich noch einen Lichtstrahl, der aus einer anderen Richtung kam. Von der Zinne oder vom Wachturm? Ich wusste es nicht. Der Himmel war klar, der Mond noch nicht aufgegangen. Über der hohen Mauer ergoss sich die Milchstraße zehntausend Meilen lang. Ich dachte wieder an Ge Ren. Betrachtete auch er vielleicht in diesem Augenblick den silbernen Fluss? Wusste er von meiner Mission? Was würde er dann von mir denken?

Ich schärfte mir selbst ein, so wenig wie möglich mit Xiaohong zu sprechen. Bis zur Grenze von Chahar schliefen wir. Vielmehr gab ich vor zu schlafen, sie tat es wirklich und erwachte erst wieder in Peking. Offenbar war sie häufig in Peking. Jedes Gesicht und jede Straßenecke waren ihr vertraut. Sie führte mich kreuz und quer durch die Stadt, bevor wir geradewegs zum Bahnhof gelangten. Der Wagon war kaum besetzt. Zwar saßen wir ja in einem Personenzug, aber trotzdem stapelten sich überall Nahrungsmittel zur Katastrophenhilfe.

Ihnen brauche ich es gar nicht zu sagen, Sie wissen es ja bereits, dass die Nahrungsmittel ins Katastrophengebiet von Henan gebracht wurden. Dort litten die Menschen große Not, seit die Nationalisten den Damm des Gelben Flusses in Huayuankou gesprengt hatten. Natürlich, es gab viele Leute, die diese Lage auch als günstig empfanden, nach dem Motto »Je ärmer, desto revolutionärer«.

Aber sprechen wir von etwas anderem. Dass ich diesen Zug bestieg, hatte ich Xiaohong zu verdanken. Sie war mit dem uns eskortierenden Militär scheinbar bestens bekannt. Wollte sie rauchen, so bot ihr einer der Soldaten Feuer an. Wollte sie Wasser trinken, reichte er ihr ein Glas.

»Das Feuerzeug, das der Soldat in der Hand hat, habe ich ihm geschenkt«, sagte sie. »Es ist eine amerikanische Marke von höchster Qualität.«

Den Namen des Soldaten habe ich vergessen, beim besten Willen kann ich mich nicht mehr erinnern. Der Einfachheit halber nenne ich ihn jetzt Amerikanische Marke. Als die Amerikanische Marke sich gerade verabschiedet hatte, weil er zum Kartenspielen mit den anderen wollte, machte er noch einmal kehrt und kam zu uns zurück.

»Seid ihr ein junges Ehepaar?«, fragte er mit süffisantem Lachen.

»Bist du vielleicht eifersüchtig?«, erwiderte Xiaohong und streichelte ihm über die Wange, noch bevor ich etwas sagen konnte.

Mehr sagte Xiaohong nicht. Damit gab sie den anderen zu verstehen, dass sie mit dem Soldaten eine ganz spezielle Beziehung pflegte. Ein geschickter Schachzug von ihr, denn als uns die Amerikanische Marke später Tee aufgoss, starrten uns die anderen Reisenden mit großen Augen an. Der Einzige, der sich blamieren konnte, war ich. Ich hatte die Wahl: Entweder hatte ich meine Tochter nicht ordentlich erzogen, oder ich war der Gehörnte. Genau das wollte Xiaohong bewirken. Als sie sich auf meinen Schoß setzte, konnte man meinen, die Tochter wollte ihren Vater milde stimmen, ebenso hätte sie als Ehefrau versuchen können, meine Eifersucht zu besänftigen. Sie schlug also zwei Fliegen mit einer Klappe. Verdammt, hätte sich doch nur noch jemand erkundigt, ob wir ein junges Paar wären, wäre meine Antwort gewesen: Natürlich, was sonst? Sie ist meine frisch angetraute Nebenfrau. Aber bis wir in Xinxiang ankamen, stellte niemand mehr Fragen.

Auf der Pinghan-Eisenbahnstrecke ereigneten sich häufig Zwischenfälle. Deshalb brannte im Wagon kein Licht mehr. Mit einer Lampe in der Hand trat die Amerikanische Marke zu uns und fragte, warum wir immer noch nicht schliefen.

»Ich bin nicht müde«, sagte Xiaohong.

»Du bist wohl aus dem Rhythmus gekommen. Sonst wärst du doch nicht mitten in der Nacht munter«, bemerkte er.

Um einen Streit zu verhindern, bot ich mich als Schlichter an. Die Amerikanische Marke sagte, er sei nicht verärgert, konnte sich aber eine Anspielung trotzdem nicht verkneifen.

»Ich habe eine Nichte, sie heißt Tiemei«, sagte er. »Mit ihr legt man sich lieber nicht an. Nur ein falsches Wort und sie wird zur Bestie. Dann packt sie dich am Kragen.«

Aber Xiaohong grinste nur breit.

»Guck dich doch mal an«, sagte sie dann. »Du wirst ja schon ganz blass. Du hast sicher nichts Gutes im Sinn.«

»Sie haben recht, gnädige Frau«, erwiderte er. »Schuld daran sind Menschen wie Sie.«

Damit hatte die Amerikanische Marke bewusst offengelassen, ob er Xiaohong nicht vielleicht doch aus dem *Jadeblumenhaus* in Longyudian kannte. Später erzählte sie mir selbst, dass sie eine Hure gewesen war. Sie stammte eigentlich aus Hankou. In Peking hatte sie Theater studiert und nach ihrem Abschluss aufgrund ihres Talents außerhalb der Bühne zahlreiche Heiratsanträge von einflussreichen Männern erhalten. Aber sie würdigte die Männer keines Blickes. Unreif, wie sie war, verliebte sie sich später Hals über Kopf in einen schnöseligen Rikschabesitzer und wurde seine Nebenfrau.

»Wenn dieser Kerl heiß liebte, war ich sein Juwel. Wenn er mich hasste, war ich seine Hure. Schlimmstenfalls packte er mich und donnerte mich gegen die Wand. Es war eine harte Zeit«, erzählte sie. »Es dauerte nicht lange, da war dieser Nichtsnutz mit seinem Rikschabetrieb bankrott. Ich wollte fliehen, aber der gemeine Kerl, der es verdient hätte, zerstückelt zu werden, verkaufte mich an ein Bordell in Tianjin. Ich hatte wirklich Pech.«

Sie schluchzte.

»Später wurde es besser. Als ich die Bekanntschaft eines einflussreichen Mannes machte, konnte ich dieser Hölle entkommen.«

Dieser einflussreiche Mann war Nankai. Er hatte sie aus der Hölle gerettet und sie ideologisch bearbeitet.

»Wo auf der Welt gibt es schon einen Menschen, der nicht vom Weg abkommt?«, hatte er zu ihr gesagt. »Der Weg ist steinig, aber die Zukunft ist strahlend. Schau nach vorne!«

Ohne die Partei, die ihre Behandlungskosten übernahm, wäre sie wohl nicht mehr am Leben. Später kam sie nach Zhangjiakou und verrichtete im dortigen Freudenhaus einfache Handlangerdienste.

»Verstehst du dich gut mit den Leuten aus dem *Jadeblumenhaus*?«, fragte ich sie.

Sie überlegte. »Ich habe großes Mitgefühl mit den Mädchen«,

erwiderte sie. »In meiner Freizeit unterrichtete ich sie in Gesang und Schauspielerei. Kunst kann nie schaden. Vielleicht erwartet auch die Mädchen eine glückliche Zukunft.«

General, eigentlich ist es sonnenklar. Sie war nicht glaubwürdig. Immerfort trieb mich der Gedanke um, ob sie nicht einen ganz anderen Auftrag hatte.

»Warum fahren wir nach Hankou?«, fragte ich.

»Ich war so viele Jahre nicht mehr zu Hause«, antwortete sie brav. »Jetzt möchte ich endlich wieder meine Heimat besuchen.«

»Wen gibt es denn noch in deiner Heimat?«

Unvermittelt begann sie zu weinen.

»Meine Eltern sind schon lange tot. Ich möchte zu Hause meine alte Kameradin aus der Schauspielschule besuchen. Sie hat mich nach Peking gebracht und ist wie eine Mutter für mich. Sie ist nicht nur schön, sondern auch eine gute Schauspielerin und kann zudem Gedichte schreiben.«

Nachdem sie erfahren hatte, dass ihre Kameradin sich hatte scheiden lassen, wollte sie sie sogleich besuchen. Aber der Weg dorthin war zu gefährlich, so dass die Partei sie nicht hatte ziehen lassen. Sie war in Tränen ausgebrochen. Die Partei hatte keine andere Wahl, als sie mitzuschicken, sobald der nächste Genosse in Richtung Süden fuhr. So wurde also ich der Begleiter dieser schönen Frau.

»Die Partei hat gesagt, dass ich in Hankou auf dich warten soll und wir anschließend gemeinsam nach Zhangjiakou zurückkehren. Und dann will ich nach Yan'an gehen.«

Diese Worte erfreuten mich.

Sie hatte erfahren, dass Maos Ehefrau Jiang Qing ebenfalls vom Theater kam und in Yan'an ihren Durchbruch hatte.

»Ich will meine Kameradin besuchen und dann nach Yan'an gehen«, wiederholte sie.

Die Vermutung lag nahe, dass es sich bei der Kameradin um Bingying handelte. Würde ich ihre Schilderungen heute hören, hätte ich allerdings einen anderen Schluss gezogen. Es stellte sich ja heraus, dass Bingying aus Hangzhou und nicht aus Hankou stammte. Daher konnte sie unmöglich ihre Lehrerin gewesen sein.

Von ihrem Redeschwall scheinbar ermüdet, lehnte sich Xiaohong einen Moment an mich. Der Duft ihrer Gesichtscreme stieg mir in die Nase.

»Was ist das für eine Creme?«, fragte ich.

»Ha, da guckst du wohl, dass ich eine westliche Creme habe?«

Sie hatte Vertrauen zu mir gefasst und sprach völlig ungezwungen mit mir. Schließlich kam sie ja vom Theater.

»Ich hätte nicht gedacht, dass du auch so ein Landei bist«, fügte sie hinzu. »Das ist nämlich gar keine Gesichtscreme, sondern Quark. Die Filmschauspielerin Hu Die cremt sich damit ein, und ich mache es auch.«

General, Sie glauben das nicht? Ich sage die Wahrheit, das hat sie mir tatsächlich erzählt. Außerdem sagte sie, dass diese Quarkcreme eine westliche Produktion der Firma Ruishang Huajia sei. Wenn ich die Sympathie einer Frau erwecken wolle, müsse ich ihr nur diese Quarkcreme schenken.

»Egal wo«, fuhr sie fort, »du brauchst dich nur mit dieser Creme einzureiben, schon kannst du dich vor Männern nicht mehr retten.«

»Funktioniert das in Yan'an auch?«, fragte ich.

»Ja«, sagte sie verdutzt. »Wieso nicht? Wer hat denn nicht gerne eine duftende Frau in seinem Bett liegen?«

Da konnte ich nicht mitreden. In Yan'an hatte noch nie eine duftende Frau in meinem Bett gelegen.

»Sprich nicht mehr von Yan'an«, sagte sie. »Auch in der Sowjetunion funktioniert es: Soweit ich weiß, benutzen die ausländischen Stuten dort auch Quarkcreme.«

Die Fährte der Schwanengans im Schnee

Xiaohongs Familiennamen war Hong. Ihr wirklicher Name war Hong Yan (*Schwanengans*), Fräulein Xiaohong war ihr Künstlername. Nun wissen Sie, dass sie die spätere Berühmtheit der Pekingoper, Fräulein Xiaohong, ist. 1998 veröffentlichte sie das Buch *Die Fährte der Schwanengans im Schnee*, in dem sie zahlreiche Manuskripte aus ihrer Zeit an der Kunstschule und einiger Kunstsymposien zusammengetragen hatte. Diesem Buch hatte ich keinerlei Wert beigemessen, bis mir schließlich auffiel, dass in dem Manuskript mit dem Titel *Die Kühnheit der Künstler* die Reise nach Hankou geschildert wird. Wenngleich Xiaohong die Ereignisse ein wenig verfremdet, entdecken wir dennoch Vertrautes in ihrer Rede:

> [...] Wie gesagt informierten mich zahlreiche Genossen über die Erfolge aller Teilnehmer dieser dreitägigen Konferenz. Ein guter Ertrag ist allemal besser als kein Ertrag, Gratulation allerseits. (*Applaus*) Wenn ich als alte Soldatin an der Kunstfront Rückschau halte, bin ich überaus betroffen. Viele Genossen haben bereits erkannt, dass wir sowohl gegen links als auch gegen rechts kämpfen müssen – vor allem aber gegen links. Genossen, die Linken töten Menschen, immerzu töten sie Menschen. (*Applaus*)
>
> Vor der Befreiung hätte auch ich um ein Haar den Fehler begangen und mich auf die Seite der Linken geschlagen. Ich sollte damals einen Genossen in den Süden begleiten, um einen anderen Genossen zu beseitigen, der sich angeblich etwas hatte zuschulden kommen lassen. Ich war überzeugt, dass der Genosse ein guter Kerl war, der sich in der Vergangenheit auf der Suche nach der Wahrheit für unser Land und Volk eingesetzt und einige Zeit in der Sowjetunion verbracht hatte. Die ehemalige Sowjetunion, wie wir heute sagen. Später nahm er am Langen Marsch teil. Aber warum wurden diese Menschen hingerichtet? Das ging sicher auf Maos Widersacher Wang Ming und seine Gnadenlosen zurück. Und ich bin da nicht mitgegangen.
>
> »Hochverehrter Kommandant«, sagte ich zur Partei, »ich würde diese Aufgabe gern übernehmen, aber ich fürchte, ihr nicht gewachsen zu sein. Sie dürfen den Genossinnen nur Aufgaben zuteilen, die sie auch bewältigen können.«

Der Genosse stand zwar unter dem falschen Einfluss von Wang Ming, aber er besaß immerhin einen gesunden Menschenverstand. Ich musste dann schließlich doch nicht gehen und wurde stattdessen für andere Aufgaben nach Wuhan geschickt. In Wuhan beging ich beinahe erneut einen Fehler, bemerkte ihn aber glücklicherweise noch rechtzeitig. Ich hätte ihn sonst mein Leben lang bereut. Worum ging es nun? Ihre Zeit ist kostbar, deshalb möchte ich schnell zum Ende kommen. Ohnehin ist diese Erfahrung eine Zusammenfassung wert, und wir können daraus lernen …

Dieser Abschnitt zeigt deutlich, dass Fräulein Xiaohong ahnte, warum Bai Shengtao ins Dahuang-Gebirge reiste. Aber aus welchem Grund ging Fräulein Xiaohong später nach Wuhan?

Die vormalige Reise

Die sowjetischen Frauen waren also ausländische Stuten. Ich musste lachen, als ich das hörte. Ich für meinen Teil war in der Sowjetunion enthaltsam geblieben und hatte keine Frau angeschaut. Als Xiaohong die Sowjetunion erwähnte, zuckte ich dennoch zusammen. Sieh einer an, trotz ihres schauspielerischen Talents hatte sie sich nun selbst verraten. Bei unserer ersten Begegnung hatte sie nämlich vorgegeben, nichts über mich zu wissen. Das war unmöglich. Ich dachte, rede ruhig weiter, dann kommt die Wahrheit schon ans Licht. Mir kam es so vor, als wüsste sie ganz genau, dass ich in der Sowjetunion gewesen war, sicher kannte sie auch meinen Spottnamen Eselowski.

Sie schlief nach unserer Unterhaltung ein wenig und ging dann wieder zu der Amerikanischen Marke. Ich blieb alleine sitzen und hing meinen Gedanken nach. Die Geschichte legt uns Menschen tatsächlich so geschickt herein, wie eine Nutte es tut, besonders uns verliebte Narren. Meine erste weite Reise hatte ich mit Ge Ren unternommen. Beim letzten Mal wollte ich ihn besuchen. Damals ging es allerdings Richtung Norden.

Dieses Mal ging es nach Süden. Damals wollte ich ihm helfen, und dieses Mal? Dieses Mal sollte ich ihn umbringen.

Ja, ich meine die Reise in die Sowjetunion. Nachdem Ge Ren aus dem Gefängnis freigekommen war, hatte er den Entschluss gefasst, Bingying in Frankreich zu treffen. Das Problem war aber, dass er ihre Adresse nicht wusste. Sie hatte ihre Adresse zwar hinterlassen, sie aber einem Säufer (*nämlich Kawata*) anvertraut. Der Zettel war verlorengegangen, als er einmal betrunken in einen Streit geraten war und ihm dabei die Kleider vom Leib gerissen worden waren. Ge Ren war fassungslos darüber und brach eigens nach Hangzhou auf, um die Adresse von Bingyings Vater zu erfragen. Der Vater war zu dem Zeitpunkt gerade verreist, so dass Ge Ren mit leeren Händen dastand. Sollte er nun wieder ins Krankenhaus nach Peking zurückkehren? Tatsächlich spielte er mit diesem Gedanken, kam aber schließlich davon ab. Gerade aus dem Gefängnis entlassen, hätte die Hochschulleitung einen großen Bogen um ihn gemacht und ihn niemals aufgenommen.

Sicher wissen Sie, General, dass viele Intellektuelle nach Ausbruch der russischen Revolution unbedingt Russisch lernen wollten. Ich will nicht verschweigen, dass auch ich zu ihnen gehörte.

Ja, ich machte es wie Ge Ren. Als er in Peking Medizin lehrte, ging er in seiner unterrichtsfreien Zeit ins Russische Institut in der Dongzongbu-Gasse 10 (*heute Nummer 23*). Allerdings lernte er die Sprache nicht nur für die Revolution, sondern um die russische Literatur zu verstehen. Qu Qiubais Tolstoi-Übersetzung hatte er regelrecht verschlungen. Auch Puschkin liebte er, weil ihn seine Gedichte, wie er sagte, an die frühe Malerei seiner Mutter erinnerten, an herrliche Berge und Seen. Die Idee, nach Russland zu gehen, war ihm damals aber noch nicht gekommen.

General, im Grunde genommen wäre er auch nicht nach Russland gegangen, hätte er nicht regelmäßig Besuch von einem gewissen Huang Jishi bekommen.

Genau, General, es war jener Huang Jishi von der *Shen Port*

Zeitung. Eines Tages kam er zu Ge Ren. Er sagte, dass er mit großem Vergnügen sein Gedicht in *Neues Jahrhundert* gelesen habe, und bot ihm eine Zusammenarbeit an. Ge Ren vermutete, dass Huang einen Text in Auftrag geben wollte, und wich aus. Er habe das Gedicht für sich selbst geschrieben und wolle vorläufig nichts veröffentlichen. Nach der Unterhaltung erhob sich Huang Jishi und verabschiedete sich mürrisch. Niemand von uns glaubte, dass er jemals wiederkommen würde. Aber es waren kaum ein paar Tage verstrichen, da erschien er abermals. Nun sagte er, dass die *Shen Port Zeitung* einen jungen Dichter nach Russland schicken wollte, der nach dem Ende der bolschewistischen Revolution etwas über die gesellschaftliche Lage publizieren sollte.

»Wer nicht wagt, der nicht gewinnt«, sagte er. »Sie sind doch ein Liebhaber der russischen Literatur. In Russland können Sie die ganze Herrlichkeit dieser Literatur kennenlernen.«

Offenbar hatte er zuvor einiges über Ge Ren in Erfahrung gebracht. Aber dieser wollte immer noch nicht zusagen.

»Es reicht, wenn das Ei gut schmeckt. Wie die Henne aussieht, die es gelegt hat, ist unerheblich«, erwiderte Ge Ren.

»Wollten Sie denn nicht auch nach Frankreich fahren, um Bingying zu besuchen?«

Damit traf Huang Jishi einen wunden Punkt. Mit einem Bündel Geldscheine in der Hand wedelnd fuhr er fort:

»Wie wollen Sie denn ohne Reisegeld in die Ferne aufbrechen? Das Honorar der *Shen Port Zeitung* ist nicht zu verachten. Wenn Sie genug verdient haben, können Sie auch Bingying besuchen.«

Schließlich also willigte Ge Ren ein.

Um der Wahrheit die Ehre zu geben, weder Ge Ren noch ich wussten damals, dass Huang Jishi ein Freund von Zong Bu war, der in der *Shen Port Zeitung* hinter den Kulissen die Fäden zog. Seine Idee war es nämlich gewesen, Ge Ren nach Russland zu schicken. Zong Bu war ein geheimnisvoller Mensch, der in Erscheinung trat und, ehe man es sich versah, wieder aus dem Blickfeld verschwunden war. Er hatte keinerlei Grund, uns besonders zu mögen oder zu hassen. Weshalb bot er uns Geld an? Ich zerbrach mir den Kopf, ohne zu einem Ergebnis zu gelangen. Erst Jahre später, als ich von seinem und Bingyings Geheimnis erfuhr, kam mir ein Verdacht. Konnte es sein, dass Zong Bu Ge Ren auf diese Weise davon abhalten wollte, Bingying in Frankreich zu besuchen? Fungierte Huang Jishi vielleicht als Mittelsmann, um Ge Ren in die sowjetische Kälte zu schicken?

Da Huang Jishi es ihm freistellte, jemanden mitzunehmen, für dessen Kosten der Zeitungsverlag ebenfalls aufkam, bot er mir an, ihn zu begleiten und dort mein Studium fortzusetzen. Ich beriet mich mit meiner Verlobten und zerstreute ihre Befürchtungen, wir könnten dort Hunger leiden.

»Das ist ja, als fielen gebratene Tauben vom Himmel!«, rief sie schließlich. »Natürlich wirst du gehen.«

Doch dann wieder begann sie zu weinen. Die Welt ist groß, der Himmel weit. Sie fürchtete, ich könnte sie am Ende sitzen lassen.

»Für wen hältst du mich?«, fragte ich. »Meinst du, ich habe kein Gewissen?«

Um ihr zu zeigen, dass ich sehr wohl eins hatte, heiratete ich sie vor meiner Abreise. Dou Sizhong hatte recht gehabt, als er sagte, dass Revolutionäre zwar Bekenntnisse abgeben, aber kein Gewissen haben müssten. Nur Kapitalisten und Japaner redeten ständig vom Gewissen. Aber wer von uns sein Gewissen strapaziert, liegt auf der Hand. Ich war nicht verdorben genug. Deshalb starb meine Frau so früh. Hätte ich damals meinem Gewissen zuwidergehandelt und sie verlassen, wäre sie wahrscheinlich noch am Leben. Die Sehnsucht hatte sie umgebracht. Ach, reden wir nicht mehr davon.

Zusammen mit Ge Ren fuhr ich zunächst mit dem Zug nach Fengtian (*heute Shenyang*). Nachdem wir den Shanhai-Pass überquert hatten, fiel mein Blick auf das Meer, das in weiter Ferne vor uns lag. Ich sah es zum ersten Mal. Das Ufer lag weiß da, von Schnee bedeckt. Wie ein gewaltiger Feuerball stieg die Sonne aus dem Wasser empor. Ein Postdampfer schipperte in Ufernähe entlang und ließ schwarze Rauchwolken zurück.

»Riech einmal – das Meer, das Salz, die Freiheit«, sagte Ge Ren sichtlich bewegt.

Es war fast Abend geworden, als wir den Bahnhof von Fengtian erreichten. Am Bahnsteig wimmelte es von Japanern, die uns an den Kurzbeinigen Tiger aus *Die Räuber vom Liang-Shan-Moor* erinnerten. Nicht einmal der Schatten eines chinesischen Kulis war zu sehen, so dass der Verdacht aufkam, die Mandschuren könnten dieses Gebiet längst an die Japaner abgetreten haben. Glücklicherweise sprach Ge Ren Japanisch und bat jemanden, unser Gepäck aus dem Zug zu holen. Wir waren in Fengtian ausgestiegen, damit Ge Ren sich mit Kawata treffen konnte. Er war an der Medizinischen Fakultät in Peking mein Lehrer gewesen und befand sich gerade auf der Rückreise nach Japan.

Wie bitte? Sie interessieren sich für Kawata? Gut, dann erzähle ich noch etwas über ihn. Wir fragten uns bis zu seinem Haus durch. Er kehrte gerade heim, als wir dort ankamen. Die Frau, die ihn stützte, trug eine Herrenhose und hatte den Hosenstall offen stehen. Kawata trug einen Damenrock. Er war betrunken und konnte in dem Rock kaum einen Fuß vor den anderen setzen. Es sah aus, als watete er durch kniehohes Wasser.

»Ich bin glücklich!«, rief er, kaum dass er uns erkannt hatte. »Glücklich wie ein Esel!«

Was? Kawata wusste nicht, was ein Esel ist? Dann habe ich mir seine Worte wohl nicht richtig gemerkt. Vielleicht sagte er auch: »Glücklich wie ein Stück Vieh.«

Wie? Aber warum sollte Kawata nicht wissen, was ein Esel ist, General? Gibt es in Japan keine Esel? Er hat so lange Zeit in China verbracht. Da wäre es doch gelacht, wenn er keinen Esel zu Gesicht bekommen hätte.

Um der Wahrheit die Ehre zu geben, am nächsten Tag ließ sich Kawata nicht davon abbringen, uns nach Changchun zu begleiten. In jeder Kurve reckte er seinen Kopf aus dem Fenster. Angeblich liebte er es, den Klang des Metalls aus den anderen Geräuschen herauszuhören, sagte er. Fengtian war das Einflussgebiet des Kurzbeinigen Tigers, Changchun hingegen das

Reich der ausländischen Stuten. Allerorts sah man Russen, sogar die Stallknechte waren Russen. Kawata war vernarrt in die Statuetten, die die Russen in Händen hielten, sie erinnerten ihn an eine griechische Gottheit. Auch die dicken Pelzmützen der Stallknechte faszinierten ihn. Als Schneeflocken auf seine neue Mütze fielen, lachte er auf. In seiner Zeit als Mediziner in Peking hatte er häufig zu viel getrunken und am nächsten Tag einen Kater gehabt. Jetzt schien er seinem Rausch jedoch gar nicht mehr zu entkommen. Lauthals verkündete er, dass er sich uns anschließen würde. Ge Ren gelang es nur mit Mühe, ihn zu beruhigen, indem er ihm versprach, wir würden ihn nachfolgen lassen, sobald wir uns dort eingerichtet hätten. Später hörten wir jedoch nichts mehr von ihm.

Als Xiaohong von der Amerikanischen Marke zurückkam, reichte sie mir ein Dampfbrötchen und eine Schale Gemüsesuppe.

»Die Suppe schmeckt köstlich«, sagte ich. »Sie schmeckt wie Zuckerrübensuppe. Ach, wenn es etwas Buchweizenbrei gäbe, wäre sie noch delikater.«

Ich beobachtete ihre Reaktion. Sie lachte. Sie verstand die Anspielung, denn mit dem »Buchweizenbrei« und den »Zuckerrüben« hatte es etwas auf sich. Als ich gerade in Yan'an eingetroffen war, wurden Intellektuelle von den Leuten mit Missachtung gestraft. Ich aber argumentierte, dass ich in Moskau gewesen sei, im Herzen der Revolution. Jedes Mal, wenn jemand über die dünne Suppe klagte, erzählte ich vom Genuss des weitaus dünneren Buchweizenbreis und der Zuckerrübensuppe in Russland, in denen sich der Mond am Boden des Essschälchens spiegelte.

»Während Ge Ren *Staat und Revolution* von Lenin übersetzte«, sagte ich und rührte dabei mit den Essstäbchen in meiner Schale, »aß er Buchweizenbrei und Zuckerrübensuppe. Und ihr? Ihr habt Hirsebrei und Kürbissuppe gegessen und trotzdem nichts geleistet.«

Sie ärgerten sich fast zu Tode, konnten mir aber nichts zur Last legen. Eines Tages kam eine Frau zu mir in Behandlung.

Sie sprach kaum. Dennoch konnte ich in Erfahrung bringen, dass sie unter verstärktem Ausfluss litt. Sie war ebenfalls eine Intellektuelle und hatte in Frankreich studiert. Da Frankreich nicht das Herz der Revolution gewesen war, beneidete sie mich um meine Erfahrungen in der Sowjetunion. Sie war ein Jahr früher als ich in Yan'an eingetroffen und hielt sich für einen Profi der Revolution.

»Du wärst besser in die Sowjetunion gegangen«, sagte ich und sah sie herausfordernd an. »Dort hättest du häufiger Buchweizenbrei bekommen. Der wirkt nämlich verdauungsfördernd und beugt sowohl dem männlichen wie auch dem vaginalen Ausfluss vor.«

Sie errötete.

Bald darauf boten »Buchweizenbrei und Zuckerrübensuppe« durch mich, den Eselowski, stets Anlass zu Gelächter. Die Wachen in Hougou zogen mich besonders gerne damit auf.

Nein, mein Ärger darüber ist verraucht. Ge Ren hat früher einmal zu mir gesagt, dass das Unglück der anderen auch das eigene Unglück bedeutet. Nach meiner Ankunft in Hougou glaubte ich allerdings nicht mehr an diese schädlichen Einflüsse. Vielmehr wurde mir die folgende Wahrheit klar: Dein Unglück ist das Glück der anderen. Während die einen glücklich leben, sind die anderen vom Pech verfolgt.

Da Xiaohong die Geschichte kannte, sagte ich nur:

»In Russland habe ich tatsächlich nichts anderes als Buchweizenbrei und Zuckerrübensuppe gegessen. Und das aus zwei Gründen: Das Zeug war erstens billig und zweitens machte es satt. Eine Suppe füllt ja bekanntlich auch die letzte Lücke im Magen.«

Während ich erzählte, fiel mir Ge Rens nächtliches Arbeiten ein. Er schrieb und übersetzte gerne mitten in der Nacht. Überkam ihn der Hunger, knabberte er an einem Schwarzbrot und aß Buchweizenbrei. Damals schrieb er keine Gedichte, sondern Artikel jeglicher Art oder saß an seinen Forschungen über die Latinisierung der chinesischen Schrift. Zudem übersetzte er unablässig.

Ja, sein Russisch war bereits hervorragend. Er hatte sogar schon einen russischen Namen, und zwar Trübsinnski. Neben Tolstois und Puschkins Romanen übersetzte er zahlreiche Reden von Trotzki und Lenin. Mir gefielen natürlich seine eigenen Texte am besten, insbesondere seine Reiseberichte, weil er darin Gegenden beschrieb, die auch ich schon bereist hatte.

General, ich würde es so sagen: Bei der Lektüre seiner Texte fühlen Sie sich, als genössen Sie in einer kühlen Nacht die Stille und zarten Laute der Natur und lauschten dem Geräusch von sich putzenden Turteltauben. Ge Ren betrachtet gerne die kleinen Dinge. Einmal sagte er, dass andere stets vom Großen und Übergeordneten ausgehend sich den Problemen widmen, er hingegen tastete sich vom Kleinen, Untergeordneten an die wichtigen Dinge heran. Andere betrachteten das Feuer in der Kohlenschale des Ofens, er aber beobachtete lieber die aus der Schale stiebenden Funken. Er schrieb gerne über Selbstverständlichkeiten, über die Natur. Beispielsweise schilderte er, wie die Blätter der Bäume in der Morgendämmerung erwachten, in der mittäglichen Gluthitze in eine Ohnmacht sanken und bald darauf im Glanz der Abendsonne andächtig innehielten.

Nein, nein, nein, das stammt nicht von mir, ich verfüge nicht über diese Fähigkeiten. Das sind Ge Rens Worte. In Moskau gibt es den *Patriarschij-Teich*, heute heißt er *Teich der Jungen Pioniere*. Er erinnert an einen kleinen Teich in Qinggeng, an dem wir oft waren. Ge Ren verfasste einen Text mit dem Titel *Patriarschij-Teich*. Darin beschrieb er die sich kräuselnde Wasseroberfläche des Sees und die zarten Wellen. In Wirklichkeit schrieb er aber gar nicht über die Wellen, sondern über die Haare der Jungfrau Maria. Wir hatten viel Zeit in der Kirche verbracht und besuchten Kirchen auch zu dieser Zeit noch gerne. Ein bisschen war es für mich, als kehrte ich in die eigene Kindheit zurück. Der Text war kunstvoll gestaltet, wie eine schmückende Borte. Einmal darin eingetaucht, verhallt selbst das Geräusch deines Atems.

Um der Wahrheit die Ehre zu geben, seit Dou Sizhong erwähnt hatte, dass Ge Ren wahrscheinlich als Trotzkist gelten würde, ging mir seine erste Begegnung mit Trotzki nicht mehr aus dem Kopf – obwohl er ja den alten Trotzki überhaupt nicht leiden konnte. Er hielt Trotzki später zwar für einen echten Kerl, dem er zutraute, im Sinne der Allgemeinheit zu handeln. Aber ich wusste besser als jeder andere, dass Trotzki bei ihm anfangs keinen guten Eindruck hinterlassen hatte. Er hatte Trotzki als ein Nervenbündel beschrieben, dessen Gesichtsmuskeln unkontrolliert zuckten, als schwärmte eine Horde Wespen um ihn her, und das, egal ob er sprach oder schwieg. Außerdem trug er einen dichten Schnurrbart, der wie eine Schuhbürste aussah. In einem anderen Artikel schrieb Ge Ren über eine Rede Lenins im Andreassaal des Kreml. Lenin plusterte sich damals enorm auf, hielt seine Rede auf Deutsch, Französisch, Russisch und noch einigen anderen Sprachen. Das elektrische Licht warf seinen riesenhaften Schatten an die Wand, größer als der Baota-Berg in Yan'an, zwischen die großen Lettern des Schriftzuges »Proletarier aller Länder, vereinigt Euch!«, schrieb Ge Ren. (*Anmerkung: Da Ge Ren zum damaligen Zeitpunkt noch gar nicht in Yan'an gewesen war, muss der Vergleich mit dem Berg von Bai Shengtao stammen.*) Dass Ge Ren später als Lenin-Experte galt, hatte er dieser Begegnung mit Lenin zu verdanken. In Nord-Shaanxi gibt es eine alte Weisheit: »Wer noch nie Schweinefleisch aß, hat auch noch kein Schwein rennen gesehen«. Außer den wenigen Anhängern von Wang Ming war kaum jemand aus dem Grenzgebiet jemals in der Sowjetunion gewesen. Geschweige denn, dass jemand Lenin zu Gesicht bekommen hätte. Anders Ge Ren: Er hatte also nicht nur das Schwein rennen sehen, sondern sogar Schweinefleisch gegessen.

Nein, so dumm bin ich auch wieder nicht. Im Zug habe ich nur von Buchweizenbrei und Zuckerrübensuppe gesprochen, keinesfalls aber über Ge Ren und schon gar nicht von Lenin oder Trotzki. Man kann sich leicht um Kopf und Kragen reden, und ich will nicht noch einmal für meine Worte bestraft werden. Xiaohong ermutigte mich dennoch, kein Blatt vor den

Mund zu nehmen. Aber wollen die Mädchen einen nicht immer aus der Reserve locken? Man kann ja gern reden, meine ich. Die Frage ist nur, was man sagt und was nicht. Das sollte man genau wissen. Schauspieler und Frauen haben kein Herz und kein Gerechtigkeitsempfinden. Wenn Xiaohong mich eines Tages fallengelassen hätte, wäre mein Schicksal besiegelt gewesen. Bei diesen Gedanken wurde ich ganz trübsinnig. Ge Rens Name war tatsächlich gut gewählt. Auch heute bin ich trübsinnig und ein Trübsinnski.

Trübsinnski

Bai Shengtao berichtete, Ge Ren habe der *Shen Port Zeitung* Texte über Trotzki geschickt. Ich konnte sie bisher aber nicht ausfindig machen. Die Vermutung liegt nahe, dass sie ebenso wie Ge Rens übrige Schriften verbrannt wurden. Das Schicksal eines Menschen ereilt eben auch seine Schriften.

Wie Bai Shengtao machte auch Kong Fantai Aufzeichnungen über Ge Rens Leben in der Sowjetunion. Einer seiner Texte mit dem Titel *Russischer Winter* findet sich in Ferrands Sammlung *L'entretien infini* (*Endlose Unterhaltung*). Er enthält eine vergleichsweise umfassende Schilderung von Ge Rens Leben zur damaligen Zeit und erklärt, wie er seinen russischen Namen Trübsinnski bekam:

> Kaum dass ich in Frankreich eingetroffen war, erhielt ich einen Brief von Ge Ren, in dem er sich nach Bingyings Adresse erkundigte. Mit diesem Schreiben lud er mich gleichzeitig ein, ihm in Russland einen Besuch abzustatten. Längst schon hätte für mich die Oktoberrevolution Anlass zu einer solchen Reise sein sollen. Also reiste ich von Frankreich aus mit dem Zug, dann mit dem Bus zunächst nach Berlin. Von Berlin aus gab es zwei Wege in die Rote Metropole. Auf dem Landweg ging es über Polen und Litauen, auf dem Wasser bestieg man in Stettin das Schiff bis Petrograd und fuhr von dort mit dem Zug weiter nach Moskau. Es war tiefer Winter. Berlins Flüsse waren gefroren und

lagen unter einer dicken Schneedecke. Wenn der Eisbrecher durch die Schollen pflügte, türmten diese sich auf, und haushohe Wellen schlugen empor, die auf ihrem Kamm dann und wann Vögel mit sich trugen. Den Vögeln ohne Nistplatz ging es wie Ge Ren und mir, genau wie sie blieb auch uns nichts anderes übrig, als auf den riesigen Wellen der Weltgeschichte zu reiten. Um schnellstmöglich zu Ge Ren zu gelangen, wählte ich daher den Landweg.

[...] Nach meiner Ankunft in der Roten Metropole kam ich in der *Kommunistischen Universität für die Arbeiter des Ostens* unter. Die dort lebenden chinesischen Studenten hatten Ge Ren eine ganze Weile schon nicht mehr gesehen. Es hieß, er wohne im Berggipfel-Erholungsheim. Auch Bai Shengtao, der zusammen mit Ge Ren eingetroffen war, wohnte dort, einerseits, um Ge Ren zur Seite zu stehen, und andererseits, um sein Medizinstudium fortzusetzen. Am nächsten Tag wollte ich mich gerade zum Erholungsheim begeben, als Ge Ren bei mir erschien. Er war ganz als Russe ausstaffiert, trug Filzstiefel, einen Herrenhut auf dem Kopf und eine Nickelbrille. Er schleifte seinen Schal unachtsam über den Boden hinter sich her, offensichtlich war er gerannt. Ich erkannte ihn kaum wieder. Er sprach sogar russisch und sagte, er sei auf der Suche nach einem gewissen Konfuzloff. Erst nachdem er seinen Hut abgesetzt hatte, sah ich, dass der Russe Ge Ren war. Konfuzloff war sein Willkommensgeschenk an mich: ein russischer Name. Fast alle Chinesen in Russland hatten einen russischen Namen. Chen Yannian hieß Ruschinoff, sein jüngerer Bruder Chen Qiaonian nannte sich Krasinski. Den einfachsten Namen von allen hatte Zhao Shiyan, er hieß Chili. Auch Ge Rens Freund Bai Shengtao hatte einen russischen Namen, er nannte sich Gromyko. Ge Ren hatte sich seinen Namen selbst ausgesucht und nannte sich Trübsinnski. Denn, erklärte er, kein Tag vergehe, an dem er nicht trübsinnig sei. Den Namen habe er gewählt, um sich immer wieder zu ermahnen, weder Trübsal zu blasen noch zu zaudern. Er sei so etwas wie sein Wahlspruch.

In Russland nannte ich ihn also Trübsinnski. Er hatte viele

russische Bekannte, aber nur wenige Freunde. Sein bester Freund hieß Alexandrowitsch, wir alle nannten ihn Alexander. Er war Bolschewik und studierte Ostasienkunde. Die Schriftzeichen konnte er schon gut schreiben, allerdings sprach er nicht besonders gut Chinesisch. Zu unserer Überraschung beherrschte er auch Esperanto und begrüßte mich bei unserer ersten Begegnung mit den Worten: »Vi parolas Esperanton?« (*Sprichst du Esperanto?*).

Trübsinnski habe er während des Herbstfestes kennengelernt. Zu diesem Anlass habe dieser ihn den Mondkuchen kosten lassen, den er bis dahin nur aus Büchern gekannt habe. Er empfahl uns eindringlich, den Spatzenberg im Westen der Stadt zu besuchen, von dem aus Napoleon einst den großen Brand in Moskau beobachtet habe. Da Trübsinnski fieberte, lehnte Gromyko (*das heißt Bai Shengtao*) dies zunächst ab. Wenige Tage später hatte Alexander dann einen Pferdekarren aufgetrieben und wollte uns zu Tolstois Heimatdorf Jasnaja Poljana bringen. Er hatte jede Menge Schwarzbrot und gebratene Buchweizennudeln eingepackt, zudem gefüllte Bonbons und eine Flasche Wodka. Auch seine Schwester war dabei. Sie hieß Nadja. Sie korrigierte unentwegt Ge Rens russische Aussprache, weil diese sie an den Akzent der Litauer erinnerte. Sonst war sie ein süßes Mädchen, das für sein Leben gerne sang und Puschkin-Gedichte rezitierte. Gromyko hatte erzählt, dass sie eines Tages im Sommer mit einer Wassermelone vor der Tür gestanden und erklärt habe, ihr Bruder schicke sie. Er und Ge Ren hatten sie daraufhin eingeladen, gemeinsam mit ihnen die Melone zu essen. Errötend lehnte sie zunächst ab. Mit kleinen Bissen machte sie sich dann wie ein Kätzchen über das Melonenfleisch her. Später erfuhr ich, dass das Mädchen in Ge Ren verliebt war. Den Ausflug nach Jasnaja Poljana hatte in Wirklichkeit sie organisiert. Ich hatte ihr lediglich als Vorwand gedient, damit sie zu Ge Ren sagen konnte, dass er seinem Freund unbedingt die Gegend zeigen müsse.

[...] Noch bei Dunkelheit brachen wir auf und erreichten gegen Mittag Tula. Ursprünglich diente dieser Ort als Schutzwall, erzählte uns Nadja. Als die Tartaren vor langer Zeit Moskau angriffen, verteidigten sich die Russen, indem sie Holzscheite aufschichteten und in Brand steckten. Während sie sprach, trabten unsere Pferde plötzlich nur noch auf der Stelle, scharrten mit den Hufen und ließen dampfende Pferdeäpfel fallen. Auf einmal stürmten Reiter aus den die Straße säumenden Pfefferbäumen und dem Nadelwalddickicht. Die mit Schnee bedeckten Tannennadeln fielen wie dichter, sanfter Regen herab. Nadjas Bruder schwang die Peitsche, er wollte den Pferdekarren wenden, aber die Tiere rührten sich nicht vom Fleck. Rasch ließ er uns absteigen und blieb selbst mit herabhängenden Armen stehen. Es waren sieben oder acht in Lumpen gekleidete Männer. Der älteste schien ihr Anführer zu sein. Er saß auf seinem Pferd und befahl, dass man uns zusammentreibt. Dann drückte er die Schultern durch und begann, auf seinem Pferd thronend eine sonderbare Rede zu schwingen. Im Wesentlichen sprach er über den Erfolg der Revolution und betonte, dass Intellektuelle und Kapitalisten nun den Befehlen des Volkes zu gehorchen hätten. Gerade wollte Ge Ren etwas erwidern, als einer von ihnen vom Pferd sprang, den Reißverschluss seiner Hose öffnete und seinen steifen Penis hervorholte und ihn wie ein Kanonenrohr durch die Zinnen schob. Er war knüppelhart. Nadja verbarg sich schnell hinter ihrem Bruder und wäre vor Schreck beinahe ohnmächtig geworden. Auch ich war wie vom Donner gerührt. Sein Knüppel erschien mir riesenhaft, groß wie ein Pferdepenis. Und tatsächlich benutzte er ihn als Knüppel: Es war furchteinflößend, wie er damit auf die Räder unseres Karrens eindrosch. Das Geräusch erinnerte an östliche Mönche, die in einem öden Tal ihre hölzernen Klangfische schlagen. Vor diesem Hintergrund führten uns die Reiter ihre Kunststücke vor. Im Galopp rissen sie die Zügel herum und wendeten so abrupt, dass sich die Pferde aufbäumten. Dreist lief einer von ihnen auf Nadja zu und begann sie zu betatschen. Wir standen starr vor Schreck da. Erst als ihn der Kommandant zurückpfiff, ließ der Kerl von ihr ab. Dann ritten sie davon und verloren sich im Dickicht der Pfefferbäume.

Wir saßen wieder im Wagen. Nadjas Bruder war über den Vorfall kein bisschen verärgert. Offenbar brachte er sogar Verständnis für diese Wegelagerer auf.

»Bestimmt hielten sie uns für Intellektuelle auf der Flucht«, sagte er. »Die Revolution hat das Volk und die Intellektuellen gespalten. Zu Beginn tauschten sich beide Seiten über Freiheit, Demokratie, die Verfassung und über das Brot aus. Das hat das Interesse des Volkes geweckt. Aber heute hört man von den Intellektuellen nur noch einen Hall im Treppenhaus, sieht jedoch keinen Menschen mehr herunterkommen. Nicht ein Hauch ist mehr von diesen schönen Dingen übriggeblieben. Das war eben nicht mehr als Wunschdenken. Die Intellektuellen verdrießen nicht nur die Bolschewiken, sondern auch das Volk. So wie sich die Chinesen immer die weichsten Persimonen heraussuchen, richtet sich der Zorn des Volkes gegen das schwächste Glied, die Klasse der Intellektuellen. Ihr bleibt ja nur die Flucht als Ausweg. Das denken sie auch von uns, weil wir alle Brillen tragen.«

»Und zu welcher Klasse gehörst du?«, fragte Ge Ren Nadjas Bruder.

»Ich bin weder Bolschewik, noch gehöre ich zum Volk und auch nicht zu den Intellektuellen. Ich bin jemand, der noch keine Klasse gefunden hat.«

Wegen der drohenden Überfälle verließen Nadjas Bruder und ich den Pferdekarren nicht und verzichteten in Jasnaja Poljana auf den Besuch von Tolstois Landgut. Nadja begleitete Trübsinnski alleine hinein. Allerdings kamen sie schon bald durch das eiserne Gatter wieder heraus. Ich fragte Ge Ren, welchen Eindruck er von Tolstois Landsitz gewonnen habe.

»Ich habe dort ein Buch entdeckt«, antwortete er. »Eine englisch-chinesische Ausgabe des *Taoteking* von Laozi. Der Hausherr hat mir außerdem erklärt, dass Tolstoi den kleinen Weg im Hof *Französischen Pfad* nannte.«

Er wirkte abwesend. Gewiss ging ihm Bingying durch den Kopf.

Auf dem Rückweg passierten wir Tula erneut, dieses Mal,

ohne aufgehalten zu werden. Erstaunlicherweise wollte Trübsinnski dort unbedingt eine Rast einlegen. Nadja war aufgeregt, zeigte sich aber betont entspannt und gab Trübsinnski unversehens einen Klaps, lief dann jedoch sofort rot an. Dieser machte den Vorschlag, in einem nahe gelegenen Dorf zu nächtigen. Ohne unseren Einspruch abzuwarten, klatschte Nadja in die Hände. Doch kaum waren wir im Pfefferbaumwald und dann zu einem Friedhof außerhalb des Dorfes gelangt, trafen wir wieder auf die Bande Wegelagerer. In der Überzeugung, wir rückten mit Verstärkung an, schwangen sie sich wie der Blitz auf ihre Pferde und wollten davonjagen. Diejenigen, die ihren Genitalien gerade ein Sonnenbad gegönnt hatten, mussten hektisch ihre Gürtel schließen. Er wolle sich nur unterhalten, rief Ge Ren ihnen nach. Um seiner Aufrichtigkeit Ausdruck zu verleihen, hieß er uns, hinter ihm zurückzubleiben, und ging alleine voraus.

Er plauderte eine Weile mit dem Anführer, bis dieser uns bat, im Dorf seine Gäste zu sein. Wir kamen nicht nur in den Genuss von Buchweizenbrei, sondern kosteten noch eine Fleischsuppe. Die Suppe war schwarz wie Matratzenfüllung. Hätten sie mir nicht gesagt, dass die kleinen weichen Stückchen darin Fleisch waren, hätte man sie ebenso gut für Käfer halten können. Es gab aber keinen Grund zu zweifeln, denn die Information stammte von den Kindern, den Leckermäulern, die die Reste der Suppe schlürften. Sie logen nicht. Wir verspeisten tatsächlich die größte Köstlichkeit, die diese Sippe zu bieten hatte. Während sie ansetzten, uns um Verzeihung zu bitten, begann der Anführer überraschend, laut zu weinen. Sein Gesicht bestand nur aus Runzeln und Bart. Die Tränen sammelten sich in den Falten.

»Bevor ich hierherkam«, sagte Ge Ren zu Nadjas Bruder, als wir das Dorf wieder verließen, »hielt ich die Sowjetunion für ein ›kommunistisches Labor‹, in dem die Bolschewiken die Chemiker spielen. Je nach revolutionärer Theorie füllen sie die Sowjets in Reagenzgläser, schütteln sie einige Male gut durch, kippen sie wieder aus und schon ist eine neue sozialistische Verbindung entstanden. Nun erkenne ich, dass die Realität ganz anders ist.«

Wenige Tage bevor ich Russland verlassen wollte, kam Nadja eines Morgens zu uns. Sie war so aufgebracht, dass sie gleich vor uns auf dem Boden zusammenbrach. Ihr Bruder Alexander war tot. Er war am Abend nicht heimgekehrt. Auf der Suche nach ihm hatte sie ihn in einer Seitengasse des Arbat entdeckt. Seine Leiche war bereits zu Eis erstarrt und nicht mehr von der Erde zu lösen. Aus seiner Schläfe quoll Blut, das zu kristallklar funkelnden kleinen Kugeln gefroren war und wie rote Kirschen oder Wolfsbeeren aussah. Auch sein Hals war mit diesen gefrorenen blutroten Tropfen übersät.

»In meiner alten Heimat Qinggeng«, sagte Ge Ren, »macht man aus Wolfsbeeren Gebetsketten zum Gedenken an tote Babys.«

Dort, wo Alexander zu Tode gekommen war, hatten die Kugeln eines Revolvers den Milchglasschirm der Gaslampe am Eingang des daneben gelegenen Restaurants durchdrungen. Ich entsinne mich, dass die Polizei bereits am darauffolgenden Tag Alexanders Todesursache bekanntgab: Er richtete sich selbst. Der Grund blieb das Geheimnis der Polizei.

Nach Alexanders Tod erkrankte Ge Ren, so dass ich den Antritt meiner Rückreise verschieben musste. Bai Shengtao sagte, er habe Ge Ren oft weinen gesehen. Sein Gesicht war glatt, die Tränen rannen hinunter zum Kinn und blieben dort wie Regentropfen an einem Dachvorsprung hängen. Meistens schwieg Ge Ren. Nach einer Weile sagte er, dass es ihn am ganzen Leib fröstele, als wäre er in einer Eishöhle. Ein trockener Husten schüttelte ihn ununterbrochen, und er klagte über einen merkwürdigen Geschmack im Mund. Kurze Zeit später begann er, Blut zu spucken.

Ohne Zweifel hatte sich seine Lungenkrankheit verschlimmert. Doch das wollte er nicht wahrhaben, vielmehr vermutete er, ein Blutgefäß sei geplatzt. Er machte sich an die Arbeit. Darunter schrieb er auch einen Nachruf auf Alexandrowitsch, ganz als ob er darüber seine eigene Krankheit vergessen konnte. Mir war klar, dass es seinem Gesundheitszustand nicht zuträglich war, wenn er nächtelang schrieb, und besonders zerstörerisch war es, wenn er über Träume schrieb. Ich versuchte, ihn davon abzuhalten. Aber er sagte, dass ihn das Schreiben mit innerer Ruhe erfülle und er dabei so glücklich sei wie beim Verzehr eines süßen Fladens. Merkwürdigerweise verbrannte er seine vollendeten Texte. Er traue weder seinen Augen noch seinen Ohren, sagte er. Es sei ihm lieber, alles, was er gesehen habe, wäre lediglich ein einziger Albtraum gewesen.

Kindertausch

Als Kavalier habe ich die Geschichte mit den Wegelagerern für mich behalten.

Da sie aber nun einmal heraus ist, will ich mit der Wahrheit nicht hinterm Berg halten. Der Mensch ist schon sonderbar, wenn er einem aufreizenden Weibsbild gegenübersteht. Je weniger er sagt, desto größer wird sein Redebedürfnis. Glücklicherweise tauchte die Amerikanische Marke auf und unterbrach uns. Andernfalls hätte ich mich nur schwer zurückhalten können. Er zündete sich eine Zigarette an und zwinkerte mir dabei zu.

»Du bist ein echter Kavalier«, sagte er.

Ich sann noch über seine Bemerkung nach, als er unversehens aufsprang, sich auf den Hintern schlug und rief: »Zhengzhou! Angekommen!«

In Zhengzhou brachte er uns zum Zug nach Kaifeng. Xiaohong und ich waren jetzt alleine. Sie war im Nu eingeschlafen, ich aber tat kein Auge zu. Meine Gedanken kamen nicht zur Ruhe, drehten sich um meine Reise zu Ge Ren, bei dem wir bald ankommen würden. Ich wusste, dass die Amerikanische Marke uns als Geleit zur Seite gestellt worden war, vermutete jedoch bei ihm, dass er im Untergrund aktiv war. Sollte er aber nicht mein Geleitschutz sein, überlegte ich, sondern ebenfalls jemanden töten sollen, hätte ich gerne mit ihm getauscht. Wäre die Aufgabe auch noch so mühsam oder gefährlich gewesen. Um der Wahrheit die Ehre zu geben, damals dachte ich auch daran, dass ich ihm für diesen Tausch Xiaohong meinetwegen sogar geschenkt hätte, selbst wenn sie tatsächlich meine Tochter gewesen wäre. Früher kam es vor, dass die Menschen, bevor sie verhungerten, ihre Kinder untereinander tauschten, um sie aufzuessen. Für das, was bei mir stets Befremden hervorgerufen hatte, brachte ich nun plötzlich Verständnis auf. Die eigenen Kinder sind wahrlich nur schwer herunterzubekommen, bei fremden geht das schon wesentlich leichter. Vielleicht kann man sie sogar richtig schmackhaft finden, wenn der Appetit groß genug ist.

Bei den Gedanken an den Kindertausch hellte sich meine Laune wieder auf. Seit unserer Abreise aus Zhangjiakou hatte mich die Frage nicht mehr losgelassen, warum Tian Han den Befehl nicht selbst ausgesprochen hatte. Warum brauchte er Dou Sizhong dafür? Um sich zu kratzen, braucht man auch nicht sechs Finger. Erst jetzt, nachdem mir der Kindertausch eingefallen war, begriff ich den Sinn dahinter. Tian Han hatte es mir nicht selbst ins Gesicht gesagt, weil er es zum einen nicht über die Lippen brachte und zum anderen weil er gezwungen gewesen wäre, mich umzubringen, wenn ich den Befehl verweigert hätte. Schließlich stammen wir aus demselben Dorf. Da war es gleich viel einfacher, die Sache in Dou Sizhongs Hände zu legen. Nun hätte der mich umlegen müssen, wenn ich nicht gehorcht hätte. Aus demselben Grund sollte ich Ge Ren nicht eigenhändig aus dem Weg räumen, sondern Aqing einspannen. Ich ging davon aus, dass dieser Plan auf Tian Hans Mist gewachsen war. Ganz gewiss hatte er mein Dilemma erkannt.

Ich war müde, konnte aber trotzdem nicht einschlafen. An einen Hanfsack gelehnt dachte ich, wie schön es doch wäre, ein solcher Sack zu sein, der sich um nichts zu scheren braucht. Es wäre das Allerschönste, ein Hanfsack zu sein. Ich wäre ein großer Sack, der von einem Ort zum anderen gehievt wird. Aber schon wegen dieser Gedanken allein konnte ich kein Sack sein, da ein Sack nicht über sich nachdenkt. Um der Wahrheit die

Ehre zu geben, zu dem Zeitpunkt war ich überaus sensibel und zunehmend verwirrt. Obwohl der Zug fraglos durch eine Ebene fuhr, schlängelte er sich meinem Empfinden nach bereits durch die Berge und näherte sich dem Städtchen Baipi im Dahuang-Gebirge. Der Zug wiegte die Reisenden in ihre Träume. Nur fielen die anderen in süße Träume, während mich Albträume umtrieben. Auf einmal stand Ge Ren vor mir, wie er leibte und lebte. Der Schrecken fuhr mir durch die Glieder. Er hatte sich nicht verändert, kein bisschen, war nach wie vor der empfindsame Intellektuelle mit Nickelbrille und leicht gerötetem Gesicht.

Um der Wahrheit die Ehre zu geben, Ge Ren war der Einzige unter den mir bekannten Revolutionären, der errötete, wenn er einem Fremden gegenüberstand. Wie ein junges Mädchen vor Scham errötet. Er zog die Hand aus der Hosentasche und zündete sich eine Zigarette an.

»Alter Bai«, sagte er dabei, »ich weiß ja, dass du nicht rauchst, deshalb biete ich dir erst gar keine an. Was machst du hier im Dahuang-Gebirge? Du bist ja gar nicht im Grenzgebiet, um Gutes zu tun? Was machst du hier, wo du doch schon so viele von ihrer Verstopfung kuriert hast?«

Ich konnte nichts erwidern. Ich konnte mich nur abwenden, so real war die Erscheinung.

Hätte mich Xiaohong nicht aus meinen Träumen gerissen, wäre ich auf unbestimmte Zeit darin versunken. Ich entsinne mich, dass der Traum immer wirrer wurde. Beispielsweise sah ich, dass das Baumwollgewand, das Ge Ren umhüllte, seine Beine entblößte. Durch die schlechte Ernährung und die viele Arbeit staken diese noch dünner als früher hervor, geradezu wie die Stelzen eines Seidenreihers. Als ich aus dem Fenster sah, erblickte ich draußen eine Pfütze, in der soeben noch emporgeflatterte Vögel von Kugeln getroffen verendeten. Aus der Ferne trug der Wind den Hall der Schüsse herüber. Ich wusste nicht, ob die Schüsse echt gewesen waren oder nur in meinen Träumen erklangen. Damals fürchtete ich, den Verstand zu verlieren, noch bevor wir Baipi erreichten.

Auf der Fahrt nach Hankou war auch Xiaohong etwas durcheinander. Obwohl ich meiner Begleiterin immer noch misstraute, empfand ich ein wenig Mitleid mit ihr. Der Gedanke, sie für so viele Tage alleine in Hankou zu lassen, beunruhigte mich. Sicher war sie viel herumgekommen, aber in Kriegszeiten konnte so einiges passieren.

Aber nein, General, so war das nicht gemeint. Mich in sie verlieben? Undenkbar. Wie gesagt, uns verband nur dasselbe Klassenbewusstsein.

General, wenn Sie so hartnäckig sind, komme ich wohl nicht umhin, es zuzugeben. Wenn schon zwei Esel, die längere Zeit aneinandergebunden sind, Gefühle verbinden, dann wohl erst recht einen einsamen Mann und ein verlassenes Mädchen. Aber es gab keine Liebesgeschichte. Ich habe nicht einmal ihre Hand gehalten. Jedoch bin ich ihr in gewisser Weise heute noch dankbar. Wäre sie nicht von Zhangjiakou bis Hankou meine Begleiterin gewesen und hätte sie nicht mit mir über dies und das geplaudert, ich wäre zusammengebrochen.

Selbstverständlich, wenn man bedenkt, dass auch sie hätte in Schwierigkeiten geraten können und ebenso nervös wie ich geworden wäre, dann waren vielleicht auch meine Späße ihr zu etwas nutze.

Sie haben recht, General, das zeigt tatsächlich, dass wir uns als Paar gut ergänzten.

»Xiaohong«, sagte ich zu ihr, »weder Glück noch Unglück sind von Bestand. Ob diese Reise eine Reise ins Unglück oder ins Glück wird, weiß ich nicht. Aber sollte ich noch am Leben sein, werde ich sicher zu dir nach Hankou zurückkommen.«

General, sie war doch auch nur eine Frau mit einem weichen Herzen und eine leichte Beute. Denn als sie meine Worte vernahm, errötete sie so sehr, dass das auch ihre Gesichtscreme nicht verdecken konnte.

»Sei nicht traurig«, tröstete ich sie. »Mir wird schon nichts passieren.«

Frauen sind mit Worten leicht zu kriegen, mit einem Satz hatte ich sie schon wieder zum Lachen gebracht. Um der Wahrheit die Ehre zu geben, sie war noch hübscher, als sie leise lachte.

Als wir in Hankou eintrafen, machte sie sich nicht gleich auf den Weg zur Kameradin. Weil sie nun schon einmal in ihrer alten Heimat sei, lassse sie es sich nicht nehmen, mich zu einem kleinen Essen einzuladen. Bald darauf saßen wir in einem Restaurant. Der Name des Restaurants ist mir entfallen, es muss aber in der Dehua-Straße gewesen sein. Ich erinnere mich nur noch an den Wirt. Er war klein mit hoher Stirn und Glatze, ähnelte Lenin ein wenig. Der Glatzkopf fragte uns, ob ich von hier stamme, Xiaohong antwortete, ich sei ein Pelzhändler. Er drückte sich sehr gewählt aus: »Welch eine Freude, einen weitgereisten Gast hier zu empfangen. Treten Sie ein, treten Sie ein!«

Das Essen war gut. Niemals zuvor war ich in den Genuss von solch unglaublich frischen Lanzettfischchen gekommen. Aus dem Fenster fiel der Blick auf ein Badehaus und einen Barbier auf der gegenüberliegenden Straßenseite. Xiaohong fragte mich beim Essen, ob ich nicht erst einmal ein Bad nehmen wollte.

»Ich muss bald wieder los, da verzichte ich lieber auf ein Bad«, erwiderte ich.

»Stört dich denn der Schmutz nicht? Und die Müdigkeit?«, fragte sie. »Du musst ja aus einem speziellen Stoff gemacht sein, aber auch spezieller Stoff muss hin und wieder gewaschen werden. Komm, ich lade dich ein und sorge dafür, dass du blitzblank auf Reisen gehst, dann muss ich mich um meine eigenen Sachen kümmern.«

»Was hast du denn noch vor?«, fragte ich.

Sie lachte. »Ich kann doch nicht mit leeren Händen bei meiner Kameradin ankommen. Ich muss ein Geschenk für sie besorgen. Ich weiß, dass sie nicht bei bester Gesundheit ist«, fuhr sie fort. »Deshalb dachte ich an Meisu-Paste.«

»Meisu-Paste?«, wiederholte ich. »Die ist doch gegen Erbrechen und zur Fiebersenkung. Woran leidet sie denn?«,

»In jungen Jahren hat sie unter Magenproblemen gelitten

und war von Meisu-Paste abhängig. Ob es nach so langer Zeit jetzt besser oder schlimmer ist, weiß ich nicht.«

Wahrscheinlich war dieses Geschenk absolut angemessen. Denn Meisu-Paste wirkt tatsächlich appetitanregend. Sie drängte mich abermals, ein Bad zu nehmen.

»Xiaohong, warte, bis ich wiederkomme«, sagte ich und musste an den Brief in meiner Hose denken. »Dann wasche ich mich. Versprochen. Genau hier treffen wir uns dann wieder.«

Wuhan, das gleich neben Hankou liegt, war damals gerade Kriegsschauplatz. Dort kämpften die japanischen Truppen gegen die nationalistischen und die nationalistischen gegen die Truppen der Marionettenregierung. Mir war nicht wohl bei dem Gedanken, dort länger zu verweilen. Aber Xiaohong bestand darauf, dass ich noch einen Tag blieb.

Lachen Sie nicht. Ich sage, wie es ist. Ich glaube nicht, dass sie etwas mit mir im Sinn hatte. Ich glaube, dass sie Angst um mich hatte. Wir waren schließlich Kameraden aus demselben Schützengraben.

»Die Japaner kommen näher, und ich habe eine wichtige Aufgabe zu erledigen«, sagte ich. »Ich darf das nicht auf die leichte Schulter nehmen.«

Als sie merkte, dass es mir ernst war, hielt sie mich nicht mehr zurück. An diesem Abend richtete sie erneut ein Abschiedsessen für mich aus. Wegen ihres nervösen Magens mahnte ich sie, nicht zu viel zu trinken.

»Mach dir keine Sorgen«, sagte sie. »Ich hatte noch nie einen Rausch.«

Allerdings errötete sie bei diesen Worten wie eine Braut, die ihren Schleier hebt. Betrunken und mit stumpfem Blick wollte sie ein Abschiedslied für uns singen.

Nein, General, sie sang nicht *Berauschte Konkubine,* sondern eine Pusuanzi-Melodie. Ein alter Spruch sagt: Der Weise zeigt nicht sein wahres Gesicht. Ihr war nichts anzumerken. Sie sang immer noch wie eine großartige Schauspielerin:

Einsam unter diesen Menschen,
aber glücklich ohne Herrn.
Wenn Wolken an mir vorüberziehen,
bleiben mir die Sorgen fern.
Wenn die Blütenblätter fallen,
weiß ich, dass der Frühling weicht,
auch wenn Wind und Regen hallen.
Er kehrt im nächsten Jahr zurück,
bringt neuer Blumen Düfte Glück.

Allmählich erkannte ich die Melodie. Sie sang die Version des Liedes, die Qu Qiubai gedichtet hatte, bevor er exekutiert worden war. Ich selbst bin ihm nie persönlich begegnet, weiß aber von Tian Han, dass Ge Ren im Sowjetgebiet häufig mit ihm im Duett gesungen hatte.

»Dieses Lied ist traurig und fröhlich zugleich«, sagte ich zu Xiaohong. »Ein wunderschönes Stück. Du weißt doch, wer diese Zeilen gedichtet hat, oder?«

Sofort verbarg sie das Gesicht mit ihrem Ärmel und begann zu schluchzen. »Das hat mir meine Kameradin beigebracht«, winselte sie. »Aber ich habe vergessen, wer es geschrieben hat. Ich habe nur an meine eigene Rastlosigkeit gedacht, und dabei ist mir dieses Lied eingefallen.«

»Im Grenzgebiet«, mahnte ich eilig, »solltest du das Lied bloß nicht singen. Auch wenn es schön klingt, passt es nicht zum revolutionären Optimismus. Du könntest in Schwierigkeiten kommen.«

Abermals dankte sie mir für meinen gutgemeinten Rat und versprach, hier auf mich zu warten. Sie wollte ein Willkommensmahl ausrichten und mit mir auf die Revolution anstoßen. Bei diesen Worten reichte sie mir erneut ein Glas.

»Keine Eile«, sagte sie. »Es ist nicht zu spät, auch wenn du erst nach Einbruch der Dunkelheit die Stadt verlässt.«

Da wusste ich noch nicht, dass ich mich besinnungslos betrinken würde.

Meisu-Paste

Der Name der Meisu-Paste, von der Xiaohong sprach, geht auf eine bestimmte Person zurück. Es war der damals erfolgreiche Künstler der Pekingoper, Mei Su. Da Xiaohong fürchtete, Bai Shengtao könnte irgendwelche Ungereimtheiten entdecken, sprach sie von »ihrer Kameradin«. In einem Buch aus dem Werk *Frühling und Herbst im Birnengarten* (Beihai Verlag, 1994) finden sich folgende Lebensdaten von ihm:

> Mei Su (1902–1986), ursprünglich Su Mei, wurde in Hankou als Kind einer aus Sichuan stammenden Familie geboren. Mit zwei Jahren ging er mit seinem Vater Su Minghong nach Hangzhou. Su Minghong wurde dort Teehändler und zählte zusammen mit Hu Zikun und anderen zu den vier wichtigsten der Gegend. Als Kind besuchte Mei Su häufig mit seinem Vater zusammen Theatervorstellungen in Shanghai. Der Apfel fällt nicht weit vom Stamm, und so war er verzaubert von den Künsten der Mei-Gruppe, zu der damals der berühmteste Pekingoperndarsteller Mei Lanfang zählte. Mei Su spezialisierte sich später auf Frauenrollen und spielte, nachdem er sich einen Namen gemacht hatte, als Mitglied der Mei-Gruppe in den Stücken *Der Phönix kehrt ins Nest zurück, Betrunkene Konkubine, Der Hongni-Pass* und vielen anderen, mit denen er in Städten wie Wuhan und Changsha auftrat. Damit leistete er einen großen Beitrag zur Verbreitung der Pekingopernkunst. Seine Bewegungen auf der Bühne erinnerten an japanische Tanzfiguren, so dass er bei japanischen Zuschauern besonders beliebt war. Er war ein Vollblutpatriot, der sich zum Ausdruck seiner Ideale in der Zeit des Widerstandskrieges einen Bart wachsen ließ, sich weigerte, für die Japaner oder die Marionettenregierung aufzutreten, und unerkannt in Jiangling lebte. 1946 ging er nach Hongkong, später nach Singapur, Malaysia, Indonesien und so fort, um Vorstellungen vor Chinesen zu geben. In späten Jahren verfasste er seine Erinnerungen *Die Fee streut Blumen*. 1986 erlag er in Hongkong einer Krankheit.

Dem Buch *Schönheiten* ist darüber hinaus zu entnehmen, dass sich Mei Su und Bingying bereits in Hangzhou kennengelernt hatten. Als Bingying 1919 aus Frankreich zurückkehrte, traf sie Mei Su in Peking. Gemäß Bingyings Erinnerungen sahen sie sich Ende der dreißiger und zu Beginn der vierziger Jahre erneut in Hongkong und Shanghai. Später »schickte er auch einige Briefe in seiner schönen, wie die einer betrunkenen Konkubine leicht geneigten Handschrift«. Laut meiner Großtante war seine heimliche Liebe zu Bingying der Grund dafür, dass Mei Su niemals heiratete. Bingying verlor allerdings in den Gesprächen mit Anthony Thwaites kein Wort darüber. Interessanterweise offenbarte Mei Su aber unverhohlen in *Die Fee streut Blumen* die folgende Geschichte:

> Nach den Ereignissen in Pearl Harbour war die Lage in Hongkong kritisch geworden. Dieser Ort wurde kurz darauf ebenfalls vom Feind besetzt. Die Verse aus der Pekingoper – »Feuerschein und Mondenstrahl im goldenen Wind, einsam verhallen Pauken und Trompeten« – brachten die Situation auf den Punkt. Mir blieb nichts anderes übrig, als nach Shanghai zurückzukehren. Ich hätte nicht damit gerechnet, Frau Hu ein weiteres Mal zu begegnen. Damals, als ich in der Hochschule gerade meine Stimmübungen machte, trat sie ein. Kaum hatte ich sie erblickt, erwachten wieder meine alten Gefühle für sie. Sie verstand etwas von der Oper, sah aus wie eine aus der Mei-Gruppe und sang wie jemand aus der Cheng-Gruppe, sie hatte Klasse wie ein Mitglied der Xun-Gruppe und war ausgelassen wie jemand aus der Shang-Gruppe. Überall konnte sie ein wenig mitreden. Deshalb sprachen wir bei jeder Begegnung über die Pekingoper. Dieses Mal sagte ich allerdings in aller Deutlichkeit: »Ich habe mich in Hongkong nach dir gesehnt. Aber ich dachte, du seist mit Herrn Zong Bu zusammen, und wagte es nicht zu stören.«
>
> Dabei lachte ich.
>
> Ich hatte noch nicht zu Ende gesprochen, da ergriff sie eine Planke und gab vor, mich damit schlagen zu wollen.
>
> »Dann denkst du also immer noch an Ge Ren?«

Ein Schatten legte sich über ihr Antlitz. Und ich? Mein Herz hatte schon zuvor begonnen, wild zu schlagen.

»Ge Ren ist in Nord-Shaanxi«, sagte sie. »Ich habe ihm zahllose Briefe geschickt, aber nie Antwort erhalten.«

Sie habe bereits darüber nachgedacht, weit fortzugehen. Aber die Gedanken an Ge Ren und ihre Tochter, zu der sie seit Jahren keinen Kontakt mehr hatte, hinderten sie daran, diesen Schritt zu tun. Nach wie vor träumte sie davon, dass sie ihrer Tochter eines Tages irgendwo begegnen werde. Oje! Gibt es denn jemals den richtigen Moment? Am Nachmittag desselben Tages nahm ich all meinen Mut zusammen und sprach mit ihr über meine Liebe. Doch sie sagte, sie sei erschöpft und habe keine Zeit, darüber nachzudenken. Danach sah ich sie nie wieder.

Wenig später kehrte ich nach Hankou zurück. Dort begegnete ich um den Beginn des Jahres 1943 herum zufälligerweise meiner Schulkameradin Xiaohong. Als sie erfuhr, dass ich unverheiratet war, fragte sie, ob ich noch immer nur Frau Hu im Kopf hätte. Dann fragte sie, ob sich Frau Hu und Ge Ren weiterhin zugetan seien und sich Briefe schrieben. Ich hatte ihre Frage weder mit Ja noch mit Nein beantwortet, und sie beharrte nicht. Früher, als ich mit Xiaohong zusammen in Peking Theater studiert hatte, probten wir einmal das Stück *Daiyu bestattet Blütenblätter*. Darin gab es den Satz:

»Warum wäre sie ihm begegnet, wenn nicht das Schicksal sie füreinander bestimmt hätte? Wie viele Tränen kann ein Auge vergießen, bis der Herbst in den Winter und der Frühling in den Sommer übergeht?«

Unter dem Mond, der wie blankgeputzt am Himmel stand, sang ich diese Strophe mit Xiaohong. Dabei kam mir unwillkürlich mein eigenes Glück in den Sinn, das wahrlich wie ein Spiegelbild des Mondes war oder wie eine sich im Wasser spiegelnden Königin der Nacht.

Diese Zeilen beweisen, dass Xiaohongs Reise nach Hankou tatsächlich mit Ge Ren in Zusammenhang gestanden hatte. In Wirklichkeit hatte sie den Auftrag gehabt herauszufinden, ob Ge Ren und Bingying nach den Kriegshandlungen in Erligang noch in Briefkontakt standen und ob Nachrichten von Ge Ren aus dem Dahuang-Gebirge durchgesickert waren. Aber Xiaohong war mit Bai Shengtao zusammen nach Hankou gereist, weil sie auch noch eine weitere Aufgabe zu erledigen hatte: Sollte nämlich Dou Sizhong zu jenem Zeitpunkt bereits mit Aqing in Kontakt gestanden haben, hätte es für Bai Shengtao keine Notwendigkeit gegeben, ins Dahuang-Gebirge zu reisen. Xiaohong sollte Bai Shengtao in Hankou umbringen. Sie hatte ja gesagt: »Ich sorge dafür, dass du blitzblank auf Reisen gehst.« Aber warum sagte sie das? Ich weiß es nicht. Möglicherweise bereitete es ihr Vergnügen, so mit jemandem zu sprechen, dessen Tod kurz bevorstand?

Natürlich ist uns längst klar, dass Xiaohong Bai Shengtao keineswegs als Unterstützung zur Seite gestellt war. Der tatsächliche Grund ist nicht in ihren Ausführungen in dem Buch *Die Fährte der Schwanengans im Schnee* zu finden, wo sie schreibt, dass es ihr selbst wie Schuppen von den Augen gefallen sei. Vielmehr hatte sie bereits gewusst, dass es Dou Sizhong die ganze Zeit über nicht gelungen war, mit Aqing in Kontakt zu treten. Daher hatte es noch an Bai Shengtao gehangen, den Befehl zu überbringen. Tatsächlich müssen wir einen Ausschnitt aus dem Reisebericht *Die Gelbe Kranichpagode* aus *Die Fährte der Schwanengans im Schnee* heranziehen, um einige Hintergrundinformationen zu erhalten:

> Auf jeder meiner Reisen nach Wuhan besuche ich die Gelbe Kranichpagode. Denn es ist unverzeihlich, wenn ein Schauspieler nichts von der alten chinesischen Kultur versteht. Eine Viertelstunde Bühnenzeit erfordert jahrelange Gelehrsamkeit. Ich will viel erleben, vieles sehen, viel denken. Ich erinnere mich daran, wie ich die Gelbe Kranichpagode zum ersten Mal bestieg. Es war in den stürmischen vierziger Jahren vor der Befreiung. Ein Genosse, der in einem Restaurant arbeitete (*Ist es jener, der äußerlich Lenin glich?*), begleitete mich auf den Schlangenberg. Ich fühlte mich wie eine Jungfrau, die zum ersten Mal die Brautsänfte besteigt und deren freudige Erregung nur schwer in Worte zu fassen ist. Zur selben Zeit stieg ein Kollege aus der

Heimat die Gelbe Kranichpagode hinauf (*hiermit muss ihr Kamerad Mei Su gemeint sein*). Wir tauschten uns über Kunst aus und betrachteten die wunderschöne Landschaft. Nach der Befreiung kam ich häufiger nach Wuhan, um die Arbeitsbedingungen an der Front publik zu machen. Als ich kürzlich wieder dort war, bestieg ich mit meiner Enkelin und meinem Enkelsohn zusammen die Pagode. Während wir uns umschauten, erklärte ich ihnen den Zusammenhang zwischen der Pekingoper und der alten Kultur. Meine Enkelin hörte aufmerksam zu. Mein Enkelsohn begriff nicht viel von diesen tiefgründigen Dingen, war aber dennoch sehr fröhlich. Er hüpfte ausgelassen umher. Beim Blick in sein argloses Gesicht dachte ich, dass das Vergangene bereits auf dem Rücken des Kranichs davongeflogen war und wir so die Vergangenheit vergessen würden, damit wir die Zukunft gestalteten und ein noch vortrefflicheres Morgen erschufen!

Sie bekräftigt einerseits, die alte Kultur unbedingt weitervererben zu wollen, und lässt andererseits die Vergangenheit in Vergessenheit geraten. Was sollen andere schon tun, als der Genossin Xiaohong artig zuzuhören? Nebenbei bemerkt war Xiaohongs Enkelin die Pekingoperndarstellerin Xiaonühong, die jeder schon einmal bei einer Gala zum Frühlingsfest bewundern konnte. Da Fan Jihuai mit ihr bekannt war, werde ich im dritten Teil dieses Buches noch einmal auf sie zu sprechen kommen.

Wundheilung mit Kotweiß

General, über den Rest der Reise gibt es nichts Besonderes mehr zu erzählen. Als ich aufwachte, graute bereits der Morgen. Xiaohong war wirklich lustig, erst hatte sie mich zum Bleiben gedrängt, nun drängte sie mich zu gehen. Der Osten war rot, und ich verließ in der aufsteigenden Sonne das Restaurant. Wegen der kritischen Kriegslage fuhren in Hankou keine Züge mehr. Daher brachte mich der Wirt mit seinem Lastendreirad aus der Stadt hinaus.

Genau, dieser Glatzkopf, der Lenin zum Verwechseln ähnlich sah. Normalerweise wurde mit dem Dreirad Ware befördert. Es klebte voller Fischschuppen, die in den Sonnenstrahlen wie Glasscherben glitzerten. Auf einmal überkam mich ein ungutes Gefühl. Sollte es für mich vielleicht ebenso wie für diesen Fisch keinen Weg zurück geben und würde ich Xiaohong nie wiedersehen?

Kaum dass wir die Stadt verlassen hatten, setzte mich der Wirt ab und machte kehrt. In diesem Moment war ich unbeschreiblich heiter, doch beim nächsten Augenaufschlag fühlte ich mich einsam und verlassen.

Die Verfolger im Nacken hatten mich unfrei gemacht; nun gab es sie nicht mehr, und ich fühlte mich verloren. Erbärmlich, wie verdammt erbärmlich war das. Um der Wahrheit die Ehre zu geben, Flucht war mir nicht in den Sinn gekommen, vielmehr dachte ich: Wäre Ge Ren doch nur bereits geflohen, wenn ich Baipi erreichte, und ich würde ihn gar nicht antreffen. Auf diese Weise konnte ich zwei Fliegen mit einer Klappe schlagen: Einerseits hatte ich der Partei ein Ergebnis zu überbringen, andererseits brauchte ich kein schlechtes Gewissen zu haben. Ich überlegte und überlegte, dann lachte ich auf und begann, ein wenig herumzutrödeln, einen Schritt vorwärts- und zwei zurückzutun. Doch plötzlich fiel mir ein, dass Ge Ren unterdessen von den nationalistischen Spionageverbänden festgenommen werden könnte und sich ihnen unter Folter anschließen würde, setzte ich meinen Fuß auch nur einen Augenblick zu spät nach Baipi. Das wäre sein Ende gewesen, und ich selbst hätte die Verantwortung dafür übernehmen müssen. Unwillkürlich beschleunigte ich bei dieser Vorstellung meinen Schritt und bestieg den Zug in einem Ort namens Wulongquan. Um der Wahrheit die Ehre zu geben, von Wulongquan bis zum Dahuang-Gebirge waren meine Gedanken zäh wie Kleister. Ohne dass ich tatsächlich etwas wahrnahm, zogen vor meinem Blick aus dem Fenster Berge und eine Wasserschlucht nach der anderen vorüber. Das Schicksal des Menschen liegt in Gottes Hand. Ich brauchte gar nicht mehr zu grübeln, sondern einfach nur zu warten, bis ich Aqing traf. Hätte es diesen Zwischenfall nicht gegeben, wäre ich auf direktem Wege zu Aqing geeilt, um ihm Dou Sizhongs geheimen Brief zu übergeben. Ach, in diesem Fall säße ich heute nicht mit Ihnen zusammen, General.

Es ereignete sich nämlich Folgendes: Die Zugfahrt dauerte einen Tag lang. Es war bereits dunkel geworden, als jemand im Zug stolperte und augenblicklich in Ohnmacht fiel. Ich bin Arzt und dazu da, Menschenleben zu retten. Deshalb zwickte ich ihn und holte die Kalebasse hervor, die Tian Han mir geschenkt hatte, um Wasser in seinen Mund zu träufeln. Aber er kam nicht zu Bewusstsein. Seine Gefährtin hielt eine Petroleumlampe in die Höhe. Mit Tränen in den Augen blickte sie mich an und flehte, es noch einmal zu versuchen. Ich sagte ihr, dass ich ihm eine Sticknadel ins Ohrläppchen stechen könnte. Mit etwas Glück würde er dadurch wieder zu sich kommen. Als sie sich weinend auf die Suche nach einer Nadel machte, überreichte mir ein guter Mensch ein Stück Metalldraht, das er von einem Vogelkäfig abgerissen hatte. An einem Ende war er weiß, wahrscheinlich vom Vogelkot. Es ging um Leben und Tod, so dass mir nichts anderes übrigblieb, als mit den vorhandenen Mitteln mein Bestes zu versuchen und ihn ins Ohrläppchen zu stechen. Ein Tropfen Blut trat hervor und strahlte im Schein der Petroleumlampe wie eine Wolfsbeere. Bei diesem Anblick hielt ich einen Moment inne. Plötzlich rief jemand:

»Er lebt! Er lebt!« Unter den umstehenden Schaulustigen befand sich ein Mann, der sich um meine Freundschaft bemühte, indem er ein Stück Reiskuchen hervorholte und es mir überreichte. Zunächst lobte er mich. Ein Menschenleben gerettet zu haben wäre ebenso viel wert, wie eine siebenstöckige Pagode zu bauen. Dann fragte er, ob ich Arzt sei. Ich bejahte und erkundigte mich, wie lange es noch bis Shangzhuang dauerte. Dou Sizhong hatte mir geraten, in Shangzhuang auszusteigen. Von dort aus sollte es bis Baipi nicht mehr weit sein.

»Und was treibst du so?«, fragte ich zurück.

»Ich verkaufe Pilze, Hahn-äh und Henn-äh«, flüsterte er.

»Was heißt Hahn-äh?«, fragte ich.

»Ein Hahn-äh ist ein Hahn.«

Als er weiterredete, bemerkte ich, dass er an sämtliche Wörter ein »äh« anhängte. Ein Hahn hieß Hahn-äh, laut war laut-äh und Staub Staub-äh. Später erfuhr ich, dass sein Name Dabao war.

Nach der ganzen Aufregung war es bereits dunkel geworden. Ich war vollkommen kraftlos und fiel in unruhigen Schlaf, während der Zug vorwärtsratterte. Kaum war ich eingeschlafen, schreckte ich schweißgebadet wieder hoch. Ich war so nassgeschwitzt, als kletterte ich aus einem Brunnenschacht. Ich wälzte mich herum, bis es hell wurde. Hätte ich nicht Dabaos Kuchen und Reisschnaps gehabt, wäre ich ohnmächtig geworden. Nach meiner Erinnerung hatte ich den Reiskuchen bereits verspeist und unterhielt mich mit Dabao, als der Zug in einem Ort namens Zhiyin hielt und nicht mehr weiterfuhr.

»Ich habe mich gerade erkundigt«, sagte Dabao. »Vor ein paar Tagen sind die Gleise vor uns gesprengt worden und noch nicht wieder repariert. Jetzt müssen Leute aller Klassen ihren Hintern bewegen und aussteigen.«

Später, als ich bereits bei Aqing angekommen war, erfuhr ich, dass Dabao die Gleise gesprengt hatte. Damals ließ er nicht ein Wort durchsickern, stattdessen erzählte er mir, dass er zufällig auf dem Weg nach Ruijin sei, um dort Ware abzuliefern, und durch Shangzhuang fahren werde. Da hätten wir wohl denselben Weg.

»Woher kommst du?«, fragte er mich. »Und was machst du in Shangzhuang?«

»Ich stamme aus Hubei«, log ich, »und fahre nach Shangzhuang, um einen entfernten Verwandten zu behandeln.«

»Ach so!«, sagte er. »Ein Kerl aus Hubei also. Die haben was drauf.«

Als wir ausgestiegen waren, folgte ich ihm in das Städtchen Zhiyin. Er führte mich in einen Nudelimbiss. Dort erwarteten ihn bereits zwei, drei Leute mit ihren Pferden. Nach dem Essen brachten sie mich in die Berge und gaben mir sogar ein kleines Pferd. Die Sonne stand hoch am Himmel. Sie warf unsere

Schatten auf die Erde – ein unwirklicher Anblick war das. Abermals dachte ich, Ge Ren könnte bereits tot sein, wenn es in diesem Schneckentempo weiter bis Baipi ginge. Wir kletterten auf Berge und durchquerten einen Spitzeichenwald auf einem Hügel. Mir stieg der Duft von Pflanzenarznei in die Nase, es waren wohl Wildrosen. Wir kamen durch ein weiteres Waldstück. Alle niedrigen Sträucher waren abgeknickt. Wahrscheinlich hatten sich Esel auf ihnen herumgewälzt. An einem Flusslauf standen zwei, drei aus Baumstämmen errichtete Hütten. Wiehern war zu hören, eine Frau trat aus einer Hütte heraus. Sie trug eine große Wasserkelle und ums Handgelenk einen funkelnden silbernen Armreif. Bevor sie sich den herannahenden Reitern zuwandte, trank sie zunächst selbst zwei Schluck Wasser. Sie hielt dem Pferd meines Vordermanns die Wasserkelle entgegen, damit es trinken konnte.

Daraufhin baten sie mich in eine kleine Holzhütte, an deren Seitenwänden zwei Bilder klebten. Auf dem einen war ein auf Lotusblumen sitzender Buddha zu sehen, auf dem anderen der rotgesichtige Held Guangong. Ein Mann im besten Alter hing mit einer Pfeife aus Jade in der Hand ausgestreckt in einem Stuhl. Dieser Anblick war mir äußerst vertraut.

Genau, General, sofort kam mir Ge Rens Vater in den Sinn, der Haus und Hof verqualmt hatte. Aber dass dieser Kerl, der da vor mir lag, ein so graues Gesicht hatte, lag offensichtlich nicht am Rauchen. Ein Blick genügte mir, um das zu wissen. Sofort war mir klar, dass er in Wirklichkeit schwer verletzt war. Er war ganz offensichtlich das Oberhaupt. Alle, die soeben eingetreten waren, egal ob alt oder jung, begegneten ihm voller Respekt und Hochachtung. Besorgt schritten sie um ihn herum und wandten sich dann flehend an den Buddha. Prompt fiel mir meine letzte Nacht in Hougou ein, als ich mich vor Lenin an der Wand verneigt hatte. Man muss sich eben den Gegebenheiten anpassen, also faltete auch ich die Hände zum Gruß.

»Meister, ich habe jemanden mitgebracht«, sagte derjenige, der mich hergeführt hatte. »Er kommt von außerhalb und ist ein richtiger Tausendsassa.«

Da verstand ich. Er hatte mich mitgenommen, damit ich das Familienoberhaupt behandelte. Nun gab es keinen Weg zurück. Ich musste die Dinge so nehmen, wie sie waren. Als ich gerade im Begriff war, näher heranzutreten, spürte ich plötzlich, wie der harte Lauf eines Revolvers gegen meine Schläfe drückte.

Natürlich war das Oberhaupt misstrauisch, verzog den Mund und wies seine Untergebenen an, mir die Kleider vom Leib zu reißen. Die Kalebasse, die mir Tian Han geschenkt hatte, fiel herunter. Auf der Stelle gab ihr einer der Leute einen Tritt. Er hielt sie wohl für ein Mordwerkzeug. Mir ließen sie nur meine Unterhose. Dem Himmel sei Dank! Da im Zimmer auch die Frauen anwesend waren, zogen sie mich nicht ganz nackt aus. Schließlich verbarg sie ja einen Schatz.

Genau, Dou Sizhongs geheimer Brief. Sie wussten nichts von diesem Geheimnis und glaubten, die Wölbung gehe auf mein riesiges Geschlechtsteil zurück. Darüber brachen sie in schallendes Gelächter aus. Nachdem sie sich wieder gefangen hatten, bat mir Dabao sehr zuvorkommend seine Hilfe beim Ankleiden an.

»Wenn Sie nicht aufgeben«, sagte ich beim Anziehen an das Oberhaupt gewandt, »werde ich Ihre Wunde gerne versorgen.«

Seine Verletzung befand sich links an einer Rippe unweit der Magengrube. Die Wunde war rundherum bereits aschgrau wie vergammelte Süßkartoffeln im Keller.

»Das ist eine Schnittwunde«, sagte ich. »Sie kommt von einem scharfen Metallgegenstand.«

Kaum hatte ich das ausgesprochen, schnalzten seine Untergebenen bewundernd mit der Zunge. Allerdings konnte ich nicht sofort sagen, welcher Gegenstand die Wunde verursacht hatte. Später erfuhr ich, dass es sich um eine Stichverletzung handelte, die durch die bei der Brückensprengung aufgestobenen Splitter entstanden war.

»Juckt die Wunde?«, fragte ich ihn.

»Ja, ja, sie tut weh und juckt«, war seine Antwort.

»Schmerz ist nicht schlimm, aber das Jucken ist ernst zu nehmen«, sagte ich ihm. »Wenn es weder schmerzt noch juckt, dann ist es mit Ihnen vorbei.«

Im Moskauer Berggipfel-Sanatorium hatte mir ein Militärarzt ein Hausmittel zur Behandlung von Schnittwunden verraten, ein zugegebenermaßen merkwürdiges Mittel, aber direkt aus der Natur.

General, Sie sind sehr scharfsinnig. Es ging tatsächlich um eine Menge Kot.

Nein, dieses Mal kein Eselsmist, sondern das Geschmeiß eines Greifvogels, des Habichts nämlich. Darin sind Spuren von Gift enthalten, die bewirken, dass Muskeln heran- und Geschwüre zurückgebildet werden. Genau wie Dou Sizhong trat mir auch dieser Mann argwöhnisch gegenüber, nachdem ich ihm alles erklärt hatte. Dann nickte er. Dabao befahl ein paar Männern, sich mit Gewehren auf die Pferderücken zu schwingen. Ich rief ihnen noch hinterher, dass ich das Geschmeiß von den Berghängen benötigte, das bereits weiß geworden war, und außerdem noch einen Terzel, ein lebendiges Habichtmännchen.

Sie waren selbstverständlich gehorsam und kehrten bereits vor Einbruch der Dunkelheit mit einer Handvoll Habichtskot zurück. Ich nahm etwas davon zwischen Daumen und Zeigefinger und probierte. Es war wirklich echter Habichtskot. In der Medizin nennt man es Kotweiß. Zudem hielt Dabao einen alten Terzel hoch. Er lebte noch, aus seinen Flügeln tropfte Blut.

»Das ist die Rettung«, sagte ich.

Blut und Kotweiß des Habichts vermischte ich wie einen Buchweizenbrei. Bevor ich den Brei auf die Wunde des Verletzten schmierte, sprach ich demonstrativ einige Zaubersprüche und verneigte mich mehrfach vor dem Buddha, um seine Gnade zu erbitten.

»Warum müssen Sie mich denn mit diesem Geschmeiß behandeln?«, fragte der Verletzte. »Machen Sie doch einfach ein paar schöne Worte für mich etwa wie: ›Am Himmel zieht eine Wolke allzeit, der Mensch steht auf der Erde bereit, braucht als Habicht auf der Erde, den Habicht der Lüfte, dass er geheilt werde.‹«

»Die Wunde zieht das Herz in Mitleidenschaft«, sagte ich zu ihm, um am Leben zu bleiben und mich außer Gefahr zu bringen. »Sie werden innerhalb von zehn Tagen keinen Gedanken mehr an den Tod verschwenden. Andernfalls würde die Wunde aufplatzen.«

Aber nein, ich habe nicht den Teufel an die Wand gemalt. Ich verglich den Alten mit Guangong auf dem Bild, als ich sagte: »Nachdem Guangongs Wunde ausgeschabt war, befolgte er die Anweisung seines Arztes Huatuo und nahm mehrere Tage kein Schwert in die Hand.«

Anschließend verneigte ich mich erneut vor Buddha und Guangong.

Gegen Abend war Donnergrollen zu hören, kurz darauf setzte Regen ein. Das Dach der Holzhütte, die ich mit Dabao bewohnte, war undicht, und es regnete hinein, so dass ich nachts kaum ein Auge zutat. Am nächsten Morgen brachte mich Dabao in aller Herrgottsfrühe zum Oberhaupt. Seine Frau ließ uns wissen, dass die Verletzung bereits heilte. Er konnte schon den Arm bewegen und mit der Hand dieses und jenes anfassen. Bei ihren letzten Worten errötete sie. Ich erklärte der Frau, worauf sie in Zukunft zu achten hatte, und fügte unter Tränen hinzu, dass einer meiner Verwandten schwer erkrankt sei und ich ihn nicht mehr zu Gesicht bekäme, wenn ich noch einen Augenblick verstreichen ließe. Sie hatte ein weiches Herz und versprach mir, sich bei ihrem Mann für mich zu verwenden. Auch wenn ihr Mann im Grunde zustimmte, wollte er mich doch noch einen weiteren Tag bei sich behalten. Schließlich schien ihn aber sein Gewissen zu quälen, und er sicherte mir zu, mich noch am selben Abend gehen zu lassen. Insgeheim wusste ich, dass sie mich niemals so leicht hätten ziehen lassen, wenn ich nicht so dick aufgetragen hätte.

Dabao hieß mit vollständigem Namen Guo Baoquan. Er stammte aus einer Hakka-Familie. Dieser Dabao aus Bai Shengtaos Erzählung sagte »Hahn-äh« anstatt »Hahn«, sagte »Staub-äh« anstatt »Staub« und »laut-äh« anstatt »laut«. Es war kein Sprachfehler, sondern eine sprachliche Besonderheit der Hakka.

Dank Dabaos Enkel Herrn Guo Ping, der später Sekretär der Stadtverwaltung von Baipi wurde, durfte ich Einblick in ein *Verzeichnis der Hakka* nehmen (Feilong Verlag, 1998). Bis auf den taiwanesischen Unabhängigkeitskämpfer Lee Tenghui enthielt das Buch über jede Person eine kurze Darstellung ihrer Heldentaten. In dem Text über Dabao wurde ausgerechnet die Sprengung der Eisenbahnbrücke beschrieben. Der Originaltext ist verhältnismäßig lang, so dass hier ein Ausschnitt ausgewählt wurde:

> In jener Nacht stand der Himmel voller Sterne, die die Erde funkeln ließen. Guo Baoquan befahl den Genossen, sich neben der Weiße-Wolken-Brücke zu postieren. Vor der Explosion verschaffte er sich noch einen Überblick über das Gelände. Die Eisenbahnbrücke lag still über dem Weiße-Wolken-Fluss zwischen den Hügeln. Sie hatte keine Ahnung, dass es jeden Augenblick mit ihr zu Ende gehen würde.
>
> »Auf geht's, die Genossen werden langsam ungeduldig«, rief einer dem Kleinen Tiger zu.
>
> Genosse Guo Baoquan hob den Zeigefinger, um ihn zum Schweigen zu mahnen. Im strahlenden Mondlicht, das seine säbelförmigen Augenbrauen beschien, wirkte er geistvoll. Als auch der Große Tiger, Bruder des Kleinen Tigers, herbeieilte, um einen Befehl entgegenzunehmen, spürte Genosse Guo Baoquan den allgemeinen Kampfeswillen und die Lust, den Feind zu vernichten. Er war hocherfreut.
>
> »Genossen«, richtete er das Wort pathetisch an die Menge, »ich weiß, wie euch zumute ist. Aber unsere Mission ist von enormer Bedeutung – kleiner Einsatz, große Wirkung, versteht ihr, was ich meine? Wenn wir die Brücke zusammen mit dem

Zug in die Luft jagen, dann ist das ›kleiner Einsatz, große Wirkung‹. Die Zugscheinwerfer sind unser Signal. Alle hören auf mein Kommando. Sobald ein Zugscheinwerfer zu sehen ist, setzen wir uns alle in Bewegung.«

Kaum hatte er das ausgesprochen, nahte auch schon ein Zug. Die Scheinwerfer durchdrangen die Finsternis. Die Genossen wurden nervös. Guo Baoquan zog die Augenbrauen zusammen, krempelte die Ärmel hoch und gab den Befehl zum Angriff: »Genossen, es ist so weit! Feuer!«

Als der Zug auf die Brücke fuhr, war ein markerschütterndes Dröhnen zu hören, und die Eisenbahnbrücke stürzte ins Wasser. Der Zug konnte nicht mehr bremsen und raste wie eine Horde wild gewordener Pferde in die Tiefe. Der Vorderteil blieb in einem Hang stecken und ragte wie eine Monsterwelle senkrecht empor. Kurz darauf hörten die Kämpfer jemanden um Mutter und Vater weinen. Überflüssig zu erwähnen, welches Glücksgefühl sie bei dieser Klage erfüllte, welches Entzücken jeder Einzelne von ihnen empfand.

Merkwürdigerweise taucht nirgendwo der Name des damaligen Anführers Zhu Yuting auf. Ich fragte Guo Ping, den Sekretär der Stadtverwaltung.

»Den Text verfasste jemand anderes, er selbst schrieb nicht«, erklärte er. »Und ich kann ja nicht seine Hand führen und ihn zum Schreiben zwingen.«

Kurze Zeit später erfuhr ich aber vom zuständigen Lektor dieses Buches, dass der Text in Wirklichkeit aus Guo Pings Feder stammte.

»Guo kann gut Dokumente verfassen«, bemerkte der Lektor. »Aber für solche Texte ist er nicht zu gebrauchen, viel zu farblos. Ich war gezwungen, den Text zu korrigieren und an ihm zu feilen.«

Banditen kann man nicht trauen. Erst im Morgengrauen ließen sie mich gehen. Das Oberhaupt habe sich Sorgen gemacht, ich könnte zu müde sein, erklärte mir Dabao, und wollte mich aus dem Grund noch eine Nacht ruhen lassen.

Nein, ich hasste sie doch nicht. Es war ein Segen, dass ich da überhaupt heil herausgekommen bin. Kurz vor meinem Aufbruch überreichten sie mir Silbertaler mit der Bitte, ich möge sie annehmen.

»Ihre Gerechtigkeit ist grenzenlos«, bedankte ich mich beim Oberhaupt. »Ganz so, als sei Guangong wieder auf der Welt. Ihre Krankheit zu behandeln ist doch meine Pflicht. Ich würde mich in Grund und Boden schämen, wenn ich dafür Geld nähme.«

Dabao steckte mir das Geld in die Tasche. »Dafür haben mehrere Männer die ganze Nacht nicht geschlafen«, sagte er streng.

Räuber haben ihre eigenen Methoden, um an Geld zu kommen. Früher kamen sie des Nachts bei Regen aus den Bergen und plünderten die Leute aus. Ich blieb standhaft und lehnte die Bezahlung mit der Begründung ab, dass der Arzt Huatuo damals Guangong gegenüber ebenfalls uneigennützig gehandelt habe und er mein großes Vorbild sei. Kaum zu glauben, dass sie mir diese wirren Erklärungen tatsächlich abnahmen.

Dabao brachte mich fort. Mit einem roten Stück Stoff verband er mir die Augen, wie es die Bauern in Nord-Shaanxi mit den Eseln tun, wenn sie diese den Mühlstein ziehen lassen.

Nein, General, ich bleibe dabei, dass ich sie nicht hasste. Sie hatten mich nicht umgebracht und sich als außerordentlich gnädig erwiesen.

Nach drei, vier Stunden regnete es immer heftiger. Bevor wir an einen steilen Abhang gelangten, nahm mir Dabao die Augenbinde ab und fragte mich, ob ich mich unterstellen wolle.

»Bitte, machen Sie sich meinetwegen nicht noch mehr Umstände«, sagte ich schnell. »Kehren Sie doch um, ich komme zurecht.«

Dabao wandte sich nach mir um und dachte einen Augenblick nach. »Dann lassen Sie uns hier auseinandergehen«, sagte er. »Eine gute Reise, mein Herr.«

Er erklärte mir noch, dass ich dem Fluss abwärts folgen sollte, um ins Phönixtal zu gelangen. Wenn ich es durchquert hätte, würde ich Baipi erreichen. Später erfuhr ich, dass es der Weiße-Wolken-Fluss war, der auch durch Baipi floss.

»Um Ihr Ziel Shangzhuan zu erreichen, gehen Sie in Baipi Richtung Nordosten weiter«, fuhr er fort.

Er wusste nicht, dass Baipi bereits mein Ziel war. Er wollte mir noch seinen Bambushut zum Geschenk machen. Da er allerdings Hakka-Dialekt sprach, klang es in meinen Ohren als wohlgemeinter Rat, schleunigst zu verschwinden. Ich bekam weiche Knie und wäre beinahe hingefallen.

Später ging mir oftmals durch den Kopf, dass ich meinen Lebtag nichts von dem Inhalt des geheimen Briefes erfahren hätte, wäre ich Dabao nicht begegnet und hätte es der Himmel nicht regnen lassen. Aus der Ferne hörte ich Pferdehufe herannahen. Eilig suchte ich unter einem Baum Schutz vor dem Regen. Ringsum herrschte Stille, neben mir erklang nur der glückverheißende Gesang einer Elster, als wollte sie mich fröhlich stimmen. Wir schauten uns geradewegs in die Augen. Da schüttelte sie das Gefieder und flog davon. Sicher überbrachte sie Ge Ren eine Nachricht, dachte ich. Enttäuscht blieb ich eine ganze Weile unter dem Baum stehen und vergaß die Zeit. Erst als vom Himmel ein Donner herabrollte, wurde mir bewusst, dass ich keine Ahnung hatte, wie spät es war. Ich war in ein stacheliges Gestrüpp geraten und trieb mich wie ein Hund, der sich in den Schwanz beißt, ziellos im Regen herum. Beim nächsten Donnergrollen kam ich wieder zu mir, und plötzlich fiel mir wieder Dou Sizhongs Brief ein. Ich rannte los, so schnell mich meine Beine trugen, auf der Suche nach Schutz vor Wind und Regen. Aber es war zu spät, viel zu spät, der

Brief war bereits völlig durchweicht. Als ich mich unter einem riesigen Stein verkroch und ihn unter Verrenkungen herausholte, war der rote Stempel bereits verschmiert. Verdammte Eselsgeburt, ich sah nur noch eine rosa Wolke. Kurz darauf musste ich lachen, denn plötzlich bemerkte ich, dass mein Penis ebenfalls rot gefärbt war und aussah wie ein Clown mit roter Nase. Ich lachte noch, als mir auffiel, dass der Briefumschlag aufgegangen war. Ach, ich weiß auch nicht, woher dieser Impuls kam, aber ich konnte einfach nicht anders.

Ja, stimmt, einerseits zitterte ich wie Espenlaub, andererseits nahm ich den Brief aus dem Umschlag.

Das ist ja keine Absicht, beschwor ich mich in Gedanken. Wirklich keine Absicht.

Um der Wahrheit die Ehre zu geben, während ich den Brief auseinanderfaltete, flehte ich die Partei um Vergebung an, und im Moment meines Flehens stachen mir bereits eine Reihe lateinischer Buchstaben ins Auge. Nachdem ich sie zusammengesetzt hatte, durchfuhr es mich wie ein Blitz:

»Nummer null schneller Tod – Schriftliches vernichten. Einzelheiten folgen – keine Überlebenden.«

Mit Nummer null war Ge Ren gemeint.

Tian Han und Dou Sizhong hatten beide erwähnt, dass er diesen Decknamen trug. Aber was hatte nur »keine Überlebenden« zu bedeuten? Ach, selbst als dummer Esel hätte ich es verstanden, und umso schneller, da ich kein dummer Esel bin. Im Nieselregen war es, als sähe ich Aqing mit seinen Gürtelholstern, ich konnte das Leder nahezu riechen.

Was? Fliehen? Nein, General. Um der Wahrheit die Ehre zu geben, ich hatte schon daran gedacht, so weit wollte ich aber auf keinen Fall gehen. Früher hatte ich die Genossen sagen hören, wenn ein Mensch nicht die feste Überzeugung hat, morgens wieder aufzuwachen, gibt es keine Garantie dafür, dass er nachts nicht verrückt wird. Ich aber hatte eine feste Überzeugung, und mein Handeln diente Ge Rens Schutz, so dass ich mich über Berg und Tal ins Dahuang-Gebirge schlug. Baipi war nun schon zum Greifen nah, warum sollte ich da noch fliehen?

Wäre es nicht schade gewesen, so kurz vor dem Ziel aufzugeben? Ich nahm den Brief und lehnte mich an den Fels. Ich hatte begriffen. Heilige Schriften bleiben heilige Schriften, es kommt nur darauf an, wie der Mönch sie liest. Je nachdem, wie man den Brief auslegt, könnte »keine Überlebenden« auch heißen, dass die Partei von mir erwartete, Aqing umzulegen. Oder wäre das etwa undenkbar? Sollte Aqing aber noch keinen Kontakt mit Dou Sizhong gehabt haben, konnte ich Aqing den Brief unumwunden mit den Worten überreichen: »Sieh selbst, wie du das regelst.«

Schwer zu sagen, ob sich Aqing mir nach der Lektüre auch noch zu Dank verpflichtet gefühlt hätte. Hätte er Gewissensbisse gehabt und Ge Ren befreit, ja, hätte er sogar mit ihm gemeinsam die Flucht ergriffen, wäre ich aus dem Schneider gewesen. Nachdem ich gewartet hätte, bis sie fort wären, hätte ich der Partei sagen können, ich wäre im Dahuang-Gebirge ins Leere gelaufen, da Genosse Aqing bereits mit Ge Ren die Position gewechselt hatte.

Was? Wenn Aqing mit mir kurzen Prozess gemacht hätte? Auch darüber dachte ich nach. Sollte Aqing den Plan durchschauen und erkennen, dass mich Dou Sizhong ins Jenseits befördern wollte, hätte ich mich wohl meinem Schicksal fügen müssen. Hätte mein Tod die Wiederherstellung von Ge Rens Ruf und Frieden für meinen Schwiegervater und Sohn zur Folge gehabt, wäre der Tod von einem Bai doch noch zu etwas nutze gewesen.

Am Nachmittag desselben Tages erreichte ich Baipi.

Sie haben recht, General, ich kam drei Tage vor Ihnen dort an.

Gut, ich fahre fort. Eine Volksweisheit aus Nord-Shaanxi lautet: Der Regen teilt sich an der Ackerfurche. Das bedeutet, auf der einen Seite der Furche regnet es Bindfäden, während auf der anderen kein Tropfen fällt. Ich lief am Baipi-Fluss entlang, durchquerte das Phönixtal und stieg einen Berg hinauf. Auf einmal erblickte ich die Sonne wie eine rote Kugel. Mein Schatten zog sich länger als mein revolutionärer Weg. Hier und dort wuchsen Wolfsbeersträucher, deren Äste Kudzuranken und Dornengewächsen umschlangen. Da der Frühling erst begann, blühte noch nichts, die Äste waren einfach nur schwarz. Dennoch bildete ich mir ein, in den letzten Strahlen vor dem Sonnenuntergang Wolfsbeeren entdeckt zu haben. Sie leuchteten wie kleine Lampions.

In dem Augenblick fühlte ich mich nach Qinggeng zurückversetzt. In Ge Rens und meiner Heimat wuchsen die Wolfsbeeren am Flussufer in der Umgebung der Kirche in Hülle und Fülle, zahllos wie die Sterne am Himmel. Dann erspähte ich durch die Sträucher hindurch eine kleine Stadt, aus den Kaminen stieg Rauch auf. Baipi, es war Baipi! Ich rannte wie von Sinnen los und schlug im nächsten Moment der Länge nach hin.

General, was dann passierte, brauche ich Ihnen nicht zu erzählen, Sie wissen es ohnehin bereits.

Genau, entgegen Dou Sizhongs Anweisung suchte ich auf direktem Wege Aqing auf. Ich wollte zunächst Klarheit darüber erlangen, ob Ge Ren noch in Baipi war. Dank der Hilfe eines alten Mannes dort fand ich den Ort etwas außerhalb, an dem Ge Ren festgehalten wurde.

Richtig, er war in der Schule von Baipi. Eigentlich war ich schon auf dem Weg in die Stadt daran vorbeigekommen und hatte zwei Wachen vor dem Eingang auf und ab schlendern sehen. Sie waren zwar in Zivil, doch sah man sofort, dass es keine Einheimischen waren, dazu war ihre Kleidung zu ordentlich. Gott sei Dank erinnerte ich mich daran, dass sich Dou Sizhong und Aqing sicher noch nicht begegnet waren und Aqing ungeduldig auf mein Erscheinen wartete.

Sie sagen es, General, als ich an der Schule vorbeikam, war mir bereits aufgefallen, dass mich jemand beobachtete.

Eben, es waren Aqings Männer. Nachher sagte mir Aqing, dass mich seine Leute wegen meiner eigenartigen Erscheinung beobachtet hätten. Sobald ich mir bewusst machte, dass ich Ge Ren nun tatsächlich treffen würde, bekam ich Herzklopfen, und meine Beine gehorchten mir nicht mehr.

Nein, an jenem Tag konnte ich Ge Ren nicht sehen. Kaum hatte ich mich dem Schuleingang genähert, hatte ich schon einen Revolverlauf im Rücken. Pfeifend brachten sie mich nach Baipi zurück. Verdammt noch mal, meine Milchmädchenrechnung war nicht aufgegangen. Bevor ich Aqing zu Gesicht bekam, hätten sie mich fast umgebracht. Sie hängten mich an den Dachfirst, peitschten mich aus und bespritzten mich mit Wasser.

Ich hing in der Luft, als Aqing auftauchte. Er war ein guter Schauspieler und beschimpfte als Erstes seine Leute, dann band er mich eigenhändig los. Sobald meine Zehenspitzen den Boden berührten, riss er mich an sich, biss mir ins Ohr und rief meinen Namen. Um der Wahrheit die Ehre zu geben, der Blick in sein grinsendes Gesicht ließ mich verzweifeln und das Paradies vor meinem inneren Auge erscheinen.

Bai Shengtaos Ausgang

Hier enden Bai Shengtaos Schilderungen. Im Archiv der *Ge Ren Forschungsgesellschaft* las ich diese Berichte im Original. Dass Herr Ding Kui gewiss bereits zahlreiche Schrifttafeln kopiert hatte, war an den von ihm protokollierten und geordneten Materialien zu erkennen, die aussahen wie eine in akkurater Beamtenschrift verfasste hanzeitliche Schriftrolle. Was geschah, als Bai Shengtao Aqing den Befehl überbrachte, wird der Leser Aqings Schilderungen entnehmen.

Hier sei nur noch kurz erwähnt, wie Bai Shengtaos Leben weiterging. Er ließ sich später in Hongkong nieder und heiratete ein aus Kanton stammendes Mädchen namens He Lianhui. Drei Jahre nach der Hochzeit verstarb er. Sein Sohn Bai Yangu bekam zwei Söhne und eine Tochter. Bai Shengtaos Enkelin ist die von mir bereits erwähnte Bai Ling. Sie wusste von der Reise ihres Großvaters ins Dahuang-Gebirge, kannte aber keine Einzelheiten. Laut Aussage ihrer Großmutter sei der Großvater ein Buch mit sieben Siegeln gewesen und habe sich niemandem mitgeteilt. Die Lektüre seiner Erlebnisse veränderte Bai Lings Meinung. Ihr Großvater erschien ihr nun so sprachgewandt, und sie bewunderte ihn dafür, welche Abenteuer er erlebt hatte.

»War das aufregend!«, sagte sie. »Wie eine James-Bond-Verfolgungsjagd!«

Auf meine Bitte hin erklärte sich Bai Ling im Sommer 2000 bereit, Fan Jihuai ins Dahuang-Gebirge zu begleiten. Dabei erinnerte er sich an seine eigene Reise dorthin. Hier schließt sich der Kreis der Geschichte: Damals berichtete Bai Shengtao Fan Jihuai. Nun ist Fan Jihuai an der Reihe, Bai Shengtaos Enkelin zu erzählen. Bedauerlicherweise werden wir nicht erfahren, wie Bai Shengtao im Paradies darüber denkt.

2. Teil: Die glückverheißende Elster singt auf dem Ast

ZEIT:	3. Mai 1970
ORT:	Bei der Umerziehung auf einer Teeplantage im Dorf Xinzhuang nahe Xinyang
ERZÄHLER:	Straftäter Aqing
ZUHÖRER:	Untersuchungskommission
PROTOKOLLANT:	Genosse Yu Fenggao

Die glückverheißende Elster singt auf dem Ast

Ich weiß nur, dass einer kam. Ich war in aller Herrgottsfrühe aufgestanden. Als dann die glückverheißende Elster auf dem Ast am Singen war, habe ich mir sofort gedacht, da kommt einer. Ich schwöre beim Vorsitzenden Mao, niemand hat mir eine geheime Nachricht zugesteckt. Genossen, einen Vorzug habe ich nämlich, ich rede nichts schön.

Die Leute vom letzten Mal hatten mir Maos *Essay-Trilogie* gegeben, als sie gegangen sind. Hier, das hier. Das macht mich schlau und gibt mir Mut. Jedes Mal, wenn ich sie lese, fühle ich mich wieder stark. Und, was habt ihr mir dieses Mal mitgebracht?

Ihr wollt wissen, was ich am meisten brauche? Rattengift!

Nein, doch nicht für mich. Für die Ratten. Der Vorsitzende Mao sagt, Ratten sind eins der »vier Übel«. Mit den Ratten nimmt das hier langsam überhand. Ich habe zwar einen Fehler begangen, aber sterben will ich nicht. Ich denke immer an die vielen revolutionären Märtyrer, die sich vor unseren Augen heldenhaft für das Volk geopfert haben. Aber ich will nicht sterben.

Ich brauche Schlaftabletten. Ich denke an damals zurück, an die stürmischen Jahre. Dann bekomme ich keinen Bissen mehr runter und kriege kein Auge zu. Die revolutionären Märtyrer, ich bekomme sie nicht aus dem Kopf, sie grüßen mich sogar in meinen Träumen. Der eine serviert mir ein Glas Wasser, der andere bietet mir Zigaretten an. Einer streichelt mir über den Kopf, ein anderer klopft mir auf die Schulter, richtig nett.

Nein, ich bettle euch doch nicht um Zigaretten an. Aber

wenn ihr mir eine geben würdet, dann würde ich schon eine rauchen. Welche Marke habt ihr?

Phönix? Scheiße, habe ich lange nicht mehr geraucht! Und *Phönix* schon gar nicht. *Phönix* ist meine Lieblingsmarke. Als ich im Phönixtal im Dahuang-Gebirge war, hätte ich richtig gerne welche geraucht.

Ich bitte vielmals um Entschuldigung, ich habe hier kein Teewasser. Die Wasserwirtschaft ist die Lebensader der Landwirtschaft. Wenn du einen Schluck mehr trinkst, dann hat das Getreide einen Schluck weniger, deshalb trinke ich selten Wasser. Ich bin eine Schildkröte geworden. Die können nämlich auch ohne Wasser leben. Genossen, habt ihr schon mal eine Bergschildkröte gesehen?

Tja, die braucht nur frische Luft zu atmen, um zu leben. Ich muss zugeben, dass ich eigentlich nur einmal eine Schildkröte unter einer Gedenktafel gesehen habe. Ich weiß nicht, wie lange sie schon darunterlag. Aber sie war noch sehr lebendig, hat ihren Kopf mal herausgestreckt und mal eingezogen. Dieses Bild ist mir im Kopf geblieben. Ich habe es mir von der Schildkröte abgeguckt, Wasser zu sparen.

Gut, ich bleibe jetzt bei der Sache. Sagt mir, was ich erzählen soll. Oder soll ich über Ge Ren reden?

Dann liege ich ja richtig. Die beiden, die letztes Mal hier waren, haben sich auch nach Ge Ren erkundigt und hatten auch ein Notizbuch dabei. Ich sagte einen Satz, sie schrieben einen Satz. Ich hustete, und sie schrieben »hustete«.

Woher ich das weiß? Ha! Weil der junge Revolutionsgeneral vergessen hatte, wie man »husten« schreibt. Ich hatte gemerkt, wie er nervös die Augen verdrehte. Da sagte ich: »Wenn du das Zeichen nicht schreiben kannst, nimm doch die Umschrift.«

Er war verwundert und hat gefragt, ob ich denn etwas von der Umschrift verstehen würde. Das war wohl ein Scherz. Ich und nichts von der Umschrift verstehen! Immerhin habe ich die von Ge Ren gelernt. Ich kann nicht nur die Umschrift, sondern auch eine Fremdsprache.

Na klar, ich habe Fremdsprachen gelernt, damit ich die Fratze des Kapitalismus deutlicher erkenne und besser daran Kritik üben kann. Wenn ihr großzügig wärt, dann würdet ihr sagen: »Dieser Aqing, der ist revolutionär und hat was auf dem Kasten.«

Und ich könnte nicht mal widersprechen.

Ich soll von Anfang an erzählen? Ach, dann will ich erst noch beim Vorsitzenden Mao versichern, dass ich nur die Wahrheit sage, mit jedem einzelnen Wort. Ge Ren hat immer gesagt, dass Genosse Aqing ein aufrichtiger Mensch ist.

Wann er das gesagt hat, weiß ich nicht mehr, aber es war mehr als einmal. Manchmal, wenn er gerade mit mir am Sprechen war, schlug er mir plötzlich auf die Schulter und sagte: »Aqing ist ein guter Genosse. Aqing ist ein aufrichtiger Mensch.«

Bescheidenheit bringt dich weiter, Hochmut wirft dich zurück. Deshalb spreche ich nur selten mit anderen darüber.

Was? Ihr wollt trotzdem Wasser haben? Gut, dann hole ich welches.

Du schickst jemanden mit? Nicht nötig, eine Kanne Wasser kann ich alleine tragen.

Die Umerziehungsbrigade

1969 war Aqing wegen eines Vorfalls in die Provinz Henan zwangsverschickt worden. Dort nahm er auf einer Teeplantage des Dorfes Xinzhuang in der Region Xinyang an der Umerziehung durch körperliche Arbeit teil. Die folgende Unterhaltung fand auf dieser Teeplantage statt. Dort traf ich am 5. April 1997 den Vorsitzenden der damaligen Untersuchungskommission Genosse Yu Fenggao:

Ich kam auf Befehl von ganz oben zum Arbeitslager (*der Teeplantage*). Auf dem Weg dorthin, sagte mir ein Führungsgenosse, dass ich einen Kerl namens Aqing verhören solle. Der Brigadeführer der Teeplantage hatte mich schon darauf vorbereitet, dass die Geschichte seiner Familie sehr kompliziert war. Bei denen handelte es sich nicht um gewöhnliche Straftäter.

Nach eingehender Untersuchung fanden wir heraus, dass seine Familie aus der Provinz Zhejiang stammte, dass er früher im Untergrund gekämpft hatte und später, nachdem er die Revolution verraten hatte, unauffindbar gewesen war. Aber abgerechnet wird zum Schluss. Nachdem er sich so viele Jahre hatte verstecken können, hinterließ er dann doch Spuren. Inzwischen wissen wir, dass er im Frühjahr 1943 nach Zhumadian geflohen war und sich dort als Bettler ausgegeben hatte. Dann heiratete er und kam bei seiner Frau unter. Solche Leute sind unverbesserlich, die legen sich doch immer mit dem Volk an. Er wurde verpfiffen, weil er sich gegen die »Jugend mit Schulbildung«, die aufs Land ging, gestellt hatte.

Ein Scheißdreck, er behauptete sogar, dass die jungen Leute auf dem Land nicht nur Hühner stahlen, sondern sich auch mit den Töchtern der Bauern vergnügten und nichts Ordentliches auf die Beine stellten. Deshalb wurde er von den Jugendlichen angezeigt, dann festgenommen und zur Umerziehung durch körperliche Arbeit auf die Teeplantage gebracht. Der Führer sagte mir damals, wenn der Kompanieführer kein wachsames Auge auf ihn hat, würde dieser Klassenfeind, der immerhin jahrelang untergetaucht gewesen war, nach spätestens zwei Jahren körperlicher Arbeit wieder entwischt sein.

Ich reagierte umgehend: »Kein Problem. Machen Sie sich keine Sorgen. Den packe ich mir schon und bringe ihn eigenhändig her.«

Der Brigadeführer lachte und sagte, dass die derzeitig wichtigste Aufgabe sei, durch Aqing Ge Ren auszukundschaften. Ge war nämlich damals gar nicht in Erligang umgekommen. Er hatte das Volk und die Partei reingelegt und seinen Tod vorgetäuscht, danach war er ins Dahuang-Gebirge geflohen. Der Führungsgenosse bewies Weitblick, als er ausdrücklich befahl, vor Aqing zu verbergen, dass Ge Ren schon als Verräter galt. Er sollte frei von der Leber weg reden und jeden Furz rauslassen, der ihn drückte. Wenn er Fragen stellte, sollten wir ihm sagen, dass Ge Ren immer noch unser Volksheld war.

»Das traue ich mich nicht«, erwiderte ich.

»Macht doch nichts«, entgegnete der Brigadeführer. »Wenn ich dir befehle, das so zu sagen, wird dich niemand dafür zur Rechenschaft ziehen.«

Schon auf den ersten Blick machte mich Aqing wütend. Er stank zum Himmel. Noch nie war mir ein solches Dreckschwein über den Weg gelaufen. Er musste sich hundert Jahre nicht gewaschen haben. Ach was, hundert Jahre sind noch zu wenig, zehntausend Jahre mindestens. Er redete herum und kam von Hölzchen auf Stöckchen. Wenn man ihm eine Frage stellte, hörte er nicht mehr auf zu schwafeln, und außerdem prahlte er. Dann spielte er auch noch den Idioten. Manchmal schneuzte er sich plötzlich und schmierte den Schnodder einfach irgendwo hin. Einmal, als er mir auf die Schulter klopfen wollte, hätte er mir den Rotz beinahe an den Kragen geschmiert. Er war ein gieriger Raucher, mit zwei, drei Zügen war die Zigarette zu Ende. Was waren das für Zeiten, in denen eine Packung Zigaretten teurer war als ein paar Pfund Tofu? Der verschwendete das Staatsvermögen doch absichtlich!

Wir arbeiteten sehr effizient. Von morgens bis nach Mitternacht stapelten wir die Protokollschriften. Er stammte aus Zhejiang und hatte den Henan-Dialekt erst später gelernt, weshalb es sich immer merkwürdig anhörte, wenn er sprach. Zum Glück verstand ich überhaupt etwas. Er soll dann ja auch ziemlich schnell verreckt sein, nachdem wir weg waren. Einer sagte, er sei leberkrank gewesen, jemand anderes, er sei in einen Brunnenschacht gesprungen. Er war jedenfalls hin. Ich wurde wütend, als ich davon erfuhr. Überleg doch mal, was das für ein widerlicher Kerl war, dass er uns seine Leberkrankheit verschwieg. Noch kurz bevor er den Löffel abgab, ließ er uns aus seiner Teetasse trinken, schrecklich! Dafür gibt es keine Worte, schauderhaft! Er servierte uns die Teetassen und gluck, gluck, gluck tranken wir daraus. Da hat er doch versucht, uns anzustecken. Er soll doch auch ein paar Tage Medizin studiert haben. Dass er dann davon nichts verstand, das kann kaum sein. Oder was soll er sonst vorgehabt haben? Ein verdammter Schweinehund, durch und durch.

Genosse Yu Fenggao war wirklich wütend. Während er fluchte, sprang ihm auf einmal sein Gebiss aus dem Mund.

Um die Unterhaltung fortzusetzen, bat er mich zum Abendessen sehr zuvorkommend in ein Restaurant auf der gegenüberliegenden Straßenseite. Selbstverständlich wählte er das Essen aus, ich bezahlte. Später lud ich ihn noch mehrere Male ein. Allerdings saß ich jedes Mal nur daneben und schaute ihm zu. Interessanterweise litt er zu dem Zeitpunkt ebenso wie Aqing damals an Hepatitis B. Das weiß ich von seinem Sohn, er selbst sagte mir nichts davon. Er hatte lediglich von Kalziummangel gesprochen und gesagt, er müsse mehr Schalentiere, also Meeresfrüchte, essen. Wenn ich ihn auf seine Hepatitiserkrankung angesprochen hätte, wäre seine Erklärung gewesen, Aqing habe ihn angesteckt, wenngleich seither beinahe dreißig Jahre vergangen waren.

Berg der singenden Fröhlichkeit

Gut, ich erzähle euch, was ihr hören wollt. Ich muss dann mit Bingying anfangen, im Februar 1943. Einmal abends bin ich mit ein paar Kameraden in ein Tanzlokal gegangen, um einen draufzumachen. Dort habe ich Bingying getroffen, Hu Bingying. Sie ist die betörendste Frau, die ich in meinem ganzen Leben zu Gesicht bekommen habe. Ach nein, nicht betörend, sondern schön. Betörend, das kann auch verdorben bedeuten, schön hingegen heißt: mutig vorwärtsschreitend. Sie ähnelte ein wenig der Schauspielerin Ke Xiang aus dem Stück *Kuckucksberg*. Wenn das gelogen ist, soll mich sofort der Schlag treffen.

Genossen, bitte keine Hintergedanken. Wenn ich mich als Untergrundkämpfer vergnügt habe, dann war das revolutionär. Es war das Tanzlokal *Berg der singenden Fröhlichkeit* in Chongqing, richtig nobel, da kam nicht jeder rein. Als ich ankam, hatte der Tanz schon angefangen. Alle tanzten gerade eine Rumba.

Bei der Rumba tanzen zwei Personen eng umschlungen.

Was? Das sollen keine Tänze sein?

Man sollte den Revolutionären Massentanz tanzen? Die

neue Order? Wieso hat uns das der Brigadeführer nicht beigebracht?

Gut, ich mache weiter.

Dieser Tanz geht so. Gib mir mal die Teetasse, dann zeige ich es euch. Ach, das geht nicht. Die Tasse ist zu dick. Ich brauche Essstäbchen. Mensch, Essstäbchen sind auch nichts, zu hart. Komm mal einer von euch!

Niemand will tanzen? Eigentlich will ich ja auch nicht tanzen, genauso wenig wie ihr. Am liebsten tanze ich den Massentanz. Eine Rumba zu tanzen ist, wie wenn sich zwei lange Würmer aufrichten und miteinander raufen. Du windest dich linksherum, ich winde mich rechtsherum. Dann, wusch, geht's nach oben und schwuppdiwupp im Kreis herum. Während ich sie so gedreht habe, habe ich sie angeschaut. Ich muss noch dazu sagen, dass sie mich auch angeschaut hat. Aber sie hielt nicht an, sondern hüpfte und sprang weiter. Sie hatte einen Hut schief auf dem Kopf und daran eine Blume schräg gesteckt. Sie sah ganz entzückend aus. Es ist nicht übertrieben zu sagen, dass sie die schönste Frau auf der Tanzfläche war. Damals dachte ich noch, verdammt seltsam alles, was macht die eigentlich hier in Chongqing?

Als das Stück zu Ende war, habe ich ihr etwas zu trinken gebracht. Sie saß da, mit gespreizten Beinen, ihre Zehenspitzen haben den Boden berührt, und sie starrte mich eine ganze Weile lang an.

»Kommandant, ich bin müde und will nicht mehr tanzen«, sagte sie dann.

»Kommandant nennen mich die anderen, aber du doch nicht«, habe ich gesagt.

»Kommandant, Sie haben vielleicht etwas zu viel getrunken, wir kennen uns doch überhaupt nicht«, sagte sie.

Unter den Blicken meiner Kameraden wurde ich rot, das war vielleicht peinlich. Wie soll ich sagen? Wäre sie nicht Bingying gewesen, hätte ich mir schon was Hübsches für sie einfallen lassen, um aus dieser Scheiße wieder rauszukommen. Aber sie war nun einmal Bingying. Und im Angesicht des toten Ge Ren hätte ich ihr sowieso nichts antun können. Erst recht nicht, weil ich als Kind lange Zeit bei ihr gelebt hatte.

Stimmt, hier muss ich noch erwähnen, dass ich aus einer Arbeiterfamilie komme. Schuster, bleib bei deinen Leisten. Eben weil ich aus einer Arbeiterfamilie komme, werden meine Kinder Revolutionäre.

Alles klar, ich mache weiter. Sie hat mich in eine peinliche Situation gebracht, und ich dachte, dass ich mich lieber verpisse, um mich nicht noch mehr zu blamieren. Aber bei meinen Kameraden war an Aufbruch gar nicht zu denken. Sie hatten alle eine Partnerin gefunden und wollten weiter ausgelassen tanzen. Ich spülte mir also meinen Ärger alleine runter. Dann musste ich austreten, also das heißt, ich ging pissen.

Ach, ihr wisst, dass austreten pissen bedeutet?

Schon gut, ich habe ja auch nicht behauptet, dass ihr es nicht wisst, war ja nur eine Frage. Als ich vom Pissen zurückkam, nahm ich mir eine Zigarette, dann hat mir jemand Feuer angeboten. Wer könnte das wohl gewesen sein? Bingying natürlich. Als ich näher kam, ffft, hat sie die Flamme wieder ausgeblasen.

»Noch sauer?«, hat sie gefragt.

Dabei hat sie mir mit einer Zeitung über den Kopf gestrichen. Keine Ahnung, wieso, aber als sie das sagte, war mein Ärger einfach verschwunden. Gerade wollte ich sie fragen, warum sie nach Chongqing gekommen war, da hat sie mir Feuer gegeben und geflüstert: »Ich muss mit dir sprechen.«

Und dass ich mit zu ihrer Unterkunft kommen sollte.

Sie wohnte am Fuß des *Berges der singenden Fröhlichkeit*, nur wenige Schritte vom Tanzlokal entfernt.

Warum er *Berg der singenden Fröhlichkeit* heißt? Tja, ich weiß es auch nicht so genau. Ich habe mal gehört, dass der Herrscher Dayu, der die große Flut bekämpft hat, genau hier geheiratet haben soll. Weil er mit seinen Freunden aus diesem Anlass ein großes Fest mit Gesang und Fröhlichkeit veranstaltet hat, bekam der Berg später den Namen *Berg der singenden Fröhlichkeit*.

Nein, sie hat mich in ihrem Zimmer nicht zum Essen eingeladen, sondern hat mich mit zum Jialing-Fluss genommen. Am Fluss blies ein scharfer Wind, in unserem Rücken ragten die Felswände empor, und es war bitterkalt. Aber mir war überhaupt nicht kalt. In dem Lied heißt es ja auch:

Auf der purpurnen Berge Hänge,
blühen Pflaumenbäume rot,
tausend Meilen von Eis bedroht
ohne Angst durch Winters Strenge,
Öffnet sich das treue Herz
der Sonne Morgenrot.

Ob ihr kalt war, weiß ich nicht genau. Sie hat keinen Mucks von sich gegeben. Sie strich sich nur immer über ihre Arme. Anscheinend war ihr das Herz schwer. Der Wind wehte mir den Duft ihres Körpers in die Nase, und sofort fühlte ich mich nach Hangzhou versetzt. Bingyings Familie hatte in Hangzhou viele Blumen gehabt, allerdings keine Pflaumenbäume, sondern Gardenien, die einen mit ihrem Duft ganz benommen gemacht haben. Wir haben uns dann über Blumen unterhalten.

Welche Blumen? Über Schmetterlingsblütler. Sie fragte mich, ob ich kürzlich ein Gedicht mit dem Titel *Schmetterlingsblütler* gelesen hätte. Ich sagte nein.

»Ge Ren hat es geschrieben«, sagte sie. »Es ist gut, nicht nur Durchschnitt, sondern genial. Wir müssen es für dich finden.«

Dann fragte sie mich noch, ob ich in letzter Zeit etwas über Ge Ren erfahren hätte. Ich brach in Tränen aus und sagte, dass er auf tragische Weise ums Leben gekommen war.

»An unserem Erzfeind und seiner Familie wird auf jeden Fall Rache dafür genommen, aber die Zeit ist noch nicht reif.«

»Gut, gut, hör auf zu weinen«, sagte sie.

Und dann flüsterte sie: »Ach Aqing, Aqing, wenn du irgendeine Nachricht von Ge Ren erhältst, egal welche, sag es mir.«

Tja, Ge Ren war doch tot, welche Nachricht sollte ich da schon von ihm bekommen? Ich dachte, sie sprach von der Bestattung seiner sterblichen Überreste. Er soll in Erligang den Märtyrertod gestorben sein, hieß es. Und da seine sterblichen Überreste nicht mehr identifiziert werden konnten, war es doch das Beste, sie einfach mit den normalen Soldaten zusammen zu verscharren. Ich dachte, dass sie wahrscheinlich ihrer alten Liebe nachweinte und Ge Ren bestatten wollte. Deshalb sagte ich zu ihr: »Vertrau mir einfach. Ge Rens Heldentaten lassen niemanden kalt. Mir werden sie immer im Gedächtnis bleiben, und sobald ich irgendeine Nachricht bekomme, gebe ich dir sofort Bescheid.«

Wer hätte schon mit so etwas gerechnet, keiner von uns beiden hat im Traum daran gedacht. Sie hatte in der letzten Zeit oft geträumt, dass Ge Ren gar nicht tot wäre, sagte sie. Als sie das erzählte, dachte ich, dass Ge Rens Tod zu viel für sie war und sie total durcheinandergebracht hatte, sonst hätte sie doch nicht so ein Zeug dahergeredet. Als ich ihr gerade mein Mitleid aussprechen wollte, sagte sie plötzlich: »Ob Ge Ren tot ist oder lebendig, der Geheimdienst hat seine Augen überall. Wenn er tatsächlich noch lebt, werden sie sich ihn bestimmt schnappen.«

Sie wollte, dass ich selbst aktiv werde und mich für die Aufgabe melde, Ge Ren hoppzunehmen. Als ich das hörte, liefen mir erst recht die Tränen wie Sturzbäche runter. Selbst wenn Ge Ren noch am Leben gewesen wäre, konnte ich so was nicht machen, und schon gar nicht natürlich, wenn er bereits tot wäre. Das war doch wohl unter meiner Würde, oder?

»Bingying«, sagte ich zu ihr, »hör zu. Ich bin doch auch nur ein Mensch und kein Ungeheuer.«

Sie lachte. »Ich will doch nur, dass du Ge Ren hilfst«, sagte sie. »Lass dir etwas einfallen, um Ge Ren an einen sicheren Ort zu bringen.«

Ihre Worte haben mich zwar verwirrt, aber ich konnte sie gut verstehen. Deshalb sagte ich: »Ich habe auch oft geträumt, dass Ge Ren noch lebt und weiter für die Befreiung der Menschheit kämpft.«

Genossen, kaum hatte ich das ausgesprochen, kamen mir die ersten Zweifel. Vielleicht hatten Bingyings Worte ja noch einen Hintersinn? Vielleicht waren sie ja gar nicht so blöd? Vielleicht war Ge Rens Tod doch nur ein Gerücht. Wo sollte er dann abgeblieben sein? Vielleicht hatten ihn die Japaner gefangen genommen und an irgendeinem geheimen Ort eingesperrt. Wenn das stimmte, hätte ich ihn gar nicht retten können. Damals war ich in der Armee der Nationalisten nur ein kleiner Brigadegeneral und bei allen Aktionen dem Kommandanten unterstellt. Ihr wisst doch alle, dass die Armee der Kuomintang nicht gegen die japanischen Teufel ankam. Scheiße, da gab es nur einen Weg, nämlich Dou Sizhong davon zu erzählen und ihn jemanden schicken zu lassen, der Ge Ren retten konnte. Aber bevor diese Information nicht bestätigt war und sie nur aus ihrem Traum wusste, dass Ge Ren noch am Leben war, wäre ein Telegramm an den Genossen Dou Sizhong zu gefährlich gewesen. Das wäre der Fehler des linksabweichlerischen Aktionismus gewesen.

Schmetterlingsblütler

Wie ich bereits im ersten Teil dieses Buches erwähnte, handelt es sich bei *Schmetterlingsblütler* und *Wer war ich ehedem?* um ein und dasselbe Gedicht. Im Vergleich zeigt sich lediglich ein Unterschied, der von einem Schreibfehler herrührt.

Bingying war nach Chongqing gegangen, nachdem sie *Schmetterlingsblütler* gelesen hatte. Zuvor war sie in Shanghai an einem Theater engagiert gewesen. Laut den Aufzeichnungen spielte sie zuletzt in dem Stück *Lange Nachtwanderung* von Yu Ling, in dem die beklagenswerten Verhältnisse in der ausländischen Konzession von Shanghai beleuchtet werden, nachdem sich die japanischen Soldaten dort niedergelassen hatten. Als das Stück verboten wurde, musizierte sie des Nachts, wie zahlreiche andere damalige Schauspieler auch, und ertränkte ihre Sorgen in Alkohol. In dem Buch *Schönheiten* schrieb Anthony Thwaites:

> Bingying musizierte zwar jede Nacht in Shanghai, aber innerlich fühlte sie sich verlassen. Oftmals hatte sie vorher mit dem

Gedanken gespielt, Ge Ren in Yan'an aufzusuchen. Die Nachricht von seinem Tod warf sie vollkommen aus der Bahn. In ihrem Tagebuch schrieb sie: »Die Tage ziehen vorüber, am Fenster bildet sich Reif, und kein Hoffnungsschimmer ist in Sicht.« Zu ebenjener Zeit tauchte Zong Bu auf. Während des Krieges war er mit der *Shen Port Zeitung* nach Hongkong umgezogen und gerade wieder zurückgekehrt. Die Gründe dafür kannte sie nicht. Zong Bus Bart war weiß geworden, seine Erscheinung kraftlos, er war unverkennbar gealtert. Schneeflocken hingen an seinen Wimpern, als er eintrat, so dass Bingying im ersten Moment annahm, selbst seine Wimpern seien ergraut. Er erklärte ihr, zufällig hier zu sein, aber das konnte sie ihm natürlich nicht glauben.

Er brachte die in Hongkong erscheinende Zeitschrift *Blätter der Muße* mit. Als sie ihre Bediensteten anwies, ihm etwas zu essen zuzubereiten, holte er die Zeitschrift hervor, als habe er sie soeben an der Straßenecke erstanden.

»Interessant«, sagte er wie zu sich selbst, während er seine Suppe löffelte.

»Was ist interessant?«, fragte sie.

Er tat erstaunt und vergrub den Kopf wieder in der Suppenschale. Zuerst wollte sie ihm die Zeitung entreißen und in die Ecke werfen. Aber dann, als ob das Schicksal ihre Hand gelenkt hätte, nahm sie sie an sich.

Ihr Blick fiel auf ein Gedicht mit einem Titel, der nahezu dem Kosenamen ihrer Tochter *Schmetterlingsblümchen* entsprach, nämlich *Schmetterlingsblütler*. Geschrieben war es von einem Dichter namens Trübsinnski. Nun begriff sie, dass Zong Bu von Hongkong nach Shanghai gekommen war, um ihr dieses Gedicht zu zeigen. Auf ihre eindringlichen Fragen hin verriet er, dass er dieses Gedicht vor vielen Jahren in der Zeitschrift *Neues Jahrhundert* bereits gelesen hatte, damals allerdings mit dem Titel *Wer war ich ehedem?* von dem Dichter Ge Ren.

»Ge Rens russischer Name war doch Trübsinnski«, erklärte Zong Bu und schloss: »Wenn das kein Zufall ist, so ist es dir und deiner Tochter gewidmet.«

Er habe zunächst darüber nachgedacht, das Gedicht in seiner *Shen Port Zeitung* abzudrucken, fügte er hinzu, habe den Gedanken nach einigen Überlegungen aber wieder fallengelassen.

»Nach dem Inhalt des Gedichtes zu urteilen, scheint es erst vor kurzem neu geschrieben worden zu sein. Vielleicht hat er es vor seinem Tod noch einmal geändert? Andernfalls handelt es sich vielleicht um die Bearbeitung von jemand anderem. Selbstverständlich gibt es auch eine dritte Möglichkeit, nämlich dass Ge Ren noch unter uns weilt. Sollte er tatsächlich noch am Leben sein«, ergänzte Zong Bu, »werdet ihr euch schon bald treffen können.«

Bingying erinnerte sich, dass Zong Bus Miene sich erhellte bei der Vorstellung, sie und Ge Ren könnten wieder vereint sein. Da schmolz ihre Abneigung gegen Zong Bu ebenso wie der Reif an der Fensterscheibe.

[...]

Bingying erzählte mir, dass sie Ge Ren fortan hinter jeder Ecke vermutete. Sie beschloss umgehend, nach Chongqing zu gehen, um dort einen gewissen Aqing aufzusuchen. Sie wusste, dass dieser Aqing Geheimagent der Kuomintang war und wahrscheinlich bereits eine zuverlässige Nachricht von Ge Ren erhalten hatte. Zong Bu bot an, sie zu begleiten, musste sich aber mit ihrer höflichen Ablehnung zufriedengeben. Am dritten Tag besuchte sie in Chongqing eine Bar (*Anmerkung: hier stimmen die Schilderungen nicht mit denen Aqings überein*), in der sie ihm schließlich begegnete. Wider Erwarten schwor er hoch und heilig, nichts davon zu wissen. Ganz offensichtlich log er, denn später erfuhr sie von seiner Reise nach Baipi im Dahuang-Gebirge, die er kurz nach ihrem Gespräch antrat. In den nächsten Tagen rezitierte sie im Konfuziustempel am Fuße des *Berges der singenden Fröhlichkeit* am Ufer des Jiling-Flusses unentwegt *Schmetterlingsblütler* und vergoss dabei heimlich Tränen ...

Nach der Lektüre von Aqings Aussagen wird deutlich, dass Bingying ihn missverstanden hatte. Zum Zeitpunkt ihres Zusammentreffens wusste er tatsächlich nichts.

Auf die Überarbeitung des *Schmetterlingsblütler* komme ich später zurück, um an dieser Stelle nicht vorzugreifen.

Der Befehl

Wie komisch, das hätte ich nie gedacht. Ein paar Tage später erfuhr ich, dass Ge Ren noch am Leben war. Verdammter Scheißdreck, die Partei hat mich dann ins Dahuang-Gebirge geschickt. Ob es die Entscheidung des Geheimdienstchefs Dai Li selbst war, weiß ich bis heute nicht.

Wo denkt ihr hin? Dai Li ist Abschaum. Hundescheiße lässt sich nicht mit einer Mistgabel aufspießen. Warum sollte ich ihn decken?

Wie, etwas genauer? Ich bin ja wohl genau! Und wenn man irgendetwas auf der Welt zu fürchten hat, dann die Genauigkeit. Aber für die Kommunistische Partei ist Genauigkeit das Wichtigste. Damals hatte ich ihn immer Chef genannt. Der Chef war nicht nur die Wiedergeburt des Höllenhundes, der einen, ohne mit der Wimper zu zucken, zerfleischt, sondern er war auch verschwiegen wie ein Grab. Einen Tag vor der Reise bin ich ihm noch begegnet. Das war in der Bai-Residenz. Aber da hat er mit mir nicht darüber gesprochen. Da hat er gerade jemanden zur Sau gemacht. Wisst ihr, was sein Lieblingsausdruck war? Sein Lieblingsausdruck war »Damned Fool!«, das bedeutet »ein Blödmann, der sterben soll«.

Du kannst kein Englisch? Komm, ich schreibe es dir auf.

Ganz genau! Du hast absolut recht! Wir sind für alles, wogegen der Feind ist, und gegen alles, wofür er ist.

Ja, Dai Li kannte mich. Und zwar weil wir aus derselben Gegend kommen. Meine Heimat ist in der Provinz Zhejiang, und wir kommen beide aus Bao'an. In Bao'an gibt es einen Berg, den *Hügel der Unsterblichen*. Seine Familie wohnte am Drachenbrunnen-Pass auf dem *Hügel der Unsterblichen*, und meine am Fuß im Phönixdorf.

Ach ja, gibt's noch Zigaretten? Ich rauche noch eine. Ich rauche eine *Phönix* im Gedenken an meine Heimat. Eine Redewendung bringt es auf den Punkt: Je schöner die Berge der Heimat, je klarer ihre Gewässer, je verführerischer ihre Mädchen, desto mehr sehnt sich der Mensch nach ihr zurück.

Alles klar, ich komme vom Thema ab. Also, ich konnte im Geheimdienst der Kuomintang durch diesen Schachzug Fuß fassen. Der Chef hatte keinen Schimmer, dass ich ein Wolf im Schafspelz war. Nach außen hin habe ich mich ihm gegenüber ehrerbietig verhalten, aber innerlich beschäftigte mich in jedem Augenblick das Begräbnis von Chiang Kaisheks Familie. Die einfachen Leute sind die Klügsten, die hoch angesehenen, die Dümmsten. Dai Li, diese arrogante Ochsenfotze, ist von Haus aus strohdumm, oder wie er sagen würde: ein »Damned Fool«. Warum sonst hatte er mein wahres Gesicht nicht erkannt?

Natürlich, das ist eben meine Kampfstrategie gegen den Feind. Eine Strategie ist der Lebensnerv der Revolution, zum Nutzen des Volkes hielt ich in jeder Sekunde meine revolutionäre Wachsamkeit in höchstem Maße aufrecht.

Kann man das so sagen?

Zu mir kam dann aber nicht Dai Li zu einem Gespräch. Ihr habt gerade gesagt, dass ihr bestens über Genosse Ge Rens revolutionären Weg Bescheid wisst, oder? Dann müsst ihr doch auch Fan Jihuai kennen.

Genau, er hat zusammen mit Ge Ren in Japan studiert. Ge Ren studierte Medizin, er Jura. Ihr wisst ja alle, Genossen, dass Jura das geltende Gesetz ist und die Wünsche der herrschenden Klasse vertritt. Es ist ein diktatorisches Werkzeug dieser Klasse. Ihr versteht mich schon, Fan Jihuai ist kein Heiliger. Er muss auf Dai Lis Anordnung gekommen sein, um mit mir zu sprechen. Er sagte, er hatte die wichtige Meldung bekommen, dass sich Ge Ren in dem Städtchen Baipi im Dahuang-Gebirge versteckt. Da konnte ich nur noch den Kopf schütteln und habe immer wieder gesagt: »Das kann nicht sein, das kann nicht sein. Da ist bestimmt etwas schiefgelaufen.«

»Warum kann das nicht sein?«, fragte er.

»Der liegt doch längst unter der Erde«, sagte ich. »Und das

schon sehr lange. Vielleicht ist er schon verwest, und jetzt soll er wieder ausgebuddelt werden?«

»Ganz genau. Deine Aufgabe ist es, dorthin zu reisen, um genau zu klären, ob es sich bei dieser Person tatsächlich um Ge Ren handelt. Wenn nicht, lässt du ihn laufen, wenn er's ist, dann musst du herausbekommen, was er dort treibt.«

Dann machte er mir noch klar, dass ich das Ganze nicht auf die leichte Schulter nehmen und keine schlafenden Hunde wecken dürfte, bevor ich keine neuen Instruktionen hätte.

Der Blödmann! Ich hätte ihm also erklären müssen, dass ich Ge Ren sowieso kein Haar krümmen würde. Aber das behielt ich lieber für mich. Sonst hätte ich mich verraten. Mit Absicht fragte ich ihn dann nach dem Grund des Ganzen.

»Weil Ge Ren prominent ist«, antwortete Fan Jihuai. »Wenn wir mit ihm nicht angemessen umgehen, könnte das die Kuomintang in Verruf bringen.«

Und dann sagte er noch etwas. Daran erinnere ich mich genau, weil der Militärführer der japanischen Truppen in der Oper *Die Legende von der roten Laterne* genau denselben Satz sagt: »Um einen dicken Fisch zu fangen, braucht man eine lange Angelschnur.«

Der ist mit allen Wassern gewaschen, was? Wirklich. Verdammter Dreck, dachte ich später, da haben sie mit mir ja genau den Richtigen ausgesucht: erstens, weil ich früher schon mal im Dahuang-Gebirge gewesen war und die Gegend kannte, und zweitens kannte ich Ge Ren gut. Natürlich kann man auch sagen, dass sie sich dadurch erst recht verkalkuliert haben. Aber woher sollten sie wissen, dass mein Körper beim Feind, mein Herz aber in der Heimat war. Ein rotes Herz richtet sich stets zum Baota-Berg in Yan'an.

Wer war denn da gerade an der Tür? Ist das einer von euch? Lasst ihn doch rein.

Ach, das war mein Brigadeführer. Er mochte es schon immer, wenn ich Geschichten erzähle. Bestimmt wollte er jetzt zuhören. Er singt gut. Am besten kann er *Ein langes Leben dem Vorsitzenden Mao*. Das singen ein Mann und eine Frau im Duett.

Sogar aus *Der Osten ist rot* wollte er ein Duett für Frauen- und Männerstimme machen. Seine Partnerin hat letztes Jahr den Löffel abgegeben. Es wäre auch merkwürdig gewesen, wenn sie bei einer ganzen Packung Rattengift, die eine Kuh umlegt, nicht gestorben wäre.

Warum sie Gift genommen hat? Das müsst ihr den Brigadeführer fragen. Jetzt muss der Brigadeführer eben alleine singen, erst den männlichen Part und dann den weiblichen. Er kommt oft zu mir und will mit mir singen. Ich höre es gerne, wenn er mit Frauenstimme singt. Er singt so schön, dass man sich fast in die Hochebene von Nord-Shaanxi versetzt fühlt. Gesagt, getan, bei ihm gibt es kein leeres Gerede. Er hat ein Stück gesungen, und dann habe ich ein Stück erzählt.

Nein, ihm gegenüber habe ich nie von Ge Ren gesprochen. In meiner jahrzehntelangen revolutionären Karriere habe ich Ge Ren nicht jedem x-Beliebigen gegenüber erwähnt. Der Brigadeführer hat sich eher für Weiber interessiert. Von Gerüchten über eine Beziehung zwischen der Filmschauspielerin Hu Die und dem Geheimdienstchef Dai Li konnte er gar nicht genug bekommen. Jedes Mal, wenn er eine Geschichte hörte, spuckte er angewidert aus.

»Dieses schamlose Drecksweib!«

Der glaubt jetzt bestimmt, dass ich gerade von Dai Li und Hu Die erzähle.

Wo waren wir stehen geblieben?

Ja, meine Gedanken waren in der Heimat gewesen. Damals war ich von der Partei als Schauspieler beim Kuomintang-Geheimdienst untergebracht worden. Schauspieler, das sind die Spione. Ein paar Tage vorher war am Berg ein Film gezeigt worden. Der Brigadeführer hatte uns mitgenommen. Weil wir zu spät kamen, mussten wir ganz hinten sitzen. Ein junger Kerl war gebannt vom Film und murmelte, wie toll es wäre, Spion zu sein. Man würde Fleisch zu essen bekommen und Schnaps zu trinken und noch dazu Mädchen im Bett haben, verdammt hübsche. Hätte ich nicht fürchten müssen, alle Zuschauer zu stören, hätte ich ihm bestimmt Nachhilfe in Politik gegeben.

So toll war es auch wieder nicht, ein Spion zu sein. Du musst ein dickes Fell haben, durch das auch ein Maschinengewehr nicht kommt; und du musst hartherzig sein. Wenn's losgeht, dann geht's los. Wenn du diese beiden Talente nicht hast, kannst du lange davon träumen, ein guter Spion zu werden. Dieser junge Kerl hat eben nicht beide Seiten betrachtet, er sah nur gutes Essen und Trinken und nicht, wie viele Anstrengungen damit verbunden sind. Als mich die Partei zum ersten Gespräch eingeladen hat und mich in den Geheimdienst einschleusen wollte, hatte ich diese Bedenken. Aber später brach in der Tiefe meiner Seele die Revolution aus und ich wurde in einen schonungslosen Kampf gegen egoistische Gedanken geführt, die schlagartig aufkeimten. Da hatte ich begriffen, dass es bei der revolutionären Arbeit keinen Unterschied zwischen bedeutenden und unbedeutenden Aufgaben gibt. Als Schauspieler schauspielerst du eben. Außerdem dachte ich noch: Ich wäre zwar eine Nutte, aber die Partei wird mir ein Denkmal setzen. Gutes wird mit Gutem vergolten, Böses mit Bösen. Wird es nicht vergolten, ist die Zeit noch nicht reif dafür.

Oder wie? Habe ich nicht recht? Dass ihr mich besucht, mir Zigaretten gebt und Tee einschenkt, ist doch genauso, als würdet ihr mir ein Denkmal setzen.

Der Osten ist rot

Nach diesem Gespräch fand Aqing heraus, wie seine Identität aufgeflogen war und dass das Verhör durch die Partei vom Brigadeführer veranlasst worden war. Daher wollte er ihn als seine letzte Handlung vor dem Tod aus dem Sattel heben. Zum damaligen Zeitpunkt war auch der emeritierte Professor Zhang Yongsheng aus Jizhou zur Umerziehung auf der Teeplantage in Xinzhuang. Er nannte sich scherzhaft Aqings Kollege. In einem Interview, das ich mit ihm führte, äußerte er sich folgendermaßen:

Aqing sagte die Wahrheit, der Brigadeführer liebte es tatsächlich zu singen. Er hatte eine gute Stimme und deshalb den

Spitznamen Zikade. In einem alten Schnurbaum auf der Teeplantage war hoch oben ein großer Lautsprecher befestigt gewesen, der wie ein riesiges Vogelnest Dreck fallen ließ. Sie wissen vielleicht nicht, dass damals im ganzen Land aus den großen Lautsprechern als erstes Lied des Tages *Der Osten ist rot* und als letztes die *Internationale* erschallte. Unseren Lautsprecher hatte der Brigadeführer höchstpersönlich angebracht.

Bereits vor Aqings Tod hatten die da oben mit den Verhören begonnen. Sie ermunterten uns Aktivisten, belastendes Material zusammenzutragen und es dem Brigadeführer auszuhändigen.

Was? Ob ich Aktivist war? Sehe ich so aus? Das ist nicht unser Thema, wir sprechen über Aqing und den Brigadeführer.

Einige Tage lang schlief der Brigadeführer tagsüber und war nachts damit beschäftigt, das belastende Material zu ordnen. Das Problem war jedoch, dass wir seit Jahren daran gewöhnt waren, beim Aufstehen in *Der Osten ist rot* aus dem Lautsprecher einzustimmen. Nicht zu singen war für uns, als ob wir uns das Gesicht nicht gewaschen hätten. Diese Gewohnheit war uns derart in Fleisch und Blut übergegangen, dass der Brigadeführer beim Aufwachen automatisch *Der Osten ist rot* anstimmte, wenn aus dem Lautsprecher die *Internationale* ertönte. Und wenn aus dem Lautsprecher *Der Osten ist rot* kam, sang der Brigadeführer, der sich gerade bettfertig machte, wie ferngesteuert die *Internationale*. Ohne die *Internationale* zu singen, hatte er das Gefühl, sich die Füße nicht gewaschen zu haben, und konnte nicht einschlafen. Eine verkehrte Welt, was? Es klingt vielleicht nach verkehrter Welt, war es aber nicht. Eines Morgens wurde er von Aqing erwischt. Wir sangen gerade zusammen mit dem Lautsprecher *Der Osten ist rot* und waren an der Stelle »Hurra, er ist der Retter des Volkes«, während der Brigadeführer »Es rettet uns kein höh'res Wesen, kein Gott, kein Kaiser noch Tribun« sang. Da ging Aqing dazwischen und sagte: »Warum besingen wir den Retter, während du behauptest, es gibt kein höheres Wesen und keinen Kaiser? Wer ist denn dann der Retter? Ist er vielleicht kein höheres Wesen? Was soll diese

Konkurrenzveranstaltung? Auf welcher Seite stehst du eigentlich? Wenn das nicht ein rote Fahne schwenkendes Aufbegehren gegen die rote Fahne sein soll, was denn dann?«

Während Aqing herumkrakeelte, wurde der Brigadeführer leichenblass.

Wenn man es recht bedenkt, war Aqings Logik unanfechtbar. Aber seinerzeit wagten wir es nicht, ihm unsere Solidarität zu bekunden. Vermutlich war sich Aqing damals bereits darüber im Klaren, dass er nicht mehr lange zu leben hatte, und fürchtete sich ebenso wenig, den Brigadeführer aus dem Sattel zu werfen, wie sich ein totes Schwein vor kochendem Wasser fürchtet. Nach seinem Tod kurze Zeit später musste sich auch der Brigadeführer einem Verhör unterziehen. Noch bevor die Sache geklärt werden konnte, starb er ebenfalls. Er nahm sich genau wie Aqing das Leben. Noch heute muss ich an Aqing, den Brigadeführer, den Lautsprecher und die ganze Geschichte denken, sobald *Der Osten ist rot* erklingt.

Ja, auch an den Vogeldreck. Ach, Aqing kann sich eigentlich glücklich schätzen.

Schauen Sie, kurz vor seinem Tod war es ihm doch noch gelungen, jemandem den Schwarzen Peter zuzuschieben. Wenn das kein Glück ist, was dann?

Eilige Heimkehr zum Begräbnis

Wie ich und Ge Ren Freunde geworden sind? Das ist eine lange Geschichte. Zuerst hatte ich seinen Vater kennengelernt. Er hieß Ge Cundao und hatte in Hangzhou eine Teefabrik geleitet. Ob er ein treuer Anhänger von Kang Youwei gewesen war, habe ich nie versucht herauszubekommen und deshalb auch nicht das Recht, etwas dazu zu sagen. Der Oberchef der Teefabrik hieß Hu Zikun und war, als er jung war, in Japan gewesen. Er war ein Freund von Ge Cundao. Hu Zikun lag gelähmt im Bett und konnte sich nicht um die Geschäfte kümmern. Auch sein Sohn Hu An war nicht da. Also hat er die revolutionäre Last an Ge Cundao weitergegeben.

Stimmt, Hu An war Bingyings Vater gewesen. Mein Vater hat damals in der Teefabrik gearbeitet. Ich war vier oder fünf, da ist meine Mutter gestorben, deshalb hat mich mein Vater nach Hangzhou geholt. Na ja, ein Unglück kommt selten allein, bald darauf ist auch mein Vater gestorben. Weder Hu Zikun noch Ge Cundao haben mich danach weggeschickt, ich bin bei Hu Zikun geblieben und konnte Ge Cundao täglich sehen. Mit der ganzen Verantwortung hatte er eine schwere Last auf seinen Schultern zu tragen. Tag für Tag musste er als tatkräftiger Revolutionär die Produktion vorantreiben. Als Vorgesetzter musste er seine Augen überall haben und war von frühmorgens bis spätabends zugange gewesen, unaufhörlich ging er von einem Sieg zum nächsten. Mich mochte er sehr. Zum Glück war ich schlau und habe etwas verstanden. Trotz meiner Jugend war ich ehrgeizig gewesen, und außerdem habe ich seinem Sohn sehr ähnlich gesehen. Wenn er schreiben wollte, hatte er mich die Tusche im Tuschestein anrühren lassen. Genau wie Ge Ren später war auch er damals ein zartbesaiteter Gelehrter. Er liebte die Sauberkeit, gute Umgangsformen und hat sich gerne die Zähne geputzt. Als ich ihn zum ersten Mal nach dem Zähneputzen den weißen Schaum ausspucken gesehen habe, dachte ich, dass er sich wohl von einem revolutionären Ochsen in einen Menschen verwandelt haben musste.

Damals war oft eine Frau aus Shanghai bei ihm zu Besuch. Sie war schön, hatte kurzgeschnittenes Haar und einen Schal umgebunden. Ein bisschen sah sie aus wie Jiang Qing in den Filmen. Bei jedem ihrer Besuche hat sie eine Menge Bonbons mitgebracht und sie unter den Arbeiterkindern verteilt.

Was? Kapitalistische Geschosse mit Zuckerguss? Ihr meint, das waren kapitalistische Geschosse mit Zuckerguss? Die Leibspeise der Nachfahren der Arbeiterklasse sind also kapitalistische Geschosse mit Zuckerguss?

Gut, reden wir nicht weiter darüber, sondern von Ge Cundao. Er war auch oft in Shanghai gewesen und hat mir auch immer Bonbons mitgebracht. Ich fragte ihn immer, wann er wieder nach Shanghai fahren und wann die Tante aus Shanghai wiederkommen würde. Jedes Mal, wenn ich ihn fragte, hat er mir über den Kopf gestrichen und gesagt: »Du bist wie mein Sohn, auch er hat zwei Wirbel auf dem Kopf. Er heißt deshalb Zwillingsherzchen.«

Genau, Zwillingsherzchen war Ge Rens Kosename.

»Wann kann ich Zwillingsherzchen denn wiedersehen?«, fragte ich ihn. »Kann er mir Bonbons mitbringen?«

»Zwillingsherzchen ist in Qinggeng«, sagte er. »Das ist weit weg von Hangzhou. Aber wenn ich einmal nach Qinggeng fahre, nehme ich dich auf jeden Fall mit.«

Damals wusste ich noch nicht, dass er seinen Sohn nie besucht hatte. Einmal, als er wieder aus Shanghai zurückkam und mir wieder Bonbons mitgebracht hatte, wollte ich sie nicht.

»Komm schnell gucken«, sagte ich. »Der Alte stirbt.«

Sofort ist er zu Hu Zikun gerannt, aber da hatte der schon seinen letzten Atemzug getan.

Soll ich weitererzählen?

Gut, also. Er hat einen Brief an seinen Sohn Hu An geschrieben und ihn gebeten, schnell nach Hause zu kommen. Ich habe ihm wieder die Tusche angerührt. Nach ein paar Monaten kam Hu An aus Frankreich zurück.

Das ist doch keine Frage, Hu Zikun war längst begraben. Als Hu An ankam, hatte ich das ganze Zeug mit Hu Zikun schon vergessen. Erst als die anderen ihn mit »mein Herr« angesprochen haben, ist mir wieder eingefallen, dass er wohl eilig zum Begräbnis heimgekehrt sein musste. Er hatte ein Mädchen dabei, das etwa sieben, acht Jahre älter war als ich und einen karierten Rock anhatte, richtig westlich.

Ja, es war Bingying.

Bastard? Nein, sie ist doch kein Bastard. Ihre Mutter hatte auch im Ausland studiert. Sie ist aber nicht zurückgekommen. Deshalb habe ich sie nicht gesehen. Ich habe sie wirklich nie gesehen, das könnt ihr mir glauben.

Nein, Bingying hat mir keine Bonbons mitgebracht. Sie brachte einen Welpen mit. Der hatte auch einen Namen, Bastille. Dass Hunde Namen haben können, hatte ich noch nie gehört. Ich habe mit Bastille schnell Freundschaft geschlossen.

Katzen lassen das Mausen nicht und Hunden gewöhnst du nicht ab, Scheiße zu fressen? Stimmt. Deshalb muss ich ja auch jedes Mal an Bastille denken, wenn ich am Scheißen bin. Einmal sagte ich Bingying, dass Bastille am allerliebsten meine Scheiße mochte. Da hat sie mir sofort verboten, mit dem Hund zu spielen. Ich habe mitbekommen, dass sie den Hund auf der Straße vor dem Bastille-Gefängnis aufgelesen hatte.

Was sagst du? Ein herrenloser kapitalistischer Kettenhund? Ich gebe zu, dass auch ich diesen Gedanken hatte. Aber Hu An hat erzählt, dass auch die französischen Arbeiter Hunde füttern. Ganz bestimmt war Bastille ein Hund, den die Arbeiterklasse gefüttert hat. Und als sie ihn nicht mehr füttern konnten, haben sie ihn ausgesetzt.

Hu An hatte in Frankreich Theater studiert und von der Verwaltung einer Teefabrik null Ahnung. Er hatte auch erfahren, dass sein Vater die Teefabrik Ge Rens Vater überlassen hatte. Deshalb hat er selbst den händeschüttelnden Besitzer gemimt und ist mit Bingying durch die Straßen scharwenzelt. Genauso wie Ge Cundao war auch er gerne nach Shanghai unterwegs, und manchmal fuhren sie zusammen dorthin. Ein paarmal fuhr ich auch mit und besuchte mit ihnen zusammen die Familie von Genossin Jiang.

Wer Genossin Jiang ist? Hatte ich das nicht gesagt? Das war diese Frau, die Ge Cundao oft besucht hat. Sie sah der Genossin Jiang Qing sehr ähnlich.

Ihr Nachname? Sie hieß Lin, genauso wie der unverwüstliche Oberbefehlshaber Lin Biao. Später hatte ich erfahren, dass sie damals in Shanghai eine Bücherei aufmachen wollten. Die Adresse hatten sie gut gewählt, ganz in der Nähe von Genossin Jiangs Haus. Hu An schaffte alle Bücher, die er aus Frankreich mitgebracht hatte, nach Shanghai in Fräulein Jiangs Wohnung. Ich erinnere mich noch ganz genau, dass Hu An immer gerne aus seinen Büchern vorgelesen hatte. Manchmal hat er dabei geweint, manchmal gelacht.

»Das ist Theater«, sagte er. »Ein Stück von Shakespeare.«

Wer Shakespeare ist? Ein Ausländer, der hat Theaterstücke geschrieben, ausländische Modellstücke. Mir hat es nicht gefallen, wie er die Stücke vorgetragen hat. Aber jedes Mal, wenn er fragte, wie es war, sagte ich: gut. Wenn du »gut« gesagt hast, wurdest du von ihm zum Essen eingeladen. Wenn er mir ein paar Klebreistaschen gekauft hat, war ich zufrieden.

Was Klebreistaschen sind? Das sind Klöße mit Fleischfüllung, ähnlich wie die mit Fleischklebreis gefüllten Blätter.

Nein, ich sage, wie es ist. Ich rede doch nicht drum herum, wenn ich eine Bitte an die Partei richte. Gleich gibt es Essen. Esst ihr ruhig Fleisch. Mir reicht eine Suppe. Wenn es keine Klebreistaschen gab, hat er mich manchmal meilenweit laufen lassen, um Brot zu besorgen.

Was sagst du? Hu An führte ein dekadentes Kapitalistenleben? Vergiss nicht, dass er in Frankreich gewesen war. Und Frankreich ist doch der Sitz der Pariser Kommune. Du musst wissen, dass es die Pariser Kommune schon viel früher als die erste Volkskommune in Xinxiang gegeben hat. Verdammte Drecksbratzen. Er war doch so lange in Frankreich gewesen. Da hatte er sich mit Sicherheit der Pariser Kommune angeschlossen, war aufs Land gegangen und hatte als Basismitglied der Miliz ein halbautomatisches Gewehr getragen.

Auch Brot soll als kapitalistisch sein (*Anmerkung: dieser Satz ist unverständlich, so ist aber das Original*)? So ein Scheiß, das stimmt nicht. Genosse Lenin hat selbst Brot gegessen und den Leuten beigebracht: »Wenn es Brot gibt, fehlt es an nichts.«

Einmal hatte Ge Cundao eine ziemlich lange Zeit in Shanghai verbracht. Als er zurückkam und den Dreck in der Fabrik gesehen hat, wurde er wütend. Überall saßen Fliegen und rannten Ratten herum. Er hat mir befohlen, die Tiere mit der Maßnahme zur Ausrottung der »vier Übel« Mücken, Fliegen, Ratten und Wanzen zu vernichten. Vom ersten Augenaufschlag an, bis das Licht gelöscht wurde, waren wir zugange. Aber dann ging bei Ge Cundao im Frühling desselben Jahres das Licht für immer aus.

Was das heißt? Das Licht ging aus. Tot.

Wie Ge Cundao gestorben ist? Er hat Blei geschluckt. Das war auf dem Ge-Berg in Hangzhou. Dort stehen viele Pagodenfeigen. Sein Henker hatte sich auf einem der Bäume versteckt und ihn – peng! – niedergestreckt. Was für ein Zufall, dass der Ge-Berg anscheinend eine schicksalhafte Verbindung zur Familie Ge hatte. Verdammter Dreck, manche Dinge sind einfach rätselhaft und unergründlich. Genossen, ihr wisst doch alle, dass Feng Chu, der Militärberater von König Liu Bei, in Luofengpo durch einen Pfeil getötet worden ist.

Ich bin nicht abergläubisch, nein, ich bin total, total, aber total gegen den Aberglauben. Ich sage doch nur, dass es Sachen gibt, die einfach verdammt rätselhaft sind. Später hat sich dann herausgestellt, dass Ge Cundao mit einem Revolver getötet worden ist. Habt ihr schon mal einen Revolver gesehen? In einem Gewehrlauf steckt politische Macht und ohne Revolver kommt die Politik nicht aus. In meiner langen revolutionären Karriere hatte ich in vielen Schlachten einen Revolver bei mir. Wenn man das Ding in der Hosentasche hat, unterscheidet es sich in der Größe kaum von einer Packung *Phönix*-Zigaretten.

Gut, dann rauche ich halt noch eine. Ein Revolver ist kurz, und ein Schwanz ist sogar länger, wenn er hart wird. Die Revolvermündung ist dünn und glatt wie eine Babynase.

Das Schicksal war hart mit Ge Cundao. Nachdem er Blei gefressen hatte, war er nämlich nicht tot. Er hat sich wieder aufgerichtet, zwar leichenblass, konnte aber noch sprechen. Ich weiß noch, dass er von seiner Frau redete.

Nein, doch nicht von Genossin Jiang, sondern von Ge Rens Mutter. Er sagte, dass er sie jetzt endlich wieder treffen würde. Am nächsten Tag änderte er seine Meinung und sagte, er wollte Ge Rens Mutter doch nicht begegnen. Er wollte lieber in Hangzhou begraben werden.

»Herr Ge«, sagte Hu An zu ihm, »sagen Sie nichts. Schließen Sie einfach die Augen, wenn Sie nach Qinggeng zurückkehren wollen. Wenn Sie in Hangzhou bleiben wollen, lassen Sie die Augen offen.«

Zuerst waren seine Augen noch offen, aber bald schon geschlossen. Niemand wusste, was das zu bedeuten hatte. Als ihm der Arzt am nächsten Morgen eine andere Medizin gab, sagte er plötzlich zu Hu An: »Ich will nicht in Hangzhou bleiben. Und auch nicht nach Qinggeng. Ich will in Shanghai begraben werden, an dem Ort, wo die Bibliothek gebaut werden soll.«

Dann sagte er noch, dass er seinen Sohn sehen wollte. Hu An motzte, dass er das nicht früher gesagt hatte. Aber trotzdem hat er sofort jemanden nach Qinggeng geschickt, um Ge Ren zu holen.

Ich erinnere mich genau, dass Ge Cundao noch viele Tage durchgehalten hat, um seinen Sohn zu sehen. Heute würde man sagen, dass er einen Todeskampf geführt hat. Aber letzten Endes sah er seinen Sohn nicht mehr. Als Ge Ren in Hangzhou ankam, hat er schon im Sarg gelegen. Der Sarg stand im Hof der Familie Hu und war schwarz lackiert. Sein Geruch stach einem in der Nase. Als Ge Ren abends ankam, spiegelte sich der Mond schimmernd im Sarg, der aussah wie eine kleine gestrandete Barke. Ge Ren weinte nicht, als Hu An ihn vor den Sarg zog. Er hat den Sarg nur betastet und an ihm geschnuppert.

Tod des Vaters

In sein Arbeitszimmer zurückgezogen, erfand der englische Ingenieur Moses Browning im Jahr 1900 die Pistole. Wie ein Foto dokumentiert, hatte vor seinem Fenster eine Pagodenfeige gestanden. Und aus dem blühenden Ast einer Pagodenfeige des Ge-Berges in Hangzhou stak vierzehn Jahre später eine Pistolenmündung, durch die Ge Cundao erschossen wurde. Etwa zur selben Zeit wurde Gaston Calmette, der Redakteur der französischen Zeitung *Le Figaro,* in einem Pariser Café mit einer Pistole erschossen. Am 28. Juni desselben Jahres wurde Franz Ferdinand, der Kronprinz von Österreich-Ungarn, in Bosnien mit einer Pistole erschossen. Dieser Tod war, wie allgemein bekannt, Auslöser für den Ersten Weltkrieg. Viele Jahre verstrichen, bis sich im Frühling des Jahres 1943 eine Pistole auch auf Ge Ren richtete. Ob sich Browning, als er die Pistole erfand, bewusst war, dass seine Erfindung eine solche Bedeutung haben würde?

Die geschichtlichen Ereignisse im Vorfeld von Ge Cundaos Tod machen noch einige Erläuterungen erforderlich. Das vorhandene Quellenmaterial belegt, dass er in jungen Jahren tatsächlich ein glühender Anhänger Kang Youweis war und nach den Ereignissen der Hundert-Tage-Reform im Jahr 1898 nach Japan geflohen war. In der Glücksblick-Bibliothek in Kyoto lernte er Fräulein Lin Xinyi aus Shanghai kennen, von der Aqing sagte, sie erinnere ihn an Genossin Jiang.

Die Bibliothek sollte in der Songlu-Straße eröffnet werden. Als die Bauarbeiten in vollem Gange waren, suchte Fan Gongming, der Besitzer einer Shanghaier Privatbibliothek, Ge Cundao auf, um dem neuen Kollegen seine Glückwünsche zu überbringen und ihm bei dieser Gelegenheit eine Kalligraphie aus seiner eigenen Feder zum Geschenk zu machen: »Den Wert eines tausendjährigen Stücks kennt nur das eigene Herz.«

Auch Fan Gongming hatte in Japan studiert. Er gab sich als Fan Qins Nachfahre in der sechsten Generation aus, als Nachfahre Fan Qins, des Begründers der berühmten Privatbibliothek *Tianyi-Pavillon* in Ningbo. Erst kürzlich fand jemand heraus, dass er und Fan Qin in keinerlei Beziehung zueinander standen. Er war lediglich einer der zahllosen Bewunderer. Insgeheim hintertrieb sein »eigenes Herz« bereits in dem Moment, als er seine Glückwünsche überbrachte, Ge Cundaos Pläne.

Selbstverständlich kam er nicht persönlich von Shanghai nach Hangzhou, um sich an Ge Cundaos Fersen zu heften, sondern beauftragte einen Killer namens Dou Niancheng. Dass Dou Niancheng Ge Cundao erschossen hatte, kam erst später ans Licht: Niemand verdächtigte ihn, weil er noch in eine andere Strafsache verwickelt war. Am 20. März 1913 beteiligte er sich an der Ermordung des Kuomintang-Präsidenten Song Jiaoren an einer Shanghaier Bushaltestelle. Im Zuge der darauffolgenden Ermittlungen wurde Dou Niancheng schließlich von der Nationalregierung festgenommen und vor Gericht gestellt. Zieht man an einem Fadenende, so kann es passieren, dass sich das gesamte Knäuel abrollt: Während des Verhörs gestand er zusätzlich den Mord an Ge Cundao. Das geschah allerdings erst im Jahr 1920. Im Folgenden findet sich das Protokoll von Dou Nianchengs Geständnis.

Auch meine Wenigkeit ist ein Revolutionär, der als Student in Japan auf den revolutionären Weg fand. Ich war damals ein glühender Anhänger der Petrowskaja (*Anmerkung: gemeint ist Sofia Petrowskaja, eine russische Anarchistin, die wegen des Zar-Attentats im Alter von siebenundzwanzig Jahren hingerichtet wurde*).

Meine Wenigkeit gehörte in Japan einer Gruppe Attentäter an. Unsere Gedanken kreisten um eine günstige Gelegenheit, die Kaiserinwitwe Cixi zu töten. Alle beteiligten Attentäter trugen in Anlehnung an Petrowskaja weiße Handschuhe, und es machte stets Eindruck, wenn sie langsam einen Finger nach dem anderen herauszogen. Ein Chemiestudent aus Kanton brachte uns bei, wie man Bomben baut. Nach meiner Rückkehr nach China lernte ich noch einen Mann namens Wu Yue kennen, einen Meister des Go-Spiels.

»Bei jedem Zug fließt Blut.«

Später brach er auf, um ein paar hohe Qing-Beamte in die Luft zu jagen. Allerdings kam dabei kein einziger Beamter, sondern nur er selbst um. Zuvor hatte er bereits das folgende Testament verfasst: »Meine Taten richteten sich nicht gegen irgendjemanden, sondern sollten das kaiserliche Regime erzürnen, damit es sein grundloses Morden auf die Spitze treibt. Auf diese Weise kann sich das Volk dagegenstellen, ebenso wie ein Gummiball umso höher springt, je mehr Schwung man ihm gibt ...«

Durch Wu Yue angestachelt, wurde ich zum Einzelkämpfer ... Nachdem ich einmal das Verbot zu töten übertreten hatte, hatte ich Blut geleckt und gab mich wie ein ins weltliche Leben zurückgekehrter Mönch nicht mehr mit fleischloser Kost zufrieden. Ich will nicht verschweigen, dass ich nach Anqing ging, um den Revolutionsführer Xu Xilin aufzusuchen, den Mann mit den zwei Lieben: einen Revolver und die kleinen Lotosfüße seiner Frau. Um ihm näherzukommen, machte ich ihm kleine, bestickte Schühchen zum Geschenk. Auf jeden Fall wollte ich die Lotosfüße noch berühren, wenn die Sache erfolgreich abgeschlossen war. Ich hatte ihn nicht aufgesucht, um mich ihm anzuschließen. Mir waren einige Silberstücke angeboten worden, damit ich ihn umbrachte. Von wem diese Silberstücke stammten, war mir unbekannt. Ein Mittelsmann hatte sie mir überbracht. Im Juni dieses Jahres (*Anmerkung: Juni 1907*) fuhr ich nach Anqing und verpasste eine günstige Gelegenheit, weil ich einmal ein Freudenhaus besucht hatte. Als ich mich ihm abermals nähern wollte, war es bereits passiert, sein Herz war ihm herausgerissen und gebraten worden. Ich hatte zwar nichts geleistet, aber das Geld schon ausgegeben.

»Ich hatte noch keinen Finger gerührt, schon war er tot«, sagte ich, als der Mittelsmann kam und das Geld zurückforderte. »War das nicht in Ihrem Sinne?«

»Verdammter Drecksfott«, rief er. »Xus Tod ist nicht deiner Hände Tat zu verdanken, deshalb zahlst du die Silbertaler mit Zins und Zinseszins zurück.«

Wohl oder übel musste ich ihn kurzerhand töten.

So kam es, dass meine Wenigkeit auch noch Ge Cundao über die Klinge springen ließ. Dieses Mal kam der Auftraggeber höchstpersönlich zu mir. Sein Name war Fan. Auf meine Frage, warum ich Ge Cundao töten solle, erwiderte er: »Familien haben eine Hausordnung, Gewerbe eine Zunftordnung. Ge verstößt gegen diese Regel.«

Ich sollte Ge Cundao außerhalb der Stadt töten. Ach, wenn ich es in Shanghai hätte erledigen können, wäre es glattgelaufen. Aber das gestattete er nicht. Wenn man Aufträge für Gebildete übernimmt, gibt es immer einen Nachteil, nämlich dass sie so weitschweifig erzählen. Der Herr sagte, ich redete zu viel, dabei redete er weitaus mehr als ich. Ge Cundao fuhr häufig von Hangzhou zum Ge-Berg, wo er sein Geschäft betrieb. Bevor er aber nach Hangzhou zurückkehrte, war ich schon dort. Verdammter Drecksfott, für diesen Beruf darf man nicht neugierig sein. Ich war damals jung und dummerweise mit diesem Laster gestraft. Gerade als ich ihm in seinem Teegeschäft ein Ende setzen wollte, hörte ich ihn mit einem Freund über das Buch *Revolutionärer Soldat* sprechen. Dieser Tage erhalte er bereits die englische Fassung, sagte er. *Revolutionärer Soldat* ist von Zou Rong, den ich sehr verehre. Ich habe sämtliche Ausgaben besessen, lediglich eine englische fehlte mir noch. Auf einmal hatte ich eine Idee: Wie wäre es, noch einen Tag zu warten, bis er die Bücher erhalten hat, und ihn dann samt den Büchern zu ergreifen? Zudem sprachen sie über die französische Ausgabe von Wei Yuans *Illustrierter Einführung in die Länder der Meere*. Dieses Werk war damals in Japan in Mode und auch meine Wenigkeit war darin bereits oftmals schmökernd versunken. Ein berühmtes Zitat dieses Buches lautet: »Von den Stärken der Westmächte lernen.« Dieser Satz ist großartig. Das Großartige daran war, dass er mich betraf, denn ich hatte von den Stärken der Westmächte gelernt und war im Umgang mit einem Revolver ein Könner geworden.

Ich hatte nicht damit gerechnet, dass es einen Tag später so viele Schwierigkeiten bereiten würde, ihn wiederzufinden. Da ich aber nun bereits meine Silbertaler in Empfang genommen hatte, musste ich mein Wort halten. Mir blieb nichts anderes übrig, als mich in Hangzhou zu verstecken. Wo ein Wille ist, ist auch ein Weg: Wenige Tage darauf traf ich ihn am Ge-Berg wieder. Dort stand eine sprießende Pagodenfeige, in deren Ästen ich mich verbergen konnte. Wenngleich mir die Äste ins Gesicht stachen, war ich dennoch überglücklich. Mein Zeigefinger klebte wie eine Seidenraupe am Abzug, abwartend, dass er aus dem Teegeschäft trat. Nach ungefähr zwei Stunden erschien er. Dieses Mal ließ ich die Chance nicht ungenutzt. Ge Cundao fiel der Länge nach zu Boden. Nur, welches Zuckerrohr besitzt schon zwei süße Enden? Zwar hatte ich meinen Auftrag vorbildlich erledigt, verletzte mich aber selbst dabei. Als ich vom Baum hinabrutschte, schabte mir ein Ast die Haut von der Stirn. Bis heute trage ich diese Narbe wie ein Muttermal.

Hu An vollstreckte Ge Cundaos Testament und begrub ihn in einem kleinen Waldstück an der Songhu-Straße, nur einen Katzensprung von der geplanten Bibliothek entfernt. Nach seinem Tod setzte Fräulein Lin Xinyi seine Arbeit fort, bis sie im darauffolgenden Jahr vor Kummer starb. Wie Blütenblätter, die der Wind davonträgt, verschwand die geplante Bibliothek nach und nach aus dem Gedächtnis der Menschen.

Revolutionäre Freundschaft

Bei meiner Ankunft im Umerziehungslager in Xinyang hat extra für mich eine Begrüßungsveranstaltung stattgefunden, um mir klarzumachen, dass ich mich gewissenhaft verändern soll. Nach der Veranstaltung war ich Feuer und Flamme für den Brigadeführer gewesen. Ich hatte erfahren, dass ein Bekannter letztes Jahr auf die Teeplantage gekommen war, den wollte ich so schnell wie möglich sehen. Aber als ich hier ankam, war er schon tot. Ich war völlig durch den Wind und brauchte ewig, um mich von dem Schreck zu erholen. So musste es sich für Ge Ren angefühlt haben, als er weit angereist war und seinen Vater tot vorgefunden hatte. Aber was tat Ge Ren? Er wurde seinem Ruf gerecht, von einem ganz besonderen Schlag zu sein. Er schöpfte Kraft aus seiner Trauer und begann, ein erfülltes Leben zu führen.

Nein, nach der Beisetzung des Vaters ging er nicht mehr nach Qinggeng zurück. Er verbrachte seine Zeit im Hof der Familie Hu, mit Lesen und Malen.

Genau, mit erfülltem Leben meine ich, dass das Leben aus Lernen besteht. Bingying hatte damals einen Lehrer. Er hieß Xu Yusheng und hat Ge Rens Malerei bewundert. Beim Betrachten der Bilder schnalzte er immer lobend mit der Zunge. Xu war auch Ge Cundaos Freund gewesen. Er hatte etwas Geld gespendet, als der die Bibliothek eröffnen wollte. Ge Ren war jeden Tag mit Xu Yusheng zusammen, und oft hatten sie zusammen Ausflüge gemacht. Auch Bingying hat sich ihnen meistens angeschlossen.

Ein Anhängsel? Ja, richtig. Ich war auch ein Anhängsel, bin auch manchmal mitgegangen.

Seht ihr, ich habe nicht übertrieben. Meine revolutionäre Freundschaft mit Ge Ren gab es damals schon. Ich bin ihm nicht nur nach draußen gefolgt, er hat mir außerdem auch Lesen und Schreiben beigebracht. Genossen, der Feudalismus ist zusammengefallen, auch die Imperialisten haben den Schwanz eingezogen, sogar Lateinamerika, das Hinterland von Amerika, ist in Brand geraten. Da ist das Lernen wirklich nicht mehr nötig. Aber damals wüteten in den Köpfen der Menschen noch der Imperialismus und der Feudalismus, die haben ihnen ins Hirn geschissen. Da musste man doch lernen. Ich habe mit meinem eigenen Namen angefangen. Viel hatte ich damals nicht kapiert und wollte auch gar nichts lernen. Ich habe immer gesagt: »Wenn ich meinen Namen nicht schreiben kann, heiße ich Aqing, und wenn ich meinen Namen schreiben kann, heiße ich immer noch Aqing. Ich brauche ja auch keinen sechsten Finger, um mich zu kratzen.«

»Wenn du nicht lernst, kriegst du kein Abendessen«, sagte Ge Ren.

Als ich fragte, warum, sagte er: »Du scheißt es doch sowieso wieder raus. Spar es dir doch einfach.«

»Wenn ich nichts esse, verhungere ich aber.«

»Sterben muss jeder, ob jetzt oder später. Warum dann nicht sofort?«

Seht ihr, wie er alles mit einfachen Worten ausdrücken konnte, ohne abgedroschen zu klingen? Deshalb hätte es für mich keine Ausrede gegeben, nicht zu lernen. Als Ansporn, um fleißig zu lernen und jeden Tag Fortschritte zu machen, sagte er, ich wäre die Morgensonne, in die er all seine Hoffnung legte.

Das hat er wirklich gesagt, wenn das gelogen ist, soll mich sofort der Schlag treffen. Er hat mir auch Englisch beigebracht.

Warum? Das liegt doch auf der Hand. Wie der Vorsitzende Mao sagt, um England und Amerika in fünfzehn Jahren zu überflügeln. Genossen, das war eine große Aufgabe, da durfte man nicht rumschlampen. Wenn wir sie nämlich nicht überholen können, wird uns irgendwann die Erdenbürgerschaft entzogen.

Du hast recht, wir haben sie längst überholt. Scheiße, alles hat halt seine Zeit, jetzt ist es an ihnen, die Erdenbürgerschaft entzogen zu bekommen. Darf ich das so sagen?

Gut, dann mache ich weiter. Ich habe tagelang gelernt, und auch Hu An hat meine Fortschritte gelobt.

»Das ist nicht mein Verdienst«, sagte ich zu ihm. »Läuft der Kahn erst richtig an, braucht er einen Steuermann. Der heißt natürlich Ge Ren.«

Später lobten sogar Ausländer mein gutes Englisch. Es waren zwei Priester. Der große hieß Beal, der kleine Ellis. Sie hatten beide Ziegenbärte und sahen aus wie der Arzt Bethune aus Maos *Essay-Trilogie.*

Zusammen mit den beiden Priestern kam auch ein Mädchen. Ich sollte noch sagen, dass sie sich ruckzuck mit Bingying angefreundet hat. Sie hatte helle, feine Haut, einen blassen Rock an und einen Pagenschnitt. Sie war ein paar Jahre älter als Bingying. Oft haben sie im Garten Verstecken gespielt. Herr Xu Yusheng von der Privatschule hat eine Menge Fotos von den beiden geknipst. Ich erinnere mich ganz genau, wie die beiden Mädchen auf einem Foto in einen Schal gewickelt um ein Blumenbeet herum getanzt sind. Es hieß immer, ich sollte mich raushalten, wenn Mädchen Akrobatik vorführen. Aber ich wollte mit den Genossinnen Solidarität zeigen, deshalb habe ich mich trotzdem mal eingemischt. Im Garten standen Gardenien, Hibiskus und Aloen. Einmal hatte sich Bingying an einer Aloe in den Fuß gestochen. Als der Arzt kam, um Bingying zu behandeln, hockte das Mädchen mit gefalteten Händen auf der Terrasse und brabbelte vor sich hin. Sie flehte, dass der Buddha der Ausländer sie beschützen soll. Der ausländische Buddha heißt Gott.

Stimmt, Marx hat gesagt, dass Religion Opium für den Geist ist. Aber sie waren noch klein, so etwas konnten sie noch nicht verstehen. Später dachte ich oft an dieses Mädchen. Ich weiß noch, dass sie mit den beiden Priestern nach Hangzhou gehen wollte, um ein Waisenhaus zu errichten. Aber das hatte nicht geklappt. Von ihr weiß ich, dass der ausländische Buddha nicht Buddha, sondern Gott heißt und dass er ein Mann ist. Genossen, das ist doch eigentlich wie bei uns, die haben alle unten etwas baumeln.

Die erste Liebe

Ge Ren verbrachte insgesamt zwei Jahre in Hangzhou. Als er 1929 in Shanghai zu Gesprächen mit Lu Xun zusammentraf, äußerte er sich selbst zu diesem Lebensabschnitt:

> Das frühere Hangzhou ist auf einem Fächer zu sehen. Ein Herr namens Xu Yusheng mit einem Fächer, auf dem der Westsee abgebildet war, kam nach Qinggeng, um mich nach Hangzhou zu meinem Vater mitzunehmen. Der Westsee sei das Paradies auf Erden, sagte er, und in dieses Paradies wolle er mich bringen. Der See auf dem Fächer zeigte der Schönheit vielfältige Gestalt, eine Schönheit, die auf Trümmern tanzt. Nach der Bestattung meines Vaters blieb ich in Hangzhou. Von Zeit zu Zeit nahm Herr Xu Yusheng Bingying und mich zu Spaziergängen mit an den Westsee. Aber je länger ich am See verweilte, desto stärker wurde in mir das Gefühl, seine Nähe lieber meiden zu sollen. Er ist ein Verführer, der nach vollbrachter Tat entflieht, ein Blickfang, der aber nicht das Herz erfüllt. Er ist wie ein herausgeputztes Mädchen, mit dem du Hand in Hand auf Feste gehst, dem du aber niemals dein liebendes Herz schenken kannst. Wundersam, wie wundersam! Er verführte mich dennoch. Er ist wie Schneetreiben im Sommer, Blütezeit im Winter, wie eine milde Brise im Herbst und fallende Blätter im Frühling. Er ist eine sehnsuchtsvolle Weise ohne Reime. Ruder schaukeln empor und lassen Wassertropfen abperlen wie Finger, die zärtlich die Saiten zupfen und in deinen Ohren die Töne des Herzens erklingen lassen. Bingying geht in Hangzhou nur schwer als Einheimische durch. Sie selbst fühlt sich dort fremd, mehr noch als ich, der ich

> aus Qinggeng komme. Wir unternahmen häufig Ausflüge zum Westsee und bestiegen den Ge-Berg. Sie war so zart und anmutig, dass einem sofort das Herz aufging. Einmal machte sie mir eine Weidenflöte zum Geschenk. Als Herr Xu Yusheng dies sah, fiel ihm augenblicklich das Gedicht *Anmut* ein:
>
> Auf der Weide lässt er die Herden allein,
> spielt mit einem erlesen Blümelein,
> er liebt es nicht, weil es so erlesen,
> sondern weil's ein Geschenk von ihr gewesen.
>
> Bingying erkannte nicht, worauf er hinauswollte, und glaubte, er erfreue sich einfach an den Versen. Ich jedoch lief gewiss sofort bis über beide Ohren rot an.

Einige Kritiker vertreten die Meinung, dass dieser Text zur Genüge Ge Rens Niedergeschlagenheit verdeutlicht, und waren zudem zu der Überzeugung gelangt, darin auch den Grund für seinen späteren Aufbruch nach Japan zu finden (*siehe: Ge Rens Forschungsbericht,* zweiter Band). Ich selbst tendiere allerdings zu der Annahme, dass die beiden Jahre in Hangzhou für ihn zu seinen wenigen glücklichen Lebensabschnitten gehörten: Gibt es denn etwas Bezauberndere als die erste Liebe? Xu Yusheng, der Ge Ren nach Hangzhou gebracht hatte, stammte ursprünglich aus dem Ort Xikou in der Provinz Zhejiang. Auch er war einer von Ge Cundaos Freunden, die er aus dem japanischen Exil kannte. Wegen dieser Freundschaft war er persönlich nach Qinggeng gereist und hatte Ge Ren nach Hangzhou gebracht, damit sich Vater und Sohn ein letztes Mal begegnen konnten. Später schrieb Herr Xu einen Aufsatz mit dem Titel *Schneefall am Pavillon mitten im See,* in dem er von Ge Ren, Bingying und Aqing erzählte. In dem Text mischte er Schrift- mit Umgangssprache, verlieh ihm sowohl einen chinesischen wie auch einen westlichen Stil und vermittelte darin ein Bild der damaligen Generation. Er gab Ge Ren beispielsweise den Namen A-R, Aqing den Namen A-Q und Bingying nannte er A-Y:

An jenem Abend klarte der Himmel nach tagelangem Schneefall wieder auf. Unter dem leuchtenden Vollmond stand mir der Sinn nach einem Ausflug zum Westsee zusammen mit A-R, A-Q und A-Y. Alle drei waren bereits an dem Gewässer gewesen, saßen aber nun zum ersten Mal gemeinsam in einem Boot. A-R war kaum zwanzig Jahre alt und bereits von außergewöhnlicher Weisheit. A-Q, der Dienstbote in A-Ys Familie, war noch ein Kind.

Um neun Uhr ruderten wir dem Pavillon inmitten des Sees entgegen, um uns dort an der Winterlandschaft zu erfreuen. Unsere Barke nannten wir *Sieben Planken*. Feine Schnitzereien umrahmten das verzierte Glas der Kajütenfenster. Unter dem von Balken getragenen Gewölbedach hing ein Lampion wie edle Herbstfrüchte oder nebelverhangene Lotusknospen. Wir standen vor der Kajüte, und unser Blick schweifte über die Landschaft beider Ufer, wo Himmel und Berge in den Abendstunden am Horizont miteinander verschmolzen. Der langgestreckte Damm zog eine hauchdünne Spur, im Dunst erahnten wir einen kleinen Pavillon. A-R und A-Y genossen vor der Kajüte die Aussicht, dahinter vergnügte sich A-Q mit dem Nass, derweil ich mich im Innern allein des Weines erfreute. Während die Riemen träge ins Wasser schlugen, benebelte der Wein meine Sinne.

Als wir unter der Bogenbrücke des Damms hindurchfuhren, erklang aus dem Nichts eine helle Stimme. Die Schwärze des Brückensteins verströmte Unendlichkeit, die Jadeklänge rührten mich an. Auf der anderen Seite des Brückenbogens trieb ein fröhlich bemalter Kahn, Bäume warfen ihre Schatten auf das seichte, klare Wasser, liebliche Düfte zogen vorüber. Auf einmal verstummte der Gesang.

»Das muss die wiedergeborene Su Xiaoxiao gewesen sein«, hörte ich den Steuermann sagen (*Anmerkung: eine berühmte Kurtisane der südlichen Qi-Dynastie*).

Aus dem Stegreif rezitierte A-R die Verse:

»Seit jeher ist uns Su bekannt,
Durch ihre Trauerweide blies der Wind.
Sanfte Rute entzückt weit übers Land
In ihrer treuen Liebe Gewand
Wie auf Yue Feis Grab der Kiefer Kleide.«

Ich trat auf Deck des bemalten Kahns und erblickte tatsächlich eine junge Frau mit Augen schwarz wie die Nacht. Das Leben ist kurz, der Wein steht bereit, der Mond scheint am Himmel, mein Herz ist erfüllt von Friedlichkeit. Ich lud A-R ein, auf den Kahn zu treten und mit der Frau anzustoßen. Er erwiderte: »Su Xiaoxiao will nicht jedermanns Geliebte sein, versteckt ihre Schönheit aber nicht. In meinem Herzen trage ich ihr heiliges Antlitz, ihre Stimme offenbart mir ihre Gestalt.«

Daraufhin verschwand er mit A-Y Hand in Hand in der Kajüte.

So verweilten wir auf unseren *Sieben Planken*, bis wir den Pavillon erreichten. Wir brachten unsere Pelzmäntel und eine Feuerschale hinein und hießen A-Q den Wein erhitzen. Berauscht kehrten wir heim.

Xu Yusheng aus Xikou im Winter 1914

Dieses Buch von Xu Yusheng wird im weiteren Verlauf noch häufiger zur Sprache kommen. Er war es, der später in Hongkong die Zeitung *Schriften der Muße* herausbrachte, in der, wie bereits geschildert, Bingying Anfang 1943 auf Ge Rens Gedicht *Schmetterlingsblütler* gestoßen und daraufhin von Shanghai nach Chongqing gereist war. Der Text *Schneefall am Pavillon mitten im See* stammte aus Xu Yushengs Werk *Träume am Qiantang-Fluss*, dessen Umschlag ein Gruppenfoto von Bingying, Ge Ren und Aqing zierte. Darauf entdeckte ich auch meine Großtante. Laut Aqing war es das Mädchen, das in Begleitung von Pater Beal und Pater Ellis nach Hangzhou gekommen war. Aqing trug auf dem Foto eine Kappe und hockte in der ersten Reihe. Die Kamera schien ihm nicht ganz geheuer zu sein. Bingying war in Lederstiefeln und einem grauweißen Regenmantel zu sehen, aus dem ein Ende ihres karierten Schals hervorkam. Das Foto zeigte ihre faszinierende Ausstrahlung. Ge Ren stand neben Bingying. Sein Blick schien von etwas anderem angezogen zu werden, denn er richtete ihn nicht aufs Objektiv. Bei näherem Hinsehen war in seiner Blickrichtung ein Schutthaufen zu erkennen, auf dem meine Großtante stand. Sie hielt ein kleines Mädchen im Arm. Wie sie mir berichtete, war es ein Waisenkind, das sie in Hangzhou von der Straße aufgelesen hatte. Unglücklicherweise hatte es nicht überlebt. Aus dem lichten Waldstück hinter meiner Großtante trat eine Schar weißer Schwäne. Sie selbst stand da in ihrem blassen Rock und mit dem Pagenschnitt, genau wie Aqing sie beschrieben hatte.

Meine Großtante war nach Hangzhou gereist, nachdem sie über das Attentat auf Ge Cundao gelesen hatte. Sie traf jedoch zu spät ein, so dass sie nicht einmal mehr seinen Sarg zu Gesicht bekam. Allerdings erfuhr sie, wie sie mir erzählte, bei dieser Gelegenheit zufällig in einer ungezwungenen Unterhaltung mit den beiden Patres, dass Ge Ren ihr Zwillingsbruder war. Ein halbes Jahr verbrachte sie in Hangzhou und merkte während dieser Zeit, wie sich Ge Ren und Bingying bereits gegenseitig erste verliebte Blicke zuwarfen.

Anthony Thwaites schreibt in seinem Buch *Schönheiten,* dass sich Bingying am Vorabend von Ge Rens Aufbruch nach Japan ihrer Liebe bewusst wurde

> Nicht einmal Bingying konnte mit Bestimmtheit sagen, wann sich Ge Ren in sie oder sie sich in Ge Ren verliebt hatte.
>
> »Erst als Ge Ren nach Japan aufbrach, wurde mir bewusst, dass ich ihn nicht verlassen wollte. Auf einmal verlor ich meine mädchenhafte Schüchternheit, nahm ihn in die Arme, ohne ihn jemals wieder loslassen zu wollen. Bis dahin waren wir nicht mehr als Freizeitgefährten gewesen«, erzählte sie.
>
> Knospen wissen nicht, wie sie es zustande bringen, sich zu öffnen und Blüten zu treiben. Die junge Liebe ist wie die Tautropfen an den Ästen, erklärte ich ihr. An ihnen sammeln sich die feuchten Partikel aus der Luft und treten in verschiedenen

Farben in Erscheinung. Als ich das Wort »Tautropfen« aussprach, lachte sie. Offensichtlich fand sie sich in dieser Metapher wieder. Aber ich möchte ihre junge Liebe beschreiben, so wie ich von der Schönheit der Tautropfen erzählen möchte, die die Kunst eines Fotografen übertreffen, indem sie manches einfangen und anderes unangetastet lassen.

Im weiteren Verlauf bestätigte Aqing Bingyings Darstellung.

Ge Ren reist nach Japan

Da glaubte ich noch, dass ich mich nie mehr von Ge Ren trennen müsste, und ich hätte nie gedacht, dass er so schnell fort wäre, nach Japan. Im Grunde genommen hätte ich ihn aufhalten sollen und dazu bringen, mich weiter zu unterrichten. Aber ich hatte den Geist der absolut selbstlosen und rückhaltlosen Aufopferung für andere entwickelt, deshalb hatte ich ihn nicht an seiner Abreise gehindert.

Warum er nach Japan gefahren ist? Das ist doch klar: weil er auf der Suche nach den wahren Ideen zur Rettung seines Landes und Volkes war.

Was? Er wollte Medizin studieren? Ist das ein Widerspruch? Wozu ist die Medizin denn sonst da als dafür, das Land und das Volk zu retten?

Das Reisegeld für Japan hatte er von Hu An bekommen. Ich, Hu An und Bingying haben ihn nach Shanghai begleitet. Bingying wollte mitfahren, hatte aber nicht die Erlaubnis von Hu An bekommen. Bingying war sauer.

»Der Vorsitzende Mao sagt, dass sich die Zeiten geändert haben«, sagte sie. »Männer und Frauen sind gleich, den Frauen gehört die Hälfte des Himmels. Warum lässt du mich also nicht gehen?«

Sie hörte nicht auf zu nörgeln, bis Hu An schließlich nachgab und sagte: »Gut, dann kannst du gehen, aber erst in einem Jahr. Wenn sich Ge Ren in Japan eingerichtet hat und Fuß gefasst hat, lasse ich dich gehen.«

In Shanghai fing sie wieder an zu nörgeln, umarmte Ge Ren und wollte ihn nicht mehr loslassen. Er sei für sie wie das Wasser für einen Fisch, wie der Stengel für einen Kürbis. Genosse Ge Ren war das peinlich. Das konnte er nicht ertragen. Er lief rot an wie Guangong.

Treues Sonnenrad

Kurz nachdem meine Großtante mit den beiden Geistlichen Hangzhou verlassen hatte, wurde ihr zugetragen, Ge Ren sei eines gewaltsamen Todes gestorben. Später las ich auch in Huang Yans Memoiren *Zeitreise* einige Aufzeichnungen dazu. Wie bereits im ersten Teil erwähnt, war Huang Yan, der als Erster über die Schlacht von Erligang berichtet hatte, zusammen mit Ge Ren und Fan Jihuai in Japan gewesen. Sie waren mit dem Schiff *Treues Sonnenrad* übergesetzt. Auf den Namen dieses Schiffes geht die Überschrift des dritten Kapitels von Huang Yans Memoiren zurück. Neben den Aufzeichnungen einiger Reiseepisoden legte er in dem Text mit Ge Rens eigenen Worten die Gründe für dessen damalige Reise nach Japan dar:

> Es war ein regnerischer Herbsttag, als der japanische Dampfer *Treues Sonnenrad* aus Nanjing auslief. Zwar klarte der Himmel ein wenig auf, dennoch wehten die hartnäckigen Flusswinde Kälte herbei. Das Schiff verweilte nur kurz in Shanghai, bevor es weiterfuhr. In China tobten zu der Zeit gerade die Kämpfe zwischen den ländlichen Warlords, so dass manch einer das Land aus Kummer darüber verließ, viele andere jedoch aus Erschöpfung. Auf das Brausen der tosenden Brandung gebettet, schlief ich schnell ein. Im Traum erschien mir mein sterbender Vater. Kurz nach seinem ersten Todestag hatte ich das Schiff bestiegen. Im vergangenen Jahr am 1. September war er während der kriegerischen Auseinandersetzungen in Nanjing gefallen. Ein Traum jagte den nächsten, überall lagen Tote, geköpft wie gehacktes Gemüse. Ich stöhnte im Schlaf auf. Als ich erwachte, erblickte ich vor mir einen jungen Mann. Er wirkte zart und sensibel, war scheu und

wunderschön. Später erfuhr ich, dass er Ge Ren hieß und sich ebenfalls auf dem Weg zum Studium nach Japan befand.

»Geht es Ihnen nicht gut?«, flüsterte er zu mir herabgebeugt.

Mich trösteten seine Worte, obgleich mir niemand den Schmerz nehmen konnte. Wenn ich heute darüber nachsinne, verhielt ich mich womöglich taktlos, weil ich, um eine Ausrede zu finden, ausgerechnet einen Traum anführte, in dem ein Schiff sinkt und sämtliche Passagiere in den Tod reißt. Unentwegt rieb er sich die Hände, während er neben mir stand, und errötete.

Es war die weiteste Schifffahrt meiner Jugend. Wahrscheinlich hatte ich schon lange zuvor gehofft, dass ich in der Ferne mein Unglück vergessen würde. Aber die Gischt, die in der Morgenröte und in der Abendsonne auf das Deck der dritten Klasse sprühte, rief mir beharrlich das tiefrote Blut meines Vaters ins Gedächtnis. Ich offenbarte Ge Ren, dass mich sogar ein an Deck liegendes Bonbonpapier oder ein Korkenstück an all die abgeschlagenen Köpfe denken ließ. Ist man einmal von einer Schlange gebissen worden, fürchtet man sich hundert Jahre lang vor der Brunnenwinde. Nur dass ein Schlangenbiss nicht tödlich ist, während man sich mit der Brunnenwinde erhängen kann. Ich hatte die Erhängten in Nanjing zu Gesicht bekommen, aufeinandergestapelt, mit getrockneten Wunden, aber mit aufgerissenen Augen und umgestülpten Lidern, als suchten sie zu erspähen, aus welcher Tierhaut ihr Strick wohl gemacht war, dass er von solcher Reißfestigkeit sein konnte. Eines Mittags warf Ge Ren alle Bonbonpapiere und Korkenstücke ins Meer. Anschließend kam er zu mir und zog eine Flasche *Töchter-Reiswein* aus der Brusttasche. Da wurde ich der Melancholie gewahr, die in seiner Scheu lag. Aber er war so heiter und offenherzig. Wie er die Flasche zum Mund führte, wie sein Gesichtsausdruck sich veränderte, wenn er den Schnaps trank – darin zeigte sich der diesem Alter eigene Überschwang. Er erzählte mir, dass er in Shanghai an Bord gegangen sei.

»Sie sind sicher in Nanjing eingestiegen«, vermutete er.

»Ich habe Sie nämlich neben dem Schiff gesehen, als ich an Bord ging. Sie murmelten etwas vor sich hin, ich glaube, Gebete, nicht wahr?«

Seine Worte verwunderten mich damals. Dass er als Waisenkind in der Kirche aufgewachsen war, habe ich erst Jahre später erfahren. Abends rückten wir dann unsere Kojen zusammen. Neben uns lagen noch zwei Männer, ein kleinwüchsiger und ein großer. Der Kleine war, wie jeder weiß, Fan Jihuai, heute eine juristische Autorität Chinas. Damals war er allerdings äußerst unscheinbar. Wer hingegen die Blicke auf sich zog, war jener dünne Lange. Warum er von Zeit zu Zeit unvermittelt auflachte, weiß ich nicht. Er hatte eine Wunde am Knie, die bereits zu eitern begonnen hatte, als er das Schiff bestieg. Bis zum Abend hatte sich darauf eine fruchtschalendünne Schorfschicht gebildet, die er am nächsten Morgen mit dem Fingernagel aufstach. Als er den Eiter austreten sah, atmete er zufrieden durch. Auf Ge Rens Ansprache hin sagte er nur, dass er aus Anqing stamme, und verlor kein weiteres Wort. Daraufhin wandte sich Ge Ren mir zu und erzählte mir von einem Fräulein Hu, das eigentlich mit ihm zusammen an Bord des Schiffes hätte gehen sollen, aber im letzten Moment habe ihr Vater sie nicht gelassen. Seiner Art, über sie zu sprechen, entnahm ich, dass dieses Fräulein Hu seine Geliebte war. Nach Jahren erfuhr ich, dass es sich bei Fräulein Hu um die chinesische Theaterschauspielerin Frau Bingying handelte. Aus heutiger Betrachtung erscheint die jugendliche Liebe wie das Licht, das durch die Schiffsluke drang: Das Dämmerlicht verband Himmel und Erde und war nahezu durchsichtig wie in Öl getränktes Papier. Auch meine Geliebte kam mir in den Sinn, wenn ich sie überhaupt Geliebte nennen durfte. Sie war meine Kusine, und wir hatten nur in aller Unschuld miteinander gespielt. Dann heiratete sie in jenem Jahr zum Frühlingsfest einen anderen Mann. Wieder und wieder erschien mir ihr Mann in meinen Träumen, ein unter dem Militärgouverneur tätiger Adjutant, den ich nur einmal zu Gesicht bekommen hatte und der in meinen Träumen sein gerechtes Ende erlebte: Er wurde erwürgt, erhängt, verstauchte sich im

Steigbügel derart den Knöchel, dass er vor Schmerz verendete, wurde mit einem stumpfen Messer abgestochen, mit einem scharfen wurde ihm die Kehle durchgeschnitten, er erstickte beim Beischlaf, er knallte sich mit einem polierten Revolver selbst ab, zog ein zu enges Hemd an, mit dessen Schulterband er sich erdrosselte. Ich wusste nicht einmal mehr genau, wie er aussah. Aber in meinen Träumen erschien mir sein verzerrtes Gesicht so lebensecht wie der Hund, den ich selbst aufgezogen hatte. Bevor ich Nanjing verließ, besuchte mich meine Kusine, wagte es aber nicht, ihr in die Augen zu blicken. Sie machte mir einen Stapel Stricksocken zum Geschenk.

Ge Ren erlebte in seinen Träumen hingegen poetische Dinge. Zeit seines Lebens war er ein Gefühlsmensch. Er erzählte mir, wie er mit Fräulein Hu durch einen Park mit einem von Gardenien, Hibiskus und Wasserlilien umgebenen Pavillon wandelte. Auch sie verströmte den Duft von Wasserlilien, der gegen Abend in einen Hauch Pfefferminze überging, nur eine Spur bitterer, wie Tee. Seine Schüchternheit konnte er nicht verbergen. Er sprach, als rede er zu sich selbst.

»Warum wollen Sie dann überhaupt nach Japan reisen?«, fragte ich ihn. »Gibt es denn etwas Schöneres als eine Gefährtin bei der nächtlichen Lektüre?«

Zunächst erwiderte er, dass er ein gutgemeintes Angebot von Freunden nicht hätte abschlagen können, fügte dann aber hinzu, dass er keine Alternative gesehen habe. In der Teefabrik von Hangzhou war er Opfer eines Überfalls geworden. Hätte er nicht solch großes Glück gehabt, wäre er längst wie sein Vater ums Leben gekommen. Damals war mir noch nicht bekannt, um wen es sich bei seinem Vater handelte. Erst später erfuhr ich, dass es Herr Ge Cundao war, der in Shanghai Vorbereitungen zum Bau der ersten öffentlichen Bibliothek getroffen hatte.

Die Reise von Shanghai nach Japan dauerte zehn Tage, wenngleich sie mir damals so endlos wie ein ganzes Jahrhundert vorkam. Ge Ren und ich schlossen unterwegs Freundschaft und verstanden uns auch ohne Worte. Er liebte die frische Luft, das ferne Firmament, die Vögel, die von Zeit zu Zeit auf dem *Treuen Sonnenrad* nisteten, ihre roten Schnäbel, er liebte die Wellen, die auf und ab wogten wie die schwankenden Rücken einer vorbeiziehenden Kuhherde. Er erzählte mir, dass er einen besonderen Wunsch habe: Er wolle allen schönen Dingen einen Namen geben, der Stimme der Natur sein Ohr leihen, ihre Schönheit betrachten, ihre Zärtlichkeit erspüren und das Geheimnis ihrer vollendeten Gestalt lüften. Sollte ihm das nicht gelingen, wolle er mit all seiner Liebe Kinder großziehen und ihnen das Geschick mit auf den Weg geben, die noch fehlenden Namen einen nach dem anderen zu finden.

Eines Abends, als der letzte, trostlose Glanz der Sonne verblasste, geschah etwas. Der Mann aus Anqing, dessen Koje gleich neben unserer stand, stürzte wie ein vom Wind hinweggewehtes Bettlaken ins Meer. Das *Treue Sonnenrad* sauste weiter voran, während ihn die Wellen verschlangen. Alle schrien auf vor Entsetzen über den Unfall. Aber kurz bevor das Schiff anlegte, fand jemand im Gepäck des Ertrunkenen ein Testament. Sein Name war Yin Jifu, und er war ein Freund des Trotzki-Anhängers Chen Duxiu. Chen Duxiu hielt sich damals gerade in Japan auf und studierte am Athene-Französisch-Institut. Als wir ihm später begegneten, erklärte er uns, dass Yin Jifu Angestellter der Shanghaier Ostasienbibliothek gewesen sei und nach Japan kommen wollte, um mit ihm über eine Lektorenstelle bei der Zeitschrift *1914* zu verhandeln. Von ihm erfuhren wir auch, dass Yin Jifu ein Dichter war.

Nach einer halben Ewigkeit legten wir an. Wir alle stampften auf, als wollten wir uns vergewissern, endlich auf der Insel angekommen zu sein und wieder festen Boden unter den Füßen zu haben. Trübe Nebel der Fremde zogen auf und ließen mich erschaudern. Unerklärlicherweise stiegen Ge Ren, mir und anderen Passagieren die Tränen in die Augen.

In Anthony Thwaites Werk *Schönheiten* las ich, dass Ge Ren während des Überfalls im Teehaus *Garten der harmonischen Düfte* gesessen hatte. Attentate waren in China damals zwar weit verbreitet. Ob der Schuss aber gezielt abgegeben worden war oder ob es sich um ein verirrtes Geschoss gehandelt hatte, darüber konnte auch Bingying keine Auskunft geben. Nichtsdestotrotz musste Hu An in Anbetracht des Mordes an Ge Rens Vater wachsam sein, so dass er Ge Ren nach Japan schickte.

Nachdem sich Ge Ren in Japan eingerichtet hatte, schrieb er Bingying, er freue sich darauf, sie bald dort zu sehen. In *Schönheiten* wird ein Ausschnitt dieses Briefes zitiert:

> Unser Abschied in Shanghai liegt nun bereits zwei Wochen zurück. Derzeit beherbergt mich mein japanischer Freund Kawata, es geht mir gut hier. Die Holzdielen meines Zimmers schweben dreißig Zentimeter über dem Boden, das Fenster lässt sich so leicht wie Schmetterlingsflügel öffnen und schließen. Wärst du hier, es würde dir gefallen. Einzig die Sehnsucht nach dir verzehrt mich. Je schneller ich dich hier in Japan wiedersehen kann, desto größer mein Glück.

Niemals wäre es ihm damals in den Sinn gekommen, dass Bingying bereits Mutter sein würde, wenn er ihr zum nächsten Mal begegnete.

Der Wiesel wünscht dem Huhn ein frohes neues Jahr

Ich war verlassen und hatte niemanden mehr zum Spielen, nachdem Ge Ren fort war. Bingying spielte nämlich nicht mit mir, weil sie meine Rotznase abscheulich fand. Bingying ging gerne ins Theater. Und nachdem sie einen gewissen Su Mei (*Anmerkung: nämlich Mei Su*) kennengelernt hatte, war sie immer mit ihm zusammen und ist auch mit ihm nach Shanghai zu Theatervorstellungen gefahren. Einmal, als sie wieder nach Shanghai ins Theater gefahren waren, kamen sie wegen dem Regen erst einen Tag später zurück. Zong Bu brachte sie mit dem Auto. Später erfuhr ich, dass Zong Bu ein Freund von Hu An war. Deshalb hatten sie an dem Abend bei ihm übernachtet.

Genau, später machte Zong Bu eine Zeitung. Ich glaube, sie hieß *Shen Port Zeitung.*

Was *Shen Port* heißt? *Shen Port* heißt einfach Hafen von Shanghai. Siehst du, die Zeitung heißt nicht »Shanghaier Hafenzeitung«, sondern extra *Shen Port*, damit die Masse des Volkes nichts versteht, oder? Er ist doch gegen die Volksmassen! Scheißdreck, wer sich gegen die Massen stellt, mit dem nimmt es kein gutes Ende. Und mit ihm hat es ja dann auch kein gutes Ende genommen. Zu Recht!

Ich weiß noch, dieser Zong hat damals in Hangzhou gewohnt. Hu An meinte es nur gut mit ihm und hatte ihn zum Essen eingeladen. Aber Zong war auf ihn am Einreden, er soll Aktien kaufen, weil man damit schneller reich werden kann als mit Tee.

Dann hatte die Volksregierung aber ein Verbot für Aktien erlassen. Der Verbotserlass war ein Glück, kein kleines Glück, sondern ein großes. Was haben denn Aktien schon mit der Revolution zu tun? Die machen doch nur eine Handvoll Kapitalisten fett. Hu An hatte sich damals ruckzuck entschlossen, diese Räuberei nicht mitzumachen.

In Ordnung, ich erzähle weiter. Zong Bu hatte ein Mikroskop und damit immer kräftig angegeben, dass es schärfer sei als der Zauberspiegel vom Heiligen Jadekaiser. Bingying war sofort davon begeistert.

Habt ihr schon mal ein Mikroskop gesehen? Dein Gesicht mag vielleicht noch sauber sein, aber wenn du deinen Schwanz unterm Mikroskop anguckst, ist er voller Maden.

Dann hat er es ihr geschenkt. Sie war noch jung und naiv und hatte noch nicht verstanden, dass eine Hand die andere wäscht. Etwas später kam er mit dem Auto nach Hangzhou, um das Mikroskop wieder abzuholen. Aber Bingying hatte es schon kaputt gemacht. Sie sagte, dass sie für den Schaden aufkommen wollte.

»Für den Schaden aufkommen?«, sagte er. »Wie soll das denn gehen?«

Später habe ich mitbekommen, dass er schon lange ein Auge

auf sie geworfen hatte, nicht erst seit dem Tag. Er hatte Bingying das Mikroskop gegeben, um sich damit zu amüsieren. Aber eigentlich war er das Wiesel, das dem Huhn ein frohes neues Jahr wünscht. Ach, besser Ge Ren wäre nicht weggegangen. Dann hätte Zong Bu sich nicht in diese Lücke drängen können.

Was sagst du? Fliegen stechen immer nur in ein gesprungenes Ei? Darüber will ich nicht mit dir streiten. Aber Bingying war damals noch jung und noch nicht kampferprobt.

Und dann hat er ihr einen dicken Bauch gemacht. Als ich sah, dass sie jeden Tag dicker wurde, bin ich ihr hinterhergelaufen und habe gefragt, was sie Gutes gegessen hätte, dass sie so schnell dick wird. Aber nicht nur, dass sie nicht antwortete. Sie hätte mir beinahe mein Ohr abgerissen. Tja, wie soll ich sagen, ich war damals noch zu klein und hatte kaum Kampfgeist. Sonst hätte ich ihn aus dem Weg geräumt und ihm bei seinen Machenschaften einen dicken Strich durch die Rechnung gemacht. Ich habe mir geschworen, ihn nie wiederzusehen. Aber wer konnte schon ahnen, dass ich diesem Kerl viele Jahre später im Dahuang-Gebirge wieder über den Weg laufen würde?

Das Mikroskop

Zong Bus Mikroskop stammte von Kang Youwei. Dieser hatte es 1884 von einem Missionar geschenkt bekommen.

Nach dem Scheitern der Hundert-Tage-Reform floh Kang Youwei. Ge Cundao folgte Kang Youwei ins Exil. Daher mussten sich Ge Cundao und Zong Bu bereits gekannt haben, wenngleich über ihren Kontakt keine Aufzeichnungen existieren. Vor seiner Flucht nach Japan schenkte Kang Youwei das Mikroskop Zong Bu zur Erinnerung. Dadurch war das Mikroskop für ihn von großer Bedeutung, er betete es an und nahm es überallhin mit. Kurz nach Kang Youweis Flucht ging auch Zong Bu fort, über Hongkong nach Frankreich. Interessanterweise bestieg Zong Bu auf seinem Weg nach Frankreich denselben Postdampfer wie Hu An. Als er in Hongkong an Bord ging, kannten sie sich noch nicht und kamen erst dank eines unvorhergesehenen Ereignisses ins Gespräch. In *Schönheiten* zitiert Anthony Thwaites einen Brief, den Zong Bu an Huang Jishi schrieb. Darin beschreibt er, wie er und Hu An sich kennenlernten. Den Originalbrief konnte ich nicht ausfindig machen, so dass der folgende Auszug aus *Schönheiten* entnommen ist:

> Als der Postdampfer auf das Südchinesische Meer hinausfuhr, tobte ein Taifun, der das Boot beinahe kentern ließ. Einige Leute sagten, dass sie sich lieber selbst erschießen würden, als sich bei lebendigem Leib von Haien fressen zu lassen. Der Sturm kostete eine Person das Leben, einen alten Mann, der sich aber nicht das Leben genommen hatte, sondern auf dem Schiff gestürzt und so zu Tode gekommen war. Wie auf See üblich, dienen Tote als Fischfutter. Während der Bestattungszeremonie stand ich mit einem jungen Mann namens Hu aus Hangzhou zusammen. Dieser sagte, er habe genau beobachtet, wie der Mann blass wurde, sich verkrampfte und dann starb. Mein Herz zog sich zusammen, als die Leiche auf der Wasseroberfläche trieb. Vor meinem inneren Auge erschien mir mein eigener Tod. Hu bemerkte hingegen, er wolle sich ebenso unter die Wellen mischen, wenn er sterbe. Sämtliche Dinge weckten sein Interesse: Er mochte die Trostlosigkeit von Singapur, die singhalesischen Elefanten, Brillenschlangen und Zauberer. Ein Affe, den eine singhalesische Frau aufgezogen hatte, gefiel ihm besonders. Und kaum hatte er einen Blick in mein Mikroskop geworfen, wollte er es nicht mehr aus der Hand legen. Als ich mich in Indien in eine Schlangenbeschwörerin verguckte, wollte er sie kaufen und mir im Tausch gegen das Mikroskop überlassen. Weil ich fürchtete, dass ein kleiner Zong Bu ein Jahr später in irgendeinem indischen Kokoswald von der Schlangenbeschwörerei hätte leben müssen, lehnte ich ab.

Wahrscheinlich ist dieser Brief auch die Erklärung für Zong Bus damaligen Besuch in Hangzhou: Denn 1915 grub er das Mikroskop im Gedenken an seine Freundschaft mit Hu An wieder aus und nicht, wie Aqing behauptet hatte, um Bingying zu verführen. In einem Punkt hatte Aqing allerdings recht, nämlich dass Zong Bu schon wenige Tage später in Hangzhou eintraf. Zum einen kam er, um mit Hu An über alte Zeiten zu plaudern, und zum anderen, um seinen Schatz, das Mikroskop, abzuholen. Laut Aqing hatte Bingying das Gerät zerbrochen. Laut Bingying war es aber Aqing gewesen. In *Schönheiten* hielt Anthony Thwaites Bingyings Erinnerungen daran fest:

> Bei seiner Ankunft in Hangzhou lag das Mikroskop bereits in Scherben. Aqing und ich hatten damit Ameisen beobachtet, als ein Brief von Ge Ren eintraf. Ich versteckte mich sofort im hinteren Garten zum Lesen. Kurz darauf hörte ich Aqing weinen. Ich rannte zu ihm und sah, dass er einer Ameise samt Mikroskop auf den Baum nachgestiegen und dann hinuntergefallen war. Als Zong Bu auftauchte, erschrak ich zu Tode. Ich wich ihm zunächst aus und begleitete ihn bei einem Spaziergang durch Hangzhou. Er sprach ein wenig Französisch. Dadurch erinnerte ich mich an meine Kindheit und empfand ein seltenes Gefühl der Nähe und Vertrautheit.
>
> Nein, er war damals ganz anständig und hatte mich noch nicht angerührt. Als er auf das Mikroskop zu sprechen kam, log ich und sagte, dass ich nicht wisse, wo ich es hingetan hätte. Ich verriet Aqing nicht, weil er aus lauter Angst bereits wie ein herrenloser Hund umherirrte. Ich bat Zong Bu, darauf zu vertrauen, dass es eines Tages von selbst wieder auftauchen würde. Er vermutete, mein Vater hätte es versteckt, um sich damit zu vergnügen. Etliche Tage später kam er wieder. Mein Vater versprach, ihm unter allen Umständen ein neues Mikroskop zu besorgen. Aber Zong Bu war sichtlich ungehalten: Ein neues Mikroskop könne von noch so guter Qualität sein, schimpfte er, es würde niemals an sein zerstörtes heranreichen.
>
> Noch vor General Zhang Xuns Versuch, 1917 die Qing-Dynastie zu restaurieren, begegnete ich ihm ein weiteres Mal. Nach Zhang Xuns Scheitern tauchte er unter. Ich hatte mich damals stets als seine Tochter herrichten und ausgeben sollen,

was mir anfangs auch Vergnügen bereitete. Aber dann kam alles anders.

Als Zong Bu ein weiteres Mal nach Hangzhou kam, hatte er eine Aufgabe zu erfüllen: Auf Kang Youweis Geheiß hin sollte er mit einem Militärangehörigen zusammentreffen, um Zhang Xun heimlich bei Kaiser Puyis Wiedereinsetzung zu unterstützen. Einerseits hatte er damals in Hangzhou seine Last mit der bedeutenden Aufgabe, andererseits verliebte er sich in die als seine Tochter zurechtgemachte Bingying. Er schrieb ihr zahllose Liebesbriefe und nannte sie darin »Mengke«. »Ke« ist ein wunderschöner Jadestein oder auch die Jadeverzierung eines Pferdegeschirrs. Legt man die zweite Bedeutung zugrunde, nach der »ke« eine andere Bezeichnung für Pferd ist, so nannte er sie »Pferd der Träume«. Manch einer dachte, Zong Bu betrachtete Bingying als seine Mitstreiterin. Allerdings zeigte Anthony Thwaites auf, dass Mengke in Wirklichkeit die phonetische Übertragung von »Mon Cœur« (*französisch: Mein Herz*) war.

Im Juli 1917 war General Zhang Xuns Restaurationsversuch endgültig beendet, und Zong Bu wurde vom örtlichen Militär steckbrieflich gesucht. Zusammen mit Bingying floh er nach Shanghai, wo sie sich bei Huang Jishi versteckten. In *Lebensmitte* schrieb Huang:

> Nach seinem endgültigen Scheitern floh der Zopfträger (*Zhang Xun*) in die niederländische Botschaft. Herr Kang Youwei fand in der amerikanischen Botschaft Unterschlupf. Zong Bu hingegen kehrte nach Shanghai zurück. Er brachte ein junges Mädchen mit, Hu Ans Ein und Alles. Sie war schön und verführerisch. Wenn sie sprach, neigte sie ihren Kopf, beinahe ein wenig trotzig. Es gab keinen Zweifel daran, dass die beiden ein Paar waren. Im damaligen Shanghai galt es für reiche Leute als standesgemäß, sich mit jungen Mädchen zu umgeben. Man verglich sie mit teuren Delikatessen wie zarten Gemüsesprossen oder Spanferkel. Aber Herr Zong Bu war anders. Er gehorchte dem Mädchen blind. Hatte sie schlechte Laune, wurde er unruhig, als wäre der Feind im Anmarsch. Er wurde zuneh-

mend unterwürfig und kriecherisch. Wirklich merkwürdig. Meiner bescheidenen Auffassung nach liebte er in Wirklichkeit nicht sie, sondern seine verlorene Jugend, die sie ihm wiederbringen sollte.

Bingyings Erinnerungen und Huang Jishis Schilderungen unterscheiden sich nur wenig. Huang Jishi wohnte im zweiten Stock eines kleinen Hauses mit einem großen Esszimmer und einem engen Treppenhaus, dessen oberes Geländer beschädigt war. Oft trafen sich Freunde bei ihm. Viele unter ihnen hatten eine Weile im Ausland studiert. Sie lobten den Kaiser und schimpften auf die Regierung und den bezopften General. Oder sie schimpften auf den Kaiser und lobten die Regierung und den bezopften General. Sie prahlten, schmierten sich gegenseitig Honig ums Maul, rezitierten Gedichte, schluchzten, weinten, lachten schallend und leisteten Schwüre. In dem Zimmer gab es Zigaretten, Opium, Champagner, *Huadiao*-Schnaps, Majong und Poker wurden gespielt. Bingying bewohnte damals ein Zimmer am Ende des Korridors. Sie saß währenddessen vor einem runden Spiegel an der Frisierkommode – nicht vor dem Bronzespiegel, von dem Huang Jishi sprach, sondern vor einem runden Glasspiegel – und weinte heimlich:

> Bingying erzählte, dass der runde Glasspiegel einen Sprung hatte, für den sie selbst verantwortlich war.
>
> »Oft legte ich mein Gesicht auf die Handrücken und wagte es nicht, mich anzublicken«, sagte sie. »Ich fühlte mich verkommen. Zahllose Bücher erzählten von solchen Frauen. Wenn er (*Zong Bu*) eintrat, wurde ich grundlos wütend. Den ganzen Tag über war ich schläfrig wie eine Seerose, die auf dem Abwasser treibt. Ich träumte häufig von Ge Ren. Würde Ge Ren je erfahren, dass ich mit einem Mann, der älter als mein Vater ist, das Bett teile? Bei diesem Gedanken sah ich im Spiegel, wie mir die Schamesröte ins Gesicht stieg. Der Sprung verdoppelte mein Gesicht gleichsam, so dass mir meine Scham sogar zweimal entgegensah. Am meisten machte mir Angst, dass ich diese

Scham manchmal doch vergaß. Einmal ging ich mit Zong Bu zu einem Freund zum Tanzen. Dort waren viele Mädchen, die sich in Gegenwart der Männer schüchtern und hilflos gaben. Ich dachte noch, ach, schau her, die haben ja keine Ahnung, sie haben keine Ahnung, wie man einen Mann verführt. Sie waren alle noch grün hinter den Ohren. Ich war von meiner Haltung entsetzt, aber als wir zu Hause waren, kostete ich von seinen Lippen schreckliche Freude.«

Dieses Leben war nicht von Dauer. Als Zong Bu eines Morgens erwachte, hatte Bingying ihn verlassen. Auf dem Teakbett hinterließ sie ihm einen Zettel, auf dem sie ihn bat, nicht nach ihr zu suchen. Sie war nicht nach Hangzhou zurückgekehrt, sondern nach Tianjin gegangen. Dort trafen meine Großtante und Pater Beal, wie bereits erwähnt, die Vorbereitungen für den Bau eines Waisenhauses. Aus Scham verschwieg sie meiner Großtante ihre Geschichte mit Zong Bu. Schließlich kehrte sie in Begleitung meiner Großtante wieder nach Hangzhou zurück und wurde kurze Zeit später von ihrem Vater nach Frankreich gebracht, da sich ihre Mutter seinerzeit in Paris aufhielt. Bingying war damals bereits schwanger. Das Kind, das sie im Bauch trug, war meine Schmetterlingsblümchen-Mutter.

Zong Bu blieb verzweifelt, mit gebrochenem Herzen zurück. Das gefällt mir, denn es zeigt, dass er Bingying wirklich liebte. Offen gesagt, freut es mich, dass Zong Bu mit Bingying eine große Liebe verband. Die ganze Zeit über war ich akribisch auf der Suche nach den richtigen Worten, um ihre Liebe zu beschreiben, nach schönen Worten. Als könnten nur sie meins und das Leben meiner Mutter legitimieren. Daher war Zong Bus Brief, den ich in *Schönheiten* las, für mich so, als höbe ich einen wertvollen Schatz:

Mengke, von Deinem Vater erfuhr ich, dass Du nach Frankreich gegangen bist. Ich warte jede Sekunde auf Dich wie ein Kamel in der Wüste auf eine Oase. Wie ein Tor küsse ich Deine Puderdose, denn sie trägt noch Deinen Duft. Ich küsse das zerbrochene Mikroskop, denn Scherben bringen Glück. Ich beneide Deine Schuhe, die Dich täglich tragen dürfen.

Schreib mir, Mengke, sei es auch nur eine Zeile. Erklär mir bitte, was ich falsch gemacht habe. Bitte vergiss mich nicht einfach und verbanne mich nicht aus Deinem Kopf, tu wenigstens so, als ob Du Dich an mich erinnerst. Bitte täusch mich, eine Lüge ist mir lieber als Schweigen. Ich werde Dich immer lieben, so lange, bis nur noch ein Haufen weißer Knochen von mir übrig sein wird.

Dieser Brief erreichte sie in Frankreich. Ob er sie berührte, entzieht sich meiner Kenntnis. Anthony erzählte sie, dass sich in dem Schreiben, das sie damals erhielt, ein Brief meiner Großtante befand, die ihr mitteilte, Ge Ren wolle aus Japan zurückkommen. Außerdem schrieb sie, dass Ge Ren auf Aqings Wunsch hin ein Mikroskop aus Japan geschickt habe.

Braves Schmetterlingsblümchen

Ist das in Ordnung, dass ich das alles erzähle?

Gut, dann mache ich weiter. Ich hatte mir überlegt, Ge Ren einen Brief zu schreiben und ihm zu sagen, dass Zong Bu Bingying verführt hatte. Aber dann habe ich meine Meinung geändert und fand, dass es nicht gut wäre. Marschall Lin Biao hat gesagt, wer Kleines nicht erträgt, kann Großes nicht leisten. Ge Ren lernte gerade fleißig über die Revolution, da konnte ich ihn nicht mit solchen Kleinigkeiten stören. Ich dachte, er wäre bestimmt wütend, wenn ich es ihm gesagt hätte. Bestimmt hätte er gesagt, dass ich mich nur um schmuddelige Privatangelegenheiten kümmere und nicht um die großen Dinge.

Da seht ihr, ich erinnere mich noch gut an die stürmischen Jahre der Vergangenheit. Manches ist mir vielleicht entfallen, aber an alles, was mit Ge Ren zu tun hat, erinnere ich mich ganz genau, ganz genau! Und warum? Weil ich weiß, dass meine alten Knochen noch zu etwas nütze sind. Früher oder später wird die Partei jemanden schicken, der sich bei mir über

Ge Rens Heldentaten erkundigt. Also, sobald ich die glückverheißende Elster auf dem Ast höre, weiß ich, dass die Partei jemanden schickt. Gib mir noch eine (*Zigarette*).

Was soll ich jetzt noch erzählen?

Noch mal das Gleiche?

Gut, ich ziele dorthin, wohin ihr zeigt. Im Handumdrehen waren Jahre vergangen, und ich war ihm nicht mehr begegnet. Nachdem er aus Japan zurück war, ging er nach Peking. Als ich das hörte, wollte ich ihn unbedingt besuchen und gleichzeitig das Tor des Himmlischen Friedens besichtigen, einfach mal den Ort sehen, an dem die rote Sonne aufgegangen ist. Außerdem wollte ich noch die Gedenktafeln der Nationalhelden anschauen und der revolutionären Märtyrer gedenken.

Was? Damals gab es noch gar keine Gedenktafeln?

Tja, auf jeden Fall wollte ich nach Peking fahren, um ihn zu besuchen. Aber bald darauf hörte ich, dass er in die Sowjetunion gegangen war.

Nein, zu dieser Zeit war die Sowjetunion noch kein Sozialimperialist. Dann sind wieder Jahre vergangen, ohne dass ich bei ihm war. Und dann hörte ich, dass er aus der Sowjetunion zurück war und an einer Shanghaier Universität unterrichtete. Er war Professor geworden. Da habe ich meine Beine unter den Arm genommen und bin hin.

Genosse, so kann man das nicht sagen. Es gehören doch nicht alle, die an der Universität unterrichten, zur Stinkenden Neunten Klasse. Der Vorsitzende Mao hat doch auch an der Shanghaier Universität gelehrt, außerdem auch Guo Moruo und Li Dazhao. Ge Ren und Li Dazhao haben sich oft gegenseitig besucht. Wirklich. Wenn das gelogen ist, soll mich sofort der Schlag treffen.

Wo die Uni war? Lass mich kurz überlegen. Ich glaube, in der Himmelhochstraße, wie »Himmelhoch ist mein Ziel schon lang, heute erklimme ich den Jinggang-Hang«. (*Hier irrte sich Aqing. Die Straße hieß Blaue-Wolken-Straße und lag im Shanghaier Stadtteil Zhabei.*) Seit er Professor war, war er noch dünner geworden als vorher schon. Aber sein Geist, sein Kampfgeist, war wach. Er lehrte damals russische Literatur. Von ihm weiß ich, dass Tolstoi der Spiegel der russischen Revolution war.

Haha, nicht gleich protestieren. Das hat ja gar nicht er gesagt, das ist von Lenin. Wenn Lenin sagt, dass Tolstoi ein Spiegel ist, dann ist er einer.

Als ich in Shanghai angekommen war, führte mich Ge Ren erst mal zum Essen aus, in ein gutes Restaurant. Davon habe ich einen Schluckauf bekommen, der nicht mehr aufhören wollte. Ich konnte nicht aufessen und habe mir den Rest einpacken lassen. Dann bin ich mit einem Korb gefüllter Klößchen zur Uni gegangen. Unterwegs bin ich einigen Stadtstreichern begegnet. Einer hat versucht, mir die Klößchen zu stehlen. Ich holte aus und habe dem Kerl einen Arschtritt verpasst. Dann bin ich weitergegangen und traf wieder auf einen, einen kränklichen, der sich vor Hunger kaum mehr bewegen konnte. Dem habe ich alle meine Klöße gegeben. Ge Ren hat das gesehen, und er hat sich darüber gefreut. Er fragte mich nach meinen weiteren Plänen.

»Was für Pläne?«, fragte ich. »Ich bleibe bei dir und studiere weiter.«

»Aqing, Aqing«, sagte er nach kurzem Nachdenken. »Du bist gut, bist mutig und feinfühlig, du wärst ein guter Arzt. Ich empfehle dich für ein Medizinstudium, dann kannst du später ein angesehener Mann werden.«

Für mich war jeder seiner Sätze eine Offenbarung. Ich habe nicht lange überlegt, stimmte zu und sagte, dass ich am nächsten Tag in die Uni gehen würde. Es war dann so, dass Ge Ren Geld lockergemacht hat und dafür sorgte, dass ich lange Zeit Gasthörer an der Medizinischen Fakultät sein konnte. Das ist jetzt keine Angeberei: Hätte ich zu Ende studiert, wäre ich ganz sicher ein guter Arzt geworden. Aber später wollte ich nicht mehr studieren. Die Studiengebühren waren zu teuer, ich wollte Ge Ren nicht noch mehr auf der Tasche liegen.

Eines Tages nach Schulschluss bin ich zu ihm in die Uni gegangen. Mit seiner Mappe unter dem Arm wollte er gerade zur

Tür raus. Als er mich sah, sagte er, ich sollte mitkommen, jemanden besuchen. Mit einer Rikscha haben wir den Campus verlassen. In der Moulmeinstraße (*Anmerkung: heute Nördliche Maoming-Straße*) gingen wir in einen kleinen Hof und haben an eine Tür geklopft. Rate mal, wer da auftauchte.

Keine Ahnung?

Genau, eine Frau. Es war Bingying, der ein kleines Mädchen am Rockzipfel hing. Es sah aus wie ein westliches Kind, aber war ihr wie aus dem Gesicht geschnitten. Sie hat geplappert und geplappert, aber ich habe kein Wort verstanden. Sie redete nämlich ausländisch.

Was? Von wem es die Tochter war? Natürlich von Bingying. Gut, ihr Genossen wisst jetzt eh schon alles, also sage ich euch ja wohl die Wahrheit.

Stimmt, sie war aus Bingyings Kooperation mit Zong Bu entstanden. Das Problem war nur, dass dieses Mädchen von klein auf sehr gut zwischen Freund und Feind unterscheiden konnte. Sie hat Zong Bu einfach ignoriert. Für sie war Ge Ren ihr Vater. Deshalb ist es auch ohne Belang, ob Ge Ren ihr leiblicher Vater war oder nicht. Genossen, ihr habt doch alle die Oper *Die Legende von der roten Laterne* gesehen und wisst, dass Li Tiemei nicht Li Yuhes richtige Tochter und Li Yuhe auch nicht Großmutter Lis richtiger Sohn ist. Aber sie stehen sich trotzdem näher als Verwandte. Deshalb ist es absolut ohne Belang, ob man verwandt ist.

Was sagst du? Drache ist Drache, Phönix ist Phönix, und eine Maus kann nach der Geburt ein Loch graben?

Das hat uns der Vorsitzende Mao beigebracht?

Wie, der Satz ist von mir? Dann scheißt drauf.

Gut, ich mache weiter. Was Li Yuhe kann, kann Ge Ren natürlich auch. Sogar den Namen Schmetterlingsblümchen hat Ge Ren ausgesucht. Er behandelte sie wie ein rohes Ei und hätte sie nicht mehr lieben und verwöhnen können.

Einmal kam Schmetterlingsblümchen mit einem Gesicht gelb wie eine Birne nach Hause. Da machte Ge Ren ihr höchstpersönlich etwas zu essen. Sie liebte ihn sehr. Egal wo sie hingegangen ist, immer wollte sie, dass Ge Ren mitgeht. Sogar wenn sie zu ihrem Großvater nach Hangzhou gefahren ist, musste Ge Ren sie begleiten. Sie hörte erst auf zu quengeln, wenn er ein Lied für sie gesungen hat. Dann nahm er sich ein Buch und hat gelesen.

Und Bingying? Sie hat etwas Handarbeit gemacht, Schuhsohlen angenäht.

Genau, Schuhsolen angenäht, wenn das gelogen ist, soll mich sofort der Schlag treffen. Während Ge Ren sein Buch las, nähte sie Strohsandalen. Er hat ja nicht nur gelesen, sondern auch geschrieben. Er hatte schon einen dicken Stapel Papier vollgeschrieben mit dem Titel *Wandelnder Schatten.*

Was das heißt? Das wisst ihr nicht? Das soll heißen, egal wohin du gehst, folgt dir dein Schatten. Und wenn der Körper aufrecht ist, muss man sich vor einem schrägen Schatten nicht fürchten. Ich habe ihn immer gefragt: »Hey, hat der Schatten denn sein Ziel erreicht?«

»Das wird noch lange dauern«, hat er gesagt.

Immer wieder hat er Altes durchgestrichen, Neues aufgeschrieben und immer wieder korrigiert. Selbst wenn ich ihn zum Schlafen drängte, hat er nicht geschlafen.

»Geh du schlafen«, hat er gesagt, »und kümmere dich nicht um mich.«

Auch wenn Bingying ihn gerufen hat, nutzte das nichts. Manchmal hat sie auch Schmetterlingsblümchen nach ihm rufen lassen. Dann musste er aufhören und für sie singen.

Kaum war Schmetterlingsblümchen eingeschlafen, hat er weitergeschrieben.

Tja, später hatte er dann keine Zeit mehr zum Schreiben.

Warum? Weil noch wichtigere Aufgaben auf ihn gewartet haben. Er folgte dem Ruf der Partei und ist ins Dahuang-Gebirge gegangen. Das war zu dieser Zeit Sowjetgebiet.

Stimmt, er war zweimal im Dahuang-Gebirge. Ich spreche vom ersten Mal. Egal, wo er hingegangen ist, ich bin ihm gefolgt.

Genau, ich war sein Schatten. Als er ins Sowjetgebiet gegangen ist, wollte ich ihm natürlich hinterher. Genossen, ihr seht ja, dass ich ihm auf dem revolutionären Weg gefolgt bin. Ich wurde später für die Revolution Schauspieler und musste mich von ihm trennen. Aber so wie ein Fisch ohne Wasser und ein Kürbis ohne Stengel nicht kann, so war ich im Herzen, egal wo, in jedem Augenblick mit ihm verbunden.

Wandelnder Schatten

Wie im ersten Teil beschrieben, kam Bingying nach der 4.-Mai-Bewegung 1919 aus Frankreich zurück nach Peking. Ge Ren war damals noch in Haft, so dass sie sich nicht treffen konnten. Nach ihrer erneuten Rückkehr nach Frankreich verging eine Ewigkeit, bis sie wieder etwas von Ge Ren hörte. Deshalb ging sie unterdessen zusammen mit ihrer Mutter nach England und lebte dort in Sawston. Sawston war ein hübsches Örtchen, nur sechs englische Meilen von dem berühmten Cambridge entfernt. Für sein Buch *Schönheiten* reiste auch Anthony Thwaites dorthin. Er erzählte, dass es einen einzigen Tante-Emma-Laden gab, dessen Besitzerin sich bis heute an eine »entzückende« Chinesin erinnere, die oftmals mit einem Kind kam und Zigaretten kaufte.

»Sie hatte eine durchlöcherte Stola über den Schultern und wirkte bedrückt.«

Bingyings Erinnerungen stimmen mit dieser Beschreibung vollkommen überein:

> Umgehend schrieb sie einen Brief nach Paris, in dem sie einen Freund bat, ihre Post nach Sawston nachzusenden. Im Herbst desselben Jahres erhielt sie ihre Briefe aus Paris. Einer davon kam aus China. Eine Freundin, die in einer Kircheneinrichtung arbeitete (*Anmerkung: gemeint ist meine Großtante*), woher sie auch immer ihre Adresse hatte, schrieb, dass Ge Ren aus Russland zurückgekehrt sei und zunächst Pater Beal im kirchlichen Waisenhaus in Tianjin bei einigen Dingen geholfen habe. Anschließend sei er auf Einladung von Yu Youren (*Anmerkung: Mitglied der Kuomintang und damals Universitätsdirektor*) und

Deng Zhongxia, einem Mitglied der Kommunistischen Partei (*Anmerkung: damals Dekan*) nach Shanghai gegangen und habe dort eine Lehrtätigkeit aufgenommen. Ge Ren sei immer noch alleine und liebe sie nach wie vor, *As a Deer Panteth After Brooks of Water*.

Wie ein quietschendes Gatter taten sich alte Erinnerungen in ihr auf. Sie erinnerte sich an ihre fortwährenden Klagen, wenn sie ihrer Mutter von ihrem jahrelangen Kummer mit Ge Ren erzählt hatte. Sofort dachte sie an eine Heimkehr, um wieder mit Ge Ren zusammen zu sein. Dieses Verlangen erfüllte sie mehr und mehr, bis sie ihre Tochter nahm und sich auf den Weg zum Hafen von Southampton machte. Später schrieb sie in ihr Tagebuch:

»Im herbstlichen England wird es früh dunkel. Als wir an Bord gingen, war es bereits finster, vor uns brachen sich die riesenhaften Wellen des Ärmelkanals. Ich konnte die Heimkehr kaum mehr erwarten, so dass mir der Dampfer viel zu langsam auslief. Dann wurde es totenstill, ich blickte in die Ferne und sah die Lichter der Isle of Wight näher kommen.«

Als sie nach einer langen Reise Shanghai erreichte, verhinderte es ein Sturm bei Ebbe, sofort in den Hafen einzulaufen, so dass sie noch weitere zwei Tage auf dem Schiff ausharren musste. Jahre zuvor hatte sie Ge Ren an diesen Ort begleitet. Wenn sie nun in das kindliche Gesicht ihrer Tochter blickte, erinnerte sie sich an den Abschied von damals, und Tränen rollten ihr über die Wangen.

Das war im Herbst 1923. Ge Ren unterrichtete ebenso wie sein Fachkollege Qu Qiubai an der Universität von Shanghai Russisch. Der damalige Kommunistenführer und seine Frau Wang Jianhong waren in der Moulmeinstraße (*Anmerkung: heute Nördliche Maoming-Straße*) Ge Rens Nachbarn. Die später berühmt gewordene Schriftstellerin Ding Ling war damals Studentin in Shanghai und wohnte ebenfalls in der Moulmeinstraße. Aqing war während seines Besuchs bei Ge Ren und Bingying untergekommen. 1927 kündigte Ge Ren seine Lehrtätigkeit, um hauptberuflich als Übersetzer zu arbeiten. Neben Romanen von Puschkin, Tschechow, Tolstoi und anderen übersetze er auch Shakespeares *Macbeth* aus dem Russischen. Lange Jahre hatte er sich mit Literatur beschäftigt, bis er seinen autobiographischen Roman mit dem Titel *Wandelnder Schatten* zu schreiben begann. Der Titel ist der fünften Szene im fünften Akt von *Macbeth* entnommen:

> Leben ist nur ein wandelnd Schattenbild,
> Ein armer Komödiant, der spreizt und knirscht
> Sein Stündchen auf der Bühn und dann nicht mehr
> Vernommen wird; ein Märchen ist's, erzählt
> Von einem Blöden, voller Klang und Wut,
> Das nichts bedeutet.

Pater Beal besuchte Ge Ren und Bingying in Shanghai. In seinem Buch *Zeremonien des Ostens* ging er auf Ge Rens Idee von seinem Werk ein und verriet, dass er einen Teil des handschriftlichen Manuskripts bereits vorab hatte lesen dürfen:

> Auf einen Stapel lehmfarbener Blätter hatte er die Geschichte seines Vaters niedergeschrieben. Er verglich ihn mit einem schlechten Mimen, der während der Vorstellung einfach sang- und klanglos wie ein Schatten die Bühne verlässt.
>
> Im Anschluss wollte er über sich selbst und über seine Tochter Schmetterlingsblümchen schreiben. Das Werk *Wandelnder Schatten* würde ein ganzes Leben in Anspruch nehmen. Ich wende mein Ohr einem Weisheitsspruch zu, ich enthülle mein Geheimnis beim Harfenspiel, der Titel seines Buches sei sehr gut gewählt, sagte ich ihm, denn im *Buch der Psalmen* heißt es ebenso: »Nur wie ein Schatten geht der Mensch einher, um ein Nichts macht er Lärm.«

Aus den vorliegenden Quellen geht hervor, dass Ge Ren das Buch nicht vollendete. 1932 griffen die japanischen Truppen Shanghais Arbeiterviertel Zhabei an. Nach den Kämpfen begab sich Ge Ren ins Dahuang-Gebirge im Sowjetgebiet und beteiligte sich später am Langen Marsch. Bingying berichtete, dass Ge Ren sein gerade erst begonnenes Manuskript eigens mit ins Dahuang-Gebirge genommen hatte.

»Er nahm das Manuskript ebenso mit wie Schmetterlingsblümchen und mich. Dort könnten wir ein neues Leben in Freiheit beginnen, sagte er.«

Yang Fengliang

Genossen, euch wird einiges klar, wenn ich hier jetzt weitererzähle. Ihr müsst euch nur mal in meine Lage versetzen, dann kapiert ihr, dass ich überglücklich war, als mich Fan Jihuai einige Jahre später ins Dahuang-Gebirge zu Ge Ren schicken wollte. Scheiße, mir wäre mein rotes Herz beinahe aus der Kehle gehüpft.

Genau, ich habe vorhin schon gesagt, dass er mir damals klargemacht hat, die vorrangige Aufgabe wäre es herauszufinden, ob es sich bei der besagten Person überhaupt um Ge Ren handelt. Wenn nicht, dann sollte sie freigelassen werden. Und wenn doch, sollte ich aufspüren, aus welchem Grund er dort war. Hoffentlich ist er es, dachte ich mir, dann könnte ich ihn wiedersehen. Er erklärte mir noch, dass ich bloß nichts Unüberlegtes tun sollte und Ge Ren kein Haar krümmen. Idiot, was für ein verdammter Idiot! Ich muss ja wohl nicht erst betonen, dass ich ihm nie ein Haar gekrümmt hätte.

Ich habe die Beine unter den Arm genommen und wollte losrennen. Aber Fan Jihuai hat mich festgehalten.

»Es ist schon jemand auf dem Weg ins Dahuang-Gebirge«, sagte er. »Er heißt Yang Fengliang.«

Ich sollte mich nach meiner Ankunft als Erstes mal mit ihm in Verbindung setzen und dann eine Strategie entwickeln. Scheiße, Yang Fengliang ist auch da? Ich bin erschrocken, und auf einmal kam mir ein neuer Gedanke. Es wäre jetzt doch am besten, wenn diese Person gar nicht Ge Ren wäre. Denn vielleicht hätte ich es am Ende sonst gar nicht gewagt, ihn entkommen zu lassen.

Warum? Ja, wenn Ge Ren durch meine Hand freigekommen wäre, dann wär's das mit dem Geheimdienst für mich gewesen und die Untergrundarbeit wäre tot gewesen.

»General, können Sie nicht jemand anderen hinschicken?«, fragte ich Fan Jihuai.

»Wieso?«, fragte er.

Ich hatte sofort einen Vorwand parat und sagte, dass ich mit Yang Fengliang einmal aneinandergeraten sei und deshalb nicht vertrauensvoll mit ihm zusammenarbeiten könne. Dieser Fan Jihuai hatte eine Schraube locker, plötzlich war nämlich sein Interesse geweckt.

»Was war denn los? Erzähl mal«, sagte er.

Ich runzelte die Stirn, und da hatte ich plötzlich eine Idee. Ich habe meine Geschichte einfach weitergesponnen: »Er ist so ein Neidhammel. Ich hatte es mit einer Frau richtig schwer gehabt. Tagelang habe ich mich an sie rangemacht, dann hat Yang Fengliang sie abgeschleppt.«

Hahaha, Genossen, da habe ich diesen Fan so richtig angeschmiert. Der hat jedes Wort geglaubt und mich sogar noch getröstet.

»Ein armer Schlucker hat zwar ein schlechtes Ansehen«, sagte er. »Aber in Wahrheit ist er ein Guter. Armut verändert nämlich das Denken, man muss etwas unternehmen und Revolution machen. Es ist wie mit einem weißen Blatt Papier: Es ist unschuldig, du kannst die neusten und schönsten Worte darauf schreiben, die neusten und schönsten Bilder darauf malen.«

Beim Vorsitzenden Mao, das hat er echt gesagt. Wenn das gelogen ist, soll mich sofort der Schlag treffen. Dann sagte er noch:

»Es stimmt, dass er viele Frauen hat. Im Dahuang-Gebirge gibt es auch eine, die so schön ist, dass der Fisch sich auf dem Grund des Sees versteckt und die Wildgans vom Himmel fällt, weil sie sich ihrer Unansehnlichkeit schämen; so schön, dass selbst der Mond nicht zu leuchten wagt und die Blumen den Blick zu Boden richten. Du kannst doch mit ihm in einen

Wettkampf treten. Wer zuerst kommt, mahlt zuerst und bekommt die Frau.«

Ist es in Ordnung, wenn ich das erzähle?

Gut, dann mache ich weiter.

»Oh, das macht mich bange«, habe ich schnell gesagt.

»Scheiße, du bist doch sonst immer so ein harter Knochen«, sagte er. »Und jetzt, wo es drauf ankommt, wirst du zum Weichei?«

»Ich will gewiss kein Weichei sein, aber er hat einfach bessere Chancen. Er macht mehr her als ich und ist der geborene Frauenheld. Gegen den komme ich nicht an.«

»Bescheidenheit bringt dich weiter, Hochmut bringt dich zu Fall«, sagte er dann, um mir Mut zu machen. »Es gefällt mir, was du sagst. Hast du die richtigen Voraussetzungen, kommst du weiter. Hast du sie nicht, musst du sie dir schaffen, damit du weiterkommst.«

Dieser Scheißkerl von Yang Fengliang, dieses Arschloch. Als im Dahuang-Gebirge Liebesbriefe von Ge Ren aufgetaucht sind, hat er sie Fan Jihuai übergeben. In diesem Jahr war sein Vater gestorben und er ist zu seiner Beerdigung nach Changting in Fujian gefahren. Als er durch das Dahuang-Gebirge kam, fiel diesem Mistkerl seine alte Geliebte wieder ein. Also war er unterwegs ausgestiegen und kam nach Baipi. Seine Geliebte hatte ein Teehaus betrieben und ihm einen kleinen Konterrevolutionär zur Welt gebracht. Er war für drei Tage in Baipi, am vierten Tag haben ihn seine Geliebte und sein Sohn zur Bushaltestelle gebracht. Es war die Haltestelle von Shangzhuang gewesen, nicht weit von Baipi entfernt, dahin brauchst du ungefähr so lange, wie du brauchst, um eine Schale Nudeln zu essen. An dieser Bushaltestelle hatte sein Sohn Ge Ren entdeckt. Ge Ren war ebenfalls gerade auf dem Rückweg von Shangzhuang. Kaum hatte der kleine Rotzlöffel Ge Ren gesehen, ist er zu ihm gerannt und hat sich verneigt. Yang Fengliang hat Ge Ren da überhaupt nicht erkannt, er ist ihm nur irgendwie bekannt vorgekommen. Nachdem Ge Ren weg war, fragte er seine Geliebte, wer denn das gewesen wäre, dass der kleine Bastard in seiner Gegenwart plötzlich so artig geworden wäre. Die Schlampe sagte, er heiße Trübsinnski und ist Lehrer.

Ja, Trübsinnski war Ge Rens Deckname. Das wäre eigentlich schon alles gewesen. Aber dann hat auf einmal jemand an diesem Tag ein paar Meilen nördlich von Shangzhuang die Gleise gesprengt. Es hat ein paar Tage gedauert, bis sie wieder befahrbar waren, so dass Yang Fengliang erst mal in Baipi bleiben musste. Und da wurde ihm plötzlich klar, dass Trübsinnski Ge Ren war. Er hatte eine diebische Freude, erzählte er. Ihm war nämlich eingefallen, dass General Chiang Kaishek eine Belohnung von zehntausend Silbermünzen auf Ge Rens Kopf ausgesetzt hatte. Er sagte, dass er Ge Ren nicht sofort totgeschlagen hätte, schließlich hätte er angeblich etwas mitgedacht: »Man sollte nicht die Köpfe abschlagen, auf die das höchste Kopfgeld steht. Dieser Kopf kann nämlich die Nationalisten mit Sicherheit zur Kapitulation bewegen.«

Er meinte, wenn er einfach eigenmächtig gehandelt hätte, hätte er sich nicht nur um die Belohnung gebracht, sondern um sein Hundeleben noch dazu. Er hat diese Neuigkeiten schleunigst nach Chongqing weitergegeben und hat Vorbereitungen für einen langfristigen Aufenthalt getroffen. Eins will ich an dieser Stelle vorausschicken: Dieser Scheißkerl von Yang Fengliang – auch der Weise ist manchmal ein Narr – hatte keine Ahnung, dass ihm in Wirklichkeit das Messer an der Kehle saß, seit er Ge Ren wiedererkannt hatte.

Im Dahuang-Gebirge habe ich Yang Fengliang kurz getroffen. Wir hatten keine Zeit zum Essen, sondern sind sofort zu Ge Ren gegangen. Es war genau zwölf Uhr mittags. Ratet mal, wo dieser Scheißkerl Ge Ren eingesperrt hatte? Das kann auch nur einem dreckigen Arschloch wie dem einfallen, Ge Ren ausgerechnet in der *Schleusentor-Grundschule* einzusperren. Hat er damit etwa nicht noch extra Salz in Ge Rens Wunde gestreut? Ich sage das, weil diese Schule vom Geld seines Schwiegervaters Hu An gebaut worden war. Als die Schule 1934 gebaut wurde, war ich dort eine Zeitlang beschäftigt, musste Steine schleppen, Holzscheite tragen, das Fundament legen und die Hofmauer hochziehen. Ich sag's mal so: Bis heute erinnere ich mich daran, wie die Lehranstalt gebaut wurde, wenn ich die Gören sehe, die mit ihren Ranzen auf dem Rücken zur Schule gehen. Die Schule stand am Weiße-Wolken-Fluss, nicht weit davon lag ein kleiner See. Und weil es am Fluss ein Schleusentor gab, hatte Ge Ren der Schule diesen Namen gegeben. Eigentlich hatte Ge Ren an der Schule etwas reparieren wollen und vorgehabt, sich dort ein paar revolutionäre Nachfolger heranzuziehen. Aber dann hat dieser Scheißkerl aus dem Schulhaus einfach einen Knast gemacht.

»Yang Fengliang«, sagte ich unterwegs zu dem Scheißkerl, »die da oben haben mich geschickt, weil ich Ge Rens alter Freund bin und offen mit ihm reden kann. Ich kann ihn zur Kapitulation überreden und ihn dazu bringen, in den Dienst der Kuomintang zu treten.«

Yang Fengliang hörte zu, nickte und verneigte sich dabei immerzu.

»Ja, ja«, sagte er dann. »Genau wegen solcher Überlegungen kümmere ich mich um Ge Ren und bewahre ihn vor Peinlichkeiten.«

»Das ist gut«, habe ich zu ihm gesagt. »Dann werde ich das so nach oben weitergeben und sie wissen lassen, dass du alles hinbekommen hast.«

Daraufhin hat er mir eine Zigarette zugeschoben und Feuer gegeben.

Nein, ich will doch von euch keine Zigarette. Ich habe gesagt, dass Yang Fengliang mir Feuer gegeben hat.

Na gut, dann nehme ich noch eine. Ist das in Ordnung, wenn ich das erzähle?

Gut, dann mache ich weiter.

Vor dem Schuleingang standen ein paar Soldaten in Zivil. Sie hatten zwar nichts von den Einzelheiten unseres Gesprächs mitbekommen, haben aber gesehen, wie Yang Fengliang vor Freude fast ausgeflippt ist. Da war ihnen klar, dass ich alter Kerl einer von oben war, und haben hastig salutiert.

»Genossen, bitte keine Umstände «, habe ich gesagt und die Hände zum Dank gehoben.

»Kommandant, machen Sie sich keine Umstände«, haben sie sofort alle zurückgerufen.

»Ihr habt eure heilige Mission glanzvoll erfüllt«, habe ich dann zu ihnen gesagt. »Eines Tages wird euch die Partei dafür auszeichnen. Jetzt begleitet ihr General Yang vertrauensvoll zurück in die Heimat. Ich gratuliere euch schon im Voraus zu Amt und Würden.«

Die Bande hat mir zugehört und sich den Arsch abgefreut. Dann haben sie noch mal salutiert und applaudiert. Fast wären sie vor mir sogar auf die Knie gefallen. Noch an Ort und Stelle habe ich Yang Fengliang auf die Schultern geklopft und ihm ein bisschen Honig ums Maul geschmiert:

»Unter einem starken General gibt es keine schwachen Soldaten. Man braucht seine Untergebenen nur anzuschauen, schon weiß man, dass General Yang so manchen militärischen Trick auf Lager hat.«

Da grinste er breit. Aber man muss das Eisen schmieden, solange es heiß ist, und so habe ich für den Abend ein Bankett und einen Abschiedsumtrunk angekündigt. Und genau in diesem Augenblick flammte in meiner Brust das heilige Bekenntnis zum Kommunismus auf. Ich fühlte, dass ich nicht mehr lange nachdenken und diese Bande von Scheißkerlen schnellstmöglich aus dem Weg räumen sollte. Nur weil mir die Unterweisungen von Marschall Lin eingefallen waren nämlich wer Kleines nicht erträgt, kann Großes nicht leisten – habe ich mich zurückgehalten. Ich musste mein Stück ordentlich spielen, bis zum letzten Akt.

Ich wollte Ge Ren schleunigst sehen. Ich war so aufgeregt, dass mein rotes Herz wild pochte. Damit Yang Fengliang nichts von diesem Widerspruch mitbekommt, bin ich nicht sofort reingegangen, sondern drehte erst mit hinter dem Rücken verschränkten Händen eine Runde um die äußere Hofmauer, so als wollte ich die Arbeit überprüfen.

»Auch ein Weiser ist trotz tausend Überlegungen vor Fehlern nicht gefeit«, sagte ich zu Yang Fengliang.

Als er das hörte, fing er auf einmal an zu schlottern.

»Hat man Probleme, muss man das Gelingen und auch das Scheitern in Betracht ziehen«, sagte ich.

Da wollte er von mir sofort einen Rat haben. Ich habe erst mal diese Mistkerle wie Stubenfliegen verscheucht, bevor ich mich an Yang Fengliang wandte: »Die Sache ist die«, habe ich gesagt. »Du sollst die Bengel nicht nach Hause schicken, sondern sie weiter zum Unterricht gehen lassen. So kannst du die Leute richtig täuschen. Scheiße, so wie du das hier machst, wissen selbst Außenstehende sofort, was gespielt wird. Das nutzt unserer Arbeit überhaupt nicht.«

Jetzt zitterte er wie Espenlaub. Ich musste lachen, habe ihn aber dann getröstet und gesagt: »Vertrau mir, dass ich nichts nach oben weitergebe.«

Er hat genickt und sich vor mir verneigt und sagte, er hätte auch schon über das alles nachgedacht und hätte den Kindern deshalb nicht den Unterricht vorenthalten. Er hätte einen Herrn gebeten, den Kindern in einem Tempel des Städtchens vorübergehend Unterricht zu geben. Und er hätte den Leuten gesagt, dass Herr Trübsinnski krank geworden ist und vorläufig nicht unterrichten kann.

»Gut«, sagte ich dann. »Besser spät als nie. Aber jetzt darf kein Aufhebens mehr darum gemacht werden.«

Er wollte mich reinbegleiten, aber ich habe abgewinkt und ihn draußen warten lassen. Genossen, jetzt ratet doch bitte, warum ich nicht wollte, dass er mitkommt.

Das erratet ihr nicht? Tja, weil ich mir, schon als ich von Chongqing aufgebrochen war, genau überlegt hatte, dass es ein nettes Spektakel wäre, wenn Ge Ren bei unserer Begegnung so täte, als würde er mich nicht kennen. Dann könnte ich wiederum zu Yang Fengliang sagen: »Ach, General Yang, General Yang, wo hast du denn dieses Stück Scheiße her? Du hast den Falschen gefangen. Das ist doch nicht Ge Ren! Auf der ganzen Welt gibt es nicht zwei Blätter, die einander völlig gleich sind. Auch wenn dieser Kerl Ge Ren ziemlich ähnlich sieht, sind es trotzdem zwei verschiedene Menschen.«

Für den Fall, dass er widersprechen sollte, hatte ich auch schon ein Argument parat.

»Ach was, Ge Ren kenne ich! Ich würde sogar seine blanken Knochen wiedererkennen.«

Um dieses Schauspiel zu Ende zu spielen, durfte mir kein Fehler unterlaufen. Deshalb musste ich Ge Ren vorher begrüßen.

»General Yang«, sagte ich zu ihm, »ruh dich erst mal draußen aus und mach dir um mich keine Gedanken.«

Raffiniert von mir, was? Er hat mir alles geglaubt, hat die Hacken zusammengeschlagen – peng! – und salutiert.

»Passen Sie gut auf sich auf, Kommandant«, sagte er.

»Danke«, habe ich gesagt. »Die Revolution ist noch nicht vollbracht, die Genossen müssen tüchtig weitermachen. Ich werde schon gut auf mich aufpassen.«

Dann habe ich mir eine Zigarette angezündet und bin reingegangen.

Ge Ren war im hintersten Zimmer eingesperrt. Der Raum war sehr groß, dreieinhalb Meter im Quadrat. Er schlief, als ich eintrat. Das Zimmer war feucht. Aus dem Mauersockel waren überall die Pilze am Sprießen. Er lag auf dem Flügel einer Holztür, in den Händen hatte er ein Buch. Ich versichere beim Vorsitzenden Mao, ich habe es nicht übers Herz gebracht, ihn zu stören. Vielleicht hat er ja auch im Traum über die Ausbildung des revolutionären Nachwuchses nachgedacht. Einen Moment lang bin ich neben ihm stehen geblieben, die Flut meines Herzens schlug hohe Wellen. So müde hat die Revolution Ge Ren gemacht, dachte ich. Er war schon immer dünn gewesen, aber jetzt war er völlig abgemagert. Der Körper ist doch das Kapital der Revolution. Als ich ihn dort so liegen sah wie ein Papiermännchen, hat es angefangen, mich in der Nase zu jucken. (*Anmerkung: An dieser Stelle vermerkte der Protokollant, »Aqing heulte Rotz und Wasser, als hätte er seine Eltern verloren.«*) Als ich wieder rausging, kam Yang Fengliang auf mich zu und fragte, was los wäre.

»Guck mal, wie nervös du bist«, sagte ich. »Trübsinnski«

schläft. Nichts ist. Du hast dich ja auch angestrengt«, sagte ich dann und hielt ihn zurück, als er gehen wollte. »Bleib doch noch. Ich gebe dir einen aus.«

Nein, Genossen, beim Vorsitzenden Mao, ich habe nichts anderes im Sinn. Ich will euch doch nicht um Alkohol anbetteln, wenn das gelogen ist, soll mich sofort der Schlag treffen.

Na gut, wenn ihr selbst etwas trinken wollt, dann sage ich mal: mitgehangen, mitgefangen.

Über Yang Fengliang

Yang Fengliang war in Wirklichkeit ein alter Freund von Ge Ren. Auf den Grund seiner Reise ins Dahuang-Gebirge wird Fan Jihuai später zu sprechen kommen. Wir wenden uns zunächst den Erinnerungen eines Zeitzeugen zu, um uns ein Bild von Yang Fengliang zu machen. Es ist der berühmte, auch in westlichen Philosophiekreisen bekannte Phänomenologe Bodde Sun. Eigentlich heißt er Sun Guozhang und war in seiner Jugend Yang Fengliangs Begleiter. Im Winter des Jahres 2000 folgte ich der Einladung von Herrn Wang Jiling, dem Dekan der privaten Universität an der Meerenge in Fuzhou, der damals ebenfalls zu Yang Fengliangs Gefolge gehört hatte. Herr Sun kam für eine Vorlesung eigens nach China gereist. Ich machte mich sogleich auf den Weg nach Fuzhou, nachdem ich die Nachricht erhalten hatte. Dort traf ich mit Herrn Sun zusammen und zeichnete das folgende Interview auf:

> Herr Yang (Fengliang) und ich kommen aus derselben Gegend, beide aus Changting in der Provinz Fujian. Changting ist ein guter Ort, unsere Frösche, Bambushute, Lederkissen und unser Tee sind weltberühmt. Als sein Landsmann genieße ich Herrn Yangs Vertrauen. Dennoch durchschaute ich seine Aktivitäten nicht ganz. Ich ging davon aus, dass er zur Beerdigung eines Familienmitglieds eilte und diese Gelegenheit nutzte, um in Baipi seine Geliebte zu treffen. Als er unterwegs ins Dahuang-Gebirge von einer Art *sweet bitterness* sprach, bewies er Selbstironie. Erst in Baipi verriet er mir den wirklichen Grund seiner

Reise: Er wollte sich mit seiner Geliebten auf und davon machen.

Er hatte schon lange eine Aversion gegen Politik und gegen die arglistigen Täuschungsmanöver an den Orten der Macht entwickelt. Er vertraute mir eine Weisheit an. Ob ich das jetzt sagen soll? Er sagte, dass die beiden schmutzigsten Dinge auf der Welt Politik und die Genitalien einer Frau seien. Aber beides lieben Männer ausgerechnet am meisten. Er war ein bisschen besser als ein gewöhnlicher Mann. Er liebte zwar die Frauen, aber die unmenschliche Politik verabscheute er zutiefst. Unentwegt war er auf der Suche nach einer passenden Gelegenheit, um aus Chongqing zu fliehen, und litt sehr darunter, weil diese Gelegenheit nie kam. Da traf es sich, dass ihn Generalleutnant Fan Jihuai zu einem Gespräch bat und ihm mitteilte, Ge Ren sei im Dahuang-Gebirge aufgetaucht. General Fan wollte, dass er alles Menschenmögliche unternahm, um Klarheit darüber zu gewinnen, ob die Person, die sich im Dahuang-Gebirge herumtrieb, tatsächlich Ge Ren war. Da sich Ge Rens Tod bereits weithin herumgesprochen hatte, war Herr Yang der Überzeugung, dass es sich um eine militärische Irreführung handelte. Er sann darüber nach, wie unendlich weit entfernt dieses Dahuang-Gebirge war und dass die Reise dorthin nun tatsächlich die einmalige Gelegenheit bot, der Politik zu entkommen.

Als er Ge Ren erwähnte, bekam ich einen Schrecken. Denn mir war auch schon zu Ohren gekommen, dass er im Krieg in Erligang sein Leben gelassen hatte. Selbst nach einigen Tagen in Baipi hatte ich nichts davon gehört, dass sich Ge Ren hier aufhielt. Daraufhin legte ich Herrn Yang nahe, Chongqing unverzüglich Meldung zu erstatten, dass diese Behauptung völlig aus der Luft gegriffen sei. Herr Yang bat mich, ein Antworttelegramm zu verfassen, und traf Reisevorbereitungen. Seine bezaubernde Geliebte lebte bereits viele Jahre dort und wollte den Ort nicht verlassen. Nur durch mein gutes Zureden entschloss sie sich schließlich doch zum Aufbruch. Aber just an diesem Abend passierte etwas. Ich hatte mich soeben schlafen gelegt, als ein dumpfes Geräusch ertönte wie ein Donner, der vom Himmel herabrollt. Am nächsten Tag erfuhren wir, dass ein paar Verbrecher ganz in der Nähe die Eisenbahnstrecke in Trümmer gelegt hatten. Es gab viele Tote und Verletzte. Der Zug aus dem Süden hatte keine Durchfahrt. Mir blieb nichts anderes übrig, als dortzubleiben. Jahre später dachte ich über dieses Ereignis nach und empfand es als eine Erscheinung von Wille und Macht im Sinne Foucaults. Wir begegneten Ge Ren tatsächlich ein paar Tage später in Baipi. Er hatte sich als Schulmeister von Baipi getarnt, lebte zurückgezogen und widmete sich neben seiner Unterrichtstätigkeit auch wieder der Schriftstellerei. Seit der Befreiung von Festlandchina steht der *hochverehrt*e Herr Deng (Xiaoping) für die Idee, die Wahrheit in den Tatsachen zu suchen. Und so lege auch ich Ihnen gegenüber die Dinge dar, wie sie sind. Aufgrund der alten Freundschaft und Herrn Ges enormer moralischer und fachlicher Kompetenz zollte Herr Yang ihm größte Hochachtung und wollte ihm nicht im Geringsten etwas Böses.

Ich will kurz in Erinnerung rufen, dass es sich bei den soeben erwähnten »Verbrechern« um den schon genannten Kerl namens Dabao handelte. Auch wenn die Geschichte keinerlei Hypothesen zulässt, vertritt Herr Sun dennoch die Auffassung, dass Ge Ren eines Tages hätte »sanft entschlummern« können, wenn die Eisenbahnstrecke nicht zerstört worden wäre.

Die Zerstörung der Eisenbahnstrecke brachte Herrn Yangs Vorbereitungen vollkommen durcheinander. Ge Ren hätte eines Tages sanft entschlummern können, wäre all das nicht geschehen. Herr Yang und ich stellten an jenem Tag gerade Überlegungen über das Telegramm nach Chongqing an.

»Meine Freundschaft mit Ge Ren ist mehr als gewöhnlich«, sagte er. »Wir müssen eine gute Lösung für ihn finden. Ach, die Genealogie, die Genealogie der Gefühle.«

Bei meinem gegenwärtigen Besuch in China bemerkte ich den chinesischen Gelehrten gegenüber, dass Foucault anrate,

Dialektik, Genealogie und Strategie im Zusammenhang zu betrachten, denn diese drei Disziplinen bestimmten die Form des menschlichen Handelns in den unterschiedlichen Lebensumständen. Als ich am Pult darüber referierte, kam mir das viele Jahre zurückliegende Gespräch mit Herrn Yang wieder in Erinnerung. Die Tatsache, dass Fan Jihuai ihn auf die Suche nach Ge Ren geschickt habe, mache dessen Zweifel an dem Wahrheitsgehalt der Nachricht deutlich, hatte ich Herrn Yang damals wiederholt erklärt. Er habe keine andere Möglichkeit, um festzustellen, ob es sich bei jener Person tatsächlich um Ge Ren handelt. Diese günstige Gelegenheit solle er nutzen und behaupten, dass die betreffende Person nicht Ge Ren sei. Anschließend würde ich auf ihn warten, um gemeinsam zu fliehen.

Er zögerte und wollte erst die Unterredung mit Ge Ren abwarten. Für eine endgültige Entscheidung sei es dann noch früh genug. Während ihrer Unterhaltung stellte Yang einige Fragen über die Kämpfe in Erligang. Ge Ren lachte, antwortete aber nicht, als ob ihm dieser Gedanke unaussprechlichen Kummer bereitete. Als Herr Yang Ge Ren davon überzeugen wollte, den Ort zu verlassen, erwiderte dieser: »Ich bin unheilbar krank und verkrafte die Mühen der Reise nicht mehr.«

Herr Ge Ren war zu diesem Zeitpunkt keineswegs in besonderem Maße gebrechlich und wäre sehr wohl in der Lage gewesen, einen längeren Fußmarsch anzutreten. Wäre er damals nach Fuzhou gegangen und hätte sich dort behandeln lassen, wäre er zweifellos heil aus der Sache herausgekommen. Doch während wir die Reparatur der Eisenbahngleise abwarteten, nahmen die Dinge eine unvorhergesehene Wendung. Keine Mauer auf der Welt, durch die nicht der Wind pfeift: Ein Herr namens Zong Bu erschien im Dahuang-Gebirge. Ich entnahm seinen Worten, dass er nicht nur, wie er behauptete, als Lehrer, sondern vielmehr wegen Ge Ren dort war. Am Vorabend meiner Abreise zeigte Zong Bu dann schließlich sein wahres Gesicht. Auch Fan Jihuais Gesandter, ein General namens Aqing, kam an. Er wollte ebenfalls ein alter Freund von Ge Ren gewesen sein.

Wenige Tage nach seiner Ankunft reiste ich ab. Da die Züge immer noch nicht planmäßig verkehrten, verließ ich Baipi zu Fuß.

»Ich übernehme an Ihrer Stelle schon einmal die Bestattungsvorbereitungen«, sagte ich beim Abschied zu Herrn Yang. »Eilen Sie schnellstmöglich hinzu. Nicht, dass etwas Unvorhergesehenes dazwischenkommt, wenn Sie hier noch länger bleiben.«

Ich hatte das Unglück wohl vorausgesehen, denn es sollte tatsächlich ein endgültiger Abschied werden. In Changting wartete ich nicht auf ihn. Ich vermutete, ihm könnte etwas zugestoßen sein, argwöhnte sogar, mir sei jemand nach Changting gefolgt, um mich, den Mitwisser, zu beseitigen. Also floh ich in die Nähe des heutigen Shenzhen, bestieg einen kleinen Kahn, mit dem ich nach Hongkong übersetzte, und begab mich anschließend ins Ausland. Mir wurde bewusst, dass ich nicht mehr gebraucht wurde. So widmete ich mein Leben fortan der Philosophie, denn Philosophie ist die wohl unnützeste der akademischen Disziplinen.

Laut Aqing sandte Yang Fengliang ein Telegramm an Fan Jihuai, um diesen über Ge Rens Aufenthalt im Dahuang-Gebirge in Kenntnis zu setzen. Im dritten Teil dieses Buches wird sich Fan Jihuai in derselben Weise dazu äußern. Den Inhalt des Telegramms, das Yang Fengliang ihm geschickt hatte, zitiert er folgendermaßen: »Nummer null ist in Baipi. Eine geschickte Hand schreibt schöne Zeilen.«

Auf meine vorsichtige Frage hin, ob es sich tatsächlich so ereignet habe, antwortete Herr Sun:

»Ich habe keine Veranlassung, die Unwahrheit zu sagen. Herrn Yang war es unmöglich, ein Telegramm zu senden. Angesichts seiner großen Wertschätzung für Ge Ren war es zudem undenkbar, dass er ihn den Nationalisten ausgeliefert hätte. Man weiß doch, dass er nicht mit mir zusammen aufbrach, weil er eine Gelegenheit suchte, sich mit General Aqing, dem selbsternannten Freund Ge Rens, darüber zu beraten, wie man Ge Ren aus dem Dahuang-Gebirge bringen könnte. Das anfangs verfasste

Telegramm hielt ich zum Schluss noch in Händen. Ich habe es nicht versandt.«

Als ich ihm Aqings und Fan Jihuais Aussagen vorhielt, schwieg er. Er schnaubte nur einmal, um seiner Verachtung Ausdruck zu verleihen. Ich meine, dass Sie als Leser nach der Lektüre dieses Buches Ihr eigenes Urteil darüber fällen müssen. Ich möchte lediglich darlegen, dass sich ein gewaltiges Missverständnis wohl nicht verleugnen ließe, sofern Herrn Sun Guozhangs Schilderungen der Wahrheit entsprechen. Denn schließlich kam Yang Fengliang später durch Aqings Hand zu Tode.

Das geheime Telegramm

Du hast recht, der Weg zum Kommunismus ist steinig. Nur wenn man eng zur Partei steht, geht man von einem Sieg zum nächsten und verwirklicht zum Schluss den Kommunismus.

Ich trage die Partei immer in meinem Herzen. An dem Abend, an dem ich Ge Ren getroffen hatte, habe ich der Partei ein geheimes Telegramm geschickt. Ich hatte unter der heimlichen Führung von Genosse Dou Sizhong gestanden. Kennt ihr Dou Sizhong?

Nein? Dann sage ich auch nichts mehr dazu. Ich weiß nämlich auch nichts über ihn. Am Anfang hat Genosse Tian Han mir gesagt, ich soll Kontakt mit ihm aufnehmen. In dem geheimen Telegramm hatte ich geschrieben, dass ich Ge Ren gesehen habe und er im Dahuang-Gebirge gefangen gehalten wird. Dann hatte mir Dou Sizhong ein Telegramm zurückgeschickt und geschrieben, ich soll Ge Ren ab jetzt nur noch Nummer null nennen. Ich habe mich fürchterlich erschrocken, weil mir Fan Jihuai bei meiner Abfahrt aus Chongqing gesagt hatte, dass er für Ge Ren den Decknamen Nummer null festgelegt hätte. Was für ein Ding, dass alle ihn Nummer null nannten. Was hatte das denn zu bedeuten? Ich habe mir den Kopf zerbrochen. Aber dann ist mir klar geworden, dass die Partei diese Nachricht bestimmt über Umwege bekommen hatte. Ja, wer anderen eine Grube gräbt, fällt selbst hinein. Aber als ich später Bai Shengtao begegnet bin, hat er gesagt, dass die Partei ihm den Namen Nummer null gegeben hat. Der Name bedeutete: Alles soll rund laufen. Da habe ich die Partei sofort gebeten, jemanden herzuschicken, damit wir Ge Ren retten. Ich habe außerdem noch versichert, dass ich auf jeden Fall bis zum letzten Moment durchhalte und auf die Genossen warte. Und dann wollte ich noch sagen, dass es Unsinn ist, wenn jemand sagt, dass ich Bedenken habe. Es war doch klar: Wenn das schiefginge, würden wir nicht nur mit Ge Rens Rettung scheitern, sondern auch ich hätte mein Leben umsonst geopfert. Deshalb habe ich Dou Sizhong vorgeschlagen, am besten Frauen herzuschicken.

Ja, stimmt, es heißt nicht Frauen, sondern Genossinnen. Für Genossinnen ist es doch ein Leichtes, den Feind abzulenken. Aber wie jeder weiß, ist am Ende nur ein stinkender Mann aufgetaucht.

Natürlich, ich verstehe schon, dass mich die Partei damit nur schützen wollte, aus Angst, mein Schwanz könnte einen dummen Fehler machen.

Am nächsten Tag hat in der Dämmerung keine glückverheißende Elster auf dem Ast gesungen. Ich bin zu Ge Ren gegangen. Wie ein Schatten folgte mir dieser Yang Fengliang auf Schritt und Tritt. Als ich ins Zimmer ging, lag Ge Ren bäuchlings auf der Türplanke, die sein Bett war, und war gerade etwas am Schreiben. Komischerweise war er kein bisschen überrascht, mich zu sehen. Er hat gelacht und gesagt:

»General Aqing, da nimmst du ja vielleicht etwas auf dich!«

Als ich das hörte, musste ich fast heulen. Er hat mir kräftig die Hand geschüttelt. Seine Hand war heiß wie das revolutionäre Kohlenfeuer. Er fragte mich, ob ich schon mal da gewesen wäre, und ich fragte zurück, woher er das wüsste. Da sagte er auf einmal ein Gedicht auf, ein Gedicht von Zheng Xie: »Glücklich im Traume zu träumen, von Schmetterlingen bezaubert.« Das war ein Vers aus dem Gedicht *Mond am West-*

fluss – Warnung an die Menschheit. Er sagte, dass er mich im Traum gesehen hat. Ich habe gelacht und wusste auf einmal nicht mehr, was ich sagen sollte.

»General Aqing«, sagte Ge Ren, »ich scherze nicht. Schon seit einigen Tagen habe ich vermutet, dass du ins Dahuang-Gebirge kommst. Ich habe auf dich gewartet.«

Als ich das hörte, habe ich überlegt, ob ihm vielleicht Yang Fengliang gesagt hatte, dass ich komme.

»Hast du das von Yang Fengliang?«, fragte ich ihn.

Ich dachte mir, Scheiße, wenn er die Nachricht hat durchsickern lassen, umso besser. Dann hätte ich eine Handhabe gegen ihn, der goldene Affe hebt den Knüppel, und der Knüppel schlägt ihn wegen dem Verrat eines Staatsgeheimnisses tot. Aber Ge Ren hat gesagt, dass er mit ihm nicht darüber gesprochen hat.

Was hast du gesagt? Ich soll Ge Ren eingeweiht haben? Wie das denn? Auch wenn ich aus weiter Ferne eine Nachricht gesendet hätte, wäre sie doch nicht angekommen. Beim Vorsitzenden Mao, ich sage die Wahrheit. Ge Ren hatte eine starke revolutionäre Vorahnung gehabt. Er hatte es sich alles selbst ausgerechnet. Wenn ihr mir nicht glaubt, kann ich euch noch einen Beweis liefern. Als ich mich mit ihm unterhalten habe, hat er sogar vermutet, dass Bai Shengtao ins Dahuang-Gebirge kommen würde, und zwar auf Tian Hans Anordnung. Da wusste ich noch gar nicht, wer Bai Shengtao war. Er ist mein Freund, hat Ge Ren gesagt.

»Woher weißt du, dass er kommt?«, habe ich ihn gefragt.

»Bai Shengtao ist nicht nur mein Freund«, hat er gesagt, »sondern auch Tian Hans Freund. Und er ist Arzt. Er ist der Allerbeste für diese Sache.«

Genial, echt genial, tatsächlich war dann dieser Bai irgendwann da.

Ein eisiger Wind hat durch das Zimmer geblasen, als wir miteinander gesprochen haben. Ich bin rausgegangen und habe dieser Bande von Bastarden befohlen, Feuer zu machen. Als ich zurückkam, hat Ge Ren auf dem Türbalken gesessen, mich von oben bis unten gemustert und gefragt, ob ich rauchen will. Er rauchte die Marke *Fliegendes Pferd.* Auf der Packung war das Bild von einem edlen Ross mit Flügeln auf dem Rücken, das dem Kommunismus im Galopp entgegenjagt. Ich habe nur einmal gezogen. Die Zigarette war schon schimmelig. Deshalb habe ich ihm meine Zigarren angeboten. Er hat geraucht und nicht mehr aufgehört zu husten, bis sein Gesicht krebsrot war. Trotzdem gewöhnte er sich schnell daran. Auf dem Plankenbett waren zwei Löcher vom Türschloss. Wie konnte man Ge Ren nur auf solch einem Bett schlafen lassen? Ich bin wieder raus und habe den Bastarden befohlen, ein Bettgestell und eine Kopfunterlage zu bauen.

Nach der Aufregung habe ich mich dann wieder beruhigt und weiter mit Ge Re geredet. Ich hatte ihm so viel zu erzählen, aber als ich ihm gegenübersaß, wusste ich nicht mehr, wo ich anfangen sollte. Ich sagte, dass es ihm bestimmt schlechtgeht und er jetzt jeden Wunsch äußern soll. Überraschenderweise sagte Ge Re, dass er ein gutes Leben hat und sogar glücklich ist. Genossen, offen gesagt, ich habe damals gar nicht kapiert, was er meinte. Ich war einen Moment lang völlig baff. Dann fragte ich ihn, was er brauchte, und sagte, dass ich jemanden schicke, der ihm alles besorgt, was er möchte. Papier zum Schreiben, sagte er. Er erklärte mir auch noch, dass er einfach nur dasitzen und schreiben wollte, aber nie dazu gekommen wäre. Jetzt hatte er endlich die Gelegenheit dazu, weil es nicht gut um seine Gesundheit stand. Ich fragte ihn, ob er *Wandelnder Schatten* schreiben wollte. Er sagte nicht ja, aber auch nicht nein.

»Zeit hast du jetzt genug«, sagte ich zu ihm. »Keine Eile. Dein Körper ist das Kapital der Revolution, und solange du am Leben bist, darfst du die Hoffnung nicht aufgeben.«

»Mensch, Aqing«, hat er mich sofort kritisiert. »So darf man nicht denken. Der Vorsitzende Mao hat uns gelehrt: Zehntausend Jahre sind zu lang, nutze jeden Tag und jede Stunde.«

Das hat er echt gesagt. Wenn das gelogen ist, soll mich sofort der Schlag treffen! Aber er hat es nicht nur gesagt, sondern auch entsprechend gehandelt. Als ich ihn noch mal gefragt habe, ob er an dem früheren Buch *Wandelnder Schatten* schreibt, hat er gelacht.

»Du willst wohl alles ganz genau wissen«, sagte er. »Soll das ein Verhör sein?«

»Ach was«, sagte ich schnell. »Ich habe nur so gefragt.«

Da fiel mir auf, dass er mir in Wirklichkeit etwas durch die Blume mitteilen wollte, nämlich dass man die Parteidisziplin befolgen muss und nicht nach Dingen fragen soll, die einen nichts angehen. Ihr wisst ja, dass es unsere wunderbare Tradition ist, andere und sich selbst zu kritisieren. Deshalb habe ich schleunigst Selbstkritik geübt, nachdem er das gesagt hat.

»Das ist falsch von mir«, habe ich gesagt. »Ich darf nicht so sinnlos fragen. Ich werde mich bessern.«

Über meinen außerordentlich schnellen Fortschritt und darüber, dass ich im Nu meinen Fehler erkannt hatte, war er unbeschreiblich glücklich. Genossen, der »außerordentliche Fortschritt« ist nicht auf meinem Mist gewachsen. Das hat Ge Ren gesagt. Es war mir schon etwas peinlich, von ihm so gelobt zu werden.

In dem Moment sind die Bastarde mit dem Bett reingepoltert. Mit vielsagendem Blick haben sie einen Tisch, einen Stuhl und das Gestell für eine Waschschüssel mitgebracht. Zehntausend Jahre sind zu lang, nutze jeden Tag und jede Stunde. Ge Ren hat sich sofort auf den Stuhl gesetzt, sich über den Tisch gebeugt und angefangen zu arbeiten. Ich wollte ihn zum einen nicht länger stören, zum anderen habe ich dringend auf Dou Sizhongs geheimes Telegramm gewartet. Also bin ich ins Teehaus gegangen.

Genau, das Teehaus war meine Unterkunft. Yang Fengliang und seine Kleine wohnten hier früher. Nach meiner Ankunft musste er sein Zimmer räumen und ist in den Buddhatempel gegenüber gezogen.

Ich musste nicht lange warten, bis das geheime Telegramm da war. Darin stand, dass ein Kerl namens Bai Shengtao ins Dahuang-Gebirge kommt, um uns bei unserer Arbeit zu helfen. Außerdem sollte er mir einen geheimen Befehl übergeben.

Ihr könnt euch denken, Genossen, dass ich vor Ge Ren gewaltig den Hut gezogen habe, als ich das geheime Telegramm in Händen hielt. Es wäre nicht übertrieben, wenn ich sage, dass ich mich ehrfürchtig vor ihm auf den Boden werfen wollte. Seine hellseherischen Fähigkeiten waren beispiellos. Ich habe ihm kein Sterbenswörtchen gesagt, das hat er sich alles selbst zusammengereimt. Aber eigentlich war es auch gar nicht so verwunderlich, es war einfach das Ergebnis seines mit Mao Zedongs Gedanken bewaffneten Verstandes.

»Wieso sollten Sie mir danken, Offizier?«, sagte die Frau, die mir beim Übersetzen der Morsezeichen auf dem geheimen Telegramm geholfen hatte.

Dann hat sich dieses Weibsstück an mich rangeschmissen und gekünstelt zu stöhnen angefangen. Da war ich mir sicher, dass das Weib die Botschaft auf dem Telegramm Yang Fengliang verraten hatte. Was sollte ich machen? Strategie ist die Lebensader der Revolution, sie darf zu keinem Zeitpunkt vergessen werden. Mein Schwanz wurde nicht steif, und trotzdem hat sie sich auf mich gelegt. Ich habe sie mit ihren eigenen Waffen geschlagen und sie umarmt. Dann habe ich ihren Hals zugedrückt, ganz langsam immer fester. Am Anfang hat sie noch rumgegickelt, als wäre sie kitzelig. Scheiße, die war echt schamlos, hat mir noch ihre harten Nippel in den Mund gesteckt. Dabei war sie am Lachen, gagagag. Lach nur. Und während ich so dachte, habe ich mit einem Ruck ihren langen Hals zugedrückt, schnell wie der Blitz, kraftvoll, wie der Herbstwind die Blätter hinwegfegt. Liebe Genossen, da war ein ohrenbetäubendes Knacken zu hören, und schon hat das Weib an der Schwelle zum Jenseits gestanden. Saubere Arbeit, was? Damit der Feind nichts merkt, habe ich dann noch den Telegraphen zertrümmert und ihre Hose zerrissen. Es hat mich ganz verrückt gemacht, dass ihre Gürtelschnalle nicht aufgegangen ist. Aqing, bleib ruhig, immer mit der Ruhe, habe ich mir immer wieder gesagt. Im entscheidenden Moment hilft mir immer der Gedanke an die Partei und macht mir Mut. Ich habe ein Messer genommen und das Hosenbein aufgeschlitzt. Ein weißes Bein kam zum Vorschein. Dann versetzte ich ihr einen saftigen Tritt in die Leiste, als ich sie vor mir liegen sah. Ohne Übertreibung, der hat so schön gesessen, dass ihr die Scheiße aus dem Darm gequollen ist. Ich war richtig zufrieden. Jeder nämlich, der das sah, dachte, dass sie Opfer von einem Raubüberfall geworden war. Tatsächlich wurde ich nachher auch von niemandem verdächtigt.

Klar, für Unrecht gibt es einen Täter, für Schulden einen Schuldner, für Blutschuld Blutrache. Um meinen Leuten eine Erklärung dafür zu geben, habe ich lange Untersuchungen vorgetäuscht. Und etwas später habe ich den Tod der Telegraphenamtsangestellten einfach Yang Fengliang in die Schuhe geschoben.

Des Rätsels Lösung

Bei der Lektüre von Bai Shengtaos Ausführungen fragte ich mich unentwegt, warum es Dou Sizhong nicht gelungen war, mit Aqing Kontakt aufzunehmen. Nun ist klar, dass Aqing den Telegraphen zerstört und die Telegraphenamtsangestellte umgebracht hatte.

In sehnsüchtiger Erwartung

Nachdem ich das Weibsstück erledigt hatte, bin ich auf die Straße gegangen. Als ich am Ufer des Weiße-Wolken-Flusses stand, war meine Aufregung immer noch groß. Wenn Bai Shengtao im Namen von Genosse Tian Han käme und tatsächlich Ge Rens Freund ist, überlegte ich, dann wäre bald alles gut. In sehnsüchtiger Erwartung hoffte ich, dass er sich beeilte.

Ist es in Ordnung, wenn ich das erzähle?

Tja, ich muss noch dazusagen: Ich wusste, dass Tian Han der Parteisekretär von Wuji war. Im vergangenen Sommer hatte der Brigadeführer ein paar Leute zu einer Versammlung zusammen gerufen, und ich sollte aus der Zeitung vorlesen. Darin hat gestanden, dass Mao Zedongs ideologischer Propagandatrupp aus der Hauptstadt zu einem Auftritt nach Wuji gekommen war. Parteisekretär Tian hatte den Künstlern einen

Ehrenbanner geschenkt und sich zur Erinnerung mit ihnen ablichten lassen. Als ich den Namen von Parteisekretär Tian lesen musste, wurde ich ganz aufgeregt und habe zu heulen angefangen. Der Brigadeführer hat mir einen Tritt gegeben und gesagt: »Jammerlappen. Lies weiter.«

Ich habe weitergelesen. Da stand, dass die Genossin Xiaohong vom Propagandatrupp – also diese Brigadeführerin in der Oper *Chaoyangpo* – in Parteisekretär Tians Gesellschaft auf die Felder gegangen war und vor den armen und unteren Mittelbauern etwas aus *Chaoyangpo* vorgesungen hatte.

»Stopp!«, sagte der Brigadeführer an dieser Stelle. »Ich habe gesagt: Stopp, du Arschloch.«

Ich habe sofort aufgehört zu lesen.

»Hört gut zu, ich singe euch jetzt ein Stück aus *Chaoyangpo* vor«, sagte er.

Genossen, ihr kennt doch alle Chaoyangpo?

Genau, das liegt gleich neben Erligang. Es ist zwar nicht so berühmt wie das Modelldorf Dazhai, aber ungefähr so bekannt wie das Dorf Xiaojin. In der Zeitung hatte auch gestanden, dass sich Xiaohong in Chaoyangpo oft ins Leben gestürzt hat.

Was »ins Leben stürzen« heißt? Keine Ahnung. Leben ist eben Leben. Und was heißt dann »ins Leben stürzen«? Ich habe später erfahren, dass sie in Chaoyangpo oft mit Einheimischen zusammengegessen und hinterher mit ihnen geschlafen hat. Da war mir klar, dass »ins Leben stürzen« wohl hieß, erst essen und schlafen, dann Oper singen.

Nein, das hat nicht der Brigadeführer gesagt. Der hat keinen blassen Schimmer.

Klar kann er singen, auch wenn ich sage, dass er nichts davon versteht.

Genau, daraus hat er ein Stück gesungen. Auch ich kann das Stück auch singen. Oder ich singe es mal für euch.

Ach, wieso eilig? Wenn ich zu Ende gesungen habe, ist doch noch genug Zeit. Wenn ich einen Tag lang nicht gesungen habe, juckt es mich in der Kehle. Singe ich zwei Tage lang nicht, werde ich nervös.

Chaoyangpo, Chaoyangpo,
nie gibt es Windstille und eine ruhige See,
im Frieden kein Friede,
Salvenfeuer dringen ans Ohr.
Niederträchtige Grundbesitzer wollen
nach der Bodenreform Vergeltung üben.
Heute triumphiert die Kulturrevolution ...

Und? Nicht gut? Wahrscheinlich muss ich noch etwas üben. Sicher singt ihr alle besser als ich. Ein magerer Gaul hat oft eine lange, hängende Mähne, und wenn arme Leute sprechen, klingt das meistens nicht gut. Die Wahrheit sagen, damit hat sich der Brigadeführer schwergetan. Aber sein Gesang hat schlimmer geklungen als Wehklagen, noch schlechter als meiner. Trotzdem musste ich artig meine Ohren spitzen und so tun, als wäre ich begeistert. In Wirklichkeit schweifte mein Blick umher und blieb an Tian Hans Foto hängen. Auf dem Foto saß der Parteisekretär Tian im Feld und war ins Gespräch mit den revolutionären Massen vertieft. Er sah gesund aus, sein Gesicht hatte eine frische rote Farbe. Die Beine hatte er übereinandergeschlagen, so wie ich jetzt. In der einen Hand hielt er eine große Teekanne, in der anderen das Rote Buch. Ich habe mich von Herzen darüber gefreut, dass Genosse Tian Han so gesund aussah.

Gut, ich mache weiter. Ich prahle nicht, Eigenlob stinkt bekanntlich. Meine revolutionäre Freundschaft mit Parteisekretär Tian ist höher als der Himmel und tiefer als das Meer. Beim Vorsitzenden Mao, ich mache keine schönen Worte, sage nur die große Wahrheit. Wenn das gelogen ist, soll mich sofort der Schlag treffen. Er und Ge Ren kamen aus derselben Gegend, beide waren aus Qinggeng. Klar, dass ich ihn schon gesehen hatte. Er konnte zaubern. Im Handumdrehen war aus der Henne eine Ente geworden, das war sein Kunststück. Als ich ihn damals gesehen habe, war er etwas dünner als jetzt, hatte Flöhe und spuckte wie ein Bettler röchelnd aus. Seine Tauben hatte er allerdings alle dick und rund gefüttert. Als er in Hangzhou war, um Ge Ren zu besuchen, war Ge Ren gerade aus Japan zurück und noch in Peking. Dort hatte er Medizin unterrichtet. Er hat ihn also nicht angetroffen.

Was sagst du?

Quatsch? Wer redet Quatsch?

Ach, jetzt fällt es mir wieder ein, Tauben haben keine Ohren.

Was? Überleg mal, was du sagst. Wieso sollen Tauben denn keine Ohren wachsen können?

Wenn sie aber keine Ohren haben, wie konnten sie denn dann die Kommandos von Parteisekretär Tian hören? Wie auch immer, sie müssen Ohren haben. Sie haben ihm nämlich alle aufs Wort gehorcht, wenn er sagte: »Los, los, los, auf den Baum, Schädlinge fangen.«

Dann haben sie die Schädlinge vernichtet. Und wenn Parteisekretär Tian sagte: »Kommt, kommt, kommt. Maos Verse aufsagen«, dann gurrten sie die Verse. Er fragte die Tauben, ob sie müde sind, und sagte ihnen, dass sie sich etwas ausruhen sollen, um Kräfte für den nächsten Kampf zu sammeln. Die Tauben haben dann den Kopf unter die Flügel gesteckt und waren artig am Schnarchen.

Später ist auch Parteisekretär Tian nach Peking gefahren, um an der 4.-Mai-Bewegung teilzunehmen. Kurz vorher hat er mir ein paar Tauben überlassen. Genossen, er hat mir Tauben hinterlassen, das hatte etwas zu bedeuten. Jeder weiß doch, dass die Taube das Friedenssymbol ist. Das hat mich ermutigt, den Imperialismus und Revisionismus auszulöschen und die ganze Menschheit zu befreien. Nachdem er weg war, habe ich ihn viele Jahre nicht mehr gesehen. Als ich ihn das nächste Mal traf, war er schon General der Roten Armee. Ich habe vorhin schon davon gesprochen: Als ich Ge Ren ins Dahuang-Gebirge nachfuhr, ist mir einmal jemand aufgefallen, der mir bekannt vorkam. Mir fiel aber der Name nicht mehr ein. Als ich Ge Ren gefragt habe, wollte er wissen, wen ich meinte. Da habe ich zu ihm gesagt:

»Den Genossen, der anmutiger und kräftiger ist als unser großer kommunistischer Held Yang Zirong.«

Er hat mir mit dem Zeigefinger auf die Nase getippt. »Ach was, sag bloß du kennst ihn nicht mehr?«, sagte er. »Das ist doch Genosse Tian Han.«

Parteisekretär Tians Erinnerung war um einiges besser als meine. Er hat mich sofort erkannt und mich freundschaftlich »kleiner Teufel« genannt. Mir wurde warm ums Herz, aber trotzdem liefen mir die Tränen wie Perlen einer gerissenen Kette runter.

Überlegt mal, Genossen, ich hatte erfahren, dass Bai Shengtao im Auftrag von Parteisekretär Tian kam. Da war ich noch aufgeregter und dachte, wenn ich den treffe, wäre es so, als würde ich Tian Han persönlich treffen, als würde ich nach Yan'an gehen. Außerdem dachte ich noch: Wenn ich meine Aufgabe erfüllt hätte, würde ich der Partei sagen, sie soll mich von hier wegholen, damit ich mich von diesem unwürdigen Leben verabschieden könnte. Bye-bye, Geheimdienst, bye-bye. Scheiße, ich hau einfach nach Yan'an ab, basta.

Bergblumen in voller Blütenpracht

Auf Seite 215 in der *Heimatkunde von Wuji* (1990) fand ich etwas über Xiaohongs Vorführung in Wuji, von der Aqing berichtet hatte:

> Wind und Regen treiben den Frühling aus, stiebender Schnee heißt ihn willkommen. Unlängst wehte der revolutionäre Ostwind Mao Zedongs ideologischen Propagandatrupp aus der Hauptstadt zu einem Besuch in den Regierungsbezirk Wuji. Kaum graute im Osten der Morgen, geleitete Genosse Tian Han die Gruppe in die Terrassenfelder unter dem Felsüberhang nahe Wuji zur Aufführung des Stücks *Chaoyangpo* vor den versammelten revolutionären Massen. Genossin Xiaohong, die in der Oper die Leiterin der Frauenarbeitsgruppe verkörperte, thronte auf einem riesigen Stein und sang der strahlenden roten Sonne am Horizont zugewandt die berühmte Passage:

»Chaoyangpo, Chaoyangpo,
nie gab es Windstille und eine ruhige See.«

An der Stelle »Gebildete Jugend, schlagt Wurzeln im Volk, und auf! Zur gemeinsamen Revolution!«, hoben die anwesenden Jugendlichen mit Schulbildung die Arme und skandierten:

»Zehntausend Jahre dem Vorsitzenden Mao! Zehntausend Jahre dem Vorsitzenden Mao!«

Als Xiaohong nach Beendigung ihres Liedvortrags die von harter Arbeit zerschundenen Hände der Jugendlichen bemerkte, stiegen ihr heiße Tränen in die Augen. Aus dem Stegreif dichtete sie einige Verse:

»Steine sind Mühsal, der Hammer ist Entschlossenheit. Der Hammer schlägt Steine, die Mühsal unterliegt.«

Auch Genosse Tian Han hielt eine Rede.

»Seit Pan Gu Himmel und Erde trennte und über viele Dynastien hinweg gedeihen in Wuji auf den Hügeln unter dem Felsüberhang nur Bäume und kein Getreide«, sagte er. »Ob Bergblumen in voller Blütenpracht oder Vogelgezwitscher und Blumenduft, all das ist kapitalistischer Firlefanz. Heute geht es darum, den Mond vom Neunten Himmel zu holen, die Schildkröten in den fünf Ozeanen zu fangen, diese Bäume allesamt zu fällen und die Gräser zu verbrennen, so dass hier unser Reis- und Getreideanbaugebiet entstehen kann. Dann können wir Genossin Xiaohong und den Mitgliedern des Propagandatrupps bei ihrem nächsten Besuch in Wuji Reis aus eigenem Anbau anbieten. Glaubt ihr daran, Genossen?«

Alle riefen so laut Ja, dass ihre Stimmen bis in den Neunten Himmel schallten. Angespornt durch Genossin Xiaohong und unter der Führung von Genosse Tian Han leisteten alle von großem Kampfeswillen getrieben vollen Arbeitseinsatz. Trotz Verletzungen waren sie nicht zu bremsen. Noch vor der Mittagszeit waren die Bäume gefällt und die Gräser verbrannt. Beim

Anblick der kahlen Berge und der darauf wehenden roten Fahnen trat ein Siegerlächeln auf die Gesichter der Genossen.

Kurz nach seinem Verhör wurde Tian Han gestürzt. Der Grund dafür stand in Zusammenhang mit den obigen Schilderungen. Auf Seite 223 der *Heimatkunde von Wuji* ist Folgendes nachzulesen:

> In der letzten Zeit setzten sich die Roten Garden dafür ein, »keine Verletzungen zu scheuen, um den Kaiser von seinem Ross zu holen«. In diesem Sinne wurde auch das schädliche Element Tian gepackt, das sich als Spion in unseren revolutionären Truppen versteckt gehalten hatte. Tag und Nacht hatte dieses schädliche Element unentwegt antirevolutionäre Reden geschwungen. Man braucht nur das jüngste Beispiel zu betrachten, als es sich sogar am helllichten Tage öffentlich gegen die röteste, die allerröteste Sonne unseres Herzens wandte und einen Unsinn redete wie: »Bergblumen in voller Blütenpracht oder Vogelgezwitscher und Blumenduft, all das ist kapitalistischer Firlefanz.« Es ist kaum zu glauben, dass er keine Kenntnis von der Unterweisung unseres großartigen Führers, des Vorsitzenden Mao, hat, der uns sagte:
>
> »Wind und Regen treiben den Frühling aus,
> stiebender Schnee heißt ihn willkommen.
> Harrend der Bergblumen volle Blütenpracht,
> hab ich ihr Lachen im Busch längst vernommen.«
>
> Da haben wir es schwarz auf weiß, er ist schuldig, seinen Arsch bekommt er nicht mehr sauber, weil seine üble Absicht bereits aller Welt bekannt ist und bekannt bleiben wird. Die gewaltigen revolutionären Massen werden die antirevolutionären Straftaten des schädlichen Elements Tian zu gegebener Zeit an die Öffentlichkeit bringen. In den ernsten Momenten der Geschichte müssen wir weiter dafür kämpfen, »keine Verletzungen zu scheuen und den Kaiser von seinem Ross zu holen«. Das

schädliche Element Tian werden wir öffentlich herabsetzen und bloßstellen und ihm einen Tritt geben, von dem es sich bis in alle Ewigkeit nicht erholen wird.

Mir fiel auf, dass dieser Text so auch in Zhu Xudongs Autobiographie von Tian Han steht. Hier dient er als Beleg für die ungerechte Behandlung, die Tian Han während der Kulturrevolution erfuhr. Denn zu dem Zeitpunkt, als die *Heimatkunde* veröffentlicht wurde, in der der Begriff »schädliches Element Tian« für seinen Namen Tian Han steht, war er längst rehabilitiert. So wurde sein Name abermals verraten.

Alle Kräfte nutzen, die zu nutzen sind

In sehnsüchtiger Erwartung verging ein Tag nach dem anderen, ohne dass Bai Shengtao kam. Ich bin fast verrückt geworden. Um die Zeit totzuschlagen, war ich jeden Tag im Teehaus. Eines Morgens aber, als die Sonne gerade allmählich im Osten aufstieg und ich wieder einmal im Teehaus saß, habe ich Yang Fengliang zusammen mit einem Mann gesehen, der eine graue Robe anhatte. Sie sind auf den Ahnentempel zugegangen. Die Umrisse von diesem Mann kannte ich sehr gut, auch wenn ich so weit entfernt war, dass ich sein Gesicht nicht genau erkennen konnte. Aber ich wusste, dass ich ihn bestimmt kenne. Ich brauche nicht zu sagen, dass ich in dem Moment sogar an Bai Shengtao gedacht habe und mich gefragt habe, ob es nicht vielleicht Bai Shengtao sein könnte. Vielleicht könnte Bai Shengtao auch ein Deckname sein.

Wer Kleines nicht erträgt, kann Großes nicht leisten. Ich habe es einfach ertragen und bin ihm nicht hinterher. Lieber habe ich mir eines der Mädchen im Teehaus gepackt und auf den Stuhl neben mir gezogen. Um den Blick dieser Kerle auf mich zu lenken, habe ich der Kleinen die Haarspange abgemacht und sie damit in den Hintern gepiekst.

»Aua!«, rief das stinkende Weibsstück.

Trotzdem hat sie sich artig auf meinen Schoß gesetzt. Wegen

ihrem fetten Arsch fing mein Schwanz an zu kribbeln. Schließlich drehten sich der Kerl und Yang Fengliang um. Diese Ausgeburt an Dreckshunden wartet den ganzen Tag nur darauf, solche Schweinereien zu sehen zu bekommen. Immer noch war die Entfernung zu groß, um zu erkennen, wer der Kerl war. Ich verpasste dem Weib noch einen Kratzer.

Den ganzen Tag über saß ich wie auf glühenden Kohlen. Und als ich abends gerade am Einschlafen war, klopfte einer meiner Leute an die Tür und sagte, dass mich jemand sprechen wollte. Sofort habe ich geglaubt, dass Bai Shengtao angekommen war. Ich habe mich nicht einmal mehr angezogen, sondern bin mit nacktem Hintern raus. Da stand wieder der Mann, den ich schon am Tag gesehen hatte. Er hatte immer noch das lange graue Gewand an, ging geradewegs auf einen Tisch zu und hat den Lampendocht angezündet. Um Himmels willen, da wusste ich, wer vor mir stand. Beinahe hätte ich aufgeschrien. Es war doch tatsächlich Zong Bu. Es war ja völlig klar, dass er wegen Ge Ren gekommen war, das wusste ich sofort. Schließlich hatte ich viele Jahre lang die Erziehung der Partei genossen, so dass ich längst kein Idiot mehr war. Aber von wem er geschickt worden war und in welcher Beziehung er zu diesem Yang stand, konnte ich nicht sagen.

Er wollte inzwischen ein Geschäftsmann geworden sein, der oft ins Dahuang-Gebirge kommt, um Tee, Pilze und Lotuskerne einzukaufen. Und auch Schmetterlingsblütler wollte er kaufen. Einen Scheißdreck! Im ganzen Dahuang-Gebirge gab es keine Schmetterlingsblütler. Was für ein Blödsinn. Das habe ich aber für mich behalten. Ich habe ihn nur beobachtet und abgewartet, was er noch für schöne Worte machen würde. Der hat gelogen, ohne rot zu werden, und gesagt, Tee wäre zurzeit noch nicht auf dem Markt, so dass ihm nichts anderes übrigblieb, als an der Privatschule zu unterrichten. Red ruhig weiter, dachte ich, friss Weidenruten, flechte sie im Bauch und kack dann Körbe. Wenn du mit Flechten fertig bist, reiße ich dir die Maske vom Gesicht.

»Yang Fengliang hat mich gerufen«, sagte er. »Ich soll eine

Vertretungsstunde in der Schule halten. Unterrichten ist Unterrichten, ob eine Stunde oder zwei.«

»Ihr seid gute Freunde, was? Alte Freunde«, sagte ich.

Sofort hat er betont, dass sie sich überhaupt nicht kennen.

An dem Abend habe ich nicht mehr besonders viel mit ihm geredet. Aber nach ein, zwei Tagen kam er wieder zu mir und wollte mit mir spazieren gehen.

»Du unterrichtest die Kinder doch nicht ordentlich«, sagte ich zu ihm. »Was machst du hier?«

»Der Unterricht ist für heute vorbei«, hat er gesagt.

Ich habe ihn dann gefragt, was er eigentlich unterrichte.

»*Die Gespräche des Konfuzius*. Lernen und beizeiten das Gelernte praktizieren, ist das nicht eine Freude? Wenn ein Freund von weit her kommt, ist das nicht eine Freude? Von anderen unerkannt bleiben und sich darüber nicht grämen, ist das nicht ein edler Mensch?«, zitierte er.

»Und verstehen die Sprösslinge des Vaterlandes so etwas Unanständiges und Schmutziges überhaupt?«.

»Ich habe auch noch etwas anderes aus dem *Buch der Lieder* unterrichtet«, sagte er. »Das lässt sich schön vorlesen:

Turtelnd sitzt ein Taubenpaar
auf der Insel traut,
oh, du zarte schöne Frau,
werde meine Braut.«

Genossen, habt ihr gehört, was das für ein dummes Zeug war? Da wurde ich sofort hellhörig. Das war ja wohl total daneben, so einen dekadenten Mist zu erzählen. Da wollte er doch die Sprösslinge des Vaterlandes mit Absicht auf die schiefe Bahn bringen, oder?

Gut, ich mache weiter. Um alle Kräfte zu nutzen, die zu nutzen sind, bin ich mit ihm rausgegangen. Genossen, die Landschaft im Dahuang-Gebirge ist grandios. Das einzige Manko war, dass der Frühling der Revolution noch nicht ganz angekommen war, der Bambus hatte sein Festtagskleid noch nicht an. Ich bin auf einen hohen Gipfel über dem Phönixtal gestiegen. Die Einheimischen haben erzählt, dass es dort früher viele Phönixe gegeben habe.

Ja, ich rauche gerne noch eine. Habe ich es etwa noch nicht gesagt, dass ich gerne *Phönix* rauche, weil ich im Phönixtal gewesen bin? Da stand ich nun auf dem Hügel und habe ins Tal geblickt. Allmählich wurde ich immer aufgeregter, und die erhabenen Gefühle der Revolution stiegen in mir auf. Von dort konnte ich auch die *Schleusentor-Schule* sehen, in der Ge Ren inhaftiert war. Ich habe die schwarze Mauer und die Dachziegeln gesehen. Dann fragte ich Zong Bu geradeheraus, ob er wegen Ge Ren hergekommen war. Aber er hat mir nicht die Wahrheit gesagt. Er wollte erst nach seiner Ankunft erfahren haben, dass Ge Ren dort eingesperrt war. Scheißdreck, wer konnte sein dummes Gerede schon glauben? Ich fragte ihn, welche Pläne er hatte und ob er Bingying zuliebe Ge Ren retten wollte. Da blieb er auf einmal stumm.

Es verging eine ganze Weile, bis er mich schließlich nach meinen Plänen fragte. Ich konnte ihm natürlich nicht sagen, dass ich auf Bai Shengtao wartete. Deshalb habe ich einfach geantwortet, dass ich Augen und Ohren offen halten und auf eine günstige Entwicklung der Lage warten wollte.

»Gut, gut, gut«, sagte er und lachte finster.

Wer zum Teufel hätte schon wissen können, was sein »gut« bedeutet? Dann ist er den Berg wieder runtergelaufen. Ich wusste nicht, was er im Schilde führte, und bin deshalb nicht mehr von seiner Seite gewichen. An einem riesigen Stein pflückte er aus einer Ritze eine Azalee. Sie hatte gerade angefangen zu sprießen. Er hielt sie sich unter die Nase und roch mit geschlossenen Augen daran. Nach einer Weile legte er sie auf den Stein. Diese kapitalistische Gefühlsduselei hat mich richtig wütend gemacht. Aber ich bin ruhig geblieben, weil ich immer noch auf seine Antwort gewartet habe. Du hast mit einem Mordsgetue an der Blume gerochen, dachte ich, aber eine ehrliche Antwort kannst du mir wohl nicht geben. Er hat mir überhaupt keine Antwort gegeben, sondern ist weiter bergab gelaufen bis zu einem kleinen Bergbach. Er hat mit den Händen Wasser geschöpft und das Wasser in seinen Händen betrachtet, aber gesagt hat er immer noch nichts. Am Fluss gingen ein paar arme Mönche entlang, die aus dem Buddhatempel kamen. Sie waren so arm, dass sie noch nicht einmal Gebetsketten hatten. Zong Bu hat sie angestarrt, dabei wurden seine Augen zu kleinen Schlitzen, dann machte er endlich den Mund auf. Mit den Maßstäben eines kleinen Mannes wollte er einen großen Mann beurteilen. Genossen, hört gut zu, was er für einen Mist von sich gegeben hat:

»Hier ist der Himmel hoch und der Kaiser fern«, sagte er. »Ge Ren kam her, damit er hier begraben werden kann.« Seine Worte stanken wie Mist. »Ich bin hier ins Dahuang-Gebirge gekommen, weil ich dieselbe Idee wie Ge Ren habe und auch hier begraben werden will«, sagte er weiter. »Ich hoffe, dass du dem Geheimdienst der Nationalisten klarmachst, dass Ge Ren keine Lust auf Politik hat. Er hat doch gar keinen Nutzen. Deswegen wäre es besser, den Dingen einfach ihren Lauf zu lassen.«

Ich entsinne mich noch, dass es mich in den Fingern gejuckt hat.

Stimmt, beinahe hätte ich den Abzug gedrückt und ihn gleich an Ort und Stelle abgeknallt. Der einzige Grund, warum ich es nicht getan habe, ist der: »Wer Kleines nicht erträgt, kann Großes nicht leisten«. Bevor Bai Shengtao ankam, sollte die Lage möglichst nicht noch komplizierter werden. Also habe ich meinen Ärger runtergeschluckt.

Auf dem Rückweg fragte mich Zong Bu dann plötzlich, wann Yang Fengliang abreist, und sagte noch dazu:

»Vor Yang Fengliang sollte man sich in Acht nehmen. Im entscheidenden Augenblick ist er nämlich zu allem fähig.«

»Das brauchst du mir nicht zu sagen«, habe ich gesagt. »Ich kenne diesen Schweinehund und weiß, dass er nichts Gutes im Schilde führt.«

Er hat eine nach der anderen geraucht, ohne noch etwas von sich zu geben. Dann fragte er mich, ob ich auch rauche. Genossen, nach diesen Sätzen war ich noch mehr auf der Hut. Ich hatte meine Hand schon ausgestreckt, sie aber wieder zurückgezogen, als mir das Sprichwort »Schenken heißt angeln« in den Sinn gekommen ist. Aber dann habe ich meine Meinung geändert und sagte mir: Unterschlagung und Verschwendung sind schwere Verbrechen. Aber was den Feind angeht, so ist dein revolutionärer Beitrag umso größer, wenn du dazu beiträgst, sein Vermögen zu vernichten.

Daraufhin habe ich seine Zigarette genommen und geraucht.

Was für Zigaretten das waren? *Platin Drache* von einer Firma aus Nanyang.

Du hast vollkommen recht, bei dem Namen kannst du den Luxus förmlich riechen.

Während ich sein Vermögen am Vernichten war, fragte er plötzlich, ob wir uns nicht etwas überlegen sollten, um Yang Fengliang loszuwerden. Ich musste lachen.

»Aber Herr Zong«, habe ich gesagt, »Wenn der Yang ein Furz in meinem Bauch wäre, würde ich ihn, ohne lange zu fackeln, ziehen lassen. Aber das ist er nun einmal nicht.«

Ich war platt, als er daraufhin sagte, dass er Yang Fengliangs Arbeit übernehmen und ihn früher nach Fujian zurückschicken wolle.

»Das klingt nicht dumm«, sagte ich. »wenn du ihn wirklich loswirst, dann bin ich dir auf ewig dankbar.«

»Dann wart's mal ab«, hat er großkotzig gesagt. »Ich verspreche dir, in drei Tagen trollt der sich schon.«

Seht ihr, was mir für Sachen passiert sind! Ein kleiner Pauker bestimmt plötzlich über einen Kuomintang-General. Wenn so etwas funktioniert, zeigt das doch eins, nämlich dass es für die Truppen der Nationalisten keine Hoffnung mehr gab. Seit jeher hat nur die Partei die alleinige Waffengewalt. Wo hatte schon ein Lehrer das Sagen? Scheißdreck, da stimmte doch etwas nicht.

Ist es in Ordnung, wenn ich das erzähle?

Gut, dann mache ich weiter.

Was sagst du? Was Zong Bu mit Yang Fengliang ausgehandelt hatte?

Tja, wenn ich das sage, kriegst du dich vor Lachen nicht mehr ein. Der ist vor lauter Angeberei fast geplatzt. Er ist am nächsten Tag zu mir gekommen und hat gesagt, dass er mit Yang Fengliang geredet hätte, aber der hätte ihm gar nicht zugehört. Ich fragte, was er mit ihm denn bereden wollte.

Er hätte ihm sein Horoskop gedeutet und ausgerechnet, dass bei Yang zu Hause etwas passiert wäre. Yang Fengliang wollte wissen, was los war. Das konnte Zong Bu aber nicht konkret sagen, aber es hätte ganz sicher etwas mit der letzten Ruhestätte zu tun. In Wirklichkeit hatte ich ihm ja gesagt, dass bei Yang Fengliang jemand gestorben war. Er hat mir also nur nachgeplappert, sonst nichts. Er wollte Yang überreden, seine Aufgaben hier schleunigst abzuschließen und dann nach Hause zu fahren. Yang Fengliang hatte erwidert, dass er von dem Todesfall zu Hause schon wusste. Deshalb habe er ja auch so viele Geliebte, um die Ahnenreihe fortzusetzen. Einen Schuss, und dann ist er wieder woandershin gegangen. Allerorts wollte er seinen Samen verspritzen und durch quantitative Veränderungen eine qualitative Änderung herbeiführen. Außerdem meinte er noch, dass man schließlich auch unter Kleinwüchsigen einen General finden könnte. Er glaubte, dass unter so vielen Söhnen wenigstens einer mit einem nützlichen Talent sein musste. Als Zong Bu das hörte, guckte er blöd. Er hat sich am Bart gezupft und lange überlegt, bevor er zu Yang Fengliang gesagt hat:

»Wenn du nicht heimfährst und nachsiehst, was passiert ist, ist auch dein eigenes Leben in Gefahr.«

»Ist das wahr?«, hat Yang Fengliang gefragt.

»Wenn das gelogen ist, soll mich sofort der Schlag treffen«, sagte Zong Bu. »Und wenn auch nur ein halber Satz gelogen ist, hänge ich sofort meine Anstellung als Lehrer an den Nagel.«

Dann hat er Yang Fengliang noch etwas Geld für die Reise gegeben.

Klar hat er ihn damit bestochen. Ich habe Zong Bu auch gefragt, ob sein mit Zuckerguss überzogenes Geschoss den Schweinehund getroffen hatte. Ja, war seine Antwort.

»Ein Schuss, ein Treffer«, sagte er.

Er hat Yang Fengliang gesagt, er wüsste genau, dass General Yang eines Tages bestimmt noch zu Amt und Würden käme, und dass er hofft, gelegentlich auch mal von General Yang Hilfe erwarten zu können. Nach diesen Worten wäre der andere Schweinehund wie von Sinnen gewesen und hätte das Geld sofort angenommen. Genossen, Yang Fengliang war gierig wie eine Schlange, die einen Elefanten verschlingt. Das Geld war ihm nämlich nicht genug, er wollte mehr und hat gewartet, dass Chiang Kaishek eine Belohnung für ihn hat. Deshalb war er nämlich auch noch nicht über alle Berge.

Was meinst du? Ob Zong Bu auch mir Geld zugesteckt hat?

Doch, ich habe es ja genommen. Habe ich vorhin denn nicht gesagt, dass der revolutionäre Beitrag umso größer ist, je mehr Geld der Kapitalisten wir vernichten?

Nachdem er Yang Fengliang nicht zum Gehen hatte überreden können, hat sich Zong Bu bestimmt ziemlich geschämt, so dass er am nächsten Tag abgereist ist. Seitdem habe ich ihn nicht mehr gesehen. Er gehörte sowieso längst in den Abfalleimer der Geschichte. Reden wir nicht weiter über ihn.

Ich habe ihn wirklich nicht mehr gesehen. Beim Vorsitzenden Mao, ich sage nichts als die Wahrheit. Wenn das gelogen ist, soll mich sofort der Schlag treffen. Ich brauche nicht zu erwähnen, dass ich mir meiner Verantwortung der Geschichte gegenüber bewusst war. Die Geschichte wird vom Volk geschrieben, und ich gehöre ja zum Volk.

Wenn ich euch verarsche, ist meine Mutter der amerikanische Imperialismus und mein Onkel ist der sowjetische Revisionismus, dann ist mein Familienname Zhao und mein Vorname Ungeheuer. Aber jetzt glaubt ihr mir doch wohl endlich, oder?

Zong Bus Reise ins Dahuang-Gebirge

Bingying bestritt rundweg, dass Zong Bu in ihrem Auftrag ins Dahuang-Gebirge gereist sei. Vielmehr hatte sie sich geärgert, als sie von der Reise erfuhr. Denn ihrer Ansicht nach hatte er nicht nur versäumt, Ge Ren zu retten, sondern dessen Tod sogar noch beschleunigt.

»Zong Bu zu sehen«, erklärte sie, »hätte Ge Ren kränken können, und vielleicht wäre er noch verzweifelter gewesen.«

An diesem Satz wird deutlich, dass sich Bingying nach wie vor für ihre Liebesgeschichte mit Zong Bu schämte. Von sich auf andere schließend, meinte sie, dass Ge Ren diese Sache als die größte Niederlage seines Lebens betrachten musste.

Nachdem sich Bingying und Zong Bu an jenem verschneiten Tag zum Beginn des Jahres 1943 getrennt hatten, brach Bingying nach Chongqing auf, Zong Bu ging nach Hongkong. Tags darauf begab er sich zum Zeitungsverlag, *Schriften der Muße*, der das Gedicht *Schmetterlingsblütler* veröffentlicht hatte. Von Herrn Xu Yusheng (der früher mit Ge Ren in Hangzhou viel Zeit verbracht hatte) wollte er detaillierte Neuigkeiten über Ge Ren in Erfahrung bringen. Allerdings war Herr Xu damals gar nicht in Hongkong gewesen. Dem Buch *Träume am Qiantang-Fluss* konnte ich entnehmen, dass er zu der Zeit nach Hangzhou gefahren war, um dem Grab seiner Eltern einen Besuch abzustatten. Zong Bus Reise war daher nicht von Erfolg gekrönt. Als er ins Dahuang-Gebirge aufbrach, konnte er also nicht sicher sein, ob Ge Ren noch am Leben war. Er konnte es nur vermuten und hielt es für am wahrscheinlichsten, dass sich Ge Ren im Dahuang-Gebirge aufhielt. Aber wie kam er zu dieser Annahme? In Huang Jishis Memoiren *Lebens mitte* finden wir den folgenden Abschnitt:

> Einige Tage lang legte Herr Zong die *Schriften der Muße* nicht mehr aus der Hand. Er war ganz in die Lektüre versunken und brach von Zeit zu Zeit sogar in Tränen aus. Einmal lieh ich mir ein Exemplar der Zeitung und las. Es stand jedoch nichts Besonderes darin, lediglich ein Bericht über Chiang Kaisheks und

Song Meilings Reise in die ägyptische Hauptstadt Kairo, auf der das Ehepaar nur knapp dem Tod entronnen war, da der Pilot während des Flugs über den Himalaja einen Herzanfall erlitten hatte. Herr Zong war kein Anhänger von Chiangs Regime, so dass er darüber unmöglich derart besorgt gewesen sein konnte. Zudem war das Ehepaar Chiang am 21. November in Kairo empfangen worden und noch am selben Tag mit dem britischen Premierminister Churchill zusammengetroffen.

Eines Nachmittags – der Himmel war verhangen, und es schien bereits Abend geworden zu sein – wirkte Herr Zong erneut abwesend. Ich bedrängte ihn mit meinen Fragen, bis er mir alles erzählte. In dieser Ausgabe der *Schriften der Muße* stehe ein Gedicht mit dem Titel *Schmetterlingsblütler*. Der Autor des Gedichtes sei ein gewisser Trübsinnski, aber er vermutete, dass es sich bei dem Gedicht um ein neues Werk von Ge Ren handle. Ge Ren musste also noch am Leben sein. Sollte sich nichts grundlegend verändert haben, sprach er weiter, müsse sich Ge Ren im Dahuang-Gebirge versteckt halten. Dort sei er nun mit seiner Tochter Schmetterlingsblümchen zusammen und genieße das Familienglück. Laut seinen Ausführungen verlor sich Schmetterlingsblümchens Spur 1934 im Dahuang-Gebirge. Zong Bu argwöhnte, dass Ge Ren seinen Tod in der Schlacht von Erligang vorgetäuscht habe, um unterzutauchen. Nachdem Ge Ren der Todesgefahr entronnen sei, habe er sich direkt ins Dahuang-Gebirge begeben, um nach der Tochter zu suchen. Zong Bu war damals nahezu siebzig Jahre alt. Er gab sich nur noch wenige Jahre und vermisste seine Tochter daher umso mehr. Aus diesem Grund wollte er die Reise ins Dahuang-Gebirge persönlich auf sich nehmen.

Niemand konnte ihn davon abbringen.

Hier wird deutlich, dass Zong Bu damals nicht mit der Absicht, Ge Ren zu retten, ins Dahuang-Gebirge reiste, sondern um seine Tochter zu treffen. Bedauerlicherweise kam es nicht zu diesem Treffen. Anfang des Jahres 1934, kurz nachdem die Rote Armee aus dem Dahuang-Gebirge abgezogen war, hatte sich meine

Großtante in Begleitung von Pater Ellis auf den Weg dorthin gemacht, um Schmetterlingsblümchen abzuholen. Darauf möchte ich später zurückkommen.

Im weiteren Verlauf erzählt Huang Jishi, dass Zong Bu »mit einer großen Summe Geld in der Tasche« aufbrach. Dieses Geld war für seine Tochter vorgesehen.

»Sollte Schmetterlingsblümchen bereits verheiratet sein, wäre es ihre Mitgift und ein Ersatz für das väterliche Gefühl des Bedauerns.«

Seine Tochter fand er nicht, aber das Geld hatte er am Ende trotzdem ausgegeben »und kehrte mit leeren Taschen wie ein Bettler nach Hongkong zurück«. Wofür hatte er das Geld aber nun ausgegeben? Nach der Lektüre von Aqings Schilderungen weiß ich lediglich, dass er Yang Fengliang und Aqing bestochen hatte.

In dem Interview, das mir Herr Sun Guozhang im Jahr 2000 gab, erwähnte auch er eine Unterhaltung zwischen Zong Bu und Yang Fengliang. Da er Schmetterlingsblümchen nicht gefunden hatte und Ge Ren im Gefängnis saß, änderte er seine Pläne und bestach Yang Fengliang, um Ge Ren zu retten:

> Einen Tag vor meiner Abreise gab Zong Bu endlich sein wahres Motiv preis. In der Philosophie nennt sich das *aletheia*. Er sagte ganz offen, dass er Ge Ren retten wolle und Herrn Yang gebeten habe, einen Preis zu nennen. Vor langer Zeit hätten er und Ge Rens Vater der Gruppe um Kang Youwei angehört, auch mit dessen Sohn hätte er in Kontakt gestanden. Allerdings hätte er damals Verantwortung für ihn getragen. Herr Yang wollte Einzelheiten erfahren. Also erzählte Zong Bu ihm, dass er seinerzeit Ge Rens Reise in die Sowjetunion finanziert habe.
>
> Stimmt, inzwischen heißt es »ehemalige Sowjetunion«. Ebendieser Erfahrung habe Ge Ren später seine hohe Position innerhalb der Partei zu verdanken gehabt und demzufolge auch jetzt die hohe, auf seine Person ausgesetzte Belohnung sowie seine Inhaftierung.
>
> »Kennen Sie denn auch Bingying?«, fragte Herr Yang. »Ich

weiß nämlich, dass sich ein Anhänger Kang Youweis damals unrechtmäßig Ge Rens Frau bemächtigte, ein Mann war es.«

Als Zong Bu diese Worte vernahm, rann ihm der Schweiß in Strömen.

»Dieses Ereignis«, sagte er, »hat mich viele Jahre lang tief beschämt. Deshalb möchte ich nun mit einer großen Summe Geld Ge Rens Leben retten und selbst meinen inneren Frieden finden.«

Herr Yang erwiderte daraufhin, dass er Ge Ren mitnehmen wolle, sobald die Eisenbahn wieder störungsfrei verkehre. Ge Rens Leben sei nicht in Gefahr, und er brauche sich keine weiteren Gedanken zu machen. Scheinbar schenkte Herr Zong diesen Worten kein großes Vertrauen, denn er wandte ein, dass nicht er allein darum bemüht sei und Herr Yang nicht länger zögern solle. Sollte ein Unglück geschehen und dazu führen, dass Ge Ren in Baipi seine letzte Ruhe finde, so werde Herr Yang zu einem Delinquenten der Geschichte. Dieser brach in Gelächter aus und riet Herrn Zong erneut, unbesorgt zu sein. Soweit ich weiß, wollte Herr Yang das Geld an jenem Abend Ge Ren übergeben. Ob Ge Ren es allerdings annahm, entzieht sich meiner Kenntnis.

In *Schönheiten* steht, dass Zong Bu, nachdem er wieder in Hongkong angekommen war, Bingying einen Brief schrieb, in dem er ihr treuherzig mitteilte, Ge Ren werde bestimmt gerettet, so dass sie beruhigt auf gute Nachrichten von ihm warten dürfe. »Er selbst wolle seine Schuld büßen. Es scheint beinahe, als komme Ge Rens Gefangenschaft einer glücklichen Belohnung durch die Geschichte gleich. Darüber hinaus bemerkte er, dass der Verlust seiner Tochter der größte Schmerz seines Lebens sei.«

An dieser Stelle möchte ich kurz darauf hinweisen, dass Zong Bu von Aqing, wie Sie bereits gelesen haben, als überaus einfältig dargestellt wird. Aqings Nachfahren berichteten allerdings, dass ihn lediglich die zu jener Zeit herrschenden Umstände dazu veranlasst hätten, auf den zum Ufer schwimmenden Hund einzudreschen. Auch das damalige Mitglied von Aqings Untersuchungskommission Herr Yu Fenggao hatte mir von Aqings »geheuchelter Willfährigkeit« berichtet, »vornerum so, hintenrum so«, »sehr falsch«, »da hat er seine gesamten Fähigkeiten als Spion zum Einsatz gebracht«. Aber wie stand Aqing in Wirklichkeit zu Zong Bu? Laut Aqings Nachfahren liebte er die »Schreiberei und Malerei« und hatte auch ein paar Texte hinterlassen, die später allesamt Yu Fenggao in die Hände gefallen waren. Aber als ich ihn diesbezüglich erneut aufsuchen wollte, ruhte er bereits in einer Urne. Sein Sohn Yu Liren erklärte, dass diese Texte in seinen Besitz übergegangen seien, und kam sodann voll des Lobes auf die Firma *Huawei Consumer Alliance*, einen Strukturvertrieb, zu sprechen. Selbstverständlich lobte er vor allem die Möglichkeit, damit großes Geld zu verdienen. Die Firma handelte mit Robbenöl aus Alaska. Im ersten Teil dieses Buches war bereits die Rede von der Fernseh-Quizshow über Erligang gewesen, in der die prominenten Gäste Robbenöl aus Alaska als Preis erhielten. Um einen Blick auf die Texte werfen zu können, blieb mir also nichts anderes übrig, als in seinen Strukturvertrieb zu investieren. Daraufhin öffnete Yu Liren ein Kästchen, das unter der Urne stand, entnahm ihm ein in rotes Plastik eingeschlagenes Notizbuch und diesem wiederum einen zerknitterten Briefbogen. Auf den Briefkopf war ein Mao-Zitat gedruckt: »Wer einen Fehler begeht, ihn erkennt, aber nicht korrigiert, nimmt sich selbst gegenüber eine liberalistische Haltung ein. Diese Menschen gehören zur Elften Gruppe. *Gegen den Liberalismus.*«

Darunter war in Aqings Handschrift zu lesen:

Heute holten mich die Genossen der Untersuchungskommission zu sich, um mehr über Ge Rens letzte Heldentaten zu erfahren. Morgen wollen sie wiederkommen. Ich konnte nicht anders, als Zong Bu zur Sprache zu bringen. Er war ohnehin längst zu Staub geworden, und Tote reden nicht. So nutzte ich die Gelegenheit, um auf den zum Ufer schwimmenden Hund einzudreschen und einzuschimpfen. Zong Bu, wenn du noch am Leben wärst, hättest du bestimmt Nachsicht mit mir. Ich kann dir nicht mehr in die Augen sehen und verneige mich tief.

Es gibt nicht mehr viel zu sagen, weil wir uns in Kürze treffen werden und ich mich dann von Angesicht zu Angesicht für meinen Verrat bei dir entschuldigen möchte. Ich werde mir das Ohr abschneiden und es dir in den Schnaps tun. Du sollst wissen, dass all dies nur zu Ge Rens Rettung geschehen ist. Ich verliere jetzt nicht viele Worte, lass uns drüben über alles reden. Ich fürchte mich dort drüben vor nichts. Ich bin doch kein Hasenfuß. Wenn du etwas brauchst, teil es mir im Traum mit, ich schicke es dir auf jeden Fall. Aber ich muss gleich dazusagen: Solltest du ein Foto von Schmetterlingsblümchen wünschen, das habe ich nicht, wirklich nicht. Wenn das gelogen ist, soll mich sofort der Schlag treffen.

Zwei Wochen später sprang Aqing in einen Brunnenschacht und nahm sich so das Leben.

Bai Shengtao wird wieder aufgehängt

Zong Bu war ein aufgeblasener Angeber. Bevor Bai Shengtao da ist, dachte ich, mache ich nichts anderes mehr, als mir zu überlegen, wie ich Ge Ren wieder zu Kräften bringe. Das schaffe ich schon. Ich bin also zu ihm gegangen und habe ihn gefragt, was er essen will.

»Tofu«, sagte er.

Das hat mich in Schwierigkeiten gebracht, weil es in Baipi doch keine Sojabohnen gibt. Ich fragte ihn dann, warum er nichts anderes essen wolle, und er antwortete, weil der chinesische Tofu der beste auf der ganzen Welt wäre. Seht ihr, bis zuletzt hat er sein Land geliebt und unseren Tofu. Genossen, ich möchte kurz fragen: Könnt ihr mir heute Abend nicht gebratenen Tofu geben? Ich habe dieses weltbeste Zeug schon sehr lange nicht mehr bekommen.

Ich habe ihm dann sehr gutes Essen bestellt. Jedes Gericht war mit Schnaps und Fleisch. Nur Tofu gab es nicht. Aber da er ihn erwähnt hatte, musste ich mir etwas einfallen lassen. Ich habe jemanden nach Duanjin geschickt, um aus Pilzen und

Taglilien eine Art Tofu anzumischen. Es hat mich nämlich unbeschreiblich glücklich gemacht, ihn Tofu essen zu sehen.

»General Aqing, probier auch mal«, hat er gesagt.

Er hat mich General Aqing genannt. Ich wäre am liebsten im Erdboden versunken. Ich musste wie wild auf ihn einreden, dass er wieder nur Aqing zu mir sagte.

»Aqing«, hat er gesagt, »ich brauche einen Arzt, der eine Obduktion vornehmen kann.«

Ich habe nicht verstanden, was er meinte, und habe ihn gebeten, genauer zu sein. Dann sagte er, dass er unheilbar krank ist und hofft, dass die Ärzte nach seinem Tod seine Lungen herausnehmen, um sie der Pathologie im Krankenhaus zu übergeben. So könnte man Tuberkulose genauer erforschen.

Genossen, hatte denn, seit Pan Gu den Himmel geöffnet hat und seit den fünf Urkaisern, überhaupt schon jemand den Wunsch gehabt, sich seine Organe rausholen zu lassen und sie dem Krankenhaus zu schenken?

Nein, noch nie. Was ist das für eine Gesinnung? Das ist der pure Materialismus durch und durch.

Was meinst du? Qu Qiubai hat das auch getan?

Gut, dann habe ich Unsinn geredet. Damals habe ich zu Ge Ren gesagt:

»Spinnst du? Du gehst nirgendwohin. Solche Worte bringen Unglück. Sag so etwas nie, nie wieder. Du bist gesund. Ich verspreche dir, du hast nichts. Wenn das gelogen ist, soll mich sofort der Schlag treffen.«

»Gut, dann nehme ich alles zurück«, hat Ge Ren lachend gesagt, als er meine Aufregung sah.

Ge Ren und ich haben uns in dem kleinen Hof vor seinem Zimmer unterhalten. Dort gab es einen Brunnen. Das Geländer war aus neuem Holz gemacht. Auch die Winde zum Wasserschöpfen war ganz neu. Wenn man den Eimer runtergelassen hat, knarrte die Winde. Ge Ren sagte: »Ich habe schon mal überlegt, im Sommer Wassermelonen im Wasserkübel zum Kühlen runterzulassen. Bestimmt mögen die Kinder kalte Wassermelonen gerne.«

»Ich mag sie auch gerne«, sagte ich.

Da hat Ge Ren gelacht und gesagt: »Schade, dass du nichts von meinen gekühlten Melonen essen kannst.«

An dem Abend hatte er besonders großen Appetit. Deshalb habe ich ein paar Gerichte mehr bringen lassen und ihn anschließend in den Hof begleitet, um mit ihm ein Glas im Mondschein zu trinken. Dann hat mich Ge Ren gedrängt, wieder reinzugehen, weil ich vielleicht etwas zu erledigen hätte.

»Was sollte das denn sein?«, fragte ich. »Meine wichtigste Aufgabe ist, dass es dir gutgeht.«

Aber er drängte mich trotzdem zu gehen. Als das Mondlicht weitergezogen war, sagte er, er wäre müde, hätte etwas Kopfschmerzen und wolle schlafen gehen.

»Der Körper ist das Kapital der Revolution«, sagte ich. »Wenn ich weg bin, musst du unbedingt schlafen gehen und aufhören zu arbeiten. Wir haben gerade einmal den ersten Schritt des Langen Marsches geschafft und noch einen weiten Weg vor uns.«

Unter dem Mondlicht ging ich rein. Als ich gerade eingeschlafen war, kam einer meiner Leute mit einer Meldung.

»Wir haben einen Kerl geschnappt«, hat er gesagt. »Einen von außerhalb. Der sieht verdächtig aus. Wir haben ihm schon eine verpasst und sind gerade dabei, ihm eine Lektion zu erteilen.«

Vielleicht war das Bai Shengtao, fragte ich mich. Und auf einmal kamen mir auch Ge Rens Worte wieder in den Sinn. Vielleicht hatte er mich deshalb gedrängt zu gehen, weil er damit gerechnet hatte, dass der von Tian Han und Dou Sizhong Entsandte ankam? Nicht dumm, gar nicht dumm. Mein Gehilfe hatte ein Lächeln über mein Gesicht huschen sehen. Er spekulierte auf eine Belohnung und hat zu prahlen angefangen, wie sie sich den Kerl vorgenommen hatten. Diese Bastarde waren zu nichts anderem zu gebrauchen, als mir Scherereien zu machen. Damit sie ihren Fehler nicht bemerkten, habe ich ihnen wirklich eine kleine Belohnung gegeben. Genossen, guckt nicht so. Ich habe gedacht, dass diese Belohnung früher oder später wieder dem Volk zugutekommt. Das, was sie essen, müssen sie ja auch wieder rausscheißen.

Als ich Bai Shengtao sah, hat diese Bande ihn gerade vom Dachfirst runtergelassen. Ich habe Güte und Härte zugleich gezeigt, ihn zuerst angestarrt, mich dann gebückt und ihm aufgeholfen. Tja, aber Hundescheiße lässt sich nicht mit der Mistgabel aufsammeln, er wusste meine Hilfe nicht zu schätzen und wollte nicht aufstehen. Ich kann mich genau an die Situation damals erinnern. Er hat mit geschlossenen Augen dagehockt, der Rotz ist ihm aus der Nase gelaufen, und er hat gezittert wie Espenlaub. Ganz sanft habe ich zweimal in sein Ohr gesagt: »Bai Shengtao, Bai Shengtao.«

Aber dieses Arschloch hat nicht reagiert. Er hatte fast eine Glatze, seine Stirn war riesig, darauf hatte sich eine Schicht Schweiß gebildet und glänzte wie eine gerade aus dem Wasser gekrochene Gottesanbeterin.

Genau, später hat er mir gesagt, dass ihm seine Haare auf dem Weg ins Dahuang-Gebirge ausgefallen wären. Da fragte ich mich, wie es dieser Nichtsnutz überhaupt von Yan'an bis hierher geschafft hatte. Und wieso war er alleine? Wo waren die anderen Truppen? So ein Scheißdreck, egal wo er hergekommen ist, dachte ich, erst mal muss ich auf Nummer sicher gehen, dann können wir weiterreden. Wenn es nicht Bai Shengtao gewesen wäre, sondern einfach ein Händler, das wäre besser gewesen. Dann hätte er etwas bluten müssen, etwas Zaster lockermachen und sich wieder verpissen können.

Warum er hätte bluten und Zaster lockermachen müssen? Muss ich das noch sagen?

Zum einen, um die Reichen zu berauben, den Armen zu helfen und damit einen Beitrag zur Revolution zu leisten, zum anderen musste ich den Bastarden zeigen, dass es bei mir keine Schlamperei gab. Genossen, Bai Shengtao hat später die Revolution verraten und ist mit Fan Jihuai durchgebrannt. Aber zu dem Zeitpunkt hat er sein wahres Gesicht noch nicht gezeigt. Er hat getan, als wäre er ein harter Knochen, der weder Leid noch den Tod fürchtet. Weil ich nicht genau wusste, ob er Bai

Shengtao war, habe ich zugesehen, wie sie ihn noch mal am Dachfirst aufgehängt haben, ohne dass ich dazwischengegangen bin. Der Kerl hatte eine Tracht Prügel verdient. Erst war er saft- und kraftlos, aber als er am Hängen war, wurde er auf einmal lebhaft.

»Höher«, sagte er beim Hochziehen. »Wenn ich für jedes Mal Hängen eine Schale Eiernudeln bekomme, dann hängt mich ruhig noch ein paarmal auf.«

Er sah aus wie eine dicke Spinne, als er da in der Luft baumelte, verdammter Scheißdreck. Und er hörte nicht auf zu quatschen.

Was er gesagt hat?

»Am besten, ihr versteckt euch weit weg, dann werdet ihr nicht plattgemacht, wenn das Seil reißt.«

So einen Mist eben, der einen sofort auf die Palme gebracht hat.

»Am besten, ihr nehmt ein Seil, mit dem man einen Esel anbindet«, hat er dann noch gesagt. »Am besten eins für einen Eselshengst, das sind die stabilsten.«

Dieser verdammte Schweinehund ist dann hart gegen die Gewehrmündung gelaufen, und fast wäre ihm eine Kugel im Arsch stecken geblieben. Damals gab es viele von seiner Sorte. Bevor Bai Shengtao da war, hatte ich so einen anderen gesehen. Der Kerl musste nach Hause fahren, nachdem er einen Kapitalverlust erlitten hatte. Aber zu Hause stellte er fest, dass die armen Teufel sein ganzes verschissenes Vermögen gestohlen hatten und seine ganze Familie mausetot war. Da wollte er seinen Tod beschleunigen, und je mehr du ihn verprügelt hast, umso mehr hat er es genossen zu schreien. Mit diesen kapitalistischen Ausbeutern, die ums Verrecken nichts bereuen, kann man nichts anderes anfangen, als sie mit einem Stock zu vermöbeln. Und jetzt wollte ich nur sichergehen, dass er auch wirklich Bai Shengtao war. Deshalb habe ich ihn eine Weile hängen lassen, bevor ich meinen Leuten befohlen habe, ihn wieder runterzulassen. Als er unten war, gab ihm einer meiner Jungs einen Peitschenhieb. Sein Hals wurde auf einmal länger, in seinem Mund hat es gegluckert. Wahrscheinlich musste er kotzen, aber es kam nichts raus.

Du hast Recht, ich musste strategisch vorgehen. Darauf habe ich auch viel Hirnschmalz verwendet. Am Abend habe ich ihm etwas Gutes zu essen machen lassen und im Teehaus zwei Nutten bestellt. Gegessen hat er und gesagt, er wollte schließlich kein Hungergeist werden. Die Nutten wollte er nicht, weil er zu schwach wäre. In zwei Tagen sollte ich ihn noch mal fragen.

Am nächsten Tag habe ich mich alleine mit ihm unterhalten. Zuerst habe ich ihm mein Bedauern zum Ausdruck gebracht und gesagt: »Du weißt ja, schlagen ist küssen und schimpfen ist lieben. Dass du das Seil um den Hals hattest, wird mir mein Leben lang leid tun.«

Damit er das besser verstand, erzählte ich ihm die Geschichte von der List, als Zhou Yu seinen besten General Huang Gai mit dessen Einverständnis ausgepeitscht hatte.

»Für das gemeinsame Ziel müssen wir beide am selben Strang ziehen.«

Ich habe ihm unmissverständlich mitgeteilt, dass ich Aqing bin, und ihn gefragt, ob er wegen Ge Ren gekommen ist. Erst da hat er sich zu erkennen gegeben, hatte aber den geheimen Brief von Dou Sizhong an mich verloren. In Wuhan hätte ihn jemand bestohlen, und dabei wäre ihm nicht nur der Brief abhanden gekommen, sondern er wäre beinahe selbst draufgegangen. Ich sollte mir keine Sorgen machen, weil diese Straßenräuber nichts als eine Bande Schurken und nur auf Geld aus gewesen wären. Er hat mir versichert, dass der Befehl unmöglich in die Hände der Behörden gefallen sein konnte.

»Ich habe durch die Untergrundbewegung Dou Sizhong schon über den verlorenen Brief in Kenntnis gesetzt«, hat er gesagt. »Dou Sizhong hat gesagt, dass es nur ein einfaches Empfehlungsschreiben gewesen wäre, um mich dir vorzustellen. Außerdem hat Dou Sizhong gesagt, dass er mir bei der Sache vertraut und dass alles nach Plan liefe.«

Genau darauf hatte ich gewartet und ihn sofort gefragt, welcher Plan das wäre.

»Die Partei will, dass ich Nummer null aus dem Dahuang-Gebirge hole«, hat er gesagt.

Wohin er ihn bringen sollte, wäre ein streng gehütetes Geheimnis der Partei gewesen. Und als Sicherheitsvorkehrung, damit nichts durchsickert, hatte Dou Sizhong ihn extra angewiesen, keinen Kontakt mehr mit der Partei aufzunehmen, bevor Ge Ren raus war.

Ist es in Ordnung, wenn ich das erzähle?

Gut, dann mache ich weiter. Es wäre gelogen, wenn ich sagen würde, dass ich ihm gegenüber nicht misstrauisch war. Um herauszufinden, ob er ein Betrüger war, habe ich mich absichtlich nach Genosse Tian Han erkundigt. Was er sagte, hat mit dem, was ich wusste, genau übereingestimmt, nämlich dass er Genosse Tian Han behandelt hatte und ihm damit bei der Beseitigung eines sehr großen Problems behilflich gewesen war.

Welches Problem? Ein Stuhlproblem. Beim zehntausend Meilen langen Marsch hatten Genosse Tian Han und viele andere Führer eine Verstopfung bekommen. In Yan'an führte Genosse Tian Han ein karges, arbeitsreiches Leben. Den ganzen Tag hat er schwarze Bohnen gegessen, und wenn seine Untergebenen Äpfel mitgebracht haben, konnte er nicht anders, als sie zu essen. Haben sie Birnen mitgebracht, konnte er auch nicht anders. Dadurch wurde Genosse Tian Hans Verstopfung nicht besser, sondern noch schlimmer. Als ich in Chongqing war, habe ich davon erfahren. Ich konnte ihm nicht helfen und war sehr besorgt. Dann habe ich gehört, dass das Problem beseitigt worden sein soll. Vor lauter Glück konnte ich nachts nicht mehr schlafen. Mir wurde erzählt, dass ihn ein Arzt namens Bai kuriert haben soll, aber ich wusste nicht, dass es Bai Shengtao war.

Was? Woher ich das weiß? Natürlich vom Geheimdienst der Nationalisten. Chiang Kaishek hat doch an chronischem Durchfall gelitten. Seine Scheiße war dünner als seine Pisse, und es gab einfach keine Heilung für ihn. Deshalb hat ihm Dai Li geholfen, Erkundigungen darüber einzuholen, wer Durchfall kurieren kann. Kurz darauf hat ihnen jemand gesagt, dass es in Shanghai einen Arzt namens Bai gibt, der das konnte. Er war in Yan'an, um Genosse Tian Hans Verstopfung zu behandeln. Dann kann er auch Durchfall behandeln. In Shanghai haben sie schließlich einen Schüler von Doktor Bai gefunden – ich glaube, er hieß Yu –, der mit ihnen nach Chongqing gefahren ist und den Durchfall vom alten Chiang in den Griff bekommen hat. Da dachte ich, dass er bestimmt einer von uns war, weil er sogar über Tian Hans Verstopfung Bescheid wusste. Aber es gab auch einiges, was mir nicht klar war, zum Beispiel warum er alleine gekommen war. Er hat herumgeschleimt und behauptet, Dou Sizhong hätte ihn alleine geschickt, weil zu viele Köche den Brei verderben und er befürchtet hat, dass das Geheimnis sonst ans Licht kommen könnte.

Chronischer Durchfall

Wie Bai Shengtao Aqing den Befehl überbrachte, ist nicht belegt, so dass wir uns die Dinge zunächst einmal aus Aqings Perspektive anhören. Bei dem von Aqing erwähnten Arzt handelt es sich um jenen Herrn Yu Chengze, den ich in dem Kapitel *Kotstudien* bereits vorgestellt hatte. Daraus geht hervor, dass Herr Yu nicht Bai Shengtaos Schüler, sondern sein Kommilitone war. Für *Interessante Gespräche mit Berühmtheiten* aus *Hundert Schulen der Medizin* 1993, siebte Auflabe, schrieb er die folgenden Erinnerungen nieder:

> Im Frühjahr 1942 wurde ich von ein paar Zivilen beschattet. Zunächst hielt ich sie für japanische Spione, erfuhr aber später, dass es Dai Lis Leute vom Geheimdienst der Nationalisten waren. Ich sollte »mal mitkommen«. Gesagt, getan. Ich hatte damals die Lebenslust verloren und war vollkommen furchtlos.
>
> Sie erkundigten sich vorab nach Bai Shengtao, und ich antwortete, dass ich ihn seit langem nicht gesehen hätte. In Wirklichkeit wusste ich allerdings, dass er sich in Yan'an aufhielt. Die Zivilen brachten mich über Xi'an mit dem Flugzeug nach

Chongqing und verhielten sich dabei überaus zuvorkommend und diskret. Langsam dämmerte mir, dass es bei dieser Reise wohl um die Gesundheit eines hohen Tieres gehen musste. An Chiang Kaishek hätte ich aber im Leben nicht gedacht.

Der Patient Chiang litt an chronischem Durchfall. In Chongqing las ich zunächst seine Krankenakte durch, auf der selbstverständlich nicht sein Name stand. Der für mich abkommandierte Assistent sagte, es handle sich bei dem Patienten um einen über fünfzigjährigen Methodisten – Chiang Kaishek war damals fünfundfünfzig Jahre alt. Den Akten entnahm ich, dass der Methodist täglich zwischen acht und zehn Mal Stuhlgang hatte und sein Stuhl von Schleim, Eiter und Blutschlieren durchzogen war. Die Symptome waren leicht zu erfassen. Nun kam es darauf an, die Krankheitsursache zu finden. Wie wir alle wissen, hängt der Stuhlgang mit der Peristaltik des Dickdarms zusammen. Unter normalen Umständen führt diese zu zwei bis vier Stuhlgängen täglich. Da ich den Patienten nicht persönlich zu Gesicht bekommen konnte, wies ich den zuständigen Experten an, die Bewegungsintervalle des Dickdarms und Dünndarms des Patienten genau zu beobachten sowie mir die Ergebnisse der Labor- und Mikroskopuntersuchungen des Stuhls zur Verfügung zu stellen.

Zwei Tage später lagen mir umfassende Ergebnisse vor, die eine erste Diagnose ermöglichten. Im Wesentlichen führte bei dem Methodisten eine peristaltische Dysfunktion zu den Durchfällen. Der Speisebrei verblieb nicht lange genug im Verdauungstrakt, um dort absorbiert werden zu können. Zudem war das vegetative Nervensystem aus dem Gleichgewicht geraten, so dass es zu Darmkrämpfen kam, die eine Hauptursache für die Durchfallerkrankung darstellten. Hintergrund der Funktionsstörung des vegetativen Nervensystems waren geistige Faktoren. Der mir zur Seite gestellte Assistent hatte nämlich gesagt, dass der Durchfallpatient häufig unter Schlaflosigkeit und Konzentrationsstörungen leide. Die Methodisten predigten: »Frieden im Herzen bedeutet Glück.« Demnach stellte für ihn jedes Scheißen eine Niederlage dar, weil der von Eiter durchsetzte Stuhl offenbarte, dass der Patient alles andere als glücklich war.

In scherzhaftem Tonfall brachte ich dies zur Sprache, ohne zu ahnen, dass mein Assistent augenblicklich vor Schreck am ganzen Körper zu zittern beginnen und sein Gesicht sich farblich einer Lehmkugel angleichen könnte. Erst als ich viele Tage später erfuhr, dass es sich bei dem Patienten um Chiang Kaishek handelte, erschloss sich mir, warum er so entsetzt gewesen war.

Es entbehrt nicht einer gewissen Komik, dass ich bei dem Japaner Kawata gelernt hatte und nun Chiang Kaisheks chronischen Durchfall behandeln sollte, der zu einem bestimmten Grad auf seine durch die japanische Invasion in China hervorgerufenen seelischen Spannungszustände zurückzuführen war. Nebenbei bemerkt, während der Kulturrevolution behauptete jemand, dass ich Chiang Kaishek persönlich kenne, was ich damals vehement zurückwies.

Eben, ich sagte, dass ich nicht Chiang Kaishek, sondern lediglich seinen Stuhl zu Gesicht bekommen hätte.

Für den Arzt ist es in der Tat wesentlicher, Chiang Kaisheks Kot zu untersuchen als dessen Produzenten. Dass Herr Yu Chengze zum berühmtesten Kotexperten des Landes wurde, steht in unmittelbarem Zusammenhang mit Chiangs Ausscheidungen. Nachdem sein Artikel über den Kot veröffentlicht worden war, galt er in China als Koryphäe auf diesem Gebiet. Während seiner letzten Lebensjahre wurden ihm nicht nur Doktorwürden zuteil, er fungierte darüber hinaus auch als Berater in einer Privatklinik. Auf dem Flur der Klinik konnte ich zahlreiche Patienten mit zusammengekniffenen Hintern beobachten, die sich zur Anmeldung anstellten. Allerdings wurden diese Leute nicht von Yu Chengze, sondern von seinen Schülern behandelt. Einer von ihnen scherzte, dass Chiang Kaisheks Exkremente die beste Werbung für die Klinik gewesen seien. Beim Anblick dieser Kranken ertrug ich den Gedanken kaum, dass Ge Rens Geschichte möglicherweise einen völlig anderen Verlauf genommen hätte, wenn die Zivilen damals nicht Yu Chengze, sondern Bai Shengtao aufgefordert hätten, »mal mitzukommen«.

Bai Shengtaos Zusammenkunft mit Ge Ren

Bai Shengtao hatte es eilig gehabt, Ge Ren zu sehen, und sagte, er wolle ihn untersuchen. Ich habe ihn dann zur *Schleusentor-Schule* gebracht. Weil Bai Shengtao aus Yan'an kam, war Ge Ren überglücklich und sagte: »Ein Freund kommt aus der Ferne zu Besuch, ist das nicht eine Freude?«

Als ich Ge Rens Kleidung in der Waschschüssel eingeweicht liegen sah, habe ich einem Wächter befohlen, sie zum Waschen rauszutragen.

»Ich finde keine Schmierseife«, hat er gesagt. »So bekomme ich sie nicht sauber.«

»Du trotteliges Arschloch«, habe ich zu ihm gesagt. »Dann geh in die Stadt und klau ein Stück Seife.«

Bai Shengtao hat sich nach Ge Rens Gesundheit erkundigt.

Was er alles gefragt hat? Nach dem Gewicht, nach Essens-, Trink- und Schlafgewohnheiten. Ich bin stinkwütend geworden, als ich mir das alles anhören musste. Ein Scheißdreck, diese Fragen waren ja wohl eine Frechheit. Als ob Ge Ren unter meiner Obhut nicht ordentlich gegessen und geschlafen hätte. Er fragte weiter, ob Ge Ren Blut spuckt und ob er nach dem Mittagsschlaf Fieber hat.

»Er schöpft seine Zeit voll aus mit der Arbeit für die Partei und hat noch nie Mittagsschlaf gehalten«, habe ich dann gesagt.

»Hast du Husten?«, fragte er weiter.

»Nein«, hat Ge Ren gesagt.

Aber dann musste er auf einmal husten und hat Schleim ausgespuckt. Dieser Schleimbrocken schien Augen zu haben, er landete nämlich direkt auf Bai Shengtaos Ohr. Ehrlich, wenn das gelogen ist, soll mich sofort der Schlag treffen. Ich dachte, Ge Ren hat das extra gemacht, um Bai Shengtao zu zeigen, dass er langsam ungeduldig mit ihm wurde. Aber dieser Bai hatte ein dickes Fell, so dick, dass es auch ein Maschinengewehr nicht durchschießen kann. Er tat, als wäre nichts gewesen, klopfte Ge Ren mit dem Zeigefinger auf die linke Brust, dann auf die rechte.

»Hey, was machst du?«, habe ich ihn gefragt.

Und er hat geantwortet, dass er ihn abklopft. Nach dem Abklopfen hat er sich den Schleim vom Ohr gewischt.

»Wenn du schläfst«, sagte er dann zu Ge Ren, »musst du dich auf die Seite legen, nicht auf den Rücken.«

Da hat er von Ge Ren eine Abfuhr bekommen.

»Das brauchst du mir nicht zu sagen. Ich schlafe nie auf dem Rücken«, sagte er.

Dann wollte er noch wissen, wie es um seine Gesundheit stand, und Bai Shengtao sagte: »Kein Problem. Du musst dich nur gut ausruhen und regelmäßig die Medizin einnehmen, dann erholt sich dein Körper schon wieder.«

»Du bist doch nicht nur wegen meiner Behandlung hier«, hat Ge Ren dann zu Bai gesagt.

Bai Shengtao wurde rot, Scheiße, sogar bis zu den Ohren. Eine ganze Weile hat er vor sich hin geschnaubt und dann gesagt, er hätte den Befehl von oben, Ge Ren von hier abzuholen.

Ist es in Ordnung, wenn ich das erzähle?

»Wenn du Baipi verlässt, wirst du schneller wieder gesund«, hat Bai Shengtao zu ihm gesagt. »Hier fehlt es an Medikamenten, und das ist deiner Gesundheit nicht zuträglich.«

»Wo soll ich hingehen?«, fragte Ge Ren.

Das weiß er auch nicht, hat Bai gesagt, seine Aufgabe ist nur, Ge Ren aus dem Dahuang-Gebirge zu holen. Draußen sind andere zuständig. Ge Rens nächster Satz hat mich dann tief beeindruckt: »Dann mache ich den Genossen keine Umstände. Für mich müssen sie keinen sinnlosen Heldentod sterben.«

Ge Ren hat sich noch bei Bai Shengtao dafür bedankt, dass er die große Entfernung nicht gescheut hat, um ihn zu besuchen, und dann hat er sich nach Genosse Tian Han erkundigt.

»Genosse Tian Han geht es gut«, hat Bai Shengtao gesagt. »Genau er war es ja, der mich beauftragt hat.«

»Ist Tian Han von seiner Verstopfung inzwischen geheilt?«, habe ich gefragt.

»Du hast ein hartes Los, du hast ein hartes Los«, sagte Ge Ren freudig und schüttelte Bai Shengtao die Hand. »Ich bedanke mich bei dir stellvertretend für die Partei und für das Volk. Wie geht es deinem Schwiegervater?«

»Gut, sehr gut«, sagte Bai. »Er hat sich an der Bodenreform beteiligt und ist ein Aktivist geworden.«

»Und dein Sohn?«

»Er ist in der Armee und kämpft für die Befreiung der Menschheit.«

Als er genug mit dem Bastard geprahlt hatte, sagte er noch, dass er für Ge Ren schon die besten Ärzte und die beste Medizin organisiert hat. Aber Ge Ren hat abgewinkt und gesagt, er wolle die Medizin den Genossen überlassen, er brauche sie nicht. Als ich sein blasses Gesicht sah, kamen mir die Tränen in dic Augen und rollten wie die Perlen einer gerissenen Kette runter.

Nein, Genossen, ich bin doch kein sentimentaler Kleinbürger. Mich haben die edlen freundschaftlichen Gefühle zwischen Tian Han und Ge Ren bewegt, und mich beeindrucken auch Ge Rens erhabene revolutionäre Werte tief. Egal wann, immer hat er zuerst an die anderen und nicht an sich selbst gedacht. Er war absolut selbstlos und rückhaltlos für andere da.

Was für ein Geist? Das ist der kommunistische Geist. Es ist ja nicht gerade schwer, im Leben einmal etwas Gutes zu tun. Schwer ist es, lebenslang nur Gutes und nichts Schlechtes zu tun. Auch im letzten Augenblick seines Lebens hatte er immer nur die Genossen im Sinn. Ich glaube, wenn ihr da gewesen wärt, wären euch genau wie mir die Tränen gekommen. Bai Shengtao war natürlich eine Ausnahme. Von Anfang bis Ende hat er nicht eine Träne vergossen. Das ist doch nichts anderes als Pferdepisse. Und ist Pferdepisse denn so wertvoll? Pah!

Ich weiß noch, dass ich Bai Shengtao unter vier Augen gefragt habe, wie es denn tatsächlich um die Gesundheit von Nummer null steht. Und ratet mal, Genossen, was dieser fiese Kerl gesagt hat.

»Nummer null ist bald alle. Wenn nicht sofort etwas passiert, ist es nicht sicher, ob er seine Schuhe morgen noch mal anziehen wird, nachdem er sie heute ausgezogen hat.«

Was das bedeutet? Das habe ich erst viel später kapiert. Scheiße, damit wollte er ja wohl unsere Kampfmoral zerstören und den Hochmut des Feindes stärken, oder?

An dem Tag redete ich auch zum ersten Mal über meine Pläne und sagte ihm, dass ich ihnen Geleitschutz geben würde, wenn wir das Dahuang -Gebirge verlassen.

»Sind die Leute da verlässlich?«, hat Ge Ren mich gefragt.

»Verlässlich«, habe ich gesagt. »Die sind alle von mir berufen, und wo ich hinzeige, zielen sie hin. Wenn ich ihnen befehle, auf den Höllenberg zu steigen, steigen sie artig hoch, befehle ich ihnen, ins Höllental zu steigen, steigen sie artig runter und geben dabei keinen Laut von sich.«

»Und hast du keine Angst, dass sie anschließend das Geheimnis ausplaudern?«, hat er weiter gefragt.

Da seht ihr. Sogar zu dem Zeitpunkt hat sich Ge Ren über meine Sicherheit Gedanken gemacht.

»Darum musst du dich nicht kümmern«, sagte ich ihm. »Ich habe schon einen Plan.«

Aber er traute dem noch nicht. Da blieb mir nichts anderes übrig, als ihm zu sagen, dass es kein Danach geben würde.

»Wenn die Aufgabe abgeschlossen ist, mache ich sie alle kalt, ritsch, ratsch.«

Ich habe diese Gelegenheit gleich genutzt, um eine hübsche Handbewegung zu machen: Kopf ab!

»Da hat es unser Aqing aber in den letzten Jahren weit gebracht«, sagte Ge Ren zu mir. »Bescheidenheit bringt einen weiter, Stolz hingegen wirft zurück.«

»Das ist alles meine Pflicht«, habe ich schnell gesagt, »und ist trotzdem noch weit von den Erwartungen der Partei entfernt.«

Aber er wollte nicht reiten. Deshalb habe ich ihm eine Trage angeboten.

Wenngleich Ge Rens Gesundheitszustand bereits viele Male Gegenstand der Erzählung war, bleiben mir die Einzelheiten darüber nach wie vor unklar. Daher möchte ich an dieser Stelle Pater Ellis zitieren, der den ausführlichsten Text zu diesem Thema verfasste. Als Pater Ellis in ärztlicher Mission ins Dahuang-Gebirge kam, erfuhr er zufällig, dass auch Ge Ren dort war. Wie er in *Zeremonien des Ostens* erzählt, hätte er nie gedacht, dass er in Baipi Ge Ren und Aqing wieder begegnen würde. Ob Aqing aus Vergesslichkeit kein Wort über Pater Ellis verlor, oder weil er fürchtete, mit zu vielen Worten Ungereimtheiten entstehen zu lassen, weiß ich nicht.

Hier sind die Ge Rens Gesundheitszustand betreffenden Aufzeichnungen:

> Als ich völlig unerwartet am Weiße-Wolken-Fluss auf den unter Arrest stehenden Shang Ren (*Anmerkung: gemeint ist Ge Ren*) traf, erkannte ich ihn fast nicht wieder. Er hatte lange Haare, sah krank aus und wirkte auf den ersten Blick wie eine Wöchnerin. Wohl zu meinem Schutz gab er vor, mich nicht zu kennen. Erst als er fort war, erfuhr ich von einem Holzfäller, dass die Einheimischen ihn hier Trübsinnski nannten. Also war es tatsächlich Shang Ren gewesen. Ich eilte zu unserem Standort zurück, um einige wichtige Dinge zu erledigen, und anschließend erneut nach Baipi. Der Ortsname Baipi hat auf Chinesisch einige Bedeutungen. »Bai« heißt nämlich außer «weiß« auch »rein« und hat die Bedeutung »blass«, manchmal deutet es auch auf übermäßige Verausgabung hin. Nicht minder kompliziert ist die Bedeutung von »pi«. Das Zeichen wird nicht nur *bei, pi* und *po* ausgesprochen, sondern bedeutet darüber hinaus sowohl »Ufer« als auch »Teich«, »Berg« und »gefährlicher Weg«.
>
> Da ich wusste, dass Shang Ren in jungen Jahren unter Tuberkulose gelitten hatte, brachte ich ihm von da an Penicillin mit. Ein Kollege vom Roten Kreuz pflegte mit Alexander Fleming, dem Erfinder des Penicillins, engen Kontakt (Fleming machte

1928 die Erfindung des Medikaments, 1945 erhielt er dafür den Nobelpreis für Medizin). Er hatte mir die Arznei zur Verfügung gestellt und gesagt, sie vollbringe Wunder. In meinen Gebeten flehte ich, die Medizin möge Shang Rens Krankheit heilen. Heute kann ich sagen, dass ich damals mit dem Schlimmsten rechnete, denn er hatte sich längst weit von unserem Gott entfernt. Und da seine Krankheit bereits unheilbar war, konnte ich nur für ihn beten.

Durch einen alten Bekannten aus Hangzhou (*Anmerkung: es handelte sich offensichtlich um Aqing*) kam ich schließlich mit Shang Ren in Kontakt und konnte ihn untersuchen. Er litt vor allem unter Tuberkulose, was in China bedeutete, dass der Patient nur eine äußerst geringe Überlebenschance hatte. Dennoch stand es um Shang Rens Gesundheit um einiges besser, als ich prognostiziert hatte. Aber wenngleich Shang Ren schwer krank und seine Situation ausweglos war, ließ er sich von der Krankheit nicht bezwingen. Im Gegenteil, er wirkte noch vornehmer, majestätischer und gelehrter. Auch wenn er abgemagert war bis auf die Knochen, besaß er dennoch große Lebenskraft. Sein Körper erinnerte an die Blattadern der Blumen, die in voller Blüte an einer Quelle sprießen: durchsichtig, zart und leuchtend rot. Wenn er sich nur gründlich erholte, könnte er wieder gesund werden.

Ich erinnere mich auch, dass Doktor Bai kurz nach meiner Ankunft in Baipi eintraf. Früher in Qinggeng hatte er oft die Kirche gekehrt und war später zum Medizinstudium nach Peking und in die Sowjetunion gegangen. Er teilte meine Entscheidung über Shang Rens Behandlung und glaubte, dass die Einnahme westlicher Medizin zusammen mit chinesischen Mitteln Wirkung zeigen müsste. Ich weiß noch, was auf dem Rezept stand, das er ausstellte, die Namen mehrerer chinesischer Mittel: Spargel, Schlangenbart, Pfingstrose, Lilie, Rehmanniawurzel, Becherglockenwurzel, Klebreiswurzel, Mandeln und Wurzelhaus der Wolfsbeere. Er verwendete außerdem mehrere Dutzend weiterer Mittel, an die ich mich nicht vollständig erinnere. Eine Arznei habe ich allerdings noch behalten, nämlich Fuchskot. Und zwar sollte der eines Rüden zu Asche verbrannt und mit Alkohol auf nüchternen Magen eingenommen werden.

Dieser Text macht deutlich, dass Ge Ren vor Fan Jihuais Ankunft zwar bereits geschwächt war, es aber keinen Grund zur Besorgnis gegeben haben dürfte.

Yang Fengliangs Tod

Nur keine Eile. Ich ruhe mich gerade bei einer Zigarette etwas aus, dann mache ich weiter.

Als ich mit Bai Shengtao wieder aus der *Schleusentor-Schule* ging, kam gerade der Kerl mit der Seife zurück. Ich war stinkwütend, als ich ihn sah. Der hoffnungslose Trottel hatte das Gesicht voller Blut und sein verdammter Goldzahn war ihm rausgefallen. Er hat gelispelt und unaufhörlich vor sich hingebrabbelt. Da habe ich langsam kapiert, was los war. Yang Fengliangs Männer waren ebenfalls in Baipi zum Stehlen aufgekreuzt. Sie haben aber nicht nur Seife, sondern auch Hühner geklaut. Sie sind aufeinandergestoßen und haben eine Schlägerei angefangen.

»Und was haben die mit deiner Seife gemacht?«, habe ich ihn gefragt.

»Ich habe ihnen alles gesagt, was ich sagen sollte, aber die haben mich nicht losgelassen«, sagte er.

Sofort habe ich meine revolutionäre Wachsamkeit erhöht und ihn gefragt, was er denn gesagt hätte.

»Ich habe ihnen gesagt, dass die Seife für General Aqing ist. Dann haben sie gefragt, wofür der die Seife braucht. Und ich habe geantwortet, dass sie für den Pauker Herrn Trübsinnski ist. Dann wollten sie wissen, wofür Herr Trübsinnski die Seife braucht, und da habe ich aufrichtig geantwortet, dass er wohl weit weg will und sich sauber anziehen möchte.«

Mein Herz fing an, wie wild zu schlagen. Jetzt ist dieser Trottel reif, dachte ich.

»Das war zu viel Ärger«, sagte ich zu ihm. »Wenn man den

Hund schlägt, muss man auch auf das Herrchen achtgeben. Komm mal mit und zeig mir, wer dich geschlagen hat. Dann mache ich für dich deinem Ärger Luft.«

Er hat sofort genickt, und ich habe ihn vorausgeschickt. Er ist schnell wie ein Hase gerannt. In der Eile bin ich über etwas gestolpert, über eine Türstrebe, nicht zu dick, nicht zu dünn, richtig handlich.

»Ach, jetzt wird dir noch mal Unrecht getan«, habe ich ihm gesagt, als wir fast dort angekommen waren, wo er die Prügel bezogen hatte. »Du hast ja nur einen Goldzahn verloren, das ist wohl etwas wenig. Jetzt blutest du noch mal ein bisschen, dann kann ich mir die Kerle richtig vornehmen und das Kriegsrecht anwenden.«

Der hat geglaubt, ich würde ihm noch einen Zahn ausschlagen. Er machte artig die Augen zu und den Mund auf.

»Gut so«, sagte ich.

Dann habe ich genau auf seinen Schädel gezielt, die Stange gehoben und zugeschlagen. Der Vorsitzende Mao hat uns beigebracht, zur Unterdrückung der Konterrevolutionäre sicher, präzise, unermüdlich und gezielt zu schlagen. Das habe ich getan. Ich habe richtig gute Arbeit geleistet. Schon nach dem ersten Schlag hat er keinen Mucks mehr von sich gegeben und stand sofort an der Schwelle zum Jenseits.

Ha, wirklich, große Geister denken kongenial.

Genau, als ich damit fertig war, bin ich zu Yang Fengliang gegangen, um ihm mitzuteilen, dass seine Leute jemanden umgebracht hätten. Bai Shengtao wollte nicht mitkommen.

»Was? Du willst nicht mit?«, habe ich gesagt und ihn mit großen Augen angestarrt. »Du gehst trotzdem mit. Wo gibt es denn so was, dass man in der Revolution auch noch wählerisch ist?«

Darauf hatte er nichts zu erwidern und musste wohl oder übel mit. Vorher habe ich schon erzählt, dass Yang Fengliang mit dieser Hure im Buddhatempel zusammengewohnt hatte. Als ich unterwegs den Mord begangen und Feuer gelegt hatte, war er gerade mit der Hure am Turteln wie ein Taubenpärchen.

Ich habe ihn runtergerufen und gesagt, dass etwas passiert wäre.

»Was ist passiert? Ist wieder einer aus Chongqing gekommen?«

»Natürlich nicht. Deine Leute haben einen von meinen zusammengeschlagen. Der will jetzt Ärger machen. Ich habe sie gerade reingelegt und bin schnell zu dir gerannt, um zu besprechen, wie wir weiter vorgehen.«

Er holte einige Male tief Luft.

»Wer war das?«, fragte er. »Der ist wohl etwas übermütig geworden, dass er es wagt, General Aqing Schwierigkeiten zu machen. Ist diese Person ...«, sagte er, als er Bai Shengtao neben mir gesehen hat.

Viel habe ich nicht geantwortet, nur dass er Arzt war und ich ihn gebeten hatte, die Wunden von dem armen verprügelten Pechvogel zu versorgen. Eins habe ich ihm aber noch gesagt: »Die Sachen unserer Männer müssen wir zuerst unter uns klären. Das ist jetzt schon passiert, und wir müssen es jetzt gemeinsam über die Bühne bringen, ohne viel Aufsehen zu erregen. Wenn das nach oben getragen wird, stehen wir nämlich beide nicht gut da. Die, die mit dem Geheimdienst der Nationalisten aus einem Schälchen essen, haben alle Kontakte nach oben. Soweit ich weiß, heißt der tote Kerl Hu. Er kommt aus demselben Dorf wie Hu Die, und Hu Die ist ja wiederum mit unserem Chef Dai zusammen. Der Kamerad Hu war an der Basis, um sich zu stählen, wäre aber früher oder später sicher weit nach oben geklettert. Nur jetzt ist die Revolution noch nicht vollbracht und er schon tot, ohne dass man Genaues über die Todesumstände weiß. Wenn diese Angelegenheit näher unter die Lupe genommen wird, kommt das dicke Ende für uns beide bestimmt.«

Der Schweinehund hat einen verdammt großen Schreck bekommen. Den Gürtel, den er sich gerade umschnallen wollte, hat er losgelassen, die Hose ist runtergerutscht und hinter ihm über den Boden geschleift.

»Wie machen wir's?«, hat er mich gefragt.

Ich habe kurz die Stirn gerunzelt, und dann hatte ich eine Idee. Zu dem Schweinehund habe ich gesagt, dass ich mit ihm nicht verhandeln will und mir drei Möglichkeiten überlegt hätte. Erstens, dass wir die Sache Ge Ren in die Schuhe schieben und denen oben sagen, er wäre es gewesen, dass er flüchten wollte und meinen Jungen eiskalt zu Tode geknüppelt hat, als der ihn aufhalten wollte. Das lässt sich dem Chef Dai gut erklären. Vielleicht macht ihn der Chef dann sogar zum Märtyrer, der seinen Vorfahren alle Ehre macht. Kaum hatte Yang Fengliang das gehört, rief er: »Prima, prima, prima!«

»Das ist natürlich prima. Aber jeder weiß, dass Ge Ren ein Gelehrter ist, ziemlich kränklich und dass er nicht einmal die Kraft hat, ein Huhn anzubinden. Da könnte er gar nicht so fest zupacken. Und außerdem, wenn die oben erfahren, dass Ge Ren fast durchgebrannt wäre, stehen wir alle zusammen schlecht da.«

»Ja, ja, ja«, hat er gesagt.

»Die zweite Möglichkeit wäre, dass wir sagen, der Kerl ist in ein Haus eingedrungen, um zu stehlen. Der Hausherr hat ihn erwischt und totgeschlagen. Der Vorteil wäre, wir müssten nur den Einheimischen herholen und kaltmachen, dann wäre alles bestens. Nicht so gut ist, dass wir auch noch die ganze Sippe töten müssten, damit es nachher für uns keine bösen Überraschungen gibt.«

»Darüber kann man nachdenken«, sagte er. »Aber was ist denn die dritte Möglichkeit?«

»Die dritte Möglichkeit wäre, dass wir den Kerl finden, der uns den ganzen Schlamassel eingebrockt hat. Dann nehme ich die Sache in die Hand.«

Mit gesenktem Kopf überlegte er ewig, bis er sich endlich erkundigte, wie das im Detail laufen sollte.

»Vertrau mir einfach, General«, habe ich gesagt. »Ich überwache ihn nur, so dass die Kameraden alle Bescheid wissen. Dann täusche ich einen Angriff vor und lasse ihn abhauen. Das war's.«

Ich habe noch mal betont, dass nur der Himmel, die Erde, er

und ich von der Sache wussten und sonst niemand etwas davon erfahren durfte. Mein Plan hat ihn total durcheinandergebracht. Sofort hat er sich die Hose hochgezogen und ist mit mir zu seinen Leuten gegangen. Er würde mir die Arbeit abnehmen und ihn mir schon gefesselt bringen, hat er gesagt.

Nach einer Zigarettenlänge kam er mit dem gefesselten Pechvogel an. Der Kerl hatte eine hohe Stirn und tiefe Augenhöhlen, ein Kindergesicht. Und verdammt lässig war er. Er hat erst mal geschrien: »Vollidioten! Wer will hier was von mir? Und hält mich vom Pennen ab?«

Ich habe genau gehört, dass er aus Sichuan stammte.

»Du Bastard, ich will was von dir«, habe ich dann gesagt und ihn an der Hand gepackt. »Ich will nur kurz ein paar Fragen über den Vorfall von heute Nachmittag stellen, dann kannst du weiterschlafen. Wie ist dein Name?«

»Sagst du Qiu?«

Ich hatte ihn nicht genau verstanden.

»Also, wie heißt du jetzt?«

Da hat er auf einmal Fan gesagt.

»Du Drecksarschloch, einmal heißt du Qiu, einmal Fan. Mir reicht's. Wie heißt du jetzt?«

Nach diesen Beschimpfungen hat er gesagt, er heiße Qiu, und zwar das Qiu von Qiu Shaoyun. (*Anmerkung: Sic! Der Held der freiwilligen Armee im Koreakrieg.*) Das hat er wirklich gesagt, wenn das gelogen ist, soll mich sofort der Schlag treffen. Er hat gesagt, er heiße Qiu Aihua. Auf dem Weg haben wir uns unterhalten, sind links und wieder rechts abgebogen, bis wir an den Ort kamen, wo es passiert war. Im Kegel der Taschenlampe schien es, als wäre er noch nicht ganz tot, sein Arsch war noch am Zucken. Ich habe Qiu Aihua gefragt, ob er den Kerl zusammengeschlagen hätte. Wieder hat er verdammt cool getan und gesagt: »Der Vollidiot! Spielt das eine Rolle?«

Da stand Yang Fengliang neben uns.

»Schau ihn dir gut an. Sag es, wenn du es warst, und rede keinen Unsinn«, sagte er zu ihm.

Ich habe ihm dann befohlen, ganz genau hinzusehen. Er hat

sich hingehockt. Als er einen Blick auf ihn geworfen hatte, ist er plötzlich am Boden zusammengesackt. Arschloch, so ein Schlappschwanz, erst noch die große Klappe, und dann fällt er auf einmal vor Schreck in Ohnmacht.

Ich habe ihn von Bai Shengtao zum Fluss schleppen lassen. Das war ein entlegener Ort, außerdem bewaldet. Yang Fengliang wollte wissen, was ich vorhatte, und kam mit zum Fluss. Dort habe ich Bai Shengtao gesagt, er soll ihn ablegen. Er kniete sich hin und hat den Kerl eine Weile beobachtet, dann sagte er: »General, er ist tatsächlich ohnmächtig geworden. Soll ich ihn aufwecken?«

Yang Fengliang hat den Kerl beschimpft, weil er schlappgemacht hat, und lehnte sich über ihn, um zu sehen, was mit ihm los war. Scheißkerl, was gab's da schon zu sehen? Erst habe ich mich nur still für mich geärgert, dann bin ich in Aktion getreten. Eigentlich wollte ich nicht schießen, sondern ihn heimlich und leise umbringen. Aber der Einfachheit halber habe ich einen Schuss auf ihn abgegeben. Keine Sorge, Genossen, wenn kein zweiter Schuss fällt, können Leute, die ihn gehört haben, auch meinen, er hätte sich beim Reinigen der Waffe gelöst. Ich habe ihn erst mit einer Kugel gefüttert und ihm dann ins Herz gestochen. Anschließend habe ich ihn mit einem Hieb auf den Kopf niedergeschlagen. Plumps, und er ist kopfüber gefallen. Ich habe ihm zu guter Letzt noch einen Tritt verpasst, nicht links oder rechts, sondern mitten in die Eier. Genossen, habt ihr schon mal das Geräusch von zertretenen Eiern gehört? Verdammt laut, peng! Wie wenn man einen Luftballon zertritt. Ich habe noch einmal nachgelegt, ihn hochgeschossen und ab in den Weiße-Wolken-Fluss mit ihm. Richtig saubere Arbeit. Den Soldaten aus Sichuan konnte ich natürlich nicht einfach freilassen. Nachdem ich Yang Fengliang alle gemacht hatte, ist mir aufgefallen, dass er immer noch da herumlag. Geistesgegenwärtig habe ich reagiert. Er murmelte etwas im Sichuan-Dialekt vor sich hin, dann fiel sein Kopf nach hinten, und das Arschloch war tot.

Gut, ich mache weiter. Nachdem ich mit den beiden Schweinehunden fertig war, überquerte ich mit vor Stolz geschwellter Brust den Entengrün-Fluss.

Stimmt, nicht Entengrün-Fluss, sondern Weiße-Wolken-Fluss. Auf der Brücke hat mich Bai Shengtao gefragt, wo ich hinwollte.

»Zum Buddhatempel«, habe ich gesagt.

»Fang jetzt nicht an, die Opfer zu beweihräuchern«, sagte er. »Lass uns schnell Ge Ren retten.«

»Beweihräuchern? Wen soll ich beweihräuchern? Das ist doch feudalistischer Aberglaube durch und durch.« Ich bin ihm über den Mund gefahren und habe ihn mit Mao belehrt: »Noch bedarf die Verfolgung des geschlagenen Feindes eures Mutes. Oder willst du dir etwa den Fehler des Rechtsopportunismus zuschulden kommen lassen?«

Da schwieg er und musste artig mit mir kommen. Genossen, nachdem ich Yang Fengliangs Geliebte an dem Abend aus dem Tempel gelockt und ihr einen Messerstich versetzt hatte, war Bai Shengtao starr vor Schreck.

Verehrte Genossen, den kleinen Bastard habe ich doch nicht freigelassen, diesen Bastard, den Yang Fengliang der Hure gemacht hatte. Was hätte sonst nicht alles passieren können? Der wäre später noch zum Gegenangriff übergegangen und hätte den Kommunismus unterwandert. Die revolutionären Massen sind zehntausendmal dagegen! Das sagt ja schon der Satz »Noch bedarf die Verfolgung des geschlagenen Feindes eures Mutes.« So etwas muss mit Stumpf und Stiel ausgerottet werden. Dieses antirevolutionäre Früchtchen war weich wie Tofu. Ich habe ihn einfach zu Boden geworfen und bin draufgetreten, so dass er nur noch ein Haufen Matsch war.

Eine Schwachstelle? Da unterschätzt ihr mich aber gewaltig. Wie sollte ich mich angreifbar machen? Ich sage euch, ich habe sie allesamt als Fischfutter in den Fluss geworfen.

Ihr wollt wissen, wie Bai Shengtao reagiert hat? Ach, redet doch nicht von dem. Der konnte es nicht mal mit einem Fisch aufnehmen. Ein Fisch weiß wenigstens noch, wie man das Fleisch des Feindes frisst. Aber der, der konnte nicht zwischen

Freund und Feind unterscheiden. Er hat meine Hand genommen und gefragt, ob ich eigentlich wüsste, was ich tue. So ein Schwachsinn! Ich habe einen Kopf auf den Schultern und Schultern auf dem Körper, was sollte ich da nicht wissen? Im Klassenkampf gewinnen ein paar Klassen und ein paar Klassen werden vernichtet. So ist die Geschichte, und so ist die Zivilisationsgeschichte seit Tausenden von Jahren. Ich habe damit doch eigentlich einen Beitrag zur Geschichte geleistet, indem ich die drei als Fischfutter in den Fluss geworfen habe.

Das ist richtig gesagt, die Geschichte wird vom Volk geschrieben. Das gebe ich zu. Aber egal wie man es ausdrückt, ich gehöre doch zum Volk, oder? Ich habe zwei große Stärken, zum einen, dass ich keine schönen Worte mache, zum anderen, dass ich mich auf eine lange Liste von Verdiensten berufen kann.

Natürlich nicht. Wenn die Genossen meinen, mir für meine Leistung Anerkennung zollen zu müssen, habe ich nichts dagegen. Ich bin jetzt nicht absichtlich bescheiden, ein Revolutionär kann doch nicht untätig sein.

Anschließend habe ich Yang Fengliangs Leute zu einer kleinen Versammlung am Buddhatempel zusammengetrommelt. Ein Sprichwort bringt es auf den Punkt: Die KMT will Steuern, die KP will erneuern. Steuern zu erheben bedeutet doch nichts anderes, als den Leuten das Geld aus der Tasche zu ziehen und einen Scheck von ihnen zu fordern. Aber eine Versammlung abzuhalten bedeutet, den Kopf mit Inhalt zu füllen, ihnen also einen Scheck auszustellen. Deshalb: In einer Versammlung erneuern braucht keine Steuern. In dieser Versammlung habe ich ihnen einen ungedeckten Scheck ausgestellt. Ich erzählte ihnen, dass General Yang der Erledigung einer Spezialaufgabe nachgeht und vorläufig nicht zurückkäme. Bevor er abgereist war, hätte er mich beauftragt, mich um seine Leute zu kümmern. Wenn sie etwas bräuchten, würde ich ihnen helfen, ihnen zu Diensten sein und sie bestimmt nicht ungerecht behandeln. Einer, der mir anscheinend nicht über den Weg traute, fragte, mit wem General Yang fortgegangen ist. Von dem Kerl hatte ich so etwas schon erwartet. Ich habe mich hingesetzt, die Beine übereinandergeschlagen, mir eine Zigarette angezündet und ihm in aller Ruhe geantwortet, dass das ein Staatsgeheimnis ist.

»Eigentlich darf ich es nicht verraten«, habe ich gesagt. »Aber wir sitzen ja alle im selben Boot, deshalb sage ich es jetzt einfach. General Yang ist mit Qiu Aihua zusammen weggegangen.«

Zuerst haben mich alle entgeistert angestarrt, dann haben sie die Hacken zusammengeschlagen, sind strammgestanden und haben mir als Ehrenbezeigung salutiert. Scheißdreck, für Prahlereien muss man ja keine Steuern bezahlen, deshalb habe ich ihnen einfach noch einen ungedeckten Scheck ausgestellt und gesagt, dass sie im Dahuang-Gebirge viel harte Arbeit geleistet hätten und ich die hohen Herrschaften in Chongqing dafür um eine Auszeichnung für jeden Einzelnen bitten würde. Das hat sie unheimlich glücklich gemacht, sie waren ehrerbietig, haben die Hände zum Dank zusammengelegt und waren danach außergewöhnlich fleißig.

Qiu Aihua

Nach Sun Guozhangs Aussage war Wang Jiling, der Dekan der Universität an der Meeresenge, bei einer lockeren Unterhaltung auf Qiu Aihuas Tod zu sprechen gekommen und hatte geäußert, dass dieser zu Unrecht gestorben sei. Den Streit mit Aqings Untergebenem hätte nämlich nicht Qiu Aihua, sondern Wang Jiling selbst zu verantworten gehabt.

In seinem mit Mahagonimöbeln aus der Ming- und Qing-Zeit eingerichteten Wohnzimmer empfing mich Herr Wang schließlich zu einem Interview. Seine Übervorsichtigkeit mir gegenüber, die er als eine Geschäftsreisende aus der Fremde betrachtete, hinterließ bei mir einen ebenso tiefen Eindruck wie die Möbel aus längst vergangenen Zeiten. Wir vereinbarten, dass ich diese Dinge nicht vor seinem Tod veröffentlichen dürfe, aber nach seinem Tod freie Hand hätte. Andernfalls werde er öffentlich gegen diese Gerüchte vorgehen und behaupten, niemals ein Interview gegeben zu haben. Da er im Herbst des Jahres 2000 an einer Gehirnblutung verstorben ist, veröffentliche ich nun meine Aufzeichnungen des Interviews, ohne Wortbruch zu begehen:

Als Erstes möchte ich Sie wissen lassen, dass ich von Ge Rens Verfahren keinerlei Kenntnis habe. Wer war der Unsterbliche, der damals in dieser *Schleusentor-Schule* eingesperrt war? Darüber weiß ich kaum etwas.

Tatsächlich? Herr Sun sagte, es sei Ge Ren gewesen? Meinungsfreiheit, das ist seine Meinung, die mit mir nichts zu tun hat. Man soll nur das glauben, was man mit eigenen Augen gesehen hat. Da ich es nicht gesehen habe, will ich mich auch keinen Spekulationen hingeben.

Die Zeit vergeht wie im Fluge. Viele Dinge habe ich längst vergessen. Aber was Qiu Aihua betrifft, kann ich etwas erzählen. Er ist in der Tat an meiner Stelle gestorben.

Ich war es, der wegen eines Seifenstücks mit einem Gefolgsmann von General Aqing in einen Streit geriet, und nicht Herr Qiu. Als ich auf General Aqings Gefolgsmann traf, um mir Seife zu borgen, kam es nach einem kurzen Wortwechsel zwischen uns zu Handgreiflichkeiten. Keiner von uns beiden blieb ungeschunden.

An jenem Abend erkundigte sich Herr Yang danach, wer mit Aqings Gefolgsmann in einen Streit geraten sei. Ich schob es niemandem in die Schuhe, sondern habe die Tat unumwunden gestanden. Herr Yang sagte lächelnd, es sei nichts Ernstes gewesen und ich hätte nichts zu befürchten. Vielleicht schonte er mich wegen meiner Jugend oder wegen unserer gemeinsamen Herkunft und schickte Qiu Aihua, um auf den Vorwurf zu reagieren. Qiu wirkte vornehm. Er war diplomatisch wie ein Baron und daher viel besser für diese Unterredung geeignet. Aber er kehrte nicht zurück. Er war zweifelsohne umgekommen. Kurz darauf kam General Aqing zu Herrn Yangs Quartier im Buddhatempel, um uns mitzuteilen, dass Herr Yang und Qiu Aihua zur Erledigung gewisser militärischer Aufgaben fortgegangen seien.

Die Atmosphäre war damals beängstigend, so als läge eine große finstere Wolke über der Stadt. Mir war sofort klar, dass Yang und Qiu tot waren. Nachts tat ich kein Auge zu, sondern habe mich aus dem Staub gemacht. Noch vor Tagesanbruch erreichte ich Ruijin und bin anschließend in Kanton untergetaucht … Mehr weiß ich nicht, und bitte stellen Sie mir auch keine weiteren Fragen.

Wessen Schilderungen, Wang Jilings oder Aqings, kommen Qiu Aihua aber nun am nächsten? Selbstverständlich fehlen mir darüber die Kenntnisse. Abgesehen von Qiu Aihuas äußerer Erscheinung, gilt mein Interesse der Frage, warum Yang Fengliang ihn Aqing als Kanonenfutter überließ. Waren die Gründe dafür vielleicht seine »stattliche Erscheinung« und die Annahme, dass er »sich auf diplomatische Aufgaben« verstand, wie Wang Jiling bemerkte? Oder lagen dem noch tiefere Überlegungen zugrunde? Und was Aqing betrifft, warum tötete er Qiu Aihua grundlos? Um dieses Geheimnis zu lüften, müssen wir Fan Jihuais Bericht zu Rate ziehen.

Ge Ren blieb

Bai Shentao guckte doof aus der Wäsche und ist mit kleinen Schritten aus dem Tempel und mir hinterhergerannt. Den ganzen Weg lang hat er mich gefragt, ob ich keine Angst hätte.

»So ein Scheißdreck«, habe ich gesagt. »Wovor soll ich Angst haben? Unser großartiger Führer, der Vorsitzende Mao, hat uns gelehrt, dass sich ein richtiger Materialist vor nichts zu fürchten braucht.«

Dann hat er noch gefragt, was wir jetzt als Nächstes machen sollten.

»Hör mir gut zu. Die Hindernisse auf unserem Weg sind jetzt beseitigt, und der erste Schritt auf dem Langen Marsch liegt hinter uns. Jetzt können wir den Genossen Ge Ren retten.«

Ich führte ihn zur *Schleusentor-Schule*. Als wir in den Hof rein gegangen sind, wurde das Licht in Ge Rens Zimmer auf einmal gelöscht.

Nein, nein, nein, er wollte nicht schlafen. Wenn ihr das denkt, seid ihr ganz schön auf dem Holzweg. Er hat nur so getan! Er hat so getan, als würde er schlafen.

Warum? Muss ich das noch sagen?

Erstens, weil er Angst hatte, ich könnte mir Sorgen um seine Gesundheit machen. Und zweitens, damit ich früher Ruhe finden konnte und nicht so erschöpft war. So war er, er war so mild mit den Genossen, wie eine Frühlingsbrise.

Das war mir damals wieder eingefallen, so dass ich wieder heulen musste. Mir war so klar, dass er das ganze Lampenöl verbrauchen und bis zum glückverheißenden Gezwitscher der Elstern arbeiten würde, kaum dass ich weg war. Aber dieser Trottel von Bai Shengtao hat Ge Ren mal wieder völlig falsch verstanden und gesagt, dass Ge Ren nicht gestört werden wollte und wir schlafen gehen sollten.

Wie kann man denn an einem derart kritischen Punkt der Revolution einfach schlafen gehen?

»Der Mond scheint, die Sterne leuchten, und die Elstern fliegen in den Süden. Heute Abend ist die beste Gelegenheit, um die Stellung zu wechseln. Wenn du einmal am Dorf vorbei bist, gibt es nichts zu essen mehr«, habe ich ihm gesagt. »Du gehst gleich mal rein, dann kannst du ihn bestimmt überreden, mit dir zusammen wegzugehen.«

Wie ich erwartet hatte, machte Ge Ren nach einer Weile das Licht wieder an. Ich bin rein gegangen und habe ihm die Sache von Yang Fengliang erzählt. Als ich erzählt habe, dass ich die Fische gefüttert habe (*nachdem Yang Fengliang in den Fluss geworfen worden war*), lachte er und hat gesagt, dass er jetzt keinen Fisch mehr essen wolle. Genossen, seht ihr, sogar in diesem Moment hat er noch Späße gemacht. Und was sagt uns das? Das sagt uns, dass er, egal zu welchem Zeitpunkt, von einem revolutionären Optimismus erfüllt war.

»Alle Hindernisse sind aus dem Weg geräumt«, habe ich zu ihm gesagt. »Du kannst mit Bai Shengtao weggehen. Ich schicke jemanden mit, der euch aus dem Dahuang-Gebirge bringt.«

Schon wieder sorgte er sich darum, mir Umstände zu machen. Deshalb musste ich noch mal wiederholen, dass er sich nicht zu sorgen brauchte, ich würde die komplette Bande nach ihrer Rückkehr sowieso umlegen. Wenn von oben jemand nachfragen würde, geht das einfach auf Yang Fengliangs Konto. Der Tod wird sowieso nicht untersucht. Ge Ren hat Bai Shengtao angestarrt und gefragt, wohin er mit ihm gehen wolle.

»Einfach raus aus dem Dahuang-Gebirge«, hat er gesagt. »Wenn alles klappt, übernehmen draußen andere.«

Da fing Ge Ren an zu lachen.

»Ich gehe nirgendwohin. Hier gefällt es mir sehr gut.«

Was er danach aber sagte, hat mir einen ganz schönen Schreck eingejagt.

»Wenn ihr unbedingt wollt, dass ich gehe«, hat er lachend gesagt, »dann ist das kein Problem. Schlagt mich erst tot und tragt mich dann fort. Geh du lieber alleine«, sagte er dann noch zu Bai Shengtao. »Je weiter, desto besser.«

Ge Ren hatte kaum zu Ende gesprochen, da warf sich Bai Shengtao auf den Boden, heulte Rotz und Wasser und sagte, dass er bis zum Tod mit Ge Ren zusammenbleiben wollte.

Ich hatte ja schon gesagt, dass ich Bai Shengtao immer noch nicht richtig einschätzen konnte und nicht wusste, was von ihm zu halten war. Später aber, nachdem er seine Maske fallen gelassen hatte, wurde mir klar, dass ich von ihm hinters Licht geführt worden war. Wenn ihr aber behaupten wollt, dass ich ihm überhaupt nicht misstraut hätte, seid ihr völlig auf dem falschen Dampfer. Ich habe mir nämlich so insgeheim gedacht, guck dir diese Kreatur an, der hat's doch wirklich verdient, Ge Ren in den Tod zu begleiten. Genosse Ge Ren ist ein großer Mann und sein Tod ehrenvoll. Aber seiner, sein Tod ist unwichtiger als Scheiße. Er hat geheult. Da habe ich zu ihm gesagt, er soll jetzt endlich damit aufhören und Ge Ren in Ruhe lassen. Dann habe ich ihn mühevoll rausgeschafft.

Es war schon tiefe Nacht. Ich habe überlegt, ob ich mit ihm

die nächsten Schritte durchgehen sollte. Bis tief in die Nacht habe ich mich im Bett hin und her gewälzt, bis der Morgen im Osten schon graute. Ich hatte das Gefühl gehabt, dass es genau der richtige Zeitpunkt war, um sich zu verdrücken. Aber warum wollte Ge Ren nicht weg? War es ihm vielleicht zu anstrengend? Was war los? Ein Revolutionär hat doch nicht einmal Angst vor dem Tod, aber vor der Müdigkeit etwa? Auch Bai Shengtao hatte mich gefragt, warum Ge Ren nicht gehen wollte. Nach reiflichen Überlegungen habe ich zu ihm gesagt, dass sich Ge Ren wahrscheinlich um mich Gedanken gemacht habe. Wenn ich ihn nämlich befreit hätte, hätte ich beim Geheimdienst verschissen gehabt, und das wäre ein großer Verlust für die Partei gewesen. Und außerdem wollte es sich Ge Ren auch nicht entgehen lassen, einmal aus seinen revolutionären Lebenserfahrungen Bilanz zu ziehen. Meinen Worten hatte Bai Shengtao nichts entgegenzusetzen. Ich habe ihm gesagt, dass die Zeit dränge und man sich nicht mehr um andere Dinge kümmern konnte.

»Nimm Ge Ren und geh«, habe ich gesagt. »Je weiter weg, desto besser. Alles andere regle ich.«

Ja, jetzt ratet mal, was dieser Kerl von Bai geantwortet hat. Der sagte doch glatt, dass er das erst mit Ge Ren ausdiskutieren müsste. Wenn Ge Ren nicht wollte, hätte er keine Wahl.

Ich hatte eine Stinkwut, fast wäre ich explodiert.

»Wieso hat der Genosse Tian Han eigentlich dich hergeschickt? Vielleicht nicht, um Ge Ren zu retten? Und im entscheidenden Augenblick ziehst du den Schwanz ein und willst alles auf Ge Ren schieben? Was führst du eigentlich im Schilde?«

Nachdem er das gehört hatte, hat er keinen Ton mehr rausbekommen. Erst als er sich später Fan Jihuai ausgeliefert hat, habe ich erfahren, dass diese skrupellose Ausgeburt von einem Schweinehund mit Absicht Zeit schinden wollte.

Ich habe mich immer gefragt, ob Aqing Bai Shengtao vielleicht aus einem Vorwand heraus lächerlich machte, so wie er auch Zong Bus Darstellung manipuliert hatte. Aber was hielt er dann wirklich von Bai Shengtao? Um diesen Punkt zu klären, müssen wir bei Yu Fenggaos Sohn Yu Liren beginnen. Das hatte selbstverständlich seinen Preis, denn für jede Textstelle musste ich einen Anleger für seine *Huawei Consumer Alliance* anwerben, der einen Satz (*vier Kisten*) Robbenöl aus Alaska im Wert von eintausendsechshundert Yuan erstand. Zudem erhob Yu eine Materialregistrierungsgebühr in Höhe von hundert Yuan. Im Gegenzug bekam ich eine Mitgliedskarte. Danach ließ er mich eine Passage aus Aqings Texten lesen. Nach der Lektüre eines Abschnitts über Bai Shengtao erkannte ich, dass die Realität völlig anders aussah, als ich sie mir vorgestellt hatte.

Aqings Text war wie immer auf Briefpapier geschrieben, dessen Briefkopf wie immer ein Mao-Zitat zierte: »Für die militärische Ausbildung muss eine große Bewegung in Gang gesetzt werden, in der Offiziere von Soldaten, Soldaten von Offizieren und die Soldaten voneinander lernen.«

> Die Untersuchungskommission hat scheinbar kein besonderes Augenmerk auf Bai (*Shengtao*) gelegt. Ich habe alles von mir aus erzählt. Neben Liu Shaoqi verabscheute ich Bai am meisten auf der Welt. Liu Shaoqis kapitalistischer Stab wurde bereits von Mao in die Luft gejagt, gut und präzise. Ich hasste es, dass Bai übriggeblieben war. Der Vorsitzende Mao sagte:
>
> In Youyang fällt der Regen,
> Die Gischt stürzt von den Wellen,
> Vor Qinhuang liegen Boote.
> Wo sich der Ozean ergießt,
> Ist jeder außer Sicht,
> Egal an welchem Ufer.

Ja, ich habe gehofft, Ge Ren in Bais Obhut wegbringen zu können. Aber dieser Bai war feiger als ein Mädchen und trödelte herum. Natürlich muss ich zugeben, dass auch ich ein Schlappschwanz war. Denn hätte ich in dem Telegramm an Fan Jihuai nicht verraten, dass es sich bei der Person um Ge Ren handelte, wäre Fan Jihuai nicht gekommen und mit Ge Ren hätte es nicht dieses Ende genommen. Ach, ich habe mich schuldig gemacht. Dou (*Sizhong*) hatte mir befohlen, an Ort und Stelle auf einen Befehl zu warten. Ich bin ja kein Hellseher, wie hätte ich erkennen können, dass dieser Bai gleich kapituliert? Bai Shengtao, ach, Bai Shengtao, ich ficke die achtzehnte Generation deiner Nachfahren, du hast mich in eine beschissene Situation gebracht.

Sehen Sie, Aqing hätte seinen tiefen Hass gegen Bai Shengtao nicht deutlicher zum Ausdruck bringen können. Fräulein Bai Ling las diese Passage übrigens, ohne dass sie sich auch nur im Geringsten darüber ärgerte. Da sie nicht Bai Shengtaos achtzehnte Generation, sondern seine direkte Nachfahrin sei, interessiere es sie nicht, wen Aqing »fickte« und wen nicht, das habe mit ihr nichts zu tun.

Pferdegeschirr

Ich habe es im Guten wie im Bösen mit ihm probiert und mir den Mund fusselig geredet, bis Bai Shengtao endlich bereit war, Ge Ren wegzubringen. Es war schon hell und Ge Ren war schlafen gegangen, nachdem er die ganze Nacht gearbeitet hatte.

»Lass ihn schlafen, wir brechen erst bei Dunkelheit auf«, hat Bai Shengtao gesagt.

Pah, wenn der was rausschieben konnte, dann hat er es gemacht. Gegen Mittag bin ich zu Ge Ren gegangen. Er war schon aufgestanden. Und da habe ich ihm die Sache von der Stellungsverlegung erzählt. Ge Ren hat sich alles angehört und dann gesagt, er will im Phönixtal spazieren gehen. Ich dachte, bestimmt wollte von der Gegend Abschied nehmen. Deshalb habe ich sofort einem Gefolgsmann befohlen, Nummer null auf seinem Spaziergang zu begleiten. Dieser Mann war mir treu ergeben, treuer als ein Hund. Wenn ich gesagt habe, dass ein Hahn Eier legt, dann sagte er, er hätte es mit eigenen Augen gesehen.

»Beeil dich«, habe ich zu Bai Shengtao gesagt. »Und pack Ge Rens Sachen zusammen. Sobald es dunkel wird, geht ihr los.«

Ist es in Ordnung, wenn ich das erzähle?

Als alles fertig war, bin ich ins Phönixtal geritten. Es wurde Frühling, überall waren Azaleen am Blühen, die meisten im Tal. Ge Ren hat auf einem Stein gesessen und geraucht. Als er mich gesehen hat, fing er auf einmal an, Maos Gedicht *Wieder auf dem Jinggang-Berg* vorzutragen. Wirklich! Wenn das gelogen ist, soll mich sofort der Schlag treffen. Nach einer Weile kam auch Bai Shengtao und sagte scheinheilig zu Ge Ren, er sollte nicht rauchen, das wäre ungesund. Ge Ren hat nur mit mir gesprochen und diesen Bai einfach ignoriert. Er hätte eine Bitte, hat er gesagt. Auf alles könnte er verzichten, nur nicht auf Zigaretten und Wein. Da habe ich mir an die Brust geschlagen und gesagt, dass er sich keine Sorgen machen sollte, beim Vorsitzenden Mao, Zigaretten und Wein sind absolut garantiert.

Als es fast dunkel war, habe ich Ge Ren überredet, in die *Schleusentor-Schule* zurückzugehen. Wein und Essen haben schon auf dem Tisch gestanden. Das hatte ich alles vorher organisiert.

Richtig, natürlich gab es Tofu. Ge Ren hat aber nur Wein getrunken und weder das Gemüse noch den Reis angerührt. Er hat mich gebeten, mit ihm zusammen Wein zu trinken und etwas zu plaudern. Viele Jahre zuvor hatten wir zusammen in Shanghai getrunken, bevor er nach Japan abgereist ist. Damals war es Klebreiswein. Aber damals habe ich noch nichts vertragen, jetzt aber schon. Allerdings wollte ich nicht so viel mit ihm trinken, weil er noch losmusste. Im Hof habe ich ihm mein Pferd gegeben. Um es zu stehlen, hatte ich jemanden nach Xiguanzhuang ganz in der Nähe geschickt. Es hat aufs Wort gehorcht. Dann habe ich Bai Shengtao zugeflüstert: »Wir sehen uns in Yan'an!«

Was Bai Shengtao gesagt hat? Meinst du, der hätte noch etwas sagen können? Er hat nur wiederholt, dass wir uns in Yan'an sehen.

Ich habe sie gedrängt aufzubrechen und mein Gefolgsmann hat gesagt, dass er Ge Rens Gepäck schon auf den Schultern hat. Dann habe ich Ge Ren die Zügel in die Hand gedrückt. Er hat geschaut und gesagt, dass er nicht reiten will und auch gar nicht mehr reiten kann. Die Zügel hat er an Bai Shengtao weitergegeben. Das machte er ganz auf die kommunistische Art nach dem Motto »Sich als Erster mühen, als Letzter genießen«, er hat dem anderen das Pferd gegeben, um selbst zu Fuß zu gehen. Aber durch diesen Bai Shengtao kam dann doch alles anders, verdammte Scheiße!

»Wenn Nummer null tatsächlich nicht mehr reiten kann, können wir ihn vielleicht in einer Sänfte tragen«, hat er zu mir gesagt.

Arschloch! Wieso hat der nicht früher gesagt, dass er Arzt ist? Dann hätte man früher daran denken können. Erst, wo die Scheiße schon im Arsch gesteckt hat, fing der an, ein Klo auszuheben. Das war ja gar nicht zu schaffen. Mir blieb vor Wut die Luft weg.

»Es kann immer etwas passieren«, sagte Bai Shengtao. »Wenn es anfängt zu regnen, erkältet sich Nummer null noch, und ich kann Tian Han nicht mehr die erfolgreiche Erledigung der Aufgabe melden.«

Was sollte ich machen? Mir blieb nichts anderes übrig, als Ge Ren in den Hof zurückzubringen.

In der Nacht habe ich kein Auge zugemacht.

Was ich gemacht habe? Ich habe welchen befohlen, eine Sänfte zu bauen, und sie geschickt, zwei Schreiner zu finden, die über Nacht eine Sänfte bauen. Es gab kein geschlagenes Holz, deshalb hätten wir ein Haus abreißen müssen, aber dann hätten wir schlafende Hunde geweckt. Ich bin fast gestorben. Dann ist mir plötzlich eingefallen, dass im Hinterhof vom Teehaus ein paar Baumstämme lagen. Sofort habe ich jemanden angewiesen, die Stämme zu sägen.

»Da gibt es Schnurbäume, Paulownien und Pagodenfeigen. Welche sollen wir denn sägen?«, fragte mich ein Gefolgsmann.

»Zersäg einfach einen, du Idiot«, schimpfte ich, so nervös war ich.

»Dann sägen wir die Pagodenfeige.«

»Und warum?«, habe ich gefragt.

»Weil das ein heiliger Baum ist. Das bringt Glück, und die Geister beschützen Nummer null auf seiner Reise.«

Was? Das ist Idealismus?

Idealismus hin oder her, ich habe damit nichts zu tun. Ich habe es ja auch nicht gesagt.

Gut, ich mache weiter. Als es schon bald hell wurde, war die Sänfte endlich fertig. Aus Angst, dass die zwei Schreiner nicht dichthalten, habe ich meinem Gefolgsmann befohlen, den beiden die Gurgel durchzuschneiden und sie in den Brunnenschacht im Hinterhof zu werfen. Dann haben zwei meiner Leute die Sänfte zur *Schleusentor-Schule* gebracht. Aber als wir kurz vor dem Ziel waren, wimmelte es nur so von Wachposten. Himmel und Erde in Angst und Schrecken und die Götter zu Tränen gerührt, ich konnte keinen klaren Gedanken mehr fassen, alles drehte sich. Das war's, schoss es mir durch den Kopf, Fan Jihuai ist da, und Ge Ren kommt hier nicht mehr weg.

Aber Not macht erfinderisch. Sofort schickte ich meine Leute zurück. Unterwegs habe ich die beiden kaltgemacht und als Fischfutter in den Fluss geworfen. Ich schwöre beim Vorsitzenden Mao, dass ich da knallhart war. Nachdem ich die Bastarde im Fluss versenkt hatte, bin ich wieder zur *Schleusentor-Schule* gegangen. Genau wie heute war es schon ganz hell geworden. Vor dem Eingang der Schule habe ich Bai Shengtao gesehen, wie er vor Fan Jihuai den Bückling gemacht hat. Da habe ich rotgesehen. Die Gelegenheit wollte ich mir nicht entgehen lassen und Bai Shengtao erschießen. Aber Ge Ren kam heraus und hat mich davon abgehalten. Ich habe kapiert, was er wollte. Er hatte schon alle Vorbereitungen getroffen, um sich zu opfern. Lieber würde er sein Leben opfern, als mich auffliegen zu lassen und damit die Untergrundorganisation zu sabotieren.

Genossen, das war es, was ich euch erzählen wollte. Über den Rest möchte ich nicht sprechen, und dazu gibt es auch nichts zu sagen. Ge Ren hat sich für die Revolution im Dahuang-Gebirge ehrenhaft geopfert. Auch wenn ich so viele Jahre später daran denke, ist es, als würde mir jemand ins Herz stechen. (*Anmerkung: An dieser Stelle wies Yu Fenggao darauf hin, dass »Aqing bitterlich weinte, als hätte er den Tod seiner Eltern zu beklagen«.)* Allerdings gibt es auch ein paar Dinge, die ich noch erzählen muss. Zum Beispiel, dass meine Identität nicht aufgeflogen ist, bevor sich Ge Ren geopfert hat. Ich erinnere mich nämlich ganz genau, dass Fan Jihuai von mir und Yang Fengliang eine Berichterstattung wollte. Man muss sich darauf verstehen, dem gerissenen Feind gegenüber schöne Worte zu machen. Bei der kleinsten Unvorsichtigkeit kann schon etwas passieren, was eine Katastrophe für die Partei zur Folge hätte. Damals bin ich vor keiner Gefahr zurückgeschreckt, und Fan Jihuai hat seine Unterlegenheit bekennen müssen.

»General«, habe ich zu ihm gesagt, »Yang Fengliang hat hier den Himmel dunkel werden lassen. Er hat großen Schaden angerichtet und ungeheuerliche Verbrechen begangen. Er hat meinen Bediensteten totgeschlagen, hat meinen Vertrauten totgeschlagen, dann hat er noch seinen eigenen Mann Qiu Aihua umgebracht. Das konnte ich nicht länger dulden und habe dieses Ungeziefer im Namen der Kuomintang beseitigt.«

Ha, Fan Jihuai hatte ja gar keine andere Wahl, als mir zu glauben.

Lacht nicht, Genossen. Ich habe ja nur die Wahrheit gesagt. Eins noch zum Schluss: Die menschlichen Fähigkeiten sind begrenzt. Ich konnte Ge Ren zwar nicht retten, aber ich habe mein Bestes gegeben und sterbe ohne Reue ...

Das waren Aqings Schilderungen, die mir zur Lektüre vorlagen. Laut Genosse Yu Fenggao ging Aqing am Morgen des 4. Mai 1970, als der Brigadeführer zum Essen rief, in die kleine Kantine der Teeplantage, um noch etwas zu speisen, aber niemand nahm von ihm Notiz. Genosse Yu fügte hinzu, dass er zwei Tage später den Befehl erhalten habe, sich erneut nach Xinzhuang zur Umerziehungsteeplantage zu begeben, um dem Brigadeführer zwei Aufgaben anzutragen: Zum einen sollte er sich Aqing schnappen, zum anderen sollten ein paar bereits vorbildlich in Erscheinung getretene Lagerinsassen belastende Materialien zusammenstellen. Noch bevor die Materialien eingesammelt werden konnten, war Aqing tot. Einer seiner Mitinsassen, der unterdessen emeritierte Professor Zhang Yongsheng, erzählte, dass Aqing, bevor er in den Brunnenschacht sprang, fortwährend »das Gespräch über Ge Ren und Tian Han suchte, um beiden gegenüber seine tief empfundenen Schuldgefühle zum Ausdruck zu bringen«:

> Bei einem meiner Besuche kam er ohne Umschweife auf Ge Ren und Tian Han zu sprechen. Seinen Worten entnahm ich, dass er offenbar mit ihnen gemeinsam gekämpft hatte. Damals hatte ich lediglich von der bewegten Lebensgeschichte dieses Kerls gehört. Seine Krankheit war bereits weit fortgeschritten, allerdings waren wir alle davon überzeugt, dass er simulierte. Wir stellten akribisch das belastende Material zusammen und schrieben, dass er nicht nur heimlich nasche, sondern im Umerziehungslager sogar den Schweinen das Futter wegesse. In Wirklichkeit aber hatte der Viehzüchter der Brigade das Schweinefutter gegessen. Inzwischen ist er ein sehr angesehener Doktorvater, so dass ich seinen Namen hier nicht nennen werde.
>
> Kurz vor seinem Tod konnte man meinen, Aqing sei mit Zwillingen schwanger. So dick war sein Bauch geworden. Es hieß, er habe unter einer Leberzirrhose gelitten. Es hieß zudem, dass diese Krankheit sehr schmerzhaft sei. Er vermittelte allerdings einen anderen Eindruck, weil er regelrecht fröhlich wirkte.

Einen Tag vor seinem Tod begegnete ich ihm auf der Toilette. Er erzählte mir, dass er sehnlichst darauf wartete, Ge Ren und Tian Han um Vergebung zu bitten. Auch einen Mann namens Fan Jihuai erwähnte er. Was er über ihn sagte, habe ich vergessen, mir ist nur der Name in Erinnerung geblieben, weil ich ihn später häufig in der Zeitung las. Einen Tag danach war er tot, in den Brunnenschacht gesprungen. Wieder heraufgezogen, war sein Bauch noch dicker geworden. Weil er trotz der Hitze nicht beerdigt wurde, platzte er mit einem Knall, wie wenn der Reifenschlauch eines westlichen Autos birst. Ich höre hier auf, denn alles Weitere ist schwer erträglich. Im Umerziehungslager von Xinzhuang fanden alle meine Pinselschrift besonders gut, so gut, dass mir die Niederschrift der Parolen angetragen wurde, mit denen sämtliche Bäume nach seinem Tod beklebt wurden. Darauf stand, dass sich Aqing eines Selbstmordes schuldig gemacht habe und für diese Schuld nicht einmal der Tod Strafe genug sei.

Leider ist nicht zu rekonstruieren, was Aqing einen Tag vor seinem Tod Herrn Zhang Yongsheng über Fan Jihuai erzählte. Eine Sache scheint allerdings gewiss: Bis zu seinem Tod durchschaute Aqing nicht Fan Jihuais wahre Motive.

3. Teil:
Ja, das beruht auf Gegenseitigkeit.

ZEIT:	28. – 29. Juni 2000
ORT:	Unterwegs von Peking nach Baipi
ERZÄHLER:	Herr Fan Jihuai
ZUHÖRER:	Fräulein Bai Ling
PROTOKOLLANT:	Fräulein Bai Ling

Ich halte mein Wort

Fräulein, ich wollte nicht mit dem Flugzeug fliegen. Den Genossen der Stadtverwaltung von Baipi sagte ich, sie könnten das Geld der *Grundschule der Hoffnung* zugutekommen lassen. Eine Reise mit dem Zug ist zwar beschwerlich, aber es macht mich glücklich, wenn der Spross unseres Vaterlandes für das Geld auch nur einen Bleistift mehr kaufen kann.

Fräulein, es ist vielleicht unter Ihrer Würde, mich hier zu begleiten?

Ich werde alles wiedergutmachen, wenn wir zurück in Peking sind.

Okay, was wollen Sie von mir?

Ich habe mich von allen öffentlichen Ämtern zurückgezogen, aber von der Bühne der Geschichte bin ich selbstverständlich nicht abgetreten. Mein Wort hat in der Hauptstadt immer noch Gewicht.

Zugfahrkarten für ein Einzelabteil sind teurer als ein Flug? Zum Teufel, Ihnen bleibt auch nichts verborgen.

Stimmt, ich habe Flugangst. Aber ich habe ein paar Prüfungsfragen an Sie: Was ist mehr wert, ein gefüllter Pfannkuchen oder ein Flugzeug?

Wir sind doch dialektische Materialisten und müssen dialektisch denken. Wenn gefüllte Pfannkuchen vom Himmel fallen, ist das eine gute Sache. Fallen Flugzeuge herab, ist das weniger gut. Nach der Statistik autoritativer Stellen stürzt in der globalisierten Gegenwart alle sechsunddreißig Stunden ein Flugzeug ab. Das darf man aber nur denken, nicht aussprechen. Also musste ich sagen, dass ich diese Forderung stellte, um Geld zu sparen.

Natürlich, im Zug kann man sich auch gemütlich unterhalten. Sagten Sie nicht, Sie wollten eine Biographie über mich schreiben?

Glauben Sie bloß nicht, dass ich nicht weiß, was Sie am meisten interessiert und was Sie in Wirklichkeit wissen wollen. Ich weiß, es geht Ihnen um meine gemeinsame Zeit mit Ge Ren.

Auch mit Bai Shengtao? Okay, dann erzähle ich auch von ihm. Ich denke oft an ihn. Besonders wenn mein Stuhlgang hart ist. Er ist später nach Hongkong gegangen und soll dort auf tragische Weise gestorben sein. Wenn sich die jungen Leute ein bisschen besser mit Geschichte auskennen, ist das kein Nachteil. Marx schreibt im *Kapital*, dass Geschichtskenntnisse die Geburtswehen mildern und abkürzen.

Ich bin schon häufiger interviewt worden, von Chinesen und Ausländern, von Alten und Jungen. Ich habe sie alle weggescheucht. Einer sagte einmal zu mir: »Hochverehrter Fan, auch wenn Sie es nicht aussprechen, wissen wir, dass Sie Ge Ren umgebracht haben.«

Eine behauptete, sie komme von der *Ge Ren Forschungsgesellschaft*, und machte zwei Wochen lang vor meinem Haus Theater – wie ein Hund, der sich in den Schwanz beißt. Sie hat mich bis zum Schluss nicht zu Gesicht bekommen. Als letzten, verzweifelten Versuch wollte sie mich dann erpressen: »Es kommt sowieso alles ans Licht, es wäre also besser, Sie sprechen mit mir.«

Pah, groß geworden bin ich ja wohl durch Muttermilch und nicht durch Drohungen, da lasse ich mich von so etwas doch nicht beeindrucken. Ich habe ihr durch meine Sekretärin ausrichten lassen, dass ich selbstverständlich rede, nur nicht mit ihr. Sie hatte recht, dass alles ans Licht kommt. Das ist immer so. Aber: Ich kann mit Sicherheit sagen, dass die anderen nur einen Bruchteil von alldem wissen. Bai Shengtao ist tot, Aqing ist tot, Bingying ist tot, Tian Han ist tot. Alle sind sie tot, nur ich alter Fan bin noch übrig. Und wenn ich den Mund jetzt nicht aufmache, nehme ich einen Teil unserer Geschichte mit in mein Grab am Babao-Berg.

Jetzt möchte ich sprechen. Wie Sie sehen, bin ich zwar noch rüstig, aber trotzdem kann mir Marx jeden Tag seine Einladung unter der Tür durchschieben und mich zu sich bitten. Vor unserem Aufbruch sagte ich Ihnen, dass ich diese Reise mache, um an einer Festivität teilzunehmen. Ich hoffe, in der fertiggestellten Grundschule feierlich das Eröffnungsband durchschneiden zu dürfen. Aber in Wirklichkeit fahre ich zu Ge Ren. Ich halte mein Wort. Denn vor Jahren sagte ich an Ge Rens Grab: »Ich kehre ins Phönixtal zurück, daran gibt es keinen Zweifel. Ich werde ein paar Freunde besuchen, und dann komme ich wieder zu dir.«

Jetzt kann ich endlich mein Versprechen einlösen, kann mich dort umschauen, herumlaufen, Räucheropfer bringen und mich vor ihm verneigen. Ach, Ge Ren, wie die Zeit vergeht, mit einem Augenaufschlag ist schon wieder ein halbes Jahrhundert vergangen. Du hast Glück, diese Zeit nicht miterlebt zu haben. Auch wenn sie dich interessieren sollte, ich habe keine Lust mehr, davon zu erzählen. Denn die Worte eines Menschen, der bald stirbt, klingen so wohlwollend, ebenso wie das Gezwitscher eines Vogels, der bald verendet, traurig klingt. Ich aber rede nur von Fakten, von nichts als Fakten. Einzig aus meinem Verantwortungsgefühl der Geschichte gegenüber hinterlasse ich dieses Zeugnis der Nachwelt.

Um eines möchte ich Sie aber noch bitten. Was ich Ihnen nun erzählen werde, sollte nicht an die Ohren von Ausländern gelangen. Okay?

Hu Shi, den kennen Sie doch?

Der hatte eine Maxime: Könnten wir heute noch fliegen, wenn wir unsere Flügel nicht geschont hätten? Deshalb, veröffentlichen Sie diese Aufzeichnungen unbedingt erst nach meinem Tod.

Wie Sie mich auch immer nach meinem Tod durch den Dreck ziehen, ist mir einerlei. Da kann der Himmel herabfallen, mich betrifft das nicht mehr.

Ob das ein Widerspruch ist?

Nein, gar nicht, jedes Ding birgt seinen Gegensatz in sich.

Anmerkung

Für ein Interview mit dem hochverehrten Fan hatte ich in den vergangenen Jahren nichts unversucht gelassen; zunächst allerdings vergebens. Seine Sekretärin erklärte mir, dass er als hohe juristische Autorität Chinas schon bis zum Beginn des 21. Jahrhunderts ausgebucht sei und ich mich bis dahin gedulden müsse. Jetzt wissen Sie, dass ich zwei Wochen vor seinem Haus »Theater machte«.

Als ich mich aber im Mai des Jahres 2000 für Interviews in Baipi aufhielt, erfuhr ich, dass auch der hochverehrte Fan in Kürze dort eintreffen würde. Baipi hatte sich innerhalb von ein paar Jahren rasant entwickelt. Das Landstädtchen war im Jahr 1983 eine Gemeinde und 1997 eine Stadt geworden. Nun lud die Stadtverwaltung Herrn Fan zu den Feierlichkeiten des dritten Stadtjahrestages ein in der Hoffnung, er würde das Eröffnungsband der Grundschule feierlich zerschneiden. Da er unter Flugangst litt, ging ich davon aus, dass er der Veranstaltung entweder einfach fernblieb oder andernfalls sicherlich mit dem Zug anreiste. Ich machte mich über Nacht auf den Weg nach Peking, um Bai Ling zu treffen. Sie war es dann auch, die den hochverehrten Fan nach Baipi begleitete und die Gespräche währenddessen aufnahm. Wie bereits erwähnt, war Bai Ling Bai Shengtaos Enkelin. Sie war gerade zu einer Fortbildung in der Hauptstadt. Durch den Lebensbericht ihres Großvaters, den ich ihr zuvor zu lesen gegeben hatte, war ihr Interesse groß. Nachdem sie über Fan Jihuais Enkelin Fan Ye mit deren Großvater in Kontakt getreten war, hatte sich zwischen beiden eine Freundschaft über die Generationen hinweg entwickelt. Ob vielleicht auch Bai Lings Schönheit dazu beigetragen hatte, kann ich nicht beurteilen. Wie vereinbart, teilte sie ihm mit, dass sie vorhabe, eine Biographie über ihn zu schreiben. Gott sei Dank glaubte er ihr.

Nach ihrer Rückkehr aus dem Dahuang-Gebirge rief sie mich an: »Hey, ich hab's! Also dann: Geld gegen Ware.«

Ich hatte ihr versprochen, bei Fertigstellung des Interviews die Studiengebühren für ein Jahr zu übernehmen, sowie weitere Tantiemen nach der Veröffentlichung des Buches in Aussicht gestellt.

Da ich bei der Zusammenstellung der Tonaufnahmen Schwierigkeiten hatte, bat ich Bai Ling, sie mit mir gemeinsam zu ordnen. Als zum Schluss noch der Titel fehlte, sagte sie pfiffig: »Am besten, wir nehmen ›Ja, das beruht auf Gegenseitigkeit‹, das sind seine Worte.«

Deshalb möchte ich hier explizit hervorheben, dass dieser Teil – vom Titel bis zum Text – Bai Lings Arbeit zu verdanken ist. Ich danke ihr von ganzem Herzen, denn ohne sie hätte der hochverehrte Fan diesen Teil der Geschichte mit in sein Grab am Babao-Berg genommen.

Die Vergangenheit zu vergessen ist Verrat

Ich fahre zu Ge Ren. Dass ich das Eröffnungsband der *Grundschule der Hoffnung* zerschneiden sollte, hat ja unmittelbar mit Ge Rens Geschichte zu tun. Die jetzige Grundschule ist von einem Japaner namens Kawai errichtet worden. Er war Chef der Japanisch-Amerikanischen Schildkrötengesellschaft, die in Japan eine Art Aktiengesellschaft war und mit einer amerikanischen Holding kooperierte. Kawai hat sich zu diesem Anlass ebenfalls angekündigt. Japaner sind dickköpfig. Anfangs wollte er unbedingt herausstellen, dass es sich bei dieser Schule um »Ge Rens Grundschule« handle. Ich erinnerte ihn aber daran, dass Ge Rens Name nicht erwähnt werden dürfe, andernfalls würde ich mich weigern, das Band feierlich zu zerschneiden. Er fragte mir Löcher in den Bauch, er wollte unbedingt wissen, warum. Aber es ist Perlen vor die Säue geworfen, mit Ausländern über die Lage der Nation zu sprechen. Deshalb musste ich mir etwas einfallen lassen.

»Ge Ren ist mir im Traum erschienen«, sagte ich, »und hat zu mir gesprochen. Wenn ich seine Worte preisgebe, machen sich die Geister wieder aus dem Staub.«

Ich verstehe Kawai, ihm ging es nur um Ges Andenken. Vor vielen Jahren, als Ge Ren und ich in Japan studierten, wohnten wir bei ihm. Wir waren damals gerade in Tokyo angekommen und lernten in der Ostasiatischen Oberschule Japanisch. Da es in der Schule zu wenig Schlafgelegenheiten gab, kamen wir zusammen mit einem anderen chinesischen Studenten namens Huang Yan bei Kawais Familie unter. Huang Yan gab später in Yan'an eine Zeitung heraus und ist inzwischen im Rahmen der Familienzusammenführung nach Amerika ausgewandert. Es ist nicht zu fassen: Nachdem er ein Leben lang Revolutionär war, wirft er sich im Alter dem Kapitalismus an den Hals. Tja, wir sind eben schon immer zweigleisig gefahren.

Er war ohnehin kein vielversprechender Kerl. Reden wir von etwas anderem. Kommen wir auf Kawai zurück. Kleines Japan, kleines Japan, Kawai allerdings war nicht gerade klein. Sein Bruder hieß Kawata, er war fünf, sechs Jahre älter als Ge Ren und ich. Und Kawai war fünf, sechs Jahre jünger als wir. Ihre Familie hatte ein kleines Haus mit Schrägdach und einem kleinen Hof. Wir wohnten im ersten Stock. Wenn wir das Fenster öffneten, sahen wir die Schmetterlingsblütler im Hof. Die Mutter der beiden war in jungen Jahren eine sehr schöne Frau gewesen und hatte ihren Charme auch im Alter nicht eingebüßt. Wenn sie mit ihren Holzsandalen über den Hof lief, erinnerte uns das an das Klopfen der Klangfische. Sie liebte die »Shina-Kultur« und wollte, dass ihre Kinder mit uns Schriftzeichen übten. Kawais jüngere Schwester hieß Yoko, sie war damals erst sechs oder sieben. Sie war zart und blass wie ein Porzellanpüppchen. Wir lebten mit unterschiedlichen Nationalitäten friedlich unter einem Dach und wurden gute Freunde, so dass wir einiges zur chinesisch-japanischen Freundschaft beigetragen haben. Zahlreiche Chinesen kamen in unseren Hof. Der berühmteste unter ihnen war Chen Duxiu. Er hatte sich bei Kawata erkundigt, wann die Früchte der Schmetterlingsblütler zu ernten seien.

»Diese Sorte ist nicht zum Essen«, antwortete Kawata. »Das ist Medizin. Wenn man die Blüten in Wasser quellen lässt, helfen sie gegen hohen Blutdruck.«

Seine Mutter litt darunter, und das Schmetterlingsblütlerwasser zeigte bei ihr eine gute Wirkung. Bevor ich nach Japan ging, wusste ich nur, dass die Bohnen dieser Pflanze gut für den Magen und die inneren Organe sein sollen. Ich wusste nicht, dass man auch mit den Blüten Krankheiten behandelt. Sehen Sie, wenn man Augen und Ohren offen hält, kann man immer dazulernen.

Ich muss noch sagen, dass ich später zu Jura wechselte, aber ich stand nach wie vor unter dem Einfluss von Kawais Bruder Kawata.

Zu Beginn unseres Japanaufenthaltes studierte ich auch Medizin. Neunzig Prozent aller Chinesen, die nach Japan gingen, wollten Medizin studieren. Mein Großvater und mein Vater waren Ärzte, da verstand es sich von selbst, dass auch ich Medizin studierte. Aber Kawata sagte zu mir, dass es elend langweilig sei, Arzt zu sein und sich tagein, tagaus Verstümmelte ansehen zu müssen.

»Als Zahnarzt verziehen sie vor dir tagein, tagaus schmerzverzerrt den Mund. Als Orthopäde musst du dir tagein, tagaus gebrochene Arme und Beine angucken. Und als Gynäkologe ist dein Leben sowieso gelaufen, wenn du den Frauen den ganzen Tag zwischen den Beinen herumwühlst.«

Fräulein, lachen Sie nicht, so ist das, das waren seine Worte.

»Sag schon, lohnt sich dieser Beruf?«, schloss er.

Damit hat er mich endgültig verwirrt. Ich wusste gar nicht mehr, was richtig oder falsch war. Deshalb fragte ich Ge Ren nach seiner Meinung, aber er stimmte mit Kawata im Großen und Ganzen überein.

»Durch deine Herkunft hast du doch eine Menge Wissen und bist praktisch schon ein halber Arzt. Warum erwirbst du denn nicht noch andere Kenntnisse? China braucht doch Juristen. Wieso in aller Welt studierst du nicht Jura?«, hat Ge Ren zu mir gesagt.

»Okay«, dachte ich. »Wenn das Land durch Gesetze regiert werden soll, um später Reformen zur Öffnung des Landes in die Wege zu leiten, dann braucht man auch juristische Fachleute.«

Und so fing ich an, Jura zu studieren. Ge Ren studierte weiter Medizin und schrieb in seiner Freizeit.

Was er schrieb?

Gedichte. Er liebte es, Gedichte zu schreiben. Er verfasste damals ein Gedicht mit dem Titel *Schmetterlingsblütler*, das waren die Blumen in dem Hof. Während der 4.-Mai-Bewegung hatte er das Gedicht umgeschrieben und den Titel in *Wer war ich ehedem?* geändert. Ach, wer sollst du schon sein? Warum musstest du nur fragen, wer du bist? Weil der Titel etwas merkwürdig klingt, habe ich ihn noch so gut im Gedächtnis.

Kawata arbeitete in einem Krankenhaus in Kyoto. Aber dieser Kerl hatte Hummeln im Hintern und kam andauernd vorbei, um mit uns auszugehen. Er war ein Feinschmecker und lud uns oft zum Essen ein. Meistens gingen wir in das Restaurant *Zum glücklichen Knaben* im Tokyoter Stadtteil Takadamura. Chen Duxiu war auch fast immer dabei. Kawai natürlich auch. Er war ein aufsässiges Kind, das uns auf Schritt und Tritt folgte. Der Tofu schmeckte dort sehr gut, es war Ge Rens Lieblingstofu. Einmal schossen ich, Ge Ren, Chen Duxiu und die beiden Brüder ein Foto in dem Restaurant und lösten so regelrecht eine Besucherlawine aus. Immer mehr ausländische Studenten gingen danach dort zum Essen hin.

Chen und Li

An dieser Stelle greife ich das Thema des hochverehrten Fan auf und ergänze einige Punkte bezüglich Ge Rens Leben in Japan. In der *Geschichte der Ostasiatischen Oberschule* (erschienen 1957) ist zu lesen, dass es damals über viertausend chinesische Studenten in Japan gab, allein an der Ostasiatischen Oberschule studierten dreihundertsechzig. Daher mussten sich auch einige außerhalb der Schule eine Unterkunft suchen. Huang Yan beschreibt in seinem Buch *Zeitreise* ihre damalige Wohnsituation und nimmt auch auf das von Fan Jihuai erwähnte Foto Bezug:

> Am meisten beeindruckten uns Kawatas Bruder und Schwester. Seine Schwester war damals noch klein und lief immerzu barfuß im Haus umher, so dass man sie kaum wahrnahm. Wir

alle waren gebundene Frauenfüße gewöhnt. Auch nachdem sie wieder aufgebunden worden waren, sah man weibliche Füße nur selten nackt. Ge Ren sagte, ihn erinnerten die natürlichen Füße eines Kindes an Klebreis, so fein und zart, einen süßen Duft verströmend. Mir ist das Gedicht *Die Schönheit des unteren Yangzi,* das er uns dazu vorlas, noch gut im Gedächtnis:

»In Baumwollbluse und Seidenrock,
um die Taille grünes Tuch,
mit funkelndem Ring am Schläfenhaar
und einer Jadespange
wie ein zarter Nebelhauch
so leichtfüßigem Gange.«

Einen leichtfüßigen Gang wie zarter Nebelhauch hatte auch Kawatas Mutter. Wenn sie den Steinweg im Hof entlangkam, klang das Klappern ihrer Holzsandalen wie das gleichmäßige Ticken einer Uhr. Dieses Geräusch versetzte mich bisweilen in eine längst vergangene Zeit in China zurück. Fiel mein Blick durch den Zaun auf die Gebäude mit den Schriftzeichen, wurde dieses Gefühl noch lebendiger. Oft trug sie einen hellblauen Kimono aus einem Stoff, dessen Muster der Landschaft von Kobe nachempfunden war.

Wir fotografierten eine Zeitlang wie versessen. Einer von Kawatas Patienten hatte eine Kamera. Er hinkte und hatte Kawata aus Ehrerbietung das Fotografieren beigebracht. Auf zahlreichen Fotos war Chen Duxiu abgelichtet. Er liebte es, fotografiert zu werden. Ihn lernten wir in dem Tokyoter Vorort Takadamura zusammen mit Li Dazhao kennen. Leider habe ich all diese Bilder verbrannt, um in Yan'an sämtlichen Fragen zu Chen Duxiu aus dem Weg zu gehen. Ich stritt ab, in Japan mit ihm in Kontakt gestanden zu haben.

Takadamura ist laut Huang Yan ein kleines Dorf in einem Vorort von Tokyo. An diesen Ort war Ge Rens Vater auf der Flucht gelangt und hatte dort seinen Freund Xu Yusheng kennengelernt.

Aus diesem Grund nahm sich Ge Ren Zeit für einen Besuch, in Gedenken an seinen Vater. Später erzählte er auch meiner Großtante von dem Ort: Die Häuser waren sehr primitiv. Am Rücken eines kleinen Berges stand ein alter, verfallener buddhistischer Tempel, von dessen geschwungenem Dach das Gezwitscher der Singvögel herüberschallte. Die Vögel flatterten von den Weiden und Robinien am Teich hinter der eingestürzten Tempelhofmauer herüber. Die Weiden grünten bereits, während die Äste der Robinien immer noch kohlrabenschwarz waren. Ge Rens Mutter hatte sie seinerzeit für ihre Zeichnungen verwendet. Ein Einheimischer erzählte ihm, dort habe früher ein »Shina-Mann« mit einer Frau zusammengelebt. Ge Ren glaubte, dass dieser »Shina-Mann« sein Vater war, die Frau musste Lin Xinyi gewesen sein. Während er im Dorf nach den Spuren seines Vaters suchte, ließ er dessen Leben auf der Flucht vor seinem inneren Auge Revue passieren. Just an dem Tag sah er über der niedrigen, verfallenen Schwelle eines Hauses chinesische Schriftzeichen: *Mondschattenhaus.* Hatte sein Vater die Zeichen hinterlassen? Dann bemerkte er einen Mann mit einem Chaplin-Bart – es war Li Dazhao, der sich im Haus angeregt mit jemandem unterhielt. Und zwar mit dem für die spätere chinesische Geschichte überaus bedeutenden Chen Duxiu. Ge Ren war also auf der Fährte seines Vaters mit den beiden Vertretern der späteren Neuen Kulturbewegung »Chen und Li« zusammengetroffen.

Anschließend fanden sich auch seine Reisegefährten Huang Yan, Kawata und Fan Jihuai im Mondschattenhaus ein. In seinem Buch schildert Huang Yan einige Episoden ihrer gemeinsamen Reise zum Kamogawa-Fluss in Kyoto.

> Li Dazhao trug einen Igelhaarschnitt, hatte eine hohe Stirn und presste ständig die Lippen zusammen. Chen Duxiu aber erweckte den Anschein eines Dichters, sprach laut und gestikulierend, als wirbelte er ein unsichtbares Wodao-Schwert durch die Luft. Als uns Chen Duxiu an jenem Tag nach einem gewissen Yin Jipu fragte, fiel uns sofort der Mann ein, der auf dem Postdampfer ins Meer gestürzt und ums Leben gekommen

war. Ge Ren erwähnte, dass er ein von Yin Jipu weggeworfenes Bonbonpapier aufgehoben habe, auf dem ein paar Verse zu lesen gewesen seien. Dank seines hervorragenden Gedächtnisses konnte er die Verse sogar noch auswendig und trug sie Chen vor. Dieser brach in Tränen aus. Wie ich bereits erzählte, hatten wir erst durch Chen erfahren, dass Yin Jipu ein Lektor der Shanghaier Ostasien-Bibliothek gewesen und nach Japan gereist war, um dort an einem Vorbereitungsgespräch für die Gründung einer Zeitschrift teilzunehmen. Ich musste an Yins eitrige Wunde denken und daran, wie er sich beim Singen wiederholt über die verkrustete Stelle gestrichen hatte. Dann wurde ich plötzlich traurig.

Ich erinnere mich, dass Ge Ren damals von seinem Vater sprach. Chen und Li hatten beide ihre Väter im Alter von zwei Jahren verloren. Als Li drei war, starb zudem noch seine Mutter – ähnlich wie bei Ge Ren, der seinen Vater nicht einmal kennengelernt und seine Mutter ebenfalls früh verloren hatte. Sie alle waren Waisen, sie hatten viel gemeinsam. Gleich am darauffolgenden Wochenende ging Chen Duxiu zu Kawata. Dort zeigte ihm Ge Ren sein Gedicht *Schmetterlingsblütler* und erbat dessen Meinung dazu. Viel Zeit ist seitdem vergangen, ich entsinne mich nicht mehr, wie sein Urteil lautete. Aber ich weiß noch sehr wohl, dass Chen Ge Ren von da an als einen Dichterfreund betrachtete und beide häufig über die Dichtkunst sprachen.

Ein paar Tage später machten wir alle zusammen einen Ausflug zum Kamogawa- und Takanokawa-Fluss in Kyoto. Zu meiner Überraschung sprang der zarte Ge Ren alsErster ins Wasser. Weil die Japaner ähnlich wie die Griechen ihre Nacktheit nicht verbergen, bezeichnete er Japan als das Griechenland einer anderen Zeit. Es sei ein Land mit einem natürlichen Lebensstil, den er als erstrebenswert erachtete. Ich hatte das lediglich für einen spontanen Gedanken gehalten und nicht damit gerechnet, dass er sich tatsächlich vor uns allen entblößte. Sein Anblick ließ an einen weißen Schwertstör denken, an seinem Geschlechtsteil sah ich Wassertropfen abperlen, während er sich aufrichtete. Ge Ren rief Kawata zu sich ins Wasser. Aber der lehnte ab. Er pflückte lieber Amaryllis am Ufer, um sie einer Krankenschwester in der Klinik zu schenken. Da stieß ihn Chen Duxiu auf einmal ins Wasser. In Windeseile krabbelte Kawata wieder heraus. Chen Duxiu selbst wirkte wie ein Adler, als er ins Wasser sprang. Möglicherweise vermischte sich dieses Bild mit dem Eindruck, den ich erst später von ihm gewann. Aber Geschichte setzt sich nun einmal aus vielfältigen, sich überlappenden Eindrücken zusammen. Ja, später erschien er mir – wohl aufgrund seiner zahlreichen Missgeschicke – eher wie der vom Adler angepickte Prometheus …

Der Kontakt zwischen Ge Ren und Chen Duxiu beschränkte sich in den folgenden Jahren im Wesentlichen auf einen Briefwechsel. Da sich beide die Latinisierung der chinesischen Schrift zur Aufgabe gemacht hatten, schickte Chen Duxiu, nachdem er 1929 die erste Fassung seines Buches *Entwurf der chinesischen Pinyin-Umschrift* fertiggestellt hatte, Ge Ren ein Exemplar zur Korrektur. Als Chen Duxiu am 27. Mai 1942 starb, war Ge Ren gerade unterwegs nach Songzhuang (*Anmerkung: das heutige Chaoyangpo*), so dass ihn die Todesnachricht nicht erreichte. Daher ist mir seine Würdigung Chen Duxius unbekannt. Li Dazhao war, wie Aqing erzählte, an der Shanghaier Universität Ge Rens Kollege gewesen. Dort hatten sie heimlich Kontakt gehabt. Als Li Dazhao am 28. April 1927 ermordet wurde, schrieb Ge Ren in einem Brief an meine Großtante:

»Li Dazhao verschied unterwartet und lässt mich in Trauer zurück. Er ist der chinesische Jesus, denn auch er starb, nachdem er an einem Holzgestell aufgehängt worden war. Dass seine Handflächen und Füße nicht festgenagelt wurden, kann man als Barmherzigkeit unserer Landsleute betrachten. In jenem Jahr, in dem ich in Takadamura auf den Spuren meines Vaters unterwegs war, begegnete ich Li Dazhao, der mich wie seinen eigenen Vater oder Bruder aufnahm. Es heißt, er habe im Moment des Todes die Zunge lang herausgestreckt und etwas sagen wollen. Aber darum kümmerten sich die Schaulustigen nicht.«

Dies ist ein Zeugnis Ge Rens tiefer Verbundenheit mit Li Dazhao.

Die Vergangenheit zu vergessen ist Verrat (Fortsetzung)

Weil ich erst Medizin und dann Jura studierte, blieb ich am längsten in Japan. Nach meiner Rückkehr in die Heimat ging ich nach Shanghai, um dort bei Gericht einzuspringen. Kurze Zeit später erfuhr ich, dass auch Kawata in China war und an der Medizinischen Hochschule in Peking unterrichtete. Ge Ren soll ebenfalls dort gewesen sein. Zur 4.-Mai-Bewegung bin ich zu ihnen nach Peking gefahren, natürlich auch, um an der patriotischen Bewegung teilzunehmen. Ge Ren traf ich aber nicht, er war verhaftet worden und saß in der alten städtischen Sicherheitsbehörde ein. Kawata habe ich gesehen. Die gekochten Pekinger Schweineinnereien waren sein Leibgericht. Auch nach stinkendem Tofu war er ganz verrückt.

»Du wirst noch mal zur Schmeißfliege«, habe ich zu ihm gesagt. »Alles, was stinkt, schmeckt dir.«

Ich lud ihn ein paarmal zum Essen ein. Bei jeder Einladung rieb er sich den Mund und sagte unaufhörlich:

»Gut, gut, gut, yoshi, yoshi, yoshi ...«

Ich erkundigte mich damals nach Kawai und erfuhr, dass er an einer Wirtschaftshochschule in Tokyo studierte, wo »Shina-Studien« neu eingerichtet worden waren. Er spreche einwandfrei Chinesisch, und sein Nuscheln unterscheide sich kein bisschen von dem der Pekinger.

Kurze Zeit später erfuhr ich dann, dass Kawata entlassen worden war. Er hatte Hummeln im Hintern, konnte einfach nicht stillsitzen. Viele Jahre lang hörte ich nichts mehr von ihm. Erst während des Widerstandskrieges hieß es auf einmal, er sei wieder da, wieder in China. Sagten Sie nicht, Fräulein, dass Sie schon einiges von meiner Geschichte wissen?

Dann wissen Sie ganz sicher, welche Funktion ich damals hatte.

Genau, Fräulein, ich arbeitete damals beim Geheimdienst. Ich war Agent, meinen Augen und Ohren entging nichts. Damals gelangte mir zur Kenntnis, dass Kawata neben seinen Forschungen über die »großostasiatische Wohlstandssphäre« auch noch Major war und als Übersetzer arbeitete. Wie ich später erfuhr, soll er in Chaoyangpo (*Songzhuang*) von der Achten Armee getötet worden sein. Allerdings las ich vor zwei Jahren in einem Artikel von einem gewissen Zhu (*Zhu Xudong*), dass sich Kawata laut Tian Han mit Tabletten das Leben genommen habe. Wie auch immer, jedenfalls ist er damals gestorben.

Fräulein, kennen Sie Tian Han? Er kommt aus demselben Ort wie Ge Ren, aus Qinggeng. Als ich im Ausland war, hörte ich, dass Tian Han in der späten Phase der Kulturrevolution etwas Pech gehabt haben soll. Es war dann nicht unbedingt leicht, noch bis zur Rehabilitierung durchzuhalten, er war nämlich mehrere Jahre lang bettlägerig. Das Schicksal ist zu jedem gerecht. Bei Kawata war es ja genauso. In jungen Jahren lebte er sorglos und unbekümmert, musste aber zum Schluss in der Fremde sterben.

Kawata war tot, aber sein Bruder Kawai lebte noch. Auch er ging zur Armee und kam nach China. In Wahrheit war er aber auf der Suche nach seinem Bruder. Da unsere beiden Länder im Krieg gegeneinander standen, konnte ich ihn natürlich nicht treffen. 1943 musste ich eine diplomatische Sondermission wahrnehmen, daher waren mir zu meinem großen Leidwesen die Hände gebunden. In jener Zeit geschahen unerklärliche Dinge. Auf einmal traf ich Kawai und bat ihn, mit mir ins Dahuang-Gebirge nach Baipi zu reisen.

Genau, Ge Ren hielt sich damals in Baipi auf. In der Hoffnung, dass er von Ge Ren etwas über den Verbleib seines Bruders erfahren könnte, machte er sich mit mir auf den Weg. Jetzt wissen Sie es, er war damals darüber im Bilde, dass es bei uns in China einen Ort wie Baipi gab. Später hörte ich dann aber nichts mehr von ihm.

Tja, und auf einen Schlag sind Jahrzehnte vergangen. Vor einigen Jahren habe ich eine Juristendelegation nach Japan begleitet. Und obwohl wir einen straffen Zeitplan hatten, ließ ich es mir nicht nehmen, das Restaurant *Zum glücklichen Knaben* zu besuchen. Der kleine Chef des Restaurants hatte mitbekommen, dass es sich bei der Delegation um Chinesen handelte. Er rannte hin und her, war überaus herzlich und holte sogar ein paar altes Fotos hervor. Da erinnerte ich mich an die vergangene Zeit. Eins war ein Gruppenfoto von mir, Ge Ren, Chen Duxiu, Kawata, Kawai und dem damaligen Restaurantbesitzer. Unser Reiseleiter erzählte uns, dass der kleine Chef immer mit diesem Bild prahle, wenn Chinesen kämen, und jedem erzähle, auf welch lange Geschichte das Restaurant zurückblicken könne und dass es beim freundschaftlichen Austausch zwischen China und Japan eine wichtige Rolle gespielt habe. Von dem kleinen Chef erfuhr ich, dass Kawai noch am Leben war und nach wie vor in dem Restaurant verkehrte. Bei diesem Aufenthalt konnte ich nicht mit ihm in Kontakt treten. Aber nach meiner Rückkehr rief er mich an und sagte, dass er noch einmal nach China reisen wolle. Ich hielt dies für leere Worte. Wer hätte schon gedacht, dass dieser alte Teufel tat, was er sagte, und darüber hinaus in Baipi im Dahuang-Gebirge investieren wollte. Kaum in China angekommen, setzte er sich mit mir in Verbindung. Ich war gerade zur Kur in Kanton und wollte nicht, dass er mich dort besuchte. Wir trafen uns erst in Baipi. Fräulein, Sie müssen wissen, ich war gut vorbereitet. Hätte er als Vertreter der Japaner seine Reue zum Ausdruck gebracht, hätte ich zu ihm gesagt: »Kawai, ach, Kawai, die Geschichte muss unbedingt in Erinnerung bleiben, die Vergangenheit zu vergessen ist Verrat.«

Fräulein, bitte unterbrechen Sie mich nicht. Das muss einfach gesagt werden. Ich meine, wenn Kawai klug gewesen wäre, hätte er das sicher nicht als persönliche Kränkung empfunden. Denn es ging um die nationale Identität, nicht um persönliche Belange. Behandelt man ein Individuum ein wenig nachlässig, macht das gar nichts, die nationale Identität darf allerdings um nichts auf der Welt missachtet werden.

Kawai, Chef der Japanisch-Amerikanischen Schildkrötengesellschaft, nutzte die Rückgabe Hongkongs an China im Juli 1997, um neue Geschäftsbereiche aufzutun, und reiste nach Shenzhen. Eine Woche später fuhr er wieder nach Baipi, das er eine halbe Ewigkeit nicht mehr gesehen hatte. Er hatte nämlich erfahren, dass es Baupläne für ein Wasserkraftwerk am Weiße-Wolken-Fluss gab. Seine Reise war daher dieses Mal nicht vergeblich, eröffnete sie ihm doch eine neue Geschäftsmöglichkeit.

Es war also nicht so, wie der hochverehrte Fan gesagt hatte, dass Kawai den »chinesischen Nationalstolz« nicht begriff. Er hatte es auf den stellvertretenden Bürgermeister abgesehen, den er zu einem üppigen Essen einlud. Anschließend schickte der Ehrengast seine Sekretärin, um Guo Ping, den Sohn desjenigen, der die Eisenbahnstrecke gesprengt hatte, ins Hotel zu bitten. Ohne Umschweife sagte Guo Ping, dass auch für dieses Projekt wie immer eine Ausschreibung stattfinde, kam dann aber unvermittelt auf eine andere Kleinigkeit zu sprechen: Da die *Schleusentor-Schule* seit Jahren nicht mehr renoviert werden konnte, sei bei heftigem Dauerregen ein Balken herabgefallen und habe zwei Schülerinnen erschlagen. Kawai war nicht dumm. Sofort äußerte er den Wunsch, einen Beitrag zur Entwicklung des chinesischen Erziehungswesens zu leisten. Er werde für den Bau der Grundschule keine Geldmittel der Stadtverwaltung beanspruchen. Im Namen des stellvertretenden Bürgermeisters stellte Sekretär Guo in Aussicht, nach Fertigstellung der Schule vor dem Eingang eine Gedenktafel für Herrn Kawais Mildtätigkeit aufzustellen. Dieser zeigte daran jedoch keinerlei Interesse.

»Vor vielen Jahren«, sagte er, »war ich bereits einmal wegen eines alten Freundes hier. Und im Gedenken an diesen alten Freund soll sie *Ge Rens Grundschule der Hoffnung* heißen.«

Wider Erwarten wusste Sekretär Guo überhaupt nicht, wer Ge Ren war, versprach aber dennoch, diesen Wunsch seinem Vorgesetzten zu übermitteln. Dass es der hochverehrte Fan allerdings war, der einen Einwand gegen den Namen haben würde, hatte Kawai nicht geahnt.

Nun lautet der vollständige Name der *Grundschule der Hoffnung* »Schleusentor-Grundschule der Hoffnung«. Diese Bezeichnung stammt aus Fan Jihuais Feder.

Seekrank

Okay, ich sage Ihnen die Wahrheit. Ich war noch zwei weitere Male in Baipi, beide Male wegen Ge Ren. Und im Handumdrehen sehe ich Baipi im Dahuang-Gebirge nach so vielen Jahren wieder. Jeder Baum und jeder Stein sind mir vertraut. In jenen Jahren ließ ich auch meiner Familie die traditionelle revolutionäre Erziehung angedeihen. Es hat sich gelohnt. Sogar unsere junge Haushälterin kannte Baipi im Dahuang-Gebirge. Bei meinem letzten Besuch in Japan hatte ich sie sogar dabei. Egal ob Delegationsmitglied oder japanischer Freund, jeder fand sie reizend. Aber ein Wetterumschwung stellt sich meistens ohne Vorankündigung ein. Vor nicht allzu langer Zeit jagte meine Frau sie schimpfend fort. Ich hatte eine Stinkwut!

Gut, kommen wir zum eigentlichen Thema zurück. Meine erste Reise nach Baipi unternahm ich 1934. Wie ich schon sagte, habe ich in Japan Jura studiert und mir nach dem Abschluss Gedanken gemacht, wie ich meinem Vaterland etwas zurückgeben könnte. Als ich später einen Ausländer in Shanghai vor Gericht vertrat, zogen Chinesen noch nicht vor Gericht. Die Tore des alten feudalen Gerichtshofs waren weit geöffnet, aber eintreten brauchtest du erst gar nicht, wenn du keine Macht und keinen Einfluss hast. Ausländer hatten aber Macht und Einfluss, deshalb vertrat ich ihn. Jeder theoretische Überbau wird durch die materielle Grundlage bestimmt. Natürlich entsprach das nicht meinem ursprünglichen Ziel, aber was blieb mir anderes übrig? Ich war niedergeschlagen und ging oft in die Qingyun-Straße, um mich mit Ge Ren zu unterhalten. Er unterrichtete damals an der Uni in Shanghai und lud mich häufig auf ein Glas zu sich nach Hause in die Moulmein-Straße ein. Als ich ihn eines Tages wieder besuchte, war er gerade mit Aufräumen und Reisevorbereitungen beschäftigt. Auch ohne dass er etwas sagte, wusste ich, er würde ins Sowjetgebiet im Dahuang-Gebirge reisen, denn davon hatte er schon oft geschwärmt. Zu dem Zeitpunkt litt er bereits an einer Lungenentzündung und hätte sich eigentlich auskurieren sollen. Aber er fand keine Ruhe. Auch Lu Xun redete damals auf ihn ein, er solle sich schonen. Ge Ren wollte davon jedoch nichts hören. Lu Xun kennen Sie doch. Den Schriftsteller, der sich mit einer Studentin über Liebe unterhalten hat.

Genau, sie hieß Xu Guangping.

Zhang Manyu?

Okay, sie sieht Zhang Manyu ziemlich ähnlich, beide haben eine deutlich erkennbare Mongolenfalte und hervorstehende Augäpfel.

Bei seinem Abschiedsumtrunk wollte er mich in den ganzen Schlamassel mit hineinziehen.

»Das Sowjetgebiet hat gerade hohen Bedarf an Fachkräften«, sagte er. »Dort kann man Großes vollbringen.«

Abends lud ich ihn ins Kino ein, ich glaube, wir sahen den Film *Tierwelt*.

Nein, nicht den von Zhao Zhongxiang, sondern einen Hollywoodfilm. Im Kino trafen wir Lu Xun zufällig. Auch er war ein Kinofan. (*Anmerkung: In Lu Xuns Tagebuch ist nachzulesen, dass dies am 7. Januar 1934 war, an einem Sonntag, an dem tagsüber starker Wind blies und »da es in der Nacht regnete und schneite [...], ging ich in den großen Theatersaal in Shanghai, um den Film* Ubangi *zu sehen.«*) Außerdem war noch Bingying mit dabei. Als sie Lu Xun sah, fragte sie sogleich, warum Xu Guangping nicht mitgekommen sei und ob sie Krach gehabt hätten. Mir fällt gerade auf, dass Sie Bingying ähnlich sehen, Sie haben ähnliche Augen, ähnliche Augenbrauen, eine ähnliche Nase und ein wirklich sehr ähnliches Lachen. Bingying war eine Schönheit. Sie ist immer ein Mädchen geblieben. Nach dem Kino lud mich Ge Ren noch zu einem Kaffee ein und sagte, Shanghai sei eine Tierwelt, wir sollten uns lieber mal in die neue Welt stürzen. Was für ein Witz! In Shanghai konnte ich damals in weiblicher Begleitung bis tief in die Nacht pauken,

Geld verdienen, ins Kino gehen und Kaffee trinken. Man kann sagen, dass wir sowohl geistig wie auch materiell viel geboten bekamen. Was sollte ich da in einem unwirtlichen Gebirge?

So war das damals, bis ein Ereignis meine Einstellung veränderte. In diesem Moment nahm mein eigenes Schicksal eine historische Wendung. In jenem Sommer war ich mit tausend und abertausend anderen Shanghaiern zusammen verrückt nach dem Filmstar Ruan Lingyu. Sie war damals die Darstellerin der düsteren Verführerin bei der Lianhua Filmgesellschaft und riss alle mit.

Fräulein, Sie schmeicheln mir. Ich hatte doch damals keine Macht und keinen Einfluss, wieso sollte sie sich da wohl in mich vergucken? Meine Zuneigung blieb unerwidert. Ich ging zum Drehort, wo gerade *New Women* gefilmt wurde. Wenn sie das Set verließ, würdigte sie mich keines Blickes. Dass sie mich nicht anschaute, ist aber nicht von Belang: Sie grüßte kaum jemanden. Kurze Zeit später begegnete ich einer Frau, die Ruan Lingyu wie aus dem Gesicht geschnitten war, mit feinem Kinn, Phönixaugen, Augenbrauen wie Weidenblätter und einer Dauerwelle. Sie trug ein geblümtes Etuikleid, wusch sich mit einer Seife der britischen Marke Lux und hatte eine derart frische Haut, dass Wasser herauszufließen schien, wenn man sie kniff.

Sie wurde von ihrem Stiefvater schikaniert und kam zu mir, um vor Gericht zu ziehen. Und eines Tages verführte sie mich.

Lachen Sie nicht. Ich bin Realist und rede nichts schön. *Sie* war es, die *mich* verführt hat. Selbstverständlich, und wenn ich sie verführt hätte, was wäre dabei gewesen? Unglücklicherweise hat meine Frau schon bald Wind davon bekommen. Danach war zu Hause die Hölle los. Die Erfahrung hatte mich gelehrt, dass Stabilität das Wichtigste ist, Stabilität hat oberste Priorität. Aber nachdem ich alles durchdacht hatte, war die Stabilität trotzdem nicht wiederherzustellen. Fuck! Ich konnte es mir nicht leisten, sie zu verärgern, aber ich konnte ihr aus dem Weg gehen. Ich dachte darüber nach, mir ein Versteck zu suchen, bis ihre Wut verraucht sein würde.

Und dann, welch eine Koinzidenz! Genau zu dem Zeitpunkt kommt ein gewisser Hu An zu mir nach Shanghai. Er war Kapitalist und mit Tee reich geworden. Später war er auch noch in Hangzhou und Shanghai in der Immobilienbranche tätig, das Geld sprudelte nur so. Er trug einen Hund auf dem Arm, einen Chow-Chow aus Frankreich. Wenn ich mich recht entsinne, hatte sein Hund einen ausländischen Namen, nämlich Bastille. Laut Hu An soll er ein direkter Nachfahre von französischen Hunden gewesen sein. Hu An war Bingyings Vater und Ge Rens Schwiegervater.

Haha, auf einmal sind Sie zufrieden. Als ich vorhin sagte, Sie sähen Bingying ähnlich, wirkten Sie gar nicht glücklich. Jetzt verstehen Sie, warum ich gesagt habe, dass Sie sich ähneln, weil sie beide aus einer vornehmen Familie kommen. Das sollte ein Kompliment sein!

Hu An war aus dem Sowjetgebiet gekommen. Nachdem Ge Ren dorthin gegangen war, hatte Bingying Sehnsucht. Also hatte Hu An sie und die Enkelin mitgenommen. Er war von diesem Ort sofort begeistert gewesen und wollte wieder dorthin zurückkehren.

»Alter Hu«, sagte ich zu ihm, »was gibt es denn dort Besonderes, dass es sich lohnt, immer wieder hinzufahren?«

»Krieg«, war seine Antwort. »Krieg tagein, tagaus. Das ist nicht so ein Teich mit totem Wasser wie Shanghai oder Hangzhou, uninteressant und langweilig.«

Er erzählte, dass er wegen des Verkaufs von Immobilien in Shanghai und Hangzhou sei und anschließend wieder ins Dahuang-Gebirge fahren wolle. Er fragte mich, ob ich mitkäme. Wenn nicht, müsse er eben alleine mit dem Hund fahren. Das bewegte mich, und ich fragte ihn, wie lange die Fahrt dorthin dauere. Er sagte, etwa einen Monat und dass er die Reisekosten übernehmen würde.

Genau, er wollte mich als seine Reisebegleitung. Ich sollte mich von meiner Frau verabschieden, ihr aber nicht sagen, dass ich ins Dahuang-Gebirge fahren würde. Lieber sollte ich sagen, dass ich zu einem Prozess nach Nanjing müsse, schlug er vor.

Es wäre besser gewesen, er hätte meine Frau nicht erwähnt. Da es nun aber geschehen war, stand mein Entschluss schnell fest: »Jajaja, ich fahre mit!«

Da ich wusste, dass Ge Ren an einer Lungenkrankheit litt, nahm ich noch etwas Arznei für ihn mit. Am besten, ich sage erst mal nur, dass ich einen Freund besuche, dachte ich.

Damals gab es eine geheime Strecke nach Baipi. Man fuhr erst von Shanghai aus mit dem Schiff durch die Huangpu-Yangzi-Mündung Richtung Süden bis Hongkong. Bis dahin war ich noch nie seekrank gewesen, aber dieses Mal kotzte ich alles voll. In Hongkong führte uns ein Mittelsmann der Kommunistischen Partei unterirdisch zu einem anderen Schiff Richtung Shantou. Anschließend stiegen wir in einen Zug nach Hu'an um und nahmen noch einmal ein Boot auf dem Weiße-Wolken-Fluss nach Baipi. Die Mühsal dieser Reise lässt sich kaum in Worte fassen. Meistens waren wir nachts unterwegs und versteckten uns tagsüber in den Bergen zum Schlafen. In einem Ort namens Dapu sah der Mittelsmann Hu An mit seinem Hund im Arm und hielt uns für schlechte Elemente. Beinahe hätte er uns aus dem Weg geräumt. Zum Glück eröffnete er nicht das Feuer. Um Munition zu sparen, schlug er mir nur mit dem Revolver auf den Hinterkopf.

Hu An? Der hat es glücklicherweise gut überstanden. Wäre er ohnmächtig geworden, hätte der Kerl Hackfleisch aus uns gemacht. Diese Tage waren eine einzige Quälerei, dafür gibt es überhaupt keinen Ausdruck. Hu An war trotzdem unerträglich vergnügt. Diese Reise mache ihm großen Spaß, sagte er. Am liebsten wäre er jeden Tag auf der Strecke unterwegs. Ich bereute, mitgekommen zu sein, aber ein abgeschossener Pfeil kann nicht zurückgeholt werden. Ich musste die Zähne zusammenbeißen und mit ihm weiterziehen.

Ja, wir reisten fast einen Monat lang, bis wir Baipi erreichten. Mein Gesicht war geschwollen, meine Sohlen abgelaufen, meine Füße voller Blasen wie bei einem Barfußheiligen.

Verkehrsstrecke

Wan Guanxi, Vater des Gründers der *Huawei Consumer Alliance*, war damals nur ein Mittelsmann im Untergrund mit dem Decknamen »Küchenchef« gewesen. Er arbeitete am Verkehrsknotenpunkt in Dapu, von dem Fan Jihuai gesprochen hat. Es war der wichtigste Punkt auf der gesamten Strecke, denn kommunistische Persönlichkeiten – wie Zhou Enlai, Ye Jianying, Liu Shaoqi, Xiang Ying, Ren Bishi, Bo Gu, Zhang Wentian, Li De und, und, und – hatten allesamt diese Stelle auf dem Weg ins Sowjetgebiet passiert. Nach 1949 kehrte Genosse Wan Guanxi in seine Heimat in die Provinz Fujian zurück und wurde dort Gemeinderat. Während der Kulturrevolution wurde er als einer der Hauptverantwortlichen im Provinzkomitee nach Jiangxi versetzt. 1970, als sein Sohn gerade einmal sechzehn Jahre alt war, lebte und arbeitete er in der Volkskommune von Huangtang, zehn, zwanzig Kilometer von Dapu entfernt. Später bekannte sein Sohn Wan Quanshu, dass das Vorbild seiner Organisation die Struktur der kommunistischen Mittelsmänner im Untergrund von damals war: In der Firma waren dreißig Leute tätig, ebenso wie damals auch genau dreißig Mittelsmänner im Untergrund in Dapu gearbeitet hatten. Natürlich gab es auch Unterschiede zwischen Vater und Sohn: Während die Leute des Vaters das Rote Regime aufbauten und damit Erfolg hatten, ging es den Leuten des Sohnes darum, auf unredliche Weise das schnelle Geld zu machen und sich anschließend ins Ausland abzusetzen. Aber bevor die Exilanten alles unter Dach und Fach hatten, wurden sie festgenommen.

Ob der Vater mit dem Sohn jemals über Ge Ren oder Fan Jihuai gesprochen hatte, weiß ich nicht. Aber eines ist sicher, Ge Ren, Hu An, Bingying, Schmetterlingsblümchen und Fan Jihuai hatten die wichtigste Station der Untergrundmittler passiert, um ins Sowjetgebiet zu gelangen. Auch ich nahm für die Arbeit an diesem Buch die damalige Strecke von Dapu nach Baipi. Ganz konkret ging es dabei durch folgende Orte: Dapu – Qingxi – Yongding – Raoping – Tingzhou – Gucheng – Ruijin – Yanglin – Xiaotang – Shangzhuang – Baipi. Auch nach einem halben Jahrhundert ist diese Strecke ein schlammiger Weg mit Schlaglöchern. Das überraschte mich allerdings nicht. Vielmehr überraschte mich, dass mich an jeder Station jemand aufforderte, in die *Huawei Consumer Alliance* zu investieren und Robbenöl aus Alaska zu erwerben, obwohl die Firma längst von den Behörden geschlossen worden war.

Die erste Nacht

Ins Dahuang-Gebirge zu kommen war kein Leichtes. Und dann konnte ich Ge Ren nicht einmal sofort sehen, weil er gerade zu einer Besprechung nach Ruijin gefahren war. Hu An brachte mich zu jemand anderem, und dieser Jemand war Tian Han. Er war damals für die Registrierung des von auswärts eintreffenden Personals zuständig. Er hatte gehört, dass ich mit Ge Ren befreundet war, und empfing mich sehr herzlich. Aber ausgefragt hat er mich trotzdem: (*er fragte*) woher ich käme, wohin ich ginge, warum ich hier sei. Ich antwortete freimütig. Anschließend fragte ich ihn nach Bingying. Ob ich sie auch gut kenne, wollte er daraufhin wissen.

»Ja, wir sind alte Freunde«, habe ich gesagt.

»Alles klar. Bingying unterrichtet in der Gorki-Hochschule Theater und ist zu Vorstellungen mit der *Herz-an-Herz-Gruppe* aufs Land gefahren.«

Fräulein, ich möchte nur kurz etwas über die *Herz-an-Herz-Gruppe* sagen. Im vergangenen Jahr traf ich Fräulein Xiaohong und ihre Enkelin Xiaonühong. Kennen Sie Xiaohong?

Was? Sie sieht aus wie Teresa Teng? Na ja, stimmt, wo Sie es sagen. Da gibt es tatsächlich eine gewisse Ähnlichkeit. Die Theatergruppe von Xiaohong heißt nämlich auch *Herz-an-Herz*. Sie sagte, das sei ihre Idee gewesen. Aber wie kann das denn sein? Sie lügt, ohne mit der Wimper zu zucken. Ich habe sie nicht gleich auffliegen lassen. Ich meinte es doch schon immer nur gut mit den Menschen. Die Enkelin mag ich viel lieber.

Ja, stimmt, sie kam vom rechten Weg ab und war die Geliebte eines Schmugglers. Nachdem der Kerl dann festgenommen worden war, kam sie zu mir, um sich für ihn zu verwenden. Sie bat mich, meine Beziehungen spielen zu lassen. Ich erteilte ihr eine gehörige Lektion. Schläge sind Küsse, und Schimpfen ist Liebe. Sie machte danach jedenfalls mutig mit diesem Halunken Schluss. Fräulein, wann immer Sie ihren Gesang hören möchten, ich brauche nur den Hörer zu nehmen und sie herkommen lassen. Sollte sie es wagen fernzubleiben, gebe ich ihr eins auf ihren kleinen Popo.

Okay, Themenwechsel. Kommen wir zu Bingying. Ich fragte Tian Han, ob es hier auch eine Bühne gebe.

»Natürlich«, antwortete er. »In hoch gelegenen Gegenden gibt es immer eine Bühne.«

Er erzählte uns, dass Bingying dort das Stück *Himmel und Hölle in Bewegung zu setzen führt zum Sieg* aufführe und eine erblindete Frau spiele.

»Das ist nicht gut«, sagte ich. »Bingying hat so große strahlende Augen. Ist das nicht Verschwendung, sie eine Blinde spielen zu lassen?«

»Was ist denn mit Blinden?«, erwiderte Tian Han. »Sie gehören doch auch zu den Volksmassen.«

Hu An scherte sich kein bisschen um die Blinde. Kaum hatte er gehört, dass seine Tochter mitspielte, wurde er ganz nervös, ließ mich stehen und wollte sofort zur Vorstellung. Aber Tian Han verriet ihm den Aufführungsort nicht. Tian Han zeigte auf den Hund, den Hu An im Arm hatte und sagte: »Was machst du mit diesem Köter? Da sind doch ein paar Gramm Fleisch dran.«

Der sei für seine Enkelin zum Spielen, antwortete Hu An und fragte Tian Han, wo seine Enkelin sei.

»Die schreit den ganzen Tag nach Fleisch«, war die Antwort. »Deshalb nimmt Ge Ren sie immer zu seinen Sitzungen mit.«

Nein, ich wohnte nicht mit Hu An zusammen. Er übernachtete an dem Abend bei Ge Ren, ich wurde von Tian Han woandershin gebracht. Der Ort hieß Shangzhuang und lag an den Gleisen. Er brachte mich in einen kleinen Hof im Dorf und sagte zu mir: »Herr, dieses Unrecht ist nur für heute Nacht, morgen, wenn Ge Ren zurück ist, bringe ich dich zu ihm.«

In dem Hof stand eine kleine Kirche, die soll von Ausländern erbaut worden sein. Allerdings waren die Bilder im Innern bereits von großen Ziegelsteinen zertrümmert worden. Tian Han hatte mir zwei Leute zur Seite gestellt, die mir angeblich zu Diensten sein sollten. Dann war er gegangen. Einer von den beiden hieß Aqing, ihm war ich schon mal in Shanghai mit Ge Ren zusammen begegnet. Mein Eindruck war, dass er Ge Ren nicht von der Seite wich. Ich glaube, Tian Han hatte ihm befohlen herauszufinden, ob ich tatsächlich Ge Rens Freund war. Fuck, daran sah man doch, dass Tian Han meinem Gefährten Hu An nicht über den Weg traute. Aqing brachte mir eine Waschschüssel und sagte, dass ich mir damit die Füße waschen könne. In der Schüssel klebten noch Teigreste. Deshalb fragte ich ihn, ob er sich vielleicht vertan habe.

»Nein«, erwiderte er. »Das ist eine Multifunktionsschüssel zum Gesichtwaschen, Füßewaschen, Teiganrühren, zum Schnapseinfüllen, Kochen und so weiter.«

Als ich hörte, dass sie noch zum Kochen benutzt wurde, zog ich meine Füße schleunigst wieder raus. Aqing kicherte. In der Nacht schien der Vollmond besonders hell und spiegelte sich wie in einem Traum im Wasser. Ich schlief bald ein, wachte aber nach kurzer Zeit wieder auf. Der Harndrang.

Nein, nicht jetzt. Damals wachte ich vom Handrang auf. Da hörte ich aus der Ferne Gesang, der sich langsam näherte. Es waren die Soldaten, die von der Front heimkehrten. Sie sangen das *Disziplinierungslied der Roten Armee* und *Zerschlagt des Feindes Schildkrötenpanzer*. Schöne Lieder, so munter und frisch, dass sie die Leute begeisterten. Zumindest hatte ich sie vorher noch nie gehört. Damals drückte mir aber fürchterlich die Blase, da hatte ich keine Lust, so etwas anzuhören. Ich wollte die Tür öffnen, aber sie ging nicht auf. Ich probierte es noch einmal, wieder ging es nicht.

Sie haben recht, Fräulein, Aqing hatte sie abgeschlossen. Er stand draußen, und ich rief, er solle die Tür öffnen.

»Pissen Sie einfach in die Schüssel«, antwortete er.

Ich stampfte wild mit den Füßen auf und sagte, dass ich so

nicht pissen könne. Dann hörte ich, wie er wegging. Raten Sie mal, was er gemacht hat.

Keine Ahnung? Er holte sich eine Anweisung. Als er zurückkam, war meine Blase fast geplatzt. Zum Glück war ich noch jung und meine Prostata noch voll intakt, sonst hätte ich sicher in die Hose gemacht.

»Okay, kommen Sie mit«, sagte Aqing dann zu mir.

Er führte mich zu einer Mauer, zeigte auf einen Baum und sagte: »Hier können Sie nach Herzenslust hinpissen.«

In diesem Moment hörte ich, dass hinter der Mauer jemand gefoltert wurde. Er stöhnte und heulte wie ein Schlosshund. Aqing sagte, es seien die Räuber, die nach ihrer Gefangennahme in die Rote Armee eingetreten seien. Aber nach nur zwei Kriegstagen hätten sie sich wieder aus dem Staub machen wollen. Fräulein, Sie wissen vielleicht nicht, dass auch aus Wehgeschrei noch der lokale Akzent herausklingt. Schnell erkannte ich darunter jemanden mit einem Dialekt, der dem meiner Heimat ähnelte. Das war fürchterlich, ich zitterte am ganzen Leib, als wäre ich selbst der Geprügelte. Tage später gestand Aqing, dass er mich zur Warnung dorthin an die Mauer gebracht habe. In Wirklichkeit hörte ich nicht viel, denn der Gesang der siegreich zurückkehrenden Roten Armee erschallte schließlich von neuem und übertönte das Gejammer. Die Generäle entzündeten nicht weit von meiner Unterkunft entfernt ein Feuer und sprangen singend darum herum. Nach dem Motto: Hier rollen Köpfe, dort wird triumphiert. Das Feuer ließ ihre Gesichter rot leuchten wie ein Brenneisen oder die untergehende Sonne. Ich lauschte dem Triumphgesang und ging zur Kirche zurück. Mein Schatten schritt voran und tanzte in den zuckenden Flammen. Er wurde immer länger, beinahe schien es, als ließen ihn die Flammen nicht mehr gehen. Plötzlich tauchte eine schwarze Silhouette auf. Die Person hielt eine Waschschüssel in Händen und lief auf die Feuerstelle zu. Am Duft erkannte ich, dass in der Schüssel Schnaps war, Schnaps für die revolutionäre Siegesfeier.

Die Theatergruppe

Der hochverehrte Fan irrte sich, denn Bingyings Theatergruppe hieß nicht *Herz-an-Herz-Gruppe,* sondern »Chinesische Sowjet-Theatergruppe«. Er hatte Fräulein Xiaohong also Unrecht getan. Aber selbstverständlich hatte die »Chinesische Sowjet-Theatergruppe« mit Xiaohongs späterer *Herz-an-Herz-Grupp*e viele Gemeinsamkeiten. Beispielsweise gaben beide Wandervorstellungen, beide machten politische Propaganda, beide waren den engen Beziehung zwischen Funktionären und Volksmassen dienlich. Das Stück, bei dem Bingying damals mitwirkte, hieß auch nicht *Himmel und Hölle in Bewegung zu setzen führt zum Sieg,* sondern *Wir werden siegen, egal wie.* Diesem Stück widmete Anthony Thwaites eigens eine Passage in *Schönheiten*:

> Sich an das Leben im Sowjetgebiet zu erinnern war für Bingying, als durchdringe sie Schicht um Schicht die dichten Nebel der Zeit, bis sie schließlich auf einer staubigen Dreschtenne landete – ihrer allerersten Bühne, auf der sie in dem Stück *Wir werden siegen, egal wie* mitwirkte. Der Ausdruck »egal wie« entsprach dem Kerngedanken der revolutionären Theorie und verdeutlichte, dass für die Erreichung des Ziels jedes Mittel recht war.
>
> Einer der damaligen Darsteller der Regierungstruppen übt heute in seinem richtigen Leben den Beruf des Scharfrichters aus. Korrekt ausgedrückt, gehört er der Foltertruppe der Roten Armee an. Mit seiner überzeugenden Darstellung hatte er schon damals den Zorn der Zuschauer auf sich gezogen. Es war des Öfteren vorgekommen, dass das Publikum »Tod dem Weißen Banditen« rief und er sich klammheimlich davonmachen musste. Kaum hatte er den Theaterplatz verlassen, erhielt er umgehend schützendes Geleit. Auch nur die kleinste Verzögerung hätte dazu führen könne, dass er von den zornigen Zuschauern als echter Weißer Bandit getötet worden wäre.
>
> Bingying erinnerte sich weiter, dass der kleine Hauptdarsteller – anders als der Darsteller, der Hals über Kopf die Flucht er-

griff – nach jeder Vorstellung vom Publikum herzlich umringt wurde. Die Leute brachten besondere Nahrungsmittel mit, Süßkartoffeln oder eine Wassernuss, und schenkten sie dem kleinen Schauspieler, so dass seine Eltern im Nu zu reichen Leuten wurden. Doch bald schon ereignete sich eine Tragödie. Seine Eltern wurden ermordet, im eigenen Hause erschossen. Aber die Geschichte ist stets großartiger als jedes Theaterstück. Wer hätte gedacht, dass sich das Waisenkind Jahre später einigen Schönheitsoperationen unterzog und zum berühmtesten Darsteller politischer Führungspersönlichkeiten, spezialisiert auf die Verkörperung Mao Zedongs, wurde?

Auf dessen Auftritt mit Hu An wird der hochverehrte Fan im Folgenden zu sprechen kommen.

Ge Ren riet mir zu gehen

Am nächsten Tag traf ich Ge Ren. Auf einem grauen Pferd, dem er den Namen »Asche« gegeben hatte, kam er nach Shangzhuang. Ich war verwundert: Dieser blasse Studiosus konnte reiten? Aber wenn es nicht er war, wer sonst? Wie ein Lungenkranker wirkte er jedenfalls nicht. Es war einer der Vorteile der Revolution, dass durch sie die Menschen ihre Krankheiten, sich selbst und alles um sich herum vergaßen. Dennoch, man sah, dass es ihm viel besser ging. Meine Arznei hatte ich wohl vergeblich mitgebracht.

Völlig unerwartet riet mir Ge Ren, kaum dass wir uns gegenüberstanden, wieder zu verschwinden, und zwar schnell.

»Komisch, komisch«, sagte ich. »Erst soll ich kommen. Jetzt bin ich da und soll gleich wieder gehen.«

Das überstieg mein Fassungsvermögen. Ich glaubte, dass er mich auf die Probe stellen wollte.

»Alter Fan, mein Bruder«, sagte er jedoch rasch, »dieser Ort ist nichts für dich. Geh schleunigst!«

»Ich muss unbedingt erst einmal verschnaufen«, erwiderte ich und zeigte ihm meine Blasen an den Füßen.

»Gut, nimm dir zwei Tage, um dich auszuruhen, dann gehst du«, sagte er daraufhin.

An diesem Abend veranstaltete er bei sich zu Hause ein Willkommensmahl für mich und drängte mich noch mehrfach, das Sowjetgebiet zu verlassen.

»Warum?«, fragte ich ihn.

Er antwortete, dass die Kriegshandlungen immer heftiger würden und er für meine Sicherheit hier nicht garantieren könne. Auch Bingying war da, sie sei soeben aus einem Ort namens Xiaotang zurückgekehrt. Während wir uns unterhielten, spielte sie mit ihrer Tochter und warf hin und wieder ein, ich solle die Gegend so schnell wie möglich verlassen. Sie war ein wenig heiser vom Theaterspielen. Außerdem war noch ein junger, sehr vornehmer Mann dabei, der wie ein Gelehrter aussah. Er äußerte sich nicht dazu, sondern saß nur wie ein qualmender Schornstein dabei. Mir fiel auf, dass Ge Ren eine Zigarette von ihm haben wollte. Also waren sie offensichtlich ganz gut befreundet. Ge Ren stellte ihn als Yang Fengliang, einen Mitarbeiter von General Cai Tingkai, vor, der gerade erst in die Rote Armee eingetreten sei. Ich kam später gut mit ihm zurecht. Er sagte, dass sein Aufenthalt sowohl einen offiziellen als auch einen privaten Anlass habe. Die Revolution sei der offizielle Grund, warum er hier sei, der private die Liebe. Er war mit einer hiesigen jungen Frau zusammen, keiner einfältigen, sie verstand etwas von der Teezeremonie, konnte Oper singen und Zither spielen. Sie war sehr attraktiv und trug rückenfreie Unterwäsche, unter der sich ihr Busen wie zwei Orangen wölbte. Ich belauschte sie manchmal, wenn sie sang, am schönsten war das Lied *Blumenklänge*.

Sie kennen das Lied nicht? Es ist doch das Lied *Jasminblüten*. »Wie ist doch der Jasmin so schön, wie ist doch der Jasmin so schön, blühend, duftend …« Okay? Klingt meine Stimme noch einigermaßen?

Diese junge Frau sang so zauberhaft, dass einem das Herz raste und die Knochen taub wurden. Als ich später nach Chongqing kam, ist mir aufgefallen, dass die Nutten dort alle *Blumenklänge* singen konnten. Yang Fengliang hatte damit angegeben, das Lied nach Chongqing gebracht zu haben. Mit einem Funken wollte er einen Flächenbrand entfacht haben. Sogar die Wantan-Verkäufer auf der Straße konnten es. Im Geheimdienst konnte es Dai Li selbst am besten singen. Er hatte eine volle Stimme über mehrere Oktaven. Bei einer Weihnachtsfeier gab er uns einmal eine Kostprobe, um das Zusammengehörigkeitsgefühl zu stärken. Mit Frauenstimme sang er und spreizte dabei grazil drei Finger ab: »Rosenkelche groß wie Schälchen, eine Blume wollt ich pflücken, hatte aber große Sorge, ihre Dornen stächen mich.«

Lachen Sie nicht. Er machte das Orchideenzeichen hübscher als ich. Vielleicht hatte Hu Die es ihm beigebracht. Ich sagte ja schon, dass Hu Die eine vornehme Dame war, die einen verzauberte. Sie war die Geliebte von unserem Chef Dai und ähnelte der Geliebten meiner Träume, Ruan Lingyu.

Wo waren wir stehen geblieben?

Genau, bei Yang Fengliang. Nachdem Ge Ren ihn mir vorgestellt hatte, sagte er, dass er für uns beide zusammen die Abreise organisieren könne und dass unterwegs für uns gesorgt sei. Ich fragte ihn, ob er mich denn unbedingt loswerden wolle, vielleicht weil ich ihn in irgendetwas hineinziehen könne. Aber er antwortete nicht. Nach ein paar Tagen erfuhr ich dann, dass es ihm nur um meine Sicherheit gegangen war. Während die Rote Armee mit der Bekämpfung von Konterrevolutionären beschäftigt war, wurde damals von Seiten der Regierung die Umzingelung verstärkt und der Druck auf das Sowjetgebiet erhöht. Als Außenstehender musste ich mich nun wirklich keiner der beiden Seiten anbiedern. Damit will ich sagen, dass er tatsächlich um unserer Freundschaft willen so mit mir sprach. Allerdings wäre es für mich schwierig geworden abzuhauen, sobald die äußere Umzingelung dicht wie eine Mauer geworden sein würde. Es war damals schwer zu sagen, ob ich draufgegangen wäre, wenn ich nicht aus dem Dahuang-Gebirge geflohen wäre. So war die Lage, mir blieb nichts anderes übrig, als mich Schritt für Schritt voranzutasten. So kam es, dass ich vorläufig blieb.

Wie ist doch der Jasmin so schön

Während ich dieses Manuskript ordnete, hatte ich häufig die vertraute Melodie der *Blumenklänge* im Ohr. Oftmals drängte sich mir der Gedanke auf, dass dieses Buch ein anderes hätte werden müssen, wäre Yang Fengliang nicht der jungen Frau begegnet und hätte die junge Frau ein anderes Lied gesungen.

Bevor ich das Lied genauer betrachte, möchte ich auf Ge Rens Beziehung zu Yang Fengliang eingehen. Bingyings Erinnerungen nach hatte Ge Ren Yang Fengliang zu Beginn des Jahres 1932 kennengelernt. Es ist bekannt, dass sich am 28. Januar desselben Jahres der *Shanghai-Zwischenfall* ereignete, bei dem die Truppen des Generals Cai Tingkai im Arbeiterviertel Zhabei mit der japanischen Armee zusammenstießen. Innerhalb eines Monats fanden einerseits Kampfhandlungen, andererseits aber auch Gespräche zwischen beiden Seiten statt. Yang Fengliang gehörte damals der chinesischen Verhandlungsdelegation an. Wegen einiger Schwierigkeiten bei der Übersetzung aus dem Japanischen schickte er jemanden zu Ge Ren in die Moulmein-Straße. Sie begegneten sich zum damaligen Zeitpunkt allerdings nicht persönlich, und als der Krieg zu Ende war, kehrte Yang Fengliang im Gefolge von Cai Tingkai in die Provinz Fujian zurück.

1933 kämpfte Cai Tingkai dort sowohl gegen Chiang Kaishek als auch gegen die Japaner und propagierte die Gründung einer »Chinesischen Volksregierung« mit Fuzhou als Hauptstadt. Die Flagge der Nationalisten mit blauem Himmel und heller Sonne sollte durch eine neue Flagge, oben rot, unten blau mit einem eingelegten fünfzackigen Stern, abgelöst werden; die Zeitrechnung sollte mit dem »ersten Jahr der Chinesischen Volksregierung« neu beginnen. Zum wiederholten Male standen sich nun im chinesischen Machtgebiet drei Gruppierungen gegenüber: die Chinesische Republik, die Chinesische Volksregierung und die Chinesische Sowjetrepublik (*entsprach dem Sowjetgebiet*). Ebenso wie Sun Liu im Altertum eine Union gebildet hatte, um den Kriegsherrn Cao Cao zu bekämpfen, taten sich nun zwei Parteien zu einer strategischen Allianz zusammen, um den Regierungstruppen

Widerstand zu leisten. Nach dem Zusammenschluss der beiden Seiten mussten sie laut Paragraph sechs des *Provisorischen Abkommens zwischen der Chinesischen Sowjetrepublik und der Roten Armee sowie zwischen der Volksregierung in Fujian und der Volksrevolutionsarmee über den antijapanischen- und Anti-Chiang-Kaishek-Widerstand* Botschafter austauschen: Ruijin, Stützpunkt der Chinesischen Sowjetrepublik, entsandte Fan Hannian als Botschafter nach Fuzhou, Yin Shizhong wurde im Gegenzug von Fuzhou nach Ruijin entsandt. Yang Fengliang war damals Yin Shizhongs Mitarbeiter. Diese Funktion entspricht in etwa der eines heutigen Botschaftsattachés.

In Ruijin lernte er jene junge Frau kennen, die sich auf die Teezeremonie und den Operngesang verstand.

In meinem Interview mit Herrn Sun Guozhang hob dieser den folgenden Aspekt hervor:

> Wir in Fujian nippen gerne einmal an einem Tässchen. Auch Yang Fengliang verkehrte früher in seiner Zeit als Diplomat gerne in Teehäusern. Er erzählte mir von dem Teesalon der Familie Tao, den die Leute aus Ruijin damals gerne besuchten und in dem es den beliebten Oolong-Tee gab. Kam Ge Ren zu einer Veranstaltung nach Ruijin, trafen sie sich stets im Teesalon. Herr Yang kannte das Ehepaar Tao gut. Als der Salon kurze Zeit darauf von der Regierung des Sowjetgebiets enteignet wurde, ging das Ehepaar Tao nach Baipi ins Dahuang-Gebirge zurück. Herr Yang folgte ihnen bei nächster Gelegenheit. Als der dort ankam, war Herr Tao fort, vielleicht war er auch tot, jedenfalls traf Herr Yang nur die Frau zu Hause an. Sie stammte aus dem Südosten, war nicht auf den Mund gefallen und sang wunderschön. Yang Fengliang war in sie vernarrt und glaubte, sein Glück gefunden zu haben. Daher nahm er Jahre später die Bestattungsfeierlichkeiten seiner Familie zum Anlass, um erneut nach Baipi zu reisen.

In dem Buch *Historischer Abriss des Volksliedguts* (Mangyuan Verlag, 1979) ist zu lesen, dass das Lied *Blumenklänge* zunächst in

Nord-Jiangsu und in der Provinz Anhui Popularität erlangte. Herrn Sun Guozhangs Aussage über den südwestlichen Akzent der Frau zugrunde legend, können wir annehmen, dass das Lied durch sie im Dahuang-Gebirge bekannt wurde. Daher kommt ihr wegen der späteren weiten Verbreitung des Liedes durchaus eine historische Bedeutung zu.

Hu Ans Tod

Was nutzt es schon zu bleiben, wenn der Held keine Heldentaten mehr vollbringen darf? Deshalb sagte ich zu Ge Ren: »Du musst mich auf einen Wachposten setzen. Sonst ist mein Talent verschwendet, und das wäre doch schade, oder?«

»In Ordnung«, antwortete er. »In Baipi wird noch ein Chinesischlehrer gebraucht. Übernimm die Stelle doch für zwei Tage.«

Das war mir wirklich noch nicht in den Sinn gekommen, eine Horde Bengel zu unterrichten. Aber als ich darüber nachdachte, dass diese Aufgabe im Grunde mit unserer Kriegsstrategie in Einklang stand, dem Land nämlich durch Wissenschaft und Erziehung zum Aufschwung zu verhelfen, wollte ich nicht nein sagen.

Also wechselte ich, der Jurist, dank Ge Rens Engagement meinen Beruf und nahm den Zeigestock in die Hand.

Jaja, das war in der heutigen *Grundschule der Hoffnung*. Früher war sie ein Lehmtempel gewesen. Aber Hu An hatte bei seinem ersten Besuch etwas Geld für einen Umbau gestiftet, um eine Schule daraus zu machen. Die Schüler waren bunt gemischt. Manche waren schon Großväter, manche trugen noch am Po geschlitzte Hosen. Wer nicht ordentlich lernte, den wies ich im Namen der Revolution zurecht. Um meinen Unterricht besonders gut zu machen, legte ich großen Wert auf ein gepflegtes Äußeres. Eine Schülerin hatte sich sogar in mich verliebt. Sie trug wie Sie eine silberne Haarspange. Ein Geschenk von mir. Als ich sie unterwegs in Dapu kaufte, hatte ich eigentlich vor, sie zu Hause meiner Frau zu schenken. Aber das war ja dann, wie Sie sehen, nicht mehr nötig.

Lachen Sie nicht, Fräulein. Die Revolution und die Liebe gehören zusammen. Seit jeher kann der Held einer Schönheit nur schwer widerstehen und die Schönheit dem Helden ebenso wenig. Das beruht auf Gegenseitigkeit. Wo die Revolution ist, kann es trotzdem Liebe geben. Als Ge Ren sah, wie ich meine Heimat immer mehr vergaß, weil es mir richtig gut ging, fragte er, ob ich mich in diesen Ort verliebt hätte.

»Ja, ja«, habe ich geantwortet. »Hier fühle ich mich wohler als in Shanghai.«

In Shanghai musste ich mich tagaus, tagein den Launen meiner Frau beugen, hier achteten die anderen auf meine Laune. Ich glaubte, das könnte immer so angenehm weitergehen, und vergaß völlig, dass der Krieg unmittelbar bevorstand.

Im Sommer desselben Jahres gab Chiang Kaishek dem General Tang Enbo den Befehl, das Sowjetgebiet anzugreifen. Der alte Chiang hatte tatsächlich Humor. Er war zwar ein Glatzkopf, nannte seine Taktik aber »Haarekämmen«.

Mao Zedongs Haare kämmen?

Fräulein, daran habe ich noch gar nicht gedacht.

Stimmt, Mao hatte damals wirklich schulterlanges Haar. Aber im Sowjetgebiet lag die Macht gar nicht in seinen Händen. Die Macht hatten damals die Linken, und die militärische Macht übte der Komintern-Berater Otto Braun aus, nachdem er Mao ausgebootet hatte.

Natürlich bin ich Mao begegnet. Er kam hin und wieder zusammen mit Qu Qiubai nach Baipi zu Gesprächen mit Ge Ren. Mao bedrückte es sehr, dass er entmachtet worden war.

Qu Qiubai und Ge Ren verstanden sich großartig. Sie wussten alles voneinander. Einmal fragte mich Ge Ren, ob ich eigentlich wisse, warum er sich mit Qu Qiubai so gut verstehe. Er verriet, dass ihrer beider Entwicklung ähnlich verlaufen war. Aber mehr sagte er nicht. Sie hatten sogar denselben Kosenamen, nämlich Zwillingsherzchen. Ich erinnere mich, dass Mao einmal dazukam, als Ge Ren und Qiubai gerade über die Latinisierung der chinesischen Schrift diskutierten. Sie legten Mao ihre Ansicht dar, dass die chinesischen Schriftzeichen zu schwierig seien und deshalb das Bildungsniveau der Bevölkerung so niedrig sei. In modernen Kulturkreisen solle nur noch in der Pinyin-Umschrift geschrieben werden, um die Masse mit einzubeziehen. Bei dem Thema fanden diese beiden Gelehrten nie ein Ende.

»Meine Herren«, sagte der alte Mao. »Hört auf mit der Latinisierung. Ferne Wasser löschen doch nicht den Durst. Aber lasst uns ruhig weiterplaudern.«

Er wollte über die Romane *Die Geschichte der drei Reiche* und *Die Räuber vom Liang-Shan-Moor* sprechen. Fräulein, das ist keine Angeberei, aber es gibt heute nur noch wenige, die wie ich mit dem engsten Kreis der ersten Führungsgeneration in Kontakt waren. Das ist etwas Besonderes. Mao war damals dünn wie eine Weidenrute. Mit seinen langen Haaren erinnerte er viel mehr noch an eine Trauerweide. Also, er sah überhaupt nicht aus wie das Porträt auf den Hundert-Yuan-Scheinen, außer dass er seine Warze am Kinn hatte.

Genau, schulterlanges Haar. Sie brauchen nicht zu meinen, dass es nur junge Leute mit langen Haaren gibt. Mao hat sich damals schon die Haare lang wachsen lassen. Die Bibel bringt es auf den Punkt, indem sie sagt: Es gibt nichts Neues unter der Sonne. Es hat alles früher schon einmal gegeben. Ich hatte mit meiner Enkelin Fan Ye darüber eine Diskussion. Sie behauptete, dass Rocksänger eine ganz neue Art von Menschen seien. Unsinn, sagte ich. Es soll neu sein, dass sich Männer die Haare wachsen lassen, Frauen wie Bürsten aussehen und sie all ihre Zeit in Kneipen vertrödeln? Wenn es neu ist, dass sich Frauen wie Männer zurechtmachen, was haben denn dann Mulan oder Zhu Yingtai gemacht? Nun ja, ist es vielleicht ein neues Phänomen, wenn ich in einer Bar die Zeit totschlage und mehr Schnaps pisse, als ihr trinken könnt? Fan Ye hat vor Wut geschrien, auf Tische und Stühle eingedroschen und hätte mich am liebsten umgebracht. Aber auch das wäre ja nichts Neues gewesen – nur ein weiteres Verbrechen. Sie sagte, dass sie nach der Maxime lebe: Ich greife niemanden an, doch wer mich angreift, hat unbedingt mit einem Gegenangriff zu rechnen. Das hörte ich mit großem Vergnügen. War das, was sie einfach so daherredete, denn nicht vielleicht ein Mao-Zitat? Seit wann war das zu ihrer Maxime geworden?

Lachen Sie nicht, Fräulein. Ich weiß, dass Sie gut mit Fan Ye befreundet sind und praktisch im selben Schützengraben mit ihr liegen. Es ist nicht tragisch, wenn Sie anderer Meinung sind. Wir können gerne darüber diskutieren. Ich habe noch nie eine Diskussion gescheut. Mit der Wahrheit ist es wie mit einem Docht: Je mehr man an ihm zieht, desto heller leuchtet er.

Gut, kommen wir noch mal auf den alten Chiang zurück, der Haare kämmt. Er kämmte die Haare von Südwest nach Nordost. Sie ließen sich zwar nicht ganz widerstandslos kämmen, aber er kämmte und kämmte, bis er durch war. Otto Braun hatte damals die Befehlsgewalt im Sowjetgebiet. Schauen Sie gerne Fußball?

Ich? Aber selbstverständlich. Im Ausland bin ich oft zu Spielen gegangen. In den beiden Jahren fing ich auch an, mich für die chinesischen Ligawettkämpfe zu interessieren. Dieser kleine Lederball ist nicht zu unterschätzen. Er ist wie eine Miniatur Chinas und auch eine der Wirklichkeit. Sehen Sie das auch gerne?

Großartig. Dann kann ich ja Klartext reden. Die Oktoberrevolution ging schlagartig los, und wir bekamen den Marxismus-Leninismus. Die Öffnungspolitik ging schlagartig los, und wir bekamen Bora Milutinović.

Genau, er war der Trainer unserer Fußballnationalmannschaft. Otto Braun war auch ein ausländischer Trainer, und ausländische Trainer verstehen einfach nichts vom chinesischen Nationalstolz. Im engsten Kreis hat auch Mao gesagt, dass Otto Braun zwar Absolvent der Militärakademie sei, aber bei weitem nicht an das Niveau unseres Räuberhauptmanns Song Jiang aus *Die Räuber vom Liang-Shan-Moor* reiche. Song Jiang schlug die Räuberbande aus Zhujiangzhuang und ging dabei sehr besonnen vor, einfach ausgezeichnet. Aber Otto Braun? Für ihn war es ein Auswärtsspiel, weil er die Chinesen und ihren Nationalstolz nicht begriffen hatte. Deshalb musste er an den Gegner Punkte abgeben. Die Linken waren unser Tod. Die Truppen der Nationalisten seien doch nichts als Ameisen, sagte er. Man brauche nur mit Kampfer eine Grenze zu ziehen, schon kämen sie nicht mehr drüber. Er war kein Freund der Defensive, sondern spielte viel lieber voll offensiv und schoss bei einem Rückstand auch schon mal überstürzt einen langen Pass nach vorne. Aber mit welchem Ergebnis? Der Angriff war nicht effizient, die Verteidigung schwach. Zu oft drückte die Front in unseren Strafraum. Dadurch erzielte unser Gegner nicht nur einen Treffer nach dem anderen. Beim Zurückschießen kassierten wir auch noch manch ein Eigentor und gaben uns der Lächerlichkeit preis. Hinter vorgehaltener Hand sagten die Genossen damals, dass man Otto Braun seinen Kampfer wegnehmen sollte und ihm stattdessen lieber etwas Pfefferminzöl verabreiche, damit er klar im Kopf werde.

Tian Han hatte davon berichtet, wie ein eben noch völlig intakter Bunker mit einem Schlag zerstört worden war. Die Armee der Nationalisten hatte damals Gebirgskanonen aus deutscher Fabrikation. Außerdem hatten sie schwere Granatwerfer mit hundertzwei Millimetern Durchmesser. Diese Dinger waren richtig scharf. Ein einziges hatte den Bunker wie eine Walnuss geknackt. *Weglaufen ist das Beste* lautet eins der sechsunddreißig Kriegsstrategeme. Die Rote Armee bereitete damals bereits ihren Rückzug vor, nur wir wurden darüber im Unklaren gelassen. Eines Tages, als ich mit Ge Ren spazieren ging, sahen wir eine Kompanie der Roten Armee am Weiße-Wolken-Fluss entlang nach Westen marschieren. Einer der Soldaten war ein aufrichtiger Mann, er trug den Militärkochtopf auf dem Rücken. Als er zu Ge Ren trat und salutierte, fragte Bingying, wohin sie gingen. Er antwortete nicht. Der sei nicht gerade höflich, bemerkte Bingying, nachdem er verschwunden war. Sehen Sie? Bingying achtete immer peinlich genau auf gute Manieren.

»Die da oben wollen nicht, dass sie reden«, erklärte Ge Ren ihr. »Sie können nur schweigen, das ist eiserne Disziplin.«

Am selben Tag fiel mir an der Hand meiner Geliebten eine

Blutblase auf. Ich fragte sie, was passiert sei. Sie erzählte, dass sie alle Strohsandalen nähen müssten. Jeder fünf Paar! Und sie, sie hatte aus revolutionärem Eifer und weil sie mich nicht blamieren wollte, noch zwei mehr genäht. Was sollten wir mit so vielen Strohsandalen kurz vor dem Zusammenstoß mit dem Feind? Aber Schützengräben wurden keine ausgehoben. Irgendetwas war hier doch faul. Als wir abends im Bett lagen, bemerkte ich, dass ihr Haar nach gebratenen Nudeln roch. Ich fragte sie, ob sie tagsüber Nudeln gemacht habe. Ja, sagte sie. Da wusste ich Bescheid. So schnell wie möglich wollte ich Ge Ren fragen. Er musste ja im Bilde sein, da er erst kürzlich an der Sitzung in Ruijin teilgenommen hatte. Er habe bereits Otto Braun danach gefragt, erwiderte er.

»Diese Kompanie ist gerade neu gebildet worden«, hatte Braun geantwortet. »Sie wird zu Trainingszwecken an die Front verlegt. Das ist der erste Flug des Adlers.«

Jahre später las ich diesen Satz in *Der achtzehnte Brumaire des Louis Napoleon* von Karl Marx: »C'est le premier vol de l'aigle.«

Flug? Das Problem ist, dass damit der Truppenrückzug gemeint ist. Aber warum nannte man das Flug? Die Frage ließ mir keine Ruhe, deshalb sprach ich Tian Han darauf an. Er hatte aber genauso wenig Ahnung. Ich bemerkte, dass wir schleunigst Vorbereitungen treffen mussten, um einen überstürzten Aufbruch zu vermeiden. Woher ich das wisse, fragten sie. Als ich ihnen von den Strohsandalen und den gebratenen Nudeln erzählte, sagten sie, ich solle nicht so einen Mist reden. Ge Ren fragte sogar noch, ob ich die Geschichte von Yang Xiu kenne. Fräulein, kennen Sie Yang Xiu?

Okay, er lebte in der Zeit der drei Reiche und war hochintelligent. Als Kanzler Cao Cao mit seinen Truppen ausrückte, um einen Feldzug gegen den Herrscher Li Bei zu starten, sprach dieser eines Tages das Codewort »Hühnerrippe« aus. Genosse Yang Xiu runzelte einmal kurz die Stirn, dann war ihm klar, dass Cao Cao den Rückzug antreten wollte, woraufhin er dies überall lauthals ausposaunte. Er wusste aber nicht, dass der Tag, an dem er Cao Caos Absicht erraten hatte, auch der Tag war, an dem er die Schwelle ins Jenseits überschritt. Als Ge Ren das erzählte, pochte mir das Blut in den Schläfen.

Ich erinnere mich, dass ich, drei Tage nachdem ich den Truppenrückzug vermutet hatte, Hu An traf. Seit der Ankunft im Sowjetgebiet war ich ihm nicht mehr begegnet. Er hatte in einem der Täler eine Geldfälscherei aufgebaut. Dort ließ er von ein paar Kerlen die Arbeit machen. Das Falschgeld sollte im Herrschaftsgebiet der Nationalisten in Umlauf gebracht werden, um deren Finanzsystem durcheinanderzubringen. Hu An hatte die zum Geldfälschen nötige Ausrüstung mit dem Geld aus seinem Geschäft gekauft. Er stellte auch Unmengen Dollarnoten her, auf die er den Kopf des ersten amerikanischen Präsidenten Washington druckte. Damit sie echt wirkten, prägte er außerdem den Schriftzug *In God We Trust* darauf. Als ich ihn wiedersah, dachte ich, er hätte gewiss eine Nachricht erhalten und wollte mit seinem Schwiegersohn einen klugen Plan aushecken. Vorsichtig fragte ich ihn, ob er von irgendwelchen Gerüchten Wind bekommen habe. Aber dieser Wirrkopf wusste natürlich von nichts. Er sei gekommen, um Bastille zu besuchen, sagte er. Aber dann konnte er es nicht mehr zurückhalten und ließ schließlich heraus, dass er wegen eines Auftritts gekommen sei.

»Auftritt? Was für ein Auftritt?«, fragte ich.

»Nun«, sagte er. »Du erfährst alles, wenn es so weit ist.«

Dass ich bereits im Aufbruch war, passte ihm gar nicht.

»Ich ersticke bald in dem Tal«, jammerte er. »Geld hat mir nie etwas bedeutet. Es macht mich verrückt, mich jeden Tag damit herumzuschlagen.«

Er wollte schon lange nichts mehr damit zu tun haben, sondern lieber als Theaterschauspieler groß rauskommen. Aber die Führung hatte ihn nicht gelassen. Jetzt hatte sie endlich Erbarmen. Er konnte mit seinem Auftritt in dem Stück *Himmel und Hölle in Bewegung zu setzen führt zum Sieg* (*Wir werden siegen, egal wie*) seiner Neigung nachgehen.

Und ehrlich gesagt, er war wirklich der geborene Schauspieler. Er erzählte mir, dass er jahrelang keine Möglichkeit gehabt habe, auf der Bühne zu stehen, und jetzt die Gelegenheit beim Schopfe packen wolle, um sein Können unter Beweis zu stellen. Ich fragte ihn, was er denn spielen wolle.

»Helden sind langweilig«, war seine Antwort. »Da muss man immer eine ernste Miene aufsetzen.«

Er wolle lieber den Bösewicht spielen.

Die Aufführung fand in Shangzhuang statt. Wie ich schon sagte, hatte auch Bingying eine Rolle in dem Stück. Aber an diesem Tag war sie ausgerechnet nicht da, und eine andere Schauspielerin übernahm ihren Part. Von Ge Ren hatte ich erfahren, dass Bingying schwanger war und nicht in den Regen kommen wollte.

Ja, es hatte an dem Abend wirklich etwas genieselt. Und wenn sie nicht da war, war Ge Ren auch nicht da. Außerdem war Qu Qiubai bei Ge Ren vorbeigekommen, um mit ihm über das Latinisierungskonzept zu sprechen. Eigentlich hatte er ebenfalls vorgehabt, zur Aufführung zu gehen, hatte es dann aber nicht geschafft.

Ich? Natürlich war ich da. Trotz Regen. Diese Ehre konnte ich Hu An doch nicht verwehren. Nachdem er sein Kostüm angezogen hatte, schlug er seinen Mützenschirm nach hinten, zog mit großem Getue seinen Ledergürtel heraus und verprügelte seine Mitspielerin auf der Bühne damit aufs üÜbelste, um ihr zu entlocken, wo sich die Rote Armee aufhielt. Anschließend streichelte er ihr immer wieder aufdringlich die linke und die rechte Wange. Das amüsierte mich. Auch mein Sitznachbar hielt sich vor Lachen die Hand vor den Mund. Als ich genau hinsah, erkannte ich Yang Fengliang neben mir. Mit vor Stolz geschwellter Brust erzählte er, dass er diese Schauspielerin kenne, weil sie oft bei seiner Geliebten zu Besuch sei, um von ihr singen und die Kunst des Teekochens zu lernen. Die Leute neben uns fühlten sich gestört und baten uns, die Klappe zu halten. Sie ballten die Fäuste und riefen in einem fort: »Tod dem Weißen Banditen!«

Richtig, das war ein untrügliches Zeichen dafür, dass Hu An

ein großartiger Schauspieler war. Dann fielen auch Yang Fengliang und ich in die Rufe ein: »Tod dem Weißen Banditen! Tod dem Weißen Banditen!« Damit Hu An wusste, dass wir ihm eine Aufwartung machten, schrien wir uns fast die Kehle aus dem Leib. Hu An war unbeschreiblich stolz. Er verneigte sich immer wieder und spuckte aus. Wie ein großer Krebs lief er quer die Bühne auf und ab. Nachdem er die Schauspielerin derart malträtiert hatte, wollte er gar nicht mehr von der Bühne herunter. Ich weiß noch, dass sie in der letzten Szene eine Rede schwang, bei der sie sich nur noch mühsam auf den Beinen halten konnte. Dann rief sie laut: »Zehntausend Jahre für die Sowjetunion! Zehntausend Jahre für Stalin! Zehntausend Jahre für die Rote Armee! Tod den Weißen Banditen! Tod Chiang Kaishek! Tod General Tang Enbo!«

Als sie das mit erhobenem Arm schrie, gab es vor der Bühne plötzlich einen Tumult, kurz darauf fiel ein Schuss. Das geschah alles so unvermittelt, dass ich noch dachte, der Weiße Bandit wäre getötet worden. Fasziniert betrachtete ich das Spektakel. Da wurde mir klar, dass es die Zuschauer waren, die schossen. Und durch den Schuss zu Boden gegangen war der revolutionäre Wegbereiter Hu An. Er hatte kaum die Bühne verlassen und sich noch nicht abgeschminkt. Er war so überdreht gewesen, dass er unbedingt ein Bad in der Menge nehmen wollte, um seinen Erfolg zu genießen, als ihn plötzlich der Schuss traf. Er lag in einer Pfütze, den Mund weit aufgerissen und mit Matsch in den Augen. Ein Ohr war eingerissen.

Auch nach so vielen Jahren sehe ich vor meinem inneren Auge noch oft Hu An über die Bühne hin- und herlaufen. Eines Tages im vergangenen Jahr konnte ich nachts nicht schlafen, sann so über die Vergangenheit nach und dichtete ganz spontan einige Verse. Meine Frau dachte, ich schriebe diesem Mädchen ein Liebesgedicht, und schlich misstrauisch um mich herum. Ich fand mein Gedicht nicht übel, und auch sonst hatte niemand etwas daran auszusetzen. Einige Zeitungen rissen sich um die Veröffentlichung. Schließlich machte die Zeitschrift *Lyrik* (*Chinesische Lyrik*) das Rennen und brachte es heraus. Allerdings erwähnte ich in dem Gedicht Hu Ans Namen nicht. Ich konnte nicht. Der Grund dafür ist ganz einfach: Er hatte außerhalb der Geschichte gelebt. Bis heute ist mir kein Buch in die Hände gefallen, in dem etwas über ihn steht. Wer kennt ihn schon? Warum seinen Namen erwähnen, wenn ihn ohnehin niemand kennt?

Geschichtslyrik

In der Zeitschrift *Chinesische Lyrik* vom dritten Quartal 2000 las ich Fan Jihuais Gedicht. Daraus geht hervor, dass er tatsächlich schon früher über eine erneute Reise nach Baipi nachgedacht hatte:

Nach einer beschwerlichen Reise über Berg und Tal auf der
 Suche nach einem Traum.
Meiner Lebenshälfte Licht erleuchtet den Theaterraum.
Volk und Soldaten feiern wieder und singen lautstark ihre
 Lieder.
Baipis Mond spiegelt sich im Weiße-Wolken-Fluss wider.
Kaum verhallt von rechts der Ruf, wird er links erwidert.
Kaum fällt der Vorhang vorne zu, hebt sich der hintere im Nu.
Für den Sieg macht das Mittel keinen Unterschied,
nennst du mich Roter Bandit, nenn ich dich Weißer Bandit.
Der ausländische Herr sagt, wir mögen gen Osten gehen,
um dem Feind Mann gegen Mann gegenüberzustehen.
Doch der Oberst führt uns gen Westen,
Auf einen langen Marsch.
Das Dahuang-Gebirge liegt da wie gestern,
Das Schleusentor ist grün.
Mich alten Mann die Tränen pressten,
Vergossen für den Sowjet kühn.

Tatsächlich taucht Hu Ans Name in dem Gedicht nicht auf, geschweige denn, dass seine Heldentaten zur Sprache kommen, wie zum Beispiel die Unterwanderung des Finanzsystems der Kuomintang-Regierung.

Seine Fälscherwerkstatt lag in einem Tal fünfzehn Kilometer außerhalb von Baipi. Interessanterweise nannte er sie ebenfalls Hougou, genauso wie das Hougou, wo Bai Shengtao in Yan'an eingesessen hatte. Heute ist von Hu Ans Hougou nur noch ein beinahe völlig zerfallenes Steinhaus übrig. Wie Gewächse aus Träumen entsprossen den rissigen Mauern wilde Blumen, deren Namen ich nicht kenne. Rundherum blühten die Bäume, ihre Äste waren mit Vogelkot bedeckt.

Als Erste berichteten die *Shanghaier Volksrechtszeitung* und die *Tianjiner Stadttor-Zeitung* von Hu Ans Tod. Ihre Berichterstattung stimmte inhaltlich im Wesentlichen überein. Der folgende Text ist ein Auszug aus einem Artikel der *Tianjiner Stadttor-Zeitung* vom 10. Oktober 1934. Es wird gemeldet, dass der »Rote Bandit und Fälscherexperte Hu Sowieso« von einem Sicherheitsregiment der Regierung erschossen worden sei – was der hochverehrte Fan in seinen Ausführungen ganz anders darstellt:

> Unser Reporter erfuhr kürzlich vom Sicherheitsregiment XY, dass der Geldfälschungsexperte, der Rote Bandit Hu Sowieso, erschossen wurde: ein großzügiges Geschenk zum diesjährigen Nationalfeiertag. Im September 1931 hatte die Parteizentrale der Kuomintang der Nationalregierung schriftlich geraten, eine Belohnung auf die Ergreifung der größten Kriminellen unter den Roten Banditen auszusetzen. Seitdem mussten die Kommunisten eine Reihe größerer Verluste hinnehmen. Im Grunde war Hu Sowieso nur ein kleiner Fisch, aber er fälschte Geld, um dem Volk und dem Land Schaden zuzufügen. Dadurch unterwanderte er die Stabilität und Einheit der gegenwärtigen Situation. Diese Tat ist besonders folgenschwer und darf deswegen nicht unterschätzt werden. Den Angaben zufolge erschoss eins unserer verdeckten Mitglieder des Sicherheitsregiments Hu Sowieso, als dieser sich an einer Aktion beteiligte, nämlich an einem hin-

terhältigen Angriff auf unsere Truppen sowie die Parteiführung. Sein Tod ist also nur gerecht.

Sollte sich dieser Bericht als wahrheitsgemäß erweisen, wäre die ganze Angelegenheit in der Tat überaus rätselhaft: Denn wenn der alte Hu vom Sicherheitsregiment erschossen worden wäre, hätte er entsprechend den Gepflogenheiten auf Anordnung der Führung des Sowjetgebiets postum zum Märtyrer erklärt werden müssen. Der Alte galt aber nicht im Geringsten als Märtyrer. Aufschluss darüber gibt uns ein Ausschnitt aus Pater Beals *Zeremonien des Ostens*. Er schreibt, dass meine Großtante in der *Tianjiner Stadttor-Zeitung* auf den Artikel gestoßen sei. Sofort argwöhnte sie, es könne sich bei diesem Hu Sowieso um Ge Rens Schwiegervater Hu An handeln und auch Ge Ren könne möglicherweise etwas zugestoßen sein. Pater Beal schrieb Folgendes:

> Da sich die *Tianjiner Stadttor-Zeitung* »All the News That's Fit to Print« (*Alle zur Veröffentlichung geeigneten Nachrichten*) auf die Fahnen schrieb, tauchten darin gelegentlich auch Zeitungsenten auf. Ich glaube, dass dieser Artikel ein gutes Beispiel dafür ist, wie man die Leute mit absurden Behauptungen in die Irre führt. Doch sie (*meine Großtante*) war untröstlich. Daher ließ ich der Sache durch Freunde vom Roten Kreuz nachgehen und konnte in Erfahrung bringen, dass es sich bei dem Toten tatsächlich um Hu An handelte. Kurze Zeit später erhielt ich vom Roten Kreuz aber eine weitere Nachricht, nämlich dass Hu An von der Roten Armee erschossen worden sei. Da die Rote Armee im Norden gescheitert war und Pläne für eine Standortverlegung schmiedete, hatte sie für Hu An keine Verwendung mehr gehabt. Also hatte die Regierung, allein um Zwietracht zu stiften, gemeldet, dass das Sicherheitsregiment getarnt ins Innere des Sowjetgebiets eingedrungen sei. Der Nutzen für die Regierung lag auf der Hand. Denn dadurch setzte die Rote Armee die Ausrottung der Konterrevolutionäre in den eigenen Reihen in Gang und schaufelte sich dadurch das eigene Grab.

Angesichts dieser Sätze tendiere ich nun doch dazu, den Worten des hochverehrten Fan Glauben zu schenken, dass nämlich Hu Ans Tod auf das Unvermögen der Zuschauer zurückzuführen sei, zwischen Kunst und Realität zu unterscheiden. Ich meine, dass sich der feurige Theaterschauspieler Hu An weder mit der *Tianjiner Stadttor-Zeitung* noch mit den *Zeremonien des Ostens* identifiziert hätte, wären ihm deren Berichte im Jenseits zugetragen worden. Für ihn konnte es vermutlich keine größere Ehre geben, als durch die Hand des Publikums den Tod zu finden.

Ergänzend füge ich hinzu, dass mir Hu Ans Name kürzlich in der *Finanzzeitung des Südens* (12. Oktober 2000) begegnet ist. Bekanntermaßen in einer Zeit, die vom materialistischen Konsumdenken geprägt ist. Zunächst glaubte ich, dass von einem Namensvetter Hu Ans die Rede sei. Der Titel des Artikels lautete: *Geldfälscher Lai Guozhi ausgeliefert und hingerichtet.* Darin war zu lesen, dass es aufgrund einer Zusammenarbeit zwischen der Polizei in Hongkong und den amerikanischen Behörden gelungen sei, einen Geldfälscherring auszuheben. Der Kopf der Bande Lai Guozhi sei von Amerika zur Strafverfolgung nach China ausgeliefert worden. Lai Guozhi bekannte offen, er sei unter dem Einfluss seines Großvaters auf die schiefe Bahn geraten. Dieser habe ihm zu Lebzeiten verraten, dass er seine »ausgefeilte Technik« von einem gewissen Hu An im Dahuang-Gebirge gelernt habe. Besonders interessant erscheint mir der folgende Abschnitt:

> In dem Interview mit unserem Reporter bemerkte der Polizeibeamte: »In Anbetracht der Tatsache, dass auch andere Geldfälscher Hu An erwähnt und ihn als ihren ›großen Meister‹ bezeichnet haben, vermute ich im Süden noch weitaus mehr Geldfälscherringe mit Verbindungen zu Hu An.« Bei der feierlichen Ehrung bekräftigte ein Genosse nach dem anderen, diese Erfahrungen gewissenhaft bündeln zu wollen und nicht überheblich zu sein, damit der »große Meister Hu An« schnellstmöglich festgenommen und ihm der Prozess gemacht werden könne. Die brennenden Erwartungen, die die Partei in sie gesetzt habe, würden sie nicht enttäuschen.

Und nun? Eben genau weil Hu An aus der Geschichtslyrik verbannt worden war, konnte sich diese Wissenslücke auftun, die dazu führte, dass die Polizei die von der Partei in sie gesetzten Erwartungen enttäuschen musste.

Tagtäglich ergraut ein Mensch

An dem Abend, als Hu An starb, weinte sich Bingying mehrfach in Ohnmacht. Ihre Augen waren dick geschwollen wie saftige Pfirsiche. Genosse Ge Ren kam zu mir, damit ich Bingying zusammen mit ihrer Tochter aus dem Sowjetgebiet brachte.

»Der linke Flügel gewinnt die Oberhand«, sagte er. »Wenn du jetzt nicht gehst, wird es zu spät sein.«

»Was ist denn los?«, habe ich ihn gefragt.

Er antwortete: »Viele Leute wissen inzwischen, dass wir beide während unseres Studiums in Japan mit Chen Duxiu Kontakt hatten. Das ist nicht gerade beruhigend.«

Fräulein, ich habe ja zuvor schon gesagt, dass Chen Duxiu in Japan oft zu Kawata kam und uns mit ihm eine innige Freundschaft verband. Woher hätte ich wissen sollen, dass uns das später in Schwierigkeiten bringen konnte? Für diesen Hinweis bin ich Ge Ren unendlich dankbar. Deshalb setzte ich Jahre später Himmel und Hölle in Bewegung, um ihn zu befreien, denn ich erinnerte mich daran, dass er mir damals mit seiner Güte das Leben gerettet hatte.

Okay, da liegen Sie richtig, Fräulein. Wäre ich damals nicht geflohen, wäre ich vielleicht den Linken zum Opfer gefallen. Deshalb wühlt es mich zutiefst auf, wenn ich nun vom Morden der Linken spreche. Wir müssen uns nicht nur gegen links, sondern auch gegen rechts, aber ganz besonders gegen links stellen.

Wir unterhielten uns im Phönixtal hinter der *Schleusentor-Schule*. Es herrschte Stille, nur gelegentlich war Hundegebell zu hören. Er antwortete mir nicht direkt, aber er drängte mich, schnell aufzubrechen: je schneller, desto besser. Er wollte, dass ich im Namen unserer alten Freundschaft Bingying und ihre

Tochter nach Tianjin brächte. Dort seien zwei Priester, einer heiße Beal, der andere Ellis, sagte er. Sie würden helfen und sich um Bingying und ihre Tochter kümmern.

»Wie soll das gehen?«, fragte ich ihn.

»Mein Schicksal habe ich nicht selbst in der Hand«, sagte er und fügte dann hinzu: »Ich bitte Aqing, euch sicher aus dem Sowjetgebiet hinauszugeleiten.«

Als wir wieder in sein Zimmer kamen, war Bingying bereits aufgewacht. Sie wollte nach West-Guanzhuang gehen, um ihre Tochter abzuholen. Da sie noch Theater spielte und die Gefahr weiterhin bestand, dass ihre Tochter sich bei Ge Ren mit Tuberkulose ansteckte, hatte sie sie in West-Guanzhuang bei einer Familie aus ihrer Heimat untergebracht. Ge Ren hatte Aqing geschickt, um sie abzuholen. Er komme bald wieder, und wir sollten schon unsere Sachen packen. Wir warteten ungeduldig. Fuck! Erst nach Mitternacht kam er zurück, das Gesicht blutverschmiert, und zog ein Bein nach. Er habe Schmetterlingsblümchen in West-Guanzhuang gesehen, konnte sie aber nicht mitbringen.

»Wieso?«, fragte Ge Ren.

»Der Familienvater dachte, ich wäre ein Gauner«, sagte Aqing. »Ein Kindesentführer.«

Ums Verrecken habe er ihm das Mädchen nicht aushändigen wollen und den Hund auf ihn gehetzt, der ihn dann gebissen habe. Auf Ge Rens Frage, woher die Kampfspuren in seinem Gesicht stammten, antwortete Aqing, dass er unterwegs Hungernden begegnet sei. Die hätten ihn zusammengeschlagen und auch sein Pferd verletzt. Erst als sie mitbekamen, dass er von der Roten Armee sei, hätten sie ihn ziehen lassen. Da fiel Bingying beinahe wieder in Ohnmacht. Ge Ren tröstete sie und versicherte ihr, dass Schmetterlingsblümchen auf jeden Fall nach Tianjin gebracht werde.

»Können wir nicht Qu Qiubai bitten, für uns zu verhandeln?«, fragte Bingying Ge Ren.

»Qiubai hat genug damit zu tun, auf sich selbst aufzupassen«, erwiderte Ge Ren.

Er wollte ihm keine Umstände machen. Während wir uns unterhielten, erschien Tian Han und brachte uns die Passierscheine. Offenbar verband ihn mit Ge Ren wohl tatsächlich eine besondere Freundschaft. Diese Passierscheine waren unser rettender Strohhalm, wir hätten sonst nie aus dem Sowjetgebiet fliehen können. Tian Han sprach offen mit uns und berichtete, dass sich die Rote Armee wirklich auf eine Stellungsverlegung vorbereite, zuvor aber noch gesäubert werde.

Verstehen Sie nicht, was mit »säubern« gemeint ist?

Damit war die Ausrottung der Konterrevolutionäre gemeint. Alle werden durch den Wolf gedreht und die Zweifelhaften aus den revolutionären Reihen ausgesiebt.

Schließlich machten wir uns auf den Weg. Wegen unseres überstürzten Aufbruchs konnte ich nicht einmal meine Geliebte mitnehmen. Wir wählten dieselbe Strecke, die ich mit Hu An gekommen war. Tja, die Dinge bleiben, wie sie sind, nur der Mensch verändert sich. Unentwegt ging mir Hu Ans Tod durch den Kopf. In meinen Ohren hallte der Schuss ein ums andere Mal wider, wie Knallfrösche. Das Schicksal ist schwer zu begreifen: Kurz zuvor hatte mich Hu An noch ins Sowjetgebiet mitgenommen, nun verhalf ich seiner Tochter zur Flucht aus der Gegend. Ich weiß nicht, was er im Jenseits davon halten würde. Wir liefen und liefen, versteckten uns tagsüber und krochen nachts hervor, bis wir endlich Dapu erreichten. Dapu war wie gesagt ein wichtiger Verkehrsknotenpunkt. Aber dort war jetzt weit und breit kein Mittelsmann mehr zu sehen. Was sollte ich machen? Mir blieb nichts anderes übrig, als Bingying einem Einheimischen zu übergeben.

Natürlich, er hat auch einen Batzen Geld dafür bekommen.

Falschgeld? Hahaha, nicht dumm. Ja, Sie liegen richtig, es war wirklich Falschgeld. Wie auch immer, ich war jedenfalls fürs Erste erleichtert.

»Wie geht es jetzt weiter?«, wollte Aqing wissen.

»Ich muss noch einmal zurück«, antwortete ich ihm. »Meine Freundin ist doch noch im Sowjetgebiet. Wenn ich alter Kerl mich so einfach aus dem Staub mache, kann ich ihr doch nicht mehr unter die Augen treten.«

Ich wollte, dass sie auf mich warteten, bis ich meine Geliebte herausgeholt hatte und wir gemeinsam über Hongkong nach Tianjin fahren konnten. Er wolle mit mir kommen, sagte Aqing. Ich fragte daraufhin Bingying nach ihrer Meinung und fügte hinzu, dass ich bei meiner Rückkehr auch Schmetterlingsblümchen mitbringen würde.

»In Ordnung«, erwiderte sie.

Sie war wirklich ein gutes Mädchen. Immer wieder bleute sie mir ein, vorsichtig und noch vorsichtiger zu sein. Außerdem wolle sie tagaus, tagein für mich beten. Nie hätte ich damit gerechnet, dass Aqing und ich kurz hinter Dapu dem Feind in die Hände fallen würden.

Zuerst wollte ich mich unter keinen Umständen ergeben. Einige Tage hielt ich durch, dann sagten sie: »Eure politische Macht ist so gut wie am Ende. Und seid ihr denn nicht immer für einen gewaltsamen Umsturz gewesen? Das ist jetzt einer. Euer gewaltsamer Umsturz ist nicht mehr zu verhindern, denn wir werden in Kürze das Sowjetgebiet angreifen.«

Ich vertrat natürlich einen anderen Standpunkt und begann auf Basis von Lenins *Staat und Revolution* mit ihm zu diskutieren.

»Nun«, sagte ich, »laut Lenin gilt Marx' und Engels' Doktrin, wonach ein gewaltsamer Umsturz unvermeidlich ist, aber nur für kapitalistische Länder. Die kapitalistischen Systeme sollen von proletarischen abgelöst werden. Das passiert nicht, indem sie von selbst untergehen. Es ist ein Gesetz, dass dies nur durch einen gewaltsamen Umsturz geschieht. Proletarische Länder gehen hingegen nur von selbst unter.«

Sie kannten zwar Marx, Engels aber nicht. Mehrmals erklärte ich ihnen alles haarklein, bis sie mir eine schallende Ohrfeige verpassten und sagten: »Hin oder her, Engels war Sohn eines Industriellen und ein Kapitalist.«

Das hatte gesessen, ich war fast rasend vor Wut. Ein paar Tage hielt ich noch durch, dann konnte ich nicht mehr und musste mich schließlich doch ergeben. Einer von ihnen sagte zu mir, man kapituliere sein Leben lang. Wenn man eine Frau nur sehe, mache man den Bückling. Fräulein, habe ich das bei Ihnen getan?

Nicht?

Ein anderer sagte, ich sei von Natur aus ein Verräter. Sehr witzig! Den Schuh sollte ich mir wohl auch noch anziehen. Wer bin ich denn eigentlich? Der konnte mir doch überhaupt nicht das Wasser reichen. Wenn man die so reden hörte, konnte man meinen, ich glaube an gar nichts. Absurd! Und ob ich an etwas glaube. Mein Glaube war die Hoffnung, dass unser Land reich und mächtig wird und wir in absehbarer Zeit die Modernisierung umsetzen. Aber wenn das Land reich, mächtig und modernisiert werden soll, muss es sich erst stabilisieren. Sie wissen ja, ich bin Jurist. Ich lege Wert auf Ordnung und darauf, dass das Land durch Gesetze regiert wird. Ohne Stabilität und Einheit war alles zum Scheitern verurteilt. Finden Sie es nicht kurios, dass diese Kerle anfangs so mit mir redeten? Und tatsächlich, sie überzeugten mich und brachten mich dazu aufzugeben. Das hatte zum einen mit der großpolitischen Lage, zum anderen aber auch mit meiner persönlichen Situation zu tun. Mich trifft keine Schuld. In der Tat geschieht es täglich, dass Menschen sich ergeben, genauso wie tagtäglich ein Mensch ergraut. Wie schon Lu Xun sagte: »Geh deinen Weg, und lass die anderen reden.«

Durch meine Kapitulation wurde ich zum Leutnant einer kleinen Truppenabteilung der Nationalarmee. Dafür musste man nicht nur reden können, sondern richtig anpacken. Um meine Befürwortung für Stabilität und Einheit zum Ausdruck zu bringen, verriet ich die Geldfabrik. Die Rote Armee wollte ihren Stützpunkt verlegen, so dass die Geldfabrik nicht mehr von Nutzen war. Und Hu An war sowieso tot. Also war es nicht schlimm, wenn jetzt alles ans Licht kam. Nicht nur ich ergab mich, Aqing auch. Auch er verriet in seinem Geständnis die Geldfabrik. Als ich Bai Shengtao 1943 im Dahuang-Gebirge traf, erfuhr ich, dass Aqing immer noch Tian Han unterstellt war. Erst vor ein paar Tagen gab mir meine Sekretärin etwas von einem gewissen Zhu (*Anmerkung: Zhu Xudong*) zu lesen. Darin stand, dass Tian Han Aqings Kapitulation vorbereitet habe. Wenn ich an damals zurückdenke, kann ich mir eine Frage nicht verkneifen: Geriet ich damals vielleicht nur in Gefangenschaft, weil Aqing Verrat begangen hatte? Das ist selbstverständlich nur eine Vermutung, für die es keine gesicherten Beweise gibt.

Was?

Bingying verraten?

Nein, nein, nein. Ich nicht und Aqing auch nicht. Dafür lege ich meine Hand ins Feuer.

Ergänzendes zu Aqing

Der hochverehrte Fan hatte den folgenden Ausschnitt aus dem später von Zhu Xudong überarbeiteten Werk *Plauderei mit Tian Han* gelesen:

> Jedes Mal, wenn ich Aqing erwähnte, sagte Tian Han, dass er sich nicht genau an ihn erinnere. Nur dieses eine Mal hatte sich seine Hochwohlgeboren anscheinend verplappert und erklärte: »Ich hatte jemanden geschickt, um Bingying fortzubringen. Er hieß Aqing.« Ich machte mich über ihn absichtlich ein wenig lustig und fragte, ob es sich dabei um den Aqing aus der Pekingoper *Shajia-Fluss* handle. Er verneinte und erwiderte, es sei ein anderer Aqing. Dann fing er an zu erzählen:
>
> »Eines Abends, als ich mir gerade die Füße wusch, kam der Bursche angetrabt und fragte, ob er ein paar Tage Urlaub haben könne. Ge Ren habe ihn gebeten, Bingying aus dem Sowjetgebiet zu geleiten. Da könne er nicht ablehnen. Das hatten Ge Ren und ich so vereinbart. Der linke Flügel hatte schwerwiegende Fehler begangen, so dass nicht nur Bingying in Gefahr schwebte, wenn sie blieb. Auch Ge Ren wäre mit hineingezogen worden. Ich befahl Aqing, nicht an die große Glocke zu hängen, woher er kam und wohin er ging. Er solle einzig Ge Rens Anwei-

sungen Folge leisten. Trotzdem fürchtete er, unterwegs den Weißen Banditen in die Hände zu fallen. ›Wenn sie dich erwischen, dann arbeitest du mit der Kuomintang zusammen.‹ Ich erklärte ihm, dass er dem Feind dann preisgeben solle, in welcher Höhle sich die Geldfabrik verbarg. Er solle wahrheitsgemäß antworten und nicht lügen. Auf diese Weise würde der Feind Vertrauen schöpfen. ›Wenn sie dich dann zum Soldaten machen, kannst du dich problemlos in die innersten Kreise des feindlichen Systems einschleichen.‹ Er sackte vor mir auf die Knie und brachte kein Wort heraus. Ich strich ihm über den Hinterkopf und sagte: ›Was für ein erbärmliches Bild gibst du hier ab? Steh auf! Die Geldfabrik ist doch längst stillgelegt, da passiert nichts mehr. Sie ist bestens dafür geeignet, um den Weißen Banditen zum Geschenk gemacht zu werden. Und wenn sie darin dann auch Falschgeld herstellen, wird das das Finanzsystem der Kuomintang wunderbar durchkreuzen. Das ist schlimmer, als ihnen einen Dolch in die Brust zu stoßen.‹ Als der Bursche das hörte, kicherte er. Er war schlauer als ein Affe und erledigte alles penibel und zuverlässig. Das hing natürlich auch mit Dai Li zusammen, der aus seinem Heimatort stammte. Die Reaktionäre der Kuomintang zeichneten sich schon immer durch diese Geschmacklosigkeit aus: Trifft jemand in der Fremde auf einen Heimatgenossen, bricht er vor Rührung in Tränen aus und wirft sämtliche Prinzipien über Bord. Aqing lieferte später viele Informationen. Aber irgendwann war er plötzlich unauffindbar. Kurz darauf hörte ich, dass er in Henan sei und ihm während der Kulturrevolution großes Leid zugefügt worden sein soll. So ist das eben, kein Zuckerrohr hat zwei süße Enden. Während wir damals an der Front waren, ging er in Chongqing seinem Vergnügen nach. Nach so vielen Annehmlichkeiten gab es dann mal Saures. Das ist ausgleichende Gerechtigkeit. Mir wurde auch zugetragen, dass er unzufrieden war. Wollte der mit dem Volk etwa noch um seine Verdienste feilschen? Außerdem hörte ich, dass er zu guter Letzt in einen Brunnen gesprungen sein soll. Tot ist tot, aber dafür auch noch einen Brunnen zu versauen ist wirklich eine Frechheit.«

Als ich ihn fragte, ob Ge Ren davon gewusst habe, dass Aqings Kapitulation von langer Hand geplant war, winkte der gnädige Tian mit den Worten ab: »Da musst du ihn schon selbst fragen. Was weiß ich, was in dessen Kopf vor sich ging.« Diese Antwort war nicht ungeschickt, denn wo sollte ich Ge Ren schon finden? Wie jeder weiß, ist er seit Jahrzehnten tot, gefallen in der Schlacht von Erligang.

In Dapu erduldete Bingying die quälende Warterei auf Fan Jihuais und Aqings Rückkehr. Jemand hatte ihr gesagt, dass das Phönixtal vom Fuß des *Berges der Würde und Tugend* aus bequem zu erreichen sei. Daher stand sie häufig dort und starrte sehnsüchtig in die Ferne in der Hoffnung, ihre Tochter möge auftauchen. Ihre Verzweiflung wuchs von Tag zu Tag. Sie fürchtete, ihre Tochter womöglich nie wiederzusehen. In der Tat sollte es kein Wiedersehen mit Schmetterlingsblümchen geben, und auch das ungeborene Kind in ihrem Bauch konnte sie nie in ihre Arme schließen. Anthony Thwaites zitiert in *Schönheiten* Bingyings Schilderungen:

> Seit dem Tod meines Vaters waren im Handumdrehen drei Wochen vergangen. Die Chinesen sagen dazu »drei mal sieben« und veranstalten an diesem Tag eine Gedenkfeier für den Verstorbenen. Deshalb zündete ich am *Berg der Würde und Tugend* Räucherstäbchen im Gedenken an meinen Vater an. Während der Rauch gen Himmel stieg, war es mir, als könnte ich Schmetterlingsblümchens Schluchzen hören, und ich sah Ge Rens Hilflosigkeit angesichts ihres Leids. In diesem Moment fürchtete ich, auch Ge Ren nie wiederzusehen. Ich weinte. Auf einmal stand jener Herr, der sich meiner angenommen hatte, hinter mir und sagte, dass mich jemand suche. Es war ein Kollege von meinem Theaterensemble, der in dem Stück *Wir werden siegen, egal wie* einen Weißen Banditen gespielt hatte. Er sagte, dass die Regierung Fan Jihuai und Aqing gegenüber Gnade vor Recht ergehen lassen habe. Auf meine Frage, woher er das wisse, antwortete er, dass Fan Jihuai und Aqing zusammen mit einigen

Leuten das Sowjetgebiet durchkämmt hätten. Sie seien hoch zu Ross geritten, trugen weiße Handschuhe und Revolver an ihren Gürteln. Als ich nach Schmetterlingsblümchen fragte, bekam ich keinerlei Antwort. Ich malte mir die schönsten Dinge aus und stellte mir vor, dass Ge Ren sie bereits in Sicherheit gebracht hatte. Aber von diesem Tag an ergriffen Angst und Trauer von meinem Herzen Besitz. Zwei oder drei Tage später hatte ich eine Fehlgeburt. Da Ge Ren Mädchen liebte, war ich davon überzeugt, dass auch dieses Baby ein Mädchen war. Seitdem quälen mich Ge Ren gegenüber Schuldgefühle, die mich niemals verlassen werden. Aber die Qualen, die das Schicksal für mich bereithielt, fanden auch damit kein Ende. Ein Jahr später berichtete mir ein Freund aus Nord-Shaanxi, dass er sehr wohl Ge Ren, nicht aber Schmetterlingsblümchen begegnet sei. Mir wurde schwarz vor Augen.

Hundsphilosophie

Erst als ich wusste, dass sich Ge Ren bereits an einem anderen Ort aufhalten musste, führte ich meine Truppe nach Hougou. Die Gelddruckmaschinen waren noch voll funktionstüchtig, so dass ich meine Leute eilig anwies, sie abzubauen und einem Sicherheitsregiment auszuhändigen, das in der näheren Umgebung stationiert war. Nachdem die Nachricht davon bis nach ganz oben gedrungen war, schickte die Parteiführung jemanden, der mich wahrscheinlich für die Nation gewinnen wollte, mir jedenfalls Ehrenbekundungen überbrachte und Aqing unter meine Führung stellte. Anschließend plante mich die Parteiführung für Seminare ein, in denen ich schwerpunktmäßig die Notwendigkeit von Stabilität und Einheit im Widerstand gegen Japan erläutern sollte. Erst danach konnte ich mit meinen Truppen ins Sowjetgebiet zurückkehren.

Ob ich voller Stolz zurückkehrte? Hören Sie doch auf. Ich befürchtete vielmehr, alten Bekannten über den Weg zu laufen. Da hätte ich keine gute Figur abgegeben. Damit mich niemand erkannte, trug ich eine Brille. Zuerst hatte ich eine mit goldenem Gestell. Aber weil meine Untergebenen meinten, ich sähe aus wie ein Gauner aus Shanghai, tauschte ich sie gegen eine andere. Nun sah ich aus wie ein Buchhalter, sagten sie. Leute mit Geld in der Tasche mussten damals sehr auf der Hut sein, deshalb zerschlug ich ein Brillenglas.

Die Erfahrung zeigt, dass meine Furcht übertrieben war. Bis Ruijin begegnete ich niemandem, den ich kannte. Die Rote Armee und die Truppen der Nationalisten hatten sich einige erbitterte Kämpfe geliefert, so dass die Leute alle auf der Flucht waren. Nur die Toten blieben zurück. Beim Anblick der Leichen, ohne Gesicht, die Haut zerfetzt, beschlich mich ein merkwürdiges Gefühl. Später erfuhr ich, dass sie von Hunden angefressen worden waren.

Aber nein, Fräulein, ich will Ihnen doch keinen Schrecken einjagen. Keine Bange, es gibt keine bösen Geister. Als Materialist glaube ich nicht daran. Na ja, wenn Sie aber wirklich so große Angst haben, legen Sie sich doch einfach her zu mir. Dann trauen sich die Geister nicht an Sie heran …

Kein Platz?

Da lässt sich doch etwas machen. Wenn wir in der Lage sind, das Problem zu erkennen, sind wir auch in der Lage, es zu lösen.

Aber hallo, wenn Sie mir ins Wort fallen, weiß ich gar nicht mehr, was ich eigentlich sagen wollte.

Genau, die Toten. Sie waren halb verwest, hatten keine Gesichter mehr, die Haut hing in Fetzen herab, nur Knochen und die Schädel waren übrig. Die Münder waren weit aufgerissen. Es sah aus, als würden sie sich kaputtlachen. Die Augenhöhlen waren stockfinster. Auf den ersten Blick sah es aus, als trügen sie Sonnenbrillen.

Gut, gut, gut, ich höre auf damit. Ich spreche von etwas anderem. Woher die Priester gekommen waren, weiß ich nicht. Sie vergruben die Leichen jedenfalls schweigend in den Feldern. Als ich hinging und sie ansprach, ignorierten sie mich und verzogen keine Miene, wie Gespenster. Weil auch ein paar Ausländer unter ihnen waren, konnte ich sie nicht einfach zusammenstauchen. Ich ließ sie also in Ruhe und setzte meine Fahrt nach Baipi fort. Als ich dort ankam, sah ich unter dem Brückenbogen am Weiße-Wolken-Fluss wieder Tote liegen. Eine Leiche hatte lange Haare und darin eine silberne Spange. Um Himmels willen, mir wurde angst und bange.

Ja, ich dachte, es wäre meine Geliebte. Sofort gab ich den Befehl, sie aus dem Wasser zu bergen. Da bemerkte ich eine Hundemeute. Jedes einzelne Hundeaugenpaar fixierte mich, langsam näherten die Tiere sich mir! Einer meiner Leute nahm einen Stein, um sie in die Flucht zu schlagen. Aber davon ließen sie sich nicht im Geringsten beeindrucken. Sie liefen um mich herum, unter dem Brückenbogen durch in Aqings Richtung. Aqing ging gerade mit den Händen auf dem Rücken am Flussufer entlang. Mir fiel auf, dass die Hunde zu ihm liefen, sobald er die Hände ein wenig hob. Nahm er sie wieder herunter, blieben die Hunde auf der Stelle wie angewurzelt stehen.

Später wurde mir klar, dass sie nur darauf gelauert hatten, Aqing aufzufressen. Auch Hunde haben Gefühle, und Menschen leben nach derselben Philosophie wie Hunde. Nachdem sie nämlich Zeuge einer ganzen Reihe von Feuertaufen geworden waren, hatten die Köter gelernt, dass alle Dinge zwei Seiten haben: Es gab Menschen mit gestreckten Waffen, die die Hände auf dem Rücken hielten: Meistens waren es Verbrecher oder Gefangene, deren Hinrichtung kurz bevorstand. Sie konnten gefressen werden, das wussten die Hunde. Die anderen hatten Gewehre vor der Brust, mit denen sie die ersten erschossen. Sie durften nicht gefressen werden. Menschen essen gerne Hundefleisch, und Hunde essen eben gerne Menschenfleisch. Das beruht auf Gegenseitigkeit. Da fiel mir auf, dass man nur wenige weibliche Leichen sah, weil ihre Gesichter und Wangen immer schon weggefressen waren und sich dadurch das Geschlecht nicht mehr so leicht erkennen ließ. Jahre später, als ich Ge Ren zur Kapitulation überreden wollte, erzählte ich ihm von diesen Hunden. Während ich sprach, liefen ihm die Tränen herunter. Ich dachte, dass ihn meine Worte bewegten und ich diese Situation für meine Zwecke nutzen konnte. Aber so funktionierte es nicht.

Die Frau mit der Silberspange wurde geborgen. Sie trug zwar dieselbe Haarspange, aber sie war jemand anderes. Mensch, da hatte ich mich geirrt. Die Frau hatte ein Loch im Jochbein.

Das ist doch keine Frage, natürlich war es ein Einschussloch. Das Wasser hatte es ausgehöhlt, so dass es größer geworden war und aussah, als wäre es mit einer Eisenstange hineingebohrt worden. Auf einmal kroch ein Krebs da heraus.

Was? Was sagen Sie?

Surrealistische Malerei?

Ich verstehe nichts vom Surrealismus, deshalb kann ich mir kein Urteil erlauben. Ich weiß nur, dass das real ist. Ich erinnere mich, auch Ge Ren von diesem Krebs erzählt zu haben. Er musste sich daraufhin übergeben. Nachdem er erbrochen hatte, spuckte er Blut.

Ich sagte ihm außerdem, dass ich in Baipi auf der Suche nach seinen sterblichen Überresten gewesen sei. Das war mein voller Ernst. Ich dachte damals nämlich, dass auch er der Kampagne zur Beseitigung der Konterrevolutionäre zum Opfer gefallen wäre. Bei jeder Leiche, habe ich ihm erzählt, bin ich deshalb vom Pferd gestiegen und habe sie genau begutachtet.

»Damit wolltest du dir wohl besondere Verdienste auf die Fahne schreiben und etwas Aufsehen erregen«, scherzte Ge Ren.

Bei dem Punkt will ich nicht widersprechen. Trotzdem sorgte ich mich ernsthaft um ihn. Nicht weit von Baipi, in dem Dorf West-Guanzhuang, sah ich zufällig und unverhofft Schmetterlingsblümchen. Sie war gerade dabei, Feuer zu machen, und dreckig wie ein Schlammspringer. In der Hand hatte sie einen Knochen, mit dem sie herumspielte. Ein alter Mann neben ihr beobachtete sie mit konzentriertem Blick. Als er uns vorbeireiten sah, zog er Schmetterlingsblümchen rasch hinter eine Mauer. Ich zögerte und überlegte, ob ich sie vielleicht wegbringen sollte. Eine Weile war ich hin und her gerissen, dann ermahnte ich mich, nicht leichtsinnig zu werden. Sollte Ge

Ren noch am Leben sein, ging es mir durch den Kopf, würde er vor Sorge umkommen, wenn er zurückkehrte und seine Tochter nicht fand.

An jenem Abend übernachtete ich in der Grundschule in Baipi. Damals konnte ich es mir beim besten Willen nicht vorstellen, dass Ge Ren Jahre später wieder hier auftauchen würde und wir beide uns einer unvermeidbaren Konfrontation ausgesetzt sehen könnten. Weil ich in der Nacht kein Auge zutat, ging ich im Phönixtal spazieren. Es war stockfinster, nur ein paar Flecken wurden von Sturmlaternen erleuchtet. Plötzlich hörte ich ein Stöhnen aus dem Dornengebüsch der wuchernden Wolfsbeeren. Die Soldaten hörten es auch und legten sich alle bäuchlings nieder, gerade so als wäre der Feind im Anmarsch. Ich befahl ihnen, das Gebüsch zu durchkämmen. Sie folgten aufs Wort, hockten sich hin und setzten sich in Bewegung. Nachdem sie kauernd den Busch eingekesselt hatten, kamen sie mit einem Kerl am Schlafittchen wieder hervor. Der Mann war schwer verwundet und konnte sich kaum auf den Beinen halten. Sein Gesicht erkannte ich nicht, weil er den Kopf wie ein Huhn unter die Achseln klemmte. Ich wies meine Wache an, ihn am Schopf zu packen und mir sein Gesicht zu zeigen. Der Mann schrie und winselte. Ich überlegte, ob ich nicht vielleicht im Sinne des revolutionären und humanistischen Geistes einen Schuss nachlegen und ihn ins Jenseits befördern sollte, um ihn von seinen Schmerzen zu erlösen. Während ich noch zögerte, bemerkte ich mit einem Mal in der Dunkelheit viele kleine Lichter, die wie Geisterfeuer flackerten.

Haha, schon wieder erschrocken?

Sagte ich nicht bereits, dass ich Materialist bin und noch nie an Geister geglaubt habe?

Das waren auch keine Geister, sondern Hunde. Diese wilden Köter pirschten sich an, um ihn zu fressen. Als der Verwundete das Hundegebell hörte, sah er auf. Die Sturmlaterne leuchtete in sein blutüberströmtes Gesicht.

»Hochverehrter Fan, hochverehrter Fan!«, rief er. »Rette mich!«

Als ich diese Rufe hörte, erkannte ich ihn. Es war Yang Fengliang. Er erzählte mir, dass er seine *Blumenklänge*-Freundin an einen anderen Ort habe bringen wollen. Als er zurückkam, bemerkte er all die Leichen ringsherum und vermutete, dass auch Ge Ren bereits tot sein müsse. Nach diesen Worten beeilte ich mich, nach West-Guanzhuang zu kommen, um Schmetterlingsblümchen zu suchen. Aber ich fand sie nicht.

Von da an erkundigte ich mich bei jeder Gelegenheit unauffällig nach Ge Ren und achtete genau auf Zeitungsartikel. Ich erhielt aber keinerlei Information über ihn. Also ging ich davon aus, dass er tatsächlich tot war. Ich musste wieder an das Kind denken. In der Nacht, bevor ich das Dahuang-Gebirge verließ, träumte ich von ihr: ein dünnes Mondgesicht mit großen Augen und langen Wimpern, das Weiße ihrer Augen war bläulich wie eine laue Sommernacht. In meinem Traum starrte mich die Kleine an. Ich musste an meine Freundschaft mit Ge Ren denken und bekam ein schlechtes Gewissen. Ein paar Tage später ging ich mit ein paar Vertrauten nach West-Guanzhuang. Ich ließ nichts unversucht und fand schließlich den Alten, der Schmetterlingsblümchen bei sich aufgenommen hatte. Er erzählte mir, dass jemand sie fortgebracht habe, eine Frau, deren Beschreibung auf Bingying passte. Was für ein Quatsch! Soweit ich wusste, war Bingying nach ihrer Abreise nicht mehr dorthin zurückgekehrt. Da habe ich ihm erst mal eine politische Lektion erteilt und klargemacht, von welch großer Bedeutung die Sache sei. Er müsse die Wahrheit sagen.

»Wenn du mich verarschst«, sagte ich ihm, »erhältst du später die Rechnung dafür.«

Aber er wiederholte nur, was er gesagt hatte, und machte mich schier rasend vor Wut. Gerade als ich ihn mir zur Brust nehmen wollte, traf ihn ein Schuss von einem meiner Leute. Bitte merken Sie es sich gut, dass nicht ich den Schuss abgegeben habe. Es war ein Widerstandskämpfer und Gegner der Kuomintang. Ich schwöre Ihnen, dass ich noch nie einen Menschen erschossen habe. Ich wasche meine Hände in Unschuld. Kurz bevor er starb, zeigte der Alte zum Horizont, als wollte er sagen: »Wo Schmetterlingsblümchen ist, weiß der Himmel.« Weil er sich ja um Ge Rens Tochter gekümmert hatte, bestattete ich seine Leiche.

Nein, ich warf sie nicht als Fischfutter in den Fluss, sondern vergrub sie. War das nicht nett?

Wie auch immer, die Hunde konnten ihn jedenfalls nicht fressen.

Bastille-Virus

Der Name des alten Mannes, der meine Mutter Schmetterlingsblümchen beschützt hatte, lässt sich nicht mehr ermitteln. Wie bereits beschrieben, war Schmetterlingsblümchen in Wirklichkeit von meiner Großtante abgeholt worden.

Meine Großtante war im Oktober 1934 ins Dahuang-Gebirge gekommen. Weil »der Geldfälscher Hu Sowieso« erschossen worden war, fürchtete sie den ganzen Weg über, auch Ge Ren und Bingying könnte ein Unglück zugestoßen sein und Schmetterlingsblümchen zu einer Waisen gemacht haben. Sie nahm das Schiff, ging in Quanzhou in der Provinz Fujian an Land und setzte von dort aus ihren Weg nach Baipi fort. Wie erwähnt, war sie in Begleitung von Pater Ellis. In Baipi sah sie, was auch Fan Jihuai gesehen hatte: Die Gegend war gottverlassen, nur streunende Hunde, wohin das Auge blickte. Laut Pater Ellis' Aufzeichnungen in *Zeremonien des Ostens* waren die Geistlichen im Auftrag des Internationalen Roten Kreuzes aus Jiujiang in der Provinz Jiangxi zur Bergung der Leichen in diese Gegend geschickt worden. Von ihnen erfuhr meine Großtante, dass ein Kind, das den Dialekt einer fremden Gegend spricht, bei einem alten Mann in West-Guanzhuang lebe. Die Geistlichen hätten dem Mann dringend zur Flucht geraten, aber er habe seine Heimat nicht verlassen wollen. Sie erzählten meiner Großtante auch, dass ein kleiner Hund ihm und dem Mädchen auf Schritt und Tritt gefolgt sei. Ein kleiner Hund, dachte meine Großtante, sehr wahrscheinlich war es ein Nachkomme von Bastille, dem Hund, den Hu An aus Frankreich mitgebracht hatte. Dank dieser Hinweise fanden sie den alten Mann und Schmetterlingsblümchen in West-Guanzhuang.

Der Nachkomme des Hundes, den Hu An vor dem Eingang der Bastille aufgelesen hatte, hieß ebenfalls Bastille. Meine Großmutter hatte ihn allerdings nicht mehr zu Gesicht bekommen, weil er einige Tage zuvor von anderen Hunden totgebissen worden war. Da der alte Mann damals des Hungerns überdrüssig war, hatte er es nicht fertiggebracht, den Hund zu entsorgen, und hatte ihn gekocht. Schmetterlingsblümchens Spielzeug war der Schenkelknochen des Hundes, zierlich und glatt wie eine Opiumpfeife. Am nächsten Tag machte sich meine Großtante zusammen mit Schmetterlingsblümchen auf den Weg zurück nach Tianjin, Pater Ellis blieb. Er kümmerte sich zunächst um die Bergung der Leichen, anschließend um die Seuchenbekämpfung und traf Jahre später Ge Ren noch einmal wieder.

Meine Großtante erzählte, dass Schmetterlingsblümchen krank geworden sei, nachdem sie das Dahuang-Gebirge verlassen hatten. Sie litt unter anhaltendem Fieber, schrie des Nachts und erlaubte nicht, das Licht zu löschen. Ihr Leiden wurde immer ärger, so dass sie schließlich das Bett hüten musste. Meine Großtante fürchtete schon, sie könnte sterben. Gordon Thompson, Arzt im christlichen Krankenhaus in Tianjin, diagnostizierte, dass sich Schmetterlingsblümchen mit einem merkwürdigen neuartigen Virus infiziert hatte. Sein Blick fiel auf das Spielzeug in ihrer Hand, das einer Opiumpfeife glich. Als er hörte, dass es sich dabei um einen Hundeschenkelknochen handelte, erschrak er. Aber als er zudem erfuhr, dass sie Hundefleisch gegessen hatte – meine Großtante ergänzte, sie habe sich dabei sogar beinahe übergeben, da stand für ihn fest: Zwischen der Krankheit und dem Hund namens Bastille gab es einen Zusammenhang. Er nannte diesen merkwürdigen Virus daraufhin den *Bastille-Virus*. Selbstverständlich hatte Doktor Thompson nicht damit gerechnet, dass diese Bezeichnung die Runde machen und schließlich sogar als sein Beitrag zur modernen Medizin in die *Encyclopaedia Britannica – Medizin* Eingang finden würde.

Dank Doktor Thompsons hingebungsvoller Behandlung sprang

meine Mutter Schmetterlingsblümchen dem Tod von der Schippe. Allerdings wurde sie durch die Nachwirkungen des Bastille-Virus zunehmend jähzornig und launisch. Sie machte meiner Großtante das Leben schwer. Jahre später sollte mein Vater, ein Mann, an den ich keinerlei Erinnerung habe, unsere Familie verlassen, weil er die Streitereien nicht mehr ertrug. Meine Mutter starb im Frühling des Jahres 1965; ich war damals zwei Jahre alt und wuchs bei meiner Großtante auf.

»Wir sind wie Kuh und Kälbchen, nur dass eine Generation dazwischen fehlt«, sagte sie.

Nach Aussage meiner Großtante war meine Mutter zum Zeitpunkt ihres Todes vollständig gelähmt, ihr Blick bereits Tage vor ihrem Ableben abwesend. Sie hatte einen Rachenkrampf, so dass ihr unentwegt der Speichel lief.

Als ich in der Wohnung des bereits erwähnten Kotexperten Yu Chengze einem Spezialisten für Infektionskrankheiten begegnete, erkundigte ich mich bei ihm über den Bastille-Virus. Ich war in Sorge, die Krankheit womöglich von meiner Mutter geerbt zu haben. Denn während ich dieses Buch zusammenstellte, war auch ich zeitweilig jähzornig und litt überraschend unter kurzzeitigem Gedächtnisverlust. Ich hatte große Angst, vor Fertigstellung des Manuskripts das Zeitliche zu segnen. Der Spezialist erklärte mir, mit dem Bastille-Virus infizierte Patienten stürben frühestens nach zwei Wochen. Meistens sei aber zu beobachten, dass sich die Krankheit im Körper verstecke, den gesamten Körper zu ihrem Krankheitsherd mache, erst Jahre später ausbreche und dann langsam zum Tod führe. Als ich ihn fragte, ob die Krankheit ansteckend sei, beantwortete er meine Frage nicht direkt und sagte, dass er täglich Patienten treffe, die sich mit diesem Virus infiziert hätten. Ich erinnere mich an einen Doktoranden von Herrn Yu Chengze, der während unserer Unterhaltung eintrat und sich lebhaft daran beteiligte. Am vergangenen Freitag sei ein neuer Computervirus mit dem Namen Bastille aufgetaucht, erzählte er. Er verfüge über Eigenschaften, die dem biologischen Virus vergleichbar seien: Er ist nicht auszurotten, und die Symptome brechen zu einem nicht vorhersehbaren Zeitpunkt aus. Laut seiner Aussage könnten ihm auch die neusten Antivirenprogramme nichts anhaben. Vielmehr infizierten sie sich mit dem Virus und würden selbst zu einem neuen Überträger.

Seine Worte riefen mir Doktor Thompsons Schicksal ins Gedächtnis, der 1954 selbst an den Folgen des Bastille-Virus gestorben war. Ob er sich bei meiner Mutter oder bei einem anderen Patienten angesteckt hatte, ist nicht bekannt. Sein Student, der spätere Nobelpreisträger für Medizin Fernando Galbiati, war untröstlich über seinen Tod. In seinem Buch *The Broken Wave* spricht Galbiati darüber, dass Thompson Schmetterlingsblümchen behandelt hatte:

> Das Schicksal meines Lehrers Thompson erfuhr durch ein chinesisches Mädchen eine entscheidende Wendung. Sie war die Nachfahrin eines Helden, Ge Ren, der Widerstand gegen die japanische Invasion geleistet hatte. In ihrem Körper hatte Thompson den Bastille-Virus entdeckt. Bastille war der Name des Hundes, den Ge Ren (*sic!*) vor dem Eingang des berühmten Gefängnisses Bastille aufgelesen und als Haustier mit nach Hause genommen hatte. Merkwürdigerweise trat dieser Virus in Paris erst in den siebziger Jahren in Erscheinung. Der *Jahresbericht der Weltgesundheitsorganisation* macht deutlich, dass in Afrika, Russland, West- und Zentralchina sowie auf der arabischen HalbInsel Tendenzen zur Ausbreitung des Bastille-Virus zu beobachten seien.

Mandelentzündung

Zwei Jahre später erfuhr ich durch einen Zufall, dass Ge Ren gar nicht tot war. In der Zeitung las ich nämlich ein Beileidstelegramm, das er an Lu Xun gerichtet hatte. Auch ich hatte damals ein Telegramm geschickt, deshalb überprüfte ich einige Tage lang, ob es auch veröffentlicht würde. Meins fand ich nicht, aber das von Ge Ren. Wie ich bereits sagte, standen Ge Ren und Lu Xun in Kontakt. Beides Literaten mit demselben Geschmack. Kluge Leute umgeben sich eben gerne mit klugen Leuten.

Durch dieses Telegramm wurde mir klar, dass Ge Ren gar nicht tot war. Er hatte nicht nur am Langen Marsch teilgenommen, sondern war auch wieder gut in Nord-Shaanxi angekommen. Aber während der folgenden Jahre erfuhr ich nichts Genaues über ihn. Ich arbeitete für den Kuomintang-Geheimdienst. Die nach Nord-Shaanxi entsandten Spione berichteten mir, dass Ge Ren in Yan'an als Übersetzer arbeite und Tolstoi übersetze. Kennen Sie Tolstoi?

Nein, das ist kein Designer, das ist ein Schriftsteller. Lenin sagte einmal, Tolstois Werk sei der Spiegel der russischen Revolution.

Nachdem die Kuomintang und die Kommunistische Partei die Einheitsfront gebildet hatten, gingen häufiger Leute nach Yan'an. Einmal kamen ein paar amerikanische Journalisten aus Shanghai auf dem Weg nach Yan'an in Chongqing vorbei. Einer von ihnen hieß Goodman, er war zuvor schon einmal in Chongqing gewesen. Wir verstanden uns recht gut. Ich lud ihn zum Essen ein und bat ihn, etwas über Ge Ren in Erfahrung zu bringen. Er missverstand meine Bitte und glaubte, ich wollte ihn als Informanten anheuern. Er sei Journalist und wolle sich nicht in die Politik einmischen. Ich erklärte ihm, dass Ge Ren und ich Kommilitonen und gute Freunde seien. Ich hätte gehört, dass Ge Ren Tolstoi übersetzt, und wolle sein Buch in Chongqing veröffentlichen, sonst nichts. Goodman sagte, als er in Shanghai aufgebrochen sei, habe ihn auch eine Theaterschauspielerin namens Bingying gebeten, sich nach Ge Ren zu erkundigen. Sie habe wissen wollen, wie es um seine Tuberkuloseerkrankung stehe.

Als Goodman aus Yan'an zurückkam, war ich gerade verreist. Deshalb erhielt ich weiterhin keine Klarheit über Ge Ren. Kurze Zeit später erfuhr ich, dass er im Krieg gegen die Japaner gefallen sein soll. Sein Tod war tragisch, die gesamte Truppe war untergegangen und dabei ums Leben gekommen. Von einem solchen Ereignis sollte der Trottel, den wir in Yan'an eingeschleust hatten, nichts mitbekommen haben? Das ist doch nicht zu fassen. Fräulein, wissen Sie, warum ich ihn einen Trottel nenne?

Er hieß Xiao, und er war wirklich einer. Ob Sie es glauben oder nicht, ich hätte mich auch nicht gescheut, ihm das direkt ins Gesicht zu sagen.

Klar ist er schon tot. Wenn ich ihn jetzt so nenne, hört er es nicht mehr. Der Trottel lieferte mir keine Informationen, also war ich auf die Zeitung angewiesen. Darin stand aber auch nichts. Ich wurde so zornig, dass mein Zahnfleisch anschwoll, ich eine Mandelentzündung bekam und meine Mandeln eiterten. Kommen Sie mal, Fräulein, und sehen Sie sich sie an.

Haben Sie gesehen, ja? Ich habe keine Mandeln mehr, sie mussten damals herausgeschnitten werden. Sie zu behalten war unmöglich, weil sie ständig vereitert waren.

Ich erinnere mich noch an das *Xinhua-Tagblatt* von damals, am Tigermaulfelsen. Es war die Zeitung der Kommunistischen Partei. Ich befahl einem, die Gefahr auf sich zu nehmen und dort Informationen zu besorgen, aber komischerweise wussten auch sie von nichts.

Was?

Tränen?

Nein, ich weine doch nicht. Fräulein, Sie sind noch jung, vielleicht begreifen Sie das Rätselhafte dieser Geschichte noch nicht so ganz. Als ich eine Nachricht erhielt, wurde mir ganz mulmig. Im Widerstandskrieg zu fallen und ein Volksheld zu werden ist doch in der Tat Glück im Unglück. Ich wollte ganz genau wissen, wie Ge Ren ums Leben gekommen war. Wenn ich darüber berichtet hätte und nicht er, hätte sein Glanz auch auf mich gestrahlt. Aus diesem Grund wollte ich mir unbedingt die japanische Zeitung *Informative Nachrichten* besorgen lassen, wo ich dann endlich einen Artikel über Ge Rens Tod fand. Dort stand, dass in der Schlacht von Erligang ein weiterer Sieg errungen worden sei.

Etwa eine Woche später schickte mir dieser Trottel Xiao ein vertrauliches Telegramm, in dem stand, dass Ge Ren in Erligang für das Vaterland gefallen und die Trauerfeier bereits abgehalten worden sei. Ich überlegte, als alter Freund ein Telegramm nach Yan'an zu schicken. Wir hatten doch die Einheitsfront! Aber die Sache war ja schon länger her. Das Telegramm war längst überholt. Du meinst es nur gut, aber die anderen denken, du willst den Finger noch mal in die Wunde legen. Ich habe hin und her überlegt und dann doch lieber darauf verzichtet.

Der Natur sind die Geschöpfe wie Hunde aus Stroh

Der »Trottel«, von dem der hochverehrte Fan sprach, hieß mit richtigem Namen Xiao Bangqi und war in Wirklichkeit alles andere als ein Trottel. Laut dem *Biographical Dictionary of Republican China* (erschienen 1989 bei White Crow Publishing Limited) hatte Xiao Bangqi in Moskau Medizin studiert, er war Internist und Kommilitone von Zhang Zhankun gewesen, von dem im ersten Teil dieses Buches bereits die Rede war. 1948 war er zunächst nach Hongkong gegangen und hatte an einer Universität in San Francisco seine Lehrtätigkeit aufgenommen. Später schrieb er in dem Buch *Neu entdeckte Identität* über seine Begegnung mit Ge Ren in Yan'an. Darin geht er auch auf die Ermordung von Zhang Zhankun ein. Der folgende Ausschnitt hatte ursprünglich die Überschrift *Der Natur sind die Geschöpfe wie Hunde aus Stroh* gehabt und war in Hongkong zunächst separat in der Zeitschrift *Ostmeer* erschienen, später wurde er dann in den dritten Band von *Ge Rens Forschungsberichten* aufgenommen:

> In Zhuangzis Worten liegt Wahrheit: »Nicht Beil noch Axt bereiten ihm ein vorzeitiges Ende, und niemand kann ihm schaden. Dass etwas keinen Nutzen hat, was braucht man sich darum zu bekümmern!« Aufgrund meines medizinischen Verständnisses war ich zur Auskundschaftung nach Nord-Shaanxi entsandt. Nach dem Langen Marsch litten die Soldaten der Roten Armee massenweise an einer Lungenkrankheit. Das Ehepaar Zhou Enlai war daran erkrankt (*sic!*) und Ge Ren ebenfalls. Am weitesten war die Krankheit aber unter den einfachen Soldaten verbreitet. Kleider- und Medikamentenmangel riefen überdies den Unmut der Offiziere und Truppen hervor. Zwei

Krankheiten traten meiner Beobachtung zufolge besonders gehäuft auf, nämlich Obstipation und Tuberkulose. Der Geheimdienst der Kuomintang hatte von mir wohl mehr Informationen über die Roten Banditen erwartet. Offen gesagt, ich wollte diesen Auftrag damals nicht annehmen. Aber Fan Jihuai hatte das Gespräch mit mir gesucht und dargelegt, dass der für die höfische Textilfabrik Jiangning in Nanjing zuständige Cao Yin in jenen Jahren die Aufgabe eines Einkaufsbeamten am Kaiserhof bekleidet habe. In Wirklichkeit sei er aber ein Kundschafter des Kaisers Kangxi gewesen, dessen spezielle Aufgabe darin bestanden habe, am Südufer des Yangzi eine Einheitsfront zu bilden. Dennoch genieße er bei späteren Generationen ein hohes Ansehen …

Zunächst begab ich mich nach Bao'an, an jenen Ort, an dem der Lange Marsch geendet hatte. Mein Studienkamerad Zhang Zhankun hatte mir damals davon berichtet, wie die Nian-Truppe, ein Relikt der Taiping-Rebellen, am 28. Mai des Jahres 1869 Bao'an erreicht habe und dort umgehend von der Qing-Regierungsarmee niedergeschlagen worden sei. Das sei der Ausgang des ersten Langen Marsches der Geschichte gewesen. Dies im Hinterkopf wähnte ich, auch die Rote Armee werde in Bälde von den Regierungstruppen bezwungen, so dass es mir zu gegebener Zeit vergönnt wäre, diesem öden Ort den Rücken zu kehren. Laozi sprach: »Die Natur ist nicht gütig, ihr sind die Geschöpfe wie Hunde aus Stroh.«

In Zeiten anhaltender Kriegswirren ist unser Leben naturgemäß nicht mehr als ein Strohbündel, nicht mehr als ein Hund. Der Frieden der Welt liegt nicht in unserer Macht.

An dem Tag, als ich Ge Ren zum ersten Mal begegnete, fiel der erste Schnee des Jahres. Ich machte mit Bai Shengtao und Zhang Zhankun einen Spaziergang am Fluss. Noch war er nicht gefroren, ein kleiner Kahn glitt von Schneeflocken umspielt über den Strom und ließ einen außergewöhnlichen Anblick erstehen. Auf dem Schiff saßen Tian Han und Ge Ren. Da Fan Jihuai mich beauftragt hatte, Näheres über Ge Rens Gesundheitszustand in Erfahrung zu bringen, wandte ich mich verwundert an Bai Shengtao. Mir sei zugetragen worden, sagte ich, dass Ge Ren an einer ernsten Krankheit leide, die jedem Medikament trotze. Doch dies könne ja nur Legendenbildung sein. Bai Shengtao erwiderte, Ge Ren leide tatsächlich an einer Lungenkrankheit, die bereits ein bedenkliches Stadium erreicht habe. Des Weiteren bat er mich, Ge Ren zu untersuchen und eine Methode für seine Heilung zu finden. Ungefähr eine Woche später brachte er mich zu Ge Ren. Dieser hatte einen schweren Hustenanfall erlitten, und sein Zustand war kritisch. Bai fragte mich, ob ich wisse, was zu tun sei. Ich besuchte Ge Ren in einer Höhle. Es war finster. Erst als eine Kerze aufflammte, wurde ich des Höhleninnern ansichtig: Auf einem Holztisch an der Wand stand ein kupfernes Gefäß, darin staken zwei Pinsel, ein rotblauer Buntstift und ein Federhalter. Auf dem Tisch lag ein Band von Tolstois gesammelten Werken, erschienen im Commercial Press Verlag und übersetzt von Qu Qiubai. Während ich das Buch durchblätterte, entdeckte ich zahllose rote und blaue Markierungen, eine dicht gefolgt von der nächsten, hier stand eine Bemerkung geschrieben, dort war eine Korrektur zu lesen. Ge Ren sagte, er wolle Tolstois Werk neu übersetzen und ein Vorwort schreiben. Von Bai Shengtao habe er erfahren, dass auch ich in Russland gewesen sei. Seine sonore Stimme glich dem Klang eines Klaviers mit getretenem Pedal. Als ich ihn mahnte, auf seine Gesundheit zu achten, entgegnete er, dass seine Zeit bereits zu knapp bemessen sei, um unerlässlichen Pflichten nachzukommen, deren Zahl stetig steige. Er sei beispielsweise auf der Suche nach Donationen, die es ermöglichten, Lu Xuns Werk in Yan'an zu veröffentlichen. Bis jetzt seien seine Bemühungen jedoch nicht von Erfolg gekrönt gewesen. Mir schwante, er wollte sich meiner Untersuchung entziehen und lieber einer Plauderei hingeben. Als er mich nach der Bedeutung des russischen Ortsnamens Astapowo fragte, musste ich unumwunden meine Unwissenheit eingestehen. Er berichtete von seinem Besuch in Tula. Auf Russisch bedeute dieser Ortsname »jemandem den Weg abschneiden«, die Bedeutung von Astapowo aber sei auch ihm unbekannt. Er wisse lediglich, dass der Name des kleinen Bahnhofs so laute, an dem Tolstoi verstorben war. Dem Anschein nach wurde Erligang Ge Rens ureigenes Astapowo.

Von den Ereignissen in Erligang erfuhr ich durch Ge Rens Freund Huang Yan, der mich damals in meinem Krankenhaus um ärztlichen Rat ersuchte. Seit er Ge Rens Todesnachricht erhalten hatte, quälten ihn nächtelang Schlaflosigkeit, Schwindel und Atemnot. Um sich selbst und den folgenden Generationen Mut zu machen, wolle er Ge Rens Geschichte niederschreiben, sagte er.

Kurze Zeit darauf begann die Mistauflesebewegung, und mein Studienkamerad Zhang Zhankun wurde in Gewahrsam genommen. So begab es sich, dass mich jemand ob meiner Verbindung zu Zhang Zhankun eingehend befragte und mir ans Herz legte, ihn zu meinem eigenen Schutz zu denunzieren. Ich erwog die Lage nach allen Seiten. Hätte ich jedoch weiter geschwiegen, wäre ich unweigerlich verloren und auf immer und ewig ohne meine Frau gewesen. Nach reiflicher Überlegung tat ich kund, Zhang Zhankun habe einmal den Langen Marsch der Nian-Truppen erwähnt und damit zum Ausdruck gebracht, der Lange Marsch der Roten Armee sei nicht ohne historisches Beispiel. Entrüstet erwiderte der Ermittler, diese eine Bemerkung reiche aus, um Zhang Zhankun ins Jenseits zu befördern. Immerhin habe Mao gelehrt: »Der Lange Marsch ist ein Manifest, eine Propagandagemeinschaft, eine Drillmaschine. Seit Pan Gu Himmel und Erde schuf, seit Generationen von Kaisern und Königen ist der Lange Marsch in der Geschichte beispiellos.« Noch bevor die Mistauflesebewegung ihr Ende fand, wurde Zhang geköpft. Es ging das Gerücht, er habe sich selbst der Spionage für die Kuomintang bezichtigt, um der Folter zu entkommen. Von mir aber, dem tatsächlichen Kundschafter der Kuomintang, war Zhang Zhankun in Wahrheit zu Fall gebracht worden. Ich habe Schuld auf mich geladen, ich bereue meine Tat zutiefst, nichts auf der Welt kann mich von diesen Gedanken befreien. Am 12. März 1947 flog die Regierungsarmee einen Luftangriff auf Yan'an. Ich wurde getroffen und hielt mich alsdann in einer Höhle versteckt, wo ich mir wie ein Hund die Wunden leckte. Obwohl es schon Frühling wurde, stoben die Schneeflocken durch die Lüfte. In der Abenddämmerung des 18. März marschierte die Regierungsarmee in Yan'an ein. Ich wurde als Soldat der Roten Armee arretiert. Welch Glück, dass ich nur am Bein eine Verletzung davongetragen hatte: Wäre ich zu dem Zeitpunkt meiner Worte nicht mächtig gewesen, hätten sie mich ganz gewiss erschossen. Denn als sie von meiner wahren Identität Kenntnis erlangten, machte sich unter den Soldaten Enttäuschung breit, entgingen ihnen dadurch doch hoher Lohn und große Ehre.

In Xi'an empfing ich ein Telegramm von Fan Jihuai, in dem er mich beschwor, nach Chongqing zu eilen. Ich übersandte ihm mit der Bitte um Verständnis die Nachricht, dass meine Beinverletzung noch nicht geheilt sei und sie es mir mithin nicht erlaube, seinem Befehl Folge zu leisten. Von da an wandte ich mich weder gegen die Kommunistische Partei, noch machte ich vor Chiang Kaishek den Bückling. Lieber zog ich mich zurück. Um meines Überlebens willen entfloh ich dem Ungemach dieser Welt gerade wie die Menschen aus dem Pfirsichblütenland.

Der Leser wird sich erinnern, dass Bai Shengtao im ersten Teil dieses Buches angab, Zhang Zhankun sei aufgrund seiner Enthüllungen hingerichtet worden. Allerdings steht doch ein Teil dieses Verdienstes auch Xiao Bangqi zu. Ich teilte Bai Ling mit, dass ihr Großvater keineswegs die volle Verantwortung für Zhangs Tod trage. Damit wollte ich ihren Großvater eigentlich entlasten, aber sie zeigte sich nicht im Geringsten dankbar, sondern sagte:

»So ist das eben, fressen oder gefressen werden.«

Über Dichtkunst und Taoismus

Okay, wir machen weiter. Etwa einen Monat später ließ mich Dai Li nach Chongqing in die Sun-Yatsen-Straße kommen. Dort im Shulu-Haus war der Sitz des Geheimdienstes.

Was? Sie kennen das Shulu-Haus nicht?

Wir machen es so: Irgendwann nehme ich Sie einmal für zwei Tage mit. Ich kann Ihnen versichern, dass es sich dort angenehmer lebt als in einem Fünfsternehotel. Tja, Sie können sich ja vorstellen, dass es sehr komfortabel sein muss, wenn Dai Li dort sein Büro hatte.

Selbstverständlich, die Geschichte entwickelt sich weiter. Egal ob Hardware oder Software, alles entwickelt sich weiter, so dass es dort jetzt noch komfortabler ist als früher.

Ja, dieser Dai Li war wie eine Katze: nach außen geschmeidig, im Innern grausam. Trotzdem war er ein gebildeter Mann. Wenn du ihm über den Weg liefst, fühltest du dich gleich bemüßigt, einen ehrenvollen Gruß an ihn zu richten. Ich salutierte nicht nur, sondern grüßte ihn auch ehrenvoll. Ich habe in meinem Leben schon oft ehrenvoll gegrüßt. Denn, das muss ja mal gesagt werden, das ist eine unserer traditionellen chinesischen Tugenden. Ich sagte es wiederholt bei kleinen und großen Anlässen, dass in der globalisierten Gegenwart, in der sich Aids immer weiter verbreitet, unser ehrenvoller Gruß das Händeschütteln und das Küssen ersetzen sollte, um die Ansteckungsgefahr zu verringern.

Fräulein, ich habe da eine Theorie, die ich Ihnen unbedingt erklären will. Es verhält sich so: Verfügen Sie über Bildung, so wird man Ihnen, wo immer Sie auftreten, mit Respekt und Wertschätzung begegnen. Dai Li verhielt sich mir gegenüber stets respektvoll. Er bot mir einen Platz an, schenkte mir Tee ein und gab mir Zigaretten. Dann aber bat er mich darum, mir eine Frage stellen zu dürfen.

»Welche Frage auch immer, wir werden sehen«, erwiderte ich.

»Ich las ein Gedicht«, begann er. »Sehr schön, aber ich habe es nicht verstanden.«

Ich rieb mir insgeheim die Hände, denn genau das war ja meine Stärke, da konnte ich glänzen. Er überreichte mir eine Zeitung. Es war eine Hongkonger Zeitung, die von Xu Yusheng verlegten *Schriften der Muße*. Dort sah ich, dass das Gedicht *Schmetterlingsblütler* hieß. Ich schaltete damals nicht sofort.

Mir kam es nur vage bekannt vor, irgendwo musste ich es schon einmal gelesen haben.

»Schmetterlingsblütler? Ist das nicht eine Pflanzengattung?«, fragte ich ihn. »Das ist doch nichts weiter als das sentimentale Geschreibsel eines Intellektuellen, das einen zu Tode langweilt. Mehr nicht.«

»Es heißt doch, dass Chen Duxiu Schmetterlingsblütler mag«, entgegnete Dai Li. »Könnte er das geschrieben haben?«

»Ganz bestimmt nicht. Ich kenne alle Gedichte von Chen Duxiu. Er schreibt nur Gedichte im alten Stil«, wandte ich ein.

Dann fragte er: »Könnte es Chen Duxiu gewidmet sein?«

Dieser Kerl, nach außen freundlich, im Innern unberechenbar, der führte doch etwas gegen Chen Duxiu im Schilde, dachte ich damals. Deshalb sagte ich: »Ist Chen Duxiu nicht längst tot?«

Noch während ich das zu ihm sagte, kam mir der Gedanke, dass das Gedicht von Ge Ren war: Er hatte es in Japan geschrieben. Ich hatte Ihnen doch, glaube ich, zuvor bereits erzählt, dass es nach der 4.-Mai-Bewegung in der Zeitschrift *Neues Jahrhundert* für ziemlich großen Wirbel gesorgt hatte. Der Autor des späteren Gedichts schrieb seinen Namen mit lateinischen Buchstaben. Eine Weile lang buchstabierte ich vor mich hin, dann hatte ich es: Er hieß Trübsinnski. Nicht übel, es musste Ge Ren sein, denn das war ja sein russischer Name gewesen.

Da dachte ich: Was hatte es nur damit auf sich, dass mir dieser Kerl ganz unschuldig dieses Gedicht zu lesen gab? Argwöhnte er etwa, dass ich noch mit der Roten Armee in Kontakt stand? Eigentlich war ich unbesorgt, da Ge Ren ja in Erligang gefallen war. Dai Li ging wohl nicht davon aus, dass ich übersinnliche Kräfte besäße und mit Toten in Kontakt stünde. Deshalb sagte ich zu ihm: »Wenn Sie eine Anweisung haben, sprechen Sie sie nur aus.«

Er habe sich in seinem von Arbeit und Pflicht bestimmten Leben lediglich einen halben freien Tag gönnen und mit einem Freund über Dichtkunst und Taoismus reden wollen, sagte Dai Li. Da sei ich ihm eingefallen, um ein wenig Abwechslung in seinen Alltag zu bringen. Ob ich regelmäßig Gedichte läse, wollte er dann noch wissen. Ich bejahte. Gedichte vermitteln eine ganz besondere Weltanschauung, unmöglich, ohne sie zu leben, sagte ich.

»Und welche Dichter der Gegenwart gefallen dir besonders?«, fragte er weiter.

Ich überlegte. Was sollte diese Frage eigentlich? Ich durfte die Dichter doch nicht durch meine Antwort in Schwierigkeiten bringen.

»Xu Zhimo schreibt sehr gut«, antwortete ich. »Aber er ist bereits tot. Rabindranath Tagore gefällt mir ebenfalls, auch wenn er weit weg ist in Indien. Beide Dichter schreiben über dahinziehende Wolken und fliegende Vögel, sie bringen Gefühle zum Ausdruck. Andere Dichter sollten sich die beiden als Beispiel nehmen.«

Okay, nachdem ich das ausgesprochen hatte, sagte er, mir zuzuhören gebe ihm so viel wie zehn Jahre Lektüre. Ich hatte ihm noch gar nicht meine Kenntnisse offenbart, da fing er schon an, mir Honig ums Maul zu schmieren, und lud mich zu einem Glas Wein ein. Fräulein, wahrscheinlich kennen Sie nicht das Problem mit dem Trinken. Ich hielt es dabei immer mit folgendem Prinzip: drei Gläser und keinen Tropfen mehr. Aber dieser Tag war eine Ausnahme. Weil mich der Chef höchstpersönlich einlud, trank ich so manches Glas mehr.

Dann aber kam sein Pferdefuß zum Vorschein:

»Alle reden doch derzeit über Cui Yongyuans Sendung *Kein Blatt vor den Mund* (*Anmerkung: Cui Yongyuan war in den neunziger Jahren Programmchef des China Central Television, sic!*). Wir sind hier ganz unter uns. Erzähl doch mal, ohne ein Blatt vor den Mund zu nehmen«, sagte er.

Mir blieb wohl nichts anderes übrig, als zu sagen, dass ich nur wenige von Ge Rens Gedichten gelesen hätte und dass das auch schon lange her sei. Die jüngeren würde ich nicht kennen.

»Es sieht so aus, als ob du sie wirklich nicht kennst«, erwiderte er darauf. »Das Gedicht, das ich dir gerade gezeigt habe, ist nämlich von Ge Ren.«

Dieser Fuchs! Ich schlug mir an die Stirn, als ginge mir gerade ein Licht auf, und sagte: »Ja, das stimmt. Jetzt, wo Sie es sagen! Ge Ren hat es damals in Japan geschrieben.«

Dai Li erzählte, dass er während der 4.-Mai-Bewegung ebenfalls ein junger Heißsporn gewesen sei und gerne moderne Gedichte gelesen habe. Damals sei er auch auf dieses Gedicht gestoßen, da habe es aber *Wer war ich ehedem?* geheißen. Dieser Schweinehund, obwohl er alles wusste, fragte er mich noch, was wir jetzt tun sollten. Ich ließ mir zwar nichts anmerken, aber innerlich kochte ich vor Wut. Er klatschte in die Hände und ließ seine Sekretärin eine über Jahre hinweg sorgsam aufbewahrte Ausgabe der Zeitschrift *Neues Jahrhundert* heraussuchen. Die Sekretärin war wunderschön und duftete, wirklich eine zweite Hu Die. Sie übergab mir die Zeitschrift und wandt sich zum Gehen. Dai Li hatte bereits sorgfältige Vorarbeit geleistet und einiges mit Markierungen versehen. Alle Stellen, die mit der heutigen Version nicht übereinstimmten, hatte er mit einem Rotstift durchgestrichen. Als ich überlegte, was er wohl sonst noch auf Lager hatte, fragte er mich: »Herr Fan, kann man sich auf Xiao Bangqi verlassen?«

»Er stand jahrelang im Dienst der Partei. Ich wüsste nicht, dass es irgendein ideologisches Problem mit ihm gibt«, erwiderte ich.

»Hat er die Nachricht von Ge Rens Tod geliefert?«, fragte er weiter.

»Ja«, sagte ich. »Ich war es nicht, oder was ist los?«

Erst jetzt ließ dieser Wolf im Schafspelz heraus, dass Ge Ren womöglich noch am Leben sei. Ich hatte alles in Erwägung gezogen, aber daran hatte ich überhaupt nicht gedacht. Fräulein, ich will Ihnen nicht verschweigen, dass er mich damals ganz schön aus der Fassung brachte. Ich dachte auch schon, er wäre vielleicht krank.

»Meister, Sie machen Witze, oder?«, sagte ich dann nach einer Weile.

»Bei Militärangelegenheiten verstehe ich keinen Spaß«, antwortete er. »Die Veröffentlichung des Gedichts zeigt doch, dass Ge Ren noch lebt und sich mit großer Wahrscheinlichkeit sogar im Dahuang-Gebirge aufhält.«

Mit einem Schlag war ich wieder stocknüchtern.

»Im Dahuang-Gebirge? Was sucht er denn da?«, fragte ich.

»Das habe ich mir auch überlegt«, war seine Antwort. »Legt man die bereits vorliegenden Informationen zugrunde, ist *Schmetterlingsblütler* im Dahuang-Gebirge von Ge Ren verfasst worden. Ich habe auch schon Erkundigungen eingeholt: In der Stadt Baipi im Dahuang-Gebirge hält sich ein Fremder auf, der meinem Entsandten nach so ziemlich genau auf Ge Rens Beschreibung passt.«

Ich erklärte ihm ein weiteres Mal, dass das gar nicht möglich sei, weil sämtliche meiner Informanten Ge Rens Tod bestätigt hätten. Dai Li hob daraufhin sein Glas und klopfte damit zweimal auf den Tisch, bevor er sagte:

»Bitte keine vorschnellen Schlüsse. Schauen wir uns erst einmal die Untersuchungsergebnisse genauer an.«

Dann fügte er noch hinzu, dass er auch schon den Alten (*Chiang Kaishek*) unterrichtet habe und dieser ihm zustimme, mich ins Dahuang-Gebirge zu schicken, um der Sache einmal auf den Grund zu gehen. Sollte sich Ge Ren tatsächlich dort aufhalten, hoffe er, dass ich in Erfahrung brächte, was er dort zu suchen habe. Anschließend solle ich ihn dazu bewegen aufzugeben und ihn dazu bringen, in den Dienst der Kuomintang zu treten. Deshalb also hatte er mich ins Shulu-Haus kommen lassen!

Der Wolf im Schafspelz bat mich ausdrücklich, Ge Ren für unsere Sache einzunehmen und ihn außerdem von der Wahrheit zu überzeugen, die da lautet, dass die drei Volksprinzipien von Sun Yatsen, nämlich Nationalismus, Demokratie und Volkswohl, für die Revolution ebenso unerlässlich seien wie das Wasser für einen Fisch und der Stengel für einen Kürbis.

Fräulein, Dai Li wusste genau, wie man große innere Anspannung verbirgt und sich nach außen unbeschwert gibt.

Hinter seinem Lächeln versteckte er einen Dolch. Wenn man unter seinen Fittichen stand, durfte man eins nicht vergessen, und zwar, dass man ihn niemals verärgern sollte. Nachdem er mir alles erklärt hatte, fügte er noch mit gekünstelter Freundlichkeit hinzu: »Wenn dir das zu unangenehm sein sollte, kann ich auch jemand anderen damit betrauen.«

Hätte ich jetzt gewagt, mich zu weigern, wäre er mit mir hinausgegangen und hätte mich abknallen lassen. Ich wollte aber auf keinen Fall seinetwegen sterben.

»Okay, mache ich«, sagte ich, ohne mit der Wimper zu zucken.

Damit machte ich ihn richtig glücklich.

»Wenn du irgendetwas brauchst, lass es uns wissen. Die Partei wird dir jeden Wunsch erfüllen«, sagte er.

Xu Yusheng und die *Schriften der Muße*

Wie wir bereits wissen, war Xu Yusheng nach dem Attentat auf Ge Cundao von Hu An beauftragt worden, Ge Ren von Qinggeng nach Hangzhou zu holen. In den folgenden zwei Jahren wurden Xu Yusheng und Ge Ren enge Freunde. Nachdem Ge Ren nach Japan gegangen war, verließ auch Xu Yusheng Hangzhou und siedelte nach Hongkong über. In seinem Buch *Träume am Qiantang-Fluss* erzählt er, dass er Ge Ren zahlreiche Briefe nach Japan geschrieben habe. Als Ge Ren erfuhr, dass in Hongkong die Zeitung *Schriften der Muße* gegründet wurde, unterbreitete er Xu Yusheng einen Vorschlag: Die Zeitung *Schriften der Muße* solle den gewichtigen Texten Chen Duxius und Li Dazhaos mehr Raum geben. Er übersandte mir zudem Li Dazhaos Verse aus *Jugend*:

> »Der Sonne Licht im Frühling wärmt, im Ostwind schmelzen Eis und Schnee. Aus ferner Insel zieht die Heimat mich zurück. Verzaubert strahlt einst totes Land, dem Frühling weicht der eisig Frost, und hundert Blumen sprießen. Wenn Winter weicht und Frühling naht, mein Herz sich regt, versinke in Gedanken.«

Dieser Text wurde in *Schriften der Muße* gedruckt. Laut Xu Yusheng galt die Zeitung bei den Lesern dadurch fortan als »dem bolschewistischen Gedankengut verbunden«. In den darauffolgenden Jahren hatten Ge Ren und Xu Yusheng nur wenig Kontakt. Etwa im Jahr 1929 schrieb Ge Ren einen weiteren Brief an Xu, in dem er ihm mitteilte, dass er nun an der Universität in Shanghai unterrichte und an einem autobiographischen Roman mit dem Titel *Wandelnder Schatten* arbeite. Xu Yusheng antwortete umgehend auf den Brief und schrieb, er hoffe sehr, dass Ge Ren diesen Roman als Fortsetzungsgeschichte in seiner Zeitung veröffentlichen werde. Des Weiteren schrieb er: »Ob welcher Umstände mein werter Freund von den fernen japanischen Inseln geflüchtet sein mag, kann meine Wenigkeit kaum ermessen. Sollten Sie in Hongkong einmal einige Stunden der Muße finden, würde ich Ihnen gerne mein Ohr leihen und darüber hinaus auch meine bescheidene Hilfe anbieten.«

Im Anschluss daran brach der Kontakt erneut für mehrere Jahre ab. Allerdings behielt Xu alles im Blick, was mit Ge Ren in Zusammenhang stand: Ge Rens und Bingyings Reise ins Sowjetgebiet sowie Ge Rens Teilnahme am Langen Marsch. Später ersuchte er die Nationalregierung um die Erlaubnis, für Interviews nach Yan'an zu reisen, wo er auch Ge Ren treffen wollte.

Wegen seines Rufs, »dem bolschewistischen Gedankengut verbunden« zu sein, wurde sein Ersuchen jedoch abgelehnt. Von einem Hongkonger Journalisten, der in Yan'an gewesen war, hatte Xu Yusheng 1941 erfahren, dass Ge Ren als Übersetzer arbeitete, und daraus geschlossen, er habe seinen Roman bereits vollendet. In einem Brief an Ge Ren kam er auf das alte Thema zurück und verlieh seiner Hoffnung Ausdruck, den Roman in seiner Zeitung in Fortsetzung veröffentlichen zu dürfen. 1942 erhielt er dann plötzlich von einem nach Hongkong geflohenen Freund die Nachricht, Ge Ren sei in Erligang durch die Japaner zu Tode gekommen. Aber kurze Zeit später erreichte den noch trauernden und bekümmerten Xu Yusheng völlig überraschend ein Gedicht, *Schmetterlingsblütler*.

Dieser Brief war durch viele Hände gegangen. Der Umschlag

war schmutzig und zerknittert, der Poststempel schon unleserlich. Zwar konnte ich anhand des Briefes keinen Absender ermitteln, aber die fein säuberliche Handschrift ließ keinen Zweifel daran, dass Ge Ren das Gedicht geschickt hatte. Der Brief war mit lateinischen Buchstaben unterschrieben, die in etwa das Wort »Trübsinn« ergaben. Ich vermutete, dass Ge Ren den Brief kurz vor seinem Tod abgeschickt hatte und das Gedicht seine letzten Worte waren.

Wann das Gedicht nun tatsächlich verschickt worden war, verrate ich noch nicht an dieser Stelle, da dies noch Thema eines Gesprächs zwischen Ge Ren und Fan Jihuai sein wird. Wie wir wissen, veröffentlichte Xu Yusheng das Gedicht unverzüglich in *Schriften der Muße,* »um Ge Ren ein Andenken zu schaffen und die im Widerstandskrieg gefallenen Generäle und Soldaten der Roten Armee zu würdigen«. In der Ausgabe vom 6. Januar 1943 erschien das folgende Gedicht *Schmetterlingsblütler*:

Wer war ich ehedem,
Wer ist der Tag in meinem Spiegel,
Ist es der vom Qinggeng-Gipfel rieselnde Bach
Oder des Schmetterlingsblütlers Blütenpracht am Ufer des
  Weiße-Wolken?

Wer war ich ehedem,
Wer ist der Frühling in meinem Spiegel,
Sind es die Bienen am Arbat
Oder das singende Liebespaar beim Schmetterlingsblütler?

Wer war ich ehedem,
Wer ist das Leben in meinem Spiegel,
Ist es die rote Flamme in der Höhle
Oder der Schatten eines im Wind treibenden Schmetterlings-
  blütlerblütenblattes?

Wer sprach mir heimlich ins Gewissen,
Wer trat aus der Menge hervor zu mir,
Wer hat den Spiegel in Scherben geschmissen
Und ließ ein einzelnes Ich unermesslich werden?

Von dem Gedicht *Wer war ich ehedem?* in *Neues Jahrhundert* ist der brennende Wunsch geblieben, sich auf die Suche nach sich selbst zu begeben. Lediglich ein paar Wörter sind verändert: »Qinggeng-Gipfel«, »Weiße-Wolken«(-Fluss), »Arbat«, »Höhle« und so weiter. Diese Wörter erzählen von den einzelnen Stationen in Ge Rens Leben: Sie reihen sich aneinander wie die Perlen einer Kette. Und diese Begriffe übersah eine Spürnase wie Dai Li selbstverständlich nicht.

Wie hätte Xu Yusheng auch damit rechnen können, dass die Veröffentlichung des Gedichts nicht nur Ge Rens Tod zur Folge haben würde, sondern darüber hinaus Einfluss auf das Schicksal zahlreicher Menschen nehmen würde, die mit ihm in Verbindung standen? Auch auf sein eigenes Schicksal: Am 9. Juni 1944 wurde Xu Yusheng von einem Agenten der Kuomintang ermordet, als er unterwegs auf einem Trampelpfad war, der in Hongkong zu einem Restaurant an der Repulse Bay führt.

Kabinettsbildung

Ich stellte nur eine einfache Forderung an den Chef, nämlich dass ich meine Leute selbst aussuchen durfte. Erst einmal sollten meine Männer der Sache nachgehen, bevor ich mich selbst einschaltete. Dai Li erklärte sich damit einverstanden. Egal auf wen die Wahl falle, er werde mir grünes Licht geben, sagte er. Damit hatte mir der Herrscher höchstpersönlich das Schwert überreicht. Also fing ich an, mein Kabinett zu bilden.

Wie ich dann das Kabinett zusammengestellt habe? Zunächst fragte ich Yang Fengliang, von dem ich ja bereits erzählt habe. Denn er hatte Ge Ren früher immer gut behandelt. Obwohl er in den Geheimdienst der Nationalisten getreten war, schätzte er Ge Ren privat redundant? Ich hatte mir gedacht, wenn es sich bei der betreffenden Person tatsächlich um Ge Ren handelte, würde ihm Yang Fengliang kein Unrecht zufügen. Außerdem stammte Yang Fengliang aus einer Diplomatenfamilie. Er hatte ein flinkes Mundwerk, mit dem er Reisstroh zu Goldbarren reden konnte, aber auch umgekehrt

Goldbarren zu Reisstroh. Wenn ein Profi wie er Ge Ren nicht zur Kapitulation bewegen konnte, dann niemand. Ich hatte ein sehr gutes Verhältnis zu Yang Fengliang, obwohl unsere Ziele im Sowjetgebiet höchst heterogen gewesen waren.

Was heterogen ist?

Dasselbe wie unterschiedlich. Wir mochten beide kluge Leute und trafen uns in Chongqing häufig. Sie haben es bestimmt schon bemerkt, dass ich ein geselliger Mensch bin und gerne Leute um mich habe. Um meine hohe Position machte ich kein Aufhebens. Jedes Mal, wenn er mir einen Besuch abstattete, bewirtete ich ihn großzügig mit Schnaps und Fleisch. Es fehlte nur noch, dass ich ihm eine Frau suchte.

Natürlich wollte er gar keine Frau! Er war unverbesserlich und hatte allezeit nur seine *Blumenklänge*-Freundin im Kopf. Er erzählte mir, dass diese Frau immer noch im Dahuang-Gebirge sei und ihm dort einen kleinen Schatz zur Welt gebracht habe. Er freue sich schon darauf, Mutter und Kind bald wiederzusehen. Freunden hilft man doch gerne, das ist eine alte chinesische Tugend, und warum sollte nicht auch ich meine Freude daran haben?

Da fällt mir noch etwas ein. In den letzten Jahren musste ich immer der Einladung zu einem Tourismusfestival am Hengshan-Berg im Nordgebirge nachkommen. Einmal begegnete ich dort einem Mönch, dessen Tonsurnarbe auf dem Kopf so groß war wie ein Dattelkern. Er war vom Buddhatempel zu Fuß dorthin gekommen. Kaum dass er das Wort »Buddhatempel« ausgesprochen hatte, erschrak ich, denn auch Baipi hatte ja einen Buddhatempel. Nach der Veranstaltung kam der kleine Mönch zu mir ins Hotelzimmer. Er sah sehr freundlich aus, deshalb bat ich ihn, sich zu setzen. Fräulein, Sie werden es nicht glauben, aber der kleine Mönch, der da vor mir saß, war, wie sich herausstellte, Yang Fengliangs Enkelsohn.

Als ich das hörte, bemerkte ich sofort die Ähnlichkeit mit Yang Fengliang, besonders die Augenbrauen glichen sich. Eine große Ähnlichkeit, eine sehr große, besonders die Segelohren. Obwohl er ein Mönch war, schienen seine strahlenden Augen zu sprechen. Er habe während der Feierlichkeiten meinen Namen erfahren und wolle mich nun etwas fragen: Ein Mann namens Sun Guozhang habe von mir gesprochen. Wer war dieser Sun Guozhang? Ich überlegte eine ganze Weile, dann fiel mir wieder ein, dass er in Chongqing ein Gefolgsmann von Yang Fengliang gewesen war.

»Ja, kleiner Mönch, was hat dir dieser Sun denn alles erzählt?«, fragte ich ihn.

»Er hat gesagt, dass Fan Jihuai weiß, wie mein Großvater umgekommen ist«, erwiderte er.

»Als buddhistischer Mönch musst du dich von dieser Besessenheit freimachen und dein Herz ganz Buddha weihen«, sagte ich zu ihm.

Daraufhin presste er die Hände vor der Brust zusammen, redete auf mich ein wie auf einen Almosengeber und machte keine Anstalten zu gehen. Ich fragte ihn, ob er sonst noch ein Anliegen habe. Wo er gerade schon einmal da sei, wüsste er gerne noch, ob ich guten Kontakt zu Liu Faqing hätte.

Sie kennen Liu Faqing nicht, Fräulein?

Ja, er ist Liu Shaoqis Enkel, ein taoistischer Priester auf dem Hengshan-Berg.

»Ich bin hier, um an der Tourismusveranstaltung teilzunehmen, sonst habe ich mit niemandem etwas zu tun«, sagte ich.

Es hat mich den letzten Nerv gekostet, bis ich ihn endlich los war. Und kurz bevor er ging, sagte er auch noch: »Verehrter Herr, gönnen Sie sich jetzt erst einmal etwas Ruhe. Wenn Sie den Mönch Liu getroffen haben, komme ich wieder.«

Wenn du diesem Kerl einmal ins Netz gegangen bist, dann gnade dir Gott. Am Abend bin ich den Berg hinabgestiegen.

Machen Sie sich keine Sorgen um mich, Fräulein. Dieses Mal hatte ich alle Beteiligten vorgewarnt, bevor ich nach Baipi aufbrach. Mönche werden unter keinen Umständen mehr an den Feierlichkeiten teilnehmen. Ihr Anblick macht mich krank.

Der richtige Name von Yang Fengliangs Enkelsohn lautet Yang Min. Seine Großmutter ist allerdings nicht die *Blumenklänge*-Freundin, sondern Yang Fengliangs erste Frau. Denn wie bereits erwähnt, hatte Aqing die *Blumenklänge*-Freundin und ihren Sohn umgebracht. Yang Min war 1996 nach Baipi gekommen, um eine Trauerfeier abzuhalten, war dann geblieben und im Buddhatempel Mönch geworden. Sein buddhistischer Name war Minhai.

Der heutige Buddhatempel liegt in der Nördlichen Zhongshan-Straße 63, im Verwaltungsviertel der Stadt Baipi. Schräg gegenüber in der Hausnummer 60, wo die *Blumenklänge*-Freundin damals ihr Teehaus hatte, ist jetzt das Dreisternehotel *Jadeblumengarten*. Ein Juwelier hatte Geld bereitgestellt und das Gebäude renoviert. Ich logierte jedes Mal in diesem Hotel, wenn ich nach Baipi kam. Es ist gut ausgestattet und innen sehr ansprechend gestaltet. Unangenehm ist nur, dass die zahlreichen Prostituierten unaufhörlich das Zimmertelefon läuten lassen, um ihre Dienste anzubieten. Das führt auf Dauer zu Übernächtigung, denn oftmals stahl ich mich deshalb aus dem *Jadeblumengarten* und wanderte im Buddhatempel umher.

Nachdem ich Fan Jihuais Erinnerungen überarbeitet hatte, fuhr ich ein weiteres Mal nach Baipi. Nun wollte ich mich bei dem Sekretär der Stadtverwaltung Guo Ping gezielt über Minhai erkundigen. Aber er fertigte mich mit einem Satz ab: »Minhai, dieser Quälgeist, der ist längst im Nirwana.«

»Tot?«, fragte ich. »So jung und er soll einfach gestorben sein?«

Aber mehr war nicht aus ihm herauszubekommen. In einem Teehaus unweit des Buddhatempels unterhielt ich mich mit einem anderen Mönch. Sein Name war Minghui. Genau genommen hatte er früher so geheißen, als Mönch, und inzwischen war er ins weltliche Leben zurückgekehrt. Er hatte ein bartstoppeliges Mondgesicht, das an eine keimende Kartoffel nach dem Winter denken ließ. Er kam ursprünglich aus Ruijin, betrieb aber hier seitdem das Teehaus. Eine Schriftrolle hing an der Wand: »Grünes

Licht über gelben Büchern«. Diese Kalligraphie war das Aushängeschild des Teehauses. Vor dem Kunstwerk stand die Kasse, auf der ein rotgesichtiger Guangong Opfer darbrachte.

Minghui und Minghai hatten ein sehr enges Verhältnis gehabt. Sie waren einst gemeinsam zum Hengshan-Berg gepilgert, einer der fünf heiligen buddhistischen Stätten. Minghui berichtete mir davon, dass er Minghai unterwegs die Geschichte von dem taoistischen Prister Liu Faqing erzählt hatte. Dann stand er eilig auf und ging zur Kasse. Dort griff er eine Zeitung, die *Ostchinesischen Nachrichten* vom 6. August 1995, und bedeutete einer Kellnerin, mir Wasser in die Teetasse nachzuschenken. Die Zeitung habe er in Shanghai an einer U-Bahn-Station gekauft. Darin stehe ein Artikel über diesen taoistischen Priester:

> Liu Shaoqis Enkelsohn Liu Faqing, um die dreißig Jahre alt, taoistischer Priester am Hengshan-Berg im Nordgebirge. Er hatte gerade das Licht der Welt erblickt, als seine Eltern ins Gefängnis kamen. Sein Vater Liu Yunbin wurde von Rebellen gefoltert und schließlich ermordet. Seine Mutter brachte ihn später in ihre Heimat, in die Steppe der Provinz Qinghai. Dort gaben ihnen Hirten zu essen, und Liu Faqing lernte von dem Lebenden Buddha in einem Lama-Tempel schreiben und die Sutras zu lesen. Später wurde er Soldat und beteiligte sich am Verteidigungskrieg gegen Vietnam. Nachdem die Rote Armee ihren Rückzug angetreten hatte, kehrte er in die Steppe von Qinghai zurück. Dort wurde er Gemeinderat. Vor sechs Jahren konvertierte er auf dem Berg Longmendong in der Provinz Shaanxi zum Taoismus. Durch diese Gegend war er als Kind mit Mutter und Großmutter bereits gekommen. Liu Faqing bildete sich, lernte die heiligen Schriften, reiste zu den heiligen Bergen und besuchte die alten Tempel. Im vergangenen Jahr ließ er sich im Tempel auf dem Hengshan-Berg im Nordgebirge nieder. So lebte der Enkel des Vorsitzenden der Volksrepublik mit einem Kopftuch, einer Mönchskutte, einem Seidenband um die Taille und am Körper einem Sieben-Sterne-Schwert.

Der ehemalige Mönch Minghui erzählte, dass sie den Mönch Liu auf dem Hengshan-Berg nie zu Gesicht bekommen hätten. Nach ihrer Rückkehr habe Minghai diesen Artikel jedoch wieder und wieder gelesen, weil er das Gefühl hatte, dass die Personenbeschreibung bis auf den Namen, die Religion und ein paar kleine unstimmige Details auf ihn selbst passte. Der ehemalige Mönch Minghui fügte hinzu, dass er nicht wisse, ob dies der Wahrheit entspreche, denn im Surangama-Sutra stehe: »Dem Geist entspringen alle Dinge, aus den Dingen entspringen alle Arten von Geist.« Und in den Mahayana-Sutras sei zu lesen: »Wenn du die Bedingungen des Entstehens in Betracht ziehst, erkennst du die Lehre Buddhas.«

Die Aussagen dieser Sätze waren mir zunächst unklar. Aber Minghui erklärte sie mir folgendermaßen: »Das bedeutet, das Bewusstsein bringt die Dinge hervor und die Dinge wiederum bringen das Bewusstsein hervor.«

Weil er aber fürchtete, dass ich immer noch nichts begriffen haben könnte, erklärte er es mir abermals langsam Schritt für Schritt: »Zum Beispiel habe ich dieses Teehaus eröffnet, weil ich Geld verdienen will, um eine Frau zu finden. Wenn ich viel Geld verdient habe und viele Frauen da sind, dann brauche ich keine Frau mehr zu heiraten. Wenn ich nur über den Zaun greifen muss, um eine Kuh zu melken und frische Milch zu haben, brauche ich mir doch selbst keine Kühe zu halten. Das nennt sich: ›dem Geist entspringen alle Dinge‹, oder: ›wenn du die Bedingungen des Entstehens in Betracht ziehst, erkennst du die Lehre Buddhas‹.«

Minghai war der Meinung, dass ihm aufgrund der zahlreichen Gemeinsamkeiten mit Liu Faqing ein öffentliches Amt im Buddhatempel zugestanden hätte, besonders nachdem Liu Faqing taoistischer Priester geworden war. Neben der Rezitation der Sutras hätte er gerne kulturelle Veranstaltungen organisiert. Daher hatte er in Baipi einen Kalligraphiewettbewerb initiiert, für dessen Gelingen er sämtliche Ersparnisse eingebracht hatte. Zuvor hatte er mit Sekretär Guo vereinbart, dass dieser ihm einen Dienst erweist und ihn zum Leiter des Buddhatempels ernennt, sobald er mit dem ersten Preis für seine Kalligraphie ausgezeichnet würde.

Allerdings fürchtete Minghai, Sekretär Guo könnte es sich noch anders überlegen, so dass er ihm darüber hinaus einige Keramikkrüge aus dem Tempelhof zum Geschenk machte. Sekretär Guo bat ihn, sich nicht zu sorgen, und sagte, dass für den Posten des Abtes niemand anderes als Minghai in Frage komme. Wie verabredet, erhielt Sekretär Guo den ersten Preis, sah aber für die Ernennung zum Abt einen anderen Mönch vor. Als Minghai von Sekretär Guo eine Begründung verlangte, gerieten die beiden in Streit. Auch der spätere Abt mischte sich ein. Der ehemalige Mönch Minghui bemerkte, dass Sekretär Guo einen sehr unpassenden Satz fallengelassen habe, in dem er Minghai als einen Krüppel bezeichnete: »Baipi erhält in Kürze den Status einer Stadt. Und dem Image einer Stadt ist es nicht dienlich, wenn der Abt ein Krüppel ist.« Über diesen Satz sei Minghai außer sich vor Wut geraten.

»Ist er deshalb jetzt im Nirwana?«, fragte ich.

»Nirwana? Wer ist im Nirwana?«, fragte Minghui.

Er sah mich mit großen Augen an. Ich fügte hinzu, dass diese Information von Sekretär Guo stamme. Minghui brach in schallendes Gelächter aus und schlug sich auf die Schenkel.

»Minghai ist doch nicht im Nirwana«, sagte er. »Er ist so etwas wie ein Bodhidharma: ›In einem Schilfrohr überquert er den Fluss, mit einem einzelnen Schuh kehrt er nach Westen zurück.‹«

Die Aussage dieser Geschichte war mir nicht klar, aber Minghui erklärte sie mir: »Als Bodhidharma und Kaiser Wudi einmal über den Buddhismus sprachen, waren sie geteilter Meinung. Also brachen sie ein Schilfrohr und machten daraus ein Boot.«

Minghai sei mit einem amerikanischen Touristen fortgegangen. Er habe genug vom Mönchsein gehabt und wolle nun Missionar werden, ein Missionar der Amerikaner. Er habe auch den englischen Namen George Deng angenommen und heiße nun auf Chinesisch Deng Zhiqiao. Der Name klingt merkwürdig, aber der ehemalige Mönch erklärte mir, er habe lange überlegt und die Bedeutung des Namens eines Tages während des Teeaufgießens plötzlich verstanden. Er klinge nämlich genau wie »warte und siehe«.

»›Warte und siehe‹, was denn?«, fragte ich verständnislos.

»Buddhistisch ausgedrückt bedeutet es: ›Ist die Bewegung Ruhe, scheint es, dass die Dinge gehen, doch sie bleiben. Das lässt sich erspüren, ist aber schwer zu beweisen.‹«

Zwei Fliegen mit einer Klappe schlagen

Als Yang Fengliang aufbrach, hing eine helle Mondsichel schräg am Himmel. Ich erinnere mich noch gut an den Mond an jenem Abend. Er war am Rand hauchdünn wie die Sicheln, die unsere Bauern an den Mauern aufhängen. Ich brachte Yang zum Flughafen. Abschließend fügte ich mit ernster Miene hinzu: »Fengliang, zunächst bekommst du erst mal heraus, ob diese Person wirklich Ge Ren ist. Wenn ja, warte auf mich, damit ich die Angelegenheit regle; wenn nicht, dann verschwinde klammheimlich wieder. Wir sollten keine schlafenden Hunde wecken und es vermeiden, die Partei dumm dastehen zu lassen. Ich will nicht, dass sich andere über unseren Geheimdienst lustig machen.«

Ich habe auch den Code Nummer null für Ge Ren erfunden. Fräulein, schon daran ist zu erkennen, dass ich alles Menschenmögliche für ihn getan habe. Null, das heißt nichts, nothing. Jeder Idiot versteht, was ich mir dabei gedacht habe. Yang Fengliang jedenfalls war intelligenter als ein Affe.

Ja, ich will damit sagen, dass ich ihm gesagt habe, er könne ihn freilassen, wenn er der Ansicht sei, die angetroffene Person sei nicht Ge Ren. Er war klug genug, um zu wissen, was zu tun war. An der Gangway sagte ich noch, er solle seine *Blumenklänge*-Freundin grüßen und dass der Körper das Kapital der Revolution sei und er auf sich aufpassen solle.

Was lachen Sie? Was gibt es da zu lachen? Das war mein voller Ernst. Ich wollte meinem Untergebenen den Rücken stärken.

Yang Fengliangs Delegation bestand aus sieben oder acht Leuten. Da war Achtsamkeit geboten, denn schon in Zhuangzis *Zuozhuan* steht: »Auch eine lange Peitsche reicht nicht bis zum Bauch des Pferdes.« Um absolut zuverlässige Informationen zu bekommen und auch um zu verhindern, dass Yang Fengliang irgendetwas hinter meinem Rücken ausheckt, hatte ich ihm meinen Ziehsohn untergejubelt – ein hübscher Kerl, er hieß Qiu Aihua. Er war ein Waisenjunge. Beim Bombenangriff der japanischen Armee Anfang Juni 1941 auf Chongqing hatten viele Menschen in einem großen Tunnel Zuflucht gesucht, wo sie allesamt ums Leben kamen, unter ihnen auch Qiu Aihuas Eltern. Es entbehrt vielleicht nicht einer gewissen Komik, dass den japanischen Bombenangriffen auf die Zivilbevölkerung in Chongqing innerhalb von acht Jahren Widerstandskrieg keine tausend Menschen zum Opfer gefallen waren – woraus sich ein Jahresdurchschnitt von etwa hundert Opfern ergibt. Dieses Mal jedoch trampelten sich über zehntausend gegenseitig tot oder erstickten. Ich erhielt das Kommando für die Bergung der Leichen, eine LKW-Ladung nach der anderen fuhr aus dem Tunnel. Die Toten sollten im Umland beigesetzt werden. Unter einem der Leichenberge lag Qui Aihua und weinte. Er war damals vierzehn oder fünfzehn Jahre alt, er trug keine Hose und hatte noch keine Haare am Sack.

Oh, entschuldigen Sie, Fräulein, aber ich beschreibe einfach nur, wie es war. Er war bettelarm, hatte nichts zu essen, und beschnitten war er auch noch nicht. Die Regierung hatte damals den Appell erlassen, wohltätig zu sein, und ich adoptierte den Waisenjungen. Er war mir gegenüber absolut loyal. Das ging so weit, dass er sich nicht einmal beschwert hätte, wenn ich ihn geheißen hätte, sich mit nacktem Hintern auf einen Eisklotz zu setzen. Damit er sich wenigstens ein bisschen körperlich ertüchtigte, schickte ich ihn in die Armee und konnte ihn danach zu einem wichtigen Spielstein auf meinem Schachbrett machen, indem ich ihn Yang Fengliang zur Seite stellte. Yang Fengliang hatte natürlich keine Ahnung von meiner Beziehung zu Qiu Aihua. Als ich einmal bei Yang Fengliang war, um ihm bei der Arbeit etwas über die Schulter zu schauen, fiel mir auf, dass Qiu Aihuas Benehmen der Militärdisziplin völlig unangemessen war. Ich gab ihm zwei schallende Ohrfeigen. Dann fragte ich Yang Fengliang, wer denn dieses Riesenbaby sei. Er solle den Kerl gut im Auge behalten. Yang Fengliang gab ihm noch einen Tritt hinterher und setzte ihm eine Frist, innerhalb deren er ein ausführliches schriftliches Schuldeingeständnis verfassen musste. Das hätte er wohl nie gewagt, wenn er gewusst hätte, dass das mein Ziehsohn war.

Als Yang Fengliang unterwegs war, wartete ich ungeduldig auf Nachricht von ihm. Nach ein paar Tagen musste er wohl angekommen sein. Ich rührte mich an dem Abend nicht vom Fleck und wartete. Ich wurde unruhig, denn auch Qiu Aihua hätte sich melden müssen, tat es aber genauso wenig. Das war schon sehr ungewöhnlich. Ich fragte mich, ob mir Yang vielleicht einen Streich spielte. Konnte er vielleicht meine Gedanken lesen?

Mensch, Fräulein, gar nicht dumm! 1943 hätten Sie das Zeug zu einer Spionin gehabt. Ich hatte Yang Fengliang in der Tat dorthin geschickt, um zwei Fliegen mit einer Klappe zu schlagen. Hätte er Ge Ren nämlich heimlich laufen lassen, ohne dass selbst die Geister und Götter etwas ahnten, wäre das besonders schön gewesen. Aber man muss auf jede Eventualität vorbereitet sein. Falls alles herausgekommen wäre und Dai Li einen Schuldigen gesucht hätte, hätte ich, so leid es mir getan hätte, Yang ins Messer laufen lassen.

Was? Ich hätte es auf meine Kappe nehmen sollen?

Also, wenn Yang Fengliang ein echter Kerl war, musste er auch für seine Taten geradestehen und die Verantwortung mutig tragen.

Ergänzungen zu Qiu Aihuas Tod

Der hochverehrte Fan überschätzte seine Schläue ein wenig. Denn Sun Guozhangs Ausführungen zufolge war Yang Fengliang längst darüber im Bilde, dass Qiu Aihua Fan Jihuais Zögling war:

> Auf dem Weg von Chongqing nach Baipi machte mich Yang Fengliang ausdrücklich darauf aufmerksam, dass Qiu Aihua gut behandelt werden musste. Qiu hatte ein Mondgesicht wie ein

Baby, war ein kleines Pummelchen und ziemlich selbstbewusst. Die wenigen Konserven, die wir hatten, gab ich immer ihm zu essen. Er besaß einen Plattenspieler, vermutlich ein Geschenk von Fan Jihuai. Yang Fengliang behandelte ihn überaus herzlich. Ich habe mit eigenen Augen gesehen, wie Yang Fengliang ihm eine Konservendose öffnete und sie ihm überreichte, damit alle sahen, wie sie mit Qiu umzugehen hatten. Als ich sein Verhalten einmal hinterfragte, erwiderte er, dass Qiu weder Vater noch Mutter habe und er ihn deshalb als sein eigen Fleisch und Blut betrachte. In Baipi plagten Qiu Aihua oft Albträume. Einmal machte er deswegen sogar ins Bett.

Ja, er hat ins Bett gepinkelt. Wenn mir dieses Kind später in Erinnerung kam, musste ich immer an seine Träume denken. Er träumte fortwährend von seinem Tod. Meines Erachtens lag der Grund dafür darin, dass er dem Tod bereits begegnet war. Sie wissen ja, ich beschäftigte mich später mit Philosophie. In vielerlei Hinsicht entspricht die Beschäftigung mit der Philosophie der Beschäftigung mit Albträumen. Auf Griechisch bedeutet Albtraum »ephialtes«. »Ephialtes« wurde zum Namen des Albtraumgeists. Der lateinische Name ist »incubus« und bezeichnet ebenfalls einen Dämon. Das deutsche Wort »Alb« bedeutet »Elf« und auch »Dämon«. Wang Jiling erzählte mir, dass Qiu kurz nach meiner Abreise umgekommen sei. Vielleicht wurde er tatsächlich von Dämonen verschleppt.

Qiu Aihua ist in dem großen Tunnel damals dem Tod begegnet. Den historischen Aufzeichnungen zufolge hatten in Chongqing zwei vernichtende Bombenangriffe der Japaner stattgefunden. Der erste ereignete sich vom 3. auf den 4. Mai 1939, als die japanische Marineluftwaffe von ihrem Stützpunkt in Wuhan aus zu einem schweren gezielten Bombenangriff auf Chongqing startete, für den sie die Blockade der Nationalen Luftwaffe durchbrach. Kawai gehörte damals der ersten Luftangriffsdivision der Marineluftwaffe an. In Minghuis Teehaus hat er Sekretär Guo und Bai Ling von der damaligen Situation erzählt:

Die Sache ereignete sich am Sommeranfang des Jahres 1939. Wir flogen einen Bomber mittlerer Größe und näherten uns etwa eine Stunde nach Mittag der Stadt Chongqing. Als unser Ziel bestimmte Gang Du, der bei uns im Flieger saß, ein belebtes Stadtviertel zwischen dem Himmelstor und dem Zhongyang-Park. Er zitierte die Worte eines Zen-Meisters: »Töte einen Buddha, wenn du einem Buddha begegnest; töte einen Ahnen, wenn du einem Ahnen begegnest.« Ein Zen-Meister, versteht ihr?

Insgesamt waren hundert konventionelle und siebzig Brandbomben gefallen. Am Nachmittag des darauffolgenden Tages rollte dann die nächste Stoßwelle heran. Beim ersten Mal waren sechsundzwanzig Flugzeuge im Einsatz gewesen, nun waren es siebenundzwanzig. Sie warfen zwar nicht sonderlich viele Bomben ab, erzielten aber eine Wunderwirkung. Einige Kirchen wurden zerbombt und einige Botschaften. Wie viele Zivilisten umkamen, weiß ich nicht.

In dem Buch *Japanischer Großbombenangriff* (Yudou Verlag, 1989) ist zu lesen, dass die Bombenangriffe an diesen beiden Tagen insgesamt dreitausendneunhunderteinundneunzig Tote, zweitausenddreihundertdreiundzwanzig Verletzte forderten und achthundertsiebenundvierzig Gebäude zerstörten. Darunter waren die folgenden Kirchen: Kirche der Heiligen Gesellschaft, Kirche der Stille, Theatergemeinde und Chinesische Jesusgesellschaft. Nachdem die katholische Kirche des Sieben-Sterne-Hügels niedergebrannt war, stand nur noch ihr dreißig Meter hoher Glockenturm mit der Uhr aus Frankreich.

Zwei Jahre später, am 5. Juni 1941, flog die japanische Armee erneut einen Luftangriff auf Chongqing. Der Angriff hatte das von Fan Jihuai beschriebene Blutbad im großen Tunnel zur Folge. Den historischen Quellen nach drängten die Menschenmassen in den Tunnel, als gegen sechs Uhr abends eine ohrenbetäubende Sirene das Bombardement ankündigte. Der Sauerstoff wurde knapp, und die Temperatur stieg stetig an. Aus dem Innern versuchten die Leute hinauszukommen, während andere von draußen hineinwollten, so dass die Aufregung wuchs. Die feindlichen Flieger erreichten Chongqing abends um sieben. Zu dem Zeitpunkt waren im Tunnel bereits unzählige Zufluchtsuchende totgetrampelt worden. Abends um acht und um zehn Uhr folgten zwei weitere »Stoßwellen« (*Kawais Worte*). Bis elf Uhr hatten nahezu alle Menschen im Tunnel ihr Leben gelassen, unter anderen auch Qiu Aihuas Eltern. Kawai war an diesen Luftangriffen nicht selbst beteiligt gewesen, war aber bestens mit ihnen vertraut:

> An den Bombenangriffen von 1941 war ich nicht beteiligt. Das war eine andere Division, die nichts mit uns zu tun hatte. Sie müssen wissen, dass unsere Marineluftwaffendivision die Ereignisse des 6. Juni nicht gutheißt: Zehntausend Überlebende sind erstickt, haben sich gegenseitig tot getrampelt oder sind vielleicht vor Schreck gestorben – das zeugt nicht gerade von einer ausgefeilten Kriegskunst. In einem lustigen Haiku-Vers heißt es: »Weht der Südwind Frühlingsblumen und den wilden Kuckuck sacht herbei, so reifen die Bananen, juchei.« Als der Südwind aber hierherwehte, waren die Bananen bereits reif. Mit dem Südwind hatte das also nichts zu tun gehabt.

Sicher hatte Qiu Aihua, dessen Hilferufe Fan Jihuai unter dem Leichenberg hörte, nicht damit gerechnet, im Dahuang-Gebirge sterben zu müssen. Gehen wir zurück zu jener entscheidenden Stelle in Aqings Bericht. Wegen eines Stücks Seife gerieten Aqings und Yang Fengliangs Untergebene aneinander. Aqing brachte zuerst seinen eigenen Mann um, schob den Mord dann Yang Fengliangs Mann in die Schuhe und begab sich anschließend zum Buddhatempel, wo Yang Fengliang wohnte. Aber Yang Fengliang lieferte Qiu Aihua an Aqing aus. Wir wissen ja bereits, dass nicht Qiu Aihua die Seife gestohlen hatte, sondern Wang Jiling, der spätere Dekan der Universität an der Meerenge. Nun können wir uns vorstellen, dass Yang Fengliang mitnichten Qiu Aihua an Aqing übergeben hatte, damit dieser ihn aus dem Weg räumte. Vielmehr wollte er verhindern, dass der Junge seinem Ziehvater geheime Informationen zutrüge. Ganz sicher hatte Yang Fengliang nicht damit gerechnet, dass Aqing außer Qiu Aihua auch ihn selbst, seine *Blumenklänge*-Freundin sowie seinen Sohn ermorden und sie alle als Fischfutter in den Fluss werfen würde.

Sofern diese Schlüsse richtig sind, können wir festhalten: Erstens wollte Yang Fengliang Ge Ren tatsächlich befreien; zweitens wollte Yang Fengliang von sich aus nicht mehr mit Fan Jihuai in Kontakt treten. Wenn Fan Jihuai im Folgenden behauptet, Yang Fengliang habe ihm ein Telegramm geschickt, steht dies in erheblichem Widerspruch zu den Fakten.

Bingying in den Nebelschwaden

Jetzt komme ich endlich zu Yang Fengliangs geheimem Telegramm. Damit hat er ja wirklich den Vogel abgeschossen. Ach, meine schlimmsten Befürchtungen sind wahr geworden. Das Telegramm bestand aus nur elf Wörtern: »Nummer null ist in Baipi. Eine geschickte Hand schreibt schöne Zeilen.« Damit wollte er mich doch nur ärgern. Ich wurde rasend vor Wut. Das Maß war voll!

Meine Stimmung war immer noch am Tiefpunkt, als ich erfuhr, dass Bingying in Chongqing war. Mein Untergebener hatte es mir gesagt. Bei dem Klavierlehrer seines Kindes war er Zeuge eines Ehekrachs geworden. Der Klavierlehrer hatte Bingying am Jiulongpo-Flughafen von Chongqing getroffen und danach den Anblick seiner Frau nicht mehr ertragen. Er sei ihr während seines Studiums in Japan bereits begegnet, und auch nach so vielen Jahren sei sie noch genauso hübsch gewesen wie früher.

Ohne seinen Worten eine besondere Bedeutung beizumessen, hatte er davon erzählt. Aber mein Untergebener kam sofort zu mir gerannt, um Bericht zu erstatten. Ich dachte mir: Was sucht sie denn ausgerechnet zum jetzigen Zeitpunkt hier? Ist sie wegen Ge Ren hier? Ich wurde nervös. Ich fuhr sofort zum Flughafen, um Bingyings Verfolgung aufzunehmen. Kennen Sie den Jiulongpo-Flughafen?

Genau, jetzt ist es der Jiulongpo-Bahnhof. Als Mao Zedong

und Zhou Enlai damals zu Verhandlungen nach Chongqing kamen, sind sie am Jiulongpo-Flughafen gelandet.

Sie war schnell gefunden. Bingying war im *Berg der singenden Fröhlichkeit* untergekommen. Ich habe umgehend jemanden hingeschickt, um sie im Auge zu behalten. Wahrscheinlich hatte sie gemerkt, dass sie beobachtet wurde, und ist deshalb zum Konfuziusteich gezogen. Das war eine Stätte, an der die Leute Konfuzius Opfer brachten. Dieser Umzug brachte so manches ans Licht. Der Genosse, den ich zur Beschattung abgestellt hatte, berichtete mir, dass Bingying sich nur mit einer einzigen Person getroffen habe. Nämlich mit Aqing.

Ich wies ihn an, dranzubleiben und sich etwas zu überlegen, wie er ihre Gespräche belauschen könne. Er sagte, dass sie anscheinend nichts Weltbewegendes besprächen. Er habe nur gesehen, wie sie am Tempel Räucherstäbchen angezündet hätten. Danach seien sie zurück zum Konfuziusteich gegangen und hätten Schildkröten befreit. Damals entließen die Buddhisten gerne die Schildkröten in die Freiheit. Sofort fuhr ich mit dem Auto zum Konfuziusteich. Durchs Fenster sah ich Bingying und Aqing. Sie hatten tatsächlich ein paar Schildkröten gekauft und waren gerade dabei, sie freizulassen. Chongqing, Stadt der Nebelschleier. Auch an dem Tag war der Nebel sehr dicht und die Sicht schlecht. Deshalb konnte ich Bingyings Gesicht kaum erkennen. Aber nur an ihrem Profil wurde ihre Grazie sichtbar. Auf dem Kopf hatte sie einen Hut mit breiter Krempe, der durch den Wind etwas schief saß und sie noch anmutiger erscheinen ließ.

Normalerweise trug Aqing seine Nase ja immer ziemlich hoch. Aber in Bingyings Gegenwart zeigte er sich absolut ehrerbietig. Während ich ihn beobachtete, kam mir die zündende Idee: Warum schickte ich diesen Kerl eigentlich nicht ins Dahuang-Gebirge? Sie wissen ja vielleicht, dass er früher Knecht in Bingyings Familie gewesen und mit Ge Ren später durch die Weltgeschichte gereist war.

Was? Das sagte ich bereits?

Sehen Sie, da wird die Geschichte der Gegenwart wieder zur

Geschichte der Vergangenheit, und im Handumdrehen ist alles vergeben und vergessen. Wahrscheinlich werde ich wirklich alt. Jaja, ich werde von euch allen ja auch immer hochverehrter Fan genannt. Es gibt sogar jemanden, der mich altehrwürdiger Fan nennt. Aber Sie brauchen mich nicht mehr hochverehrter Fan zu nennen, sagen Sie einfach Herr Fan.

Ich überlegte hin und her und in alle Richtungen und je mehr ich nachdachte, desto mehr spürte ich, dass Aqing genau das richtige Kanonenfutter dafür war. In diese Gedanken versunken, sah ich, wie sich Aqing und Bingying voneinander verabschiedeten. Erst ging er, und einen Augenblick später ging auch Bingying, die noch kurz am Teich stehen geblieben war. Ich nahm mit dem Auto ihre Verfolgung auf.

Beschatten?

Nein, ich habe sie doch nicht beschattet. Also wenn ich sie persönlich beschattet hätte, wäre das nicht nur ein großer Aufwand mit wenig Wirkung gewesen, sondern auch absolut unter meiner Würde. Ein Funktionär ist ein Funktionär und muss sich wie ein Funktionär verhalten. Ich verfolgte ihre Spur allein im Gedenken an meine Freundschaft mit ihr und Ge Ren. Der Nebel wurde dichter, und in den Nebelschwaden wirkte sie völlig verlassen.

Wir kamen in ein Restaurant. Ich erinnere mich noch, dass das Restaurant im Park der *Fröhlichen Harmonie* lag. Bingying betrat es. Und weil ich ja nicht ewig draußen warten konnte, ging ich ebenfalls hinein. Ich begab mich geradewegs ins obere Stockwerk. Über das Geländer hatte ich Bingying unten gut im Blick. Jemand trat an ihren Tisch und gab ihr einen Handkuss. Wer war der Kerl? Er stand mit dem Rücken zu mir, so dass ich sein Gesicht nicht erkennen konnte. Er gab Binying Essen ins Schälchen, und sie gab ihm Essen in sein Schälchen. Kaum hatte Bingying ihm Wein eingeschenkt, schenkte er ihr ein, kaum hatten sie zusammen angestoßen, stießen sie schon wieder an. Himmel, Arsch, wer war das? Wer war denn so angesehen, dass er Bingyings Gunst würdig war? Erst als er die Rechnung bezahlte, konnte ich ihn erkennen. Es war doch tatsächlich Kong Fantai. Den kennen Sie wahrscheinlich nicht, oder?

Er hatte während der 4.-Mai-Bewegung mit Ge Ren zusammen im Knast gesessen. Ich traf ihn später in Shanghai. Er war aus Frankreich zurück und wollte an der Shanghaier Universität unterrichten. Ich weiß noch, dass Ge Ren ihn als einen Nachfahren von Konfuzius in der vierundsiebzigsten Generation vorgestellt hatte. Damals lud ich ihn zum Essen ein. Man kann sagen, wir waren alte Freunde.

Nachdem sie auseinandergegangen waren, ließ ich Bingying von jemand anderem beobachten. Ich selbst heftete mich an Kong Fantais Fersen. Er bestieg einen Bambustragsessel und ließ sich in der Stadt herumkutschieren, in der schönen Stadt Chongqing mit ihren hohen Bergen und steilen Wegen. Mit dem Auto konnte ich da nicht fahren. Ich überließ den Wagen meinem Untergebenen und nahm mir ebenfalls einen Tragsessel. Nach einer Runde ging er überraschenderweise an den Konfuziusteich. Mein Untergebener saß zu dem Zeitpunkt bereits am Teich und wartete auf mich. Kaum war ich in Sichtweite, platzte er damit heraus, dass auch Aqing gerade angekommen sei. Da wurde Kong Fantai auf mich aufmerksam. Sofort setzte ich eine Miene auf, als hätte ich ihn auch gerade erst bemerkt, und ging mit großer Geste auf ihn zu.

Und er? Er war von meiner Herzlichkeit richtig bewegt, fing fast an zu heulen und bekam kein Wort raus.

»Wie klein die Welt doch ist«, sagte ich zu ihm. »Ich spaziere hier zufällig entlang, und da kamst du mir von hinten so bekannt vor. Aber dass du es wirklich bist, das hätte ich nicht gedacht.«

Ich nannte ihn Konfuzius, er nannte mich Rechtsanwalt Fan. Ich lud ihn auf ein Glas ein und anschließend noch zu mir nach Hause. An diesem Abend übernachtete er bei mir. Ich fragte ihn, was er in Chongqing zu tun habe, und er antwortete, dass er am Konfuziusteich seiner Ahnen gedenken wolle. Haha, wer sollte das denn glauben? Der Kerl wollte also bis nach Chongqing gereist sein, nur um ein paar Räucherstäbchen für die Ahnen abzubrennen? Ich brauchte Klarheit darüber, ob sein Aufenthalt etwas mit Ge Ren zu tun hatte. Deshalb kam ich auf unsere Begegnung seinerzeit in Shanghai zu sprechen. Ich hatte allerdings nicht damit gerechnet, dass er sofort in Tränen ausbrechen und nicht mehr zu beruhigen sein würde, ganz so, als stünde er am Grab seiner Eltern. Er habe in Frankreich erfahren, dass Ge Ren im Krieg gefallen sei, schluchzte er. Dann sagte er noch, dass es für einen Mann aber wohl die beste Art zu sterben sei, sein Leben auf dem Schlachtfeld zu lassen. Auch wenn seine Tränen und sein Rotz echt waren, nahm ich es ihm aus irgendeinem Grund nicht ab. Aber um Gewissheit zu erlangen, musste ich Bingying ins Spiel bringen. Wenn er zustimmen würde, Bingying zu treffen, dann hätte ich ihm geglaubt, wenn nicht, wäre klar gewesen, dass er nur schöne Worte machte.

»Bingying ist darüber völlig verzweifelt«, sagte ich. »Dass ein Paar, das füreinander bestimmt ist, auf diese Weise Lebewohl sagen muss und sich erst im Jenseits wiedersehen wird. Es ist bestimmt sehr tröstlich für Bingying, wenn wir sie besuchen und ihr ins Gedächtnis rufen, dass sie Ge Rens Andenken ehren kann, indem seinem Wunsch entspricht, aus ihrer Trauer Kraft zu schöpfen und für unser Land einen gebührenden Beitrag zu leisten.«

Kong Fantai stimmte zu, sagte dann aber, dass es Bingying ganz gut gehe. Er habe bei ihr keine besondere Verzweiflung feststellen können.

»Konfuzius, woher weißt du, dass sie nicht verzweifelt ist?«, fragte ich.

Er habe sie soeben getroffen, antwortete er, und habe mit ihr über das französische Theater gesprochen. Ge Ren habe sie mit keinem Wort erwähnt.

»Bingying? Ist Bingying also in Chongqing?«, tat ich erstaunt.

Dabei erhob ich mich ruckartig und stieß wie aus Versehen die Teetasse um.

»Ja«, sagte Konfuzius. »Sie ist in Chongqing, will aber niemanden sehen.«

Da war ich mir sicher, dass ihr Aufenthalt in keinerlei Zusammenhang mit Ge Ren stand. Ich fragte Kong Fantai noch, wen er von den alten Freunden sonst noch in Chongqing getroffen habe. Er nannte Aqing und fügte hinzu, dass er bei seinem Anblick sofort an Lu Xuns Ah-Q habe denken müssen, nur dass Ah-Q einen Filzhut trage und auf einer schwarzen Barke fahre. Aqing hingegen trage ein Käppi und fahre einen Jeep.

»Ja, ja«, sagte ich, »Aqing hat richtig was auf der hohen Kante.«

»Du aber auch«, erwiderte er.

Ich winkte schnell ab und erklärte ihm, dass ich zwar ein hoher Beamter sei, aber immer ein Diener des Volkes bliebe.

Ferrands Bericht

Im ersten Teil dieses Buches berichtete ich bereits über Ge Rens Gefängnisgenossen Kong Fantai, der mit Hilfe des Journalisten Jacques Ferrand nach Frankreich gegangen und dort zu einem Anhänger Rousseaus geworden war. Die beiden verband eine lebenslange Freundschaft. 1943 ging Kong Fantai nach Frankreich zurück, wo er kurz darauf einer Krankheit erlag. Nach seinem Tod verfasste Ferrand eine Reminiszenz an Kong mit dem Titel *L'entretien infini* (*Endlose Unterhaltung*). (Seinen gesammelten Werken gab er später ebenfalls diesen Titel.) Darin schrieb er auch über Kong Fantais Chinareise. Aus dem Text geht hervor, dass nicht eine Gedenkfeier für die Ahnen Anlass der Reise war, sondern die Kontaktaufnahme mit der von Lu Xun mitgegründeten *Chinesischen Liga zum Schutz der Bürgerrechte*. Der folgende Auszug nimmt Bezug auf Ge Ren, Bingying und Fan Jihuai:

> Aus einem Bericht über George Bernard Shaws Besuch in China (*Anmerkung: Shaw war im Februar 1933 nach China gereist*) erfuhr Kong Fantai erst 1942, dass Lu Xun, Cai Yuanpei, Yang Shuan und andere die *Chinesische Liga zum Schutz der Bürgerrechte* gegründet hatten. Ziel dieses Bündnisses waren die

Freilassung und der juristische Schutz politischer Gefangener, die Gewährleistung der Publikationsfreiheit, die Freiheit der Vereinsbildung, Meinungsfreiheit sowie Versammlungsfreiheit und sämtliche andere Grundrechte. Da diese Prinzipien mit Kong Fantais Glauben an die natürlichen Rechte des Menschen übereinstimmten, trat er daraufhin eine Reise nach China an, um mit der Liga in Kontakt zu treten. Er sprach mit mir über Ge Ren, seinen Gefängnisgenossen, den Dichter, der sich wie eine seltene Blume das Geheimnis der Individualität bewahrt hatte.

Nach dem Flug über die Kamelhöcker (*Anmerkung: ein Gebirgszug im Himalaja*) in seine Heimat erfuhr er, dass die Liga bereits im Juni 1933 wieder aufgelöst worden war. Er hatte die Reise also vergeblich unternommen. Es war ihm nicht einmal möglich gewesen, sich mit Yang Shuan, dem Generalsekretär der Liga, zu treffen, der damals Bernard Shaw empfangen hatte. Zurück in Frankreich, erzählte er mir, Yang Shuan sei im Juni 1933 in Shanghai, dem »Paris Asiens«, einem von Kuomintang-Agenten verübten Attentat zum Opfer gefallen.

In Chongqing begegnete er Ge Rens Witwe Bingying, ihrem früheren Diener Aqing und dem Rechtsanwalt Fan Jihuai, den er viele Jahre zuvor in Shanghai kennengelernt hatte. Er habe Bingying vorgeschlagen, mit ihm nach Frankreich zu gehen, aber dies habe sie wegen ihres Gesundheitszustandes abgelehnt. Interessanterweise waren der Diener Aqing und der Rechtsanwalt Fan just die Verantwortlichen des Geheimdienstes. Als sich Fan nach dem Grund für Kongs Aufenthalt in Chongqing erkundigte, führte dieser eine Gedenkfeier für seine Ahnen an. Diese Antwort schien den Anwalt überzeugt zu haben. Am folgenden Tag habe ihn Fan sogar persönlich zum Tempel begleitet, berichtete Kong. Auf einmal erblühte diese alte Freundschaft neu wie eine Knospe im Frühling, konnte aber gegen die unterschiedliche politische Auffassung der beiden nicht bestehen.

Fan ließ anklingen, dass er die natürlichen Grundrechte des Menschen ablehnte und sie für ein verantwortungsloses Ansinnen hielt. Kong fügte hinzu, dass Herr Fan ihn schließlich sogar verspottet habe, indem er sagte: »Ich bin nur ein Chinese und ein Anhänger von Konfuzius. Du aber als Konfuzius' Nachfahre hast seine Moralvorstellungen verraten.«

Fan hatte recht, denn die als zeitlose Werte geltenden konfuzianischen Moralvorstellungen bedurften keiner Unterstützung durch die Idee der Menschenrechte. Konfuzius hatte einen dualistischen Blick auf die Welt gehabt: geistig Arbeitender und körperlich Arbeitender, kleiner Mann und edler Herr, Sklave und Aristokrat. Konfuzius und Rousseau sind gewissermaßen ebenso unvereinbar wie Kohle und Eis. Herr Kong Fantai, der chinesische Edelmann und Anhänger Rousseaus, wandelte auf diesem Weg von Kohle und Eis bis in den Himmel …

Den Hintern sauber wischen

Als Konfuzius weg war, rief ich Aqing her und erzählte ihm, was ich vorher auch schon Yang Fengliang gesagt hatte.

Natürlich, angesichts der neuen Lage traten auch neue Fragen auf, die nicht unberücksichtigt bleiben durften. Deshalb gab ich ihm zu verstehen, dass er Yang Fengliang aus dem Weg räumen könne.

Wie ich das machte?

Das war eine meiner leichtesten Übungen.

»Aqing«, sagte ich zu ihm. »Wenn du ankommst und es sich anbietet, mit Yang Fengliang zusammenzuarbeiten, dann mach es. Wenn nicht, nimm einfach seine militärische Befugnis an dich.«

Als Aqing das hörte, freute er sich, als sei er gerade in den Hafen der Ehe eingefahren, und sagte, dass er die ihm von der Partei übertragene Aufgabe ehrenvoll erfüllen werde. Normalerweise hätte ich bei einer solch wichtigen Sache eine Aktennotiz schreiben müssen. Aber ich schrieb keine. Ich hatte absichtlich nichts geschrieben. Aqing war clever und sprach es eigens noch einmal an. Ich schwindelte etwas, als ich ihm sagte, Yang Fengliang wisse bereits Bescheid. Ich hätte ihn darüber informiert, dass der nächste Entsandte als meine Vertretung komme und er dessen Befehlen zu gehorchen habe. So machte ich mir nicht die Hände schmutzig. Ich war felsenfest davon überzeugt, dass Yang Fengliang keine Chance gegen Aqing hatte, obwohl er aus einer Diplomatenfamilie stammte und Zwischenfälle gewöhnlich argumentativ regelte. Wenn aber ein Gelehrter auf einen Soldaten trifft, findet sich selten eine gemeinsame Sprache. Aqing galt zwar auch als gebildet, aber zusammen waren die beiden wie Zauberlehrling und Zaubermeister. Wahrscheinlich hatte er das weiße Messer schon eingesteckt und nahm das rote heraus, bevor Yang Fengliangs Wortschwall zu einem Ende kam. Die Dialektik lehrt uns, dass man beide Seiten betrachten und Vor- und Nachteile gegeneinander abwägen muss. Deshalb dachte ich genauso über die Möglichkeit nach, dass Yang Fengliang Aqing umbringen könnte. Auch das wäre kein Weltuntergang gewesen. Denn wenn Yang Fengliang geahnt hätte, dass mein Vertrauen in ihn geschwunden war, hätte er Ge Ren bei der Flucht aus dem Dahuang-Gebirge geholfen. Für mich wäre auch das eine passable Lösung gewesen.

Aqing startete ebenfalls vom Jiulongpo-Flughafen. Als ich ihn dorthin brachte, fragte er mich, ob ich noch irgendwelche Anweisungen hätte.

»Wisch dir den Arsch sauber«, sagte ich nur.

Als er schon auf der Gangway war, rief ich ihm noch zugleich mahnend und ermutigend hinterher: »Hey, den Arsch!«

Natürlich kapierte er, was ich meinte. Ich wollte, dass er jedes Mal, wenn er sich den Arsch abwischte, an meine Worte dachte.

Als Aqing weg war, begann für mich wieder eine endlose Warterei. Genau wie beim letzten Mal war ich ungeduldig. In dieser Zeit bekam ich einen Anruf vom Chef (*Dai Li*). Mir blieb nichts anderes übrig, als ihn zu vertrösten und darauf hinzuweisen, dass wir in einer Informationsgesellschaft lebten. Information sei alles. Wenn Informationen aber nicht korrekt seien und leichtfertig behandelt werden, passierten schnell Fehler. Deshalb bat ich ihn, sich zu gedulden. Die politischen Richtlinien von oben lassen sich schließlich immer umgehen. Da ich fürchtete, er könne misstrauisch werden, gab ich ihm noch eine Beruhigungspille, indem ich versicherte, dass Aqing ihm, mir und der Partei absolut treu ergeben sei. Niemals werde er uns verraten, und sobald es Neues gebe, würde ich mich sofort auf den Weg machen. Egal was ich gesagt hätte, es wäre die Unwahrheit gewesen. Nach zwei Tagen rief Dai Li wieder an und bestellte mich ins Shulu-Haus. Dort befahl er mir, nach Wuhan zu fahren, da dort ein amerikanischer Pilot von den Japanern gefangen genommen worden sei. Ich sollte mit den Japanern verhandeln und anschließend von Wuhan aus ins Dahuang-Gebirge reisen. Wenn ich im Dahuang-Gebirge feststellen sollte, dass diese Person tatsächlich Ge Ren sei, hätte ich jeder seiner Forderungen nachzukommen. Würde sich Ge Ren der Regierung ergeben, nähme die Regierung ihn auf und gestattete ihm, eine eigene Partei zu gründen, der im Nationalen Verteidigungsrat sechs Parlamentssitze zur Verfügung gestellt würden. Ich erkundigte mich bei Dai Li noch, ob die Worte des Vorsitzenden Chiang für bare Münze zu nehmen seien.

»Das sehen wir später«, antwortete Dai Li. »Wenn's keine sechs sind, dann eben fünf. Wenn nicht fünf, dann vier.«

Meiner Ansicht nach waren vier schon gar nicht übel.

Kommen wir dann jetzt wieder auf den gefangenen Amerikaner zurück. Ich muss sagen, dieses kleine Japan war ganz schön mutig, sich gegen Amerika zu stellen. Das war doch ein Kampf zwischen David und Goliath. Natürlich hatte auch diese Sache zwei Seiten: Die Amis waren ziemlich aufgeblasen, es ging ihnen um nichts anderes als ihre politische Vorherrschaft, und ständig mischten sie sich in die inneren Angelegenheiten anderer Länder ein. Dass das kleine Japan ihnen mal einen Denkzettel verpasste, war nicht das Schlechteste. Zumindest bot sich dadurch eine Gelegenheit, uns bei den Amis einzuschmeicheln.

Ich führte den Befehl sofort aus und nahm einen Japaner mit. Er war ein japanischer Spion und hieß Junichi Inamoto.

Ich weiß es noch ganz genau, der Kerl sprach nicht nur fließend Hochchinesisch, sondern auch Kantonesisch. Ja, ich wollte diesen japanischen Genossen gegen den Ami austauschen.

Auf dem Schiff von Chongqing nach Hankou ging mir unentwegt durch den Kopf, dass sich die Geschichte gerne wiederholt, wenn sie auch ein wenig variiert. Als ich zum ersten Mal ins Dahuang-Gebirge gefahren bin, geschah dies auf Ge Rens Einladung hin, und am Ende war ich der Gefangene. Dieses Mal war Ge Ren an der Reihe, gefangen genommen zu werden. Gehen wir noch weiter zurück bis damals, als wir zusammen auf einem Postdampfer zum Studium nach Japan unterwegs waren. Und jetzt fuhr ich wieder auf einem Postdampfer, um Ge Ren zur Kapitulation zu bewegen.

Auf dem Schiff redete ich ununterbrochen auf Junichi Inamoto ein. Ich erklärte ihm, dass China und Japan nur durch einen schmalen Wasserstreifen getrennt seien und beide Länder daher eine freundschaftliche Nachbarschaft pflegen sollten.

»Du bist glücklicherweise ein aufgeklärter Mensch mit einem unabhängigen Urteil«, fügte ich hinzu. »Du musst versuchen, es zu einer Führungsperson im Widerstand gegen diesen illegalen Krieg zu bringen.«

Er spitzte die Ohren, hörte zu und schwieg. Als er aber hörte, dass ich in Japan studiert hatte, wurde sein Umgang mit mir sofort herzlicher. Ich habe viele gute Freunde in Japan, sagte ich, und er fragte mich nach ihnen. Daraufhin erzählte ich von meiner guten Beziehung zu Kawatas Familie, von Kawai und Yoko. Ich fügte hinzu, dass ich nach Ende des Krieges einen Beitrag zur chinesisch-japanischen Freundschaft leisten wolle und meine alten Freunde wieder besuchen würde.

»Du kannst mir ruhig glauben«, sagte ich. »Chinesen halten immer ihr Wort.«

Fräulein, Sie wissen ja schon, dass ich Japan tatsächlich noch einmal besuchte.

Richtig, auch jetzt fahre ich ins Dahuang-Gebirge, um Kawai zu treffen. Auch das ist ein Beitrag zur chinesisch-japanischen Freundschaft.

In Hangkou blieb ich zwei Tage. Dort stand schon verdeckte Hilfe aus dem Untergrund bereit (*Anmerkung: hier ist der Kuomintang-Geheimdienst gemeint*), so dass ich den Piloten im Nu ausgetauscht hatte und ihn zurück nach Chongqing schicken konnte. Während dieser zwei Tage war die gesamte Jianghan-Ebene ein einziges Schlachtfeld. Man konnte die Augen gar nicht überall haben, wo die Geschosse flogen. Jederzeit hätte dir eins den Kopf einschlagen können. Deshalb wollte ich nichts lieber, als diesem verfluchten Ort schleunigst wieder den Rücken zu kehren. Während ich meine Reisevorbereitungen für den Abend traf, tauchte plötzlich wie aus dem Nichts ein Japaner vor mir auf. Ich erkannte ihn erst gar nicht. Er lehnte am Türrahmen mit einem Blumenstrauß in der Hand. Ein Strauß Bergkirschblüten. Die Blumen waren getrocknet. Fräulein, ich würde wetten, dass Sie nicht erraten, wer es war.

Hahaha, es war Kawai, der, den ich jetzt besuchen will. Tja, wenn man vom Teufel spricht. Er wollte von mir wissen, wo sein Bruder abgeblieben war. Die Blumen habe seine Mutter vom Grab des Vaters gepflückt, für seinen Bruder Kawata. Kawata würde beim Anblick der Blumen sofort wissen, was seine Mutter ihm mitteilen wolle.

»Und was soll das sein?«, fragte ich ihn.

Er solle den Familienbesitz erben, erwiderte Kawai. Fräulein, wahrscheinlich ist Ihnen nicht bekannt, dass die Japaner den Familienbesitz immer an den Ältesten vererben. Alles, was der Erstgeborene ausschlägt, geht dann an den Zweitältesten über. Während ich mit ihm redete, dachte ich, dass er meine Adresse bestimmt von Junichi Inamaoto hatte. Und da kam er in solch einer Situation an?

Als seine Mutter ihm die Kirschblüten gegeben hatte, habe sie gesagt, dass er schon herausbekomme, wo sein Bruder ist, wenn er nur Ge Ren, Huang Yan oder Fan Jihuai ausfindig mache. Ge Ren sei nun aber tot. Huang Yan sei zwar nicht tot, halte sich aber im weit entfernten Yan'an auf. Auch wenn er ihn treffen wollte, sei es ihm wohl kaum möglich. Daher sei nur ich übriggeblieben, bei dem er sich erkundigen könne. Er redete lieber von Erkundigungen und nicht davon, dass er von mir verlange, seinen Bruder herbeizuschaffen. Was sollte das auch? Sein Bruder war lange tot. Aber eins hätte ich ihm sagen können:

»Dein Bruder ist in China gestorben. So hat er doch das Glück, ein japanischer Volksheld zu werden. Darauf solltest du richtig stolz sein. Merkst du nicht, dass du deinen Bruder herabwürdigst, wenn du so ein enttäuschtes Gesicht machst?«

Na ja, so etwas konnte ich natürlich nur denken, durfte es aber unter keinen Umständen aussprechen. Fräulein, während ich diesen Gedanken noch nachhing, verzogen sich auf einmal die dunklen Wolken aus meinem Gemüt. Volksheld! Volksheld!

Sie haben recht, wenn Sie mich daran erinnern, dass ich schon mal so etwas Ähnliches sagte, als mich damals die Nachricht von Ge Rens Tod in der Schlacht von Erligang erreichte. Trotzdem, in Gegenwart des Japaners empfand ich dieses Gefühl viel intensiver. Während ich meinen Gedanken weiter freien Lauf ließ, fiel mir ein, dass ich mir Kawai ja auch zunutze machen könnte, damit Ge Ren ein weiteres Mal zum Volkshelden würde, sollte ich gezwungen sein, ihn zu töten.

Was? Ein Auftragsmord? Aber Mädel, was reden Sie denn da? Ich habe doch wahrlich in jeder Sekunde ausschließlich Ge Rens Interessen im Blick. Für jemand anderen würde ich mir weiß Gott nicht derart den Kopf zerbrechen.

Okay, wenn Sie sich nicht davon abbringen lassen, kann ich es auch nicht ändern. Aber als ein erfahrener alter Mann muss ich Ihnen sagen, dass die Dinge schon immer so funktionierten. Wenn es um ein hehres Ziel geht, darf man nicht einmal den miesesten Trick scheuen. Ebenso wenig, wie dies ein Anwalt im Gericht bei der Verteidigung seines Mandanten tut. Fräulein, bitte merken Sie sich eins: Es hat noch nie einen Rechtsanwalt gegeben, der die geringsten Schuldgefühle bei der Verteidigung seines Mandanten empfindet. Seine Spucke ist auch bei der Verteidigung eines Unschuldigen giftig.

Fräulein, strecken Sie mir doch nicht die Zunge heraus. Sie

sind ja wirklich noch ein Kind. Solche Dinge verstehen Sie noch nicht: Wenn man klein ist, existiert für jeden nur das, was er sieht, er lebt nur für den eigenen Blick. Auf einmal bist du aber erwachsen. Dann betrachten dich die anderen, und du bist, was sie sehen. Dann lebst du für den Blick der anderen. Kapiert?

Überlegen Sie mal, Ge Ren war sehr klug, er hätte ganz bestimmt begriffen, dass das alles nur zu seinem Besten war. Vielleicht klingt es ein wenig unsinnig, aber um ihm in einer Welt von Verrückten zu ewigem Ruhm zu verhelfen, musste ich solch eine tapfere Entscheidung treffen. Ich fasste den Entschluss, aufzubrechen und Kawai ins Dahuang-Gebirge mitzunehmen, damit er sich bei Ge Ren höchstpersönlich nach seinem Bruder erkundigen konnte. Das sagte ich natürlich nicht so direkt, sondern musste dafür einen hübschen Bogen spannen: »Ich wollte mich gerade auf den Weg in den Süden machen, um einen Freund zu besuchen. Dieser Freund könnte über den Verbleib deines Bruders Bescheid wissen. Wenn ich Genaueres in Erfahrung gebracht habe, lasse ich es dich wissen.«

Nein, ich sagte ihm nicht, dass es sich bei dieser Person um Ge Ren handelte. Sonst hätte er bestimmt gedacht, ich würde ihm einen Bären aufbinden, weil er ja bereits von Ge Rens Tod erfahren hatte. Kaum hatte ich zu Ende gesprochen, machte er mir eine Blume zum Geschenk und sagte: »Hochverehrter Fan, du bist wirklich wie die Sieben Glücksgötter. So sagen wir Japaner.«

Wir waren unter uns, da musste man nicht so förmlich sein.

»Ach, was für Sieben Glücksgötter denn?«, erwiderte ich. »Hör auf, mir zu schmeicheln. So sind die traditionellen Moralvorstellungen der Chinesen. Damals wart ihr großzügig mit mir, jetzt revanchiere ich mich. Wenn ich zurückkomme, lasse ich mir schon etwas einfallen, wie ich dich informiere.«

Er unterbrach mich sofort:

»Wenn du jetzt gehst, muss ich fürchten, dass ich dich schon wieder aus den Augen verliere.«

»Vertraust du mir denn immer noch nicht?«, fragte ich ihn. »Aber wenn du keine Not und zum anderen auch den Tod nicht scheust, hindert dich nichts daran, mit mir zu kommen.«

Dieses kleine Japan, immer gehetzt, die Dinge werden entweder ganz oder gar nicht gemacht. Also ging es noch am selben Abend los. Er sagte, dass er mit dem Auto aus Wuhan hinausfahren wolle und anschließend in den Zug umsteigen. Mein Untergebener verstand kein Wort, wenn Kawai Chinesisch sprach. Auch mich brachte er ganz durcheinander. Immerhin war es schon ewig her, dass ich in Japan gewesen war. Für die Flucht schwärzten wir uns das Gesicht mit Ruß und färbten uns die Haare mit Asche. Wir sahen aus wie Landstreicher.

Die Pferde galoppierten auf direktem Weg zu dem Ort Wulongquan. Erst dort atmeten wir durch und wuschen uns das Gesicht. Unsere Spiegelbilder im Wasser waren unansehnlich, hässlicher als ein Teufel. Was für Hundstage. Mein Elend vermag niemand zu ermessen. Und Kawai, der war immer noch an meiner Seite und hetzte mich dermaßen, schnell loszureiten. Ich kochte vor Wut. Wenn Aqing sich jetzt gemeldet hätte, um mir zu sagen, dass es sich bei der Person nicht um Ge Ren handle, hätte ich auf der Stelle kehrtgemacht, und mit dieser Quälerei wäre Schluss gewesen. Das Problem war nur, dass ich auf dem ganzen Weg ins Dahuang-Gebirge nichts von Aqing hörte.

Sieben Glücksgötter und Elsternschmaus

Vor der feierlichen Eröffnung der *Grundschule der Hoffnung* veranstalteten Fan Jihuai und Kawai ein legendäres Treffen, das in dem zuvor erwähnten Hotel *Jadeblumengarten* stattfand. Der hochverehrte Fan wohnte im dritten Stockwerk, Kawais Zimmer befand sich im zweiten. Bai Ling schrieb, dass Fan Jihuai wie ein »selbstgefälliger Zampano« Kawais Audienz erwartete. Als Kawai eintrat, berichtete Bai Ling, und sich verbeugt hatte, umarmten sich die beiden. Anschließend begannen sie eine Unterhaltung, in der Kawai erneut bekräftigte, dass Fan Jihuai für ihn den Sieben

Glücksgöttern in nichts nachstehe. Den Mitschnitt der folgenden Passage aus der »freundlichen Unterhaltung« hat Guo aufbewahrt:

KAWAI: Herr Fan ist für mich wie die Sieben Glücksgötter. Es ist Schicksal, dem hochverehrten Fan begegnet zu sein. Hätte ich ihn 1943 nicht kennengelernt, wäre ich nach Nagasaki zurückversetzt worden. So ist es einigen meiner Freunde ergangen, die anschließend in die Kamikaze-Spezialtruppe kamen. 1944 flogen sie von Nagasaki aus auf die Philippinen und wurden hinterher alle pulverisiert.

FAN JIHUAI: War das die Yamato-Besatzung im Kamikaze-Spezialtrupp?

KAWAI: Genau. Aber sie wären auch umgekommen, wenn sie nicht auf den Philippinen gewesen wären. 1947 fielen nämlich die amerikanischen Atombomben auf Hiroshima und Nagasaki. Ich bin erst nach Nagasaki zurückgekehrt, als der Krieg vorbei war. Ein hässlicher Anblick. Als ich 1990 wieder dorthin reiste und die Kirschblüten am Hafen sah, musste ich aus heiterem Himmel an Herrn Fans Verdienste und seine Redlichkeit denken.

FAN JIHUAI: Ach was! Bei uns in China gibt es eine alte Weisheit: Einem Menschen das Leben zu retten wiegt mehr, als eine siebenstöckige Pagode zu bauen. Ich erinnere mich, dass du mit einem Strauß Kirschblüten in Hankou vor mir standest.

KAWAI: Mit einem solchen Strauß bin ich auch ins Dahuang-Gebirge gekommen. Allerdings hatte ich damals noch nicht geahnt, dass ich jemanden töten sollte und dass dieser Jemand Ge Ren war.

FAN JIHUAI: In China gibt es noch eine Weisheit: Lass die Vergangenheit ruhen. Wir brauchen jetzt nicht alles noch mal aufzuwärmen. Wie geht es dir denn gesundheitlich?

KAWAI: Es gibt keinen Grund zu klagen, nur die Alterserscheinungen, Magen-Darm, na ja … etwas Verstopfung eben.

FAN JIHUAI: Vor vielen Jahren kannte ich einen Arzt (*Anmerkung: gemeint ist Bai Shengtao*), der sagte mir, dass das Fleisch der glückverheißenden Elstern bei Magen-Darm-Geschichten helfe. Ich weiß noch, dass es männliche Elstern sein müssen.

Es liegt auf der Hand, dass Fan Jihuai Kawai von diesem Thema abbringen wollte, aber Kawai bemerkte es nicht und plapperte einfach weiter. Er erzählte, dass er damals tatsächlich von der japanischen Marine desertiert sei, zum einen aus Angst vor dem Tod, zum anderen weil er sich auf die Suche nach seinem Bruder machen wollte. Nach seiner Desertion wurde er von der japanischen Armee verfolgt. Daher sei er nicht wieder nach Wuhan gegangen, sondern nach Hongkong geflohen. Dort hielt er sich bis heute vor den Schergen des japanischen Geheimdienstes versteckt. Später war er mit den Engländern in Kontakt getreten und hatte ihnen eindringlich klargemacht, dass er ein »Kriegsgegner« sei. Mit deren Hilfe fuhr er dann auf der *Empress of Britain* nach Amerika. Auch wenn er sich als »Kriegsgegner« in Amerika aufhalten durfte, plagten ihn über die Jahre zusehends Heimweh und Sehnsucht nach Mutter und Schwester. Als er im Jahr 1973 zufällig erfuhr, dass der japanische Yasukuni-Schrein baulich um das »Vogelnest« (*einen Torbogen*) erweitert werden sollte, fällte er eine Entscheidung, die im Widerspruch zu seiner seit Jahren aufrechterhaltenen pazifistischen Gesinnung stand: Er wollte für den Bau des »Vogelnestes« spenden und im Schrein eine Gedenktafel für seinen Bruder Kawata anbringen lassen – es braucht offenbar nicht viel, vom »Kriegsgegner« zum Nationalisten zu werden. Er sagte, dass dies ebenfalls der Wunsch seiner Schwester gewesen sei. Ihr sei ein Brief des älteren Bruders Kawata in die Hände gefallen, als sie nach dem Tod der Mutter die Bestattung vorbereitete. Darin habe Kawata der Mutter erklärt, warum er nach China gegangen sei. Mit einer großen Summe Geld in der Tasche machte er sich auf den Weg zurück nach Japan.

KAWAI: Ich hatte mit meiner Schwester den Treffpunkt an der Station Kudanshita vereinbart (*Anmerkung: U-Bahn-Station in Tokyo nahe dem Yasukuni-Schrein*). Meine Schwester hielt das Foto unseres älteren Bruders in der einen Hand, in der anderen eine kleine Armeeflagge, die Flagge der Marine. Auf dem Foto warst auch du, wusstest du das? Es war unser Erinnerungsfoto aus dem Restaurant *Zum glücklichen Knaben*. Da haben wir uns über »Shina«, Ge Ren und Huang Yan unterhalten.

FAN JIHUAI: Ich bin auch darauf? Das ist ja richtig wertvoll, es ist ein Symbol der chinesisch-japanischen Freundschaft. Wie geht es deiner Schwester? Sie war damals wirklich schön wie ein Strauß Schmetterlingsblütler.

KAWAI: Auch sie ist alt geworden. Sie hatte immer eine kleine Tasche bei sich, und ich dachte, dass sich darin bestimmt das Erbe unserer Mutter befindet. Aber als ich sie einmal aufmachte, sah ich eine akkurat zusammengelegte Soldatenuniform, genau wie meine damalige Uniform, mit funkelnden Epauletten und Knöpfen.

FAN JIHUAI: Sekretär Guo, überleg dir mal, wie man das Foto abfotografieren kann, und häng es dann in den Materialraum der *Grundschule der Hoffnung*. Die chinesisch-japanische Freundschaft muss bewahrt werden, eine Generation vermittelt sie der nächsten. Die Geschichte darf nicht in Vergessenheit geraten. Geschichte zu vergessen ist Verrat, das muss man sich merken.

Eine Hotelangestellte erschien und geleitete sie hinunter zum Abendessen. Unterwegs auf dem mit Blumen geschmückten Gang flehte Sekretär Guo Fräulein Bai im Flüsterton an, sie möge den hochverehrten Fan darum bitten, dass dieser Kawai davon abbringe, »China« in der Öffentlichkeit stets »Shina« zu nennen. Das »hört sich hässlich an. Unser Bürgermeister ist da sehr eigen. Der chinesisch-japanischen Freundschaft zuliebe sollte man ihm das lieber nicht zumuten.« Als Bai Ling dem hochverehrten Fan Guos Anliegen überbrachte, griff dieser nach ihrer Hand und knetete sie, um zu bedeuten, dass er bereits im Bilde sei.

In der allgemein angeheiterten Stimmung des Abends hielt Fan eine Rede, deren Mitschnitte mir bei meiner ersten Interviewreise nach Baipi in die Hände gefallen waren. Auch wenn Fan Jihuais Stegreifrede wirr war und er sich gelegentlich versprach – zum Beispiel nannte er Kawai ständig Kawata –, konnte er mit seinem Gefühlsüberschwang große Wirkung erzielen:

> Der alte Gaul im Stall will tausend Meilen laufen. Betagte Helden dürstet es nach großen Taten. Und was hatte es früher mit unserem Lied »Wenn das Lied im Strom erstirbt, wir den Blick gen Osten wenden« auf sich? Hat das nichts zu tun mit »Zehn Jahre versunken vor einer Wand, auf dass die Gedanken diese durchbrechen, zu stärken unser Land widmen wir uns der Wissenschaft«? Der Ausdruck »zehn Jahre versunken vor einer Wand« stammt aus Indien, aus dem indischen Buddhismus, der Begriff »Shina« stammt ebenfalls aus Indien. Im fünften Jahrhundert nannten sich chinesische buddhistische Gelehrte »Shina-Männer«. Auf seiner Pilgerreise in den Westen sagte der Mönch Xuanzang immer wieder gerne »unser großes Shina« und war richtig stolz dabei. Nachdem dann der Buddhismus von China nach Japan gelangt war, übernahmen auch die Japaner den Namen »Shina«. Manche Genossen sagen, dass uns die Japaner erst seit der Edo-Zeit (*Anmerkung: 1603–1867*) »Shina« nennen, nachdem das englische Wort »China« nach Japan gelangt war. Das ist aber ein absolut wahnwitziger Unsinn! Das Gesetz fordert Fakten als Grundlage, daher beschäftigen sich unsere Juristen ausschließlich mit Fakten. Ich möchte eine Frage in den Raum stellen: Wird dadurch die Geschichte des chinesisch-japanischen Kulturaustausches denn nicht absichtlich beschnitten? Sie können ja Herrn Kawai fragen, in welcher Situation uns die Japaner denn nun wirklich »Shina« nannten. Okay, seht doch, Herr Kawai stimmt mir zu. Nach der japanischen Niederlage trat die chinesische Regierung in Verhandlungen über die japanischen Besatzungsgebiete und erklärte, dass »Shina« eine ungehobelte Sprache und Ausdruck von Geringschätzung sei. Sie sollten aufhören, uns »Shina« zu nennen und ab sofort »Republik China« sagen. Als ich davon erfuhr, hielt ich mich bereits im Ausland auf und wusste sofort, dass Chiang

Kaishek bald erledigt sein würde. Der hatte doch Minderwertigkeitskomplexe, war durch und durch voller Komplexe. Wenn man Haare hat, braucht man sich nicht davor zu fürchten, dass andere von Glühbirnen sprechen. Aber es ist doch klar, der alte Chiang ist ein Glatzkopf, kein Halm wächst auf seinem Kopf. Da kommen die Leute und wollen dir schmeicheln, sagen, dass du ein Urgestein der Geschichte bist und eine stabile Grundlage hast, aber du meinst, dass sie dich verspotten. Da war der Rückhalt wohl ganz offensichtlich nicht gerade groß. Eine solche Regierung gewinnt selbstverständlich nicht mehr die Herzen des Volkes, sie bricht selbstverständlich zusammen.

Genossen, soeben habe ich mich mit Herrn Kawata (*Kawai*) unterhalten und mit Freuden vernommen, dass er unser Land respektvoll »Shina« nennt. Genossen, hier wird das Problem deutlich. Herr Kawata (*Kawai*) achtet unsere Geschichte, er liebt unsere Geschichte. Das ist die Basis unserer freundschaftlichen Zusammenarbeit.

Ein Prosit auf die chinesisch-japanische Freundschaft!

Mit diesen Worten versetzte der gebildete Herr Fan die Zuhörer in Staunen. Bai Ling berichtete, dass Herr Kawai ihn nach dem Bankett auf sein Zimmer begleitete.

»Zigarette«, sagte der hochverehrte Fan.

Hastig reichte ihm Herr Kawai eine.

»Wasser«, sagte der hochverehrte Fan.

Kawai nahm von einer Hotelangestellten eine Teetasse respektvoll mit beiden Händen in Empfang.

»Feuer«, sagte der hochverehrte Fan.

Herr Kawai zündete ihm daraufhin die Zigarette an. Er zog ein Mal daran, lobte den guten Tabak und drückte sie aus.

»Jetzt habe ich dir deinen Arsch richtig sauber geputzt«, sagte Fan. »Merk dir eins, wenn du Baipi verlässt, sagst du nicht noch einmal ›Shina-Mann‹. Du warst doch in Amerika, also nenn uns doch ›Chinese‹. Übrigens, weißt du eigentlich, dass Huang Yan in Chinatown ist? Ich habe keine Ahnung, ob er noch lebt.«

Recherche

Ich kann gar nicht mehr sagen, wie viel Not und Qualen ich unterwegs erlitten habe, weil ich all das tun musste. Ist es denn nötig, das an die große Glocke zu hängen? Wohl nicht. Woran ich mich nämlich gar nicht gewöhnen kann, sind Leute, die aus Angst, niemand könnte es bemerken, aus jeder Kleinigkeit eine Riesensache machen. Allerdings, mein liebes Fräulein, sollten Sie aus Verantwortung dem Leser und auch den folgenden Generationen gegenüber das (*die unterwegs erlittene Not*) schon in Ihrem Text zur Sprache bringen. Alles klar?

Zum Beispiel wie wir das Flugzeug versteckten oder dass wir Hunger gelitten haben. Darüber können Sie schon schreiben. Bitte setzen Sie Ihrer Phantasie keine Grenzen. Ich sag mal so, Sie können davon ausgehen, dass ich so ziemlich jede Notlage kenne, die Sie sich vorstellen können.

Ob Kawai auch gelitten hat? Ja, das gebe ich zu. Aber er machte das für sich selbst, ich hingegen litt für Ge Ren. Diesen Unterschied sollten Sie nicht unter den Tisch fallen lassen.

Im Dahuang-Gebirge blieb ich zunächst in Shangzhuang, bevor ich nach Baipi ging. Baipi war von dort aus nicht mehr weit. Bei meiner ersten Reise ins Dahuang-Gebirge hatte ich als Erstes die kleine Kirche von Shangzhuang besucht, dieses Mal tat ich es ebenfalls. Die Kirche ist jetzt blitzsauber, als ob jemand darin gewohnt hätte. Allerdings ergab eine Durchsuchung durch meine Leute keinen Anhaltspunkt dafür. Ich war innerlich aufgewühlt, als ich mich dort hinsetzte und an meinen ersten Besuch dachte. Damals hatte mir Aqing eine Schüssel zum Füßewaschen gebracht. Er hatte sie vor mein Bett gestellt, so dass sich der Vollmond ganz unwirklich darin spiegelte. Mein Untergebener schien zu ahnen, was mich bewegte, und brachte mir eine Wasserschüssel. Also begann ich mit meiner Arbeit, während ich mir die Füße wusch. Ohne genaue Voruntersuchungen hat man doch nicht das Recht, den Mund aufzumachen. Ohne ausreichende Informationen ist es unmöglich, eine Strategie zu bestimmen. Wie auch immer, die vorrangige Aufgabe war die Recherche, um genügend Informationen zusammenzutragen.

»He, du kleiner Teufel«, sagte ich zu meinem Untergebenen. »Geh! Ich kann das Wasser selbst auskippen. Geh nach Baipi und schau dir an, was Yang Fengliang und Aqing dort für ein Spiel treiben. Und bring mir auch gleich die *Blumenklänge*-Freundin mit.«

Er fragte mich, ob ich sie singen hören wolle.

»Verdammt!«, schimpfte ich. »Seit wann geht es hier ums Singen. Zuerst kommt die Arbeit, dann das Vergnügen. Also los!«

Aber er bestand darauf, das Wasser wegzuschütten, bevor er ging. Jaja, heute kann man lange nach einem solch vorbildlichen Genossen suchen.

Als er fort war, rief ich Kawai zu mir. Ich war gerade auf der Suche nach einer ruhigen Ecke, um mich mit ihm zu unterhalten, da kam mein Untergebener schreiend angerannt. Bei Kawais Anblick zögerte er einen Moment.

»Red schon«, sagte ich zu ihm. »Was ist passiert?«

Er sei einem Ausländer begegnet, der gerade auf dem Weg hierher sei, stammelte er. Ausländer? Hier gab es Ausländer? War es ein örtlicher Geistlicher? Dann sah ich durchs Fenster tatsächlich einen ausländischen Kerl. Es war ein Geistlicher, ein Mitarbeiter des Internationalen Roten Kreuzes. Pater Ellis, wie ich später erfuhr. Von Ge Ren wusste ich bereits, dass der Pater in der Kirche für Ordnung gesorgt hatte.

Ich ließ meinen Untergebenen Ellis herholen. Als er mich sah, zögerte er einen Moment, dann sagte er »Herr Fan« zu mir. Aber woher kannte der meinen Namen? War dieses Militärgeheimnis etwa schon durchgesickert? Ich fragte ihn einfach und erinnere mich ganz genau, dass er mit zwei Worten antwortete: »Ge Shangren.«

Ich glaubte, dass er Ge Ren Ge Shangren nannte, weil er den Namen auf Chinesisch nicht richtig aussprechen konnte. Ge Ren hatte ganz bestimmt von Yang Fengliang und Aqing erfahren, dass ich nach Baipi kommen würde. Also hatten sie Verrat begangen, und dafür würde ich sie beide beseitigen, dachte ich mir.

Letztendlich konnte ich ja alles aufklären. Der Chef (*Dai Li*) war also richtig informiert gewesen: Die Person, um die es ging, war in der Tat Ge Ren, und ganz gewiss war er noch hier. Wie soll ich sagen, Fräulein, ich hatte es nicht anders erwartet. Trotzdem! Als wäre mir eine Gräte im Hals stecken geblieben, verschlug es mir in dem Moment die Sprache. Nach einer Weile kehrten meine Lebensgeister zurück, und ich bat ihn, genauer zu berichten. Er sagte nicht, dass er Priester war, sondern nur ein Arzt, der Ge Shangren behandle. Er habe Ge Shangren von hier fortbringen wollen, aber Ge Ren habe mit der Begründung abgelehnt, dass noch ein anderer Arzt anreisen werde, um ihn zu behandeln. Dieser Arzt heiße Fan Jihuai.

»Das sind doch sicher Sie«, sagte er.

»Hast du denn in Japan nicht Medizin studiert?«, sagte Kawai neben mir auf einmal.

Auch gut. Die ganze Zeit hatte ich mir schon Gedanken darüber gemacht, wie ich das Gespräch am besten auf Ge Ren lenken konnte. Das war mir nun abgenommen worden. Ich zog ihn zur Seite und sagte: »Genau, du kleiner Japaner. Der, zu dem ich dich bringen will, ist unser gemeinsamer Freund Ge Ren. Er ist noch am Leben. Nur er allein weiß, wo dein Bruder abgeblieben ist.«

Kawai riss den Mund auf und bekam ihn gar nicht mehr zu. Dann wollte er auf der Stelle zu Ge Ren.

»Sei vernünftig!«, mahnte ich ihn. »Wenn die anderen erfahren, dass du Japaner bist, stichst du hier in ein Wespennest.«

Er wusste nicht, was »Wespennest« heißt, und starrte mich skeptisch an. Ich zog meinen Revolver und zielte auf ihn. Da war ihm klar, dass mit mir nicht zu spaßen war. Er blieb artig stehen wie ein braves Hündchen.

Den Abend verbrachte ich mit Pater Ellis. Ich wies meinen Untergebenen an, Kawai einzuschließen, damit er nicht auf dumme Gedanken kam. Bei Pater Ellis tat ich so, als wollte ich mich ernsthaft mit Ge Rens Krankengeschichte beschäftigen, und bat ihn, mir zu berichten, wie es Ge Ren gehe. Er sagte, dass Ge Ren an Tuberkulose leide. Dummes Zeug, wieso habe ich nichts davon gewusst? Aber ich blieb ganz ruhig und sagte nichts. Pater Ellis berichtete, dass er Ge Ren Penicillin gespritzt habe und sich sein Zustand dadurch leicht verbessere. In Ordnung, sagte ich, dann solle er ihm weiter Spritzen geben. Er hielt mich tatsächlich für einen Arzt und diskutierte mit mir sogar die verschiedenen Behandlungsmethoden bei Tuberkulose. Die Ausländer sind derart naiv, mir fehlen die Worte. Als ich dann auch noch behauptete, ich sei Christ, begannen seine Augen zu leuchten, und er strich sich überglücklich den Bart.

Marx?

Ja, auch Marx hatte einen Vollbart. Ein wenig glichen sich die beiden schon. Ich sag mal so: Wenn Marx wie ein Pferd aussah, sah Pater Ellis wie ein Esel aus. Hahaha, der sah wirklich wie ein Esel aus. Er wollte, dass ich mit ihm zusammenblieb, um Kranke zu behandeln und gleichzeitig zu missionieren.

»Tolle Idee!«, rief ich. »Ärzte lösen die Probleme des Körpers, Missionare die Probleme des Geistes. Der Körper ist die materielle Grundlage, der Geist der Überbau. Um mit zwei Händen zuzupacken, müssen beide Hände gleich kräftig sein.«

Er freute sich wie ein Schneekönig und strich sich weiter über den Bart. Ohne großen Aufwand hatte ich sein Vertrauen gewonnen. Damit hatte ich bei ihm die richtige Saite angeschlagen, denn er hörte gar nicht mehr auf zu sprechen. Schnell hatte ich heraus, dass sich Ge Ren in der *Schleusentor-Schule* aufhielt.

Richtig, das ist jetzt unsere *Grundschule der Hoffnung*.

Fräulein, wollten Sie nicht etwas über Bai Shengtao wissen?

Okay, dann komme ich jetzt zu ihm. Als Erstes erzählte mir dieser Ausländer mit dem langen Bart damals, dass Bai eingetroffen war.

»Doktor Bai kann ja auch hierbleiben und mit uns gemeinsam arbeiten«, hatte er gesagt.

»Doktor Bai?«, fragte ich verdutzt. »Wer ist das?«

»Das ist ein chinesischer Arzt«, erwiderte er. »Aqing hat

ihn hergeholt, damit er Ge Ren behandelt. Doktor Bai stellt immer sehr merkwürdige Rezepte aus«, fügte er hinzu. »Mit Fuchskot.«

Als ich das hörte, dachte ich, dass Bai Shengtao wohl ein Quacksalber aus der Gegend sein müsse. Erst später erfuhr ich, dass er aus Yan'an kam und ein Magen-Darm-Spezialist war.

Immer mit der Ruhe, Fräulein, ich komme später noch mal auf ihn zurück. Ich habe wohl noch nicht erwähnt, dass ich häufig an ihn denke. Über Jahre kam er mir bei jeder Verstopfung, die ich hatte, in den Sinn. Aber nicht nur dann musste ich an ihn denken, sondern auch, wenn ich Bananen aß.

Was?

Nicht einmal davon wissen Sie etwas?

Dann erkläre ich es Ihnen: Wenn man bei Verstopfung Bananen isst, wird der Stuhl genau wie Bananen, weder hart noch weich.

Aber zurück zum Thema. Meine Recherchen dauerten damals bis weit nach Mitternacht. Als ich am nächsten Morgen wieder zu Pater Ellis kam, war er bereits weg. Er hatte mir die Nachricht hinterlassen, dass er weggefahren sei, um Medizin für Ge Ren zu besorgen. Wohin er genau gefahren war, hatte er nicht geschrieben. Ich hätte ihn also gar nicht finden können, auch wenn ich ihn gesucht hätte. Der war mit allen Wassern gewaschen, wirklich mit allen. Ausländern kann man eben nicht über den Weg trauen.

Was? Sie glauben, ich wollte ihn umbringen?

Ha, kluges Köpfchen. Ich will Ihnen nicht verschweigen, dass ich mit dem Gedanken gespielt hatte. Es gibt ein passendes Sprichwort: Für ein großes Ziel ist jedes Mittel recht. Aber noch bevor ich mich rühren konnte, hatte sich dieser Esel aus dem Staub gemacht.

An diesem Morgen berichtete mir mein Untergebener, dass Yang Fengliang nicht in Baipi sei. Es pochte in meinen Schläfen. Offensichtlich hatte Aqing ihn bereits beseitigt.

»Und die *Blumenklänge*-Freundin?«, fragte ich.

Die habe er auch nicht gefunden. Scheiße! Hatte Aqing etwa

auch sie umgebracht? Bei dem Gedanken krampfte sich mir das Herz zusammen. Mir nichts, dir nichts unschuldige Menschen töten, das war die reine Verachtung der Partei und der Disziplin, der reine Anarchismus! Als ich später Bai Shengtao traf, lernte ich von ihm noch ein neues Wort: Liberalismus. Dabei stimmen Theorie und Praxis völlig überein, kaum dass sie miteinander in Verbindung treten.

Richtig, Aqing hat einen liberalistischen Fehler begangen.

Was sagen Sie?

Ich soll ihn dazu gebracht haben? Wie kommen Sie denn darauf?

Ach, jetzt, wo Sie das sagen, fällt es mir wieder ein. Ja, ich habe ihm erklärt, dass er sich den Hintern sauber wischen soll. Wenn ich das gesagt habe, kann ich meine Schuld nicht leugnen. Die Geschichte ist Vergangenheit, da werde ich nicht versuchen, mich aus der Affäre zu ziehen. Sie müssen doch mitbekommen haben, dass ich damals meinte, er könne Yang Fengliang, sofern erforderlich, ins Jenseits befördern. Aber doch nicht die *Blumenklänge*-Freundin.

»Kleiner Teufel«, sagte ich zu meinem Untergebenen. »Bitte sei so gut, geh noch mal hin und bring meinen Sohn Qiu Aihua her.«

Der kleine Teufel brachte ewig keinen Ton heraus. Erst nach einer ganzen Weile erklärte er, dass Qiu Aihua zusammen mit Yang Fengliang vermisst werde.

Beginn der Selbstfindung

Nachdem Pater Ellis Baipi den Rücken gekehrt hatte, berichtete er Pater Beal in einem Brief von seinen Gesprächen mit Ge Ren und Fan Jihuai. Pater Beal nahm diesen Brief, den ich im Folgenden auszugsweise zitiere, in sein Buch *Zeremonien des Ostens* auf:

> Dank Aqings Erlaubnis konnte ich mich in einem kleinen Innenhof mit Shangren unterhalten. Er saß mit übereinandergeschlagenen Beinen auf einer Holzbank und sprach sehr leise.

»Ein Herr Fan wird ins Dahuang-Gebirge kommen und in Shangzhuang übernachten«, sagte Shangren.

Seine Worte überraschten mich. Er lachte auf, dann hustete er leicht. Als ich ihn fragte, woher er das wisse, erwiderte er, dass er es des Nachts geträumt habe. In seinem Traum seien er und Fan auf einem Postdampfer unterwegs nach Japan gewesen. Sein Bett habe unentwegt geschaukelt wie ein Schiff auf dem Meer. Dabei lachte er immer noch.

»Wenn das stimmt«, sagte ich zu ihm, »dann war es wohl eine Offenbarung. Gott heißt dich in deinem Traum, Baipi zu verlassen. Auf ähnliche Weise hatte sich Gott Moses zu erkennen gegeben, damit dieser die Israeliten aus Ägypten führte. Furchtgebietend ist sein Name und heilig. Die Furcht des Herrn ist der Anfang der Weisheit; alle, die danach leben, sind klug. Sein Ruhm hat Bestand für immer.«

Die Zeit kann ein wohlmeinender Komplize des Bösen werden. Deshalb versuchte ich ihn dazu zu bewegen, jenen Ort zu verlassen. Dafür zog ich sogar die chinesische Traumdeutungslehre heran und erklärte ihm, dass ein Schiff das Symbol für den Aufbruch sei und er diesem Hinweis folgen solle.

»Ich habe zwar ein Ziel«, antwortete er, »aber noch keinen Weg.«

Als ich ihm zum Schluss riet, zum Christentum überzutreten, sagte er: »Kein Glaube konnte mir bis zum heutigen Tag Trost spenden. Dennoch liebe ich das Leben. Denn mein einziges Ziel ist es, meine Autobiographie zu schreiben. Sie wird faszinierender als all meine Romane und erzählt davon, wie ich zu dem Menschen wurde, der ich heute bin. Wahrscheinlich wird das der Beginn meiner Selbstfindung, wenngleich mir bereits klar ist, dass ich dieses Werk nicht vollenden kann.«

Er stand auf und holte ein gelbes Blatt Papier, auf dem in seiner Handschrift *Wandelnder Schatten* stand. Demnach wollte er offenkundig an diesem Ort bleiben. Als ich für ihn betete, rannen ihm die Tränen über die Wangen. Seit ich ihn in Baipi getroffen hatte, sah ich ihn zum ersten Mal weinen. Er schien sich seiner Tränen zu schämen und errötete. Sein Gesicht war so rot wie das sich im Wasser spiegelnde Morgenrot.

»Kindheitserinnerungen sind unvergesslich«, sagte er. »Niemand aber vermag die Kindheit zurückzuholen.«

Er riet mir, Baipi alsbald zu verlassen:

»Dies ist nicht der Ort, an dem du verweilen solltest. Ich hätte sonst keine ruhige Minute mehr.«

Seine Voraussage von Herrn Fans Eintreffen zeigte, dass sich Shangren bereits eingehend Gedanken über sein Schicksal gemacht hatte. Ich glaubte, diese Freundschaft könnte ihn vor dem Tod bewahren, da in den Psalmen über die Freundschaft steht, dass sie den Fels zur Wasserflut wandelt und Kieselgestein zu quellendem Wasser. Tatsächlich begegnete ich Herrn Fan in Shangzhuang. Er ist schlank, höflich und ernsthaft wie ein mittelalterlicher Klosterbruder. Meine Erwartungen in ihn waren groß, so dass ich mich die halbe Nacht mit ihm unterhielt. Da Ge Ren mir gesagt hatte, er sei früher ebenfalls Arzt gewesen, sprach ich ihn mit Doktor Fan an. Der Schmelztiegel prüft das Silber, der Ofen das Gold, der Mensch aber wird geprüft im Urteil dessen, der ihn lobt. Ich lobte Herrn Fan als tugendhaften Menschen und fragte ihn aus Rücksicht auf Shangren nicht nach dem wahren Grund seiner Reise. Ich wollte ihn nicht verärgern. Denn: Schwer ist der Stein und eine Last ist der Sand, doch der Ärger mit einem Toren ist schwerer als beide. Ich erzählte ihm, dass es hier einen Fluss und im Frühling saftige Wiesen gebe, weidende Schafherden, eine Kirche und Frauen, die den Reis mit Mörser und Stößel schälen. Ich genösse die Ruhe und behandelte die Armen, wenn sie erkrankten. Als ich bemerkte, dass er ermüdete, schlug ich ihm vor, sich auszuruhen. Dennoch ließ er sich beinahe bis zum Morgengrauen Zeit damit. Ich nutzte die Gelegenheit, um zu Shangren zu eilen und ihn davon zu unterrichten, dass die Offenbarung eingetroffen und Herr Fan in Shangzhuang aufgetaucht sei. Aber die Wachposten ließen mich nicht zu ihm, da er die halbe Nacht gearbeitet hatte und erst am frühen Morgen zu Bett gegangen war. Ich kehrte nicht mehr nach Shangzhuang zurück, sondern begab mich auf direktem Weg nach Kanton, um für Shangren Medikamente zu besorgen. Es war schon hell, als ich Baipi verließ. Zu dem Zeitpunkt hatte Herr Fan den Brief, den ich ihm hinterlassen hatte, sicher bereits gelesen, dachte ich. Darin hatte ich ihm einen Sinnspruch gewidmet: »Das geknickte Rohr wird er nicht zerbrechen und den glimmenden Docht nicht löschen, bis er dem Recht zum Sieg verholfen hat. Und auf seinen Namen werden die Völker ihre Hoffnung setzen.« Wenn Fan etwas auf seinen Namen hält, würde er Shangren nicht sterben lassen, dachte ich.

Einer Anmerkung am Ende des Briefes ist zu entnehmen, dass Pater Ellis die *Schleusentor-Schule* verlassen vorfand, als er zwei Wochen später nach Baipi zurückkehrte.

Aqings Arbeitsbericht

Aqings Spürnase war sogar feiner als die eines Hundes. Dabei spreche ich nicht von einem gewöhnlichen Köter, sondern mindestens von einem Polizeihund. Als ich an diesem Morgen nämlich zu Ge Ren aufbrechen wollte, stand er vor meiner Tür. Kaum war er drin – zack! –, schlug er die Hacken zusammen und verbeugte sich umständlich. Mit beiden Händen hob er seine Waffe über den Kopf, damit ich mir ihn vorknöpfen konnte. Er stank nach Alkohol und nach Zwiebeln. Ich hasse Zwiebeln. Fräulein, mögen Sie gerne Zwiebeln?

Nein?

Klasse, toll. Da könnten wir es ganz offensichtlich gut miteinander aushalten. Wenn wir zurück in Peking sind, ziehen Sie sofort bei mir ein. Ich besitze ein altes Hofhaus.

Nun gut, sprechen wir später darüber, jetzt geht es um Aqing. Ich dachte mir damals, dass der Kerl gewiss nicht sonderlich trinkfest sei, denn sich zu betrinken war ein absolutes Tabu. Besoffene sagen die Wahrheit, und gibt es etwas Gefährlicheres, als die Wahrheit zu sagen? Ich zog die Augenbrauen zusammen und schrie:

»Aufstehen! Ein Soldat, der sich einen Dreck um die Disziplin und sein Benehmen schert! Ein Unding! Aufstehen!«

Da richtete er sich langsam wieder auf und sagte, dass er die Aufgabe nicht ganz ordentlich habe erledigen können und ihn dem Chef gegenüber ein schlechtes Gewissen plage.

»Erzähl mal, ganz langsam«, sagte ich. »Und setz dich.«

Er wagte es nicht, sich hinzusetzen, sondern blieb artig stehen. Während er redete, rieb er sich unentwegt das Knie. Wie schrecklich, schlimm, was Yang Fengliang passiert ist. Fräulein, fragen Sie nur einmal meine Sekretärin, dann wissen Sie, dass ich eine große Stärke habe: Ich sorge mich unheimlich um das Volk und meine Untergebenen. Er erzählte, dass Yang Fengliang unfreundlich zu ihm gewesen sei, als er in Baipi ankam. Nicht nur, dass Yang eine Zusammenarbeit verhindert habe, er habe auch ständig Streit gesucht. Aqing sagte, er habe sofort Ge Ren besuchen wollen, aber Yang habe versucht, es zu unterbinden, indem er ihm nicht verraten habe, wo sich Ge Ren aufhielt. Yang Fengliang habe sich seinen Anweisungen widersetzt und überall herumposaunt, dass Ge Ren in Baipi sei.

»Tatsächlich? Und wer alles soll es erfahren haben?«, fragte ich ihn.

»Meinst du, dass es noch ein Geheimnis ist, wenn Zong Bu davon weiß?«, erwiderte er. »Zong Bu ist ein Nachrichtenmann, schlimmer als der Rundfunk in Chongqing. Wenn er es weiß, dann weiß es die ganze Welt.«

Himmel, Arsch! Das hatte meine Befürchtungen bei weitem übertroffen. Das war ein Hieb in die Magengrube.

»Ja, red schon, red schon«, befahl ich ihm.

»Eines Tages habe ich dann erfahren, dass Ge Ren in der *Schleusentor-Schule* ist«, erzählte er.

Da sei er morgens früh aufgestanden, um sich zu vergewissern. Als er aber dort ankam, hätten ihn Yang Fengliangs Leute gepackt. Aqing verschränkte die Hände auf dem Rücken und ging vor mir auf die Knie, um mir zu demonstrieren, wie ihn Yang Fengliangs Männer angeblich gefoltert hätten. In dem Moment sei Ge Ren dazugekommen, der gerade unter Aufsicht von zwei Wachleuten einen Spaziergang im Phönixtal gemacht hatte. Er habe Ge Ren grüßen wollen, aber die Männer hätten ihm den Mund mit einem Schal gestopft. Das hatte ihm offenbar zugesetzt, denn er sagte, dass ihm seit seiner Kindheit bis zu diesem Tag nur zweimal der Mund mit einem Schal gestopft worden sei, wenn man dieses Mal mitzähle. Damit machte er mich neugierig. Ich erkundigte mich, wo er das denn zum ersten Mal erlebt habe.

»In Hangzhou«, sagte er.

Damals habe er jemandem erzählt, dass Ge Rens Vater mit einem Revolver erschossen worden sei. Um ihn zum Schweigen zu bringen, habe Ge Rens Schwiegervater Hu An ihm einen Schal in den Mund gestopft. Dieser Halunke. Wieso erzählte er ausgerechnet in diesem Augenblick solch ein Zeug? Wollte er damit sagen, dass er von derselben Herkunft wie Ge Ren war? Oder wollte er sagen, dass er Ge Rens Familie nicht schätzte?

Falsch, Fräulein. Hier geht es nicht darum, beide Seiten der Frage zu betrachten. Nach meinem Verständnis wollte er Folgendes ausdrücken: Auch wenn Ge Ren früher gut zu mir war, heißt das noch lange nicht, dass ich in allem mit ihm übereinstimme. Wie auch immer du das Problem mit Ge Ren löst, mit mir, Aqing, hat das nichts zu tun.

War das ein Teufel, dieser Kerl!

Ich wollte aber wissen, was er noch so auf Lager hatte, und ermutigte ihn, sich alles von der Seele zu reden. Da erzählte er, dass er zu Yang Fengliang gegangen sei, als er wieder in Baipi war. Yang Fengliang habe sich bei ihm entschuldigt und behauptet, es habe sich um ein Missverständnis gehandelt. Im Interesse der Allgemeinheit habe Aqing einen Streit vermeiden wollen. Aber dann habe Yang Fengliang begonnen, ihn im Detail darüber auszufragen, wer ihm verraten habe, dass Ge Ren in der *Grundschule der Hoffnung* eingesperrt war (*Anmerkung: Schleusentor-Schule*). Schließlich habe er jemanden namens Qiu Aihua ins Visier genommen.

»Qiu Aihua? Wer ist denn das? Der Name kommt mir doch irgendwie bekannt vor«, habe ich mit voller Absicht gesagt.

»Qiu Aihua ist einer von Yang Fengliangs Leuten«, antwortete Aqing. »Aus Chongqing, hellwach und tüchtig und dabei auch noch anständig. Er konnte es nicht ertragen, dass Yang Fengliang seine Pflicht vernachlässigt, es stattdessen mit der *Blumenklänge*-Freundin treibt und sich Chiang Kaisheks Bewegung ›Neues Leben‹ widersetzt.«

Dadurch sei Qiu Aihua Yang Fengliang zunehmend ein Dorn im Auge gewesen, und er habe nur noch auf eine Gelegenheit gewartet, ihn zu beseitigen.

»Und dann?«, fragte ich.

Als einer von Aqings Leuten an dem Abend von seiner Patrouille zurückkam, habe er am Weiße-Wolken-Fluss auf einmal jemanden schreien und heulen hören: »Ihr Bastarde, ihr habt einen grausamen Tod verdient!«

Danach seien einige Schüsse gefallen – peng, peng, peng! Aqings Gehilfe sei sofort zu ihm gekommen, habe ihm davon berichtet und sei dann mit den Truppen losgezogen, um die Sache unter die Lupe zu nehmen. Als er das erzählte, fing Aqing an zu weinen. Er sei zu spät gekommen, habe nur noch Qiu Aihuas Leiche in einer Blutlache vorgefunden.

»Warum hast du mir darüber nicht Bericht erstattet?«, fragte ich ihn.

Als er wieder im Dahuang-Gebirge war, habe er mich ja informieren wollen, aber Yang Fengliang hatte den Telegraphen zerstört. Bei diesen Worten ging er wiederum vor mir auf die Knie und klagte darüber, dass er seine Aufgabe nicht ruhmreich zu Ende gebracht habe. Er bat darum, dass ihn der Chef von Chongqing aus dafür bestrafe. Als ich mich nach Yang Fengliangs jetzigem Verbleib erkundigte, stand er sofort stramm und sagte in eifrigem Ton: »Ich habe mir gedacht, dass du vielleicht nach Baipi fahren musst. Aus Sicherheitsgründen und auch um den Toten zu rächen, habe ich Yang Fengliang beseitigt.«

»Und die *Blumenklänge*-Freundin?«, fragte ich.

Daraufhin antwortete er: »Wenn die Hündin den Schwanz nicht hoch trägt, kann der Rüde sie nicht besteigen. Dass Yang

Fengliang so tief gesunken war, hatte sie doch zu verantworten. Deshalb habe ich auch sie beseitigt.«

Auf der einen Seite konnte ich seine Ausführungen natürlich nicht ganz glauben. Aber weil er angetrunken war, hatte er trotzdem mein Vertrauen. Betrunkene sagen bekanntlich die Wahrheit. Auf der anderen Seite, was hätte ich tun sollen, wenn ich ihm nicht geglaubt hätte? Hätte ich Aqing an Ort und Stelle aus dem Weg geräumt, wäre das der Sache auch nicht dienlich gewesen. Deshalb konnte ich nur gegen meine Überzeugung handeln und lobte ihn für seine gute Tat. Zudem versprach ich, Dai Li von seiner Heldentat zu berichten und ihn um eine Auszeichnung für seine Verdienste zu bitten. Er salutierte und bedankte sich respektvoll. Tja, als ich zwei Tage später von Doktor Bai erfuhr, was Aqing in Wirklichkeit verbrochen hatte und unter welchen Umständen Yang Fengliang ums Leben gekommen war, hatte der sich längst aus dem Staub gemacht.

Nein, er war nicht nach Chongqing geflohen. Ich weiß nicht, an welchen Höllenort er gegangen ist. Aber ich komme nicht umhin, ihn für seine damalige Spionagetätigkeit zu loben. Mir kommt gerade der Gedanke, dass er möglicherweise absichtlich Alkohol getrunken hatte, um mir einen Bären aufzubinden. Fräulein, in einem einzigen Wassertropfen spiegeln sich alle Sonnenstrahlen. Zur selben Zeit erlangte ich nämlich noch größere Gewissheit darüber, dass Chiang Kaishek am Ende sein musste: Wenn sogar ein Kerl wie dieser Aqing derartige Heldentaten vollbringen konnte, da mussten die Kommunisten doch siegen. Und, habe ich es nicht richtig vorausgesagt?

Na ja, das kommt aber alles erst später.

Nachdem Aqing zu Ende erzählt hatte, lehnte er sich gegen die Tür und ließ mir den Vortritt. Er wolle mir Geleitschutz geben und mich zu Ge Ren bringen. Seinem Tonfall nach zu urteilen, lag es offenbar in seiner Hand, ob ich Ge Ren lebend anträfe. Auf der Straße stand ein Pferd bereit. Während ich mir meine weißen Handschuhe von den Fingern zog, bewegte ich mich auf das Tier zu. Die Handschuhe schienen aber an meine Hände angewachsen zu sein. Wie kam es, dass ich sie nicht ausziehen konnte? Erst da bemerkte ich, dass meine Handflächen ganz nass waren und die Handschuhe durchtränkt hatten. Wie sollte ich mich denn jetzt bei dem Treffen mit meinem alten Freund verhalten? Auf einmal wurde mir bewusst, dass ich Yang Fengliang und Aqing sehr wahrscheinlich Unrecht getan hatte. Hätte Ge Ren gehen wollen, so hätten ihn Yang Fengliang genauso wie Aqing freigelassen. Er war jedoch geblieben. Das konnte nur bedeuten, dass er auf mich gewartet hatte, um über alte Zeiten zu plaudern. Als mir diese Gedanken durch den Kopf gingen, liefen mir Tränen über das Gesicht.

Fräulein, das waren Tränen der Rührung. Ich befahl Aqing, vorauszureiten und Ge Ren auszurichten, dass ich nachkäme. Aber Aqing tat, als wäre er volltrunken und käme nicht auf das Pferd. Ich musste meinen Untergebenen bitten, ihm hochzuhelfen. Hahaha, da hat sich Aqing ganz schön blamiert. Auf der einen Seite hilft man ihm hoch, auf der anderen stürzt er wieder runter. Zum Schluss schlug er sich noch das Schienbein an einem Stein blutig.

Die Wirklichkeit ist eine Illusion

Eines wird beim Vergleich von Aqings und Fan Jihuais Berichten deutlich: An zahlreichen Stellen weichen ihre Schilderungen ein und derselben Begebenheit deutlich voneinander ab. Aqing hatte beispielsweise behauptet, er sei in der *Schleusentor-Schule* Fan Jihuai begegnet, als sein Gehilfe mit der Sänfte in der Schule eintraf, um Ge Ren so an einen sicheren Ort zu bringen: »Dann haben zwei meiner Leute die Sänfte zur *Schleusentor-Schule* gebracht. Aber kurz vor dem Ziel wimmelte es nur so von Wachposten. Himmel und Erde in Angst und Schrecken und die Götter zu Tränen gerührt, ich konnte keinen klaren Gedanken mehr fassen, alles drehte sich. Das war's, dachte ich, Fan Jihuai ist da und Ge Ren kommt hier nicht mehr weg.« Fan Jihuai behauptete aber, dass er Aqing in Shangzhuang begegnet sei, »als ich an dem Morgen nämlich gerade zu Ge Ren aufbrechen wollte, stand er vor meiner Tür«.

Wie jeder, der viel liest, glaube ich irrtümlicherweise, dass ein Bericht, je detaillierter er ist, umso wahrer wird. Anders ausgedrückt: Während ich Fan Jihuais Aufnahmen anhörte, dachte ich mehrfach, dass Aqing die Unwahrheit gesagt hatte, denn Fan Jihuais Schilderungen nehmen öfter auf geschichtliche Ereignisse Bezug. Ein Neurologe hatte mir dazu erklärt, dass ich, ohne es zu wissen, ein Anhänger der »humanen Evolutionstheorie« sei, nach der einem die Menschen, wenn man sie besser kennt, immer vertrauenswürdiger erschienen.

In der Tat, »Wirklichkeit« ist ein illusorischer Begriff. Wenn man die vom hochverehrten Fan angeführte Zwiebel zugrunde legt, dann erscheint die »Wirklichkeit« wie der Zwiebelkern, den es nicht gibt. Du schälst die Zwiebel Schicht für Schicht, und zum Schluss bleibt nichts übrig. Da ich dieses Gemüse nun schon einmal als Beispiel herangezogen habe, möchte ich in aller Kürze anmerken, dass Fan Jihuais Aussage, Aqing habe Zwiebeln gegessen, äußerst zweifelhaft ist. Zwiebeln werden in Baipi nämlich erst seit 1968 angebaut.

Überdies geht meine Einstellung zur Wirklichkeit auch auf ein Gespräch zurück, das ich mit Fräulein Bai Ling führte.

»Wenn es Ihnen gelingt, von Fan Jihuai etwas über die Hintergründe von Ge Rens Tod herauszubekommen«, hatte ich zu ihr gesagt, »werden Sie sicher nicht leer ausgehen.«

Sofort machte sie sich über mich lustig und sagte: »Woher soll ich bei einer so langen Zunge, wie Fan Jihuai sie hat, wissen, ob er die Wahrheit sagt?«

Sie fügte hinzu, dass sie sich nicht einmal sicher sei, ob sie selbst die Wahrheit sage.

»Um zu beweisen, dass er gute Zähne hat, kaute er im Zug einige Dutzend Eiswürfel«, fuhr sie fort. »Seine Zähne waren wirklich gut, denn beim Kauen ließ er es ordentlich knacken. Aber es waren die dritten Zähne. Man kann also wirklich nicht sagen, dass dritte Zähne keine Zähne wären.«

Immer wieder fand sie irgendwelche Gründe für ihre Erklärungen, mit denen sie mich jedes Mal sprachlos machte.

Völlig gedankenlos äußerte sie noch einen weiteren Satz und rief: »Verarsch mich nicht! Alles ist falsch, außer dem Dollar.«

Daher betonte sie in den Honorargesprächen, dass sie keine Renminbi akzeptiere. Nur wenn ich sie in Dollar bezahlte, würde sie mir die Ware (*die Kassette*) aushändigen.

»Es gibt aber auch falsche Dollars«, scherzte ich. »Mein Urgroßvater war ein Experte im Dollarfälschen.«

Sie hatte nicht gewusst, dass mein Urgroßvater der seit langem verstorbene Hu An war. Sofort wurde ihre Stimme leiser, und sie fragte mich, ob ich ihr bei einer Sache behilflich sein könne. In einer Bank in der Nähe der Schule stehe ein Geldscheinprüfgerät, das ebenso viel wert sei wie die Ohren eines Tauben – reine Dekoration. Falschgeld erkenne die Maschine meistens nicht.

»Manchmal fängt sie plötzlich an zu piepen, und dann ist das Geld aber doch echt.«

Das könne also nur bedeuten, dass das Geldscheinprüfgerät auch eine Fälschung ist, bemerkte ich. Sicherlich sei es ein Imitat. Als ich das aussprach, wurde mir auf einmal bewusst, dass jeder Versuch, die »Wirklichkeit« zu erfassen, so vergeblich ist wie Aqings Versuch, auf das Pferd zu steigen: Du hilfst ihr von einer Seite hoch, und sie fällt auf der anderen wieder hinunter.

In Gedanken versunken hörte ich Bai Ling plötzlich in ernsthaftem Ton sagen: »Verarsch mich nicht, ich kann auch ein Gutachten von einem Sachverständigen einholen.«

Ja, Bai Ling hatte es wirklich getan, wie ich von einem ihrer Freunde erfuhr. Dieser Freund war jener »Sachverständige«, von dem sie gesprochen hatte. Er hieß Mick Jagger, ein Namensvetter des Sängers der Rolling Stones. Bedauerlich, dass auch Jagger Nummer zwei nicht beurteilen konnte, welche Dollarnoten echt und welche falsch waren. Als wir in einem Restaurant saßen, gestand er mir, dass es Bai Ling ein wenig peinlich gewesen sei, mit ihm zum Geldscheinprüfgerät zu gehen. Ich könne darin keinen Grund sehen, gekränkt zu sein, sagte ich zu ihm. Dieses Gewerbe war doch von der Sehnsucht nach Wahrheit geprägt: Auch wenn alles falsch ist, wenigstens die Sehnsucht ist echt.

Zwar sprach ich von Bai Ling, aber es traf genauso auf mich

selbst zu: Gäbe es diese Sehnsucht nach der Wahrheit nicht, wäre es mir nicht möglich gewesen, Ordnung in die drei Teile dieses Buches zu bringen und mir den Kopf über Korrekturen, Ergänzungen und Glättungen von groben Fehlern, Auslassungen und Widersprüchen zu machen. Schon zu weit bin ich durch den Nebel getappt. An einigen Stellen bin ich ratlos, weil ich es nicht vermag, zwischen wahr und falsch zu unterscheiden, doch so weiß ich, dass die Stimme jeder einzelnen Person in diesem Buch das Echo der Geschichte ist. Wenngleich es keinen Kern in der Zwiebel gibt, so schmeckt sie doch gut. Und jede Schicht, die das Nichts umschließt, ist gleich scharf.

Bai Shengtao

Bis zuletzt schaffte Aqing es nicht, auf das Pferd zu steigen, und musste schließlich hinkend vorneweg laufen. Als wir an der Weiße-Wolken-Brücke ankamen, begegnete uns ein Mann, der zum Himmel hinaufblickte. Fräulein, dann raten Sie mal, wer das war.

Nein, nicht Zong Bu. Der war bereits abgereist, als ich im Dahuang-Gebirge ankam.

Haben Sie nicht die ganze Zeit schon nach Bai Shengtao gefragt?

Genau, er war es. Ich erinnere mich, dass er Zaumzeug in der Hand hielt, als wäre er auf der Suche nach einem entlaufenen Pferd. Aqing zog mit dem humpelnden Gang seine Aufmerksamkeit auf sich. Als Aqing Bai Shengtao ebenfalls bemerkte, stellte er ihn mir vor: »Das ist Doktor Bai, er ist ein guter Arzt, der jede Krankheit diagnostizieren kann.«

Ich schüttelte ihm die Hand und dankte ihm dafür, dass er nach Baipi gekommen war. Dann fragte ich ihn noch, ob er Aqings aufgeschürftes Bein gesehen habe und ob er ihn behandeln könne.

»Kein Problem«, erwiderte er. Sofort lief er hinter das Pferd. Mit dem Zaumzeug hob er einen Pferdeapfel auf und sagte, dass die Wunde damit gut heile.

Ich fragte ihn, woher er dieses Hausmittel kenne. In der Bibel habe er davon gelesen. Ob er Christ sei, fragte ich weiter. Er sagte weder ja noch nein, nur dass er früher in einem kirchlichen Krankenhaus gearbeitet habe. Als er mit den dampfenden Pferdeäpfeln auf Aqing zuging, wurde dieser schlagartig wieder nüchtern.

»Das ist doch Scheiße und keine Medizin«, schrie er, hielt sich die Nase zu und wich zurück. Ich wusste zwar, dass man mit Pferdemist Umschläge machte, sagte aber zu Aqing: »Ein wohlgemeinter Rat ist oft unangenehm und nützlich zugleich. Eine bittere Pille hilft gegen Krankheiten, ein hartes Wort gegen schlechtes Benehmen. Also gehorche!«

Aber Aqing versteckte sich trotzdem hinter meinem Rücken, als hätte er es mit einer tickenden Bombe zu tun.

»Die Revolution ist noch nicht zu Ende«, redete ich auf ihn ein. »Du musst dich also weiter anstrengen, Genosse. Du musst deine Wunde heilen und weiter für die Revolution kämpfen.«

Da stellte Doktor Bai endlich klar, dass der Pferdemist nicht geschluckt, sondern auf die Wunde aufgetragen werden sollte. Aqing zog nun artig sein Hosenbein hoch, und Doktor Bai strich ihm den Pferdeapfel aufs Schienbein. Dabei ging er sehr sorgfältig vor, ganz so, als bestriche er einen Obstbaumstamm mit Kalktünche. Als er fertig war, setzten wir unseren Weg zur *Grundschule der Hoffnung* (*Schleusentor-Schule*) fort. Das war der Ort, an dem ich gekämpft, gelebt und gelernt hatte. Deshalb war ich sehr gerührt.

»Jetzt stinke ich zum Himmel«, beschwerte sich Aqing. »Das ist ja wohl nicht unbedingt angebracht, wenn ich Ge Ren besuche.«

Ich ignorierte ihn.

Zu Bai Shengtao sagte ich, dass er als Arzt ja viel Kontakt zu dem Kranken habe, und fragte, wie sein seelischer Zustand momentan zu beurteilen sei.

Ja, ich erwähnte Ge Rens Namen nicht, sondern sprach lediglich von dem Kranken.

»Sprechen Sie von Nummer null?«, fragte Doktor Bai.

Ich bejahte und fragte ihn, woher er das wisse. Aqing habe es ihm gesagt. Es sei merkwürdig mit diesem Namen, er habe ihn sich nämlich sofort merken können. Ich befahl ihm, ihn anderen gegenüber nicht zu erwähnen. Als kirchlicher Arzt schere er sich um nichts Irdisches, außer Kranke zu heilen, antwortete er. Als ich mich abermals nach Ge Rens Gesundheitszustand erkundigte, sagte er erst einmal »Amen«, dann erklärte er, dass Ge Ren an Tuberkulose leide und Ruhe brauche. Ich fragte ihn, wie viel Zeit er Nummer null noch gebe. Wieder brachte er zunächst ein »Amen« hervor. Dann sagte er, dass Gott ihn jederzeit zu sich rufen könne. Er solle jede erdenkliche Medizin, auch Penicillin, verabreichen und sich um die Kosten keine Gedanken machen, sagte ich ihm daraufhin.

»Ich wusste gleich bei Ihrem ersten Wort, General, dass Sie begreifen, was geboten ist«, sagte er. »Wenn ein Fachmann einen Fachmann anleitet, erzielt man mit halbem Aufwand den doppelten Erfolg.«

Fräulein, mir war klar, dass er das ehrlich meinte.

Ich habe eben Niveau, das wird jeder bestätigen. Er drängte mich zudem, Nummer null dazu anzuhalten, seine Medizin regelmäßig einzunehmen.

Wir redeten und redeten und standen auf einmal vor dem Schultor. Fräulein, sehen Sie, ich bin zwar schon fortgeschrittenen Alters, aber die damalige Situation steht mir immer noch klar vor Augen. Als ich auf Ge Ren traf, umarmten wir uns, und er bedauerte, dass ich seinetwegen so viele Mühen auf mich genommen hätte, ach, wie ihn diese große Ehre doch in Verlegenheit bringe. Um ehrlich zu sein, ich war von seinen Worten schon beinahe etwas peinlich berührt. Deshalb sagte ich nur, dass ich in den *Schriften der Muße* sein Gedicht gelesen hätte. Daraus hätte ich geschlossen, dass er offensichtlich noch am Leben sei, und hätte ihm unbedingt einen Besuch abstatten wollen. Er war äußerst aufmerksam. Ich hatte kaum ausgeredet, da erklärte er schon, dass dies alles nichts mit den *Schriften der Muße* zu tun habe und ich Xu Yusheng hoffentlich keine Schwierigkeiten machen würde.

»Ach wo«, lachte ich. »Als unser Präsident (*Sun Yatsen*) noch am Leben war, hat er doch gesagt, alles unter dem Himmel sei Gemeingut. Deine Freunde sind meine Freunde, bitte mach dir keine Gedanken. Xu Yusheng werden keine Unannehmlichkeiten widerfahren.«

Seine Sorge schien durch meine Worte nicht ausgeräumt zu sein. Auch Xu Yusheng gehe sicherlich davon aus, dass er tot sei, erklärte er. Das Gedicht habe er ihm bereits vor der Schlacht von Erligang zugeschickt. Damals habe er einen Brief von Herrn Xu erhalten, in dem der ihn gefragt habe, ob er seine Autobiographie abgeschlossen habe. Seit vielen Jahren habe er keine Ruhe zum Schreiben gefunden. Daher habe er nur die eine Möglichkeit gesehen, ein kurzes Gedicht zu überarbeiten und es Xu Yusheng als Notbehelf zuzusenden.

Ach, wenn ich daran denke, werde ich ganz schwermütig. Fräulein, Fräulein, sehen Sie, was auch immer der Hintergrund war, er veröffentlichte Gedichte, und ich musste ihm ans Leben. Diese Ehre war beschämend für mich.

Er erzählte, dass er sich, während er das Gedicht geschrieben (*überarbeitet*) habe, sehnlichst eine Gelegenheit herbeigewünscht habe, erneut ins Dahuang-Gebirge zu reisen, den Weiße-Wolken-Fluss wiederzusehen und seine verlorene Tochter zu suchen. Wenn er nicht entdeckt würde, habe er in der von Hu An finanzierten Grundschule wohnen wollen und dort mit seinem Buch noch einmal von vorne beginnen. Das sei die Erfüllung seines Kindertraums gewesen, ein Schriftsteller zu sein.

Lachen Sie nicht! So hat er es gesagt, ein Schriftsteller zu sein. Niemals habe er vorgehabt, kurz nachdem er den Brief abgeschickt hatte, nach Erligang zu gehen. Sie seien weit unterlegen gewesen und hätten deshalb die Niederlage erlitten. Trotz seiner Verletzung habe er aber fliehen können und sei inkognito nach Baipi gekommen. Glücklicherweise seien alle früheren Bekannten bereits tot gewesen, so dass ihn niemand wiedererkannt habe und er eine ruhige Zeit verleben konnte. An dieser Stelle betonte er erneut, dass Xu Yusheng genau wie alle anderen davon ausgehe, er sei gestorben und zum Volksheld geworden. Andernfalls hätte er das Gedicht niemals veröffentlicht. Um den Wahrheitsgehalt seiner Äußerungen zu bekräftigen, behauptete er sogar, dass es in Baipi bis heute keine Post gebe. Auch wenn er etwas hätte verschicken wollen, es wäre ihm gar nicht möglich gewesen. Seine Rechtfertigungen wirkten etwas übereifrig. Ich schickte später doch lieber jemanden, um seine Version zu überprüfen. Tja, und da stellte sich heraus, dass West-Guanzhuang eine Post hatte, eine, die das Internationale Rote Kreuz errichtet hatte. Allerdings war Ge Ren da bereits tot, so dass ich ihn nicht mehr damit konfrontieren konnte. Ich weiß noch, dass der Postbeamte in West-Guanzhuang ein Hinkebein war, der behauptete, von einem Hund gebissen worden zu sein. Mein Gehilfe war großartig, hat seine Aufgabe absolut verantwortungsvoll erfüllt und dem Hinkebein die Kehle durchgeschnitten, damit nichts durchsickert, alles im Sinne der Stabilität und Einheit und natürlich auch, um seinen Hintern sauber zu wischen.

Was? Wie er heißt?

Ach, ich habe ja jetzt auch schon ein paar Jahre auf dem Buckel. Der Name liegt mir auf der Zunge, aber er fällt mir einfach nicht mehr ein.

Als ich mit Ge Ren darüber sprach, beharrte er darauf, den Brief abgeschickt zu haben, bevor er ins Dahuang-Gebirge gefahren sei. Ich sah, dass er ungeduldig war und unentwegt hustete.

»In Ordnung«, versprach ich und klopfte ihm auf den Rücken, »egal ob Xu Yusheng weiß, dass du wohlauf bist, oder nicht, ich werde ihn verschonen.«

Fräulein, ich bin Jurist, und meine Versprechen sind ehern. Ich habe Xu Yusheng laufen lassen. Klar, dass er später trotzdem umgekommen ist, seine Brust wurde von neun Kugeln durchsiebt. Aber das war nicht ich, ich müsste meinen Arsch dafür nicht hinhalten.

Das Postamt von West-Guanzhuang

Dem Buch *Chinesische Postgeschichte* (Südverlag, 1998) ist zu entnehmen, dass das Postamt in West-Guanzhuang als eines der ersten im Dahuang-Gebirge bereits im Oktober 1935 eröffnet worden war. Fan Jihuais Erinnerungsvermögen ist beachtlich, denn tatsächlich war es von Missionaren des Roten Kreuzes errichtet worden. Die zahlreichen Briefe, die Pater Ellis damals an Pater Beal geschrieben hatte, waren allesamt über diese Post verschickt worden. In der *Postgeschichte* gibt es Fotos. Das Postamt hatte ein graues Ziegeldach, und vor dem Eingang stand eine Gleditschie, die auch heute noch dort wächst. Sie hat eine gewaltige Baumkrone, die im Sommer einen weiten kühlen Schatten wirft. Als ich ankam, war an dem Stamm ein Spruchband befestigt, auf dem in roter Lackfarbe stand: »Mit dem Mut der Verzweiflung werden die beiden Stränge durchtrennt.« Darunter hatte der Verfasser den Namen »Wang, BGZ« geschrieben. Von den Einheimischen erfuhr ich, dass mit den »beiden Strängen« Samenleiter und Eileiter gemeint waren. »Wang, BGZ« war der Hinweis, dass die Parole vom Büro für geistige Zivilisation von West-Guanzhuang stammte. Als ich vor dem Spruchband stand, ging mir durch den Kopf, dass Ge Ren das Gedicht *Schmetterlingsblütler* auch unter diesem Baum an Xu Yusheng geschickt haben konnte.

Selbstverständlich ist bis heute nicht abschließend zu klären gewesen, wann er den Brief aufgegeben hatte. Ich bin der Meinung, dass Ge Ren darauf beharrte, den Brief früher abgeschickt zu haben, um Xu Yusheng zu schützen. Dass der Brief im Dahuang-Gebirge verschickt worden war, glaube ich aus zwei einfach Gründen: Erstens musste Ge Ren auf seiner Suche nach Schmetterlingsblümchen durch West-Guanzhuang gekommen sein. Auch Fan Jihuai (oder sein Gehilfe) war davon ausgegangen, dass das »Hinkebein« vom Postamt Ge Ren kannte, so dass sie ihn umbrachten, um unangenehme Folgen zu verhindern. Zweitens ging das Gedicht Ende 1942 bei Xu Yusheng ein, wie dieser in seinem Buch *Träume am Qiantang-Fluss* berichtet. Hätte Ge Ren das Gedicht in Yan'an abgeschickt, so müsste dies spätestens Ende Mai

1942 geschehen sein, nämlich bevor er nach Songzhuang (Chaoyangpo) aufbrach. Ein Brief wäre wohl auch in den damaligen Kriegswirren nicht ein halbes Jahr unterwegs gewesen.

Wenn sich meine Schlussfolgerung aufrechterhalten lässt, ergäbe sich daraus die Frage, warum Ge Ren das Gedicht an Xu Yusheng geschickt hatte. Wollte er seine Angehörigen wissen lassen, dass er nicht als Märtyrer aus der Schlacht von Erligang untergegangen war? Oder wollte er der Welt zeigen, dass sein Leben als wahrhaftiger Mensch soeben erst begonnen hatte, so wie Pater Ellis es formuliert: der »Beginn der Selbstfindung«? Diese Fragen vermag ich beim besten Willen nicht zu beantworten. Meines Erachtens müsste der geneigte Leser nach der vollständigen Lektüre dieses Buches seine eigene Antwort darauf finden.

Schrittweises Vorgehen

Ge Ren hatte während unserer Unterhaltung eine frische Gesichtsfarbe, er war nur etwas dünn, aber glatt rasiert, wie ein Professor von der Shanghaier Universität. Ich sage mal so, hätte er nicht gehustet und Blut gespuckt, wäre niemand auf die Idee gekommen, dass er krank war. Dass er Blut spuckte, konnte ich aber nicht ignorieren, deshalb brachte ich ihm mein Mitgefühl zum Ausdruck.

»Wie ist es denn um deine Gesundheit bestellt?«, fragte ich ihn.

Er erzählte, ihm sei seine eigene Lunge im Traum erschienen und habe ihn an eingelegten Tofu erinnert. Doktor Bai und Pater Ellis hätten aber gesagt, dass sie nicht wie eingelegter Tofu aussehe, sondern eher wie Käse, eine käseartige Tuberkulose. Ich mahnte ihn, sich sorgfältig auszukurieren, damit er nach seiner Genesung weiter für die Revolution kämpfen könne. Der Körper sei schließlich das Kapital der Revolution. Ich weiß noch genau, dass er sich eine Zigarette ansteckte und seelenruhig weitersprach. Doktor Bai sehe es nicht gerne, wenn er rauche. Da er aber ohnehin bald sterben werde, rauche er einfach weiter. Er bat Doktor Bai, mir eine Tasse Tee einzuschenken. Den Tee habe Aqing mitgebracht. Es sei guter Tee. Aqing war nicht dumm, er warf sofort ein, dass ich ihn geheißen hätte, den Tee mitzubringen. Auch damit entsprach er wieder absolut den Vorstellungen des Chefs.

Fräulein, wir gingen bei diesem Treffen schrittweise vor und bewegten uns von der Oberfläche aus langsam in die Tiefe. Eine diplomatische Vorgehensweise. Ich erinnere mich ganz deutlich, dass Ge Ren sagte: »Wenn alte Freunde zusammenkommen, wird nicht über Politik gesprochen.«

Ich stimmte zu und ergänzte, dass derjenige, der diese Regel brach, drei Gläser Wein trinken müsse. Es war also genau wie jetzt auch, Fräulein. Zu Beginn habe ich mit Ge Ren nur ein paar Höflichkeitsfloskeln ausgetauscht. Wir fabulierten einfach etwas, über das *Treue Sonnenrad*, Kawata, Kawai, Huang Yan, Hu An und, und, und. Ich sagte ihm, dass er ruhig all seine Wünsche an die Partei äußern solle. Aber er winkte ab. Er fühle sich wohl und sei rundum zufrieden.

»Sagtest du nicht anfangs, es sei hier angenehmer als in Shanghai?«, fragte er mich zurück.

Sehen Sie, wie ihm Sätze, die ich vor Jahren einmal von mir gegeben hatte, bestens im Gedächtnis geblieben waren? Sein Kopf arbeitete unheimlich gut. Trotzdem, sagte ich zu Aqing und Doktor Bai, müssten sie meine Anweisungen korrekt befolgen. Ge Ren sollte gut betreut werden. Im Anschluss erkundigte ich mich bei Ge Ren, ob er Schmetterlingsblümchen begegnet sei. Er habe sie überall gesucht, antwortete er. Da die Leute in der Gegend aber alle von außerhalb kämen und nichts von den Ereignissen der Vergangenheit wüssten, sei seine Suche nicht von Erfolg gekrönt gewesen. Ich versuchte ihn zu trösten und sagte, dass sich achtzehnjährige Mädchen veränderten und immer hübscher würden. Vielleicht sei Schmetterlingsblümchen auch bereits verheiratet.

»Selbst wenn sie dir in die Arme liefe, würdest du sie nicht unbedingt wiedererkennen«, mutmaßte ich.

»Wie das?«, entgegnete er. »Schmetterlingsblümchen war

Bingying immer wie aus dem Gesicht geschnitten. Wenn ich ihr begegne, erkenne ich sie auf jeden Fall.«

Da ergriff ich die Gelegenheit, um anzuführen, dass Schmetterlingsblümchen auch aus dem Sowjetgebiet gebracht worden sein könne. Wo ein Wille ist, ist auch ein Weg.

»Sicher hat sie jetzt ein gutes Leben. Mach dir keine Sorgen.«

Da seufzte er nur. Ich mahnte ihn noch einmal, auf seine Gesundheit zu achten, nur dann schließlich blieben ihm womöglich noch viele Tage, die er mit seiner Tochter verbringen könne.

Eigentlich hätte ich ihn am liebsten gefragt, warum er sich – Himmel, Arsch! – für Schmetterlingsblümchen verausgabe, obwohl sie nicht einmal sein eigen Fleisch und Blut sei. Aber eine solche Bemerkung verkniff ich mir. Das hätte keinen Sinn gehabt. Er war ein Dichter durch und durch, der von tiefer Liebe für sein Kind ergriffen war. Ich sagte, dass für starke Persönlichkeiten nichts auf der Welt unmöglich sei: Wo ein Wille ist, ist auch ein Weg. Wenn ich diese Sache erst einmal erledigt hätte, würde ich ihm mit meinen Kontakten im Geheimdienst bei der Suche nach Schmetterlingsblümchen behilflich sein. Ihm bleibe nicht mehr viel Zeit, und er habe seine Tochter noch vor seinem Tod wiedersehen wollen, erwiderte er. Erstens, um seinen Leichtsinn wiedergutzumachen, und zweitens, damit Bingying eine Erklärung erhalte. Nun sei alles anders gekommen, er könne weder sein Buch vollenden noch seine Tochter finden. Gerade als er auf Bingying zu sprechen kam, hatte auch ich an sie gedacht. Ich hatte sie eigentlich ins Spiel bringen wollen, damit er sich ergab. Aber in dem Moment brachte ich nichts mehr über die Lippen. Ich teilte ihm mit, dass ich sie in Chongqing gesehen hätte. Entgeistert lauschte er meinen Worten und erkundigte sich, was sie dort mache, ob sie für einen Auftritt dort sei. Nicht für einen Auftritt, sondern um Erkundigungen über ihn einzuholen, log ich. Ich zündete ihm eine Zigarette an und sagte: »Ge Ren, ach Ge Ren, du hast Glück in der Liebe, denn wie es aussieht, liebt sie dich noch immer.«

Er war gerührt, auch das entging mir nicht. Man muss das Eisen schmieden, solange es heiß ist: »Ge Ren, mein Kamerad, warum kommst du nicht mit mir nach Chongqing, um Bingying zu treffen?«

Da hatte ich auf einmal einen Geistesblitz. Plötzlich wurde mir bewusst, dass Ge Ren diesen vertrauten Ort aufgesucht hatte, um gedanklich zu seiner alten Liebe zurückzukehren. Habe ich vorher erwähnt, dass ihre gemeinsame Zeit im Dahuang-Gebirge sehr glücklich gewesen ist?

Er lachte.

»Alter Fan«, sagte er. »Ach, alter Fan. Jetzt hast du dich verraten. Du bist doch hier, um mich zum Aufgeben zu bewegen, stimmt's?«

Die Befürchtungen meiner Großtante

Wie man sieht, gibt es unterschiedliche Vermutungen, warum sich Ge Ren ins Dahuang-Gebirge begeben hatte: Er »ist ein Literat. Es könnte also auch sein, dass er im Dahuang-Gebirge Ruhe zum Schreiben sucht. Er leidet an einer Lungenkrankheit und braucht die Feuchtigkeit und die Sonne des Südens« (Bai Shengtao). Er »wollte es sich auch nicht entgehen lassen, einmal aus seinen revolutionären Lebenserfahrungen Bilanz zu ziehen« (Aqing). »Um die theoretischen Hintergründe der Revolution aufzubereiten« (Dou Sizhong). Und nun legt der hochverehrte Fan Ge Ren noch in den Mund, nicht nur zum Schreiben an diesen Ort gekommen zu sein, sondern auch um Schmetterlingsblümchen zu suchen und »um gedanklich zu seiner alten Liebe zurückzukehren«. Ich kann nicht beurteilen, wessen Behauptung der Wahrheit entspricht. Eines liegt allerdings auf der Hand: Vor seiner Ankunft hatte Ge Ren nicht gewusst, dass Schmetterlingsblümchen fortgebracht worden war. Meine Großtante berichtete darüber Folgendes:

> Durch das Beileidstelegramm, das Shangren Ende 1936 an Lu Xun geschickt hatte, erfuhr ich, dass er noch lebte. Ich schwankte, ob ich ihm nicht erzählen müsse, was mit Schmet-

terlingsblümchen geschehen war. Das wäre nicht schwierig gewesen, da Mitarbeiter des Roten Kreuzes häufig nach Nord-Shaanxi fuhren und ihm die Nachricht hätten überbringen können. Aber ich tat es nicht. Die Zeit vergeht, und vielleicht war seine Erinnerung bereits verblasst. Hätte er von Schmetterlingsblümchens Krankheit und ihrer stark veränderten Erscheinung erfahren, hätte er sich bestimmt große Vorwürfe gemacht. Es wäre mir unerträglich gewesen, wenn sich sein Krankheitszustand dadurch noch verschlimmert hätte. Bingying gegenüber schwieg ich aus demselben Grund. Darüber hinaus handelte ich damit auch zu Schmetterlingsblümchens Sicherheit. Judas ist allgegenwärtig. Wäre es ans Licht gekommen, dass sie die Tochter des Kommunisten Ge Ren war, wäre sie zum allgemeinen Gespött geworden und vielleicht sogar ins Gefängnis gekommen. Das hätte sie nicht überlebt. Viele Jahre lang kam kein Wort davon über meine Lippen. Niemand wusste, dass sie Ge Rens und Bingyings Tochter war. Wenn während der Kulturrevolution jemand gewusst hätte, dass sie Ge Rens Tochter war, welch unvorstellbare Katastrophe wäre das gewesen.

Als sich Ge Ren auf die Suche nach Schmetterlingsblümchen begab, hielten sich anfangs nicht nur meine Großtante, sondern auch Pater Ellis im Dahuang-Gebirge auf. Bevor Fan Jihuai im Frühjahr 1943 dort ankam, hatte Pater Ellis Ge Ren bereits getroffen, was bedeutete, dass die beiden mit großer Wahrscheinlichkeit über Schmetterlingsblümchen gesprochen hatten. Pater Ellis hegte sicherlich nicht dieselben Befürchtungen wie meine Großtante, da er nichts von Schmetterlingsblümchens Krankheit wusste. Bedauerlicherweise liegt mir keine einzige Zeile darüber vor, ob Pater Ellis und Ge Ren jemals über meine Mutter gesprochen haben. Meine Großtante vermutete zudem, dass Ge Ren das Dahuang-Gebirge erst recht nicht verlassen hätte und nach Tianjin gereist wäre, wenn er Schmetterlingsblümchens Aufenthaltort erfahren hätte. Ebenso wie er es geahnt hatte, dass jemand ins Dahuang-Gebirge kam, ahnte er vielleicht auch, jemand könnte vor der Tür stehen, kaum dass er in Tianjin eingetroffen wäre. Nicht nur ihn alleine hätte dann der Tod erwartet, sondern mit Sicherheit auch Schmetterlingsblümchen und meine Großtante.

Gib lieber auf

Fräulein, Sie sehen, ich habe eine Stärke, denn Menschen mit einem reinen Herzen betreiben keine Geheimniskrämerei. Da er meine Absicht nun schon ausgesprochen hatte, scheute ich kein Risiko mehr.

»Gut«, sagte ich. »Dann sieh es so, dass ich gekommen bin, um dich zum Aufgeben zu bringen.«

Ich schenkte ihm Wein nach und bot ihm eine Zigarette an, bevor ich seine neue Partei ins Gespräch brachte.

»Der alte Chiang hat gesagt«, begann ich, »du kannst eine neue Partei gründen, wenn du nach Chongqing kommst. Im Ständigen Rat für Landesverteidigung würdet ihr sechs Sitze erhalten. Eine größere Anerkennung gibt es wohl kaum. Sechs? Ist das nicht sogar einer mehr, als Chen Duxiu hatte?«

Er lachte plötzlich auf und stimmte zu. Kurz vor seinem Tod hatte die Kuomintang auch Chen Duxiu versprochen, eine neue Partei gründen zu dürfen, ihm aber nur fünf Parlamentssitze in Aussicht gestellt.

»Hält der alte Chiang denn sein Wort?«, fragte er mich.

Als ich sein Interesse bemerkte, hob ich mein Glas, um mit ihm anzustoßen. Ich brauchte nicht zu erwähnen, dass eine Anordnung von ganz oben einem kaiserlichen Edikt gleichkam.

Fräulein, ich zeige Ihnen, wie sich Ge Ren verhielt. Reichen Sie mir mal Ihre Hand. Verstehen Sie mich nicht falsch, es ist eigentlich nicht meine Art, Mädchen die Hand zu streicheln. Ich will Ihnen nur die Situation veranschaulichen. Als ich Ge Ren damals von den sechs Parlamentssitzen erzählt hatte, knetete er sich jeden Finger einzeln und sagte kurz darauf: »Rechtsanwalt Fan, sechs Sitze sind zu viel. Sie lassen sich ja nicht an einer Hand abzählen. Lassen wir das lieber.«

Verdammt! Anfangs dachte ich noch, dass er einfach nur zu

bescheiden sei. Aber in Wirklichkeit hatte er überhaupt kein Interesse.

»Ich verstehe, was du meinst«, sagte er. »Du willst dem Volk zeigen, dass ich noch am Leben bin, die Schlacht von Erligang eine Lüge war und Yan'an den Geheimdienst falsch informiert hat, um vor der Zentralregierung gut dazustehen.«

Ich muss zugeben, dass Ge Ren sehr schlau war, richtig schlau. Er hatte das Spiel der Regierung durchschaut. Während ich aber nun mit Ge Ren am Verhandlungstisch saß, musste ich die Zähne zusammenbeißen. Zugeben konnte ich nichts.

»Ge Ren«, sagte ich, »du bist überängstlich. Die Regierung schickt mich nur hierher, um dich nach Chongqing zu holen, weil sie dein Wissen und deine Erfahrung hochschätzt. Dabei geht es doch einzig um deine eigene Zukunft.«

Raten Sie mal, was er geantwortet hat!

Er sagte:»Der Widerstandskrieg gegen die Japaner ist bald vorbei. Danach wird es einen Bürgerkrieg geben. Chiang Kaisheks Truppen werden von den Kommunisten geschlagen werden und zugrunde gehen.«

Um ehrlich zu sein, ich hielt das alles für Mumpitz und dachte, er rede wirr im Fieber. Denn damals war der Einfluss der Roten Armee doch gar nicht mehr der Rede wert.

»Ach Ge Ren, Ge Ren«, sagte ich von meinem reaktionären Standpunkt aus, »bitte sei nicht so realitätsfern. Das Land steckt in einer Krise. Der alte Chiang ist der unumstrittene Anführer des Widerstandskrieges. Warum hältst du so eisern an deiner politischen Überzeugung fest? Macht dich dein Glaube vielleicht satt? Nein. Du brauchst dich auch nicht zu sorgen, dass dich Chiang Kaishek nicht tolerieren könnte.«

An diesem Punkt unterbrach mich Ge Ren und sagte, dass er niemand sei, der stur an einer Überzeugung hänge, ohne nach rechts und links zu schauen. Es sei ganz allein seine höchstpersönliche Meinung, die nichts mit den beiden politischen Strömungen zu tun habe.

»Kamerad«, fuhr ich dann fort, »wir sind unter uns. Bescheidenheit ist hier fehl am Platz. Ich kenne dich doch. Du bist ein überzeugter Kommunist – zusammen mit einem ziemlich großen Teil der Menschheit. Ich hege euch gegenüber tiefsten Respekt. Aber das Leben ist nur eine Illusion. Warum soll man sich denn an einem Baum aufhängen lassen?«

Fräulein, ich habe nichts schöngeredet. All das entsprach meiner inneren Überzeugung. Aber er? Er bewegte sich keinen Millimeter.

Ach, ich konnte ihn einfach nicht überzeugen. Es kam sogar so weit, dass *er* versuchte, *mich* zu überzeugen. Wer hätte das gedacht, wer hätte das schon gedacht? Da kam ich zum Angeln und, eh ich es mich versah, hing ich selbst am Haken. Er redete auf mich ein, nicht nach Chongqing zurückzukehren, weil es mir sonst früher oder später wie den Soldaten der Terrakottaarmee des Qin-Kaisers ergehe: Ich würde Chiang Kaisheks Grabbeigabe.

Was? Die Terrakottaarmee gab es damals noch gar nicht? Tja, wie es aussieht, müssen Sie tatsächlich zu mir ziehen, Fräulein, damit ich Ihnen Nachhilfe in Geschichte gebe.

Die Terrakottaarmee gab es schon in der Qin-Dynastie, sie war damals das erste Weltwunder, heute ist sie das achte Weltwunder.

Wie? Zu Ge Rens Lebzeiten soll sie noch nicht ausgegraben gewesen sein?

Da kann ich nicht widersprechen. Gut, halten wir uns nicht länger mit diesem Detail auf. Auf jeden Fall wollte mich Ge Ren seinerzeit dazu überreden, nicht nach Chongqing zurückzukehren.

»Du bist lustig«, sagte ich zu ihm. »Soll ich mich etwa in Yan'an ergeben?«

Da lachte er.

»Ich überrede dich nicht zur Kapitulation«, antwortete er. »Dazu bin ich nicht befugt. Ich habe das nur aus Verbundenheit mit einem alten Freund gesagt.«

Kurz darauf fügte er hinzu, dass er längst bemerkt habe, wie sehr ich mich mühte. Ich hätte Aqing und Yang Fengliang zu ihm geschickt, um ihn zu befreien. Wenn mich einer kennt, dann Ge Ren! Ich umarmte ihn erneut. Dann bat er mich, es Aqing und Yang Fengliang nicht übelzunehmen. Es sei seine eigene Entscheidung gewesen, dortzubleiben. Weder Aqing noch Yang Fengliang hätten Schuld daran. Seinen Worten nach zu urteilen, wusste er noch nicht, dass Yang Fengliang bereits Fischfutter geworden war.

Es wurde bereits Tag, ohne dass wir etwas bemerkt hatten. Bai Shengtao machte uns darauf aufmerksam. Während der gesamten Unterhaltung hatte er danebengesessen und Ge Ren umsorgt.

»Der Hahn hat schon dreimal gekräht«, sagte er.

Er drängte Ge Ren, sich auszuruhen, und nörgelte, wenn Ge Ren so weitermache, gehe es mit seiner Gesundheit bald vollends bergab. Er machte das Licht aus, aber Ge Ren steckte es wieder an. Ob er jetzt noch schreiben wolle, fragte Bai.

»Was denn schreiben? Meine Manuskripte habe ich alle verbrannt«, antwortete Ge Ren. »Ich rauche jetzt noch eine, und dann gehe ich schlafen.«

»Es gibt die kleine Ruhe und die große Ruhe«, hörte ich Ge Ren dann noch sagen. »Der Schlaf ist die kleine Ruhe, der Tod die große. Ich sehne mich nach der großen Ruhe.«

Diese Worte klangen vertraut. Erst als ich die *Grundschule der Hoffnung* (*Schleusentor-Schule*) verließ, fiel mir wieder ein, dass Qu Qiubai seinerzeit etwas Ähnliches gesagt hatte.

Kleine Ruhe, große Ruhe

Vielleicht lag es an seinem fortgeschrittenen Alter, dass der hochverehrte Fan die Dinge manchmal verdrehte. Hier ein Beispiel: Zuvor hatte er gesagt, dass »wir unter uns« sind. Nun aber hat Doktor Bai »danebengesessen und Ge Ren umsorgt«. War Doktor Bai vielleicht niemand? Ob er für Fan zählte oder nicht, möchte ich nicht beurteilen. Ich will nur anmerken, dass neben Bai Shengtao auch noch Fans Untergebener Ding Kui anwesend war.

Nachdem ich im Frühjahr 1996 Bai Shengtaos Bericht gelesen hatte, musste ich einiges auf mich nehmen, bevor es mir endlich gelang, den Protokollanten des Textes zu interviewen. Mein Eindruck von ihm beschränkte sich bis zu diesem Zeitpunkt auf ein Foto in *Ge Rens Forschungsbericht.* Auf dem Foto ist Ding Kui bereits hochbetagt, mit Doppelkinn, Tränensäcken, fahlem Blick und schlaffer Gesichtsmuskulatur. In unserem Gespräch ließ er durchsickern, dass er das Manuskript von Ge Rens Werk *Wandelnder Schatten* auf Befehl von Fan Jihuai verbrannt habe!

> Die (*damals an der Unterhaltung*) Beteiligten waren nur wir drei, Fan, Ge und ich. Und noch ein Arzt, Bai Shengtao. Während unserer Verhandlungen gab es Tofu zu essen. Ge hat sich nicht ergeben. Fan hat gesagt, dass Chiang Kaishek ihm mehrere Parlamentssitze gibt, aber er hat es nicht kapiert. Wie viele genau, habe ich vergessen. Er hat gesagt, dass er sich nur ausruhen will. Der Schlaf ist die kleine Ruhe und der Tod die große. Er wollte die große Ruhe. Ich will jetzt auch nur noch die große Ruhe. Ach, meine Leber ist am Ende, mein Herz auch, lange dauert's nicht mehr.
>
> Todgeweihte sprechen milde. Alles, was ich bis zum Morgen gesagt habe, ist wahr. Sprechen Sie nicht mit anderen darüber, erst wenn ich tot bin. Ich habe Ge Rens Buch verbrannt. Ich habe es nicht gelesen, keine einzige Seite davon. Jeder hat Befehlen zu gehorchen, ich habe es auf Fans Befehl hin verbrannt. Die gelben Blätter, ein dicker Stapel, so dick wie ein Lexikon. Fan hat gesagt, dass sie verbrannt würden, um Ge Rens Ruf zu retten. Wenn sie nicht verbrannt werden, gäbe das große Probleme.
>
> Was für Probleme? Viele Leute hätten erfahren, dass Ge Ren nicht tot ist (*Anmerkung: hier müsste es heißen, dass er nicht in Erligang umgekommen war*), dann wäre unsere Aktion aufgeflogen.

»Todgeweihte sprechen milde«, also konnte ich Ding Kuis Bericht ruhig glauben. Kurz nach unserem Treffen starb er überraschend. In der Tat hege ich großen Respekt für ihn: Hätte er mir Bai Shengtaos Bericht nicht zur Verfügung gestellt, hätte ich wahrscheinlich niemals erfahren, auf welche Weise mein Großvater Ge Ren ums Leben kam. Später verriet mir Dings Enkelin, dass diese Materialien keineswegs aus Respekt überlassen, sondern an die *Ge Ren Forschungsgesellschaft* verkauft worden waren.

Nach Ding Kuis Tod erreichte mich ein Brief von ihr, in dem sie schrieb, dass sie etwas mit mir zu besprechen habe:

> Eine Woche und einen Tag nach Ihrer Unterhaltung lag mein Großvater auf seinem Bett und rezitierte ein Gedicht. Ja, es war *Schmetterlingsblütler* oder so ähnlich, von dem Sie erzählt hatten. Er sprach und sprach und wirkte richtig vergnügt. Wir mochten seinen Radau nicht. Deshalb verzogen wir uns. Um die Mittagszeit kamen wir zurück zum Kochen und bemerkten, dass er keinen Ton mehr von sich gab. Wir fanden ihn mit dem Kopf zur Seite, Blutschlieren in den Mundwinkeln und dem Auge zur Tür gerichtet vor. Wahrscheinlich hatte er noch darauf gewartet, dass jemand hereinkam. Er hielt eine verstaubte Holzschachtel in der Hand. Bestimmt war er aus dem Bett gefallen, als er nach der Schachtel greifen wollte. Er hatte seinen Atem ausgehaucht und war totenbleich.

Ich vermutete, dass die in der Holzschachtel verborgenen Dinge mit Ge Ren in Zusammenhang standen. Daher fragte ich die Enkelin, ob ich einen Blick hineinwerfen dürfe. Sie sagte zunächst, dass sie nicht wisse, wo die Schachtel hingekommen sei. Wenig später führte sie in umständlicher Weise die Bestattung des Großvaters an. Die Feierlichkeiten hätten die Familie viel Geld gekostet. Deshalb fragte sie, ob man meinen Wunsch, in die Schachtel zu schauen, gemäß den geschäftlichen Gepflogenheiten in Zeiten der sozialistischen Marktwirtschaft vergelten könne. Ihr Ansinnen war mir keineswegs fremd. Wie bereits erwähnt, hatte YuƏnggaos Sohn Yu Liren ähnliche Forderungen gestellt. Die Enkelin stellte auch noch eine weitere Forderung, nämlich dass ich ihren Eltern nichts verriete: »Sobald sie etwas davon erfahren, ziehen sie dir wahrscheinlich das letzte Hemd aus. Um bei der Wahrheit zu bleiben, sie haben bereits von der *Ge Ren Forschungsgesellschaft* eine gewisse Summe erhalten. Aber verdammt noch mal, das ganze Geld hat mein Bruder bekommen.«

Aus ihrer Frisierkommode holte sie die Holzschachtel hervor und schlug mit der Hand darauf. »Sie ist eine Sensation! Absolut ihren Preis wert!«, sagte sie, dabei hob sie den Zeigefinger.

Ich hatte mit einem Preis von tausend gerechnet, sie wollte aber zehntausend.

Nachdem wir ein wenig gefeilscht hatten, ließ sie sich schließlich darauf ein, dass ich mit zwei Kisten Robbenöl aus Alaska bezahlte. Als ich die Schachtel öffnete, fand ich darin zu einem Haufen Schnipsel zerfallene alte Zeitungen vor. Am Kot erkannte ich, dass dies das Werk von Mäusen sein musste. In mühevoller Feinarbeit fand ich heraus, dass zwei Ausgaben der *Kriegszeitung des Grenzgebiets* dabei waren. Eine Ausgabe war vom 11. Oktober 1942. Im ersten Teil dieses Buches führte ich bereits Huang Yans Artikel *Kampftruppen im feindlichen Hinterland* an, der in dieser Zeit veröffentlicht worden war. Aus welcher Zeit die anderen Zeitungen stammten, erschloss sich mir erst später. Eine war das *Tagblatt der Volksmassen,* eine andere die von Zong Bu und Huang Jishi herausgegebene *Shen Port Zeitung.* Und eine weitere Zeitung hieß *Schriften der Muße,* die von Xu Yusheng in Hongkong verlegt wurde, wie ich aus Fan Jihuais weiteren Ausführungen erfuhr.

Geschichte wird von Siegern geschrieben

Ja, kleine Ruhe, große Ruhe, Qu Qiubai hatte wirklich davon gesprochen. Lausche genau dem Ton der Stimme, lausche genau dem Klang des Gongs. Ich glaubte, Ge Ren wollte mir damit andeuten, dass er des Lebens müde sei und ich mir wohl Song Xilians Worte in Erinnerung rufen sollte, um ihn zu töten.

Sie kennen Song Xilian nicht? Er war Chef der vierunddreißigsten Division der Kuomintang und hatte die Huangpu-Militärakademie absolviert. Manche sagen ja, »alle Raben sind schwarz und in der Gemeinde Hongdong ist kein Mensch gut«. Himmel, wie eindimensional, das ist klassische Metaphysik.

Song Xilian ist sehr wohl ein guter Mensch. Wie wäre er sonst später zu einem Repräsentanten des gesamten Volkes aufgestiegen (*Anmerkung: gemeint ist das Ausschussmitglied der politischen Konsultativkonferenz*)! Auch ich bin ein guter Mensch, wenngleich ich Ge Ren nicht zu retten vermochte. Trotzdem bin ich ein guter Mensch. Sonst stünde es wohl kaum schwarz auf weiß in der Zeitung, dass ich ein hochangesehener Mann bin.

Ich sage Ihnen das mal, Fräulein. Trotz allem hatte ich immer noch vor, Ge Rens Leben zu retten. Ich überlegte, wie ich das anstellen sollte, wenn ich nicht mit Dai Li Rücksprache hielt. Auch wenn ich kaum Hoffnung hatte, ich tastete mich einfach im Dunkeln weiter voran. Einen Versuch war es allemal wert. Deshalb rief ich Dai Li auf dem Handy (*Telefon*) an, nachdem ich Ge Ren getroffen hatte. Ich sagte ihm, dass es sich bei der Person tatsächlich um Ge Ren handle, er aber nicht zur Kapitulation bereit sei. Auch von seinem fortgeschrittenen Krankheitsstadium berichtete ich ihm. Als ich um weitere Anweisungen nachsuchte, bat er mich um etwas Geduld und legte auf.

Fräulein, Sie sind wahrlich schlau. In der Tat konnte er das nicht selbst entscheiden, sondern musste erst Chiang Kaisheks Befehl einholen. Nach einer Weile rief er mich zurück. Dai Li, dieser Wolf im Schafspelz, eine Bestie war er. Er sagte, wenn Ge Ren ohnehin bald sterbe, könne man ihn auch gleich umbringen. Ich fragte, ob er denn nach Chongqing gebracht werden solle.

»Wozu?«, war Dai Lis Antwort. »Wenn er nicht aufgibt, kostet uns das ganze Theater doch nur Geld und Kraft, das hat keinen Wert.«

Nein, am Telefon habe ich Kawai nicht erwähnt. Am Telefon ließ sich das nicht richtig erklären. Wenn er erfahren hätte, dass ich mit einem Japaner Kontakt hatte, wäre ich mit Sicherheit verdächtig geworden.

Richtig! Solche Dinge kann man nur von Angesicht zu Angesicht besprechen, dann klären sie sich.

Wenn ich sagen würde, dass es mir nach diesem Telefonat gut ging, wäre das sicher gelogen. Mir waren doch die Hände gebunden. Ich gebe zu, völlig am Boden zerstört war ich auch wiederum nicht. Erstens hatte ich mich bereits darauf eingestellt, weil von einem wie Dai Li nichts anderes zu erwarten war, und zweitens war ich Ge Ren bereits weitestmöglich entgegengekommen. Wenn er jetzt getötet wurde, ging damit letztendlich doch sein eigener Wunsch in Erfüllung. Da die Kuomintang untergehen und die Kommunisten als Sieger aus dem Krieg hervorgehen würden, würde er zum Märtyrer, wenn ich ihn jetzt tötete. Der Schriftsteller Hu Shi sagte einmal, dass die Geschichte wie ein kleines Mädchen sei, wie immer du es herrichtest, so ist es auch. Sie müssen wissen, der Sieger ist der König, der Verlierer der Schuft, Geschichte wird von Siegern geschrieben.

Die Vorgaben waren klar, nur die Umsetzung war noch fraglich.

Was? Ob ich selbst Hand anlegte?

Nein, das ging doch nicht.

Ob ich meinen guten Ruf in Gefahr gesehen hätte, wenn das ans Licht gekommen wäre?

Ich hätte wissen müssen, dass Sie so etwas denken.

Wie Sie meine biographischen Aufzeichnungen verfassen, ist Ihnen überlassen, da will ich mich nicht einmischen. Nur auf einen Satz will ich Sie hinweisen, den Sie lieber nicht übernehmen sollten: Ich sage Ihnen, in erster Linie legte ich nicht selbst Hand an, weil ich mir noch keine klare Meinung darüber gebildet hatte, ob die Kommunisten siegen und die Kuomintang untergehen würde, wie es Ge Ren prophezeit hatte. Unser alter Stratege Zhuge Liang war sein Lebtag sehr umsichtig gewesen, auch der hohe Beamte Lü Duan hat bei großen Dingen niemals den Kopf verloren. Und ich habe mir im Zuge meiner langjährigen Kriegspraxis diese Werte ebenfalls zu eigen gemacht. Besser, man ist auf jede Eventualität vorbereitet. Die Eventualität war, dass die Achte Armee unterging. Wäre Ge Ren dann nicht umsonst erschossen worden? Deshalb dachte ich, lieber sollte Kawai die Sache erledigen. Dann war es unerheblich, wer siegte, wer unterlag und wer die Geschichte schrieb. Der Orden des Volkshelden war Ge Ren sicher.

Ach, mein Fräuleinchen, diejenigen, die mich kennen, wissen, dass ich manchmal Trübsal blase, und die, die mich nicht kennen, fragen nach meinen Motiven. Mein Gewissen ist rein. Ich habe das alles doch nur aus inniger Verbundenheit mit Ge Ren getan. Daher denke ich, dass diese Sache nicht unbedingt an die Öffentlichkeit dringen sollte. Verbreitet sie sich dennoch, kann ich zu den Leuten sagen: »Stimmt, Ge Ren ist tatsächlich im Dahuang-Gebirge gestorben, allerdings durch einen Japaner. Ich kam nur eine Minute zu spät und konnte ihn nicht mehr retten.«

Richtig, Sie haben recht. Diese Idee war mir bereits in Wuhan gekommen, deshalb hatte ich Kawai gebeten, mit mir zu kommen. Allerdings musste ich mich vollkommen umstellen. Denn damals habe ich im Leben nicht damit gerechnet, dass Ge Ren wirklich im Dahuang-Gebirge würde bleiben wollen und nicht zum Fortgehen zu bewegen war.

»Geh!«, sagte ich zu meinem Gehilfen. »Geh und hol mir den kleinen Japaner her.«

Da Kawai in einem winzigen schwarzen Raum eingesperrt war, kam er nun mit grauem Gesicht und grauem Kopf an. In seinen Haarstoppeln hingen Spinnweben. Er sah mich ängstlich an und sagte: »Hochverehrter Fan, gibt es endlich Klarheit über den Verbleib meines Bruders?«

Ich ließ ihn Platz nehmen und schenkte ihm eine Tasse Tee ein.

»Kamerad, ich habe mich bei Ge Ren erkundigt«, sagte ich mit leiser Stimme. »Dein Bruder ist tot, aber du wirst deine Trauer darüber ganz bestimmt überwinden.«

Er hörte mir mit Tränen in den Augen zu und schwieg eine halbe Ewigkeit. Wie ein Schwachsinniger.

»Wenn du Wind und Regen nicht durchstehst, wirst du auch niemals den Regenbogen zu Gesicht bekommen«, schimpfte ich.

Fräulein, ich meine übrigens, es ist meinen damaligen harten Worten zu verdanken, dass er in der heutigen Welt so große Erfolge verbuchen kann. Ich habe sozusagen den Grundstein für seine Weisheit gelegt. Langsam kam er wieder zu sich und fragte mich, wie sein Bruder ums Leben gekommen sei. Ich nahm all meinen Mut zusammen und sagte das, was ich im Geiste schon unzählige Male durchgegangen war: »Hör zu, Kawai, weißt du eigentlich, wer die Schlacht von Erligang angeführt hat?«

»Ja, Ge Ren«, erwiderte er.

»Dort in Erligang ist dein Bruder gefallen.«

Dann sagte ich zu ihm, dass er Ge Ren dafür nicht hassen solle. Sein Bruder habe sein Leben schließlich für den japanischen Kaiser gelassen.

»Für euch Japaner war sein Leben bedeutend, und sein Tod ist ehrenvoll. Dafür musst du Ge Ren doch dankbar sein.«

»Dankbar?!«, rief er und sprang auf.

Da packte ich ihn.

»Jetzt nicht sofort losstürmen. Du sollst ihm nämlich nicht nur dankbar sein, sondern kannst ihm sogar helfen. Ge Ren ist sehr krank. Ich biete dir die Gelegenheit, ihm zu helfen. Geh hin und töte ihn. Dann wird Ge Ren zu unserem Volkshelden und du kannst euren Führern in Wuhan sagen, dass du ihn erledigt hast, und selbst zu einem Held des japanischen Volkes werden.«

Als ich das ausgesprochen hatte, war er bleich vor Schreck. Der Kerl hatte null Pfeffer im Arsch. Er tippelte mit kleinen Schritten rückwärts, bis er gegen die Wand stieß. Dann ging er in die Knie, bedeckte das Gesicht mit den Händen und fing an zu heulen. Meine ernsten Worte hatten scheinbar ihre Wirkung verfehlt.

»Wenn du etwas zu sagen hast, sag es. Was gibt es da zu heulen? Hör auf damit!«, sagte ich.

Er wischte sich die Tränen weg und fragte mich japsend, ob er anschließend auch sterben müsse.

Da lachte ich, ich kicherte albern. Aber er glaubte, es wäre ein böses Lachen und dass es ihm wirklich an den Kragen ginge. Dann versuchte er doch wirklich, durch die Tür zu entwischen. Da aber meine Leute draußen standen, kniete er nach ein paar Schritten schon wieder auf dem Boden und flehte mich bei den Sieben Göttern an, ihn um seines Bruders und seiner Mutter willen am Leben zu lassen. Ich gab ihm einen Arschtritt und befahl ihm, auf der Stelle Haltung anzunehmen. Damit er seine Arbeit konzentriert ausüben konnte, versuchte ich, ihn ein bisschen zu beruhigen: »Ich werde dich freilassen, das werde ich ganz bestimmt. Wenn wir Chinesen etwas versprechen, dann halten wir Wort.«

So war es dann ausgemacht. Am selben Abend noch wurde Ge Ren ein Volksheld. Das muss damals um den 6. März gewesen sein, denn es donnerte ohne Unterlass, und jemand hatte am Weiße-Wolken-Fluss schon wilden Reis gepflanzt. Ich war nicht dabei. Es regnete Bindfäden, deshalb mochte ich das Haus nicht verlassen. Natürlich fand ich keine Ruhe. Ich schlich mich in die kleine Kirche in Shangzhuang und verfasste ein vertrauliches Telegramm, ein Telegramm an Dai Li. Fräulein, ungelogen, egal ob das chinesische *Tagblatt der Volksmassen* oder die Hongkonger *Schriften der Muße* – die Meldungen aller Zeitungen basierten später auf dem Inhalt dieses Telegramms. Darin hatte ich der Zentralregierung vorgeschlagen, Ge Ren zum Volkshelden zu ernennen, zu einem Vorbild des Volkes. Es wurde schon hell, als ich endlich fertig war. Nach dieser harten Arbeit musste ich ein wenig ruhen. Aber kaum hatte mich der Schlaf übermannt, fing ich an zu träumen.

Was? Ein Tagtraum?

So kann man es auch nennen, schließlich war es ja schon hell. Ich träumte von Ge Ren, über dessen Gesicht sich ein glückliches Lachen breitete.

Was das bedeutet?

Muss ich das noch sagen? Er dankte mir für alles, was ich für ihn getan hatte. In diesem Moment riss mich mein Untergebener aus dem Schlaf.

»Aqing und Bai Shengtao prügeln sich«, rief er.

Wäre er ihnen nicht zufällig unterwegs begegnet und hätte sie nicht gewaltsam getrennt, dann wäre Doktor Bai bestimmt nicht mehr am Leben. Ich wurde zornig, weil sich Aqing einem Intellektuellen gegenüber derart ungebührlich verhielt. Meinen Untergebenen wies ich an, herauszufinden, warum die beiden aneinandergeraten waren. Anschließend sollte Aqing eine schriftliche Erklärung abgeben, bevor ich die Sache in die Hand nahm.

Als mein Untergebener weg war, konnte ich nicht mehr schlafen. Bestimmt waren sie wegen der Pferdeäpfel in Streit geraten, dachte ich. Ich habe noch vergessen, Ihnen zu erzählen, dass Aqing einmal vom Pferd gefallen war und sich das Schienbein angeschlagen hatte. Bai Shengtao hatte seine Wunde damals mit Pferdeäpfeln behandelt.

Was? Das habe ich schon erzählt?

Ach, sehen Sie, wie schwer es mir fällt, Gegenwart und alte Geschichten auseinanderzuhalten. Ich glaubte also, dass Aqing meinte, ich mache mich hinter seinem Rücken über ihn lustig. Aber so wie man sich immer nur die weichen Persimonen heraussucht, wagte er es nicht, seine Wut an mir auszulassen, und ging deshalb auf Doktor Bai los. Bald darauf kam mein Untergebener mit der Nachricht zurück, dass Aqing den Streit angezettelt habe. Ich erkundigte mich, ob es dabei um den Pferdemist gegangen sei.

»Nein«, erwiderte mein Untergebener, »es ging um Kawai.«

Bai Shengtao habe Aqing mitgeteilt, dass er beobachtet habe, wie sich Ge Ren und Kawai vor Mitternacht unterhalten hätten. Als in Ge Rens Zimmer auch nach Mitternacht noch Licht gebrannt habe, sei Bai Shengtao hineingegangen, um Ge Ren zu ermahnen, dass er schlafen solle. Im Zimmer lag Ge Ren auf dem Bett, die Augen zur Tür gerichtet. Da erst habe er bemerkt, dass Ge Ren schon ganz kalt war. Bai Shengtao hatte zu Aqing gesagt, dass bestimmt Kawai ihn getötet habe. Aber Aqing hörte nicht mehr zu und verpasste Bai Shengtao einen Schlag mit dem Gewehrkolben.

»Lauf schnell noch mal hin, du kleiner Teufel«, sagte ich.

»Und bring mir Aqing her. Wir müssen die Probleme erörtern, die sich aus dieser neuen Situation ergeben.«

»Aqing ist getürmt«, sagte mein Untergebener.

»Getürmt? Wohin?«

Er habe Kawais Verfolgung aufgenommen. Verdammt! Der richtete doch nur Schaden an, kapierte nichts von den Nöten eines Führers. Ich hatte ihm (*Kawai*) doch extra einen Ausweg offengelassen.

»Es kommt alles, wie es kommen muss«, sagte ich. »Dann lass ihn (*Aqing*) laufen und hol mir Bai Shengtao her.«

Ja, ich hatte damals vor, Bai Shengtao mit nach Chongqing zu nehmen. Ich wollte, dass er die Richtigkeit des vertraulichen Telegramms Wort für Wort bezeugte, sollte ich beim Führer (*Dai Li*) Rechenschaft ablegen müssen. Aber dann fürchtete ich doch, dass er sich vielleicht verplappern könnte, und ließ ihn unterwegs in Hongkong laufen. Natürlich war das auch in meinem Interesse.

Genau, meinen eigenen Fluchtplan hatte ich schon genau durchdacht. Sollte Dai Li mir doch misstrauen, wäre Weglaufen die beste Strategie gewesen. Wenn ich dann nach Hongkong gegangen wäre, hätte er mir nämlich vielleicht noch gute Dienste leisten können.

Wie auch immer, Doktor Bai konnte mir bis an sein Lebensende für meine Gutherzigkeit dankbar sein. Fräulein, ich weiß noch genau, wie er abgeführt wurde – hahaha – mit gebrochenem Nasenbein, eine Blutfontäne spritzte ihm aus der Nase. Ich bat meinen Untergebenen, ihm das Gesicht zu waschen, und fragte ihn dann, wo er hingehe. Zum Glück reagierte er umgehend und sagte, er wolle mit mir gehen, da das Vaterland Arbeitskräfte benötige. Er sei mir zu Diensten. Fräulein, ich will Ihnen nicht verhehlen, hätten seine Schilderungen die geringste Ungereimtheit aufgewiesen, ich hätte ihn mit Gewissheit abgeknallt und ins Paradies geschickt …

Epilog

An dieser Stelle endet Fans Bericht noch nicht. Lediglich der Teil, der Ge Ren betrifft, findet hier seinen Abschluss. Nachdem ich die Materialien geordnet hatte, setzte ich weitere Zeitungsschnipsel aus Ding Kuis Schachtel zusammen: Die *Schriften der Muße* vom 1. Juni des 32. Jahres der Republik, das *Tagblatt der Volksmassen* vom 2. Juni, die *Shen Port Zeitung* vom 3. Juni und die *Kriegszeitung des Grenzgebiets* vom 4. Juni. In all diesen Zeitungen war über Ge Rens Tod zu lesen, der (um den 6. März herum) damals bereits drei Monate zurücklag.

Die *Schriften der Muße* berichteten am ausführlichsten. In der Ausgabe dieses Tages las man darüber hinaus von einem sprunghaften Preisanstieg, der Festnahme eines Diebes, der Belagerung der Stadtmauer, Vergewaltigungen durch japanische Soldaten, man las, dass sich sogar ein Rikschafahrer eine Nebenfrau hielt, es zwanzig Prozent Rabatt im Freudenhaus gab, die Armee nach Burma vorrückte, der Landweg zwischen der Provinz Yunnan und Burma gesperrt war, ein Kind vermisst wurde, eine verheiratete Frau sich ihren Eltern gegenüber ungeziemend verhalten hatte, und zahllose weitere Berichte. Die Meldung über Ge Ren stand zwischen einer Reklame für rote Pillen gegen Sonnenstich und der für eine Hautcreme mit Wunderwirkung:

> Während der vergangenen Tage gedachten die Kollegen unseres Zeitungsverlages Herrn Ge Rens. Seine Familie stammt aus Qinggeng, der Alchemist Ge Hong war sein Vorfahre, sein Vater Herr Ge Cundao war ein Anhänger Kang Youweis. Ge Ren selbst hatte in Japan studiert und sich anschließend an der 4.-Mai-Bewegung beteiligt. Später war er nach Russland gegangen, um sich ein Bild von der russischen Gesellschaft nach der Oktoberrevolution zu machen. Aufgrund seiner Russlanderfahrung war er im Sowjetgebiet des Dahuang-Gebirges schnell in den inneren Kreis der chinesischen Bolschewisten aufgestiegen. Jahrelang hatte Ge Ren an seinem Werk *Wandelnder Schatten* gearbeitet, dessen Manuskript bedauerlicherweise verloren ging.

> Heute vor einem Jahr kämpfte Ge Ren unter Einsatz seines Lebens gegen die japanischen Invasoren. Er opferte sich in Erligang, aber seine sterblichen Überreste bleiben bis heute verschwunden. Nun kursiert seit wenigen Tagen das Gerücht, Ge Ren sei noch am Leben. Diese Nachricht erfreute alle Kollegen. Denn erst kürzlich erfuhren wir, was es bedeutet, dass sein Geist weiter unter uns weilt. Zu der Zeit, als der Große Weg herrschte, war die Welt gemeinsamer Besitz. Mit Ge Rens Opfertod schließt sich ein Kreis. Er war Vorbild aller Gelehrten dieser Welt.

Der letzte Satz dieses Artikels wird die Zentralregierung damals in Aufruhr versetzt haben. Sie könnte gemeint haben, dass der sich schließende »Kreis« eine versteckte Mitteilung an Ge Ren war, dessen Deckname Nummer null lautete. Dies hätte bedeutet, dass Ge Ren in Erligang gar nicht gefallen war. Deshalb veröffentlichte das *Tagblatt der Volksmassen* am nächsten Tag die folgende Meldung:

> Heute Morgen erfuhr unser Reporter, dass die Staatsregierung derzeit plant, eine Kampagne zu führen, damit die Menschen von den Helden des antijapanischen Krieges lernen. Sämtliche Opfer des Widerstandskrieges, unabhängig von ihrer Partei- und Staatsangehörigkeit, sind ein Vorbild für das Volk. Der in Taierzhuang gefallene Zhang Zizhong, der in Hengyang gefallene Amerikaner Frank Schiel, der in Erligang gefallene Ge Ren, der in Huangshi gefallene Kanadier Norman Bethune …. Insgesamt zehn Personen wurden als solche ersten Vorbilder auserwählt.

Am selben Tag übernahm auch Zong Bu diese Meldung unverändert in der *Shen Port Zeitung*, fügte jedoch noch eine redaktionelle Anmerkung hinzu: »Die amerikanische Journalistin Pearl S. Buck veröffentlichte am 10. Mai 1943 in der Zeitschrift *Life* einen Artikel unter der Überschrift *Warnung an China*: ›Die skrupellose Unterdrückung innerhalb der Regierung hat sich weiter verschärft, der Bitte um amerikanischen Beistand seitens der Chinesen sollte unverzüglich entsprochen werden und dieser dem chinesischen Volk zugutekommen. Nicht aber sollte es eine Finanzhilfe für welche Partei auch immer geben.‹ Jetzt sollte die Nationalregierung diesem Plan Priorität einräumen.« Huang Jishis Buch *Lebensmitte* hatte ich entnommen, dass diese Anmerkung aus Zong Bus Feder stammt. Ich blätterte die Zeitungen wiederholt durch und stellte dabei fest, dass die Regierung in den darauffolgenden Monaten keine derartige Kampagne in Gang gesetzt hatte.

Am 4. Juni las ich in der *Kriegszeitung des Grenzgebiets* abermals Huang Yans Artikel *Jahr des Krieges*. Der Text erinnerte daran, wie der als Trotzkist verschriene Wang Shiwei am 4. Juni des Vorjahres vor ein großes Plenum zitiert worden war, um Selbstkritik zu üben. Ihm wird Ge Ren am Schluss des Textes als positive Figur gegenübergestellt:

> Das vergangene Jahr war ein ebenso kämpferisches wie auch siegreiches Jahr. Heute vor einem Jahr entlarvten und verurteilten wir auf der großen Versammlung Wang Shiweis übles Spiel. Heute sind sämtliche Trotzkisten, die unsere Revolutionsgruppe unterwanderten, aufgedeckt und ausgeschaltet. Damit haben wir das Ziel, Falsches zu korrigieren, vollständig umgesetzt [...]. Die Praxis zeigt, dass Wang Shiwei eine unverfrorene Person ohne jeglichen Respekt war, die sich einzig durch Polemik hervortat. Vor ein paar Tagen begegnete ich Genosse Tian Han am Ufer des Yan-Flusses. Er erzählte mir eine Geschichte, die mir Wang Shiweis wahres Gesicht einmal mehr vor Augen führte. Genosse Ge Ren habe Tian Han vor langer Zeit mitgeteilt, dass Wang Shiweis Russischkenntnisse sehr zu wünschen übrigließen. Dennoch habe sich Wang allerorts als Experte ausgegeben. Er könne keine Kritik vertragen und habe für eine kritische Äußerung stets zehn Gegenargumente parat. Nun war es an der Zeit, ihm endlich das Maul zu stopfen ... Je tiefer wir um gute Genossen wie Ge Ren trauern, desto abscheulicher erscheinen uns Personen wie Wang Shiwei [...]. Liebe Genossen, auch wenn wir große Erfolge verbuchen können, müssen wir

weiterhin höchste Wachsamkeit walten lassen und uns gewissenhaft weiterbilden. Nur auf diese Weise kann sich die Revolution den Weg bahnen.

Mir fielen auch die *Morgennachrichten* vom 6. Juni 1943 in die Hände. In dem Artikel *Wildkirsche der Heimat* taucht ebenfalls Ge Rens Name auf:

> Am 1. Juni wurde der Weltkindertag gefeiert. Aus diesem Anlass wohnte unser Reporter am gestrigen Tag den Feierlichkeiten in einem Kyotoer Kindergarten bei. Die Kinder sangen für die anwesenden Soldaten das Lied *Wildkirsche der Heimat*. Es war ein berührender Augenblick. Am heutigen Tag des vorangegangenen Jahres erschossen unsere Truppen in Erligang den Anführer der Achten Armee und trugen in der Schlacht den Sieg davon. Dies ist ein wichtiges Ereignis im Großen Ostasiatischen Krieg. Die Achte Armee verstand sich besser auf den Partisanenkampf. Aber noch bevor unser Reporter den heutigen Bericht fertiggestellt hatte, umzingelte Kameyamas Division der kaiserlichen Armee in der Gegend der nordchinesischen Stadt Shijiazhuang eine Division der Achten Armee, die von dem sogenannten »Kleinen Eselsgruppenleiter« angeführt wurde. Wir hoffen, dass der Gesang der Kinder übers Meer hinweg die Soldaten von Kameyamas Division erreicht und sie anspornt, nach der Schlacht von Erligang einen weiteren Sieg zu erringen.

Diesen Artikel habe ich bewusst ausgewählt, da er von Kawais Schwester Yoko verfasst wurde. Er macht deutlich, dass Kawai mit niemandem über seine Reise ins Dahuang-Gebirge gesprochen hatte. Bai Ling hatte mir berichtet, sie habe nach dem Ende der Eröffnungsfeierlichkeiten in der *Grundschule der Hoffnung* Kawai auf dem Weg Richtung Wasserkraftwerk am Weiße-Wolken-Fluss gefragt, warum er niemandem verraten habe, dass Ge Ren im Dahuang-Gebirge umgekommen sei. Kawai hatte noch kein Wort gesagt, als sich Fan Jihuai einschaltete und antwortete: »Fräulein, liegt das nicht auf der Hand? Er ist genauso wie wir: Er ist aus Liebe gekommen natürlich.«

Der Satz klingt schön, bleibt aber vage. Bis heute weiß ich nicht, wen der hochverehrte Fan mit »wir« meinte und wem die »Liebe« galt.

Glossar

Ah-Q Berühmte Novelle des Schriftstellers Lu Xun. Ein Psychogramm der chinesischen Gesellschaft zu Beginn des 20. Jahrhunderts am Beispiel eines Verlierertyps, der große revolutionäre Reden schwingt, aber in seinem Elend verharrt.

Babao-Berg Friedhof für kommunistische Helden der Revolution und hohe Regierungsbeamte

Bodhidharma chinesische Legende: Der Mönch Bodhidharma war von seinem Widersacher vergiftet worden. Als ein Beamter des Kaisers sich auf die Suche nach buddhistischen Werken nach Indien begab, begegnete er dem Totgeglaubten, der nur einen Schuh trug. Der Beamte berichtete dem Kaiser von seiner Begegnung. Daraufhin wurde Bodhidharmas Grab geöffnet, und darin lag nichts als ein Schuh.

Cao Cao * 155 † 220, chinesischer General, Politiker, Dichter und Kriegsherr während der späten Han-Dynastie

Chen Duxiu * 1879 † 1942, Gründungsmitglied und erster Vorsitzender der KPCh. 1915 gründete er die Zeitschrift *Neue Jugend.* 1917 wurde er Dekan an der Peking-Universität. Er war federführend in der 4.-Mai-Bewegung 1919.

Chiang Kaishek * 1887 † 1975, Militärdiktator während der Zeit des chinesischen Bürgerkrieges sowie Gründer und erster Präsident der Republik China in Taiwan

Demokratischer Zentralismus von Lenin für die kommunistischen Parteien entwickeltes Organisations- und Führungsprinzip eines hierarchisch-zentralistischen Staats- und Parteiaufbaus

Die Geschichte der drei Reiche einer der vier populärsten klassischen chinesischen Romane über die Zeit der drei Reiche (220–280)

Die Räuber vom Liang-Schan-Moor Abenteuergeschichte aus dem 13. Jahrhundert und einer der vier klassischen chinesischen Romane. Eine kleine Gruppe von Geächteten rebelliert gegen die immer stärker um sich greifende Korruption, nimmt von den Reichen und verteilt die Beute unter den Armen.

Einheitsfront Zusammenarbeit der KPCh und der KMT zwischen 1937 und 1945, um effektiver gegen die japanischen Invasoren vorzugehen

Grenzgebiet Sitz der kommunistischen Parteizentrale von 1935 bis 1948 in den Provinzen Shaanxi, Gansu, Ningxia mit der gemeinsamen Hauptstadt Yan'an

Guangong *160 †219, auch Guan Yu genannt, chinesischer General und Gründer des Shu-Reichs. In China wird er wie ein Gott verehrt. Er symbolisiert Treue, Mut und Gerechtigkeit, oft wird er als rotgesichtiger Krieger mit langem Bart dargestellt.

Hu Shi *1891 †1962, Philosoph und Politiker, einer der geistigen Führer der 4.-Mai-Bewegung. Während des Sino-Japanischen Krieges war er Botschafter in den USA und nach dem Bürgerkrieg bei der UNO.

Hundert-Tage-Reform Reformvorhaben zur Modernisierung der Monarchie von 1898 unter der Herrschaft von Kaiser Guangxu, um China gegenüber den ausländischen Mächten zu stärken. Entscheidenden Einfluss hatte der Gelehrte Kang Youwei. Durch konservative Interessengruppen wurde der Kaiser entmachtet, bis er die Reformen rückgängig machte. Kang Youwei und seine Mitstreiter mussten fliehen, einige wurden exekutiert.

Jiang Qing Maos Ehefrau, Schauspielerin, Kommunistin, Mitglied der Viererbande

Jugend mit Schulbildung Jugendliche zwischen vierzehn und zwanzig Jahren, die während der Kulturrevolution zur Umerziehung aufs Land geschickt wurden. Heute auch »Zhiqing-Generation« genannt.

Kang Sheng * 1898 † 1975, Mitglied der KPCh und einer ihrer geistigen Führer. Er spielte eine wichtige Rolle in der Kulturrevolution, fiel aber in Ungnade und wurde 1980 postum aus der Partei ausgeschlossen.

Kang Youwei * 1858 † 1927, führender chinesischer Reformer, Pädagoge und Philosoph, Befürworter einer konstitutionellen Monarchie und Initiator der Hundert-Tage-Reform von 1898.

Kuomintang Chinesische Nationalpartei (KMT), ursprünglich aus der von Sun Yatsen, dem Gründer der Republik China, gegründeten Gesellschaft zum Sturz der Kaiserherrschaft hervorgegangen. Ab 1927 herrschte die KMT über das chinesische Festland, Hauptstadt war Chongqing. Nachdem die Nationalisten im Bürgerkrieg 1949 gegen die Kommunisten unterlegen waren, zogen sie sich nach Taiwan zurück und gründeten dort die Republik China.

Langer Marsch Innerhalb von 370 Tagen legten die Streitkräfte der KPCh 12 500 Kilometer durch ein unwegsames Gebiet zurück, um sich 1934/35 aus der Einkreisung durch Chiang Kaisheks Armee zu befreien. Während des Langen Marsches gelang es Mao Zedong, seine Macht innerhalb der Partei zu festigen und auszubauen. Nur ein Zehntel der 90 000 Soldaten erreichte das Ziel Yan'an.

Li Dazhao * 1889 † 1927, Politiker mit marxistischer Ausrichtung, der sich öffentlich für eine demokratische Staatsform aussprach. Er wurde Professor an der Peking-Universität und trug in dieser Funktion zur Verbreitung kommunistischer Ideen bei. Er war federführend an der 4.-Mai-Bewegung beteiligt und 1921 Gründungsmitglied der KPCh. 1927 wurde er von einem den Nationalisten nahestehenden Kriegsherrn ermordet.

Lin Biao * 1907 † 1971, Politiker, Marschall und Mitglied der KPCh. Auf dem Langen Marsch hatte er das Kommando über die Vorhut der Roten Armee. Im Bürgerkrieg war er maßgeblich am Sieg der Kommunisten über die Nationalisten beteiligt. Später stellvertretender Ministerpräsident, Verteidigungsminister der Volksrepublik China und Maos designierter Nachfolger. Angeblich plante er einen Staatsstreich gegen Mao. Er starb unter ungeklärten Umständen bei einem Flugzeugabsturz.

Liu Shaoqi * 1898 † 1969, Vorsitzender der KPCh und Präsident der Volksrepublik China

Lu Xun * 1881 † 1936, bedeutender Schriftsteller und Intellektueller. Er war einer der ersten Literaten, die Anfang des 20. Jahrhunderts in der chinesischen Umgangssprache schrieben, und maßgeblich an der 4. Mai-Bewegung beteiligt.

Nordfeldzug Innerhalb eines halben Jahres zerschlug Chiang Kaishek 1926 mit seiner Armee die Truppen der einflussreichen nördlichen Kriegsherren. Dieser Erfolg stärkte seine Position innerhalb der eigenen Reihen, so dass er im Anschluss genug Rückendeckung hatte, um massiv gegen die Kommunisten vorzugehen. Dadurch gelang es Chiang China 1928 formal unter die Herrschaft der KMT zu stellen. Seine militärischen Erfolge zwangen die Kommunisten 1934 zum Langen Marsch.

Otto Braun * 1900 † 1974, deutscher Schriftsteller, KPD-Funktionär und Mitarbeiter des sowjetischen Geheimdienstes. In dessen Auftrag war er von 1932 bis 1939 Offizier der Roten Armee in China. Er war der einzige Ausländer, der am Langen Marsch teilnahm.

Peng Dehuai * 1898 † 1974, kommunistischer Militärführer und später Verteidigungsminister. Nach seiner Kritik an Mao wurde er 1959 abgesetzt und während der Kulturrevolution gefoltert. Anschließend saß er bis zu seinem Tod in Einzelhaft.

Pinyin-Umschrift Phonetische Umschrift des Hochchinesischen auf Basis des lateinischen Alphabets. 1956 in der Volksrepublik China eingeführt, inzwischen auch in Taiwan verwendet.

Qu Qiubai * 1899 † 1935, Führungspersönlichkeit der KPCh, Schriftsteller, Journalist und enger Freund von Lu Xun. Aufgrund seiner schweren Tuberkuloseerkrankung musste er bereits zu Beginn des Langen Marsches zurückgelassen werden. Er wurde von der KMT verhaftet und hingerichtet.

Rote Garden In Gruppen organisierte Schüler und Studenten, die während der Kulturrevolution in Maos Auftrag die Massen aufhetzten und brutal gegen ideologische Verfehlungen vorgingen. 1969 beendete die Rote Armee auf Maos Befehl diesen Terror. Viele Jugendliche wurden zur Umerziehung aufs Land geschickt.

Sowjetgebiet Ab 1927 fanden die Kommunisten mit Mao als Anführer in der entlegenen Bergregion der zentralchinesischen Provinz Jiangxi Zuflucht vor der Hetzjagd von Chiang Kaisheks Truppen. Dieses Gebiet wurde zum Zentralen Chinesischen Sowjetgebiet, einer Räterepublik nach dem Vorbild der Sowjetunion, mit der Hauptstadt Ruijin erklärt.

4.-Mai-Bewegung Gesellschaftliche und politische Reformbewegung, 1919. Auslöser war die Unzufriedenheit der Intellektuellen mit dem Versailler Vertrag, der den Westmächten in Chinas Küstenstädten weitreichende Rechte einräumte. Auch auf geistig-literarischem Gebiet ist diese Bewegung bedeutsam. Zahlreiche Schriftsteller setzten sich dafür ein, literarische Werke fortan in der Umgangssprache zu schreiben und Alltagsthemen aufzugreifen. Wichtige moderne politische und geistige Strömungen nahmen hier ihren Ausgang wie die Gründung der KPCh im Jahre 1921 und die Neue Kulturbewegung, die in China die Einführung der westlichen Werte Demokratie, Gleichheit und Freiheit propagierte. An der 4.-Mai-Bewegung beteiligten sich alle Klassen der chinesischen Gesellschaft.

Wang Ming *1904 †1974, Führer der KPCh und Gegner Maos, da dieser von den Weisungen der Komintern und ihrer marxistisch-leninistischen Linie abgewichen war

Yan'an Stadt im Norden der Provinz Shaanxi an der Grenze zur Inneren Mongolei und am Gelben Fluss. In Yan'an endete 1935 der Lange Marsch. Danach wurde Yan'an die politische und militärische Basis der KPCh.

Zhang Xun General und Anhänger der Monarchie. Er führte 1917 im Auftrag von Kang Youwei einen Restaurationsversuch durch, nachdem China bereits seit 1912 eine Republik geworden war.

Zhou Enlai * 1898 † 1976, Führer der KPCh und Premierminister von 1949 bis zu seinem Tod

Zhuangzi ca. 365–290 v. Chr., bedeutender chinesischer Philosoph und Dichter

Zhuge Liang * 181 † 234, Politiker und Stratege zur Zeit der drei Reiche (220–265)

Personenverzeichnis

Aqing:	Waise, wuchs in Bingyings wohlhabender Familie auf, Kommunist, falscher Spion im Geheimdienst der Kuomintang
Bai Shengtao:	Militärarzt und Kommunist
Bingying:	Theaterschauspielerin, Hu Ans Tochter, Ge Rens Verlobte, Schmetterlingsblümchens Mutter, stammt aus einer wohlhabenden Familie
Dai Li:	Chef des Geheimdienstes der Kuomintang
Dou Sizhong:	Tian Hans Gefolgsmann, diesem treu ergeben
Fan Jihuai:	Kommilitone von Ge Ren in Japan, studierte zuerst Medizin, dann Jura, erst Kommunist, dann Führungsperson im Geheimdienst der Kuomintang, unklare politische Haltung, später juristische Autorität in China
Ge Cundao:	Ge Rens Vater, betrieb eine Teefabrik in Hangzhou
Ge Ren:	Übersetzer und Schriftsteller, Kommunist
Guo Ping:	Sekretär der Stadtverwaltung von Baipi, Enkel von Dabao, der die Eisenbahnbrücke sprengte
Hu An:	Bingyings Vater, Tee- und Immobilienhändler, Geldfälscher, Theaterschauspieler
Hu Zikun:	Hu Ans Vater, Bingyings Großvater
Huang Jishi:	Kollege von Zong Bu, Mitherausgeber der *Shen Port Zeitung,* Autor des Buches *Lebensmitte*
Huang Yan:	Ge Rens Kommilitone in Japan, später in die

USA emigriert, verfasste seine Memoiren unter dem Titel *Zeitreise*

Kong Fantai: Ge Rens Mithäftling, Nachfahre von Konfuzius, nach Frankreich emigriert, Anhänger Rousseaus

Qiu Aihua: Yang Fengliangs Gefolgsmann, Fan Jihuais Ziehsohn

Tian Han: General der Roten Armee, Kommunist, Parteisekretär, einst Waisenkind im Heim von Pater Ellis und Pater Beal in Qinggeng, Ge Rens Kinderfreund

Xiaohong: Propagandistische Schauspielerin, Pekingopernsängerin, Kommunistin

Xu Yusheng: Bingyings Lehrer, Ge Rens Bewunderer, Herausgeber der Zeitschrift *Schriften der Muße*

Yang Fengliang: Spion der KMT, Ge Rens Freund, Liebhaber der *Blumenklänge*-Freundin

Yu Chengze: Arzt, Kommilitone von Bai Shengtao, Kawatas Student, behandelte Chiang Kaisheks Durchfallerkrankung

Zong Bu: Schmetterlingsblümchens Vater, Bingyings ehemaliger väterlicher Geliebter, Herausgeber der *Shen Port Zeitung*, Anhänger Kang Youweis